BASTEI
LÜBBE

Taschenbücher von PIERS ANTHONY
im BASTEI-LÜBBE-Programm

Die Sage vom magischen Land Xanth
20 156 Chamäleon-Zauber
20 158 Zauber-Suche
20 160 Zauber-Schloß
20 162 Zentauren-Fahrt
20 164 Elfen-Jagd
20 166 Nacht-Mähre
20 168 Drachen-Mädchen
20 232 Turm-Fräulein
20 236 Helden-Maus
20 139 Himmels-Taler
20 154 Welten-Reise
20 177 Mond-Elfe
20 204 Höllen-Mädchen
20 227 Meeres-Braut
20 230 Ritter-Geist

22 104 Der Sand der Zeit
24 119 Sing ein Lied für Satan

24 084 Zeit der Kämpfer

23 119 Die Macht der Mantas
23 131 Der Retter von Dent-All
23 158 Die seltsamen Geschäfte des Mr. Fisk
24 171 Der Planet der Verdammten
24 178 Der Höhlenplanet

Die Saga vom magischen Land

XANTH

PIERS ANTHONY

HÖLLEN-MÄDCHEN

Fantasy Roman

Ins Deutsche übertragen
von Ralph Tegtmeier

Mit Illustrationen
von Johann Peterka

BASTEI
LÜBBE

BASTEI-LÜBBE-TASCHENBUCH
Band 20 204

Erste Auflage:
April 1993
Zweite Auflage:
Januar 1995

Deutsche Lizenzausgabe 1993
Bastei-Verlag
Gustav H. Lübbe GmbH & Co.,
Bergisch Gladbach
Originaltitel:
Question Quest
Lektorat: Wolfgang Neuhaus/
Reinhard Rohn
Titelillustration: Don Maitz
Umschlaggestaltung:
Quadro Grafik, Bensberg
Satz: Fotosatz Schell, Bad Iburg
Druck und Verarbeitung:
Brodard & Taupin,
La Flèche, Frankreich
Printed in France

ISBN 3-404-20204-X

1 Gute Magier, 2 Schloß Roogna, 3 Nördliches Dorf, 4 Baum, 5 Insel der Illusionen, 6 Tränensee, 7 Ogersee, 8 Magischer Staub, 9 Unbekannt, 10 Zentaureninsel, 11 Istmus, 12 Drachen, 13 Kobolde, 14 Greife, 15 Vögel, 16 Ogre Fen-Ogre, 17 Luft, 18 Erde, 19 Feuer, 20 Wasser, 21 Leere.

16
21
20
15
19
18
14
17
13
3
4
12
5
1
6
2
8
7
9
10

1

LACUNA

Lacuna kämpfte vergeblich gegen den Moralischen. Er ließ einfach nicht locker und gab ihr das Aussehen einer vorzeitig gealterten Vierzigjährigen; er drang in ihre Kleidung, wodurch diese schlampig und abgetragen wirkte; er verlieh ihrem Haar den Glanz trüben Abwaschwassers, ja, er durchdrang ihr gesamtes Leben und machte sie vierunddreißig Jahre alt.

Einst war sie jung gewesen – jung und schön. Sie und ihr Zwillingsbruder Hiatus waren als Kinder richtige Schlingel gewesen. Wehmütig erinnerte sie sich daran, wie sie mit nur drei Jahren bei der Hochzeit des Guten Magiers Humfrey und der Gorgone für eine mittlere Katastrophe gesorgt hatten. Zu jener Zeit hatten ihre Eltern, der Zombiemeister und Millie das Gespenst, im Schloß des Guten Magiers gelebt, weil es aus der Zeit vor achthundert Jahren stammte. Damals hatten ihre Eltern das erste Mal darin gewohnt. Es war nur allzu selbstverständlich gewesen, daß die reizenden

Zwillinge das Ende der langen Schleppe des Brautkleids tragen sollten. Aber sie hatten mehr als das getan. Hiatus nutzte seine Gabe und ließ diversen Gegenständen Augen, Ohren und Nasen wachsen, und Lacuna hatte den Text des Gesangbuchs so verändert, daß dort anstelle von ›bis daß der Tod euch scheidet‹ zu lesen stand: ›die paar mickrigen Jahre, an die du dich vor deinem letzten Krächzen noch wie verrückt klammerst‹. Aus irgendeinem Grund hatte Lacunas Mutter das nicht sehr komisch gefunden. Mittlerweile war Lacuna herangereift und konnte den Standpunkt ihrer Mutter verstehen. Aber die Geschichte erinnerte sie auch daran, daß sie niemals geheiratet hatte. Sie hätte sich auf die schlimmste aller Hochzeiten eingelassen, nur um eine gute Ehe führen zu können. Oder auf eine durchschnittliche Ehe, anstelle einer durchschnittlichen Altjungfernschaft.

Später waren sie ins Schloß Neu-Zombie im südlichen Xanth gezogen, wo es ihr sehr gefallen hatte. Hiatus und sie bewohnten eigene Zimmer, und sie hatten die armen Zombies gnadenlos geärgert. Irgendwie kam es ihr so vor, als ob fast alles Schöne in ihrem Leben vor der Jugend aufgebraucht worden war. Als Lacuna herangereift und sich schließlich der Erwachsenenverschwörung angeschlossen hatte, wurde ihr Leben erst zu einer Phase der Langeweile, auf die eine Periode der Monotonie folgte, der sich ein Zeitalter der Eintönigkeit anschloß, das sich in Jahre bloßen, nichtssagenden Blablas verwandelte. Schließlich hatte sich der Moralische eingestellt, und jetzt stand er ihr bis zu den müden Augäpfeln. Also unternahm sie etwas: Sie suchte den Guten Magier mit einer Frage auf.

So gelangte Lacuna in die Gegend um das Schloß des Guten Magiers. Es sah nicht mehr so aus wie in ihrer Erinnerung, weil es sich fortwährend veränderte. Doch das wußte sie bereits, und so ließ sie sich nicht von ihrem Ziel ablenken. Allerdings war ihr klar, daß sie drei Prüfungen bestehen mußte, bevor sie eintreten und den Guten Magier aufsuchen durfte.

Niedriges, dichtes Gestrüpp umgab das Schloß. Der Zauberweg, auf dem sie sich befand, führte geradewegs darauf zu und verlief sich dann in einem Dickicht aus Händen und Füßen. Lacuna erkannte die Pflanzen: Gliederwurz. Die Hände wucherten mit gespreizten Fingern aus den Stämmen, während die Zehen am Boden wuchsen und ihn vollständig bedeckten.

Solche Pflanzen waren für gewöhnlich harmlos. Die Hände konnten zwar ein wenig zudringlich werden, wenn wohlgeformte junge Frauen an ihnen vorbeistrichen, aber Lacuna würden sie wahrscheinlich links liegen lassen. Dennoch war es am besten, sich einen Weg durch das Dickicht zu suchen, denn es konnten gefährliche Tiere darin lauern und ihre Zähne in die Füße sorgloser Wanderer schlagen, die munter ausschreitend querfeldein hindurchpflügten. Daher wandte Lacuna sich seitwärts und fand schließlich eine Lücke zwischen den Büschen.

Im nächsten Augenblick versperrten ihr wieder die üppig wuchernden Gliederwurzsträucher den Weg. Die Finger der Pflanze griffen nach ihrem einfachen Wollrock und die Zehen versuchten, die mit grobem Schuhwerk bekleideten Füße zu grapschen. Um ihnen aus dem Weg zu gehen, wandte Lacuna sich abermals zur Seite – was sie jedoch nicht zum Schloß brachte, sondern den Abstand nur noch vergrößerte.

Also schlug sie die Gegenrichtung ein und inspizierte das Gebüsch gegenüber. Doch die vielversprechenden Schneisen verwandelten sich in Sackgassen und verhinderten, daß Lacuna sich auch nur ein paar Meter dem Schloß näherte. Merkwürdig! Wie konnte der Zauberweg nur derart verwildern? Eigentlich sollte er ja so verzaubert sein, daß …

Plötzlich wurde ihr klar, daß hier die erste Prüfung anstand. Sie mußte sich einen Weg durch dieses Dickicht aus Händen und Füßen bahnen, ohne in unüberwindliche Schwierigkeiten zu geraten. Na, das hätte schlimmer kommen können. Sie hätte wirklich nicht die geringste Lust dazu gehabt, über ein Kartoffelfeld gehen zu müssen und all diese Augen unter sich zu wissen, die ihr unter den Rock gespäht und der verwaschenen Farbe ihres Höschens zugezwinkert hätten. Die Männer wußten es nie richtig zu würdigen, daß die Frauen zuerst immer die Augen aus den Kartoffeln schnitten.

Na ja. Für die Prüfungen gab es immer eine Lösung – wenn der Fragesteller nur gewitzt genug war, sie zu finden. So war es zu Zeiten des Magiers Humfrey gewesen, und so war es zu Zeiten des Magiers Grey Murphy geblieben. Zuerst hatte Murphy versucht, das Schloß zu bewohnen, ohne die Besucher mit den Prüfungen zu konfrontieren. Das aber hatte dazu geführt, daß Grey Murphy mit den Fragen so vieler Leute überschwemmt worden war, daß er sich entschlossen hatte, Humfreys Absicherung zu übernehmen. Außerdem verlangte er jetzt eine umfassende Dienstleistung für die Antwort, und das konnte alles mögliche bedeuten, bis hin zum einjährigen Wischen der Schloßfußböden. So was schreckte leichtsinnige Frager in der Regel ab.

Lacuna war jedoch zum Wischen bereit, denn das wäre kein bißchen langweiliger als ihr bisheriges Leben gewesen. Aber sie bezweifelte stark, daß es dazu kommen würde. Denn sie besaß etwas, das sicherlich einen großen Reiz auf Grey Murphy ausüben würde: den Schlüssel zu seiner Befreiung von Com-Puter. Com-Puter war eine böse Maschine aus Zinn, Glas, Töpferwaren, Kabeln und allen möglichen Dingen, und Com-Puter begehrte die Macht über Xanth. Das Gerät verfügte über zweieinhalb große Aktivposten, um dieses Unterfangen in die Tat umzusetzen. Zum einen konnte Com-Puter die Realität in seinem Umfeld durch bloße Wiedergabe neuer Situationen auf seinem Schirm verändern. Zum zweiten war Grey Murphy dazu verpflichtet, Com-Puter von dem Augenblick an zu dienen, da er seinen Dienst am Guten Magier Humfrey beendet hatte, der zur Zeit auf Reisen war. Zum zweieinhalbten verfügte Com-Puter über die Geduld des Unbeseelten. So konnte er, falls erforderlich, ein Leben lang warten, und in dem Augenblick, in dem Humfrey zurückkehrte, über den Dienst eines vollausgebildeten Magiers verfügen und die Übernahme

Xanths noch schneller vorantreiben. Das aber konnte Lacuna verhindern, und sie ging davon aus, daß Grey Murphy daran interessiert wäre. Auf jeden Fall würde seine Verlobte, Prinzessin Ivy, ausgesprochen eingenommen davon sein, weil sie nicht so richtig den Mut fassen konnte, Grey zu heiraten, bis diese kleine Angelegenheit beigelegt war. Und falls nicht – nun gut, dann würde Lacuna eben wischen.

Vorausgesetzt, daß sie überhaupt ins Schloß käme. Je mehr sie sich bemühte, näher heranzukommen, desto weiter schien es sich zu entfernen. Der Gliederwurz sah nicht so aus, als ob er sich bewegte, aber irgendwie stand er immer im Weg. Wo war nur ein Durchkommen?

Oder sollte es darum gehen, die Pflanze irgendwie loszuwerden? Sich einen Weg hindurchzuschneiden? Lacuna besaß kein geeignetes Messer, und ihre Gabe, Schriften verändern zu können, half hier auch nicht weiter. Es mußte eine andere Möglichkeit geben.

Lacuna zögerte und überlegte. Eigentlich sollte es ihr gelingen, einen Plan zu entwickeln.

Da ging ihr ein Licht auf. Sie stand schon wieder in einer Sackgasse und hatte sich zwischen dem Gliederwurz verirrt.

»Ich werde jetzt aus diesem dämlichen Gestrüpp aus Händen und Füßen verschwinden«, sagte sie mit lauter Stimme. »Ich habe die Nase gestrichen voll von weisenden Fingern, Fußwurzeln und abweisenden Wegen.« Worauf sie den Weg, den sie gekommen war, entschlossen zurückmarschierte.

Doch augenblicklich stieß sie auf noch mehr Hände und Zehen, die ihr den Rückweg versperrten. Also mußte sie sich zur Seite wenden und versuchen, erst einmal auf direktem Wege vom Schloß *wegzukommen*. Sie fluchte ungeduldig und nahm ihre Suche nach draußen auf. »Ich weiß, daß hier irgendwo der Weg ist«, murmelte sie. »Schließlich bin ich doch reingekommen!«

Doch irgendwie entglitt ihr der Weg weiterhin. Sie ging schneller, als ob sie versuchen wollte, aus dem Gestrüpp hinaus zu finden, bevor die Hände ihre Position verändern und ihr den Ausgang versperren konnten. Aber das gelang ihr auch nicht. Sie wurde nur immer weiter zurück ins Dickicht gedrängt. Je heftiger sie um einen Weg hinaus kämpfte, desto weiter wurde sie zurückgedrängt.

Schließlich befand sich das gesamte Gliederwurzfeld zwischen ihr und dem Zauberweg, der vom Schloß des Guten Magiers fortführte. Es war Lacuna lediglich gelungen, das Dickicht in der falschen Richtung zu durchqueren.

»Na gut, wenn du's so haben willst«, stieß sie überrascht, aber auch fröhlich aus. Sie wandte sich entschlossen zum Schloß, nachdem sie nun die erste Prüfung bestanden hatte.

Hinter ihr raschelten die Hände, und die Zehen scharrten in der Erde. Was waren sie verärgert! Man hatte sie hereingelegt. Zwar hatten sie erfolgreich daran gearbeitet, Lacuna jenen Weg zu verlegen, von dem sie vernehmlich behauptet hatte, daß sie ihn nehmen wollte, aber sie waren nicht schlau genug gewesen, ihren Trick zu durchschauen. Wenn der Gliederwurz soviel Grips gehabt hätte wie Finger und Zehen, wäre die Prüfung vielleicht anders ausgegangen. Aber darin bestand natürlich das Wesen dieser Aufgaben: die Schwächen herauszufinden und sie erfolgreich auszunutzen, um den Herausforderungen entgegentreten zu können.

Jetzt stand Lacuna am Schloßgraben, in dem ein ungefähr zehn Jahre alter Junge schwamm. Eigentlich sah er ganz normal aus, bis auf sein blaues Haar. Aber, daß der Junge im Graben schwamm, ließ darauf schließen, daß sich kein Monster und auch sonst nichts Gefährliches im Wasser verbarg. Auch die Zugbrücke war heruntergelassen. Wenn das alles keine Täuschung und kein Trick war, konnte sie ohne Prüfung hinübergelangen – was ihr nur recht war, denn sie hatte keine Lust, naß zu werden.

Vorsichtig stellte sie einen Fuß auf das Ende der Zugbrücke. Der Untergrund war fest. Dennoch könnte ein Teil der Brücke Illusion sein oder eine Falltür haben oder so etwas, daher schritt Lacuna mit quälender Vorsicht voran.

Die schlimmsten Prüfungen waren die, mit denen man nicht rechnete.

Dicht vor ihrer Nase flog etwas vorbei. Es sah aus wie eine Kugel aus Wasser. Sie prallte auf und klatschte auf die Uferböschung. Es war tatsächlich Wasser.

Sie blickte in die Richtung, aus der sie gekommen war. Da stand der Junge und schöpfte schon wieder eine Handvoll Wasser, das er zu einer Kugel formte.

»Willst du mich damit bewerfen?« fragte sie ihn.

»Na klar, falls du versuchen solltest, den Schloßgraben zu überqueren. Mein Auftrag lautet, dich aufzuhalten.«

»Ach so. Dann ist es also eine Prüfung?«

»Natürlich. Nimm es nicht persönlich. Du siehst aus wie ein nettes Mädchen.«

Es war schon lange her, daß jemand so etwas zu Lacuna gesagt hatte. Beinahe wäre sie vor Freude rot geworden. Aber jetzt ging es ums Geschäft. »Eine kleine Wasserkugel kann mich nicht aufhalten.«

»Wie wäre es dann mit einer großen?« Er schöpfte mit beiden Armen und formte daraus eine Kugel von der Größe eines Strandballs.

»Die kannst du nicht werfen«, wandte sie ein.

Anstelle einer Antwort hob er den Ball auf die Zugbrücke. Er schwebte regelrecht hinauf, ohne daß der Junge sich groß abmühen mußte. So ein Kaliber konnte Lacuna natürlich von der Brücke stoßen.

»Na gut, dann muß ich eben hindurchschwimmen oder -waten«, berichtigte sie sich.

Der Junge strich mit einer Hand über die Wasseroberfläche. Plötzlich entstanden Wellen, die sich kreisförmig ausbreiteten und das Ufer überspülten. Er machte eine weitere Bewegung, und die Wellen wurden größer – so groß, daß Lacuna zögerte.

»Dein Talent ist die Wassermagie«, sagte sie. »Das ist beeindruckend. Wie heißt du?«

»Ryver.« Er planschte mit einer Zehe im Wasser. Nun, da sie sich näher kennenlernten, kam er ihr schüchtern vor.

»Du mußt also ein Jahr Dienst für eine Antwort ableisten?«

»Ja.«

»Wenn ich fragen darf – warum bist du zum Guten Magier gekommen?«

»Aber sicher darfst du fragen! Ich habe ihn um eine Antwort gebeten, denn ich will eine gute Familie finden, die mich adoptiert, weil ich ein richtiger Junge sein will und dafür eine richtige Familie brauche.«

Überrascht fragte sie: »Was soll das heißen – ein richtiger Junge?«

»Ich bin kein echter Junge. Ich meine, ich bin nicht aus Fleisch und Blut. Ich wurde aus Wasser erschaffen.«

»Aus Wasser erschaffen?« Das erweckte erst recht ihre Neugier. »Du kannst also mit Wasser arbeiten und es beherrschen. Aber das bedeutet doch nicht, daß du kein Mensch bist.«

»Ich kann mit Wasser arbeiten, weil ich aus Wasser bin«, entgegnete er. »Schau!« Plötzlich löste er sich auf. Erst flossen seine Füße weg, dann die Beine und schließlich der übrige Körper bis zum Kopf. »Ich sehe aus wie ein Junge, aber es ist alles aus Wasser. Ich wäre lieber ein echter Junge mit der Gabe, Wasser zu beherrschen. Aber das werde ich erst dann, wenn mich eine Familie adoptiert. So sagt es der Gute Magier.«

Lacuna nickte. »Dann wirst du dich nach deiner Dienstzeit also auf die Suche nach einer guten Familie begeben, die sich einen Jungen deines Alters wünscht?«

»Auf jeden Fall! Glaubst du, daß ich eine finden werde?«

Er wirkte so zuversichtlich, daß sie es nicht übers Herz brachte, seine Hoffnungen zu zerstören. Dennoch war es fragwürdig. Die meisten Familien zogen es vor, ihre eigenen zehnjährigen Jungen großzuziehen. »Hat der Gute Magier gesagt, daß deine Suche Erfolg haben wird?«

»Er hat mir erklärt, daß das Buch der Antworten meinen Erfolg vorausgesagt hat, falls ich meine Arbeit gut mache und höflich zu den Älteren bin. Und daran halte ich mich.«

Und wie er das tat! Er hielt sie wirkungsvoll davon ab, den Schloßgraben zu überqueren, war dabei aber zuvorkommend, beantwortete ihre Fragen und warnte sie eher, als daß er sie mit Wasser bewarf. Er war offenbar ein recht netter Junge.

»Ich wünsche dir, daß das Buch recht hat. Aber trotzdem muß es mir gelingen, hinüber zu kommen, auch wenn du das verhindern willst.«

»Ja. Ich wünsche dir ebenfalls Glück, aber ich muß dich aufhalten, so gut ich kann. Wenn du zu schwimmen versuchst und in meinen Wellen ertrinkst, werde ich dich retten. Ich will wirklich niemandem weh tun.«

»Das weiß ich zu schätzen.« In ihrer Feststellung lag keinerlei Spott. Es war eindeutig eine Prüfung und kein Kampf auf Leben und Tod. Ryver tat lediglich seine Pflicht.

Sie überlegte eine Weile, grübelte ein wenig und dachte einen Augenblick nach, während Ryvers Kopf auch noch zu Wasser zerfloß. Danach erschuf er seinen Körper einschließlich der Kleidung neu. Er sah vollkommen echt aus, und sie war sich sicher, daß er auch echt war – nur daß er nicht aus Fleisch und Blut bestand. Falls er durch die Adoption einer Menschenfamilie verwandelt werden sollte, wäre das wunderbar. Ihr fiel ein, daß normale Menschen ohnehin zum größten Teil aus Wasser bestanden. Für Ryver galt das nur in wesentlich höherem Maße.

Eine leise Ahnung stieg in ihr auf. »Ryver, kannst du lesen?«

»Ja, sicher. Die Magierin Ivy hat mir das Lesen beigebracht, von den ersten Schritten bis zum perfekten Können. Weißt du, das ist ihr Talent. Aber leider sind die meisten Bücher des Schlosses irgendwie *trocken* – entschuldige das Schimpfwort – und machen nicht besonders viel Spaß, sofern man nichts für Geheimwissenschaften übrig hat.«

Das hatte sich Lacuna schon gedacht. »Zufällig ist meine Gabe das Verändern von Schrift. Außerdem kann ich Buchstaben dort entstehen lassen, wo überhaupt nichts stand, und bestimmen, was sie aussagen. Ich würde dir gern etwas Spannendes zu lesen zeigen.«

»O nein!« rief er aus. »Ich mache mit dir keinen Handel, um dich durchzulassen! Das wäre falsch.«

»Mein lieber Junge«, beruhigte sie ihn, »ich versuche wirklich nicht, dich zu bestechen. Ich versuche dich auszutricksen, und das ist nur recht und billig. Ich werde etwas für dich schreiben, und wenn es dir nicht gefällt, dann liest du es eben nicht.«

»Das wird nicht gehen«, entgegnete er.

Sie blickte auf die nun glatte Oberfläche des Schloßgrabens. Plötzlich formten sich Worte darauf, die von rechts nach links glitten und so ein bewegtes Wortband schufen. Sie verschwanden, sobald sie den linken Rand erreichten, damit nicht der ganze Schloßgraben von Schrift bedeckt wurde.

Es war einmal ein Wasserjunge mit Namen Ryver, der ein Junge aus Fleisch und Blut sein wollte, verkündete die vorbeilaufende Schrift.

»He, das ist ja über mich!« rief Ryver aus.

»Na ja, in Wirklichkeit ist es eine Schablonengeschichte. Ich habe nur deinen Namen eingefügt, um sie unterhaltsamer zu machen.«

»Das ist schon in Ordnung.« Er las ohne Unterbrechung weiter, um keines der bewegten Worte zu verpassen. Wie sie richtig vermutet hatte, war er durch die Nennung seines Namens an die Geschichte gefesselt. Das ging vielen Leuten so, besonders dann, wenn solche Verknüpfungen schmeichelhafter Art waren. Bei beleidigenden Anspielungen wirkte es sogar noch besser, aber Lacuna hatte keine Ader für derartigen Schund.

Sie trieb die Schrift weiter voran. *Nun begab es sich eines Tages, daß Ryver am Ufer des Schloßgrabens saß und den Fischen zusah, als ein seltsames Wesen des Weges kam. Es war ein Drache, der nach einem leckeren Fleischhäppchen Ausschau hielt, um es sich zu braten. »Ha!« sagte der Drache. »Du bist genau das, was ich suche. Komm mit mir, und ich werde dir ein unvergleichliches Erlebnis verschaffen.«*

»Nee, nee!« winkte der lebende (oder wassererschaffene) Ryver ab. »Mich wirst du nicht rösten, du bösartiges Tier!«

Offensichtlich fuhr er auf die Geschichte ab. Nun drehte Lacuna erst recht auf. *»Oh, meinst du?« Der Drache schnaubte, und sein Atem versengte die Uferpflanzen. »Ich fauche und rauche und grill' den Kopf mit kleinem Schmauche!«*

»Ach, wirklich, Feuerkopf? Das will ich sehen!« rief der wirkliche Ryver.

Also fauchte und rauchte der Drache und stieß dabei eine derartige Feuersbrunst aus, daß die Erde schwarz wurde, Blitze von den Steinen sprangen und Dampf aus dem Schloßgraben emporstieg. Aber er konnte Ryver nicht rösten, weil der ja aus Wasser bestand. Dann peitschte Ryver das Wasser auf und schleuderte es dem Drachen mitten aufs Maul.

»Siehst du! Das löscht deinen Ofen, Dumpfbrüter!« rief der Junge glücklich.

Nun wurde der Drache richtig wütend. Er riß sein Maul weit auf und griff an. Er biß Ryver mitten durch, aber seine Zähne zeigten keine Wirkung, weil sie kein Wasser kauen konnten. Und Ryver spritzte ihm Wasser in Augen und Ohren. Das mochte der Drache nicht, weil niemand gern die Ohren gewaschen bekommt.

Der Text lief weiter, und der Junge verschlang ihn förmlich. Er bemerkte nicht einmal, daß Lacuna die Zugbrücke überquert hatte. Das war nicht mehr schwierig gewesen, denn sie hatte genügend Text gespeichert, um den Jungen für eine halbe Stunde zu beschäftigen. Da sie keine Ahnung gehabt hatte, wie lange es dauern würde, ihn vollkommen abzulenken, hatte sie reichlich vorgesorgt. Abgesehen davon fand sie Gefallen daran, daß jemand von ihrer Geschichte begeistert war. Das Geschichtenerzählen hatte sie beim Babysitten gelernt, und sie hatte es genossen. Ryver war ein ausgezeichneter Zuhörer.

Jetzt hatte sie den Schloßgraben überquert, befand sich aber immer noch außerhalb der Mauern. Dort gab es eine Tür. Sie näherte sich und rüttelte am Türgriff. Aber die Tür blieb verschlossen, und sie besaß keinen Schlüssel. Offensichtlich mußte sie als dritte Prüfung den Schlüssel finden.

Langsam drehte sie sich im Kreis. Ein schmaler Pfad führte auf der Innenseite des Schloßgrabens um das Schloß herum. Er wurde von Büschen gesäumt, die Regalen ähnelten. Ihre Stämme waren vertikal und die Äste horizontal, und die Blätter vervollständigten den Eindruck. Die Büsche trugen große rechteckige Beeren, die wie Bücher in Regalen aussahen.

Am Ufer saß ein Junge, der Beeren pflückte und sie verspeiste. Er sah Ryver verdächtig ähnlich.

»Wer bist du?« wollte sie wissen, ohne ernsthaft eine Antwort zu erwarten.

»Ich bin Torrent, Ryvers Zwillingsbruder.«

Ob sie das wirklich glauben sollte? Nun, vielleicht fürs erste.

»Was für Pflanzen sind das?« fragte sie.

»Es sind Buchbüsche«, antwortete er. »Sie verfügen über unendliches Wissen. Ich erlange es, indem ich die Früchte verspeise.«

Das war fast zu schön, um wahr zu sein, und daher wußte sie, daß es wahrscheinlich nicht stimmte. Aber das galt es noch herauszufinden. »Dann mußt du auch wissen, wo der Schlüssel zu dieser Tür ist.«

»Na klar. Hier ist er.« Damit drückte er ihr einen großen hölzernen Schlüssel in die Hand.

Sie versuchte, den Schlüssel ins Schloß zu schieben. Aber er wollte nicht passen, denn es war der falsche.

Also kehrte sie auf der Stelle zu dem Jungen zurück. »Das ist der falsche Schlüssel. Wo ist der richtige?«

»Auf der anderen Seite des Schlosses.«

Das bezweifelte sie, folgte aber dennoch dem Pfad ums Schloß herum. Da lag ein kleiner Metallschlüssel auf dem Boden. Sie hob ihn auf und kehrte zur Tür zurück. Der paßte auch nicht.

Jetzt sah sie sich den Jungen genauer an, der unablässig Beeren aß. Zweimal hatte er sie zum verkehrten Schlüssel geführt. Offensichtlich trieb er ein falsches Spiel mit ihr. Wie konnnte sie nur die Wahrheit aus ihm herausbringen?

Sie entschloß sich zu einem Experiment. »Torrent, bist du ein Bestandteil meiner Prüfung?«

»Ja.«

»Du sollst mich also in die Irre leiten und mich daran hindern, den Schlüssel zu finden.«

»Nein.«

»Und das machst du, indem du mich anlügst.«

Er zögerte, und sie wußte, warum. Falls er log, würde sie es wissen, und das würde die Lüge wertlos machen. Falls er aber die Wahrheit sprach, würde er sie nicht in die Irre führen. »Nein.«

Was bedeutete, daß er es tat. »Also hast du auch deine Identität verleugnet. Du bist Ryver.«

»Nein.«

»Wo ist Ryver dann? Dort drüben, wo er die Geschichte auf dem Schloßgraben gelesen hat, ist er nicht mehr.«

Der Junge schaute hinüber und zuckte zusammen. Mit der unabgeschlossenen Geschichte im Kopf mußte es ihm sehr schwer gefallen sein, sich dort loszureißen. Torrent antwortete nicht, was Antwort genug war.

»Und man erwartet auch nicht von dir, daß du ein Bestandteil dieser Prüfung bist«, sagte sie eingedenk der Tatsache, daß er diese Frage vorher mit »Ja« beantwortet hatte und daß es daher eine Lüge war.

»Das kann ich sein, wenn ich es will!« verteidigte er sich.

»Und jetzt sagst du die Wahrheit.«

Er ließ den Kopf hängen. »Du hast mir eine Falle gestellt. Aber es tut sowieso nichts zur Sache, denn nur bei der Prüfung mußte ich wirklich lügen.«

»Warum hast du dich nicht einfach geweigert, mir etwas über die Schlüssel zu erzählen?«

»Weil ...« Er hielt inne. »Ich kann es dir nicht sagen.«

»Weil das Lügen etwas mit der Lösung zu tun hat!« erkannte sie.

»Nein.«

»Was ja bedeutet. Und die Beeren – haben die auch etwas damit zu tun?«

»Nein.«

»Also doch. Was sind das für Beeren?«

»Giftige Beeren.«

»Wohl kaum. Du hast sie ja gegessen.« Plötzlich hatte sie eine Idee. »Du warst ein ehrlicher Junge. Jetzt bist du ein Lügner. Du hast die Beeren gegessen und gesagt, es wären Buchbeeren, aber ich glaube, es sind Trugbeeren. Sie bringen dich zum Lügen!«

»Nein!«

»Und wenn ich eine esse, muß ich auch lügen.«

»Nein.«

»Aber das Lügen ist ziemlich schwierig, wenn du nicht die Wahrheit weißt. Es kann also sein, daß die Beeren über viel Wissen verfügen, um richtig lügen zu können. Also kennt der Mensch, der sie ißt, die Wahrheit, die er aber nicht sagt.«

»Nein.«

Sie pflückte eine Beere und steckte sie in den Mund. Sie schmeckte ekelhaft süß. Dann sagte sie: »Der Schlüssel ist ...«, Wissensfetzen schossen ihr durch den Kopf, » ... dort drüben.« Sie zeigte absichtlich auf einen falschen Schlüssel unter einem Busch.

Aber jetzt wußte sie, wo sich der richtige Schlüssel verbarg. Er lag am Rand des Schloßgrabens im Schlamm versteckt unter Wasser. Sie ging dorthin, beugte sich hinunter und fischte ihn heraus. Er war aus feinstem Stein gefertigt. Damit ging sie zur Tür. Der Schlüssel paßte, und schon schwang die Tür auf.

Sie wandte sich zu Ryver um, der ihr traurig nachblickte. Die anhaltende Wirkung der Beere führte zu einem Wissenstrom, der Lacunas Bewußtsein erfüllte. Jetzt war ihr klar, warum er sich dieser Prüfung unterzogen und mit dem Gnom getauscht hatte, der eigentlich die Beeren essen und das Lügen übernehmen sollte. Er war einsam. Er wollte unbedingt zu einer Familie gehören, und die Begegnung mit ihr, einem vergänglichen menschlichen Wesen, kam seiner Vorstellung mehr entgegen, als weiter einsam zu bleiben. Er nahm die Gelegenheit wahr, etwas mit ihr zu tun zu bekommen und sich ihr zu nähern, selbst wenn das auf abweisende Art geschehen mußte. Er tat ihr leid.

Sie sagte nichts, denn sie wäre gezwungen gewesen zu lügen, bis die Wirkung der Beere abgeklungen war. Sie drehte sich um und trat über die Schwelle. Die Prüfungen waren bestanden, und unterhaltsam war es ebenfalls gewesen, aber so ganz zufrieden war sie nicht. Sie erkannte nun, daß sie nicht die einzige war, deren Leben aus einem einzigen Blabla bestand.

2

DER HANDKORB

Ivy wartete gleich hinter der Tür im Gang auf sie. »Ich wußte, daß du es schaffen würdest, Lacuna!« rief sie und umarmte sie stürmisch. In den alten Zeiten war sie eines der Kinder gewesen, für die Lacuna Babysitter gespielt hatte, und sie waren immer gut miteinander ausgekommen. Jetzt war Ivy eine anziehende junge Frau von einundzwanzig, die eine glückliche Beziehung mit Grey Murphy führte.

»Ich freue mich ganz und gar nicht darüber, dich zu sehen«, sagte Lacuna und hielt dann bestürzt inne. »Hoppla, diese Trugbeere, die ich nicht gegessen habe ...«

»Ach, das ist schon in Ordnung. Die Wirkung läßt bald wieder nach, falls du nicht zu viele gegessen hast.«

»Ich habe ganze Trauben davon verspeist.«

»Was beweist, daß es nur eine Beere war. Denn wenn du ganze Trauben gegessen hättest, hättest du das Gegenteil behauptet. Komm mit, ich glaube, Grey wartet auf dich. Er sieht nicht sehr glücklich aus. Du hast wohl eine schreckliche Frage.«

Lacuna zuckte die Achseln, damit ihr keine Lüge über die Lippen kam. Sie folgte Ivy in die Haupthalle des Schlosses, wo der Gute Magier sie erwartete.

Grey war inzwischen ein unbeschreiblicher junger Mann von zweiundzwanzig Jahren. Er war der Sohn des Bösen Magiers Murphy, der eigentlich aus der Zeit vor acht oder neun Jahrhunderten stammte, aber ebenso wie der Zombiemeister und Millie das Gespenst in die gegenwärtige Periode der Geschichte Xanths eingetreten war. Der ältere Murphy war natürlich nicht länger böse. Er hatte dem Bösen abgeschworen, denn das war die Bedingung gewesen, sich in dieser Zeit niederlassen zu dürfen. Selten benutzte er seine Kraft, Dinge zu verfluchen, auf daß sie auf jede nur erdenkliche Weise schiefgingen, und wenn, dann tat er es nur für einen guten Zweck. Auch wenn das widersprüchlich erscheinen mochte, war es doch nicht der Fall: Wenn er etwas Schlechtes verfluchte, dann liefen die Dinge für diesen bösen Menschen oder jenes schlechte Wesen schief, und sie konnten ihre verderblichen Absichten nicht in die Tat umsetzen. Grey war selbstverständlich niemals böse gewesen. Aber er war verpflichtet, Com-Puter zu dienen, da seine Eltern vor langer Zeit diesen Pakt in der Annahme geschlossen hatten, er werde nie in Kraft treten. Sein Vater konnte die böse Maschine nicht direkt verfluchen, weil er seinerzeit den Pakt mit ihr geschlossen hatte, um Xanth zu verlassen. Doch er war in der Lage gewesen, das böse Szenario zu verfluchen. Das hatte zur Rettung Greys beigetragen, bis der Gute Magier Humfrey zurückgekehrt war.

Grey trat vor, um Lacuna die Hand zu reichen. Das gehörte zu jenen altmodischen mundanischen Sitten, die er beibehielt, und es bedeutete, daß er sie auf freundliche, aber nicht anmaßende Weise begrüßte und von ihr die gleiche Haltung erwartete. »Ich nehme an, daß ich dir deine Frage nicht mehr ausreden kann, oder?« unternahm er den kläglichen Versuch, sie umzustimmen.

»Magier, mein Leben ist ein einziges Blabla. Ich will einfach nur wissen, welchem Fehler ich diese Öde verdanke.«

»Und du meinst, damit wird dir Genüge getan?«

»Ja. Vielleicht weiß ich dann, wie ich es ändern kann.«

Ivy wandte sich an Grey. »Das ist doch ganz einfach.«

»Ist es nicht«, erwiderte er. Abermals warf er Lacuna einen langen Blick zu. »Ich zöge es wirklich vor, wenn du nicht danach fragen würdest.«

»Tja, natürlich möchte ich dir keine Schwierigkeiten bereiten, aber es ist wohl nicht zuviel verlangt, wenn man bedenkt, daß ich mich durch deine Prüfungen geschlagen habe und bereit bin, meinen Dienst redlich zu verrichten.«

Grey runzelte zweifelnd die Stirn. »Ich bin noch kein erfahrener Informationsmagier. Der Gute Magier Humfrey wüßte viel besser als ich, wie man so etwas handhabt. Aber mir sind Gerüchte zu Ohren gekommen, die vermuten lassen, daß deine Frage für uns beide weitaus verwickelter ist, als sie auf den ersten Blick erscheint. Sie weisen tatsächlich darauf hin, daß sich die Lage in Xanth grundsätzlich ändern könnte, wenn ich deine Frage beantworte. Darauf möchte ich mich nicht einlassen. Daher richtet es sich nicht gegen dich, wenn ich dir die Antwort verweigere.«

»Grey!« wandte Ivy aufgebracht ein. »Ich kenne Lacuna von Kindheit an! Sie ist ein guter Mensch. Und ihre Frage ist ganz einfach. Wie kannst du ihr das antun?«

»Ich kenne Humfreys Magie inzwischen gut genug, um zu wissen, daß es so am besten ist«, widersprach er unglücklich. »Wenn sie also eine andere Frage auf dem Herzen hat ...«

»Nein, nur diese eine«, beharrte Lacuna.

»Dann tut es mir leid, aber ...«

Sie starrte ihn mit einem Erwachsenenblick an. Seine Kindheit lag noch nicht so lange zurück, als daß er für die Wirkung dieses Blicks unempfänglich gewesen wäre. Er scharrte betreten mit den Füßen. »Ich bin nicht gekommen, um mich mit einem Nein abzufinden«, setzte sie nach. Sie mochte ein wenig linkisch sein, aber sie kannte ihre Rechte. »Ich bestehe darauf: Sag mir, wo ich Fehler gemacht habe!«

Grey wand sich verlegen, hielt aber an seinem Standpunkt fest. »Ich werde nicht ...«

Nun wurde es Zeit für das Zuckerbrot. Als Babysitter hatte sie lernen müssen, mit Zuckerbrot und Peitsche zu arbeiten. »Ich denke da an einen ganz besonderen Dienst, um dich für deine Schwierigkeiten zu entschädigen.«

»Na ja, wenn ich deine Dienste in Anspruch nehme, wirst du mit Sicherheit andere Fragesteller in Verwirrung stürzen, indem du irreführende Botschaften auf den Wänden erscheinen läßt. Aber ...«

»Mein lieber Grey, ich kann dich von deiner Verpflichtung gegenüber der bösen Maschine befreien, auch wenn der Magier Humfrey zurückkehrt.«

Grey und Ivy riß es von den Sitzen. »Bist du sicher?« Ivy holte tief Luft. Immerhin war das ein erster Hoffnungsschimmer.

»Ich kann zu Com-Puter gehen und die Schrift auf seinem Bildschirm in dem Sinne verändern, daß Grey Murphys Verpflichtung nicht länger in Kraft ist. Da alles, was auf diesem Bildschirm erscheint, die Wirklichkeit verändert, wird meine Schrift dann auch gültig sein. Es wird keine weitere Verpflichtung mehr geben.«

Ivy sprach mit leuchtenden Augen den Guten Magier an. »Ob sie das wirklich schafft, Grey?«

Grey riß einen gewaltigen Folianten an sich, der auf einem Tisch thronte. Mit fliegenden Fingern blätterte er darin und vergrub sich in den Tiefen der modrigen Seiten. Plötzlich hielt er inne und blickte auf. »Ja, da steht es. Sie kann es schaffen, wenn sie nur die richtigen Worte auf Puters Schirm erscheinen läßt und wenn sie den Mut hat, die böse Maschine in ihrer finsteren Behausung anzuzapfen. Es gibt ein Schlüsselwort, das am Ende verwendet werden muß, sollte nicht alles vergeblich gewesen sein.«

»Ein Schlüsselwort?« fragte Lacuna.

»Compile.«

»Com ... was?«

»Compilieren. Das hat eine spezielle Bedeutung für Com-

Puter. Es schließt ab, was immer gerade auf seinem bösen Schirm geschrieben steht. Com-Puter kann alles verändern außer sich selbst, während das Schlüsselwort ihn verändert. Davon verstehe ich was, weil ich Erfahrung mit ähnlichen Maschinen in Mundania habe.«

»Dann ...«, setzte Ivy an.

Grey hob die Hände zum Zeichen, daß er sich geschlagen gab. »Das genau ist der Dienst, den ich auf keinen Fall zurückweisen kann. Ich werde Lacunas Frage beantworten.«

Lacuna lächelte. Ihr fiel ein gewaltiger Stein vom Herzen. In Wirklichkeit hatte sie sich vorgenommen, Grey in jedem Falle zu befreien, weil sie wußte, wie glücklich das Ivy machen würde. Und sie selbst hatte schließlich auch etwas davon.

»Also gut«, grummelte Grey und steckte die Nase wieder ins Buch der Antworten. »Ich werde antworten müssen. Ich hoffe nur, daß die Folgen nicht allzu schlimm ausfallen.« Er fand die gesuchte Stelle, las die Eintragung und blickte überrascht auf. »Das hat wirklich keinerlei Nutzen für dich. Bist du dir tatsächlich sicher ...?«

»Ich bin mir sicher.«

Er seufzte. »Hier steht, du hättest ihm einen Heiratsantrag machen sollen.«

»Das ist keine ausreichende Antwort!« protestierte Ivy. »Sie besagt nicht, wem oder wann! Ich meine, natürlich ist es in Ordnung, wenn der Antrag von einem Mädchen gemacht wird. Auch ich habe Grey gefragt, ob er mich heiraten will, und er hat den Antrag angenommen. Aber ...«

»Mir reicht es jedenfalls«, versicherte Lacuna ihr. »Ich weiß, was es bedeutet. Hätte ich nur daran gedacht!«

»Wer ...?«

»Es begab sich vor zwölf Jahren, als ich in Greys Alter war. Sein Name war Vernon, und sein Talent bestand darin, andere schwindlig zu machen. Auf jeden Fall löste er dieses Gefühl bei mir aus ... aber das kam daher, weil ich mich in ihn verliebt hatte. Er war ein hübscher junger Mann von angenehmem Wesen. Ich hätte ihn geheiratet, aber er hat mich nie so richtig danach gefragt. Vermutlich war er zu schüchtern. Ich meine, damals war ich nicht so schwer von Begriff wie heute. Später heiratete er ein Ekel von Frau. Sie hat ihm eingeflüstert, daß er ein besseres Leben führen könnte, wenn er nur wüßte; was gut für ihn wäre. Aber *sie* war mit Sicherheit nicht gut für ihn. Ihretwegen führte er ein elendes Leben. Ich glaube, darin bestand ihr Talent. Der Storch hat ihnen keine Kinder gebracht, weil er wahrscheinlich wußte, daß diese Kinder ein trauriges Leben in diesem Haus geführt hätten.« Lacuna schüttelte betrübt den Kopf. »Jetzt, da ich die Antwort weiß, erkenne ich klar, daß es tatsächlich mein Fehler gewesen ist. Er war zu bescheiden und dachte wohl, daß sein Talent wertlos wäre. Ich weiß, daß er meinen Antrag angenommen hätte. Aber leider habe ich ihn nicht gefragt.«

»Aber was hilft es dir, das jetzt nach zwölf Jahren zu erkennen?« fragte Ivy.

»Nichts, außer daß es mich persönlich zufriedenstellt, über meinen Fehler Bescheid zu wissen. Wenn ich das nächste Mal einen Mann treffe, den ich heiraten möchte, werde ich ihn einfach fragen. Wahrscheinlich wird er den Antrag nicht annehmen, da ich inzwischen kein junges Mädchen und für niemanden mehr anziehend bin. Aber zumindest ...«

Ivy war verwirrt. »Grey, ich weiß, daß ihre Frage beantwortet ist, aber es kommt mir nicht ausreichend vor, wenn man den Dienst bedenkt, den sie für uns verrichten will. Schließlich wird sie dich von dem Fluch befreien, der auf deinem Leben liegt. Gibt es nicht eine Möglichkeit, sie von *ihrem* Fluch zu erlösen? Sie vielleicht zurückzuschicken, so daß sie es diesmal richtig machen kann?«

»Ich glaube wirklich nicht ...«, begann er.

»Schau im Buch nach«, unterbrach sie ihn mit dem gewissen Tonfall, den nur die Mitglieder der Weiblichen Verschwörung beherrschten.

Er zuckte mit den Schultern und blätterte weiter. Endlich

fand er die richtige Stelle und las angestrengt. »Es … ist womöglich machbar. Aber …«

»Machbar?« rief Lacuna aus. »Daß ich diese falsche Entscheidung rückgängig machen kann?«

»Ja. Aber die Einzelheiten sind so technisch formuliert, daß ich sie nicht alle verstehe. Das Buch benutzt eine Programmiersprache, und es wird mich Jahre kosten, auch nur einen Teil davon zu begreifen. Nur Humfrey, dem ein Jahrhundert zur Verfügung stand, die Feinheiten zu erlernen, kann die Antwort ergründen.«

»Dann muß ich Humfrey fragen!« bestimmte Lacuna. »Gleich im Anschluß an meine Dienstzeit hier bei dir.«

»Aber Humfrey hält sich an einem unmöglichen Ort im Kürbis auf«, warf Grey ein. »Und er will nicht gestört werden. Wahrscheinlich ist er gerade mit etwas überaus Bedeutendem beschäftigt.«

»Er wird mit mir sprechen«, versicherte Lacuna selbstsicher. »Ich war bei seiner Hochzeit dabei.«

»Genau gesagt befindet er sich im Vorhof der Hölle, der schlimmsten Gegend des Traumreichs. Du wirst bestimmt keine Lust verspüren, dich dorthin zu begeben.«

»Aber natürlich! Wenn es eine Möglichkeit gäbe, das zu verändern, was ich falsch gemacht habe, und es zurechtzurücken … das würde für mein Leben bedeuten, was ich für dein Leben tun werde, Magier. Also, antworte mir: Wie kann ich Humfrey erreichen?«

»Ich weiß wirklich nicht …« Aber er konnte seinen Einwand nicht weiter ausführen, weil Ivy ihn mit dem Starren Blick fixierte, einer weiteren Eigenschaft weiblicher Magie.

»Nicht du mußt dorthin, sondern ich will es«, ergänzte Lacuna. »Wenn ich für deine Antwort noch einen Dienst ableisten soll, so werde ich das mit Freuden tun. Laß mich nur einmal zu Com-Puter gehen und unseren Plan durchführen, dann kommme ich wieder und …«

Grey seufzte. »Nein, wenn du dir damit so sicher bist, werde ich dir ohne weitere Bezahlung helfen, Humfrey aufzusuchen, und zwar sofort. Dein Dienst für mich kann warten.«

»Ja, wenn du sicher bist ...«

»Ich bin nicht sicher. Aber es ist wohl von den Musen so bestimmt.«

»Vom Schicksal«, murmelte Ivy.

»Mir fällt ihr Name einfach nicht ein«, meinte er verwirrt.

»Metria«, sagte Ivy.

»Richtig, die Dämonin Metria«, erwiderte er. »Ich habe das falsche Wort benutzt.« Er blickte zu Lacuna. »Was soll's, ich werde dich zu Humfrey schicken. Aber ich warne dich, es wird keine Vergnügungsreise.«

»Mein ganzes Leben ist keine Vergnügungsreise! Ich könnte etwas Anregung vertragen.«

»Nun, dann geh zur Hölle.«

Lacuna war bestürzt. »Aber ...«

»In einem Handkorb«, ergänzte er. »Dort ist Humfrey, und es ist die einzige Möglichkeit, zu ihm zu gelangen, weil du dort nicht hingehörst.«

»Aha.« Sie hatte doch tatsächlich die Bedeutung seiner Worte falsch verstanden. Die Leute aus Mundania hatten manchmal ziemlich grobe Redensarten.

»Aber du kannst ja morgen gehen«, schlug Ivy vor. »Du wirst dich sicherlich heute nacht hier ausruhen wollen.«

»Nein, ich glaube nicht. Ich breche lieber gleich auf und hole mir die zweite Antwort vom Magier Humfrey.«

»Wie du wünschst«, sagte Grey. Er ging zu einem verschlossenen Schrank, drehte den Schlüssel, öffnete die Tür und brachte ein versiegeltes Gefäß zum Vorschein. Er drehte den Deckel auf und nahm einen winzigen Korb heraus, ein aus Weiden geflochtener Fingerhut, der an einem Faden befestigt war. Schwungvoll warf er den Faden zur Decke hoch und ließ gleichzeitig den Korb los. Nun hing er scheinbar schwebend in der Luft.

»Das ist der Korb«, erklärte Ivy. »Es ist einer der magischen Gegenstände, die wir in Humfreys Sammlung gefunden haben. Er hat ihn augenscheinlich benutzt und zurückgeschickt. Darin wirst du zur Hölle reisen.«

»Aber in dieses kleine Ding passe ich doch gar nicht rein«, erwiderte Lacuna.

Grey lächelte. »Dein Körper wird in einem Sarg ruhen, so wie der von Humfrey. Nur deine Seele fährt zur Hölle. Hab keine Angst, dein Körper wird hier in Sicherheit ruhen, bis du zu ihm zurückkehrst.«

Ivy ging zu einer niedrigen, geschlossenen Bank. Sie hob die Sitzfläche an ... ein Sarg! Er war mit weichem Plüsch ausgekleidet. »Leg dich dort hinein«, bat sie.

Man konnte zwar nicht sagen, daß Lacuna Hintergedanken kamen, aber Zwischengedanken kamen ihr in jedem Fall. In einem Sarg schlafen? Aber wenn sie nur auf diese Weise ihr Ziel erreichen konnte, dann mußte sie es tun.

Behende stieg sie in den Sarg und legte sich auf den Rükken. Dabei kam sie sich noch viel älter und schwerfälliger vor, als sie sich ohnehin schon fühlte. Grey legte seinen Finger hinter den winzigen Korb in der Luft und schnippte ihn zu ihr herüber. »Steig hier hinein.«

Lacuna wollte widersprechen, spürte aber, daß sie bereits nach oben schwebte, während der Korb schnell größer wurde. Sie hielt sich am Rand fest und stieg in den Korb. Jetzt war seine Größe genau richtig. Sie konnte aufrecht darin stehen und über den Rand nach unten blicken.

Dort entdeckte sie ihren riesigen Körper, der im Sarg liegen geblieben war. Er sah in jeder Hinsicht genauso nichtig und leer aus, wie sie es befürchtet hatte.

Dann schaute sie in die andere Richtung. Auf einmal begann der Korb, sich zu bewegen. Er pendelte am Ende des Seils hin und her, das an dem kräftigen Griff festgeknotet war. Das Zimmer, ja sogar das gesamte Schloß des Guten Magiers waren verschwunden. Ihre Reise hatte begonnen.

Der Korb neigte sich und schwebte abwärts. Lacuna klammerte sich mit beiden Händen am Rand fest. Dann flog sie durch einen Raum voller Schatten und Wolken. Dahinter konnte sie fahle Lichter ausmachen; wie Blitze machten sie die Umrisse der Wolken plötzlich sichtbar. Einige Wolken erinnerten an monströse häßliche Gesichter, als ob Fracto Cumulus Nimbus, die bösartigste aller Wolken, für sie Modell gestanden hätte.

Eine Wolke öffnete ihr riesiges Maul, und der Korb flog geradewegs hinein. Sofort veränderte sich die Umgebung. Nun schwebten seltsame Gegenstände unterschiedlichster Größe vorbei, manche so klein wie winzige Eicheln, andere so groß wie riesige Eichen. Das mußte das Traumreich sein, das man ansonsten nur durch das Guckloch im Kürbis betrat. Es gab also noch andere Zugänge. In einem Handkorb zur Hölle! Wer hätte das gedacht! Na ja, zumindest war es aufregend.

Einige der Szenarien, die sie durchflog, waren allerdings mehr als nur aufregend. Sie waren grotesk. Hier gab es menschliche Gestalten in den verschiedensten Leidenszuständen. Lacuna sah Tiere, die sich verirrt hatten, und eine Sammlung von Gegenständen, die allesamt zerstört erschienen. Eben genau der Stoff, aus dem Angstträume gewebt waren. Sie hingen hier im Limbus und warteten vielleicht darauf, die wahrlich häßlichen Träume jener Schläfer zu bereichern, die es nicht anders verdient hatten. Lacuna hatte selten unter Alpträumen gelitten. Auch das war ein Ausdruck ihres langweiligen Daseins. Wie konnte jemand Alpträume hervorbringen, dem es nicht einmal gelang, irgend etwas zustande zu bringen, wenn auch von zweifelhaftem Nutzen.

Ein verschwommenes Gesicht tauchte vor ihr auf, weder interessant noch langweilig. Aus seinem Mund quollen Buchstaben in rein zufälliger Reihenfolge. Diese Buchstaben wuchsen im Flug und verwandelten sich in Bilder, die wirklich seltsam waren! Eins zeigte einen Mann, der hilflos mit seinen zwei linken Händen wedelte, wobei er äußerst linkisch aussah. Auf einem anderen war ein Schlachter zu sehen, der einen Berg voller Herzen und Nieren vor sich liegen hatte und sie prüfend abtastete, wobei das Blut aus ihnen hervorquoll. Das dritte zeigte einen Mann, dessen Kopf aus einem Haufen Tierdung bestand.

Plötzlich begriff Lacuna. »Redensarten!« rief sie. »Im Reich der Träume werden sie wörtlich genommen. ›Der Mann mit den zwei linken Händen‹, ›auf Herz und Nieren prüfen‹ und ›der Kopf voll Scheiße‹!« Diese Leute waren wirklich schlimmer dran als sie, wodurch Lacuna sich besser, in gleichem Maße aber auch schuldiger fühlte. Wie furchtbar mußte es sein, wenn alles so wörtlich genommen wurde.

Dann kurvte der Korb plötzlich in eine kleine Kammer. Er krachte auf den Boden und überschlug sich beinahe, so daß sie herauskriechen mußte. Sie war am Ziel.

Als sie ihr Gleichgewicht wiedererlangt hatte, sah sie, wie der Korb auf und davon flog. »Halt!« rief sie und versuchte ihn zu greifen. Aber es war schon zu spät. Sie hatte ihre Rückreisemöglichkeit verloren.

Zum Glück wußten Grey und Ivy, wo sie sich befand. Sicherlich würden sie den Handkorb zurückschicken, wenn sie merkten, daß er leer war. Sie mußte einfach daran glauben!

Lacuna sah sich um – und da saß der alte Gute Magier Humfrey auf einem harten Holzstuhl! Sie erkannte ihn sofort. Die gnomenhafte Gestalt und das hohe Alter des kleinen Mannes waren unverwechselbar. Anscheinend machte er gerade ein Nickerchen.

Das war aber auch schon alles. Der Rest der Kammer war bis auf einen zweiten Stuhl leer.

Auf diesem nahm sie Platz. Abgesehen davon gab es rein gar nichts zu tun. Sie strich ihr schmutziges Kleid glatt und bemerkte dabei, daß sie ihre normalen Kleider trug, obwohl sie sich hier in ihrer Geistform befand. Das war auch gut so, denn es hätte ihr nicht besonders gefallen, wenn sie in dieser höllischen Region nackt herumlaufen müßte, obwohl das bestimmt kein Ort war, an dem man Geheimnisse für sich behalten konnte. Sicherlich war die Kammer hier nicht die eigentliche Hölle, denn von einem Feuer war nichts zu sehen. Es mußte der Vorhof zur Hölle sein.

Aber warum saß Humfrey immer noch hier und wartete? Ja wirklich, was tat er hier überhaupt? Wo war seine Familie? Zehn Jahre waren mittlerweile ins Land gegangen, seit dieser Mann mit seiner Frau und seinem Sohn aus dem Schloß verschwunden war und Xanth im Stich gelassen hatte. Die Zentaurin Chex, ihre Kameraden Esk der Oger und Volney Wühlmaus hatten berichtet, daß er einfach nicht mehr aufzufinden war. Anscheinend waren die Schloßbewohner genau in dem Augenblick verschwunden, als die Prüfungen für die drei gerade eingeleitet worden waren. Das war das große, noch immer nicht gelöste Rätsel Xanths: Was war dort geschehen?

Nun ja, vielleicht war das nicht gerade ihre Angelegenheit, obwohl sie natürlich genauso neugierig war wie jeder andere auch. Doch sie hatte nur eine Frage auf dem Herzen, die sie dem Magier stellen wollte. Deshalb mußte sie ihre Anteilnahme an allem anderen, was sein Leben betraf, unterdrücken.

Eigentlich hätte sie ihn lieber nicht in seinem Schlummer gestört, aber sie wußte nicht genau, wie lange sie hier noch sicher war. Wenn dies der Vorhof zur Hölle war, dann bestand jederzeit die Gefahr, daß sich eine Tür öffnete und ein Dämon erschien, der in einem Tonfall rief, daß es einem durch Mark und Bein ging: »Der Nächste!« Und dann würden entweder Humfrey oder sie selbst fortgeschleppt werden. In beiden Fällen wäre ihre Chance dahin, eine Antwort zu bekommen.

»Ähem«, räusperte sie höflich.

Zuerst zuckte nur ein Augenlid, dann beide, und endlich schlug Humfrey die Augen auf und blickte sie an. «Lacuna! Was machst du denn hier?«

»Was denn – du erkennst mich?« fragte sie verwundert.

»Natürlich erkenne ich dich! Du warst doch mein Babysitter, als ich durch eine Überdosis Wasser aus dem Jungborn wieder zum Kleinkind wurde. Du warst damals ein richtig süßer Teenager. Ganz anders als jetzt, wo du wahrscheinlich in einem totalen Blabla steckst.«

Sie hatte ganz vergessen gehabt, wie groß seine Informationskraft war. Aber für einen Informationsmagier verstand sich das ja wohl von selbst. Sogar in seinem stark verjüngten Zustand hatte er sehr schnell gelernt. Und auch jetzt, wo er sie achtzehn Jahre lang nicht gesehen hatte, beurteilte er ihre augenblickliche Verfassung mit erschreckender Sicherheit.

»Ich bin gekommen, um dir eine Frage zu stellen«, erklärte sie.

»Ich beantworte jetzt keine Fragen. Geh zum Schloß. Eigentlich sollte sich Murphys Junge darum kümmern.«

»Das hat er auch gemacht. Er hat mich hierher geschickt, weil du der einzige bist, der meine Frage beantworten kann.«

»Warum? Hat er das Buch der Antworten nicht mehr?«

»Doch, aber er kann die technischen Abschnitte nicht entziffern, in denen meine Antwort steht.«

Humfrey nickte zustimmend. »Ja, man braucht wirklich ein Jahrhundert, um die Programmiersprache zu meistern. Ich weiß darüber Bescheid. Ich habe es schneller geschafft, denn ich hatte eine besondere Ausbildung. Aber er muß das alles auf dem üblichen Wege lernen.«

»Aber ich kann kein Jahrhundert warten!« protestierte sie. »Aus dem süßen Teenager ist mittlerweile eine Blablageschädigte Vierundreißigjährige geworden! Bevor das nächste Jahrzehnt verstrichen ist, werde ich schon vor Langeweile gestorben sein.«

Er blickte sie abschätzend an. »Eher in sechs Jahren.«

»Was! Nur sechs Jahre?«

»Einem Menschen werden nur drei große Fehler zugestanden. Dein erster bestand darin, den jungen Mann nicht zu heiraten. Dein zweiter war, dreißig zu werden, und dein dritter wird sein, vierzig zu werden, und das wird dir als potentiell attraktives weibliches menschliches Wesen den Rest geben.«

Er verstand ihre Lage ausgezeichnet! »Der Magier Grey Murphy hat mir vom ersten Fehler erzählt. Wenn ich etwas daran ändern kann, dann bleiben nur noch zwei Schicksalsschläge übrig, und mein Leben könnte sich vielleicht noch lohnen. Für verheiratete Frauen gelten andere Regeln. Deshalb bin ich zu dir gekommen.«

Humfrey überlegte. »Ich glaube, wenn ich sowieso hier warte, dann kann ich ebensogut was unternehmen. Nehmen wir einmal an, ich würde dir den Code geben, mit dessen Hilfe Grey Murphy deine Antwort im Buch entschlüsseln kann?«

»Das wäre wunderbar!« antwortete sie.

»Und welchen Dienst würdest du mir dafür erweisen?«

»Was stellst du dir denn vor?«

»Ich will, daß der Dämon $X(A/N)^{th}$ Notiz von mir nimmt!« erklärte er. »Ich habe mir in diesem Warteraum zehn Jahre lang Schwielen am Hintern geholt, nur damit er kommt und mich fragt, was ich will.«

»Du meinst, du befindest dich gar nicht auf dem Weg in die Hölle?«

»Genau genommen nicht. Ich bin hier, um jemanden aus der Hölle zu holen. Danach kann ich mit ihr nach Xanth zurückkehren.«

»Mit ihr? Wer ist sie?«

»Meine Frau.«

»Die Gorgone ist in der Hölle?«

»Nein. Sie wartet, bis ich meine Angelegenheit hier erledigt habe. Wegen Rose bin ich gekommen.«

»Rose ist deine Frau? Aber was ist dann mit der Gorgone?«

»Was soll denn mit ihr sein?«

»Wie kannst du in der Hölle eine Frau haben, wenn doch die Gorgone deine Frau ist?«

»Ich habe Rose vorher geheiratet.«

»Aber dann ...«

»Das ist eine lange Geschichte«, unterbrach er sie unwirsch.

Lacuna begriff, daß Humfrey in dem Jahrhundert vor seiner Begegnung mit der Gorgone mehr auf die Beine gestellt haben mußte, als Däumchen zu drehen. Rose war seine verstorbene Ehefrau gewesen. »Ganz gleich, wie lang es her ist – wenn du Rose zurückbringst, wirst du zwei Frauen haben, und das ist in Xanth nicht erlaubt.«

»Wer behauptet das?«

»Königin Irene. Als Prinz Dolph sich mit zwei Mädchen verlobt hatte, gebot sie, daß er nur eine heiraten durfte.«

Humfrey seufzte. »O je. Das macht alles viel schwieriger. Aber das Wort der Königin ist natürlich Gesetz, was das gesellschaftliche Protokoll betrifft, wie unpassend es auch sein mag. Ihr Sohn war bestimmt sehr aufgebracht darüber.«

»Das war er allerdings«, bestätigte sie. »Aber zuletzt hat er es doch geschafft.«

»Er war noch jung. Ich dagegen bin zu alt, um mich auf so einen Unsinn einzulassen. Was soll ich bloß tun? Ich kann doch Rose nicht in der Hölle schmoren lassen.«

»Was fragst du mich? Du bist doch der Informationsmagier.«

»Wahrlich. Ich werde darüber nachdenken. Ich werde mein Leben überdenken und mir die Grundlage für die richtige Entscheidung verschaffen. Dein Dienst wird darin bestehen: Nutze dein Talent, um meine Lebensgeschichte zu schreiben.«

»Aber ich habe doch nichts, worauf ich schreiben könnte«, entgegnete sie überrascht.

»Schreib einfach auf der Wand.«

»Ja, das könnte ich machen«, stimmte sie zu. »Aber warum soll es überhaupt geschrieben werden? Warum kannst du dein Leben nicht einfach im Kopf überdenken?«

»Weil mein Kopf einfach nicht groß genug ist!« gab er scharf zurück. »Außerdem versuche ich, die Aufmerksamkeit des Dämonen $X(A/N)^{th}$ zu erregen, und vielleicht dient meine Geschichte auf der Wand diesem Zweck.«

»Warum willst du dich denn mit dem Dämon $X(A/N)^{th}$ treffen? Ich dachte, daß du hier bist, um deine frühere Frau zu retten.«

»Das stimmt ja auch. Aber nur der Dämon kann mir das genehmigen.«

Lacuna nickte verstehend. Allmählich ergab alles einen Sinn. »Und du hast die ganze Zeit hier in den Startlöchern gehockt, ohne von dem Dämon beachtet zu werden? Warum machst du nicht einfach mal eine Pause an einem abwechslungsreicheren Ort?«

»Weil der Dämon nichts mit mir zu tun haben will!«

»Aber dann wird er dich vielleicht niemals bemerken?«

»Nein. In dem Großen Buch der Universalen Gesetze steht geschrieben: Der Dämon ist verpflichtet, seiner Anrufung Folge zu leisten, bevor er irgend etwas anderes unternimmt. Deshalb werde ich hier warten, bis er auftaucht.«

»Aber die ganze Zeit ... du kannst es dir doch sicherlich erlauben, mal ein wenig auszuspannen. Der Dämon schläft wahrscheinlich, und da ist es doch völlig egal, ob du da bist oder nicht.«

Humfrey starrte sie unverwandt an. »Du verstehst nichts von der Psychologie des Dämonen X(A/N)th. Er wird genau zu dem Zeitpunkt hier auftauchen, wenn ich gerade gegangen bin. Denn in den Gesetzen steht auch, daß die Anrufung verfällt, wenn der Dämon erscheint und niemand mehr im Vorhof sitzt, weil derjenige nicht genügend Interesse gezeigt hat. In so einem Fall braucht er mich überhaupt nicht anzuhören.«

Lacuna war entsetzt. »Du glaubst, der Dämon weiß, daß du hier bist und übersieht dich absichtlich, um dich hereinzulegen? Und so geht es schon ein ganzes Jahrzehnt lang?«

»Genau. Deshalb traue ich mich nicht hinaus. Ich habe einmal Glück gehabt, daß der Dämon nicht mitbekommen hat, wie Grey Murphy und Ivy vor vier Jahren versucht haben, mich im Traumsarg zu wecken. Der Dämon ist vielleicht einmal unaufmerksam gewesen – ein zweites Mal werde ich nicht so glimpflich davonkommen.«

Nun wußte sie, warum der Gute Magier einfach verschwunden war, ohne eine Nachricht zu hinterlassen. Er hatte keine Gelegenheit dazu gehabt, wenn er nicht das Scheitern seiner Aufgabe in Kauf nehmen wollte. Das also war der Grund, aus dem er hier in diesem tödlich langweiligen Wartezimmer geblieben war und nichts anderes gemacht hatte, als auf den Dämon zu warten.

»Die letzte Zeit deines Lebens ist ein noch wesentlich schlimmeres Blabla gewesen als meins!« rief sie. Das war eine Offenbarung!

»Und was gibt es sonst noch Bemerkenswertes?« fragte er säuerlich.

»Na, hör mal! Nimm einmal an, der Dämon kommt in diesem Augenblick herein und sagt, daß er nichts dagegen hat, wenn du Rose aus der Hölle holst und nach Xanth zurückbringst. Was wird dann aus der Gorgone?« Lacuna hatte die Gorgone gekannt und sehr gern gehabt, da deren angsteinflößende Macht ihrem Gesicht entsprang, nicht aber in ihrem Wesen lag.

»Ich habe schon genug damit zu tun, mir auszumalen, was nach meiner Rückkehr mit Grey Murphy geschehen soll«, grummelte der Magier. »Es wäre nicht richtig, ihn nach Mundania zurückzuschicken, um dem Problem Com-Puter aus dem Weg zu gehen.«

»Oh, das ist doch kein Problem«, sagte sie schnell. »Ich werde Grey erlösen, indem ich die Zeilen auf dem Schirm der bösen Maschine verwandle.«

Er starrte sie verdutzt an. »Kein Wunder, daß ich diese Antwort übersehen habe! Dabei liegt es auf der Hand! Es geht lediglich darum, Com-Puters Hauptprogramm zu überschreiben und den Befehl einzugeben: ›Save and Compile‹. Darauf hätte ich auch schon früher kommen können.«

Sie sagte nichts, zuckte bloß die Schultern, weil sie ihn nicht noch mehr ärgern wollte.

»Wenn du so gut darin bist, das auf der Hand Liegende zu erkennen – wie sieht dann deine Lösung für das Problem mit meinen beiden Frauen aus?«

Ratlos gestikulierte sie mit den Händen. »Vielleicht können sie sich abwechseln?«

»Das ist doch lächerlich!« entfuhr es ihm. »Das könnte nur klappen, wenn die Königin sich nicht einmischt.«

»Ja, aber wenn die eine Frau im technischen Sinne tot ist, während die andere noch lebt, kann Königin Irene vielleicht nichts dagegen einwenden.«

Er seufzte. »Aber so weit kommt es vielleicht gar nicht. Der Dämon X(A/N)th wird mein Gesuch sowieso nicht bewilligen.«

»Aber ... aber warum wartest du dann ...«

»Weil es einfach undenkbar für mich ist, nicht wenigstens den Versuch unternommen zu haben. Früher war ich nicht so erfahren und habe so eine Herangehensweise überhaupt nicht erwogen. Aber in meinem Alter gibt man nicht so schnell auf.«

Lacuna fragte sich, was für eine Frau Rose sein mochte, daß sie die Aufopferung dieses für gewöhnlich widerborstigen Mannes wert war. Ein Jahrzehnt im Vorhof der Hölle zu sitzen, nur um auf eine abschlägige Antwort zu warten!

Lacuna wußte zwar, daß sie es lieber nicht tun sollte, aber sie konnte einfach nicht anders, als nachzufragen. »Warum wird der Dämon dein Gesuch nicht bewilligen?«

»Aus demselben Grund, aus dem er sich nicht mit mir treffen will: es ist einfach komplizierter, sich mit dieser Angelegenheit zu befassen, als sie zu ignorieren. Der Dämon macht sich doch nur Gedanken um seine eigene Bequemlichkeit und nicht um meine.«

»Wäre es dann nicht einfacher für ihn, sich dein Gesuch anzuhören, es abzulehnen, und dann nichts mehr mit deinem Fall zu tun zu haben?«

»Das kann er nicht machen. Die Gesetze schreiben vor, daß er redlich sein muß. Wenn er aber redlich ist, muß er mein Gesuch möglicherweise bewilligen. Deshalb vermeidet er es, mir über den Weg zu laufen, und hofft, daß ich aufgebe und verschwinde, ohne daß er mich zuvor anhören mußte.«

Da begriff sie, daß die beiden sich tatsächlich in einem Wettstreit des Willens befanden. Humfrey wünschte etwas, das der Dämon $X(A/N)^{th}$ nicht gewähren wollte, und so waren die beiden miteinander in diesem Wettstreit der Geduld verstrickt. Eigentlich war das traurig, aber es erinnerte auch irgendwie daran, wie Humfrey diejenigen behandelt hatte, die ihn einst mit Fragen in seinem Schloß belästigten. Er bekam es mit gleicher Münze heimgezahlt. Wahrscheinlich würde er weitere Ausführungen zu diesem Thema nicht begrüßen, und so hielt Lacuna jede Bemerkung zurück, die ihr noch auf der Zunge lag.

»Wie will er vermeiden, dein Gesuch zu bewilligen, wenn er redlich sein muß?« wollte sie wissen.

»Er wird mich betrügen.«

»Aber ...«

»In diesem Fall bestimmt der Dämon, was Redlichkeit ist und was nicht. Er wird mir eine Chance geben, das zu bekommen, was ich möchte, sofern ich dafür meine Seele aufs Spiel setze. Wenn ich gewinne, kann ich Rose mitnehmen. Wenn ich verliere, werde ich hier mit ihr eingesperrt bleiben. Deshalb wird er alles daransetzen, daß ich verliere.«

»Aber wie kann er ...«

»Das ist sehr einfach. Er wird mir eine Frage stellen, die ich als Informationsmagier eigentlich beantworten können muß. Es wird sich um irgendein zukünftiges Ereignis handeln. Dann wird er alles daransetzen, daß auf jeden Fall etwas ganz anderes geschieht, egal wie meine Antwort ausfällt. Auf diese Weise werde ich verlieren.«

»Dann gibt es für dich wirklich keine Hoffnung«, sagte sie erschüttert.

»Hoffnung ja, aber keine Chance.«

»Du wirfst dein Leben einfach so weg! Und selbst, falls du siegen solltest, hast du immer noch das Problem mit den zwei Frauen. Sie werden bestimmt nicht tauschen wollen, wenn sie erst einmal beide in Xanth leben.«

»Erzähl mir mal was Neues.«

Sie schüttelte den Kopf. »Das macht einfach keinen Sinn.«

»Ja, so ist es wohl.«

Jetzt wußte sie, daß er einen Plan hatte. Sie konnte sich zwar keine Vorstellung davon machen, aber sie vertraute seinem Wissen. Er würde schon eine Möglichkeit finden, den hinterlistigen Wettstreit zu gewinnen – wenn er nur die Aufmerksamkeit des Dämonen erwecken konnte. Natürlich durfte er ihr nichts von seinen Plan erzählen, da der Dämon vielleicht lauschte und dann wissen würde, wie er das Vorhaben durchkreuzen konnte.

Noch eine Frage lag ihr auf der Zunge. »Wenn der Dämon

$X(A/N)^{th}$ weiß, daß du hier bist, und dich gar nicht beachtet, wie kann es dann von Bedeutung sein, ob deine Lebensgeschichte auf der Wand erscheint oder nicht? Wird er das nicht auch absichtlich übersehen?«

»Nur bis zu einem bestimmten Punkt. Meine Lebensgeschichte ist wahr, obwohl den meisten Menschen ein Großteil davon unbekannt ist. Nur der Dämon kennt sie vollständig. Es muß die Wahrheit sein. Ich will auf keinen Fall irgend etwas davon verfälschen. Daher wird mir die Erzählung an einigen Stellen schwerfallen. Vollkommene Aufrichtigkeit ist immer schmerzhaft und selten ratsam. Aber an der Stelle, an der ich zur Gegenwart vorgedrungen bin und zur Zukunft übergehe, wird die Wahrheit der Geschichte noch unbestimmt sein. Dann werde ich sie so erzählen können, wie sie hoffentlich verläuft.«

»Aber dann könntest du ja voraussagen, daß du Rose aus der Hölle retten und zurück nach Xanth bringen wirst!«

»Sehr richtig. Ich werde in der Lage sein, meine eigene Zukunft zu gestalten. Daher muß der Dämon an dieser Stelle zu mir kommen und sich mit meinem Gesuch befassen, sonst würde er den Wettstreit verlieren.«

Das war aber wirklich eine sehr ausgetüftelte Strategie! Es stand außer Frage, daß der Gute Magier sehr viel schlauer war als sie. Ein nagender Zweifel war dennoch geblieben. »Warum hast du dann deine Geschichte nicht schon früher erzählt, anstatt die ganze Zeit zu warten?«

»Das gesprochene Wort hat nicht dieselbe Macht wie das geschriebene. Erst seit du hier unten bist, kann ich meine Geschichte niederlegen, indem du sie an der Wand erscheinen läßt.«

»Aber warum hat mich der Dämon dann nicht daran gehindert, hierher zu kommen?«

»Ich vermute, daß er dich für zu bedeutungslos gehalten hat, als daß er sich mit dir beschäftigt hätte. Wenn du, wie meine Frauen, schön oder klug oder hochtalentiert gewesen wärst, dann hätte er deine Ankunft bestimmt bemerkt. Nun ist es zu spät, denn du bist bereits hier.«

»Was für ein Glück, daß ich so durchschnittlich bin«, sagte sie mit leicht gemischten Gefühlen.

»Du bist nicht durchschnittlich, Lacuna, du bist langweilig. Du bist fast zu hundert Prozent uninteressant. Wie du zu einer der Hauptpersonen dieser Geschichte werden konntest, sprengt alle Grenzen meines Vorstellungsvermögens.«

Das traf sicher zu, denn deshalb war sie ja hergekommen.

»Also gut, dann sollten wir jetzt beginnen«, schlug sie mit einem Anflug müder Abgeschlagenheit vor. Sie richtete den Blick auf die gegenüberliegende Wand, und schon erschienen die ersten Worte.

Die Lebensgeschichte des Guten Magiers Humfrey, des Informationsmagiers. Kapitel Eins.

»Verdammt, schreib doch nicht so gestelzt!« fuhr Humfrey sie an. »Überschreibe es einfach mit *Höllen-Mädchen* und beginn mit Kapitel drei. Mit deinen eigenen, langweiligen Angelegenheiten hast du bereits zwei Kapitel verschwendet – möge die Muse der Historie dir vergeben.«

»Ja, warum nicht«, stimmte sie restlos ernüchtert zu. «Wie soll der Titel von Kapitel drei lauten?«

»Ach, einfach irgendwie«, sagte er ungeduldig. Dann begann er zu diktieren.

3

IRGENDWAS

Ich kam im Jahre 933 als Kind rechtschaffener Eltern zur Welt. Diese Zeitrechnung beginnt mit der ersten Einwanderungswelle der Menschen in Xanth. Vorher hatten sich nur wenige – ungefähr zweitausendzweihundert Jahre vor Beginn dieser Zeitrechnung – in Xanth niedergelassen. Doch im Anschluß daran wurde Xanth zu einer Insel, und die Zahl der Menschen war nicht groß genug, um ihre Kolonie am Leben zu erhalten. Aus diesem Grund starben sie etwa dreihundert Jahre später aus. Vielleicht muß man sogar Gott dafür danken, denn das Hauptzeugnis ihrer Existenz sind die Kreuzungen, die sie hervorbrachten: Harpien, Cowboys, Werwölfe, Meerjungfrauen und dererlei. Im Laufe der Jahre wurde die Landenge wieder begehbar, und die Menschen kamen in größerer Zahl herüber, was zur Entstehung der Zentauren führte. Aber erst mit der großen Einwanderungswelle gewann die menschliche Geschichte an

Kontinuität. Deshalb wurde dieses Ereignis zum Jahr Null erhoben.

Die darauffolgenden Einwanderungswellen von Menschen aus Mundania verursachten viel Leid in Xanth, bis Zauberer Roogna nach der vierten Welle, im Jahre 228, an die Macht gelangte. Er erbaute Schloß Roogna und leitete das Goldene Zeitalter von Xanth ein. Als König Gromden 677 starb und König Yang die Macht übernahm, blieb Schloß Roogna verlassen. Allmählich nahm der Einfluß der Menschen auf der Halbinsel ab, wodurch das Dunkle Zeitalter Xanths eingeleitet wurde, wie man es später bezeichnete. Niemand hatte diese Entwicklung bemerkt oder sich darüber Sorgen gemacht, bevor es zu spät war.

Aber diese Zusammenfassung ist bestimmt nicht besonders interessant. Für jene, die für die tote Vergangenheit eine krankhafte Neugier entwickelt haben, wurde in einem Anhang ein tabellarischer Überblick der Geschichte Xanths angefügt.

Wie dem auch sei, kürzlich war etwas Gutes geschehen: Im Jahr vor meiner Geburt verwandelte der Zaubererkönig Ebnez den Todesstein in den Schutzstein, der Xanth vor weiteren Einwanderungswellen bewahrte. Der Zauberer Roogna hatte vollkommene Macht über alles Lebendige besessen, während der Zauberer Ebnez die Magie des Unbelebten beherrschte. Beides mußte eine deutliche Wirkung auf alle menschlichen Belange haben, wodurch eine eher ruhige Periode der Geschichte eingeleitet wurde. Die Zwölftwelle nannte man schließlich die Letztwelle, weil es keine weiteren Einwanderungswellen bis zum Jahr 1042 gab, als König Trents mundanische Armee sich friedlich in Xanth niederließ.

So hatte ich das Glück, im friedlichsten Abschnitt von Xanths Dunklem Zeitalter zu leben. Eigentlich war es sogar ziemlich langweilig. So gab es einen Segensspruch: ›Mögest du in langweiligen Zeiten leben.‹ Ich für meinen Teil hätte lieber unter dem Fluch interessanter Zeiten gelitten.

Ich war das jüngste von drei Kindern. Mein älterer Bruder

erbte den Hof, und meine ältere Schwester hatte einen unverbesserlichen Befehlston am Leib. Deshalb war es mir beschieden, auf der Suche nach fernen Abenteuern allein durch die Welt zu ziehen. Unglücklicherweise bestand das einzige Handwerk, das ich beherrschte, aus dem, was ich zu Hause erlernt hatte: dem Anbau von Ticks. Wir bauten Ticks an, die regelmäßig zuckten. Wir ernteten und bündelten sie für die Uhren anderer Leute. Waren sie erst einmal in eine Uhr eingebaut, so maßen die gut ausgereiften Ticks die Zeit. Ohne sie hätten die Uhren nichts weiter als Tacks besessen und wären reichlich nutzlos gewesen. Doch die Ticks sorgten für eine stetige Abfolge von Tick-Tacks, so daß die Uhren richtig gingen. In Xanth gab es nur wenige Uhren, denn es lebten dort nur wenige Menschen, und meine Familie versorgte sie mit allen Ticks, die gebraucht wurden. Es wäre sinnlos gewesen, eine zweite Farm dieser Art aufzubauen. Was ich gelernt hatte, war außerhalb des Reiches nutzlos.

Doch ich hatte eine andere Leidenschaft: eine geradezu ungezügelte Neugierde. Das war aber auch schon alles, denn ich besaß meines Wissens kein magisches Talent. In jenen Tagen war das auch noch nicht erforderlich. Erst der ältere Sturmkönig verfaßte diesen idiotischen Erlaß, daß jeder Bürger von Xanth ein magisches Talent besitzen mußte, wie gering es auch sein mochte. Vorher bestand das einzige wirkliche Gesetz darin, daß nur ein Zauberer König werden konnte. Es geht zurück auf die vierte Einwanderungswelle und hat im allgemeinen gut funktioniert, denn nur ein Zauberer besaß die Macht, seine Erlasse durchzusetzen. So wurde ich, ein untalentierter junger Mann, ohne sonderliche körperliche Fähigkeiten und von kleinem, nicht besonders stattlichem Wuchs, in Xanth zur Unperson. Die anderen Leute bekamen weder mit, was ich tat, noch kümmerten sie sich darum, solange ich niemanden störte.

So wanderte ich von Dorf zu Dorf, sah mich um und erkundete alles. Begierig nahm ich alles in mich auf, was es zu erlernen gab. Da die Dörfer weit auseinander lagen, verbrachte ich die meiste Zeit auf den Wegen zwischen den

Ansiedlungen. Diese Wege waren verwahrlost und nicht selten gefährlich – zumindest galt das zwischen den Perioden, in denen es magische Wege gab, die ursprünglich von König Roogna angelegt wurden. Man mußte sehr aufpassen, die verwahrlosten Wege nicht mit jenen zu verwechseln, die von Gewirrbäumen und ihresgleichen für ihre speziellen Zwecke errichtet wurden. Während des Goldenen Zeitalters gab es magische Wege im Überfluß, und das gilt auch für unsere jetzige Epoche. Das ist eben der Vorteil eines mächtigen Königs.

Ich war fünfzehn Jahre alt, sah aber aus wie zwölf. Manchmal hielten mich die Menschen für einen Zwerg. Da das immer so gewesen war, hatte ich mich daran gewöhnt. Ehrlich gesagt, war es manchmal sogar ein Vorteil, weil Zwerge für gewöhnlich nicht als Menschen betrachtetet wurden. Aus diesem Grund äußerten sich in meiner Gegenwart manche so freizügig, als seien sie allein oder höchstens in Begleitung von Tieren. Also spitzte ich die Ohren, hielt den Mund und erfuhr viele Geheimnisse. Doch diese waren es nur in den seltensten Fällen wert, erfahren zu werden: Wer sich mit wessen Frau ein Stelldichein gegeben hatte, wer was von wem stahl, und wer vor kurzem vom ortsansässigen Drachen gefressen worden war. Aber es war mein unersättliches Verlangen, das mich dazu trieb, mir ihre Namen, Gesichter und Geheimnisse einzuprägen, denn alles, was man wissen konnte, wollte ich auch in Erfahrung bringen.

Wie sich herausstellte, besaß ich ein hervorragendes Gedächtnis, das ich durch Notizen unterstützte, die ich in meinem einzigen Besitztum von Wert niederlegte: einem Notizbuch. So schrieb ich beispielsweise ›Kelvin – schlachtete den goldenen Drachen‹ oder ›Stile – blauer Adept‹ oder ›Zane – Thanatos‹ oder ›Darius – Cyng von Hlahtar‹, und beim Lesen einer jeden Notiz tauchte dann die gesamte, ganz persönliche Geschichte des Betreffenden in meiner Erinnerung auf. Natürlich waren das alles recht haltlose Gesellen, die in Xanth niemals eine Spur hinterließen und die man bestimmt vergessen wird. Aber für mich waren sie interessant, denn wer vermochte zu sagen, welche Abenteuer sie erleben oder welche Erfolge sie erringen würden, wenn sie sich nur in für sie vorteilhafteren Situationen befänden. Was diesen Punkt betrifft – was könnte ich alles erreichen, wenn ich in einer Kultur lebte, in der Neugier hoch bewertet wird?

So erging es mir damals, als ich mich auf dem Weg befand, der vom Spaltendorf, in dem ich bis dahin gelebt hatte, in das Land der Drachen führte. Doch davon wußte ich zu der Zeit natürlich nichts. Ich verfolgte lediglich den Weg des geringsten Widerstands – und das war recht töricht, wie ich bald erfahren sollte, denn der Weg des geringsten Widerstands führte zwar nicht unbedingt zum nächsten Gewirrbaum, aber bestimmt zu einer gleichwertigen Katastrophe.

Da hörte ich vor mir ein Geräusch. Es klang, als wenn ein Drache über eine Beute herfiele: ein Brüllen und Zischen, dem ein dumpfer Schlag folgte. Ich versteckte mich schnell neben dem Weg, weil ich mir etwas Besseres vorstellen konnte, als gerade dort aufzukreuzen, wo ein Drache fraß. Aber dann erblickte ich direkt über den Bäumen einen Schatten und einen Augenblick später die dazugehörende Silhouette. Ein fliegender Drache, von dem noch Blut herabtropfte. Offensichtlich war hier niemand mehr zu retten.

Also nahm ich meine Wanderung wieder auf. Die beste Reiseroute war immer genau die, welche der des Drachen entgegengesetzt lag, und das war die Richtung, in die ich sowieso zog. Ich umrundete eine Wegbiegung und betrat eine Lichtung.

Dort erblickte ich zwei Gestalten, die im Gras lagen. Ein Einhorn krümmte sich schwerverwundet am Boden, wobei es vor Schmerz mit seinem Horn um sich schlug. Neben ihm befand sich ein Mädchen.

Ich wußte bei beiden nicht, was zu tun war. Einhorne waren, wie alle pferdeähnlichen Wesen – wenn man von den Zentauren einmal absieht –, in Xanth eher selten, und ich hatte vorher nur zweimal flüchtig ein solches Wesen sehen können. Mädchen waren nicht so selten, aber außerhalb meiner Familie hatte ich kaum Kontakt mit ihnen gehabt. Und die Erfahrungen mit meiner älteren Schwester hatten mir den Geschmack an ihnen eher verleidet. Natürlich machte es nicht besonders viel Spaß, allein zu reisen, aber es war besser, als ständig herumkommandiert zu werden.

Das Mädchen erblickte mich. »Bitte, hilf Horntensie!« rief sie und deutete auf das Tier.

Gerade erst war sie in mein Leben getreten, und schon kommandierte sie mich herum.

Aufgrund meiner anderthalb Ewigkeiten langen Konditionierung hatte ich keine andere Wahl, als zu gehorchen. Ich ging auf das Einhorn zu. Es war eine Stute, die sich anscheinend ein Vorderbein gebrochen hatte. An ihrem Horn klebte noch etwas Blut. Ich zögerte, weil ein verwundetes Tier genauso gefährlich wie ein gesundes sein kann. Aber ich erkannte, daß die Stute aus Schmerz um sich schlug, und nicht um zu drohen. Sie wollte meine Aufmerksamkeit erregen und hoffte, daß ich etwas für sie tun könnte.

Zufälligerweise konnte ich das. Ein kurzes Stück zurück auf dem Weg hatte ich ein Knochenrichtkraut wachsen sehen. »Ich komme gleich wieder«, sagte ich und eilte davon.

Ich rannte so lange, bis ich das Kraut fand. In meinem Rucksack befand sich eine leere Tasche, die ich jetzt hervorholte. Nun suchte ich eine gesunde, kräftige Pflanze aus, nahm einen Stock und grub sorgfältig um sie herum den Boden auf. Dann hob ich sie mitsamt Wurzeln und Erde hoch – so, wie ich früher Tickpflanzen umgesetzt hatte. Zu guter letzt war meine Erfahrung als Farmerssohn also doch noch zu etwas nütze. Ich legte das Gewächs vorsichtig in die Tasche.

Dann machte ich mich mit dem Kraut auf den Weg zurück. Nun konnte ich nicht mehr so schnell laufen, um die Pflanze nicht zu schütteln. Bei anderen Kräutern mochte dies nicht weiter von Bedeutung sein, aber ein durchgeschütteltes Knochenrichtkraut konnte ein heilloses Durcheinander verursachen.

Als ich die Lichtung erreichte, lag das Einhorn regungslos auf seinem Platz. Das Mädchen war zu ihm hingekrochen und hielt den Kopf des Tieres beruhigend im Schoß. Als sie mich erblickte, rief sie aus: »Oh! Ich hatte schon Angst, daß du ganz verschwunden wärst!«

»Ich habe nur das Heilkraut geholt«, erwiderte ich lahm, obwohl doch eigentlich die beiden anderen lahm waren. Das Einhorn hatte sich einen Vorderhuf gebrochen, und auch das Mädchen schien einen behandlungsbedürftigen Knöchel zu haben. Er begann bereits anzuschwellen.

»Hast du irgendwelche Erfahrung im Heilen?« fragte sie.

»Nicht viel, aber vielleicht kann dieses Kraut euch helfen.« In Wirklichkeit war ich mir sicher, daß es half, aber irgend etwas, vielleicht die Nähe des Einhorns oder die des Mädchens, nahm mir mein Selbstvertrauen.

»Nur eine simple Pflanze?« erkundigte sie sich. »Für Horntensie sind das doch nur zwei Happen!«

»Auf keinen Fall essen!« rief ich aufgeregt. »Das ist ein Knochenrichtkraut.«

»Ein was?«

»Ein Zauberkraut, das Knochenbrüche richtet. Ich werde es hier einpflanzen, damit es seine Wirkung entfalten kann.« Nun, da ich feststellte, daß ich etwas wußte, von dem sie keine Ahnung hatte, wuchs mein Selbstvertrauen wieder.

Ich benutzte meinen Stock, um neben dem gebrochenen Vorderhuf des Tieres ein Loch zu graben. Dann ließ ich die Pflanze hineingleiten und klopfte den Boden um sie herum fest.

»Wenn ich nun das Bein berühren darf ...?« fragte ich zögernd und streckte die Hand nach dem Einhorn aus. Als es nicht zurückzuckte, umfaßte ich das Bein mit beiden Händen und zog es vorsichtig ans eingepflanzte Kraut heran. Dann legte ich es so neben die Pflanze, daß sie das Bein gerade noch berührte.

Sofort fingen die Blätter an zu zittern. Die Stengel streckten sich und wanden sich um das gebrochene Bein. Die Ranken legten sich fest herum. Plötzlich zogen sie sich zusammen, und man hörte ein gedämpftes Knacken. Das Einhorn stieß einen Schmerzenslaut hervor und schlug mit dem Huf aus.

»Was ist geschehen?« rief das Mädchen.

»Es hat den Knochen ausgerichtet«, erklärte ich. »Das ist die Magie dieses Krauts.«

Sie schaute sich das Bein des Einhorns an, das jetzt nicht mehr gebrochen war. »Tatsächlich!« stieß sie hervor und mochte es kaum glauben. »Das Bein sieht schon viel besser aus.«

»Nein, der Knochen ist nur ausgerichtet, und es wird noch einige Tage brauchen, bis er verheilt ist, falls ich die richtigen Kräuter finde. So lange sollte das Tier sein Bein nicht zu sehr belasten.«

»Sie ist kein Tier!« widersprach das Mädchen. »Sie ist ein Einhorn.«

Es hat keinen Sinn, mit einem Mädchen streiten zu wollen, deshalb versuchte ich es gar nicht erst. »Gut, ein Einhorn«, stimmte ich zu.

»Diese Pflanze – glaubst du, daß sie auch bei meinem Knöchel hilft?«

Ich zuckte die Schultern. »Ich glaube schon, falls er überhaupt gebrochen ist.«

Sie drehte sich um und streckte ihr Bein aus. Ich griff danach und führte es zum Knochenrichtkraut. Die Stengel fanden Halt, indem sie den Fuß und den Knöchel eng umwanden. Obwohl dieser blau angelaufen war und anschwoll, sah ich, daß ihr nacktes Bein unter dem ganzen Dreck recht hübsch geformt war.

»Wird es weh tun?« fragte sie nun – reichlich spät. Auch das Gesicht und die Arme waren völlig verschmutzt. Sie hatte sich wirklich im Dreck gewälzt.

»Für einen kurzen Augenblick«, antwortete ich.

»Dann halt mich fest.«

Ich hatte keine Ahnung, wie man Mädchen festhielt und war ganz verlegen. Ich kniete mich neben sie und legte ihr die Arme um die Schultern. Als das Mädchen saß, wandte es sich mir zu und legte den Kopf gegen meine Schulter und den Arm um meine Taille.

Die Pflanze zog sich zusammen. Man hörte ein leises Plopp. »Oh!« keuchte sie, und ihre Arme drückten fest zu.

»Das war's schon«, sagte ich. »Das muß ein kleiner Bruch gewesen sein, aber nun ist er eingerenkt. Du solltest den Fuß aber nicht allzu sehr belasten, bis er vollständig geheilt ist.«

»Er fühlt sich schon viel besser an«, erklärte sie, nahm den Kopf von meiner Schulter und wischte sich mit den Handrücken die Tränen aus den Augen. »Aber ich muß doch damit herumlaufen, um uns was zu essen zu besorgen.«

»Ich kann etwas besorgen«, sagte ich, ohne zu wissen warum. »Ich weiß, wo man gutes Essen findet.«

»Oh, würdest du das tun?« fragte sie begeistert, was ein angenehmes Gefühl bei mir auslöste, dessen Ursache mir jedoch noch schleierhaft war.

Also zog ich los und sah mich nach Dingen um, die einem Mädchen schmecken mochten. Ich für meinen Teil wäre mit gedünsteten Nacktschnecken zufrieden gewesen, denn ich hatte entdeckt, daß sie einfach zu fangen und recht nahrhaft waren, aber ich nahm an, daß das Mädchen einen etwas anderen Geschmack hatte. Und ich hatte Glück: in der Nähe standen ein Tortenbaum und einige Milchkräuter. Ich kam mit einem Arm voll Torten und Schoten zurück.

Das Einhorn hatte sich erhoben und graste friedlich. Instinktiv belastete es das verwundete Bein nicht, und es schien auch auf drei Beinen ganz gut zurechtzukommen. Das Mädchen lehnte mit dem Rücken an einem Eisenholzbaum und versuchte sich abzubürsten. Sie hatte rattenbraunes Haar und Augen von der gleichen Farbe, eine schlanke Taille und wohlgeformte Hüften. Unter dem Kleid trug sie kurze Hosen; dennoch waren ihre Beine recht beeindrukkend. Ihrem Aussehen nach war sie wohl ein paar Jahre älter als ich, zumindest wirkte sie um fünf Jahre reifer.

Nicht, daß es eine Rolle gespielt hätte. Solche Feinheiten stellte ich erst seit kurzem bei Mädchen fest. Doch diese neue Sichtweise konnte ihr ständiges Bevormunden wohl kaum aufwiegen. Bisher hatten Mädchen mich nur ausgelacht, falls sie überhaupt Notiz von mir nahmen. Da konnte ich sie ebensogut zurückignorieren.

Die Torten und Milchschoten, die ich noch immer trug, stapelte ich vor ihr auf.

»Oh, wunderbar!« rief sie freudig. »Das ist genau das Richtige!«

Von diesem unerwarteten Lob fühlte ich mich auf ganz törichte Weise benommen und sagte gar nichts.

»Setz dich«, drängte sie. »Wir müssen das essen, bevor es verdirbt.«

Warum folgte ich der Bevormundung nur so gern?

Das Mädchen legte los und zeigte dabei die spezielle Fähigkeit ihres Geschlechts, nämlich gleichzeitig essen und sprechen zu können. »Wir haben uns noch gar nicht vorgestellt«, sagte sie, während sie an einem Stück Kirschtorte kaute. »Mein Name ist MähreAnne. Ich habe die Fähigkeit, Pferdewesen herbeirufen zu können und sie freundlich zu stimmen. Wie heißt du, und welches Talent hast du?«

»Ich bin Humfrey. Ich ... ich habe offensichtlich kein Talent.«

»Du meinst, du hast es bisher noch nicht entdeckt, oder?«

»Genau! Das habe ich damit gemeint.« Niemand *mußte* über ein magisches Talent verfügen, aber die Mehrzahl der Leute besaß eins, und ich fühlte mich dadurch irgendwie aus der Art geschlagen.

»Na ja, es wird sicherlich noch zutage treten. Ich bin fünfzehn. Wie alt bist du?«

Ich staunte: »So jung bist du?«

»Aber sicher! Und du?«

»Ich bin ... ich bin auch fünfzehn.«

Sie sah mich durchdringend an. »So alt bist du?«

»Aber sicher«, gab ich angesichts ihres offenkundigen Unglaubens schwach zurück.

»Oh, dann bist du ein Gnom«, sagte sie daraufhin.

»Nein, ich bin ein Mensch. Ich sehe nur aus wie ein Gnom.«

»Ach, das tut mir aber leid.« Doch sie sah nicht so aus, als würde es ihr wirklich leid tun. Sie schien eher an meinen Worten zu zweifeln. Weil sie meine Aussage nicht offen in Frage stellen wollte, befand sie sich in einer etwas peinlichen Situation. Ich konnte gut nachempfinden, wie sie sich fühlte.

Nach einer Weile blickte sie sich um. »Gibt es hier in der Nähe Wasser? Einen See oder einen Fluß, in dem wir uns waschen können? Du bist ganz schmutzig. Und ich bin in dieser Hinsicht schon eine Art Attraktion.«

»Ein Stück weiter zurück bin ich an einem Fluß vorbeigekommen. Aber du würdest dich bestimmt nicht ... mit mir dort waschen wollen.«

»Aber natürlich würde ich das!« sagte sie in ihrer gefühlsbetonten, sehr weiblichen Art. »Oder habe ich dich schon zu sehr von deinen Plänen abgehalten?«

»Welchen Plänen?«

»Du gehst doch irgendwo hin, oder nicht? Und du wärst bestimmt schon dort angelangt, wenn Horntensie und ich nicht gewesen wären.«

»Aber nein. Ich befand mich lediglich auf dem Weg, der vom Spaltendorf wegführt. Ich hatte kein besonderes Ziel.«

»Von was für einem Dorf?«

»Die Spalte. Du kennst doch den Abgrund.«

»Nein, ich kenne ihn *nicht*! Welcher Abgrund denn?«

Dann fiel es mir wieder ein. Es lag ein Vergessenszauber über der Spalte. Ich hatte in ihrer unmittelbaren Nachbarschaft gelebt und war deshalb wohl immun dagegen. Das glaubte ich damals jedenfalls. Aber das Mädchen war fremd hier und hatte deshalb alles vergessen oder gar nicht davon gehört. So war eben die Wirkung dieses uralten Zaubers. Es hätte also nichts genützt, ihr etwas darüber zu erzählen; sie hätte es sowieso wieder vergessen. »Nur eine große Spalte. Ist nicht weiter wichtig, genausowenig wie mein Dorf. Ich würde gern irgendwohin gehen, wo es interessanter ist.«

»Na, so was. Wo ich herkomme, ist es genauso langweilig! Unser Dorf liegt am Ufer des Spritztourflusses. Das einzig

Interessante dort sind die Drachen, und die sind gefährlich. Davon kann ich dir ein Lied singen! Der fliegende Drache hat uns beinahe erledigt. Ich dachte, wir hätten ihr Gebiet bereits verlassen und machte mir keine Gedanken mehr. Aber das war offensichtlich falsch.«

»Nirgendwo in Xanth befindet man sich außerhalb ihres Gebiets«, bemerkte ich. »Ich hoffe nur, daß dort, wo ich hingehe, weniger Drachen sind.«

»Machst du Scherze? In der Richtung, in der du gehst, liegt das Gebiet des Drachen Galor!«

Ich war bestürzt. »Da bin ich wohl auf einem völlig falschen Weg.«

»Ja. Aber kehr doch um, und komm mit mir. Ich habe auch kein besonderes Ziel. Ich will nur weg von zu Hause.«

»Du möchtest mit mir reisen?« fragte ich ungläubig.

»Na ja, du hast mir geholfen, und du machst einen harmlosen Eindruck. Außerdem habe gemerkt, daß es keinen großen Spaß macht, allein zu reisen. Und manchmal ist es gefährlich. Wir wären wahrscheinlich beide tot, wenn Horntensie es nicht geschafft hätte, den Drachen mit ihrem Horn aufzuspießen, bevor er uns in die Klauen bekam. Und du scheinst so viel zu wissen. Schließlich hast du das Knochenrichtkraut und die Torten und das alles besorgt. Du bist ein richtiger Segen für ein Mädchen in Not!«

Ich konnte mir nicht helfen: Ich fing an, MähreAnne zu mögen. Nur konnte ich einfach nicht glauben, daß sie genauso alt war wie ich. Aber warum sollte sie mich anschwindeln? Es stimmte schon, daß sie herumkommandierte, aber viel weniger, als ich es gewohnt war, und es störte mich jetzt auch nicht mehr besonders. »Gut, wenn du möchtest«, stimmte ich zu und versuchte, dabei unwilliger zu klingen, als ich war. In jenen Tagen unerfahrener Jugend machte es mir noch etwas aus, was andere von mir dachten.

»Ich werde dir ein Einhorn rufen«, sagte sie strahlend. Sie steckte zwei Finger in den Mund und stieß einen schrillen Pfiff aus.

»Aber ...«

Nach einigen Augenblicken hörte ich das Trommeln galoppierender Hufe. Dann erschien ein männliches Einhorn.

»Hilf mir aufzustehen«, bat MähreAnne.

Ich legte meine Hände unbeholfen auf ihre Schultern und versuchte sie hochzuheben, schaffte es aber nicht. Dann hob sie die Arme, ich ergriff ihre Hände und zog. Jetzt kam sie vorsichtig hoch. Sie stöhnte, als sie ihren verletzten Knöchel belastete, und stützte sich auf mich. Sie war größer als ich, besonders was die Hüften und den Brustumfang betraf. Dennoch war sie nicht schwerer, denn sie hatte eine sehr schlanke Taille.

Das Einhorn fiel in Trab, dann in Schritt, als es die Lichtung betrat. Es näherte sich uns vorsichtig, und ich beobachtete es nicht weniger vorsichtig, denn ein Einhorn, das einen Drachen aufspießen kann, vermag dasselbe auch mit mir zu tun. »Eckehard, das ist Humfrey«, stellte MähreAnne vor. »Humfrey, das ist Eckehard Einhorn. Er wird für die nächste Zeit dein Schlachtroß sein.«

»Ich, ich weiß doch überhaupt nicht, wie man auf einem Einhorn reitet – oder auf sonstwas!« protestierte ich.

»Oh, das brauchst du auch nicht. Einhörner sind magische Wesen. Eckehard wird es dir beibringen.«

Ich blieb skeptisch. »Der ... der Fluß ist nicht weit von hier. Warum gehen wir nicht einfach zu Fuß?« Aber noch während ich es sagte, begriff ich, daß sie noch nicht zu Fuß gehen konnte. »Vielleicht solltest du lieber auf Eckehard reiten und Horntensie und ich gehen nebenher.«

»Ja, ich glaube, das ist besser«, stimmte MähreAnne zu. »Hilf mir beim Aufsteigen. Eckehard ist mir zu groß, um richtig aufzusitzen.«

Schon wieder wußte ich nicht weiter. Wie sollte ich sie auf das Schlachtroß heben? Sie an den Hüften hochstemmen?

»Schau her, so macht man das, Dummerchen«, sagte sie. Sie hob das Knie und hielt mir den Fuß hin. »Faß hier an.«

Etwas verlegen griff ich zu, wobei ich versuchte, den verletzten Knöchel nicht zu berühren. Ich hob den Fuß an – sie zog sich hoch und schwang sich plötzlich auf den Rücken des Einhorns. Sie hatte sich irgendwie an mir festgeklammert und hochgeschwungen, ohne daß ich es richtig gemerkt hatte.

Sie sah zu mir herunter und lachte. »Du hast nicht besonders viel Erfahrung, soviel steht fest!«

»Das habe ich auch nicht behauptet«, sagte ich gereizt.

Sie gab sich sofort zerknirscht. »Tut mir leid, Humfrey. Du hast so verwirrt ausgesehen ... so komisch. Bitte glaub mir, ich wollte dich nicht beleidigen. Du hilfst mir so sehr ... ich mag dich.«

Ich spürte, wie mir das Blut in den Kopf schoß. Sie hatte sich bei mir entschuldigt, mir sogar ein Kompliment gemacht und gesagt, daß sie mich mochte. Das war eine größere Dosis positiver Aufmerksamkeit, als mir jemals von einem Mädchen geschenkt worden war.

Bestimmt hatte sie das auch gemerkt. Sie sagte aber nichts, was mich sehr erleichterte. Meine Schwester hätte mich gnadenlos gehänselt, nur damit ich noch mehr errötete – was ihr wohl auch gelungen wäre.

Schließlich gingen wir los. Wir nahmen den Pfad, auf dem ich erst kürzlich gekommen war, da er in nicht allzu großer Entfernung an einem Fluß entlangführte. Ich ging voraus, und Horntensie humpelte hinter mir her.

»Es wäre nicht schlecht zu wissen, wo eine Heilquelle zu finden ist«, sagte ich. »Ihr beiden, du und Horntensie, könntet sie sehr gut gebrauchen.«

»Eine was?« fragte MähreAnne.

»Eine Heilquelle. Unser Dorfältester besaß eine Phiole mit Heilelixier, die er letztes Jahr von einem Händler erstanden hatte. Wenn jemand sich verletzte, benutzten wir einen Tropfen davon. Aber die Leute, die von einer solchen Quelle wissen, geben ihr Geheimnis nicht preis.«

»Warum?«

»Um knallharte Geschäfte mit den anderen machen zu können.«

»Das ist ja widerlich.«

Ich drehte mich zu ihr hin, um sie anzusehen. »So sind die Dinge nun mal. Aber wenn ich wüßte, wo so eine Quelle ist, könnte ich etwas Elixier besorgen. Dir und Horntensie ginge es dann rasch besser.«

»Moment mal! Ich wette, die Einhörner wissen darüber Bescheid!« rief MähreAnne aus. »Sie können uns natürlich nicht davon erzählen, aber vielleicht kann Eckehard dich dort hinbringen.«

»Aber ...«, wandte ich ein, und im selben Augenblick schnaubte auch der Hengst aufgebracht.

»Nun hört aber auf, ihr beiden!« sagte MähreAnne streng. Sie hatte dieses typisch weibliche Talent, schlagartig streng zu werden. »Du, Humfrey, willst nicht reiten, und Eckehard möchte dir nicht zeigen, wo die Quelle ist. Aber das werden wir schon irgendwie deichseln.«

»Weiß er denn, wo sie ist?«

»Natürlich! Hast du nicht gesehen, wie er mit seinen Ohren ja gesagt hat, als ich es erwähnte? Aber Einhörner teilen nicht gern Geheimnisse mit Wesen unserer Art, was ich ihnen nicht einmal übelnehmen kann.«

Ich hatte nichts davon mitbekommen. Diese besondere pferdemäßige Ausdrucksweise mußte ich erst noch lernen. «Vielleicht können wir Eckehard eine Flasche mitgeben, und er ...« Aber ich begriff schon, es funktionierte nicht. Das Einhorn konnte ja wohl kaum eine Flasche halten.

»Hör mal, Eckehard«, erklärte MähreAnne. »Es wäre wirklich eine große Hilfe für Horntensie und mich, wenn wir etwas von diesem Heilelixier bekommen könnten. Wir haben beide große Schmerzen, auch wenn wir nicht viel Aufhebens darum machen. Nimm mal an, Humfrey schwört, daß er niemals irgend jemandem erzählt, wo die Quelle ist. Würdest du ihn dann hinbringen?«

Eckehard wedelte mit dem Schweif.

»Er möchte wissen, ob man dir trauen kann«, übersetzte sie.

»Äh ... ich weiß nicht«, sagte ich. »Ich meine ... natürlich, ja! Ich halte mein Wort. Aber ich wüßte nicht, wie Eckehard da sicher sein kann.«

»Er kann es herausfinden, aber es ist gefährlich.«

»Gefährlich?«

»Wenn ein Einhorn jemanden prüft, gibt es nur bestehen oder verlieren. Entweder du bestehst den Test, oder du bist tot.«

Das jagte mir Angst ein. »Ich möchte nicht sterben! Wenn er sich nun irrt?«

»Was solche Dinge betrifft, irren Einhörner sich nicht. Wenn du also einer Prüfung zustimmst ...«

Ich mußte heftig schlucken. »Also gut. Meinetwegen. Aber ich hoffe, daß er weiß, was er da macht!«

MähreAnne glitt vom Rücken des Einhorns herunter. Sie hüpfte auf einem Bein zu Horntensie und klammerte sich an sie. »In Ordnung, Eckehard.«

Der Hengst näherte sich mir. Nicht besonders tapfer versuchte ich meinen Platz zu behaupten. Er senkte sein Horn, so daß es sich gegen meine Brust bohrte. Mit einer einzigen Bewegung seines Kopfes hätte er mir das Herz durchbohren können.

»Jetzt gib dein Versprechen ab«, befahl MähreAnne.

»Was soll ich?«

»Du sollst zustimmen, daß du keiner anderen Person den Ort der Quelle verrätst.«

Oh. »Ich werde niemandem erzählen oder zeigen, wo sich die Heilquelle befindet, zu der du mich bringst«, versprach ich verlegen.

Eckehard stieß mit dem Kopf zu. Das Horn drang durch mein Herz.

Dann zog er es wieder heraus – ich stand immer noch da und fühlte nichts, außer einer aufkeimenden Panik. Aber dafür war es bereits zu spät. Es war so schnell geschehen, daß ich überhaupt nichts gemerkt hatte.

»Oh ...«, stammelte ich, noch verwirrter als zuvor. Ich war drauf und dran, so würdevoll in Ohnmacht zu fallen, wie ich nur konnte.

»Du bist gar nicht verletzt«, meinte MähreAnne.

Ich schaute an mir herunter. Doch ich konnte weder eine Wunde noch Blut entdecken. »Aber ...«

»Du hast die Wahrheit gesagt«, stellte MähreAnne fest. «Bei einer Lüge hättest du das Horn zu spüren bekommen. Nur die Wahrheit macht es unwirksam.«

Nun verstand ich. Mit weichen Knien schwor ich mir, niemals von der Wahrheit abzuweichen.

»Steig auf Eckehard«, sagte MähreAnne. »Er sagt, daß es nicht weit von hier ist. Wir werden hier warten.«

»Aber ich weiß doch nicht wie!« Auch das war die Wahrheit.

Sie humpelte zu mir herüber. »Heb den Fuß hoch.«

Ich stand neben dem Einhorn und hob mein Knie, wie sie es zuvor getan hatte. Sie ergriff meinen Fuß. »Schwing dein rechtes Bein rüber, wenn ich dich hochstemme.«

Sie hob mich an, und ich schwang mein rechtes Bein über den Rücken des Einhorns. Plötzlich war ich oben und thronte dort unsicher. Mit ihrem Griff hatte sie mich wie auf einer Leiter hinaufbefördert. Nun erst verstand ich, wie sie es mit meiner Hilfe geschafft hatte. Es war keine Zauberei, aber es war ein so geschickter Trick, daß er dem fast schon gleichkam. »Oh, danke«, sagte ich.

»Gern geschehen«, antwortete sie lächelnd.

Mir wurde ganz schummrig. Sie sah so süß aus, wenn sie lächelte!

Plötzlich setzte Eckehard sich in Bewegung. Rasch griff ich mit beiden Händen in seine Mähne und klammerte mich daran fest. Das schien mir im Augenblick die angebrachteste Reaktion zu sein.

Zu meinem Erstaunen konnte ich reiten. Das Einhorn lief wie der Wind – wirklich, das war kein Klischee. Seine Hufe wirbelten so schnell, daß sie kaum den Boden zu berühren schienen. Wir sausten durch den Wald, nur wie vom Sturm gepeitschte Blätter wiesen auf unseren rasenden Ritt hin. Dennoch hatte ich es äußerst bequem auf seinem Rücken. Genausogut hätte ich in einem Boot auf einem ruhigen See sitzen können.

Meine Angst vor dem Reiten verwandelte sich rasch in pure Freude. Aber ich vermutete, daß es auf einem weniger magischen Tier völlig anders wäre. »Das macht Spaß. Ich möchte dir dafür danken«, rief ich.

Eckehard wackelte mit einem Ohr, was ›Ja‹ hieß. Das mußte ich nicht raten, denn jetzt, wo ich auf ihm ritt, verstand ich seine Signale. Das war bestimmt Zauberei. Früher hatte ich nicht einmal bemerkt, wie wunderschön Einhörner sind.

Bald kamen wir zu einem kleinen Teich auf einer anderen Lichtung. Er hatte nichts Besonderes an sich, aber die Pflanzen in seiner Nähe strotzten vor Gesundheit.

Eckehard blieb stehen. Ich stieg ab, indem ich mein rechtes Bein über seinen Rücken schwang und mich auf dem Bauch hinuntergleiten ließ. MähreAnne hatte dies auf ihrem Po viel eleganter zustande gebracht. Nun ja, ich war eben erst Anfänger, und das Mädchen hatte die geeignetere Kehrseite dafür.

Ich fischte zwei kleine Fläschchen aus meinem Bündel. Es waren die einzigen, die mir zur Verfügung standen. Ich bedauerte, daß sie nicht größer waren, denn dieses Wasser war unendlich kostbar. Aber ich wollte es sowieso nicht dazu benutzen, um Geschäfte damit zu machen. Ich brauchte ja nur soviel, um MähreAnne und Horntensie zu behandeln.

Ich kniete mich nieder, um das erste Fläschchen zu füllen. Aber die Uferböschung unter meinem Knie gab nach, so daß ich kopfüber in den Teich stürzte. Die Fläschchen flogen mir aus den Händen. Mir schoß durch den Kopf, was das bedeutete, und ich griff verzweifelt in die Luft. Ein Fläschchen erwischte ich gerade noch, bevor ich untertauchte.

Die Quelle war tief. Ich sank und sank. Unfreiwillig schluckte ich einen Mund voll Wasser. Dann erinnerte ich mich daran, daß es von Nutzen wäre, zu schwimmen. Wild paddelnd gewann ich an Höhe.

Endlich stieß mein Kopf durch die Oberfläche, und ich rang hustend und prustend nach Luft. Aber das Fläschchen hielt ich noch immer in der Hand. Es war voll. Ich stiefelte triefend ans Ufer und fischte nach dem Flaschenstöpsel.

Da fiel mein Blick auf Eckehard. Er schüttelte sich in wieherndem Gelächter. Ich mußte einfach mitlachen, denn ich hatte bestimmt reichlich idiotisch ausgesehen. Eigentlich sah ich immer noch so aus, denn meine Kleider tropften, und die Haare hingen mir in Strähnen ins Gesicht. Konnte ein Gnom wie ich sich eigentlich noch ungeschickter aufführen?

Ich verstaute das sorgfältig verschlossene Fläschchen in meinem nassen Rucksack. Dann näherte ich mich zögernd dem Einhorn. Es war nach wie vor viel zu hoch für mich, um einfach aufzusteigen. Und jetzt fehlte auch noch MähreAnne, um mir mit ihren hübschen kleinen Händen hochzuhelfen. «Vielleicht könntest du dich neben einen Felsen stellen?« schlug ich vor.

Eckehard hob den Kopf zum Zeichen, daß ich einfach springen sollte.

Ich zuckte die Achseln. Ein Versuch konnte nicht schaden. Ich sprang – und zu meiner Überraschung flog ich direkt auf seinen Rücken hinauf.

Was war geschehen? Ich konnte früher nie so hoch springen! Meine kurzen dünnen Beine hatten mir nur bescheidene Darbietungen erlaubt. Diesmal jedoch hatten sie wie bei einem Hochleistungssportler funktioniert, und meine Körperbeherrschung war einfach perfekt gewesen.

Wieder sauste Eckehard wie der Wind. Ich hatte kaum aufgehört darüber zu staunen, da waren wir schon wieder an dem Pfad angelangt, auf dem MähreAnne und Horntensie uns erwarteten.

Ich glitt vom Rücken des Einhorns. Diesmal gelang es mir fast schon wie einem alten Hasen. »Ich habe es!« sagte ich stolz.

»Du bist ja vollkommen durchnäßt!« rief sie.

»Ich bin in den Teich gefallen«, gestand ich beschämt ein.

»Was? Du bist in die Heilquelle gefallen? Dann mußt du jetzt kerngesund sein!«

Und genauso war es! Ich war völlig in das Elixier eingetaucht und hatte sogar einen großen Schluck davon genommen. In der Tat war ich jetzt durch und durch gesund. Meine Muskeln arbeiteten mit einer nie gekannten Leistungsfähigkeit. Erst jetzt stellte ich fest, daß ich auch viel besser sehen und hören konnte als zuvor. Mein ganzer Körper strotzte vor gesunder Kraft. Es war also kein Wunder, daß mir nun Sprünge gelangen, die mir vorher unmöglich gewesen waren. Eckehard hatte das gewußt.

Ich holte das Fläschchen hervor. »Nein, heb das lieber auf«, sagte MähreAnne. »Gib mir einfach dein Hemd.«

Ich legte meinen Rucksack ab und zog das Hemd aus. Sie nahm es und wrang es über ihrem ausgestreckten Bein aus. Ein paar Tropfen fielen auf den Knöchel. »Oh, es wirkt!« rief sie erfreut. Jetzt, da sie wieder fest auf beiden Beinen stehen konnte, wandte sie sich Horntensie zu. Über dem Bein des Einhorns preßte sie noch ein paar weitere Tropfen aus dem Stoff. Sofort stellte Horntensie den Fuß auf den Boden und stand ohne weitere Beschwerden.

MähreAnne gab mir das Hemd zurück. »Vielen, vielen Dank, Humfrey«, sagte sie. »Wir wissen deine Hilfe wirklich zu schätzen.« Dann küßte sie mich.

Ich war davon so hin und weg, daß ich nicht einmal rot wurde. Mein Körper fühlte sich an, als würde ich schweben, und eine völlig neue Sichtweise, was Mädchen betraf, tauchte am Rande meines begrenzten Horizonts auf.

»Jetzt laß uns zum Fluß ziehen«, schlug sie vor. »Ich reite auf Horntensie und du auf Eckehard.«

Noch ganz benommen hielt ich ihren Fuß, so daß sie aufsteigen konnte. Dann wandte ich mich dem Hengst zu und sprang auf seinen Rücken. Als wir am Fluß angekommen waren, versuchte ich immer noch zu begreifen, was ich bei dem Kuß gefühlt hatte.

MähreAnne sprang ab und fing an, sich auszuziehen. «Aber …«, wollte ich einwenden. Ich war durchaus bei Sinnen, und doch sträubte sich alles in mir zu akzeptieren, was ich nun sah.

Sie drehte sich zu mir um und hatte dabei gar kein Hemd mehr an. »Wir haben uns in der kurzen Zeit ganz gut kennengelernt. Daher glaube ich nicht, daß wir etwas Anstößiges unternehmen werden. Wir haben es bisher nicht getan und werden es auch jetzt nicht tun. Deshalb ist es ganz in Ordnung, wenn wir uns gemeinsam waschen.«

»Wir ... nicht ...?« stammelte ich beim vergeblichen Versuch, einen rettenden Strohhalm zu ergreifen.

»Die Einhörner würden weglaufen.«

Einhörner! Irgendwie fiel der Groschen. Die meisten Menschen konnten sich keinem Einhorn nähern, weil diese nur kindliche Unschuld akzeptierten. Ich war alt genug, um eine allererste Ahnung davon zu erhalten, worum es in der Verschwörung der Erwachsenen eigentlich ging; aber noch nie hatte ich die Gelegenheit gehabt, die Sache näher zu untersuchen. Bis es so weit war, könnte ich mich Einhörnern nähern. So war eben ihr Verhältnis zu uns.

Ich sprang von Eckehards Rücken und schlüpfte aus meinen Kleidern. MähreAnne und ich schwammen zusammen in dem kalten, klaren Fluß, so nackt und unschuldig wie ein Faun und eine Nymphe. Aber meine undankbaren Hintergedanken hätten es lieber gesehen, wenn sich unser Zusammensein anders gestaltet hätte. Als ich MähreAnne kennenlernte, war sie zwar wohlgeformt, doch nach ihrem Sturz in den Dreck recht schmutzig gewesen. Nun war sie aber nicht nur wohlgeformt, sondern auch noch sauber und in meinen Augen einfach lieblich anzusehen.

»Warum starrst du mich so an?« fragte sie naiv.

Und bevor ich darüber nachdenken konnte, sagte ich: »Weil ich nie zuvor jemanden gesehen habe, der so schön ist.«

Nun war es an ihr zu erröten. »So etwas hat mir noch keiner gesagt. Vielen Dank, Humfrey.«

Mit einem angenehmen Schreck begriff ich, daß sie tatsächlich genau so alt war wie ich. Sie hatte den Körper einer erwachsenen Frau und ich den Körper eines erwachsenen Gnoms, aber in ihrer Lebenserfahrung war sie nicht weiter als ich. Ich konnte mir kaum vorstellen, daß man sie wegen ihrer Proportionen verspottet hatte, aber offensichtlich hatte man sie auch noch nicht darum bewundert. Sie hörte ein aufrichtiges Kompliment genauso gern wie ich. Es beruhigte mich sehr, das zu wissen.

Trotzdem erkannte ich, daß sie bei mir ein ganz besonderes Interesse erweckte, und daß es mit der Zeit zu weit mehr als unschuldigen Komplimenten führen konnte. Aber glücklicherweise war ich klug genug, das für mich zu behalten. Es war keine Täuschung, sondern Höflichkeit und Vorsicht.

So schwammen wir, wuschen uns und rannten dann zum Trocknen nackt umher. Wir spielten Fangen und suchten uns Früchte und Nüsse zum Essen. Es war wohl mit die schönste Stunde meines Lebens, an die ich mich erinnern konnte. Falls so der Anfang vom Rest meines Lebens aussah, war ich ausgesprochen zufrieden damit.

4

DIE NACHFORSCHUNG

Mittlerweile war es beinahe Abend geworden. »Wir sollten uns lieber nach einem Schlafplatz umschauen«, sagte MähreAnne.

Ich hatte eigentlich die Absicht gehabt, die Nacht in einem geeigneten Baum zu verbringen. Aber ich kam zu dem Schluß, daß das nicht ausreichte. Man würde MähreAnne nie für einen Gnom halten. Außerdem entsprach ein Baum nicht gerade ihrem Stil. Doch irgendwie machte mir das nichts weiter aus. »Ich habe nicht weit von hier eine Hütte gesehen. Vielleicht läßt der Besitzer uns auf dem Fußboden schlafen.«

»Vielleicht gibt er uns sogar ein paar Kissen und eine Decke«, fügte sie hinzu.

Wir ritten auf den Einhörnern. Rasch hatten wir die Strecke überwunden, die mich früher Stunden gekostet hätte. Die Hütte lag vor uns auf einer kleinen Lichtung; sie war von wild wuchernden Gräsern umgeben. Es war eine derart durchschnittliche und gewöhnliche Hütte, daß es schon verdächtig war. »Manchmal erscheinen die Dinge anders, als sie tatsächlich sind«, gab ich zu bedenken.

»Aber was könnte es außer einer Hütte sonst noch sein?« fragte sie stirnrunzelnd. »Meinst du etwa, daß sie uns fressen wird?«

Durch ihre Unbefangenheit in Verlegenheit gebracht, stieg ich ab, näherte mich der Hütte und klopfte an die Tür. Sie öffnete sich selbsttätig und gab den Blick auf einen mit Tisch, Stuhl und Bett behaglich möblierten Raum frei. Auf dem Bett lag ein Stapel Decken mit einigen Kissen. Das war alles. Mir kam das immer noch nicht ganz geheuer vor, denn es bestand kein Zweifel daran, daß bei der selbstöffnenden Tür Magie im Spiel gewesen war – außerdem entsprach die Hütte viel zu sehr unseren augenblicklichen Wünschen. Auch Gewirrbäume bemühten sich um einen einladenden Eindruck und wirkten harmlos – bis das ahnungslose Opfer in die Reichweite ihrer Fänge gelockt war. Es ging hier zwar nicht um einen Gewirrbaum, aber die Anordnung stimmte verdächtig überein.

»Wo ist der Bewohner der Hütte?« fragte MähreAnne, die hinter mich trat. Mir gefiel es, daß sie dieses Abenteuer wie ein Freund mit mir teilte, denn ihre Freundschaft wurde mir zunehmend wichtiger. Genaugenommen war meine Beziehung zu ihr ebenso zwiespältig und geheimnisvoll wie mein Verhältnis zu der Hütte.

»Sie ist anscheinend unbewohnt«, sagte ich. »Ich kann nichts riechen, was auf Bewohner schließen läßt.« Da meine Nase jetzt ebenfalls wieder gesund war, konnte ich weitaus besser riechen als je zuvor.

»Dann wartet sie wohl nur darauf, daß jemand hier einzieht«, sagte MähreAnne strahlend. »Wir werden hier nur einmal übernachten, und dafür reicht sie vollkommen.« Sie drängelte sich an mir vorbei und betrat die Hütte.

Ich war über den Verlauf der Dinge nicht sonderlich erfreut, konnte das Mädchen aber seinem Schicksal nicht allein überlassen. Also ging ich auch hinein. Nichts geschah. Offensichtlich wartete die Hütte auf einen neuen Bewohner. Sollte sie tatsächlich jemandem gehören, würde ihr Besitzer uns eine kurze Benutzung sicherlich nicht übelnehmen, sofern wir nichts beschädigten. Aber was, wenn sie niemandem gehörte? Welchen Zweck erfüllte sie dann? Ich hegte die Befürchtung, daß ihre Bestimmung nicht mit unseren Absichten harmonierte.

MähreAnne teilte den Einhörnern mit, daß wir sie bis zum nächsten Morgen nicht mehr benötigten, worauf sie verschwanden. Es mußte wunderbar sein, solch ein magisches Talent zu haben. Wenn ich doch nur etwas Ähnliches könnte!

Ich schaute mir das Bett an. »Ich werde mir jetzt ein paar Kissen auf den Fußboden legen«, sagte ich.

»Ach, sei nicht albern! Wir werden uns natürlich das Bett teilen.«

Dagegen hatte ich selbstverständlich nichts einzuwenden. Mittlerweile hatte ich Mädchen gegenüber eine vollkommen andere Einstellung. Ich war es gewöhnt, herumkommandiert zu werden. Doch ich hatte erkannt, daß es zum größten Teil davon abhing, welches Mädchen mich herumkommandierte und was ich für sie empfand. Die Art und Weise, in der MähreAnne mir Anweisungen erteilte, erschien mir freundlich und vertrauenerweckend.

Sie schlüpfte in ihr Nachthemd, das sie aus ihrem Beutel holte und das wie all ihre persönlichen Dinge auf seine besondere Art magisch war. In einem solchen Beutel stecken immer noch ein paar Geheimnisse mehr, als man für möglich hält. Ich achtete darauf, sie nicht in ihrem Höschen zu betrachten, und wandte den Blick ab – wie schon beim gemeinsamen Waschen im Fluß. Es war nichts dabei, ein Mädchen nackt zu sehen, wenn sie sich nicht daran störte, aber in Unterwäsche war das etwas ganz anderes. So zumindest schrieb es die Verschwörung der Erwachsenen vor. Wir krochen unter die Bettdecke, wobei ich nur meine Unterhose trug, denn bisher war noch nichts anderes trocken.

Dann fiel MähreAnne noch etwas ein. »Du weißt doch nicht etwa, wie man den Storch ruft, oder?«

»Nein«, gab ich zu.

»Gut. Denn das mögen Einhörner am allerwenigsten. Und ich dränge mich nicht danach, das zu lernen.« Sie entspannte sich wieder.

Ich allerdings trug schwer an diesem Bündel quälender Neugier. Ich wollte mehr vom Storch wissen und möglichst viel über alles andere in Xanth erfahren. Aber es war sehr angenehm, so warm und dicht aneinandergeschmiegt mit MähreAnne im Bett zu liegen. Sollte das der Preis dafür sein, das Storchruf-Ritual nicht zu lernen, dann hatte ich es auch nicht eilig. Soweit fürs erste.

»Erzähl mir was von dir«, forderte sie mich auf.

Ich war erstaunt. »Möchtest du nicht lieber schlafen? Bist du denn nicht müde?«

»Doch, natürlich. Aber ich möchte etwas über die Person erfahren, mit der ich unter einer Bettdecke liege.«

Das leuchtete mir ein. Also erzählte ich ihr das wenige, was es über mein langweiliges Leben zu berichten gab, und wie ich darauf hoffte, vielleicht eines Tages mit etwas Glück alles Wissenswerte über Xanth lernen zu können.

Überraschenderweise lauschte sie voller Interesse meiner Geschichte. »Ich halte das für sehr lobenswert, Humfrey. Ich bin mir ganz sicher, daß du mehr lernen wirst als jeder andere.« Sie kuschelte sich an mich und entspannte sich dabei. Es fühlte sich wunderbar weich, warm und behaglich an, ihr so nah zu sein.

»Und ... spricht etwas dagegen, auch einmal etwas von dir zu erfahren?« fragte ich zögernd.

Sie lachte. »Wieso nicht, Humfrey? Wenn du es gern wissen möchtest. Da ist nicht viel zu erzählen. Ich bin von zu Hause weggelaufen.«

»Aber du scheinst doch ein nettes Mädchen zu sein!«

»Ich *bin* ein nettes Mädchen! Genau das ist ja mein Problem. Mein Vater sagte, daß ich für mein Alter schon ziemlich erwachsen sei und daß es an der Zeit wäre, zu heiraten und den Storch zu rufen. Er hatte die Absicht, mich mit dem Glockengießer des Dorfes zu verheiraten. Aber ich konnte den Mann nicht leiden, denn seine Glocken trieben die Leute in den Wahnsinn.«

»Trieben sie in den Wahnsinn?« fragte ich sie mit gemischten Gefühlen.

»Ja! Sie benahmen sich so, als ob sie eins auf die Glocke bekommen hätten. Vielleicht raubten sie den Leuten auch nur die Sprache. Ich hab's vergessen. Aber es hat mich auch nicht interessiert. Und wenn der Glockengießer mir etwas vom Storch beigebracht hätte, wären die Einhörner die längste Zeit meine Freunde gewesen. Selbstverständlich kann ich auch andere Pferdewesen herbeirufen, aber die Einhörner mag ich am liebsten. Deshalb bin ich weggelaufen.«

Ich war froh darüber.

»O danke, Humfrey«, sagte sie.

»Aber ich habe doch gar nichts gesagt«, erwiderte ich leicht verdutzt.

»Doch, hast du. Du hast deutlich mit deinem Ohr gewakkelt. Ich hab's an meiner Wange gefühlt.«

Ich hatte gar nicht geahnt, daß ich jetzt die Sprache der Pferde verwendete. Das mußte sowohl von meiner Verbundenheit mit den Einhörnern als auch von meinem Bad in der Heilquelle herrühren. Vielleicht lag hierin der Grund für die plötzliche Mitteilsamkeit meiner Ohren.

»Ja, ich bin sicher, daß es sich so verhält«, sagte sie und gab mir einen Kuß auf die Wange, so, wie sie es wohl auch mit ihren Einhörnern machte.

Magie konnte so herrlich sein.

Doch als die Dunkelheit uns schließlich vollständig umgab, geschah etwas Erschreckendes. Die Hütte begann plötzlich zu beben.

»Huuch!« MähreAnne stieß einen typisch mädchenhaften Schrei aus und klammerte sich heftig an mich.

Einem ersten Impuls folgend wollte ich aus dem Bett springen und nach draußen stürmen. Doch das gelang mir nicht, denn MähreAnne krallte sich fest an mich. Mir blieb gar nichts anderes übrig, als mich am Bettrand festzuhalten und uns beide auf diese Weise fest zu verankern. Mein erster

Einfall war natürlich dumm gewesen. Wie konnte man bloß auf den Gedanken kommen, ein solches Mädchen einfach allein zu lassen?

Die Umgebung senkte sich nach unten, doch das war erst der Anfang. Die ganze Hütte hob sich! Hinter den Scheiben erblickte ich im Mondlicht die nach unten zurückweichenden Bäume. Es kam mir vor, als würde ein Riese die Hütte hochheben.

Dann kehrte wieder Ruhe ein. »Ich schau lieber mal nach«, flüsterte ich MähreAnne zu und befreite mich aus ihrer Umklammerung. Ich liebte diese hautnahe Umschlingung, aber ein fürchterlicher Verdacht keimte in mir auf.

»Du bist so mutig!« hauchte sie mir zu.

Mutig? Davon wußte ich noch gar nichts! Ich tat doch nur das, was ich tun mußte. Ich schob die Decken zur Seite, kletterte aus dem Bett und durchquerte den Raum bis zum Fenster. Im gleichen Augenblick begann die Hütte erneut zu beben, und es riß mich fast von den Beinen. Ich stolperte auf das Fenster zu und fand gerade noch Halt am Fensterbrett, während MähreAnne im Bett aufschrie.

Ich spähte nach draußen. Mittlerweile war ich mir sicher, daß die Hütte sich in der Luft befand. Aber weder schwebte sie, noch wurde sie von einem Riesen getragen. In den finsteren Schatten unter mir machte ich einen gewaltigen muskulösen Oberschenkel aus, der aus der Seite der Hütte herausragte. Ich hatte genug gesehen. Im selben Augenblick wußte ich, daß dies der obere Teil eines mächtigen und starken Beins war und daß das monströse Bein zu einem Vogel mit riesenhaften Klauen gehörte. Ich hatte von dererlei Dingen schon gehört, aber niemals geglaubt, so etwas zu Gesicht zu bekommen, geschweige denn, mich einmal in solchen Klauen wiederzufinden.

Die Hütte stand für einen Augenblick still. Ich nutzte die Situation und hangelte mich durch das Zimmer zurück ins Bett. Der Tisch, das Bett und der Stuhl waren allesamt auf dem Fußboden fest verankert. Jetzt wußte ich auch warum.

»Was hat du gesehen?« fragte MähreAnne und umschlang mich heftig.

»Hühnerbeine«, antwortete ich.

»Was?«

»Der Hütte sind Hühnerbeine gewachsen, und jetzt läuft sie herum. Es ist eine Werhütte. Sobald es Nacht wird, wechselt sie ihre Gestalt.«

»Du meinst ... wie bei einem Werwolf?«

»Ja, bloß daß sie keine Menschen frißt. Sie läuft einfach herum und wird uns nichts tun, solange wir uns still verhalten.«

»Aber wieso? Ich meine, warum tut sie das?«

»Sie läuft nur so durch die Gegend. Morgen früh wird sie sich an einem anderen Platz niederlassen. Vielleicht macht es ihr Spaß, Leute wie uns herumzutragen.« Das war lediglich eine Vermutung, denn ich war mir absolut nicht sicher, daß sich tatsächlich alles so harmlos verhielt. Und da ich auch nicht mehr darüber wußte, war es sinnlos, MähreAnne unnötig zu verängstigen.

Die Hütte regte sich wieder. Auf einmal konnten wir das gleichmäßige Stampfen der gewaltigen Beine spüren. Bei jedem Schritt zitterte die ganze Hütte. Wir waren froh, daß unsere Rucksäcke unter dem Bett verstaut waren und nicht durch die Gegend flogen.

»Allmählich werde ich seekrank«, stöhnte MähreAnne, die ganz bleich geworden war.

»O je. Das würde ich dir nicht empfehlen«, antwortete ich. »Ich bin nicht ganz sicher, ob die Hütte es schätzen würde, wenn du auf ihren sauberen Fußboden ... äh, na, du weißt schon.«

»Ich glaub', ich kann es noch unterdrücken«, gab sie hastig zurück.

Wir klammerten uns im Bett fest aneinander. Uns blieb auch gar nichts anderes übrig, denn die Werhütte irrte weiter durch die Nacht. Manchmal blieb sie stehen, um am Boden zu scharren, oder sie hüpfte hoch und schlug hart wieder auf. Doch meistens wanderte sie einfach nur herum.

»Wären wir woanders, würde ich es genießen, eine Nacht wie diese mit dir in den Armen zu verbringen«, sagte ich einmal zu ihr.

»Ob Storchrufen noch schlimmer ist als das hier?« sagte sie nachdenklich.

»Hoffentlich nicht!« Darauf lachten wir beide ein wenig gequält.

Ich weiß nicht, wieviel Schlaf wir bekamen, aber wenigstens wurde uns nicht mehr schlecht. Am nächsten Morgen ließ die Hütte sich nieder, und wir stürzten hinaus, ohne uns auch nur anzuziehen. Glücklicherweise waren wir mit heiler Haut davongekommen. Es war schon ganz richtig gewesen, MähreAnne nicht mit meinem fürchterlichen Verdacht zu konfrontieren. Wir klemmten unsere Rucksäcke und die Kleiderbündel unter die Arme.

Inmitten eines unbekannten Dorfs fanden wir uns wieder. Auch dessen Bewohner standen gerade auf und traten vor ihre Häuser. Befremdet starrten sie uns an. Offenbar war ihnen entgangen, wie sich das Haus niedergelassen hatte. Dafür sahen sie uns, die wir – zerzaust und spärlich bekleidet – einen ziemlich irritierenden Anblick geboten haben müssen. Die Einhörner blieben verschwunden. Offensichtlich wußten sie nicht, wo die Hütte zur Ruhe gekommen war. Genausowenig wie wir.

»Äh … wo sind wir?« fragte ich in meiner typisch direkten Art.

»Das ist das Süddorf«, antwortete der Mann, der uns am nächsten stand. »Wie habt ihr es geschafft, so schnell ein Haus zu bauen? Gestern abend stand es noch nicht hier. Seid ihr beide nicht ein bißchen jung, euch für solch einen Sport herzugeben? Gehört ihr überhaupt schon der Verschwörung der Erwachsenen an?«

Ich tauschte mit MähreAnne mehr als nur einen flüchtigen Blick. Wie auf ein Kommando drehten wir uns gemeinsam um und gingen zurück in die Hütte. Am hellichten Tag hatte sie offenbar nicht das Verlangen, sich fortzubewegen. Es war dumm von uns gewesen, so unüberlegt aus der Hütte zu stürzen. Ich war immer dazu bereit, die Wahrheit zu sagen, aber ich hatte die Erfahrung gemacht, daß es Situationen gab, in denen niemand die Wahrheit wissen wollte. Mein Leben lang begleitete mich diese Erkenntnis. Ganz besonders dann, wenn die Leute anfingen, mich mit ihren Fragen zu malträtieren.

Kaum waren wir in der Hütte, zogen wir uns erst einmal richtig an. Dabei drehte ich MähreAnne den Rücken zu, um sie nicht in ihren Schlüpfern zu erblicken. MähreAnne zog einen Kamm hervor und brachte ihr Haar in Ordnung. Danach kam ich an die Reihe. Bisher hatte ich immer geglaubt, sie könnte nur in ihrer wilden Art verführerisch auf mich wirken, doch so, wie ich sie jetzt erblickte, gefiel sie mir ebenfalls. Ich mochte ihre Aufmerksamkeit und die Art, wie sie mich umhegte. Auch hierbei handelte es sich um eine jener Erkenntnisse, die besser unausgesprochen blieben, zumal es überhaupt nicht in meiner Absicht lag, das Mädchen seiner wertvollen Unschuld zu berauben.

»Weißt du irgend etwas über das Süddorf?« fragte sie mich.

Etwas wußte ich. »Hier lebt König Ebnez.«

»Der König?«

»Im Jahre 909 hat er den Thron bestiegen. Er regiert seit fast vierzig Jahren. Sein Talent besteht darin, magische Dinge bestimmten Zwecken anzupassen. So hat er zum Beispiel den Totenstein in einen Schild verwandelt, um weitere Einwanderungswellen zu verhindern. Seitdem wurden wir niemals mehr erobert.«

»Das weiß ich! Ist das hier die Hauptstadt?«

»Es gibt keine Städte in Xanth. Das ist das Hauptdorf.«

»Und was machen wir hier?«

»Die Werhütte hat uns hier abgesetzt. Wir befinden uns ein ganzes Stück südlich der Spalte.«

»Südlich von was?«

»Die ... äh, ich kann mich nicht genau erinnern.« Das war meine erste Erfahrung, die ich mit den Auswirkungen des Vergessenszaubers machte. Mittlerweile hatte ich meinen persönlichen Schutz verloren, da ich mich schon seit geraumer Zeit weit entfernt von der Spalte aufhielt. »Wir befinden uns im tiefen Süden Xanths und haben eine lange und beschwerliche Reise vor uns, wenn wir in den Norden zurückkehren wollen. Ob deine Einhörner uns hier finden können?«

»Bestimmt nicht die beiden, die wir zurückgelassen haben. Aber das soll uns nicht weiter stören. Wir sind aufgebrochen, um unseren jeweiligen Problemen zu entfliehen, und wir sind weiter und schneller gereist, als wir geplant hatten. Laß uns das Beste daraus machen.«

»Das Beste daraus machen?« fragte ich verblüfft.

»Laß uns beim König vorbeischauen. Möglicherweise können wir ihm unsere Dienste anbieten.«

»Aber ich wüßte nicht, was ich für ihn tun könnte!«

»Stimmt doch gar nicht. Du hast eine ausgesprochene Begabung, nützliche Dinge aufzuspüren.«

»Das kann man ja wohl schwerlich als Beruf bezeichnen!«

»Nicht als Beruf, aber als Berufung. Währenddessen könnte ich das Haus hüten und dafür sorgen, daß du es in der Nacht warm hast.«

Sofort war ich restlos überzeugt.

Also brachen wir auf, um König Ebnez einen Besuch abzustatten. Wir trafen ihn zu Hause an, und er nahm sich die Zeit, unser kleines Gespann willkommen zu heißen. König Ebnez war ein Mann von eindrucksvoller Statur, dem man seine sechzig Jahre nicht ansah. Markant waren auch seine langen Koteletten, die unter der Krone hervorragten. Er ließ es sich nicht nehmen, uns zu einem wunderbaren kleinen Frühstück einzuladen, das aus Grünbeeren von den königlichen Grünbeerenfeldern und frischen Mandelstollen aus den Mandelbergen bereitet wurde.

»Warum kommt ihr zu mir?« fragte er neugierig, nachdem wir uns erst einmal unsere Bäuche vollgeschlagen hatten.

»Humfrey ist auf der Suche nach einer Arbeit«, gab MähreAnne unverzüglich zur Antwort.

»Ach? Und worin besteht sein Talent?«

»Neugierde«, erwiderte sie.

Interessiert schaute der König sie an. »Und was ist deine Gabe, hübsches Fräulein?«

»Pferde rufen«, sagte ich.

Ebnez nickte. »Also könntet ihr ohne weiteres sofort weiterreisen.«

»Ja«, bestätigte MähreAnne. »Und ich werde ihn begleiten und dafür sorgen, daß seine Strümpfe trocken bleiben.« Mir wurde klar, daß sie nicht allein in einer fremden Ortschaft zurückbleiben wollte, denn sie hatte Angst, irgendein Mann könnte in Erfahrung bringen, daß sie noch unverheiratet war.

»Ich verstehe«, versicherte der König. Sein milder Blick richtete sich auf mich. »So wie es aussieht, benötige ich noch einen Königlichen Inspekteur.«

»Bedeutet das, daß ich Informationen über Leute sammeln soll?« fragte ich und konnte mein Glück kaum fassen.

»Genau. Das ist auch der Grund, weswegen ich das Werhaus aufgefordert hatte, interessante Leute mit außergewöhnlichen Fähigkeiten anzulocken. Deine Neugierde könnte sehr nützlich sein, zumal sie sich wunderbar mit dem Talent deiner Frau ergänzt.«

»Oh, sie ist nicht meine Frau!« sagte ich überrascht.

»Noch nicht«, fuhr MähreAnne schnell dazwischen. Wenn es darum ging, eine günstige Gelegenheit beim Schopfe zu packen, bestand sie weder auf technische Einzelheiten, noch legte sie Wert darauf, Fremde glauben machen zu wollen, daß sie noch unberührt sei. Ich hätte dem widersprechen können, doch gab es nichts, mit dem ich nicht einverstanden gewesen wäre. Schon die bloße Vorstellung, immer mehr Zeit mit ihr zu verbringen, war äußerst reizvoll – auch wenn wir damit den Anschein erweckten, daß ihre Unschuld verloren gegangen wäre. Also wurde ich Königlicher Inspekteur – eine wesentlich bedeutendere Stellung, als ich mir am Anfang ausmalte.

Der Dienst beim König war so richtig nach meinem Geschmack. MähreAnne rief uns geflügelte Pferde herbei, und schon das allein war, für sich genommen, eine wunderbare Erfahrung. Wir flogen hoch und kreisten einmal über dem Süddorf, während die Dorfbewohner zu uns herauf gafften. Vermutlich hielten sie mich für einen Magier, der sich die Dienste einer Frau zu eigen gemacht hatte, die über derart große Fähigkeiten verfügte. MähreAnne hatte ihre eigenen Gründe, diesen Eindruck weiter aufrechtzuerhalten; es lag ganz in ihrer Absicht, die Leute in dem Glauben zu lassen, daß ich über mächtige Magie gebot. Ich fand keinen Gefallen an dieser trügerischen Darstellung, denn nach wie vor schien mir Ehrlichkeit das günstigste Verhalten zu sein. Aber MähreAnne wies mich darauf hin, daß ich in keiner Weise unehrlich sei, sondern lediglich so freundlich war, andere Menschen nicht über ihre Fehler belehren zu wollen. So einigten wir uns auf einen Kompromiß: Sollte jemand fragen, antwortete ich wahrheitsgemäß, daß ich kein Magier sei. Sollte niemand fragen, gab ich auch keine Auskunft. Rückblickend war das vergleichbar mit unserem Auftreten als Nichtmitglieder der Verschwörung der Erwachsenen.

Einen Teil meiner Freizeit beschäftigte ich mich mit den Grauzonen dieser Ethik und gelangte schließlich zu der Auffassung, daß es mich nichts anginge, was die Leute denken mochten. Wenn sich beispielsweise ein Dorfmädchen hübsch zurechtmachte und Holzkohle auf ihre Augenbrauen strich oder Rotbeerensaft auf ihre Lippen, dann bestand meine Aufgabe nicht darin, dem nachzugehen, es sei denn, ich wurde extra darum gebeten. Am besten beließ man die Leute in ihren wie auch immer gearteten Illusionen, insbesondere dann, wenn man gut mit ihnen auskommen wollte. Mit dieser Einstellung, die sich während meiner Arbeit verfeinerte, war ich stets gut gefahren, denn ich war auf die Kooperation der Leute angewiesen, denen ich begegnete.

Der König hatte mir die Aufgabe übertragen, die menschliche Bevölkerung Xanths unter die Lupe zu nehmen und eine Auflistung aller magischen Talente zu erstellen. Vor allem war der König an machtvollen Fähigkeiten interessiert, denn er hegte die Hoffnung, aus dem jungen Volk einige besonders magisch Begabte ausfindig zu machen, die möglicherweise das Zeug zu einem König hatten. Denn nur ein fähiger Magier durfte den Thron besteigen. Zur Zeit gab es keinen Anwärter, und König Ebnez wurde immer älter. Er war sechsundsechzig Jahre alt und nicht mehr bei bester Gesundheit. Ich bot ihm etwas von meinem Heilelixier an, aber er lehnte ab, weil er Drogen kein Vertrauen schenkte. Zwar war ich anderer Meinung als er, weil ich die Auffassung vertrat, daß alles, was hilft, auch benutzt werden solle, doch stand es mir nicht zu, mit dem König zu streiten. So konzentrierte ich mich auf meine Aufgabe und behielt meine Meinung für mich. Das war eine ausgezeichnete Schule für meine Selbstdisziplin.

Ich begann an der südlichen Spitze Xanths und arbeitete mich in Richtung Norden vor. Es wohnten nicht sonderlich viele Menschen auf der Halbinsel – und diese lebten auch noch weit verstreut und versteckt in Sümpfen und Felsspalten. Deshalb kam ich mit meinen Nachforschungen nur langsam voran. Sollte ich auch nur einen einzigen Menschen übersehen, der sich später als jener Magier herausstellen könnte, nach dem Ebnez so verzweifelt gesucht hatte, dann hatte ich den eigentlichen Sinn meiner Aufgabe verfehlt. Ich erwartete nicht, daß es leicht wäre, doch es war in vielerlei Hinsicht weitaus schwieriger, als ich anfänglich auch nur ahnen konnte. Ein typisches Beispiel war folgendes Abenteuer.

Wir überflogen das schreckliche Gebiet des Wahnsinns, und mich schauderte es schon bei dem bloßen Gedanken, diese Gegend ebenfalls zu gegebener Zeit bereisen zu müssen.

Wir überquerten den Ogerlagersee, der seinen Namen zu Recht trug, weil er ebenso träge und seicht wie der Verstand eines Ogers vor sich hindümpelte. Danach überquerten wir den Berg Sauseschnell, wo sich die geflügelten Monster trafen. Schließlich ließen wir den Berg Parnaß hinter uns, wo der legendäre Saatbaum wuchs. Hier überkam mich die nächste schreckliche Ahnung: Mußte ich etwa auch die Mänaden aufsuchen, jene wilden Frauen, die immer mit Sack und Pack umherzogen? Mir blieb wohl nichts anderes übrig, denn ich konnte nicht davon ausgehen, daß sich ihre magischen Fähigkeiten in ihrer Blutrünstigkeit erschöpften.

Endlich waren wir über dem Immermoor, das sich bis in die Unendlichkeit erstreckte, als ob sein einziger Zweck darin bestände, jene, die es zu betreten wagten, nie wieder freizugeben. Es war ratsam, niemals die undurchschaubare Grausamkeit der unbelebten Natur zu unterschätzen. Schließlich erreichten wir die Küste, ließen sie hinter uns und flogen zur Halbinsel der Zentauren.

Dort landeten wir unmittelbar auf dem großen Marktplatz. Ein älterer Zentaur trabte direkt auf uns zu. Er war eine mächtige Gestalt; eine Mischung aus Mann und Pferd. »Mischlinge sind hier nicht willkommen«, sagte er grimmig.

»Aber ich habe hier eine Untersuchung vorzunehmen«, entgegnete ich.

»Wir scheren uns nicht darum, was ihr vorhabt. Zwei von euch sind Menschen und die anderen beiden sind geflügelte Pferde. Ihr seid allesamt Mischlinge, und wir wollen unsere Heimat reinrassig halten. Reist also möglichst schnell wieder ab.«

Diese Einstellung verschlug mir die Sprache. Die Zentauren, die ich auf dem Festland kennengelernt hatte, waren einigermaßen gesellige Wesen – vorausgesetzt, man behandelte sie mit Respekt. »Ich bin im Auftrag des Königs von Xanth unterwegs«, begann ich. »Jede Person, die über ein magisches Talent verfügt, soll erfaßt und dem König gemeldet werden.«

»Zentauren besitzen keine Magie«, erwiderte der Zentaur abweisend. Ich bemerkte, daß ich nicht nur meine Unwissenheit preisgegeben, sondern ihn auch noch versehentlich beleidigt hatte.

Glücklicherweise sprang MähreAnne für mich ein. »Das

ist uns bekannt, mein Herr. Wir hielten es für möglich, daß sich unter euch ein paar minderwertige Menschen aufhalten. Wenn wir sie erst einmal ausfindig gemacht haben, sind wir auch sofort wieder verschwunden. Der König wird zufrieden sein, und niemand wird euch jemals wieder belästigen.«

Der alte Zentaur taxierte sie mit seinem Blick. MähreAnne lächelte ihn an. Dieser Teil des Täuschungsmanövers darf keinesfalls unerwähnt bleiben: MähreAnne war doppelt so schön wie sonst, wenn sie lächelte. Das war ein Effekt, den ich seitdem auch bei anderen beobachten konnte: zufällige Magie – unabhängig vom jeweiligen Talent. MähreAnne wirkte in diesem seltsam magischen Augenblick, als sie so auf ihrem geflügelten Roß saß, wie eine zauberhafte Zentaurendame. Hätte sie mir dieses Lächeln geschenkt, wäre ich auf der Stelle dahingeschmolzen. Zwar war der alte Zentaur zu stolz, seinen Gefühlen so viel Raum zu gewähren, doch konnte auch er es nicht verhindern, sich ein bißchen erweichen zu lassen. Schließlich war er seinem Wesen nach zu einem Teil auch Pferd, und MähreAnne besaß die Macht, Pferden ihren Willen aufzuerlegen. »Bei uns leben einige Diener«, räumte er ein. »Also gut, ich werde euch Chrissy zuweisen. Sie wird euch führen.«

Auf einen Wink des Alten trabte die Zentaurin Chrissy heran. Sie war ein reizendes Geschöpf und ungefähr in unserem Alter. Das Haar wehte ihr wallend um den Kopf und ging übergangslos in die Mähne über. Aus menschlicher Sicht waren ihre üppigen, bloßen Brüste sehr beeindruckend, während aus zentaurischer Sicht ihr braunes Fell ausgesprochen liebreizend wirkte. Unsere geflügelten Pferde zeigten sich von ihrer Flanke genauso beeindruckt wie ich von ihrem Vorderteil. Zentauren trugen keine unbequeme Kleidung, und Schamhaftigkeit war ihnen fremd. »Hallo«, sagte sie schüchtern.

»Hallo«, erwiderten MähreAnne und ich wie aus einem Munde.

»Zeige ihnen unsere Menschen«, forderte der Alte sie auf und trabte davon.

»Oh, wie schön, daß unsere Menschen mal Besuch bekommen!« sagte Chrissy. »Ich bin sicher, daß sie sich manchmal etwas einsam fühlen.«

So begann also meine Untersuchung. Es handelte sich bei den wenigen Männern und Frauen auf der Halbinsel tatsächlich um Diener, doch ihre Talente waren kaum der Rede wert: sie beherrschten nur Taschenspielertricks. Es gibt Magie, die wahrlich mächtig ist, wie zum Beispiel die Fähigkeit, einen großen Felsen in tausend Stücke zu zerschmettern. Manches allerdings ist kaum der Rede wert, beispielsweise, wenn jemand eine fast unmerkliche Verfärbung auf einer Wand erscheinen läßt. Die meisten menschlichen Wesen verfügen über Magie, aber nur sehr wenige über starke Magie. Die Menschen der Zentaurinsel hatten anscheinend nichts Besseres zu tun, als den Zentauren ihre Dienste anzutragen. Sie misteten ihnen die Ställe aus, fegten die Dächer ihrer Behausungen und verrichteten all jene Arbeiten, die unter der Würde eines Zentauren lagen. Und waren dabei so zufrieden, wie man es von ihnen erwartete.

Doch wie man es bei Dienern vermuten konnte, kannten sie Geheimnisse ihrer Herrschaften. Eines, das sie mir verrieten, erweckte einen ganz bestimmten Verdacht in mir. »Du weißt, die Zentauren behaupten, keine magischen Talente zu haben«, flüsterte mir eine Scheuermagd in einem günstigen Augenblick zu, als die Zentaurin Chrissy sich gerade zu einem anderen Menschen umdrehte. »Ich bin aber sicher, das stimmt nicht! Sie wollen es bloß nicht zugeben, weil es als anrüchig gilt, über Zauberkräfte zu verfügen.«

Das war eine jener Widersprüchlichkeiten des zentaurischen Wesens. Einerseits verrichteten sie ihre alltäglichen Bedürfnisse vor aller Augen ohne jegliches Schamgefühl. Andererseits bestraften sie Magie mit gesellschaftlicher Ächtung. Sie duldeten Magie nur bei Wesen, die sie als minderwertig einstuften. Die Benutzung magischer Objekte war für Zentauren das Äußerste, das sie gerade noch tolerieren konnten. Jeder, der mit Zentauren auf freundschaftlichem Fuß stehen wollte, mußte wie ich lernen, diese Schwäche bedingungslos zu respektieren.

Falls auch Zentauren über magische Kräfte verfügen sollten, mußte ich sie ebenfalls in meine Liste aufnehmen! Aber wie sollte ich das anstellen, wenn sie sich weigerten, dies überhaupt zuzugeben? Drohte nicht meine Mission schon allein daran zu scheitern, daß ich meinen Auftrag nicht vollständig erfüllen konnte?

Diese Überlegungen ließen mich in eine ganz andere Richtung vorstoßen. Ich hatte bisher immer nur an rein menschliche Wesen gedacht, aber wie stand es um die Mischlinge? Zentauren waren nicht die einzigen. Wie sah es bei Harpyien, Feen, Faunen und bei den Bewohnern der Teiche und Tümpel aus? Und wie verhielt es sich mit den Elfen, Ogern und Kobolden? Auf entfernte Weise waren sie alle menschlich und konnten somit über magische Talente verfügen.

Ich fragte mich, welches Ausmaß diese Auflistung wohl wohl noch annehmen könnte?

Nun gut, wir brauchten ein paar Tage, um zum Süddorf zurückzukehren. Dort erstattete ich König Ebnez meinen ersten Bericht. »Soll ich mich auch um all die verschiedenen Menschenabkömmlinge kümmern?« erkundigte ich mich bei ihm.

Der König dachte nach. »Ich bezweifle, daß die menschliche Bevölkerung heutzutage einen halbmenschlichen König akzeptieren würde. Deshalb solltest du die Untersuchung auf rein menschliche Wesen beschränken und alle anderen, die dir über den Weg laufen, lediglich nebenbei erfassen. Es könnte sich später als Vorteil erweisen, darüber informiert zu sein, von welchen anderen Wesen Xanth noch bewohnt wird und zu welcher Magie sie fähig sind.«

Dieser Vorschlag war ein ausgezeichneter Kompromiß. Meine Hochachtung vor Königs Ebnez' Sachverstand wuchs. Die vier Jahrzehnte seiner königlichen Regentschaft hatten ihn offensichtlich so manches gelehrt.

Doch auch in heutigen Zeiten wurde man gefordert. Ich mußte die Erfahrung machen, daß die Gespräche mit Leuten der leichtere Teil meiner Arbeit war. Zunächst einmal galt es, sie aufzuspüren und mich dabei vor allerlei Gefahren auf den Wegen zu schützen. Ich hatte lernen müssen, mir nicht zu sicher zu sein. Beispielsweise glaubte ich, als wir das erste Mal in das Immermooor eindrangen, mich in den geographischen Gegebenheiten auszukennen – und prompt verirrten wir uns. Nur der Tatsache, daß wir aufsteigen und herausfliegen konnten, verdankten wir unserer Rettung. Und selbst das war nicht unproblematisch, weil uns eine bösartige Wolke mit einem Sturm angriff. Wir waren gezwungen, viele kalte, nasse Stunden auf morastigem Boden in ständiger Angst vor Allegorien, Hypotenusen, und anderen gefährlichen Kreaturen zu verbringen. Mich störte das nicht, zumal ich MähreAnne in die Arme nehmen und wärmen konnte, aber die Pferde waren verärgert, weil ihre Flügel durchweichten.

Dann war da noch der Vorfall auf Berg Parnaß. Die Mänaden waren meiner Meinung nach menschliche Wesen, also mußten auch sie befragt werden. Ich wußte, daß es gefährlich war, ihnen zu begegnen. Sie neigten dazu, menschliche Wesen als willkommene Abwechslung in ihren Speiseplan aufzunehmen. Wie konnte ich die Begegnung unbeschadet überstehen?

»Vielleicht solltest du lieber die ganze Zeit auf dem Pferd sitzen bleiben«, schlug MähreAnne vor, »und sofort wegfliegen, wenn sie angreifen.«

»Viel zu riskant. Mir ist zu Ohren gekommen, daß sie sich unglaublich schnell bewegen können, wenn sie hungrig sind, und hungrig sind sie immer.«

Sie nickte zustimmend. Es blieb uns nichts anderes übrig, als uns etwas Neues einfallen zu lassen.

In der Zwischenzeit suchten wir am Fuße des Berges eine Menschensiedlung auf. Wie sich herausstellte, handelte es sich dabei um ein Vorratslager des Orakeltempels, der sich ganz in der Nähe einer Höhle oder Erdspalte befand, aus der magische Dämpfe aufstiegen. Eine junge Frau, die man als Pythia bezeichnete, inhalierte diese Dämpfe und stieß dabei ein völlig unverständliches Gemurmel aus. Priester übersetzten dann dieses Gemurmel und beantworteten damit die Fragen der Besucher. Doch das Leben der Pythia war nicht ganz ungefährlich, denn manchmal vergaß sich die orakelnde Riesenpython und verschlang die Pythia. In einem solchen Falle mußte sie ersetzt werden. Ein anderes Mädchen aus dem Dorf nahm ihren Platz ein. Natürlich war keines der Mädchen von diesem Dienst begeistert, aber ihrer Aussage zufolge war er die einzige Abwechslung im Dorf. Und vor allem waren ihre Familien auf das Wohlwollen der Leute vom Berg Parnaß angewiesen. Sie waren so bettelarm, wie es im ausklingenden Dunklen Zeitalter üblich war. In jener Epoche verfügte die Durchschnittsfamilie in Xanth gerade über das Einkommen eines Tagelöhners. Jede Möglichkeit, den Lebensunterhalt aufzubessern, wurde angenommen, wenn auch manchmal ungern, doch vor allem dann, wenn Früchte und Beeren abgeerntet waren und auch die Tortenbäume nichts mehr trugen.

MähreAnne hatte eine Idee. »Warum befragen wir nicht das Orakel?« schlug sie vor. »Da die Antworten immer der Wahrheit entsprechen – vorausgesetzt, sie wurden richtig übersetzt – sollten wir herausfinden können, wie wir bei den Mänaden vorgehen müssen.«

Ich wußte nicht, was ich von dem Vorschlag halten sollte, doch sie lächelte mich an – und wie immer stimmte ich ihr zu. Sie verstand es, ihre unschuldige Art wirkungsvoll einzusetzen. Also flogen wir zum Tempel des Orakels. Obwohl er sich bereits in einem baufälligen Zustand befand – etliche Mauersteine waren schon herausgebröckelt –, bot er dennoch ein imposantes Bild. Der Tempel lag direkt am Fuße des Bergs Parnaß, doch zu unserer großen Erleichterung waren weder die Mänaden noch die Python in der Nähe.

Wir sprachen mit dem Oberpriester. »Selbstverständlich können wir eure Frage beantworten«, sagte er im Brustton der Überzeugung. »Was habt ihr als Bezahlung anzubieten?«

»Bezahlung?« Für einen Augenblick verschlug es mir die Sprache.

»Habt ihr etwa ernsthaft erwartet, diese wertvollen Auskünfte umsonst zu erhalten?«

In der Tat war ich von nichts anderem ausgegangen, wollte es aber nicht zugeben. »Was verlangt ihr denn normalerweise?«

»Was könnt ihr uns bieten?«

Der Verlauf, den unser Gespräch nahm, gefiel mir ganz und gar nicht. »Ich habe nichts bei mir und führe nur eine Untersuchung für den König durch.«

»Was für eine Art von Untersuchung?«

»Ich erstelle eine Liste der Fähigkeiten aller Einwohner von Xanth.«

»Das hört sich interessant an«, sagte er und strich sich über den Bart. »Dabei wirst du sicherlich auch auf eine ganze Menge anderer Informationen stoßen.«

»Ja, sicher. Aber ...«

»Vielleicht könnten wir etwas auf Kommissionsbasis aushandeln?«

»Auf was?«

»Wir werden dir deine Antwort geben. Im Gegenzug bekommen wir von dir die Hälfte des gesamten Gewinns, den du daraus erzielst.«

»Das wäre ja dann die Hälfte all meiner Informationen?«

»Ganz genau. Oder, um es deutlicher zu sagen, du wirst alles mit uns teilen, was du durch unsere Hilfe in Erfahrung bringst. Damit hast du alle Vorteile auf deiner Seite, denn du wirst keine Verluste machen. Dir ist ja sowieso alles bekannt, was du später einmal an uns weitergibst. Ich finde, das ist ein faires Angebot.«

Ich sah zu MähreAnne hinüber. »Was hältst du davon?«

»Für nur eine Antwort kommt mir der Preis sehr hoch vor«, entgegnete sie. »Aber da du ja dein Wissen nicht verlieren wirst, kann man darauf eingehen. Dennoch traue ich der Sache nicht. Laß uns lieber zusätzlich ein Zeitlimit festsetzen.«

»Ein Zeitlimit!« Der Priester wirkte schockiert. Auf einmal fühlte ich mich wieder besser.

»Ein Jahr«, schlug ich vor.

»Zehn Jahre«, hielt er sofort dagegen.

Er war bereit zu handeln. Mir war klar, wie es jetzt weiterging. Wir feilschten hin und her und näherten uns schließlich dem Preis, von dem wir beide insgeheim schon vorher ausgegangen waren: fünf Jahre. Das war immer noch ein hoher Preis, aber letztendlich war es nicht für immer und ewig. Ich war froh über MähreAnnes Umsicht.

Schließlich setzte sich die Pythia, die sich von den Mädchen, die wir erst kürzlich im Dorf befragt hatten, so gut wie gar nicht unterschied, auf ihren Thron über der qualmenden Spalte im Berg. Ich trat heran und stellte meine Frage: »Wie kann ich meine Fragen an ein gefährliches Volk richten, ohne dabei selbst in Gefahr zu geraten?« Mich durchfuhr der Gedanke, daß ich mit Sicherheit auch einige unangenehme Untersuchungen außerhalb Parnaß vorzunehmen hätte. Ich hatte mir vorgenommen, aus meiner Antwort auf jeden Fall soviel wie nur irgend möglich herauszuschlagen.

Das Mädchen atmete den Rauch tief ein und spreizte plötzlich die Beine. Dabei rutschte ihr Rock in einer Weise hoch, daß mein Wunsch, der Verschwörung der Erwachsenen anzugehören, plötzlich sprunghaft anwuchs. Aus ihrem Mund kam ein Schwall undefinierbarer Laute, unterbrochen von Ausdrücken, die ich nicht verstand. Wäre ich nicht durch ihre Beine abgelenkt worden, hätte ich ihren Worten vielleicht folgen können. Die Priester machten sich Notizen und berieten untereinander. Kurze Zeit später kamen sie auf mich zu und gaben mir folgende Antwort: »Dämoneneroberung.«

Irgendwie hatte ich etwas anderes erwartet. »Was haben denn Dämonen damit zu tun?«

»Das wissen wir nicht«, antwortete der Priester. »Wir wissen bloß, daß so die Antwort lautet, nach der du gesucht hast. Vergiß nicht, dafür zu zahlen.«

Und für diese Antwort hatte ich nun die Hälfte meiner Informationen der kommenden fünf Jahre verkauft? »Ich weiß doch noch nicht einmal, ob ich jemals imstande sein werde, einen Dämon zu erobern, oder ob der Dämon mich erobern wird«, wendete ich ein.

»Das ist nun wirklich nicht unsere Angelegenheit«, antwortete der Priester. »Nun geht bitte beiseite, damit der Weg für andere Fragesteller frei ist.«

Wir stiegen auf unsere Pferde und flogen davon. MähreAnne war nicht weniger enttäuscht als ich. Vielleicht war es ihr auch nicht entgangen, daß ich auf die Beine der Pythia gestarrt hatte. Selbstverständlich waren MähreAnnes Beine genauso attraktiv, aber aufgrund ihrer Unbefangenheit machte sie kein Geheimnis daraus, so daß sie deswegen weniger aufreizend wirkten.

In der Nacht kehrten wir zum Dorf zurück. »Wie ist es gelaufen?« fragten die Dorfbewohner.

»Die Antwort lautete ›Dämoneneroberung‹«, gab ich ärgerlich zurück. »Dafür mußte ich ihnen mein gesamtes Wissen der nächsten fünf Jahre überlassen.«

Köpfe nickten verständig. »So sehen ihre Geschäftspraktiken aus.«

»Warum habt ihr uns nicht davor gewarnt, daß ihre Antworten nichts bringen?«

»Aber sie bringt euch doch etwas! Auf alle Fälle! Euch fehlt nur das richtige Verständnis dafür. Habt ihr die Antwort erst einmal begriffen, kann sie von großem Nutzen für euch sein.«

»Na gut, aber jetzt brauchen wir erst einmal einen Platz für die Nacht«, sagte ich mürrisch.

»Ich habe ein bescheidenes Bett für dich und deine Frau«, bot uns eine Mutter an. »Ich werde auch deine Pferde füttern, wenn du meine Kinder mal auf ihnen reiten läßt.«

Ich blickte MähreAnne an. Sie nickte. »Abgemacht.«

Die Kinder jauchzten vor Begeisterung, als die Pferde abhoben und sie über die Bäume der Umgebung trugen. Aber ich konnte Tränen in MähreAnnes Augen entdecken.

Als wir zusammen im Bett lagen, fragte ich sie nach dem Grund. Normalerweise war sie doch immer fröhlich. »Ich hätte auch gern solche Kinder«, sagte sie. »Mir ist noch nie so klar geworden, was für eine Freude sie bereiten können, wenn sie glücklich sind.«

»Aber auch du kannst Kinder bekommen«, tröstete ich sie. »Das einzige, was du machen mußt, ist ...«

»Den Storch zu rufen«, beendete sie den Satz freudlos. »Und meine Einhörner zu verlieren.«

Zur Zeit brauchten wir die Einhörner nicht, aber ich respektierte ihren Standpunkt. Sie sah sich einem äußerst teuren Tauschgeschäft gegenüber. Ich wußte jetzt, wie schmerzhaft so etwas sein konnte.

Ich legte meinen freien Arm um ihre Schulter. »Es tut mir leid, MähreAnne.«

Sie schmiegte sich an mich, was ein tiefes Gefühl der Geborgenheit in mir wachrief. Der Preis ihrer Unschuld nahm deutlichere Züge an.

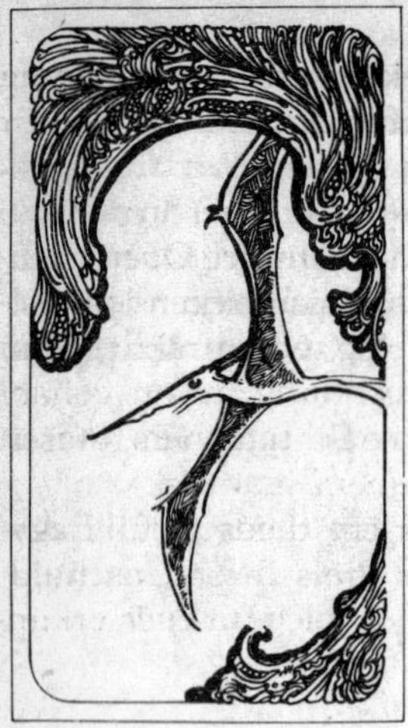

5

DANA

Ein Schatten tauchte auf. »Entschuldigung bitte.«

»Ich glaube, du bist im verkehrten Zimmer«, sagte ich verärgert über die Störung. »Das Bett ist schon belegt.« Früher mochte ich kalte Nächte nicht, aber jetzt freute ich mich darüber, da MähreAnne auf unverfängliche Weise meine Wärme suchte. Allerdings wäre es mir mit einer dritten Person im Bett zu warm geworden.

»Bist du nicht jener, der heute das Orakel aufgesucht hat?« An der lieblichen Stimme erkannte ich, daß sie zu einem Mädchen gehören mußte. Erstaunlicherweise begann mein Unwille dahinzuschmelzen. Vielleicht war noch ein bißchen mehr Wärme im Bett doch nicht so übel.

Dennoch sagte ich in einigermaßen scharfem Ton: »Ja, aber im Moment legen wir keinen Wert auf eine Konversation mit Fremden.«

»Und hat es dir etwas von Dämonen erzählt?«

MähreAnne griff in die Unterhaltung ein: »Wer bist du?«

»Ich heiße Dana. Möglicherweise kann ich euch bei der Deutung der Antwort helfen.«

Auf einmal waren wir und unser Interesse vollständig geweckt. Wir setzten uns im Bett auf und machten Platz für das Mädchen. »Wie das?« wollte ich wissen.

Sie setzte sich neben mich. Es war finster, aber an der Art, wie sie ihr Gewicht verlagerte, wie sich unsere Oberschenkel beiläufig berührten, und an ihrem aufregenden Moschusparfüm, erkannte ich, daß sie eine sehr attraktive Frau sein mußte. Wenn ich bloß mehr Ahnung davon gehabt hätte, was ein erwachsener Mann mit so einem Wesen anstellen konnte! »Ich weiß einiges über Dämonen.«

»Weißt du, was ›Dämoneneroberung‹ bedeutet?« fragte MähreAnne eifrig.

»Nein, aber wenn ihr wollt, kann ich mich für euch erkundigen.«

»Wie willst du das anstellen?«

»Ich kenne Dämonen. Wenn sie vorhaben, in Kürze etwas zu erobern, werden sie es mir erzählen.«

»Du kennst Dämonen?« wunderte ich mich. »Sind das nicht ganz bösartige Gesellen?«

»Das können sie sein«, stimmte Dana zu. »Aber mir werden sie nichts anhaben.«

»Wieso nicht?« wollte ich wissen. Diese seltsame Frau machte mich ziemlich neugierig.

»Weil ich selbst eine Dämonin bin.«

MähreAnne und ich fuhren hoch. »Du?« fragte ich und versuchte von ihr abzurücken. Ein Dämon oder eine Dämonin können jede äußere Form annehmen, einschließlich der eines Menschen. Das bedeutet jedoch nicht, daß es irgendeine andere Gemeinsamkeit mit uns gibt. Dämonen ist das Wohlergehen lebender Wesen vollkommen egal. »Wir wollen keinen Ärger mit dir!«

»Ich will auch keinen mit euch«, entgegnete Dana. »Seht ihr, ich habe ein Problem und dachte mir, daß wir uns gegenseitig helfen könnten.«

»Wie kann eine Dämonin Probleme haben?« fragte ich

und staunte darüber, daß sie mir wie ein lebender Mensch vorkam. Ihr Körper war warm, nicht kalt, und fest anstatt substanzlos. Das war meine erste direkte Begegnung mit dieser Spezies, und sie überraschte mich auf unerwartete Weise. »Du kannst jede gewünschte Form annehmen und du brauchst nicht zu essen und zu schlafen, außer wenn du es willst.«

»Mein Problem besteht darin, daß ich ein Gewissen habe.«

»Aber Dämonen besitzen doch gar keine Seele. Deswegen können sie auch kein Gewissen haben«, protestierte ich. »Meines Wissens sind sie aus Seelen zusammengesetzt: Es fehlt ihnen möglicherweise der Körper, aber das Ergebnis ...« Ich unterbrach mich, weil es sinnlos war, mit einer Dämonin über das Wesen von Dämonen zu schwafeln. Sie fände schnell heraus, wie wenig ich über ihre Art weiß.

»Ich habe eine Seele.«

»Aber ...«

»Ich weiß nicht, wie es passieren konnte. Vielleicht hat sich die Seele eines Sterblichen davongemacht, in die ich mich verfangen habe oder umgekehrt. Ich war eine normale, sorglose Dämonin. Doch plötzlich stimmte etwas mit mir nicht mehr, weil ich mir Sorgen um richtig und falsch machen mußte. Ich konnte unsere Dämonenspiele nicht mehr genießen, weil viele von ihnen alles andere als freundlich sind. Deshalb suchte ich das Orakel auf, um herauszufinden, wie ich die Seele wieder loswerden kann. Die Priester forderten als Bezahlung einen Korb wertvoller Steine. Erst danach eröffneten sie mir, daß ich den König von Xanth heiraten müsse.«

»Den König heiraten?« rief ich aus. »Ebnez würde nie eine Dämonin heiraten! Seit einer von ihnen im siebten Jahrhundert König Gromden verpfuscht hat, ist es Dämonen nicht erlaubt, sich mit Königen zu liieren.«

»Auch mir schien die Antwort nicht sehr hilfreich zu sein«, stimmte Dana traurig zu. »Doch ich dachte, ihr könntet vielleicht dem König erzählen, daß ich nicht zu den

Schlimmen von meiner Sorte gehöre. Vielleicht ändert er dann das Gesetz und ...«

Ich schüttelte den Kopf. »König Ebnez ist ein sehr gewissenhafter Herrscher. Ich kann es ihm zwar sagen, aber es besteht keine Hoffnung, daß ...«

»Natürlich kann ich von euch bestenfalls erwarten, daß ihr ihm von mir berichtet«, sagte sie. »Dafür werde ich auch alles tun, was ihr wollt – vorausgesetzt, daß ich es mit meinem Gewissen vereinbaren kann.«

»Wie können wir sicher sein, daß du wirklich eine Seele hast?« bohrte MähreAnne. »Dämonen kann man doch in keiner Hinsicht trauen.«

»Vielleicht kann ein Einhorn erkennen, ob sie harmlos ist«, schlug ich vor.

Dana lachte. »Ich bin nicht harmlos! Bevor ich beseelt wurde, war ich jahrhundertelang eine normale Dämonin. Ich könnte mich keinem Einhorn nähern.«

»Es ist für uns zu riskant, dir ohne Beweis zu trauen«, sagte MähreAnne.

»Es gibt einen Seelen-Schnüffler in Norddorf«, schlug Dana vor. »Wenn ihr wollt, fliege ich mit euch hin.«

»Sag mal, wie willst du uns denn helfen?« fragte ich. Norddorf lag sehr weit entfernt. Es konnte also durchaus ein Dämonentrick sein, der uns dazu bringen sollte, unsere Zeit mit einer langen Reise zu verschwenden oder in eine Falle zu tappen. »Einen Dämonen kann man doch nicht einfach fragen, ob er einen Angriff plant.«

»Ihr betreibt doch Nachforschungen?«

»Ja.«

»Und ihr befürchtet Schwierigkeiten, wenn ihr versucht, direkt mit den Mänaden zu sprechen?«

»Ja, deshalb haben wir uns an das Orakel gewandt.«

»Dann könnte ich doch eure Wünsche und Fragen den Mänaden vortragen – oder wem immer ihr wollt. Mir können sie nichts anhaben.«

Plötzlich ergab es einen Sinn, was sie sagte! »Laß uns morgen zu dem magischen Schnüffler gehen«, schlug Mähre-

Anne vor. »Wenn Dana die Probe besteht, kann sie uns eine wertvolle Hilfe sein.«

Damit war es beschlossene Sache. Die Dämonin löste sich auf, und wir schliefen selig den Schlaf der Gerechten. Am nächsten Morgen bestiegen wir die Pferde und flogen rasch gen Norden. In der Gestalt einer vorzeitlichen Flugechse übernahm Dana die Führung. Sie brauchte kein Roß. Als wir landeten, nahm sie wieder menschliche Gestalt an, so daß niemand erkennen konnte, was sie wirklich war.

In Norddorf gab es tatsächlich einen Seelen-Schnüffler – ansonsten war es eine vollkommen bedeutungslose Ansammlung von Häusern. Der Schnüffler war keine Person oder Tier, wie ich es erwartet hatte, sondern ein Ort. »Folgt dem Pfad nach Westen, bis ihr ins Schlüsselsteiner Wäldchen gelangt«, gab uns der Dorfälteste Auskunft. »Dort findet ihr einen Schlüssel, mit dem nur jene die Tür öffnen können, die im Besitz einer Seele sind.«

»Ist das alles?« fragte ich verwundert. »Nur eine Tür?«

»Nur eine Tür«, bestätigte der Mann.

»Was liegt dahinter?«

»Wir sind nicht sicher.«

»Ihr seid nicht sicher?« Ich konnte es kaum glauben. »Habt ihr nie nachgesehen?«

»Ursprünglich lag ein schönes Tal mit Orangenbeersträuchern dahinter. Unsere Frauen und Kinder gingen oft dorthin, um Beeren zu pflücken. Aber die letzten drei, die sich vor zwei Monaten auf den Weg machten, sind nicht zurückgekehrt. Deswegen befürchten wir, daß die Tür zu einem EinGang wurde. Darum meiden wir sie jetzt.«

»Aber vielleicht sind eure Leute in Schwierigkeiten!« sagte ich. »Jemand sollte hingehen und nachsehen!«

Er hob nur die Schultern und drehte sich um. Soviel zum Gemeinschaftsgeist der Dörfler.

»Manchmal frage ich mich, ob Seelen wirklich so was Gutes sind, wie üblicherweise angenommen wird«, murmelte MähreAnne. »Na ja, vielleicht ist seine Seele alt und verbraucht geworden.«

Wir trieben die Pferde auf den Pfad nach Westen. Bald erreichten wir ein undurchdringliches Dickicht, dessen Stämme und dornige Äste so ineinander verflochten waren, daß wir kaum hindurchsehen konnten. An eine Durchquerung war noch nicht einmal zu denken. Den einzig möglichen Durchgang bildete eine Steintür, die in das Gewirr hineingesetzt worden war. Ein großer, hölzerner Schlüssel hing auf einem Haken am Tor.

Ich nahm den Schlüssel und zögerte. »Vielleicht ist es nur ein Aberglaube, daß es ausschließlich bei Leuten mit einer Seele funktioniert. Möglicherweise kann jeder den Schlüssel benutzen, so daß es gar kein gültiger Beweis ist.«

»O doch, er ist gültig«, beharrte Dana. »Alle Dämonen wissen davon.«

»Ich will dich ja nicht kränken, aber du bist nun einmal ein Dämon und könntest lügen«, erwiderte ich.

»Ich bin nicht gekränkt«, sagte sie. »Ich könnte für einen Test eine Dämonenfreundin herbeirufen.«

Ich war nicht überzeugt, hatte aber auch keinen besseren Vorschlag. Ich hängte den Schlüssel zurück. »Einverstanden.«

Sie verschwand. Im nächsten Moment tauchte sie wieder auf. An ihrer Seite war eine andere Dämonin, die ebenfalls sehr weiblich geformt war. Nach meinen Erfahrungen gefielen sich männliche Dämonen in furchterregend gräßlichen Erscheinungen, während die weiblichen sinnliche, sparsam bekleidete Erscheinungsbilder vorzogen. Meine Erfahrung bestätigte sich auch diesmal. »Das ist meine Freundin Metria«, stellte Dana vor.

»Ich bin nicht deine Freundin!« brauste Metria auf. »Dämonen haben keine Freunde!«

»Dämonen ohne Seele haben keine Freunde«, verbesserte Dana sie. »Vielleicht könnte man es so sagen. Ich bin deine Freundin, weil ich dich nicht betrügen werde, doch du bist nicht meine Freundin, weil du mich auf ganz normale dämonische Art hintergehen willst.«

»Stimmt genau«, bestätigte Metria. »Wie kannst du deinen Komentenschweif im Spiegel betrachten, wenn du so etwas sagst?«

»Wen betrachten?«

»Dein Sternenfunkeln, Sonnenstrahl, Mondschein, Nordlicht, Ausblick ...«

»Mein Anblick?« fragte Dana.

»Egal. Kein Dämon redet wie du!«

»Das stimmt. Aber ich versuche meine Seele loszuwerden, indem ich diesen guten Leuten helfe. Ich bin froh, daß du mitgekommen bist, um ...«

»Ich bin nur mitgekommen, weil ich die Möglichkeit sehe, dich und diese sterblichen Idioten zum Narren zu halten. Ich weiß ein herzhaftes Lachen auf Kosten anderer zu schätzen.«

Dana wandte sich an mich. »Ich habe Metria ausgewählt, weil sie immer die Wahrheit sagt, wie du feststellen kannst.«

»Aber wie kann man ihr trauen, wenn sie keine Seele besitzt?« wollte ich wissen.

»Eine Seele macht einen nicht unbedingt vertrauenswürdig«, entgegnete Dana. »Viele Menschen sind Lügner. Im Höchstfalle haben sie ein Gewissen, so daß sie leiden, wenn sie Falsches tun.«

»Ja, ich finde, daß die Wahrheit die schärfste Klinge ist, mit der man die Leute verletzen kann«, sagte Metria. »Nichts erschüttert die Werte der Menschen so wie die Wahrheit!«

Ich sah MähreAnne an. Sie hob abwehrend die Hände. Es war offensichtlich, daß unsere Werte erschüttert waren.

»Also laßt uns loslegen«, sagte ich und langte noch einmal nach dem Schlüssel.

»Warte! Wir sollten es erst die Dämonen versuchen lassen«, warf MähreAnne ein. »Nicht wir, sondern Dana soll getestet werden.«

Dana griff nach dem Schlüssel. »Nein, Metria soll es als erste versuchen«, warf ich schnell ein.

»Meinetwegen«, sagte Metria. Sie faßte nach dem Schlüssel. Ihre Finger schlossen sich um seinen Schaft, fuhren aber hindurch. »Gibt's denn so was? Ich kann das Ding mit meiner Tentakel nicht berühren«, sagte sie verstimmt.

»Mit was?« fragte ich.

»Mit meinem Huf, Tatze, Kralle, Flosse, Pfote ...«

»Oh, sie meint eine Hand«, sagte ich.

»Egal. Dieser Schlüssel ist ein Trugbild. Ich kann ihn nicht fassen.«

»Habe ich doch gesagt«, entgegnete Dana. »Ich dachte, du kapierst das.«

Metria funkelte sie an. »Du magst ja ein zwei- oder dreihundert Jahre alter Besen sein, aber ich bin erst vor ein oder zwei Dekaden aufgetaucht. Von einem Phantomschlüssel habe ich noch nie gehört.«

Dana schielte in unsere Richtung. »Sie lügt nie. Nur wenn es um ihr Alter geht, nimmt sie es nicht so genau. Bei Frauen sollte man das nicht als Lüge bezeichnen.«

»Natürlich nicht!« stimmte Metria zu. »Frauen haben das Recht, so alt zu sein, wie sie wollen.«

»Das stimmt«, sagtc auch MähreAnne.

Ich hielt den Mund, weil ich nicht zugeben wollte, daß ich dieses weibliche Vorrecht ignoriert hatte.

»Gut, jetzt versuchst du es«, wandte Metria sich an Dana.

Dana griff nach dem Schlüssel. Die Finger konnten ihn fassen, vom Haken heben und zum Schloß führen.

»Warte«, sagte ich. »Ich will sehen, ob das wirklich der Schlüssel ist.« Ich streckte die Hand aus.

Dana reichte ihn mir. Ich schob ihn in das Schloß und drehte ihn um. Es gab einen Widerstand. Es schien, als wollte der Schlüssel wie durch eine Feder getrieben das Schloß wieder verlassen. Aber ich gab nicht auf und stemmte mich dagegen.

Ohne daß die Tür sich bewegte, wurde der Weg frei. Sie löste sich einfach in einem Nebel auf, so daß ich nach vorn stürzte. Im nächsten Augenblick befand ich mich auf der anderen Seite.

Nachdem ich mein Gleichgewicht wiedererlangt hatte, drehte ich mich um. Die Tür war wieder geschlossen. Vorsichtig legte ich meine Hand dagegen und stellte fest, daß sie fest wie Stein war. Den Schlüssel hatte ich nicht mehr in der Hand.

Aber dann sah ich ihn auf dieser Seite des Eingangs hängen. Auf magische Weise war er dort hingeraten.

Aber wenn er jetzt auf dieser Seite hing, was war dann auf der anderen? Konnte immer nur eine Person auf dieser Seite sein?

Ich wollte mir Gewißheit verschaffen, griff nach dem Schlüssel – und mußte zurückspringen, weil die Dämonin Dana plötzlich auftauchte und mit mir zusammenprallte. Es war eine schmerzlose Kollision, weil sie an den entsprechenden Stellen sehr gut gepolstert war.

»Hoppla«, rief sie, bevor sie sich in Rauch auflöste. Ich nahm ihren betörenden Duft wahr, als der Nebel an mir vorbeistrich. In einiger Entfernung erschien sie erneut in ihrer menschlichen Gestalt. »Die Tür hat es in sich!«

Ich wußte, wie sie fühlte, doch mich beschäftigte etwas anderes. »Der Schlüssel ... wie konntest du ihn benutzen? Er befand sich doch auf dieser Seite!«

»Nein, ich habe ihn vom Haken auf der anderen Seite genommen«, erwiderte sie. »Es wird wohl zwei Schlüssel geben.«

»Aber dann ist MähreAnne ja jetzt allein mit Metria«, durchfuhr es mich siedendheiß.

»Metria fügt Leuten keine körperlichen Schmerzen zu. Sie tut es nur verbal oder mit Illusionen. Wahrscheinlich ist ihr die ganze Angelegenheit längst viel zu langweilig.« Dana schaute sich um. »Merkwürdig, daß wir nicht durch diese Dickichtwand gehen können. Normalerweise sind feste Gegenstände für Dämonen kein Hindernis. Es muß sich um einen besonderen Zauber handeln, der das Gebüsch zu einer dämonensicheren Schneise macht.«

Plötzlich stolperte MähreAnne herein. Ich fing sie auf, bevor sie fallen konnte. »Es war ...«, begann sie.

»Ich versteh dich schon«, unterbrach ich sie.

Wir mußten jetzt erst einmal feststellen, wo wir uns überhaupt befanden. Hoch über unseren Köpfen bildete ein Gewirr von Ästen eine gewaltige Kuppel, die keine direkten Sonnenstrahlen durchließ, das Licht aber auch nicht völlig ausschloß. Wie ein glitzerndes Netz waberte es in Wellen und berührte den Boden. Hier wuchsen Orangenbeersträucher, die voller dicker Früchte hingen.

»Welch ein wundervoller Ort!« rief MähreAnne aus. »Laßt uns noch einige Beeren essen, bevor wir aufbrechen.«

Wir gingen zu den Büschen hinüber, pflückten und aßen von den Früchten. Auch Dana bediente sich. »Ich habe gar nicht gewußt, daß essen so viel Spaß machen kann. Eigentlich brauche ich gar keine Nahrungsaufnahme, deshalb sollte ich die Früchte wohl besser nicht verschwenden.«

»Was geschieht denn mit dem, das du ißt?« fragte ich und bewies damit wieder meine Neugier.

»Solange ich einen festen Körper habe, behalte ich es in mir. Doch wenn ich mich auflöse ...«, ihre Gestalt wurde schemenhaft, »fällt alles heraus.« Und tatsächlich fiel ein Häufchen durchgekauter Beeren zu Boden.

Wir pflückten und aßen gierig. Die Früchte waren vorzüglich. Plötzlich schrie MähreAnne auf.

»Was ist los?« wollte ich wissen und rannte an ihre Seite. Sie zeigte in eine Richtung. Halb verborgen und unter den Büschen lag eine Ansammlung von Knochen.

Dana gesellte sich zu uns. »Oh«, rief sie aus. »Das sind Menschenknochen. Jetzt wissen wir, was mit den drei Dorfbewohnern geschehen ist. Sie sind hier gestorben.«

»Ob die Beeren giftig sind?« fragte ich aus verständlichem Grunde alarmiert.

»Nicht daß ich wüßte«, antwortete Dana gelassen. »Wir Dämonen kennen uns ziemlich gut mit Giften aus. Ich habe keines bemerkt.«

»Woran können sie dann gestorben sein?« fragte MähreAnne zitternd.

»Vielleicht gibt es hier einen Oger«, murmelte ich und sah mich sehr viel nervöser um als zuvor.

»Laß uns hier verschwinden«, drängte MähreAnne.

Wir drehten uns zum Tor um. Doch zwischen uns und dem Ausgang stand eine Meute furchterregender Bestien, die ungefähr halb so groß wie Menschen waren. Sie sahen wie riesige Spinnen mit Wolfsköpfen aus.

»Wolfsspinnen!« stieß Dana hervor. »Mir können sie nichts anhaben, aber für euch sind sie mit Sicherheit gefährlich.«

»Jetzt wissen wir, wie die Dorfbewohner umgekommen sind«, sagte ich grimmig und tastete nach meinem Messer, auch wenn es zur Verteidigung höchst unzureichend war.

Fünf Spinnen rückten in Linie vor. Eine blieb als Wache an der steinernen Tür zurück. Offensichtlich hatten sie Erfahrung im Beute machen. Ihre Angriffstechnik und die Knochen belegten das.

MähreAnne drängte sich an mich. »Oh, Humfrey, was können wir tun? Ich kann die Pferde nicht herbeirufen. Sie können nicht hereinkommen!«

Ich zog mein Messer. Es schien mir jetzt noch nutzloser als zuvor. Denn zum einen bin ich kein Kämpfer, und zum anderen war die Klinge nicht länger als ein Fangzahn des Feindes. Selbst wenn ich einen tödlichen Stich landen konnte, würde das lediglich eine der Spinnen aufhalten.

Hatten wir eine Chance zu flüchten? Nein, aus der Schneise konnten wir nicht ausbrechen. Für die Wolfsspinnen waren es die idealen Jagdbedingungen. Uns blieb nichts anderes übrig, als zu kämpfen und zu sterben, so wie die Dorfbewohner vor uns. »Bleib hinter mir«, rief ich. »Vielleicht kann ich sie so lange beschäftigen, bis du zur Tür geschlichen bist.« Das war eine fast aussichtslose Chance – aber auch die einzige, die sich anbot.

»Oh, Humfrey, ich liebe dich«, flüsterte sie.

»Ihr benehmt euch, als wäre ich gar nicht da«, schaltete Dana sich ein. »Ihr stellt euch jetzt beide hinter mich!«

Benommen taten wir, was sie sagte. Dann verwandelte sie sich in einen gräßlichen, feuerspeienden Drachen. Ihr Haupt ruckte auf die vorderste Spinne zu, und eine Flammenzunge schoß aus ihrem Rachen.

Doch die Spinne trat einen Schritt zur Seite, und der Feuerstoß ging vorbei. Inzwischen waren die anderen Wolfsspinnen näher herangerückt. Es wurde offensichtlich, daß nicht einmal ein Drache sie aufhalten konnte. Auch ein Drache kann nicht alle Richtungen auf einmal verteidigen.

»Ein Basilisk!« flüsterte ich. »Kannst du dich in einen Basilisken verwandeln?«

»Schützt eure Augen«, wisperte der Drache zurück. Dann wurde er zu einem kleinen Leguan mit Flügeln.

MähreAnne und ich bedeckten unsere Augen mit den Händen. Dem Blick eines Basilisken zu begegnen, war tödlich.

Aber konnte die Dämonin tatsächlich mit Blicken töten? Feuerspucken ist im Grunde nicht magisch, denn sie brauchte dafür nur die inneren Organe eines Drachen nachzubilden. Doch der Todesblick war magisch. Eigentlich verfügten Dämonen nicht über diese Art Zauberkräfte. Wenn die Spinnen dahinter kamen …

Der Basilisk zischte und richtete seinen kleinen Kopf gegen die Spinnen. Sie blickten ihn mehrmals argwöhnisch an, krochen dann aber geduckt aus dem Weg. Der Bluff funktionierte!

Dann stutzte eine der Spinnen, die vielleicht ein kleines bißchen klüger als die anderen war. Sie hatte erst die Dämonin gesehen, dann den Drachen und schließlich den Basilisk. Die Wolfsspinne schöpfte Verdacht, daß es sich um eine Illusion handeln könnte. Wenn sie den Bluff durchschaute, kamen wir wieder in Schwierigkeiten.

Dana-Basilisk starrte die Spinne an. Diese begegnete ihrem Blick – und blieb am Leben. Sofort öffnete sie ihren Wolfsrachen, um den Angriff zu befehlen.

Jetzt folgte das Spiel meines Lebens. Ich schleuderte mein Messer nach der Bestie. Auch im Werfen war ich niemals gut gewesen, doch was hatte ich noch zu verlieren?

Das Messer zischte geradlinig und treffsicher auf sein Ziel zu. Es fuhr genau in den offenen Wolfsrachen und traf den Schlund. Ich konnte es nicht fassen. Wie war es möglich, daß ich ein solches Kunststück vollbringen konnte? Ich war weder ein Messerstecher noch ein Messerwerfer. Mein Erfolg entsprang kopfloser Verzweiflung. Plötzlich erinnerte ich mich an mein Bad in der Heilquelle. Dadurch war ich jetzt kerngesund, mein Körper funktionierte besser als je zuvor. Er tat genau das, was ich von ihm wollte – ich hatte das Messer kräftig und schnell in den Wolfsrachen schleudern wollen, und zwar mit der Spitze nach vorn. Bisher hatte ich meine körperliche Leistungsfähigkeit offenbar unterschätzt.

Der Spinne entfuhr ein klagender Todesschrei, bevor sie zusammenbrach.

Als die anderen sich nach ihr umschauten, sahen sie ihren Freßkumpan nur noch tot umfallen.

Der Basilisk streckte seine winzige Fratze den Wolfsspinnen entgegen.

Daraufhin ergriffen diese panikartig die Flucht. Beinahe stolperten sie übereinander, rannten auf die Blätterwand zu und zwängten sich in eine Nische.

Wir folgten ihnen. Mitten im Dickichtwall gab es zwischen Baumstämmen und vereinzelten Felsen einen versteckten Durchgang, der zur anderen Seite führte. Auf diesem Weg also waren die Wolfsspinnen gekommen und hatten die Dornen und das Zaubertor umgangen. Sobald sie auf der Innenseite waren, machten sie den vermeintlich geschützten Zufluchtsort zu ihrem Jagdgebiet.

Wir sammelten umherliegende Äste und zogen dornige Ranken in den Durchschlupf. Auf diese Weise verschlossen wir ihn wieder, so daß nichts und niemand hindurch konnte. Natürlich war es für die Wolfsspinnen kein Problem, ihn wieder freizuräumen. Aber ich hatte meine Zweifel, daß sie zurückkommen würden. Sie mußten glauben, daß der Basilisk das Jagdrevier übernommen hatte. In Zukunft würde das Rudel mit Sicherheit anderswo nach Beute suchen.

Ich ging zu der verendeten Spinne hinüber, langte in das gräßliche Maul und zog mein blutbesudeltes Messer heraus.

So gut wie möglich reinigte ich es im Gras. Dann gingen wir zum Tor und benutzten einer nach dem anderen den Schlüssel, um hinauszugelangen.

»Du bist ein ziemlich tapferer Sterblicher«, wandte Dana sich an mich. »Das war ein ausgezeichneter Treffer mit dem Messer und genau das, was ich zur Unterstützung der Illusion benötigte.«

»Ich glaube, du hast tatsächlich eine Seele«, entgegnete ich. »Wenn der Schlüssel es nicht bewiesen hätte, dann die Art und Weise, wie du uns beschützt hast. Ein gewöhnlicher Dämon hätte zugesehen und darüber gelacht, wie die Wolfsspinnen uns zerreißen.«

»Stimmt. Allerdings habe ich dabei nicht an die Seelenprüfung gedacht.«

»Ich auch nicht.«

Wir lächelten uns an. Dann rief MähreAnne die geflügelten Pferde herbei, und wir machten uns auf den Weg zum Parnaß.

Wir setzten die Nachforschungen fort. Dana mußte nicht einmal meine Gestalt annehmen, um die Mänaden zu befragen. Sie benutzte einfach die äußere Form, in der sie sich am wohlsten fühlte. Und das war die einer hinreißend schönen jungen Frau. Währenddessen mußten wir im Dorf warten. Wir hätten ohnehin nicht zu den Wilden Frauen fliegen können, obwohl der Berg sich innerhalb unserer Flugdistanz befand. Die Simurgh, der riesige Urvogel, bewachte den Berg und besonders den großen Samenbaum. Sie duldete dort keine anderen fliegenden Wesen.

Die Mänaden hatten nur einen Vorzug: lasterhafte Schönheit. Offensichtlich war das erfolgreich.

Wir schlossen unsere Suche in der Gegend ab und zogen weiter. In den folgenden Wochen erwies Dana sich als zunehmend hilfreich, sowohl als Interviewer wie auch als Beschützer. Dinge, vor denen wir uns früher gefürchtet hatten, waren jetzt kein Greuel mehr, weil alle glaubten, daß uns ein Drache oder etwas Schlimmeres begleitete.

Zu gegebener Zeit kehrten wir zum Süddorf zurück, wo ich König Ebnez meinen ersten Bericht erstattete. »Obwohl es viel Interessantes in der Region von Süd-Xanth gibt, habe ich bisher keine Talente von der Güte eines Zauberers gefunden«, schloß ich.

Er nickte betrübt. »Einiges vom alten Xanth ist noch übrig geblieben. Schreibe deinen Bericht nieder und bewahre ihn auf. Die Informationen werden in Zukunft sicher von Nutzen sein. Setze deine Untersuchung fort, bis ganz Xanth durchforscht ist. Du leistest vorzügliche Arbeit.«

»Vielen Dank, Eure Majestät. Aber es gibt da noch eine andere Angelegenheit ...«

»Ja, sicherlich. Möchtest du Reichtümer oder Macht?«

»Nein, nichts dergleichen! Ich erhalte, was ich wirklich möchte, und das sind Informationen. Nur muß ich sie mit den Orakelpriestern teilen, was aber keine besonderen Schwierigkeiten macht. Allerdings hat sich das Orakel für mich als nutzlos erwiesen. Nein, ich habe eine Bitte vorzutragen, von der ich fürchte, daß Ihr sie nicht gut aufnehmen werdet.«

»Ich werde mich der Mühe unterziehen«, sagte er mit einem gütigen Lächeln.

»Uns hilft eine Dämonin. Sie hat meine Bemühungen in jeder Weise unterstützt und mir mehr als einmal das Leben gerettet. Sie hat eine Seele und möchte sich davon befreien, um in den Normalzustand ihrer Art zurückzukehren. Aber um das tun zu können, muß sie Euch heiraten.«

Ebnez hatte geduldig und wohlwollend zugehört, aber an dieser Stelle fiel ihm der Unterkiefer herunter. Er mußte husten. Nach einer Weile erholte er sich. »Ich fürchte, das ist völlig unmöglich. Nicht nur, daß ich gänzlich ungeneigt bin, so spät im Leben zu heiraten, es gibt eine Vorschrift gegen die Verbindung von Dämonen mit Königen aus dem Jahre ...«

»Das habe ich ihr gesagt, Eure Majestät. Aber ich habe versprochen, ihre Bitte vorzutragen, falls sie mir hilft. Und sie hat mir geholfen. Sie scheint wirklich ein sehr nettes Wesen zu sein.«

»Vielleicht gibt es eines Tages einen König, der den Mut hat, das Verbot aufzuheben. Es liegt im Bereich der königlichen Vollmachten, aber ich bin nicht derjenige.«

»Ich werde es ihr sagen«, entgegnete ich, ohne überrascht zu sein.

»Warte«, sagte er auf seine majestätische Art. »Hat sie dir bei deinen Nachforschungen wirklich gute Dienste geleistet?«

»Ja. Ich fürchte, ohne ihre Hilfe kann ich meine Aufgabe gar nicht beenden.«

»Und wenn sie eine endgültige Absage erhält, hat sie keinen Grund mehr, die Arbeit fortzuführen?«

»Ja, Eure Majestät.«

»Dann wäre es nicht zweckmäßig, sie grundsätzlich zurückzuweisen. Ich werde das Verbot soweit lockern, daß ihr erlaubt ist, vor mir zu erscheinen. Aber ich werde sie nicht heiraten. Sage ihr nur, daß ich ihren Fall überdenke.«

»Aber ist das aufrichtig, Eure Majestät? Ich meine, wenn Ihr nicht die Absicht ...«

»Vielleicht ändert sie ja meine Meinung. Man kann nie wissen, was die Zukunft bringt.«

Ich hielt das für einen guten Kompromiß. Im Augenblick hatte der König keine Ambitionen, Dana zu heiraten. Aber vielleicht sah er das im nächsten Jahr anders. Dana war mit Sicherheit einnehmend genug und hatte zudem noch ein nettes Wesen.

»Ich danke Euch«, sagte ich. »Ich werde es ihr ausrichten.« Ich hatte eine weitere Lektion in Diplomatie erhalten und gelernt, wie man seinen Zielen näher kommt.

Ich berichtete ihr. Dana war gerührt – wenn man den Ausdruck bei einem Wesen benutzen kann, das eigentlich keine Gefühle kennt. »Das ist mehr, als ich zu hoffen wagte«, sagte sie. »Ich werde dir weiter helfen, und vielleicht kann ich den König kennenlernen, wenn du ihm das nächste Mal berichtest. Ohne jeden Zweifel wird er kein Interesse daran haben, eine Fremde zu heiraten.«

Damit hatte sie recht. Wir befragten die Faune und Nymphen, die verfluchten Unholde vom Ogerlagersee (später vergaß ich ihre Existenz, aber davon werde ich noch später berichten). Und wir berührten das Reich des Wahnsinns und befragten die Bewohner vom Dorf des magischen Staubes. Dort entdeckten wir ein wirklich ungewöhnliches Wesen: einen Zentaurfüßler – wie ein Zentaur mit einhundert Beinpaaren. Sie hieß Margaret und war unbezahlbar, wenn die Staubbewohner irgendwohin reisen mußten. Das ganze Dorf konnte auf einem einzigen Reittier aufsitzen. Die geflügelten Pferde und Einhörner waren sehr nützlich und manchmal auch die Seepferdchen des Ozeans – und ich liebte und brauchte MähreAnne sowohl für die Nachforschungen als auch als Mann. Aber natürlich bewahrte sie ihre Unschuld, was ich selbstverständlich akzeptierte.

Dana war ebenfalls eine große Hilfe, und ich mochte auch sie. Sie hingegen hatte keine Probleme mit der Unschuld. »Wenn es nicht um mein Gewissen und die Aufgabe mit den Einhörnern ginge, würde ich dich jetzt verführen«, meinte sie zuckersüß zu mir. »Ich weiß alles über die Verschwörung der Erwachsenen und könnte dich in ungefähr neunzig Sekunden darin einführen. Aber solange du MähreAnne liebst und sie dich, werde ich es nicht tun.«

»Ich danke dir«, sagte ich etwas unsicher. Ich wurde ziemlich neugierig auf die Geheimnisse, die die Erwachsenen auf so vehemente Weise zu verbergen suchten. Und ein so leichter Zugang zu diesen Geheimnissen war wirklich verführerisch. Allerdings nicht, wenn er meine Beziehung zu MähreAnne gefährdete.

Inzwischen erstatteten wir in gewissen Abständen König Ebnez Bericht. Ich hatte viele interessante Dinge entdeckt, zu unserem gemeinsamen Bedauern jedoch keine Zauberertalente. Dana lernte den König kennen. Sie war sehr höflich zu ihm, und er war zunehmend nett zu ihr. Es sah so aus, als würde er langsam seine Einstellung ändern, was eine mögliche Heirat betraf. Es wurde gemunkelt, daß eine Dämonin, wenn sie es darauf anlegte, einen Mann unglaublich glücklich machen konnte. Und Dana bemühte sich bei ihm sehr darum. Doch er machte sich Sorgen um seinen Ruf und sein Erscheinungsbild sowie darum, was Dana wohl ohne ihre Seele tun würde. Aus diesem Grunde blieb er weiterhin wachsam und zurückhaltend.

Drei Jahre gingen vorüber. Ich alterte von Ende fünfzehn auf Anfang neunzehn. MähreAnne erging es nicht anders. Dana hingegen änderte sich nicht. Dämonen sind relativ zeitlos. Wir besuchten die menschlichen Bewohner, die in der Nähe der Drachen und der Zentauren in Zentral-Xanth und in der Nähe der fünf großen Elemente in Nord- Xanth lebten. Außerdem befragten wir Elfen und Kobolde, weil sich herausgestellt hatte, daß sie von Menschen abstammten und eine Seele besaßen. Und einige verfügten über individuelle, magische Gaben. Meine Aufzeichnungen wurden umfangreicher und ebenfalls meine Sammlung nützlicher Gegenstände. Eine Flasche mit Heileliexier war nur die erste von vielen. Ich füllte einen ganzen Raum mit meinen Flaschen, die alle etwas Magisches oder zumindest einigermaßen Erstaunliches enthielten. Wann immer König Ebnez einen Gegenstand oder eine spezielle Information brauchte, fragte er mich. Immer öfter war ich in der Lage, seine Bedürfnisse mit einem entsprechenden Mittelchen zu befriedigen. Man nannte mich den Magier der Information. Sowohl MähreAnne als auch König Ebnez drängten mich, die Leute in ihrem Glauben an meine Fähigkeiten zu lassen.

Wir waren gerade in der Endphase unserer Nachforschungen und reisten durch die Landenge in Nordwest-Xanth, als wir folgende Nachricht erhielten: »Kehrt sofort nach Süddorf zurück!« Beunruhigt folgten wir der Aufforderung.

Unsere schlimmsten Befürchtungen hatten sich bewahrheitet. König Ebnez lag im Sterben. Dana war ebenso erschüttert wie wir. Nicht ohne Grund, denn sie hatte tiefen Eindruck auf den König gemacht, und es war sehr gut möglich geworden, daß sie ihn zu einer Heirat, vielleicht in einem Jahr, hätte bewegen können. Sie hätte ihn wahrscheinlich unglaublich glücklich gemacht. Die Tatsache, daß er am Ende seiner Lebensspanne stand, mußte nicht von

Nachteil sein. Im Gegenteil, er hatte dadurch weniger zu verlieren, falls sie ihm nicht die zu erwartenden Freuden schenkte. Jetzt schien es so, als hätte er zu lange gewartet und als wären all ihre Bemühungen vergeblich gewesen.

Der König bestand darauf, mit mir allein zu sprechen. Als er mich ansah, hellten seine Züge sich auf, und ich versuchte zurückzulächeln. Doch die Zeichen seines Endes waren nicht zu übersehen. Gierig lauerten bereits Totenvögel auf dem Dach seines Hauses. »Bitte, Eure Majestät, erlaubt mir, Euch etwas Heileliexier zu geben«, drängte ich ihn. »Danach könnte ich Wasser aus dem Jungborn holen, den ich im Zuge meiner Nachforschungen zufällig entdeckt habe. Das wird Euch wieder jünger machen.«

Matt schüttelte er den Kopf. »Du solltest das Wasser aus dem Jungborn niemandem außerhalb deiner engsten Familie geben«, sagte er. »Benutze es nur für dich selbst. Es ist nicht recht, den Sterbeprozeß zu unterbrechen.«

Ich mußte es ihm versprechen. Wenn man meine ausgezeichnete Gesundheit berücksichtigte, würde natürlich viel Zeit vergehen, bis ich selbst Verwendung für das Wasser hatte. Es war meine Hoffnung gewesen, MähreAnne davon zu geben, wenn die Zeit kam. Aber dem Wort eines Königs muß man gehorchen, und außerdem hatte er wahrscheinlich recht. Ich würde weder von dem Jungborn noch mein Wissen um die Quelle an irgendeine Person außerhalb meiner Familie weitergeben.

Aber es kam noch schlimmer. »Hast du einen Zauberer gefunden?«

»Nein, noch nicht einmal einen annähernd Begabten. Wahrscheinlich seid Ihr der einzige in Xanth, Eure Majestät.«

»Dann müssen außergewöhnliche Maßnahmen getroffen werden. Noch in dieser Stunde werde ich tot sein, doch Xanth muß einen König haben. Genauer gesagt, es muß einen König haben, der die Tradition auf die richtige Art und Weise weiterführt und die guten Werke fortsetzt, um die ich mich bemüht habe. Wir haben das Potential, Xanth aus dem dunklen Zeitalter herauszuführen, wenn wir unbeirrt weitermachen.«

»Ja, wir müssen weitermachen«, stimmte ich zu. Die Nachforschung war nur eine der Bemühungen des Königs. Er hatte versucht, jedem Menschen ein zumindest bescheidenes Einkommen zu sichern und ihn vor den Nachstellungen von Trollen und Drachen zu schützen. Er hatte verhexte Wege anlegen lassen, auf denen die Leute sich unbehelligt bewegen konnten. Es war bereits möglich, eine beträchtliche Strecke nördlich und südlich von Süddorf sicher zu bereisen. Außerdem waren entlang des Weges Herbergen gebaut worden, so daß die Menschen zusammenkommen und ohne Furcht im Dorf Handel treiben konnten. Der König hoffte, daß sich ein solches Netzwerk schließlich über ganz Xanth ausbreitete. Auch mir gefiel diese Vorstellung. »Es gibt noch so viel Gutes zu tun! Ihr müßt unbedingt leben, Eure Majestät, und nur ein paar Tropfen des Elixiers ...«

»Nein«, sagte er ungewöhnlich schroff. »Nein, meine Zeit ist abgelaufen. Da wir keinen Magier haben, der den Thron besteigen kann, müssen wir einfach jemanden dazu machen. Ich als König bin die letzte Instanz, die entscheidet, wer ein Magier ist und wer nicht. In diesem Fall werden wir ein Komitee oder einen Ältestenrat zu diesem Zweck einsetzen. Das ist eine der Reformen, um die du dich zu kümmern hast.«

»Eure Majestät, ich verstehe nicht.« Ehrlich gesagt, war ich verwirrt und fürchtete, daß er unzurechnungsfähig wurde.

»Hiermit erkläre ich ...«, hob er an und hustete wieder, diesmal schlimmer als je zuvor. Es hörte sich wirklich beängstigend an. »Hiermit erkläre ich, daß du als Magier der Information die einzige Person bist, welche die Berechtigung besitzt, die Krone anzunehmen.«

»Aber, Eure Majestät!« protestierte ich verblüfft. «Ich bin doch gar kein ...«

Seine müden Augen fixierten mich mit verlöschender Kraft. »Nennst du mich einen Lügner, Humfrey?«

»Nein, natürlich nicht! Das Wort des Königs ist Gesetz! Aber ...«

»Dann nimm die Krone. Nutze sie gut, bis du einen anderen Magier findest, an den du sie weiterreichen kannst.«

»Aber ...«, sagte ich hilflos.

»Nimm sie!« forderte er mich auf. Seine faltige Hand umklammerte mein Handgelenk. »Versprich es!«

Ich konnte mich nicht entziehen. Sein Blick ließ mich nicht los. »Ich verspreche es«, flüsterte ich.

Erst dann schloß er die Augen, und sein Griff lockerte sich. Er war tot.

6

DER KÖNIG

Ich hielt die Krone noch in den Händen, als ich aus dem Totenzimmer kam. MähreAnne, Dana und die Bediensteten starrten mich an.

»Der König ist tot«, verkündete ich. »Es lebe der König.«

»Ja, natürlich, der Informationsmagier!« rief ein Bediensteter aus. »Er hat Euch ja in jeder Hinsicht dazu ausgebildet.«

Unglücklich schaute ich MähreAnne und Dana an. Sie kannten die Wahrheit. Ein Wort von ihnen, und ich war aus dieser schrecklichen Lage befreit.

Aber beide verbeugten sich vor mir. »Eure Majestät«, sprach MähreAnne mich an – und Dana widersprach ihr nicht. Nun saß ich in der Falle.

Der Ablauf des Begräbnisses war vom Protokoll vorgeschrieben. Am folgenden Tag wurde König Ebnez beerdigt, so daß sein Haus von nun an mir gehörte – aber damit fingen meine Probleme erst richtig an.

MähreAnne trat an mich heran. »Ihr müßt heiraten. Das gehört zu den Pflichten eines Königs.«

»Wohlan«, bekräftigte ich. »Ich möchte dich heiraten.«

Tränen liefen ihr über die Wange. »König Humfrey, es ist nicht an mir. Ich liebe Euch, aber meine Unschuld liebe ich noch mehr. Deshalb muß ich Euch verlassen, damit Ihr frei seid, eine andere zu heiraten.«

»Nein!« rief ich aus. »Ich brauche dich doch!«

»Ihr braucht mein Talent im Umgang mit den Pferdewesen«, sprach sie betont. »Aber solltet Ihr baldigst eine andere freien, dann werde ich bleiben, um Euch zu dienen.«

Ich begriff, daß ich ihrem Verlangen nachgeben mußte, damit sie in meiner Nähe blieb. »Aber wen sonst kann ich heiraten?« fragte ich ratlos.

»Ähem.« Ich hörte ein Räuspern. Es war Dana Dämon.

Plötzlich verstand ich den Sinn des Orakelspruchs. »Du mußt einen König heiraten! Und ich habe einen Dämonen zu erobern. Warum hast du immer so treu zu mir gehalten, Dana?«

»Weil ich dich liebe, Humfrey«, sagte sie, »du hast in mir tatsächlich einen Dämonen erobert.«

»Aber du konntest niemals wissen, daß ich einmal König werde! Durch deine Liebe zu mir hattest du nichts zu gewinnen.«

»Das hatte ich auch nicht«, stimmte sie zu. »Und mein Gewissen verbot mir, dir meine Gefühle zu offenbaren, denn ich wollte deine Freundschaft zu MähreAnne nicht zerstören. Deshalb begnügte ich mich mit König Ebnez, und ich hätte ihn auch geheiratet und glücklich gemacht, wenn er es nur gewollt hätte. Doch meine wahre Liebe hat immer dir gegolten. Trotz seines langsamen Siechtums hatte ich mehr Geduld mit Ebnez, als es mir sonst möglich gewesen wäre, denn es diente mir als Vorwand, um weiterhin an deiner Seite zu bleiben.«

Auf den Gedanken war ich noch gar nicht gekommen. MähreAnne war die einzige Frau in meinem Herzen gewesen. Und ihre Weigerung, mich zu heiraten, betrübte mich.

Für Danas Hilfe war ich immer dankbar gewesen, hatte ihre wahren Gefühle aber nie beachtet, um mein Verhältnis zu ihr nicht zu gefährden. Ich hatte mich gegenüber dem Offensichtlichen absichtlich verschlossen und erkannte nun, wie gefährlich so etwas werden konnte. In Zukunft mußte ich sehr darauf achten, besonders, da ich nun König war.

»Ich nehme an, deine Seele ist dafür verantwortlich, daß du im Gegensatz zu anderen Dämonen der Liebe fähig bist«, vermutete ich, während ich innerlich um eine Entscheidung rang. Auch die Frage, ob ich eine Dämonin heiraten durfte, verschob ich auf später.

»Ja, ich kann jetzt Freundschaft und Liebe empfinden«, stimmte Dana mir zu. »Und ich muß offen eingestehen, daß das auch sein Gutes hat. Bevor ich eine Seele bekam, war mein Leben ziemlich langweilig. Als ich dann eine besaß, war ich traurig, aber meine Liebe zu dir hat mich wieder glücklich gemacht.«

Das zu glauben fiel mir immer noch schwer, denn ich war von kleinem Wuchs und nicht besonders gutaussehend, wenn man einmal von meiner ausgezeichneten Gesundheit absah. Als MähreAnne verwundet war, hatte ich ihr geholfen und die Notwendigkeit verstanden, warum sie ihre Unschuld wahrte. Deshalb erschien mir die Liebe zwischen uns ganz natürlich zu sein. Aber die Dämonin war ein Wesen, das so attraktiv aussehen konnte, wie es wollte. Selbst einen König vermochte sie zu beeindrucken. Warum sollte sie sich aus mir etwas gemacht haben? »Wann hast du – ich meine, es muß doch irgendeinen Anlaß für dich gegeben haben ...?«

»Es begann, als wir zusammen gegen die Wolfsspinnen kämpften«, erklärte sie. »Wir haben so viel gemeinsam auf die Beine gestellt! Du hast immer gewußt, was zu tun war und bist sehr klug vorgegangen. Du hast mir geholfen, jeweils die richtige Gestalt zu wählen. Erst durch deinen Mut konnte ich wirksam handeln. Ich habe mich dabei wirklich gut gefühlt. Das war wunderbar, denn vorher kannte ich kein Gefühl. Ich hatte mich niemals gut oder schlecht gefühlt. Und zum Schluß sagtest du, ich hätte eine Seele, auch wenn das in der Hitze der Schlacht nicht zu merken gewesen war. Und dann haben wir uns angelächelt. Nie zuvor hatte ich einen Mann ohne Hintergedanken angelächelt und niemals ein Lächeln von jemandem geschenkt bekommen, der nicht nur auf meinen Körper aus war. Zwischen uns bestand nur reines Verständnis und wirkliche Kameradschaft. Das war ein einzigartiges Erlebnis. Immer wenn ich später in deiner Nähe war, hatte ich das gleiche wunderbare Gefühl. Ist das nicht Liebe? Ich habe einfach nicht genug Erfahrung, um es richtig zu beurteilen.«

Sie war auf ihre Art unschuldig. In ihrem Wissen um die materielle Welt war sie uralt – aber noch völlig jung in der Liebe. Das bestärkte mich in meinem Entschluß, denn ich brauchte wirklich eine Frau. »Einverstanden. Ich werde dich heiraten.« Zwar war ich mir nicht völlig sicher, ob das klug gewesen war, weil ich immer noch einiges über Könige in der Verbindung mit weiblichen Dämonen zu lernen hatte, doch von ihrer Seite stand dem nichts entgegen, und sie war es wirklich wert.

»Oh, Humfrey, ich danke dir!« rief sie erfreut. »Darf ich dich jetzt küssen?«

»Fangt schon an«, warf MähreAnne barsch ein. »Ihr seid ja jetzt verlobt.«

Sie hatte mir zwar geraten, eine andere zu heiraten, hegte aber offensichtlich immer noch Gefühle für mich. Die Befriedigung, die ich dabei verspürte, beschämte mich ein wenig.

Dana trat an mich heran und legte mir die Arme um die Schultern. Sie war größer als ich, aber das war MähreAnne auch gewesen. Dann kam ihr Gesicht ganz dicht an mich heran, und ihre Lippen berührten die meinen. Sie küßte mich. Das war ein wahnsinniges Erlebnis! Ich hatte früher zwar schon MähreAnne geküßt und es auch gemocht, aber jetzt wußte ich, daß unsere Küsse noch voller Unschuld gewesen waren. Danas Kuß dagegen war ungemein erfahren. Die Liebe mochte für sie etwas Neues sein, aber ihre körperlichen Ausdrucksformen waren ihr sehr vertraut. Wie ich entdeckte, hatte sie nicht nur bemerkenswert weiche und bewegliche Lippen, sie besaß auch eine Zunge. Ich hatte mir nie vorstellen können, daß man eine Zunge auf diese Art und Weise gebrauchen konnte. Dabei preßte sie ihren Körper an mich und ihre … ihre Vorderseite brachte meine Vorderseite zum Prickeln. Langsam bekam ich eine leise Ahnung davon, welche Genüsse sie einem König verschaffen konnte. Meine letzten Zweifel schwanden.

Ich wuchs zwar in die neue Regentschaft hinein, aber es war von den wahrscheinlich üblichen Unannehmlichkeiten begleitet: Es folgte eine Zeremonie, die von der schloßeigenen Dienerschaft durchgeführt wurde. Von nah und fern strömte das Volk herbei, um mir Ehrerbietung zu zollen und meine Weisungen zu empfangen. Eine neue Robe wurde für mich angefertigt, und man veränderte die Krone, bis sie auf meinen Kopf paßte. Doch niemand stellte meine Beglaubigung als Magier in Frage. Offensichtlich akzeptierten sie alle König Ebnez' Urteil. Vielleicht stimmten sie mit ihm darin überein, daß irgend jemand König zu sein hatte, und wenn kein Magier zur Verfügung stand, so mußte eben einer vorgetäuscht werden. Doch mir bereitete dieser Aspekt Sorgen.

MähreAnne verhalf mir in dieser Hinsicht zu einer nüchternen Einschätzung. Sie hielt sich immer in meiner Nähe auf, denn als König mußte ich mit angemessenen Reittieren ausgestattet sein; und ihre Fähigkeit im Umgang mit allen pferdeähnlichen Wesen war von unschätzbarem Wert. Als sie mir einmal eines der wenigen echten Pferde in Xanth vorführte, fanden wir Gelegenheit zu einem privaten Gespräch.

»Ich fühle mich schuldig«, begann ich.

»Meinetwegen? Das braucht du nicht. Du hast mich gebeten, deine Frau zu werden, und ich habe abgelehnt. Die Dämonin ist eine gute zweite Wahl.«

Da hatte sie recht. »Ich danke dir, auch für das, was du zu meiner Qalifikation gesagt hast. Du weißt, daß ich kein Magier bin. Vielleicht habe ich überhaupt kein magisches Talent.«

»König Ebnez hat gesagt, daß du der Magier der Information bist. Das Wort des Königs ist Gesetz in Xanth. Deshalb bist du, was er gesagt hat. Du kannst es nicht einfach ändern, nur weil er tot ist.«

»Ja, aber er brauchte wohl jemanden, der sein Lebenswerk fortsetzt.«

»Willst du das denn nicht?«

»Doch, ich bin dazu bereit und gebe mein Bestes. Aber es läuft alles so verdächtig glatt! Ich glaube an die Wahrheit, und die Wahrheit ist ...«

»Die Wahrheit ist, daß du noch nicht weißt, über welche Gaben du verfügst. Du bist klug und wißbegierig, und zwar auf allen Gebieten. Im Laufe deiner Suche hast du mehr wichtige Informationen und nebenbei noch mehr Flaschen mit magischen Inhalten gesammelt als irgend jemand zuvor. Die Folge davon ist, daß du tatsächlich mehr Macht besitzt, als König Ebnez jemals innehatte. Wenn du zum Beispiel hungrigen Leuten zu essen geben willst und dazu die Anzahl der verfügbaren Äpfel brauchst, so läßt du nur deinen Summierer aus seiner Flasche heraus, und das Insekt wird die Summe in Nullkommanichts ermitteln – und die Zahl wird ganz genau stimmen. Und wenn eines der Ungeheuer unterm Bett zu groß wird und einen neuen Wohnplatz braucht, aber nicht unterm Bett herauskommen kann, weil ihm selbst das Sternenlicht in der Nacht zu hell ist, dann kannst du das Dunkellicht rufen, das du im nördlichen Xanth gefunden hast. Du hast damit die Möglichkeit, die Nacht zu verfinstern und es so dunkel zu machen, daß das Ungeheuer unter ein größeres Bett umziehen kann. Niemand sonst und niemand zuvor hat in diesem Licht ein derartiges Potential erkannt. Und wenn eine Jungfrau einen Mann liebt und dieser ihre Liebe nicht erwidert, so brauchst du der Maid nur ein paar Tropfen aus der Liebestrankflasche zu geben. Denn du bist klug genug gewesen, etwas von der Liebesquelle mitzunehmen, in die wir damals beinahe gestolpert wären. Doch selbst wenn das geschehen wäre, hätte das nichts geändert, denn wir waren bereits verliebt.«

An dieser Stelle unterbrach sie sich. Vielleicht kämpfte sie gerade wieder mit dem Problem ihrer Unschuld. Das kannte ich schon. »Das alles hängt damit zusammen, daß du ständig auf der Suche nach Wissen warst. Nur auf diese Weise hast du so viel erreicht. Wer wollte bestreiten, daß genau dies dein magisches Talent ist?«

»Aber jeder kann doch nach solchen Dingen suchen!« widersprach ich lahm.

»Aber nur wenige können sie finden. Du findest nicht nur das, wonach du suchst, sondern du findest sogar das, wonach du nicht suchst und erkennst sofort die darin liegenden Möglichkeiten. Vielleicht handelt es sich sogar um ein kaum wahrnehmbares Talent, doch wer will behaupten, daß ein Talent immer offensichtlich sein muß? Vielleicht warst du früher kein Magier, jetzt aber bist du einer. Und so wird es auch in Zukunft sein, solange andere daran glauben.«

Was sie sagte, war ungeheuer einleuchtend – jedenfalls für eine so unbedarfte Person wie mich. »Dennoch ...«, versuchte ich einen letzten Einwand.

»Kannst du beweisen, daß du *kein* Magier bist?« beharrte sie.

Ich gab auf. Das konnte ich nicht. Von nun an war ich der Informationsmagier, und meine Skrupel mußten sich ein anderes Zuhause suchen.

Begeistert bestieg ich das feurige Roß, das sie mir gebracht hatte. MähreAnne befahl dem Tier, dafür Sorge zu tragen, daß ich vor dem Volk eine stattliche Erscheinung abgab. Erstaunlich, wie mein Erscheinungbild sich änderte, sobald ich im Sattel saß. Ich hatte tatsächlich etwas Königliches an mir!

Dana verschaffte mir den Zugang zu einem ganz anderen Bereich der Wirklichkeit. Wir wurden mit geziemendem Pomp verheiratet. Sie war so schön, wie nur eine höllische Frau schön sein konnte. Ich liebte nach wie vor MähreAnne und wünschte mir, daß sie die Brautschleppe trüge. Aber die Gewißheit um Danas Liebe war ein nicht zu verachtender Ausgleich. Außerdem war ich wirklich neugierig auf die

Genüsse, die hinter der Verschwörung der Erwachsenen zu vermuten waren. Kurz gesagt, man konnte nicht behaupten, daß ich tatsächlich litt.

In unserer Hochzeitsnacht weihte Dana mich in sämtliche Geheimnisse der Verschwörung ein – und das in einem beängstigenden Schnellverfahren. Dabei hatte ich etwas gemischte Gefühle. Zum einen dachte ich mir: *Soll das schon alles gewesen sein?*, denn im Grunde gab es nicht viel zu verbergen. Eigentlich betraf das nur den unverhohlen unverhüllten Akt, mit dem man den Storch rief. Gab es keinen einfacheren Weg, das zu tun? Aber andererseits war es, als hätte ich ein Land der ewigen Wunder betreten. Ich wollte, daß sie mir das Geheimnis wieder und wieder zeigte – und das tat sie dann auch. Jetzt wußte ich, daß sie nicht geprahlt hatte, als sie von ihrer Fähigkeit sprach, einen König zu sinnesverwirrendem Glück führen zu können.

Nach meiner Hochzeitsnacht entstand irgendwie eine Barriere zwischen MähreAnne und mir, denn nun war ich ein Mitglied der Verschwörung und sie immer noch unschuldig. Wir taten so, als hätte sich nichts geändert, aber das stimmte nicht. Die Liebe, die wir füreinander empfanden, bekam etwas Angestrengtes und begann abzukühlen, und wir konnten nichts dagegen tun.

Als ich nach einiger Zeit als König allgemein anerkannt und nicht mehr auf ihre Hilfe angewiesen war, bat MähreAnne mich darum, in einem anderen Dorf wohnen zu dürfen. Natürlich erlaubte ich es ihr. Das war das stille Ende unserer romantischen Liebe. Es tat uns beiden weh. Damals durchlitt ich den ersten Liebeskummer, andere sollten folgen.

Dana gab ihr Bestes, um mich zu trösten, und sie machte das sehr gut. Aber meine hintergründige Traurigkeit blieb. So zahlte ich meine Strafe dafür, daß ich König war, aber das konnte niemand anderes verstehen. Ich hatte alles, bis auf das, was ich mir am meisten wünschte: eine Beziehung zu der Frau, die ich liebte.

Die Aufgaben eines Königs hatten eine gewisse Ähnlichkeit mit der Verschwörung der Erwachsenen: versteckt hinter einem großen Geheimnis, viel Pracht und Glanz, war das meiste seiner tatsächlichen Ausführung doch recht gewöhnlich. Meine Pflichten bestanden vor allem darin, langfristige Entscheidungen über Angelegenheiten zu treffen, die die meisten Leute nicht verstanden und um die sie sich auch nicht kümmerten. Zum Beispiel ging es um die Regelung der Fruchtfolge, damit bewirtschaftetes Land nicht erschöpft wurde. Zum Beispiel protestierte ein alter Bauer: »Schon mein Vater hat hier unsere Kirschpasteten geerntet! Warum sollte ich mir die Mühe machen, anderswo den Boden aufzureißen und ein neues Feld anzulegen? Ich will meine Ernte wie immer hier einbringen.« Es hatte keinen Sinn, erklären zu wollen, daß sich im Boden nur eine begrenzte Menge magischen Staubs befand, den die Pastetenbäume herauszogen. Und daß der Boden allmählich erschöpft wurde und Zeit brauchte, sich zu erholen. Da der Bauer das nicht verstehen wollte, mußte ein königliches Dekret erlassen werden. Denn wenn es der Wille des Königs war, würde ein Bauer die Felder wie befohlen wechseln. Diese Art von Unsinn verstand er.

Mein Alltag wurde weitgehend von Zeremonien bestimmt. Man erwartete, daß der König bei Feierlichkeiten den Vorsitz führte, daß er feierlich den Bandwurm zerschnitt, wenn ein neuer magischer Pfad eröffnet wurde, und daß er sein Beileid übermittelte, wenn jemand gestorben war. Außerdem mußte er eine kleine Armee von Soldaten unterhalten, für den Fall, daß eine weitere Welle von Mundania herüberschwappte. Das war notwendig, auch wenn der magische Schild dafür garantierte, daß so etwas nicht geschah. In Wirklichkeit war es nicht mehr als eine Methode, jungen Männern eine Beschäftigung zu verschaffen, die keine Lust hatten, für sich selbst zu sorgen. Man steckte sie in Uniformen, damit sie wenigstens gut aussahen. Ansonsten waren sie nur nützlich, wenn es darum ging, einen herumstreunenenden Drachen zu vertreiben, der Gefallen daran fand, die Dorfbewohner zu belästigen.

Natürlich erkannten die Drachen bald, daß die Soldaten nach mehr aussahen, als in den Uniformen steckte. Bei einer solchen Gelegenheit war ich einmal gezwungen, selbst aufs Land zu reisen und etwas Drachensalz auf den Schwanz des Drachen zu streuen, damit er davonflog. Drachensalz war ein derart übel stinkendes Zeug, daß ich mir die Nase zuhalten mußte, als ich die Flasche entkorkte. Für den Drachen jedoch war die Wirkung noch erheblich schlimmer. Solange er den Gestank einatmete, litt er unter unkontrollierten Niesanfällen. Und er atmete es ein, solange noch etwas davon an seinem Schwanz klebte. Um es loszuwerden, mußte er deshalb letztendlich seinen eigenen Schwanz abfackeln. Das hatte zur Folge, daß er gezwungen war, sich für ein oder zwei Monate zur Heilung zurückzuziehen. Erfahrene Drachen flohen schon, wenn sie die Flasche nur sahen. Die Dörfler jedoch hielten diese Flucht für einen Beweis meiner magischen Kräfte. Nur ich wußte es besser.

In Wirklichkeit aber hatte ich selbst bald die Nase gestrichen voll. Und die Dämonin Dana konnte mich nur solange ablenken, wie ihre Ablenkungen mich erfreuten. Deshalb reiste ich unter dem Vorwand, mein Königreich inspizieren zu wollen, durchs Land. Eigentlich aber nahm ich die Suche nach Wissen wieder auf, sammelte auf meinen Wegen allerlei Merkwürdigkeiten und fügte sie meiner ständig wachsenden Sammlung hinzu. Das hatte zur Folge, daß zu meiner Freude auch meine Macht als Informationsmagier immer mehr wuchs. Überall im Königreich hörte ich mir die Beschwerden der Dorfbewohner an und tat, was ich konnte, sie zu lindern. Es überraschte mich, als Dana, die sich gern unsichtbar machte und heimlich über die Dörfer flog, um dort den Unterhaltungen zu lauschen, mir berichtete, daß ich allgemein als der ›Gute König Humfrey‹ bezeichnet wurde. In Wirklichkeit brachte ich nicht viel zustande, aber ich hörte zu und gab Antworten. Offensichtlich war das mehr, als das Volk gewohnt war.

In einem Dorf entdeckte ich einen jungen Mann, der sehr aufgeweckt wirkte. Genau wie ich hegte er eine Leidenschaft für Wissen, doch im Gegensatz zu mir machte er sich nicht viel aus Magie. Die Informationen, nach denen er sich sehnte, waren historischer Art. Er wollte alles wissen, was in den Zeitaltern Xanths geschehen war. Sonst hatte niemand Interesse daran. Nun ja, *ich* interessierte mich dafür! »Ich ernenne dich zum königlichen Historiker«, sagte ich schließlich zu ihm. »Befrage die Leute über die Geschehnisse der Vergangenheit und stelle alles, was du erfährst, für das königliche Archiv zusammen.« Das war ungefähr das, was König Ebnez für mich getan hatte. Sein Auftrag, alle Talente aufzuzeichnen, war eine großartige Beschäftigung gewesen. Es war wirklich zu schade, daß es mir damals nicht gelungen war, einen Magier zu finden, der den Thron besteigen durfte! »Übrigens, wie ist eigentlich dein Name?«

»E. Timber Bram«, antwortete er.

So kam es, daß Bram etwas in Angriff nahm, was sich als außerordentlich umfangreiche Aufgabe erweisen sollte. Er schrieb die geschichtlichen Daten Xanths nieder, die hier Verwendung fanden. Nach seiner Rechnung wurde ich im Jahre 952 König, im zarten Alter von neunzehn Jahren. Das gefiel mir. Ich würde alle Daten der folgenden Ereignisse in meinem Leben aufzeichnen. Außerdem schuf Bram damit eine Art Rahmen, den es vorher nicht gegeben hatte. Ich war stolz darauf, daß ich es angeregt hatte, wußte aber, daß sich niemand sonst dafür begeistern konnte. Die Leute hatten sehr wenig für trockene Daten übrig, daß sogar die Aufgabe, den Ferienkalender zu führen, zu guter Letzt den Ogern zugeschoben wurde – denn die waren einfach zu dumm, sich davor zu drücken. Glücklicherweise wagte es keiner, mit den Ogern über irgendwelche Fehler zu diskutieren, und deshalb gab es wenig Beschwerden.

Nach ungefähr zwei Jahren meines Daseins als König hatte Dana eine Neuigkeit für mich. »Ich habe versucht, es zu verhindern, Humfrey, aber du bist einfach zu gesund.«

»Natürlich bin ich gesund«, antwortete ich. »Ich bin doch in die Heilquelle gefallen. Wenn ich irgend etwas getan habe, womit du nicht einverstanden bist, dann sag es mir, und ich werde es ungeschehen machen.«

Sie schüttelte lächelnd den Kopf. »Das kannst du nicht ungeschehen machen. Wir haben den Storch endlich um ein Baby gerufen.«

»Nun ja, wir haben ihn ja auch einige hundert Male gerufen«, bemerkte ich trocken. »Da wird er uns wohl irgendwann gehört haben.«

»Dämonen können diese Rufe normalerweise sehr gut dämpfen«, informierte sie mich, »und genau das habe ich versucht.«

»Aber warum denn?« wollte ich wissen.

»Weil ich länger bei dir bleiben wollte.«

»Du kannst solange bei mir bleiben, wie du möchtest! Ich war immer froh über deine Gesellschaft, und ich freue mich auf viele weitere gemeinsame Rufe.«

»Aber ich fürchte, die Lieferung des Storchs wird alles komplizieren.«

»Ich werde Vater sein, und du Mutter. Das sind doch wunderbare Neuigkeiten!«

Daraufhin schwieg sie, aber ich konnte sehen, daß sie grübelte. Dämlich wie ich war, kam ich nicht auf die Idee zu fragen, was sie beschäftigte. Der Gedanke, Nachwuchs zu bekommen, ließ mich ganz aus dem Häuschen geraten, selbst wenn dieser Nachwuchs halb dämonisch sein würde. Die Störche nahmen es in diesem Punkt sehr genau. Sie lieferten einem gemischten Paar kein gänzlich menschliches Baby.

Leider mußte ich in nächster Zeit einige Dörfer aufsuchen. Diesmal reiste ich allein, weil Dana zu Hause blieb, um auf den Storch zu warten. Er war zwar in den nächsten Monaten noch nicht fällig, aber auf die Auslieferungstermine konnte man sich nicht verlassen. Es wäre eine Katastrophe gewesen, wenn die Mutter bei seiner Ankunft nicht anwesend wäre. An unserem Haus hatten wir keinen Teich mit Seerosen, so daß die Gefahr bestand, daß das Baby einfach an einem anderen Ort abgesetzt wurde. Unglücklicherweise hatte Dana in dieser Zeit wenig Ablenkung, und so verfiel sie aufs Essen. Natürlich mußte sie essen, um bei Kräften zu bleiben und um genug Milch für das Baby zu haben. Es standen zwar Milchkrautschoten zur Verfügung, aber man hielt es für besser, wenn die Milch von der Mutter kam. Sie aß jedoch mehr als nötig und wurde zunehmend dicker. Zwar sagte ich nichts, weil ich keine Szene machen wollte, die vielleicht den Storch vertreiben würde, nahm mir aber vor, sie auf Diät zu setzen, sobald das Baby sicher bei uns eingetroffen war.

Dann kam der Storch und brachte einen hübschen menschlich-dämonischen Jungen. Damit wurde das Unglück offenbar. Wir hatten die Antwort des Orakels nicht in seinem ganzen Umfang verstanden, denn wir vergaßen zwischenzeitlich Danas ursprüngliches Anliegen. Damals hatte sie ihre Seele loswerden wollen, und nun schlüpfte diese Seele in das Baby. Dana war frei.

Völlig übergangslos war sie von ihrem Gewissen und ihrer Liebe zu mir befreit. »Nun gut, Humfrey, es hat irgendwie Spaß gemacht. Warum, weiß ich auch nicht«, sagte sie. »Vielleicht komme ich mal wieder für einen letzten guten #### vorbei, vielleicht aber auch nicht.« Sie benutzte dabei einen Begriff, bei dem sogar die Vorhänge rot wurden, und von dem ich glaubte, daß ihn nur eine wütende Harpyie verstehen konnte. Das Wort schien auf sehr herabwürdigende Weise mit der Handlung des Storchrufens zusammenzuhängen. Kurz darauf löste sich Dana in Rauch auf, der rasch verflog.

Ich blieb ohne Frau mit meinem Mischlingsbaby zurück. Jetzt verstand ich besser als früher, warum man Männern empfahl, sich nicht mit Dämoninnen einzulassen. Das war eine sehr schmerzhafte Lehre und meine zweite größere Enttäuschung gewesen.

Nun brauchte ich eine neue Frau, denn der König mußte verheiratet sein. Außerdem konnte man das, was ich über die Pflege von Kleinkindern wußte, an den Zehen eines Fußes abzählen. Und so geschah es, daß ein Mädchen auftauchte, das gerade das heiratsfähige Alter erreicht hatte, und das über alle Maßen von den Verlockungen des Hoflebens angezogen wurde. Jedesmal, wenn ich durch das Süddorf kam, lächelte sie mir zu und lüftete den Saum ihres Kleides auf eine Weise, die bewies, daß sie von mir gerne etwas über das Rufen des Storches lernen wollte. Zwar war ich zu jener Zeit auf Störche irgendwie schlecht zu sprechen, aber ich brauchte schnell eine Frau.

»Würdest du meinen Sohn adoptieren, wenn ich dich heirate?« fragte ich sie.

»Ich würde sogar einen Oger adoptieren, wenn das der Preis für die Heirat mit Euch wäre, Majestät«, antwortete sie.

So heiratete ich die Jungfer Taiwan, und sie kümmerte sich um meinen Sohn Dafrey. Das konnte sie wirklich gut, und ich mochte sie allmählich ganz gern, auch wenn ich nicht sagen kann, daß ich sie liebte. In der folgenden Zeit riefen wir einige Male zusammen den Storch, aber dieser weigerte sich, uns zu hören. Vielleicht war er noch beleidigt wegen der Sache mit Dana. Ich kann nicht behaupten, daß ich deswegen übermäßig aufgebracht gewesen wäre. Vielleicht hatte ich auch Angst, daß sie mich ebenfalls verließ, wenn sie ein eigenes Baby bekam.

Auch ging ich weiterhin auf Reisen, weil ich zu Hause ständig gedankenversunken zwischen Windeln herumlief, die man zum Trocknen aufgehängt hatte. Außerdem war meine Frau froh, wenn ich auf Reisen war, denn dann hatte sie mehr Platz im Haus.

Im Norddorf entdeckte ich etwas ausgesprochen Bedeutendes. Es handelte sich um einen sechs Jahre alten Jungen, der Gewitterstürme erzeugen konnte. Ich prüfte ihn gründlich, indem ich ihn bat, sowohl kleine als auch große Stürme hervorzurufen. Er tat es gern und hatte offensichtlich Spaß daran. Seine Mutter jedoch mochte es überhaupt nicht, wenn er innerhalb des Hauses Stürme freiließ. Als sie aber sah, daß der König Gefallen an ihm gefunden hatte, erfüllte sie mütterlicher Stolz.

Bald war ich überzeugt, daß der Junge ein Talent vom Kaliber eines echten Magiers besaß. Endlich hatte ich meinen Nachfolger als König von Xanth gefunden! Er brauchte natürlich noch viel Unterricht, und es dauerte noch einige Zeit, bis er soweit war. Mir fiel ein Stein vom Herzen, weil ich jetzt wußte, daß mir diese unangenehme Aufgabe nicht ewig anhing.

Dann aber ereignete sich ein außerordentlich seltsames Unglück, ausgerechnet in meinem Heimatdorf und auf dem Hof meiner Familie. Ich war umgehend nach Spaltendorf aufgebrochen, um nähere Einzelheiten von meinem älteren Bruder zu erfahren.

»Die Ticks sind außer Rand und Band«, berichtete Humboldt. »Sie warten nicht mehr friedlich, bis sie geerntet werden und ihre eigenen Uhren erhalten, sondern sie machen sich schon vorher auf eigene Faust davon und richten überall Unheil an. Wir wissen uns nicht zu helfen. Du aber bist der Magier-König und du wirst wissen, was zu tun ist.«

Wieder einmal kam eine furchtbar unangenehme Aufgabe auf mich zu.

Wie sich bald herausstellte, war das Wort *furchtbar* noch viel zu harmlos. Vielleicht würde eine bestimme Variante des Wortes, das Dana, die Dämonin, benutzt hatte, meine Stimmung passend umschreiben, aber ein König durfte natürlich niemals so eine Abscheulichkeit von sich geben. Man stelle sich vor – es gab nicht nur einzelne mutierte Ticks, sondern bereits verschiedene Stämme! Jeder hatte viele Mitglieder, die sich allerorten, wo sie fruchtbaren Boden fanden, vermehrten. Und solchen Boden fanden sie überall in Xanth. Was einmal im Spaltendorf begonnen hatte, breitete sich schnell bis in jede Ritze und Fuge aus. Die Ticks beeinträchtigten jegliche Form menschlicher Aktivität und waren extrem lästig.

Zuerst verbrannten wir das verseuchte Feld. Humboldt tat das äußerst ungern, doch es war die einzig sichere

Methode, die mutierten Ticks an der Wurzel auszurotten. Die anderen Bauern des Spaltendorfs bekamen zu ihrem größten Ärger die Auflage, sich anzuschließen. Nach diesem Eingriff wurde ich in der Region nicht mehr als der »Gute König Humfrey« bezeichnet! Unglücklicherweise erwies sich die Aktion als völlig wirkungslos, denn die mutierten Ticks sprossen wieder hervor. Wir hatten nicht begriffen, daß sie sich bereits weit über die Nachbarschaft hinaus ausgebreitet hatten und sich nun überall in den unzugänglichen Dickichten vermehrten. Die Verseuchung war schon weit fortgeschritten.

Daraufhin kehrte ich in das Süddorf zurück und überdachte die Angelegenheit. Dafür besaß ich eine Denkkappe, die ich auf einer meiner früheren Reisen gefunden hatte. Ich setzte sie auf und überlegte gründlich. Dabei kam eine Antwort heraus, die aber nicht einfach in die Tat umzusetzen war: Ich mußte mich auf jeden Stamm der Ticks gesondert konzentrieren und jeweils eine eigene Methode entwickeln, um sie auszurotten. Der Vorgang konnte Jahre dauern, aber ich war der König und deshalb dafür verantwortlich.

So beschloß ich, einen der wild wuchernden Ticks zu fangen und nach Hause mitzunehmen. Ich wollte ihn studieren und herausfinden, wie ich mit seiner Variante fertig werden konnte. Deshalb besorgte ich mir eine Anzahl Gefäße und ein Netz von jener Sorte, wie es auf Tickfarmen benutzt wurde. Schließlich bestieg ich mein bewährtes geflügeltes Pferd Peggy. Sie war ein Erbe aus meiner Verbindung mit MähreAnne, die ihr befohlen hatte, solange bei mir zu bleiben, wie ich sie brauchte. Und das tat ich wahrlich in diesem Fall. Wir kamen sehr gut miteinander aus. Vielleicht übertrugen sich die Gefühle, die ich noch für MähreAnne hegte, auf die Mähre – das war wohl der Grund, weswegen auch sie gern bei mir blieb. Vielleicht war sie aber auch einfach nur ein besonders nettes Exemplar. Technisch gesehen war sie ein geflügeltes Monster, aber alles, was im technischen Sinne stimmte, war noch lange nicht die Wahrheit.

Wir flogen zum Hof zurück, weil ich der Meinung war,

daß sich dort die meisten Ticks zusammengerottet hatten. Dann kämmte ich das Gebiet ab, hielt Ausschau nach einem wilden Tick und wurde schließlich fündig. Ich stöberte ihn auf und fing ihn mit dem Netz ein. Wie verrückt sprang er hin und her. Es stellte sich heraus, daß er von übermäßiger Hek-tick befallen war und darum ständig herumraste. Jeder andere Tick, den er zufällig berührte, nahm sofort seine Eigenschaft an, wies also einen genauso hohen Grad an Hek-Tick auf. Hier hatte ich einen Tick vor mir, den man auf jeden Fall beseitigen mußte.

Ich stopfte ihn in eine der Flaschen, verstaute sie in meinem Gepäck und flog dann nach Hause zurück. Ich besaß eine Kammer, die ich als magisches Laboratorium ausgerüstet hatte und in der ich auch den Hauptteil meiner Sammlung an magischen Objekten lagerte. Hier konnte ich arbeiten, ohne gestört zu werden.

Zuerst holte ich die Flasche hervor. Von dem Hek-Tick bekam man inzwischen wegen seines Herumsausens nur einen verschwommenen Eindruck. Nun gut, dagegen besaß ich ein Mittel. Ich holte meine Phiole mit Kriechöl hervor und ließ etwas davon auf die Flasche tropfen. Der Hek-Tick wurde sofort langsamer, denn nichts kann sich schnell bewegen, sobald ein Tropfen Kriechöl darauf fällt. Ich mußte sehr vorsichtig sein, damit ich selbst nichts davon abbekam, denn sonst wäre der betroffene Körperteil sofort verlangsamt worden. In meiner Zeit mit der Jungfer Taiwan war uns einmal ein wenig davon auf das Bett getropft. Das hatte zur Folge, daß wir zwei Tage und Nächte benötigten, um nur eine Stunde zum Schlafen zu kommen. Ich war gezwungen, die Wirkung mit etwas Schnellreiniger zu neutralisieren, denn das Öl war schon in die Matratze gekrochen. Verständlicherweise ging ich jetzt viel vorsichtiger damit um, die Erfahrung war mir wirklich ein guter Lehrer. Deshalb benutzte ich eine Zange, um die Flasche zu entkorken, und ließ den Hek-Tick auf den Tisch springen. Dort hatte ich eine Pfütze Kriechöl ausgeschüttet. Ich bewegte mich immer noch mit gewohnter Geschwindigkeit, aber der Tick war verlangsamt.

Mit seinem runden Körper und seinen kleinen Beinen sah er aus wie ein ganz normaler Tick. Der einzige Unterschied bestand darin, daß er sich in Zeitlupe hin und her warf, als sei er wahnsinnig.

Nun holte ich einen normalen Tick aus der Flasche. Der saß einfach da und zuckte in seiner üblichen Weise. Wenn man ihn in eine Uhr legte und er dort mit einem Tack zusammenkam, dann wurden beide hörbar, aber gleichzeitig unsichtbar.

Worin bestand nun der Unterschied zwischen beiden Sorten? Mir stellte sich also die Aufgabe, herauszufinden, mit welchem Trick man den gestörten in einen ganz normalen Tick zurückverwandeln konnte. Ich hatte angenommen, daß der eine längere Füße oder kürzere Fühler hätte, aber beide sahen genau gleich aus. Nur in ihrem Verhalten unterschieden sie sich voneinander.

Da begriff ich, daß es wenig nutzte, nur einen einzelnen Tick zu heilen, denn es befanden sich draußen noch Dutzende von der Sorte, die sich emsig vermehrten und über ganz Xanth ausbreiteten. Ich konnte sie wohl kaum alle einfangen! Also mußte ich einen Weg finden, jeden einzelnen unwirksam zu machen, ohne ihn in mein Labor zu holen. Das hieß, ich mußte eine Möglichkeit finden, sie auf dem Feld zurückzuverwandeln. Das war eine weit größere Aufgabe, als ich mir vorgestellt hatte.

Einige Tage lang schlug ich mich mit dem Problem herum. Ich analysierte die beiden Ticks sehr genau auf jede erdenkliche Art und Weise. Der einzige Unterschied schien in ihrer Persönlichkeit zu liegen. Keiner von beiden verstand meine Sprache, deswegen war ich nicht in der Lage, mich mit dem Hek-Tick zu unterhalten. Ich konnte ihn nicht dazu bringen, sich zu ändern und andere seiner Art davon zu überzeugen, es genauso zu halten.

Dann begann ich mit verschiedenen Elixieren zu experimentieren, und hier fand ich schließlich die Lösung. Ich mischte Heilelixier mit etwas Bremsflüssigkeit und verabreichte dem Hek-Tick davon eine satte Dosis. Das verlangsamte ihn, und er wurde zu einem normalen Tick. Daraufhin fügte ich ein bißchen Matritzenlösung hinzu, so daß sich die Mischung vervielfältigte und ständig mehr daraus wurde. Dann ließ ich den so behandelten Hek-Tick frei. Er würde sich mit anderen Ticks seiner Art zusammentun und dabei gleichzeitig die anderen Ticks wegen der Vervielfältigungslösung zurückverwandeln. Jedenfalls hoffte ich das. Es dauerte bestimmt sehr lange, aber so würden im Laufe der Zeit alle Hek-Ticks abgebremst werden.

Dann machte ich mich wieder auf die Reise. Diesmal fing ich mit dem Netz einen Kri-Tick ein, und der war wirklich eine Herausforderung!

»So, du bist also der Schwachkopf, der sich für einen richtigen König hält«, schimpfte er los. Es wäre mir wirklich lieber gewesen, wenn gerade dieses Exemplar nicht meine Sprache gesprochen hätte! »Das war eine verabscheuungswürdige Tat! Wie bist du bloß auf den Einfall gekommen, Xanth regieren zu wollen?! *Ich* könnte das viel besser, sogar mit nur drei Beinen und einem nach hinten gebundenen Fühler. Eigentlich kann ich es nicht begreifen, warum man nicht mich zum König berufen hat, denn ich bin dir doch weitaus überlegen, du armselige Ausrede von einem Zwerg.«

Da hatte ich nun einen, den man wirklich zum Verstummen bringen mußte! Aber die alte Mischung aus Elixieren, Ölen und Lösungen hatte bestimmt wenig Wirkung auf ihn. Er kritisierte die Mischung voller Verachtung. »Ich könnte ein besseres Gebräu zustande bringen als das!« behauptete er.

»Na gut, dann mach es doch«, schlug ich vor und gab ihm die Bestandteile.

Aber er weigerte sich. »Ich werde meine Füße doch nicht mit gewöhnlicher Arbeit beschmutzen. Ich lehne es grundsätzlich ab, irgend etwas Sinnvolles zu tun. Ich habe die Aufgabe, anderen zu erklären, wie unfähig sie sind – und vor allem dir.«

Mit etwas Mühe konnte es mir durchaus gelingen, diesen

Kerl nicht zu mögen. Er hatte offensichtlich ein Einstellungsproblem. Natürlich dachte er, daß nicht er, sondern das übrige Xanth ein Problem hätte, und er war nicht bereit, irgendeine andere Einstellung zu akzeptieren. Die einzigen abweichenden Sichtweisen, die er nicht kritisierte, waren seine eigenen.

Ich befürchtete, daß ich ein oder zwei Blutgefäße zerschlug, bevor ich eine Formel fand, die diesen Kri-Tick zum Verstummen brachte. Vier Tage lang beschimpfte er mich wegen aller möglicher Dinge, die sein abwegiger kleiner Verstand sich nicht vorstellen konnte. Wenn ich nicht bereits gewußt hätte, daß die Ticks zu den Weckern gehörten, dann hätte ich es spätestens jetzt begriffen, nachdem er mir so lange auf den Wecker gefallen war. Zu guter Letzt brachte ich eine Polierpaste zustande, welche die Kri-Ticks in Ero-Ticks verwandelte. Etwas Besseres gelang mir nicht. Dann ließ ich ihn frei, weil ich wußte, daß er so seine Vettern – und die wieder alle anderen – anregte, die mit ihnen in Berührung kamen; bis aus allen Möchtegern Kri-Tickern glanzvolle Ero-Ticker geworden waren. Das war zwar nicht optimal, aber es war eine reichlich harte Nuß zu knacken gewesen.

Rein zufällig erfuhr ich Jahre später, daß einige Kri-Ticks nach Mundania verschlagen worden waren, bevor sie in Ero-Ticks umgewandelt werden konnten. Dort breiteten sie sich rücksichtslos aus, und bald war das gesamte Mundania von ihnen verseucht. Dort hatten sie keine natürlichen Feinde, aber sie gaben ihr Bestmögliches, um sich das übrige Mundania zu Feinden zu machen. Mir kam kürzlich zu Ohren, daß sie damit beträchtlichen Erfolg hatten.

Der nächste Tick, den ich einfing, war ein Roman-Tick. Ich überlegte mir die Sache und ließ ihn schließlich unbehandelt wieder frei. Ich glaubte nicht, daß Xanth durch den Einfluß dieser Ticks Schaden erleiden konnte.

So ging es weiter, von einem Tick zum nächsten Tick. Es gab viele Sorten: Die Poli-Ticks, die andere mit ihren Ambitionen ansteckten. Die Gramma-Ticks, die mit langen Gesichtern steif herumstanden. Die Poe-Ticks, die überall ihre eigenbrötlerischen Gedanken verbreiten wollten. Die Drama-Ticks, die noch schlimmer waren und aus jeder Mücke einen Elefanten machten. Keinen von ihnen würde man vermissen! Einige weitere waren recht amüsant, aber mehr oder weniger harmlos, wie beispielsweise die Plas-Ticks und Elas-Ticks. Die Gymnas-Ticks allerdings gehörten zu den beweglichsten, genauso wie die Akroba-Ticks. Die Kniffligsten waren die Arithme-Ticks, und auch die Problema-Ticks waren nicht einfach zu behandeln. Aber die wildesten waren die Erotema-Ticks, die mich vor eine schier unlösbare Frage stellten. Ganz im Gegenteil dazu die Anglis-Ticks und die Seman-Ticks, die mich reichlich langweilten. Es war völlig zwecklos, sich mit den Dogma-Ticks streiten zu wollen oder gar zu versuchen, die Sta-Ticks zu Fall zu bringen. Die geheimnisvollsten waren sicherlich die Gnos-Ticks. Einige waren nur Unsinn, besonders in den Augen der Kinder, wie die Mathema-Ticks und die E-Ticks. Mit Hilfe der Op-Ticks konnten die Leute besser sehen, deshalb ließ ich sie, wie sie waren. Die Unterscheidung zwischen den An- Ticks und den Go-Ticks war nicht einfach, aber dennoch mußte es einen deutlichen Unterschied zwischen ihnen geben. Schließlich fing ich einen Charakteris-Tick ein, der mir dabei half, diesen Unterschied zu finden. Es stellte sich heraus, daß die einen mehr im Süden auftraten und viel später erst die anderen im Norden Xanths. Aber letztlich zählten beide zum Stamm der Stilis-Ticks.

Je mehr Ticks ich behandelte, desto schwieriger wurde es, die übriggebliebenen aufzuspüren und zu fangen. So zog ich Monate durchs Land, bis ich zu den Germanis-Ticks vordrang. Ich ließ sie unbehandelt, weil sie erfreulich unbedarft waren. Überall, wo fröhliche Menschen lebten, fand ich in ihrer Nähe die harmlosen Lus-Ticks, auch sie brauchten keine Behandlung. Ich konnte nicht herausfinden, ob die Lus-Ticks sich zu den fröhlichen Menschen hingezogen fühlten, oder ob die Menschen von ihnen beeinflußt wurden. Das war mir auch nicht weiter wich-tick, denn gegen das Lachen habe ich noch nie etwas gehabt.

Als ich endlich den letzten Tick behandelt hatte, schlug ich Kapriolen und schoß vor Freude koppheister herum. »Hurra, ich hab's geschafft!« hörte ich eine zarte Stimme rufen.

»Nanu, wer spricht da?«

»Du hast mich übersehen! Statt dessen habe ich dich erwischt. Ich bin der Eksta-Tick!«

Es macht mir jetzt nichts mehr aus, diesem falschen Tick seinen kleinen Sieg zuzugestehen.

Endlich kehrte ich wieder zu meinen alten Gepflogenheiten zurück und stellte fest, daß bereits sechzehn Jahre vergangen waren. Mein Sohn Dafrey war nun siebzehn Jahre alt und arbeitete als Assistent von E. T. Bram. Meine Frau Taiwan hatte beachtlich zugenommen, und die Schmuckstücke, die sie in ihrer Freizeit angefertigt hatte, konnte man nun überall in Xanth finden. Der Sturmmagier war jetzt zweiundzwanzig Jahre alt, und seine Macht hatte ihre volle Stärke erreicht.

Nun konnte ich abdanken. Ich war nie gern König gewesen und froh über einen richtigen Magier als legitimen Nachfolger.

Ich besuchte den Sturmmagier. »Jetzt bist du dran«, erklärte ich ihm. »Ich steige aus!«

Er akzeptierte das mit beachtenswertem Anstand. Dann trafen wir die nötigen Abmachungen für die ordnungsgemäße Übergabe der Macht. Er zog es vor, im Norddorf zu bleiben, wogegen ich nichts einzuwenden hatte. Der einzige Grund, aus dem ich im Süddorf geblieben war, bestand darin, daß sich niemand an meine Erlasse erinnert hätte, wenn ich ins Spaltendorf umgezogen wäre. Das lag daran – nun ja, ich habe es vergessen. Aber ich bin sicher, daß es irgendeinen guten Grund dafür gab.

Eigentlich war ich davon ausgegangen, daß die Matrone Taiwan mich auf dem Weg in die Namenlosigkeit begleitete, mußte mich aber vom Gegenteil überzeugen lassen. »Aber alle meine Freunde leben doch hier!« protestierte sie. »Du kannst nicht verlangen, daß ich mich von ihnen trenne!«

Ich fügte mich der Überzeugungskraft ihrer Logik, und wir lösten unsere Ehe auf. Nicht, daß es mir das Herz brach. Wir waren zwar ganz gut miteinander ausgekommen, aber wir hatten nur wenige gemeinsame Interessen. Außerdem hatte ich jetzt kein kleines Kind mehr, das versorgt werden mußte. Also trug es sich zu, daß ich die Krone an den Nagel hängte und allein meiner Wege zog. Nun ja, nicht ganz allein. Peggy, mein treues geflügeltes Pferd, meinte, daß ich noch immer jemanden brauchte, der auf mich achtgab, und begleitete mich. Ich wußte ihre Loyalität ehrlich zu schätzen – denn so war es viel bequemer zu reisen.

7

ROOGNA

Anfangs war ich froh darüber, von der Verantwortung für das Königreich entbunden zu sein. Das hielt ungefähr sieben Minuten an. Doch gleichzeitig war ich bedrückt, da ich auch von der Ehe entbunden war und mich doch so sehr daran gewöhnt hatte, von einer Frau umsorgt zu werden. Das hielt ungefähr neun Minuten an. Danach langweilte ich mich.

So beschloß ich, etwas Unterhaltsames zu tun, zu dem ich bisher niemals Zeit gefunden hatte: ich wollte das verschollene, legendäre Schloß Roogna finden. Es war aus der überlieferten Geschichte verschwunden, nachdem König Gromden verstorben und König Yang wegen seiner dämonischen Liebe dort ausgezogen war. Ich verstand nun, mehr als mir lieb war, wie dieses Unglück geschehen konnte.

Es galt als feststehende Tatsache, daß der Verstand eines durchschnittlichen Mannes schwand, sobald er eine durchschnittliche Frau zu Gesicht bekam. Wenn ihm aber eine

Schönheit vor Augen kam, schaltete der Verstand sich vollständig aus. Ein Mann war kaum daran interessiert, was im Kopf einer solchen Frau vor sich ging. Ganz im Gegenteil, er bevorzugte ihn mehr oder weniger leer. Eine Dämonin war dazu fähig, den üppigsten Körper zur Schau zu stellen und dabei völlig geistlos zu sein.

Ich hatte König Gromden für einen Narren gehalten, doch nun erkannte ich, daß auch er bloß ein Mann gewesen war.

Es war schon seltsam, wie Schloß Roogna so völlig von der Bildfläche verschwinden konnte, wo es doch so berühmt gewesen war. Es schien beinahe so, als ob irgendeine Macht es vergessen machen wollte. Aber wer würde etwas gegen das Wissen um ein Schloß einzuwenden haben? Außer er befürchtete, es könnte in der Abwesenheit des regierenden Königs geplündert werden. Nun gut, ich wollte nicht plündern; ich wollte es bloß aufsuchen.

Es mußte sich irgendwo südlich von dem ... dem ... irgendwo südlich vom Mittelpunkt Xanths befinden. Wenn ich es richtig verstand, lag es nicht allzu weit entfernt von der Westpalisade, weil das die Stelle war, wohin König Yang gegangen war. Den Gerüchten zufolge war er nicht weit gekommen. Aber Yang war ein Magier der Zaubersprüche gewesen. Er sollte die Fähigkeit gehabt haben, mit Hilfe einer Formel die gesamte Strecke quer durch Xanth zu überbrücken – aber darin war man sich nicht so sicher.

Irgend etwas an dieser Gedankenkette fuchste mich. Es lag in meiner Natur, derartige Ungereimtheiten aufzudekken. Schließlich konnte es die Ankündigung von etwas Aufregendem bedeuten. Yang? Nein, das war nicht die richtige Spur. Die andere Seite von Xanth? Nein, auch nicht. Südliches Xanth? Schon eher. Südlich wovon? Ich konnte mich nicht erinnern.

Und genau das war es. Ich hatte ganz Xanth durchforscht. Wie war es also möglich, daß ein bestimmtes Gebiet davon einem weißen Fleck in meinem Kopf glich? Ich konnte mich nicht erinnern, jemals in der Mitte Xanths gewesen zu sein. Dennoch mußte ich mich dort viele Male aufgehalten haben.

Ich hatte dort sogar als Kind gelebt. Wie konnte ich es nur vergessen haben? Doch der Fleck blieb weiß: ich erinnerte mich beim besten Willen nicht daran, wo ich als Kind gelebt hatte.

»Peggy, flieg Richtung Norden«, befahl ich meinem geflügelten Pferd.

Sie wendete elegant in der Luft und hielt sich nordwärts. Wie es meiner Gewohnheit entsprach, grübelte ich während des Fluges weiter. Hatte es vielleicht etwas mit dem allgemeinen Vergessen von Schloß Roogna zu tun, daß ich mich nicht an die Mitte von Xanth erinnern konnte?

Bald überflogen wir eine riesige Schlucht. Erstaunlich! Wie konnte es hier so etwas geben, und ich wußte nichts davon? Das riesige Ding in der Landschaft konnte man kaum als neu bezeichnen; an seinen Rändern und unten in der Tiefe wuchsen Bäume. Nanu, eigentlich mußte es unmöglich sein, angesichts eines solch gewaltigen natürlichen Hindernisses Xanth der Länge nach zu durchreisen! »Peggy, erinnerst du dich an diese Spalte?« fragte ich sie.

Sie schnaubte ein Nein.

Aber langsam dämmerte es mir. Mein Heimatdorf lag auf ihrer Nordseite. Dies war die ... die ... die Spaltenschlucht! Es hatte sie hier schon immer gegeben oder es war so ... niemand, der hier nicht lebte, vermochte ... es lag ein Vergessensbann auf ihr! Erst jetzt, da ich mich hier an diesem Ort befand, entdeckte ich mein verlorenes Wissen. Sollte ich die Spaltenschlucht zurücklassen, so würde ich die Erinnerung daran wieder verlieren.

Gut, damit ließ sich leben. Ich zog Notizbuch und Schreibstift hervor und notierte: *Spaltenschlucht quer durch Zentral-Xanth, Vergessensbann.* Das nächste Mal, wenn ich mich daran erinnern wollte, mußte mir diese Notiz weiterhelfen.

Aber nun, da ich mich wieder erinnern konnte, erkannte ich, daß das nichts mit dem Verschwinden von Schloß Roogna zu tun hatte. Die Spaltenschlucht war für meine Suche nicht weiter von Bedeutung. So fügte ich hinzu: *Schloß Roogna, keine Verbindung mit Spaltenschlucht.*

»Wende dich wieder nach Süden, Peggy«, forderte ich sie auf, und das Pferd folgte bereitwillig. Peggy war das einzige Erinnerungsstück an MähreAnne, aber dafür ein sehr stattliches. Nachdem MähreAnne mich verlassen hatte, habe ich mich nie nach ihr erkundigt. Auf diese Weise versuchte ich mir die liebevollen und unschuldigen Erinnerungen zu bewahren. Vielleicht war sie nach neunzehn Jahren nicht mehr so hübsch, und auch ihre Unschuld mochte gelitten haben. Aus Gründen, die die meisten Männer verstanden, die meisten Frauen aber nicht, war eine unberührte Frau von achtunddreißig Jahren nicht annähernd so attraktiv wie eine neunzehnjährige. Aber ich hatte sie geliebt und liebte sie noch immer – Tendenz fallend. Wäre es damals anders gelaufen ...

Wo mochte Schloß Roogna am ehesten stehen? Nun gut, wenn niemand etwas darüber wußte, entzog es sich wahrscheinlich den Blicken aus der Luft und war vom Land her unzugänglich. Wenn Peggy und ich über dem Südlichen Xanth kreuzten, würden wir entweder auf das Schloß selbst stoßen oder zumindest dabei eine Gegend entdecken, in die wir nicht eindringen konnten. So mußte es geschehen sein, als ich damals Xanth durchforschte. Wahrscheinlich hatte ich ein Gebiet ausgelassen, ohne es zu bemerken. Jenen Ort galt es nun genauer in Augenschein zu nehmen.

Wir machten uns wieder auf den Weg. Peggy genoß es sichtlich, denn sie lebte nur fürs Fliegen. Ich dagegen empfand es weniger erfreulich, zumal mein Hintern von der langen Reise schon wund und mir ein Großteil der abgesuchten Gebiete bereits vertraut war.

Peggy wechselte die Flugrichtung. Normalerweise hätte ich davon nichts bemerkt, da ich ihrem Urteilsvermögen traute, aber meine jüngste Erfahrung mit dem ... dem ... Etwas oder Anderen hatte gerade meinen Sinn für die unmerklichen Dinge geweckt und meine Aufmerksamkeit geschärft. Wieso war sie abgedreht, obwohl unser eigentlicher Weg geradeaus weiterführte? Weder Sturmwolken noch gefährliche Gebirgszüge waren auszumachen, und es flog auch kein Drache über uns.

Einen Augenblick dachte ich daran, sie aufzufordern, wieder die alte Richtung einzuschlagen und geradeaus zu fliegen. Doch ich wollte nicht mit ihr streiten, schließlich gab es vor uns auch nichts Bemerkenswertes.

Der alte Nörgler in mir schlug Alarm und warnte mich. Ich war doch sonst an allem interessiert! Wie konnte ich jetzt irgendein unbekanntes Ding belanglos finden? Mein Talent war die Neugier. Das paßte einfach nicht zusammen.

»Peggy, flieg mal über diesen langweiligen Urwald da unten links«, forderte ich sie beiläufig auf. Sie drehte sich mit einem Pferdeseufzen und nahm die Richtung dorthin auf, fiel aber von dem neu eingeschlagenen Kurs unversehens wieder ab.

Kein Zweifel: hier wirkte ein Abwehrzauber, genauso wie der Vergessensbann über der Spaltenschlucht (vgl. Notizbuch). Zwar erinnerte ich mich nicht an eine solche Schlucht, aber ich vertraute meiner Notiz. Ein Abwehrzauber übte eine ähnliche Wirkung aus: Reisende würden sich nicht an die Gegend erinnern können, weil sie diese nie betreten hatten.

Abermals versuchte ich, Peggy dorthin zu lenken, doch sie begann zu schwitzen, und ihre Ohren legten sich nach hinten. Da wußte ich, daß es ihr äußerst unangenehm wurde. Sie hatte nicht meine reizbare Natur; sie war ein vergleichsweise unschuldiges Wesen der Wildnis, das sich aus Schwierigkeiten heraushielt, indem es alles Unangenehme vermied. Es wäre nicht sehr nett von mir gewesen, sie anzutreiben.

»Geh runter. Ich werde allein weiterwandern«, beruhigte ich sie. »Falls ich nicht zurückkomme, kannst du deiner Wege gehen. Für all die Jahre deiner treuen Hilfe danke ich dir.«

Sie warf mir einen verständnisvollen Blick zu, war aber nicht ganz einverstanden mit dem, was ich gesagt hatte. Dann segelte sie zur Erde hinunter und ließ mich absteigen. Schließlich legte sie ihre Schwingen zuammen und wartete. Ich schulterte meine Ausrüstung, die Peggy bisher getragen hatte. Die Vorstellung, zu Fuß in einen verhexten Urwald einzudringen, gefiel mir ganz und gar nicht. Doch hegte ich die Hoffnung, daß Drachen und andere Ungeheuer diesem Urwald ebenso aus dem Wege gingen. »Viel Spaß beim Grasen«, wünschte ich der Stute.

Peggy sah mich noch einmal sinnend an, dann senkte sie den Kopf zum Gras, das hier am Rande des Urwalds üppig wuchs. Hier gab es reichlich zu fressen. Doch das war bestimmt nicht ihre Sorge. Sie war sich darüber im klaren, daß ich eine Dummheit beging, und fühlte sich schuldig, mich allein ziehen zu lassen. Aber sie wußte, daß ich diese harte Schule durchmachen mußte, um weiteres Wissen zu erlangen. Peggy war eine sehr fürsorgliche Stute.

Ich wandte mich ab und drang in den Urwald ein. Ich kannte mein Ziel, weil ich mich danach richtete, wohin ich am ungernsten gehen wollte. Es war schon lange her, daß ich etwas getan hatte, was mir weniger behagte. Gerade deshalb mußte ich es aber tun.

Meine Sturheit zahlte sich aus, weil der Widerwille nach einer Weile nachließ. Es war, als ob ich in kaltes Wasser eintauchte: der erste Schock war das Schlimmste. Noch immer fühlte ich mich unbehaglich, aber es war zu ertragen. Ich nahm es auf die leichte Schulter und setzte meinen Marsch fort.

Plötzlich stieß ich auf etwas Ungewöhnliches. Eine Schnecke raste quer über eine Lichtung. Dann sah ich eine zweite, die sich fast genauso schnell bewegte. Wie seltsam! Noch nie hatte ich so schnelle Schnecken gesehen. Dann begriff ich, daß hier wohl das seltenste aller Sportereignisse ablief: ein Querfeldeinrennen von Schnecken! Normalerweise sah ein Mensch sich so etwas nicht vom Start bis zum Ziel an, es sei denn, er wurde dazu genötigt, beispielsweise als Bestrafung. Aber diese hurtigen Schnecken bewältigten die Strecke in einem Bruchteil der Zeit, die gewöhnliche Schnecken dafür brauchten.

Es dämmerte, und einen Augenblick später war es in dieser Region dunkel wie in der Nacht. Sogar Sterne leuchteten auf und zogen am Himmel ihre Bahn. Sie wanderten zur anderen Seite des Firmaments, wo sie zur Ruhe kamen. Danach stieg wieder die Sonne auf.

Etwas nagte an meinem Verstand.

Langsam formte sich in mir die Frage: warum bewegte sich alles so schnell?

Und ebenso langsam entstand die Antwort: weil ich mich verlangsamt hatte.

In derselben Zeit, die ich brauchte, um zu Boden zu sehen, bewegte die Sonne sich um ein Viertel ihrer Bahn weiter. Sicherlich war ich gerade auf einen Zeitpunkt getreten.

Die Welt ringsum schritt mit ihrer normalen Geschwindigkeit voran. Nur für mich hatte es den Anschein rasender Geschwindigkeit, weil sich mein Standpunkt verändert hatte.

Der Abwehrzauber hatte mich nicht aufhalten können. Doch nun begegnete ich einer anderen Art von Magie. Jemand hatte Zeitpunkte in diesem Gebiet ausgelegt, und ich war dummerweise auf einen getreten. Ich konnte sie natürlich wieder verlassen, aber das nahm sehr viel Zeit in Anspruch. Währenddessen konnte mich jede Art von Unglück ereilen.

Entweder versuchte ich umzukehren oder vorwärts zu gehen, um meinen augenblicklichen Zeitpunkt zu verlassen. Vor mir lagen dreimal so viele Zeitpunkte. Sie würden mich noch lange aufhalten. Doch sollte ich mich zurückziehen, würde ich dieses Hindernis wieder vor mir haben.

Glücklicherweise trug ich das Gegenmittel bei mir. Während meiner damaligen Forschungsreisen durch Xanth und meiner Zeit als König hatte ich viele nützliche Dinge gesammelt. Eine stattliche Auswahl davon befand sich in meinem Bündel.

Ich griff über die Schulter und fischte nach einer kleinen Flasche. Obwohl ich mich beeilte, wurde es über dem Land zweimal dunkel und wieder hell. Ich entnahm der Flasche einen Augenblick und warf ihn zwischen meine Füße. Dadurch wurde der Zeitpunkt aufgehoben, so daß ich unmittelbar nach vorn treten konnte.

Aber ich hatte drei Tage verloren. Zum Glück mußte ich keinen festen Fahrplan einhalten, jedenfalls soweit ich es beurteilen konnte. Ich war auch nicht hungrig, weil sich meine Verdauung ebenfalls verlangsamt hatte. Doch nun würde ich vorsichtiger vorgehen müssen.

Jetzt zweifelte ich kaum mehr daran, daß ich mich in der Nähe von Schloß Roogna befand. Mir fiel ein, daß König Roognas Talent darin bestanden hatte, aus allem Magie zu machen. So nutzte er alle möglichen Dinge zur Verteidigung seines Schlosses. Seine Fähigkeiten ähnelten denen des späteren Königs Ebnez, nur daß Roogna mit lebendiger Magie umging, während Ebnez unbeseelte Magie einsetzte. Natürlich erforderten Zeitpunkte keine Veränderung; sie mußten einfach nur ausgelegt werden – und schon wirkten sie. Ich wagte es kaum, mir vorzustellen, wie der König sie hierher gebracht hatte, so weit von ihrem natürlichen Vorkommen entfernt. Jedenfalls hätten sie beinahe meine Ankunft verhindert.

Auf ging's. Zeit spielte im Grunde keine Rolle, aber Peggy wartete sicherlich ungeduldig auf meine Rückkehr. Ich erinnerte mich daran, daß ich mit MähreAnne vor langer Zeit einmal die Nacht in einen Werhaus verbracht hatte und wir erst nach einer längeren Reise wieder freikamen. Tatsächlich waren wir quer durch äh ... durch ... ich weiß nicht mehr, nach Süddorf gebracht worden. Die armen Einhörner waren damals am Morgen sicherlich pflichtbewußt zurückgekehrt – nur um das leere Grundstück vorzufinden, auf dem zuvor das Haus gestanden hatte. Ob sie wohl wehmütig wieherten, als sie uns für immer verloren glaubten? Und quälte sich Peggy nicht seit drei Tagen auf ähnliche Weise, in der Hoffnung auf meine wohlbehaltene Rückkehr? Es tat mir leid, sie da hineingezogen zu haben.

Ich streifte an einem mir unbekannten Busch vorbei. Es erklang ein zarter Ruf – und plötzlich brodelte es in meinem Gedärm. Ich grabschte nach meiner Hose, riß sie herunter und hatte kaum Zeit genug, mich hinzuhocken. Meine Verdauungsorgane bliesen ihren Inhalt hinaus.

Daraufhin fühlte ich mich erleichtert und begriff, was eigentlich geschehen war. Ich hatte einen Bedürfnisbusch berührt und seinem Ruf gehorchen müssen. Das war sein Trick, sich mit Dünger zu versorgen. Eine harmlose List – aber hätte ich nicht schnell genug reagiert, wäre die Sache buchstäblich in die Hose gegangen, und ich hätte mich in einer wirklich scheußlichen Lage befunden. Wieder einmal war ich zu sorglos gewesen.

Ich gewann meine Fassung zurück und schritt zügig aus. Es gab noch andere Büsche und kleine Bäume, aber keinen derselben Art. Sie waren mir jedoch allesamt unvertraut, so daß ich lieber einen Bogen um sie machte. Ich konnte ihnen nicht ansehen, über welche Art von Magie sie verfügten.

Doch standen sie in einer halbwegs geschlossenen Reihe, so daß ihre Blätter die des jeweiligen Nachbarn berührten. Ich konnte nicht vorbeigehen, ohne sie zu streifen.

So nahm ich Anlauf zu einem Sprung und segelte über sie hinweg. Meine ausgezeichnete Verfassung hatte mich noch nie im Stich gelassen. Nachdem ich in die Heilquelle gefallen war, bewältigte ich alle Hürden, die in meiner Jugend unüberwindlich gewesen waren.

Die Spitze eines Zweigs berührte meinen Fuß. Plötzlich drehte ich mich in der Luft und trudelte unkontrolliert. Wie ein Rad kreiselnd, fiel ich zu Boden und rollte einen Grashang hinunter auf einen sumpfigen Tümpel zu. Ich hatte einen Purzelbaum berührt!

Kurz bevor ich in den Sumpf platschte, rollte ich aus, stieß gegen einen harten Gegenstand und blieb auf dem Bauch liegen. Ich hob mein Gesicht – und bekam eine Nase voll fauligen Käsegeruchs. Als ich genauer hinsah, erkannte ich, daß der Gegenstand vor mir kein Hintern, sondern ein runder Stein mit einer senkrechten Spalte war. Es handelte sich um einen Mondstein, der offensichtlich schon vor langer Zeit heruntergefallen war, denn er war weit davon entfernt, frisch zu riechen. Er hatte mich an der Nase herumgeführt. Das lag in seinem Wesen.

Ich kam auf die Füße und schaute mich um. Anscheinend

hatte ich eine große Entfernung überwunden, ohne es zu bemerken. Ich befand mich nicht nur in der Nähe des Sumpfes, sondern war vielmehr vollständig von Morast umgeben. Jenseits davon schimmerte ein Ring offenen Wassers. Ich saß auf einer Insel mitten im Teich! Wie war ich nur hierhergekommen, ohne naß zu werden?

Schließlich erkannte ich, daß es sich um ein anderes Hindernis auf dem Weg zum Schloß handelte. Es wirkte ein Zauber, der mich aufhalten oder zur Umkehr bewegen sollte. Nun hatte er mich auf eine Insel verschlagen, möglicherweise, indem er mich durch die Luft geschleudert hatte. Er sollte mich nicht verletzen, sondern mich nur davon abhalten vorwärtszukommen. Wenn ich mich entschied, mein Vorhaben aufzugeben, würde ich wahrscheinlich auf dem Rückweg wenig Ärger haben.

Das erklärte, warum das Schloß vergessen war: Jemand wollte, daß es in Ruhe gelassen wurde. Aber wer? Außer dem Sturmkönig gab es keine Magier oder Zauberer mehr in Xanth. Und keine andere Person hatte das Bedürfnis, solche Geheimnisse einzurichten und die magische Kraft, sie zu bewahren.

Ich hatte alles mehr oder weniger durchgekaut und mir mehr oder weniger die Zähne daran ausgebissen. Es wurde Zeit, meinen Verstand zu benutzen, der recht gut arbeitete, wenn ich ihm nur eine Dreiviertelchance ließ. Es stellte sich die Frage: wie konnte ich mehr über die Umstände erfahren, ohne einen weiteren schlimmen Schnitzer zu machen? Schließlich wollte ich nicht Peggy gegenübertreten und ihr Ich-hab's-doch-gleich-gesagt-Schnauben hören.

Ich setzte mich auf den Mondstein, der daraufhin aus Protest noch stärkeren Gestank von sich gab. Dann nahm ich mein Bündel auf und wühlte darin nach meinem kleinen magischen Spiegel. Während ich noch überlegte, ob ich ihn benutzen sollte, starrte ich ihn einen Augenblick an. Ich konnte mich gut an das Problem erinnern, das mit ihm verbunden war.

Diesen wunderbaren Spiegel hatte ich auf einem verlassenen Friedhof gefunden. Die meisten dieser Orte waren natürlich verlassen, hauptsächlich weil die Leute hier später noch genug Zeit verbringen mußten. Aber dieser besondere Friedhof war wirklich verlassen gewesen, das heißt, auch die Geister waren verschwunden. Da ich keine Vorstellung davon hatte, was einem Gespenst Furcht einflößen konnte, hatte ich trotz meiner Neugier gezögert, der Sache nachzugehen. Wahrscheinlich gab es gewichtige Gründe, sich zu fürchten. Deshalb hatte ich nur diesen kleinen Spiegel aufgehoben.

»Welche Eigenschaft hast du?« fragte ich.

»Ich bin ein magischer Spiegel, der jede Frage beantworten kann, die mir gestellt wird.«

Wie schön. Das war wirklich ein ausgezeichneter Fund! Doch wegen der Umstände, unter denen ich ihn gefunden hatte, war ich mißtrauisch. Deshalb fragte ich weiter: »Welche Folgen hat es für mich, wenn ich dich benutze?«

»Ich beantworte dem jeweiligen Besitzer jede Frage weniger genau als die vorhergehende.«

Das gab mir zu denken. Ich konnte mir vorstellen, daß ein lebendes Wesen den Spiegel wiederholt eingesetzt hatte, ohne sich über die verhängnisvolle Eigenart Klarheit verschafft zu haben. Während der Spiegel schrittweise von der Wahrheit zur Lüge überging, mußte sich das Glück des Fragestellers in Pech verwandeln. Zuletzt würde der Spiegel eine Antwort geben, die den Besitzer möglicherweise umbrachte. Beispielsweise mochte der Spiegel behaupten, daß an einem bestimmten Ort ein Schatz zu heben wäre, obwohl dort in Wirklichkeit schon ein Ghul lauerte. Das könnte die Erklärung sein, wieso der Spiegel auf dem Friedhof zurückgelassen worden war.

Aber konnte das auch die Abwesenheit von Geistern erklären? Ja, weil sie den Spiegel ansprechen konnten, als er bei ihren Gräbern lag, und vielleicht hatten sie sich mit ihm unterhalten und ihm viele Fragen gestellt – bis er ihnen zuletzt eine Gespenstergeschichte erzählte, die sie in eine Geisterstadt führte, aus der sie nicht mehr fliehen konnten.

Deshalb hatte ich dem Spiegel keine weiteren Fragen gestellt. Jedenfalls hatte ich ihn aufbewahrt, weil er möglicherweise noch halbwegs ehrlich war. Wenn sich herausstellen sollte, daß er offensichtlich falsche Antworten gab, konnte ich ihn immer noch weitergeben, natürlich mit einer ernsten Warnung.

Ich hatte ihm nur zwei Fragen gestellt. Wie schnell nahm wohl seine Genauigkeit ab? Wenn ich ihn danach fragte, wie man sicher nach Schloß Roogna käme, und er mir eine Antwort gab, die weitgehend in Ordnung war, aber den Hinweis auf eine tödliche Bedrohung unterschlug, was dann?

Ich beschloß, auf Umstände zu warten, in denen die Genauigkeit der Antwort wirklich wichtig war. Im Augenblick gab es zu viele Unwägbarkeiten. Deswegen hatte ich vielleicht meine Zeit verschwendet, aber so war ich eben: immer versuchte ich alles zu bedenken und mir meine Lage vor Augen zu führen. Besser, ich überlegte vorher, bevor ich in Schwierigkeiten geriet. Lieber vorausschauen, als das Nachsehen haben. Aber solche Weisheit und Vorsicht wuchs nur aus bitterer Erfahrung. Bescheiden formuliert war ich bis jetzt noch nicht so umsichtig, wie ich es später sein sollte.

In weiblicher Begleitung, oder wenn ich geheiratet hätte, wäre es mir sicher besser ergangen. MähreAnne hatte mich in ihrer charmanten Art in die richtige Richtung geschubst, und Dana war immer mit gutem Rat zur Hand gewesen, solange sie eine Seele besessen hatte. Jungfer Taiwan organisierte viele Dinge recht gut für mich. Auch Peggy, mein geflügeltes Pferd, hatte mich mit deutlichem Wackeln ihrer Ohren ermahnt, wenn ich etwas noch Dümmeres als sonst zu tun drohte. Seit wirklich langer Zeit stand ich nun auf eigenen Füßen. Aber mit auffällig zeitlicher Übereinstimmung bin ich genauso lange ungewöhnlich gedankenlos gewesen. Offensichtlich benötigte ich eine Führungskraft. Mit anderen Worten: ich brauchte wieder eine Frau. Aber nach einer Liebe und zwei Ehen war ich nicht mehr darauf versessen, das noch einmal durchzumachen. Zumindest nicht, solange ich nicht beides zugleich haben konnte. Rückblickend wünschte ich wirklich, daß MähreAnne willens gewesen wäre, auf ihre Unschuld zu verzichten und mich zu heiraten. Doch sie hatte sich besagte Unschuld bewahrt, und soviel ich wußte, ging sie nun der Beschäftigung nach, diversen Dörfern Mähren zu beschaffen. Sie schickte eine schickliche Mähre zur künftigen Niederlassung, und die übte ihre Tätigkeit mit so cleverer Zurückhaltung aus, daß sie gar nicht vorhanden zu sein schien. Einhörner konnten nur bei der Niederkunft von Kindern gute Dienste leisten, aber eine Mähre hatte für jedwede Niederlassung die richtige Roßnatur. Anscheinend wollte jedes Dorf eine geschickte Mähre haben. Und der Mähre von der Westpalisade wurde ein besonders gesunder Pferdeverstand nachgesagt.

Aber zurück zum Thema: wie konnte ich beides bekommen? Wo war die Frau, die ich lieben und auch noch heiraten konnte? Eine Frau, die lieblich und nicht von dämonischer Herkunft war, ohne gleichzeitig entschieden unberührt bleiben zu wollen. Oder eine Frau, die mehr an ihren Mann dachte als an ihre gesellschaftliche Stellung. Wo war die große, wahre Liebe meines Lebens?

Ich wollte den Spiegel zur Seite legen. Da erhaschte ich darin das Aufblitzen eines Bildes: das Antlitz einer zauberhaften jungen Maid mit einer leuchtend roten Rose im Haar. Hastig drehte ich den Spiegel und schaute direkt hinein, aber das Bild war verschwunden. Er hatte mich zum Narren gehalten.

Eigentlich handelte es sich um einen Frage-Antwort-Spiegel, der nichts anderes tun konnte, als auf Fragen mit Ja oder Nein zu antworten. Doch ich hatte gar keine Frage gestellt. Warum hatte er mir also kurz ein Bild gezeigt?

Ich grübelte, bis ich begriff, daß es noch ein fehlendes Stück in der Kette gab. Glied für Glied ging ich sie durch: ich hatte an meine Traumfrau gedacht und zugleich den magischen Spiegel in der Hand gehalten. Das Ding mußte mir ein Bild von dieser Frau vermittelt haben.

Natürlich hatte der Spiegel die Absicht, mich zu weiteren Fragen zu verleiten. Je mehr Fragen ich stellte, desto ungenauer konnte er seine Antworten ausfallen lassen, bis er nutzlos für mich wurde. Auf diese Art würde er mich loswerden. Entweder gab er mir verhängnisvolle Antworten, oder er brachte mich dazu, ihn wegzugeben.

»So läuft das nicht«, sagte ich. »Ich werde keine Fragen verschwenden, solange du noch genau antwortest. Habe ich erstmal Schloß Roogna ausgemacht, und die Sache ist erledigt, dann kann ich die Frau immer noch suchen. Heute will ich nichts über sie wissen, da die Antwort zu einem Preis erkauft wäre, der mich später das Leben kosten könnte. Bring mich also nicht durcheinander, du allzu helles Stück Glas.«

Starke Worte. Aber dieser kurze Blick war mir bis ins Herz gefahren, denn nun mußte ich unbedingt wissen, wer die Frau war. Würde ich ihr wirklich einmal in der Zukunft begegnen? Oder war sie nur eine Vorspiegelung gewesen? Der Spiegel hatte mich beinahe soweit, daß ich die alberne Suche nach Schloß Roogna aufsteckte, um nach der Frau zu forschen. Welch bösen Streich hatte der unselige Spiegel mir gespielt, indem er meiner Phantasie dieses Bild zuspielte!

Nun aber Schluß. Alles in allem war zuviel Grübeln nicht gut für mich. Ich fischte einen Umkehrzauber aus meinem Beutel, der mich vor Angriffen durch Schlangen, Allegorien, Basilisken, Drachen und allen anderen kategorischen Reptilien schützte. Ein zweiter bewahrte mich vor Insekten jeglichen Kalibers. Ein dritter verdarb großen Fischen ihre Lust auf kleine Jungen. Und der nächste machte Gewächse schlaff, angefangen bei unberührten Rührmichnichtans bis hin zu brandgefährlichen Heißspornen. Ein weiterer Umkehrzauber veranlaßte Säuger unterhalb der Entwicklungsstufe der Humanoiden, angeekelt die Flucht vor mir zu ergreifen. Das bewahrte mich vor der Unannehmlichkeit, einer Hypotenuse oder etwas Schlimmerem in die Fänge zu geraten. Und zu guter Letzt ein Bann, um schräge Vögel zu verscheuchen, vom häßlichen Entlein bis zum komischen

Kauz. Es war nämlich so, daß ich nicht wissen konnte, welche Bedrohung in dem tiefen Sumpf und dem dunklen Wasser lauerte. Und ich wollte es bestimmt nicht auf die harte Tour erfahren. Deswegen sicherte ich mich gegen alles und jeden ab. Es war eine Schande, so viele Zauber auf einmal zu verschwenden, wo vielleicht überhaupt keiner erforderlich war, aber es wäre töricht gewesen, mein Leben aufs Spiel zu setzen.

Ich legte die Kleider ab, stopfte sie in mein Bündel, hielt es hoch und watete durch den Schlamm. Auf jede Kreatur im Wasser, die mich belästigen wollte, war ich vorbereitet. Natürlich zählten Elfen, Gnome, Trolle, Ghule und Oger zu den Humanoiden, aber ich hatte bisher keinen von ihnen in der Gegend zu Gesicht bekommen. Dennoch hielt ich weitere wirkungsvolle Sprüche für sie bereit. Es lohnte sich eben, magische Gegenstände zu sammeln. Ich hatte schon immer vermutet, daß sie mir einmal von Nutzen sein würden.

Der Matsch saugte an meinen Füßen und Knöcheln und zog sich dann mit angeekeltem Schmatzen zurück. Der Umkehrzauber wirkte genauso auf die kleinen, lauernden Geschöpfe im Morast wie auf die gierigen Fangwurzeln der Sumpfpflanzen. Ich drang langsam vor und ließ dem ganzen verdammten Schlammloch Zeit, die Kunde von meinen Abwehrzaubern weiterzugeben. Denn ich war froh darüber, daß die meisten Geschöpfe es vorzogen, mir aus dem Weg zu gehen, bevor ich ihnen in die Quere kam.

Plötzlich versackte mein vorderer Fuß in einem Loch, und unvermittelt steckte ich bis zur Hüfte im Morast. Ja, das war eine Standardlist von Sumpflöchern. Sie bemühten sich, flach und ungefährlich auszusehen, ließen einen aber in die Falle tappen, wenn man ihnen glaubte. Aber diese Schlammsuhle hatte nichts davon, denn mir konnte niemand etwas anhaben.

Ich kämpfte mich vorwärts durch den Morast, bis er allmählich dünner wurde und mich nur noch schlammiges Wasser umgab. Es reichte mir bis zur Brust, und meine Füße glitschten über den rutschigen Untergrund. Mit etwas Glück würde ich die Begegnung mit einem anderen Loch vermeiden können. Ich hoffte, daß dieser Morast die Vergeblichkeit seiner Tricks eingesehen hatte, und ich endlich auf das ferne Ufer klettern konnte. Von dort war es dann wahrscheinlich nicht mehr sehr weit bis zum Schloß.

Während meiner Überlegungen sickerte allmählich ein Gedanke durch und kam an die Oberfläche meines Bewußtseins: Vielleicht war es das Schloß selbst, das die Menschen fernhielt. König Roogna hatte eine Menge lebender Magie um das Schloß herum eingesetzt. Im Laufe vieler Jahrhunderte konnte all dieser Zauber zu einer Einheit geworden sein. Und ohne einen König Roogna, der ihn daran hindern konnte, hatte dieser Zauber sich dafür entschieden, jede Person abzuwehren, ausgenommen den König. Darin hatte der Zauber sehr viel Übung bekommen. Vielleicht war ich der erste, der ihn überwinden konnte. Das wäre sehr schön.

Da ergriff plötzlich etwas meinen Knöchel und zog. Was war das? Meine verschiedenartigen Zaubersprüche sollten mir eigentlich jeden Feind vom Leibe halten! Ich schaute nach unten, konnte aber in der zähen, trüben Brühe nichts entdecken. Das Wasser war so durchsichtig wie Schlamm – und das war bestimmt kein Zufall.

Nun wurde auch an meinem anderen Knöchel gezerrt. Es fühlte sich nicht wie ein Tentakel an, eher wie etwas mit Schwimmhäuten.

Dann erkannte ich, was es war. Meine Zaubersprüche schlossen die Amphibien nicht mit ein. Es war eine Grundkröte! Eine Kröte, die im Wasser lebte und auf dem Grund herumkroch, um Durchwatende nach unten zu ziehen. Und hier stand ich nun, hielt mein Kleidungsbündel und meine Zauberutensilien hoch, damit sie nicht naß wurden, und diese Kröte war grundlos im Begriff, mich unter Wasser zu zerren und zu ertränken!

Ich wehrte mich, wollte mich losreißen, aber als ich einen Fuß freibekam, wurde der andere unter mir weggerissen. Ich fiel und tauchte ein. Finsternis umgab mich. Dennoch hielt ich das Bündel mit ausgestrecktem Arm über Wasser und trat wild um mich. Es gelang mir, einen Fuß auf einigermaßen festen Grund zu setzen. Mein Kopf durchbrach die braune Oberfläche, so daß ich wieder etwas sehen konnte. Er war mit Matten von Seetang bedeckt, der sich hierher verirrt haben mußte. Normalerweise war Seetang sehr darauf bedacht, in der See zu bleiben und nach den Seemuscheln zu sehen.

»Hilfe!« entfuhr es mir ungewollt, als ich wieder einen Griff an meinem Fuß spürte. Wahrscheinlich hatte die Grundkröte bisher nur mit mir gespielt. Doch bald würde sie ernst machen und mich länger unter Wasser drücken – viel länger.

Da tauchte ein ganz und gar purpurroter Mann am Ufer auf. Mit einer Hand hielt er sich an einem überhängenden Ast fest und streckte mir die andere entgegen. Er ergriff mein Handgelenk und zog mich nach oben. Es war höchste Zeit, denn ich verlor schon wieder Grund und Boden.

Die Kröte zerrte wie wild, denn sie wollte ihre Beute nicht freigeben. Sie verstand nicht, warum ich nicht nach unten kam. Der purpurne Mann gab nicht auf und hielt mich weiter fest. In dieser Sekunde kam ihm ein anderer Mann zur Hilfe. Er war gänzlich grün. Gemeinsam packten sie mich, um mich mit vereinten Kräften aus dem Wasser zu heben. Die Kröte mußte loslassen, wenn sie nicht ins Trockene gezogen werden wollte. Auf diese Weise entkam ich der Gefahr, ohne daß mein Bündel naß wurde. Meine Zauberutensilien blieben vollkommen unbeschädigt.

»Vielen Dank!« japste ich atemlos. »Das war Hilfe in höchster Not.«

»Immer bereit, einem anderen Farbigen zu helfen«, sagte der purpurne Mann knapp.

Jetzt begriff ich, wer meine Wohltäter waren. Es gab Leute, deren Hautfarbe anders war. Die selteneren Farbtöne zogen es vor, unter sich zu bleiben, weil das gemeine Volk sich über sie lustig machte. Offensichtlich hatten sie mich irrtümlicherweise für einen von ihnen gehalten, denn ich war über und über mit Schlamm und Seetang bedeckt. Wie würden sie wohl reagieren, wenn sie erkannten, daß ich gar nicht zu ihnen gehörte? Und daß ich auch nicht einer der Wächter dieser Gegend war, sondern jemand, der sich hier eingeschlichen hatte?

Ich überdachte kurz die Situation, wägte Vor- und Nachteile ab und kam zu dem Schluß, daß man wie immer mit der Wahrheit am besten fährt. Auch wenn sie mich dafür wahrscheinlich in den Tümpel zurückwarfen. »Ich bin kein ...«

»Seht mal da, eine Schlammassel!« rief der Grüne.

Der Rote und ich schauten in die Richtung, die er wies. Dort wühlte sich tatsächlich ein großes graues Ungetüm aus dem Uferschlamm. Der Tümpel hier verbarg vielleicht noch viele andere glückliche Geschöpfe, aber die Schlammassel schien sich in seinem Schlamm ganz besonders wohl zu fühlen.

»Schnell! Hol eine Schwertlilie, wir wollen sie schlachten!« rief Rot.

Sie eilten in den Schilfgürtel und brachen sich zwei Schwerter heraus. Dann veranstalteten sie mit der Assel eine heftige Schlammschlacht, bei der aber die Schlammassel glücklicher Sieger blieb. Ich hatte auch Glück gehabt, daß sie genau im rechten Augenblick erschienen war.

Soweit es die Schlammschlacht betraf, entschied ich mich dafür, die drei als einen geschlossenen Verein zu betrachten, dem ich nicht beitreten wollte.

Ich marschierte weiter in die Richtung, von der ich hoffte, daß dort das Schloß lag.

Bemerkenswert, daß es hier menschliche Lebewesen gab! Auch Farbige waren Menschen. Ganz im Gegensatz zu bekannten Behauptungen unterschieden sie sich nur in ihrer Farbtönung. Anscheinend hatten diese hier Probleme gehabt, andernorts klar zu kommen und hatten deshalb Arbeit in einer Gegend angenommen, die von den meisten Leuten gemieden wurde. Es war wirklich schlimm, daß sie nicht die gleiche Chance erhielten und gleichberechtigt waren, wie sie es verdienten.

Ich drang vor und zwängte mich durch ein Gewirr aus Zweigen und Blättern. Unmittelbar vor mir stand plötzlich eine junge blaue Frau. Siedendheiß fiel mir ein, daß ich nackt war. Meine Kleider steckten ja immer noch in meinem Bündel. Faune durften ruhig unbekleidet herumlaufen, aber ich war kein Faun, und sie war keine Nymphe. Sie war vollkommen angezogen.

Dümmlich sperrte ich den Mund auf. »Ich, äh ...«

»Wo sind die anderen?« erkundigte sie sich. »Ich will ihrem Verein auch beitreten!«

»Die haben ... äh die Schlammschlacht schon vermasselt«, sagte ich und zeigte ihr, wo sie sich hinwenden sollte.

»Vielen Dank, Braunchen«, antwortete sie und eilte davon.

Ich fing gerade an, einen Seufzer der Erleichterung auszustoßen, kam aber nicht weit, denn Blauchen verhielt und schaute zurück. Ihr Blick fiel kurz auf meinen ... zwischen meine Beine. Sie öffnete ihren hübschen Mund.

»Dort am Tümpel«, erklärte ich. »Rot und Grün sind schon da.«

Sie nickte und rannte weiter. Jetzt konnte ich endlich den Seufzer zu Ende seufzen.

Dann schaute ich an mir hinunter. Ich war nicht so unbekleidet, wie ich gedacht hatte. Einige Tangstränge hingen vor der Region, auf welche die Frau geschaut hatte.

Vielleicht sollte ich mich jetzt lieber anziehen. Aber mein Körper war immer noch schlammbedeckt, und ich wollte mir nicht sämtliches Zeugs verderben. Es schien auch kein Baum in der Nähe zu sein, an dem passendes Grünzeug wuchs, deshalb mußte ich weiter entblättert bleiben. Ich entschied mich für einen Kompromiß und zupfte die Tangstränge (von denen ich mich fragte, woran mich das erinnert) zu einem kleinen Lendenschurz auseinander. Das mußte reichen, bis ich Wasser fand, um mich zu waschen.

Aber im Augenblick belauerte mich die aufziehende Nacht, und bald würde sie mich eingeholt haben. Ich mußte einen Ort finden, an dem ich schlafen konnte, denn ich war zu müde, um mich im Dunkeln weiter voranzukämpfen. Meine Abwehrzauber würden mich in der Nacht schützen, aber ich suchte noch nach einer weichen Unterlage, auf der ich es mir bequem machen konnte.

Und wieder hatte ich Glück: ich erspähte ein Felsenbett. Es war ein herrlich großes Stück, das sich da aus dem Boden erhob. Ich ging hin und berührte es. Es war echt, keine Illusion und wunderbar weich. Es war einfach ideal. Sogar ein Deckenbaum stand daneben, an dem eine schöne dicke Bettdecke hing, die gerade die richtige Reife hatte und nur darauf wartete, geerntet zu werden. Sie würde mich bestimmt vor der Kühle der Nacht schützen.

Ich angelte in meinem Bündel nach einer Essensmarke, denn ich hatte den ganzen Tag noch nichts zu mir genommen. Ich riß die Marke in der Mitte durch. Die Hälften verwandelten sich in einen duftenden Brotlaib und eine gefüllte Flasche. Ich zog den Korken heraus und hob die Flasche an den Mund. Zum Glück war es ein leichtes, alkoholfreies Erfrischungsgetränk. Das war mir recht, denn ich machte mir zur Zeit nichts aus schweren Getränken, weil sie einen unangenehmen Nebeneffekt hatten. Sie machten es einem schwer, geradeaus zu gehen.

Ich beendete meine Mahlzeit und legte mich in das Felsenbett. Ich wippte ein bißchen auf ihm herum und genoß die Qualität seiner Sprungfedern. Aber ich hütete mich davor, zu fest darauf herumzuhopsen, damit die Federn nicht heraussprangen und im Wind davonflogen. Dadurch hätte das Felsenbett bestimmt an Qualität eingebüßt. Schließlich streckte ich mich lang aus und entspannte mich.

Nach einer Weile erschien vor meinem geistigen Auge wieder das Gesicht aus dem Spiegel. Ich wußte allerdings, daß der Spiegel nicht dazu verpflichtet war, sich an die Wahrheit zu halten, besonders da ich ihm keine spezielle Frage gestellt hatte. Es konnte das Bild der schönsten Frau sein, die der Spiegel in den letzten fünfzig Jahren gesehen hatte. Und vielleicht ruhte sie bereits auf dem netten, kleinen Friedhof, wo ich ihn gefunden hatte. In mir nährte sich der

Verdacht, daß der Spiegel mich nicht mochte, und daß dies einer seiner grausamen Scherze sein konnte. Wahrscheinlich versuchte er, mir einfach auf den Wecker zu fallen, bis er mich soweit hatte, daß ich nach der Frau zu fragen begann. Das war mir schon seit längerem klar. Doch wenn dies das Spiel war, das er mit mir trieb, dann gewann er es.

Der Spiegel sollte nicht die Genugtuung erhalten, zu sehen, daß seine Masche bei mir wirkte. Deshalb ließ ich das Bild einfach in meiner Vorstellung und genoß es. Ich wußte, daß eine ganze Menge mehr an einer Frau dran war als nur ein Gesicht. Ich haßte es, daß er mich dazu gebracht hatte, so aufgewühlt zu sein und mich so töricht zu verhalten. Aber in dieser Hinsicht war ich eben ein typischer Mann. Erst einmal wollte ich meine gegenwärtige Aufgabe erfüllen und Schloß Roogna finden. Danach konnte ich immer noch sehen, was ich wegen dieser Frau unternehmen konnte, falls sie überhaupt existierte. Irgendwann schlief ich über meinen Gedanken ein.

Am Morgen stand ich auf und benutzte eine zweite Essensmarke – sie waren für das Kampieren im Freien wirklich sehr praktisch. Danach suchte ich nach Wasser und stolperte dabei über einen weiteren Bedürfnisbusch. Hier konnte ich, was ich gern vermieden hätte, nicht verhindern. Säubern konnte ich mich erst, wenn ich dazu die Gelegenheit bekam.

Vor mir lag eine Plantage mit großen alten Bäumen. Das kam mir bekannt vor. Ich wußte, daß Schloß Roogna von genau solchen Bäumen umgeben gewesen war. Wenn sie jetzt noch ihre gewaltigen Äste schwangen, um mich, den Eindringling, aufzuhalten ...

Ich näherte mich ihnen vorsichtig. Die Bäume an beiden Seiten des Weges bewegten tatsächlich ihre Äste und versuchten, mir den Weg zu versperren. Jetzt gab es keinen Zweifel mehr: Hier war der Ort, nach dem ich gesucht hatte.

Ausgezeichnet! Darauf war ich vorbereitet. Ich hatte zwar

nicht davon gehört, daß es noch andere Verteidigungsanlagen um das Schloß herum gab, aber die Baumwiese war ein Teil der Geschichte, die E. Timber Bram aufgeschrieben hatte. Tatsächlich war es seine Geschichte gewesen, die mich an den fehlenden Teil von Xanth erinnert und meine immer bereite Neugierde geweckt hatte.

Ich schlug mich in die Büsche und legte mein Gepäck ab. Dann holte ich eine Phiole mit einem Elixier heraus und bestrich mich damit. Es war eigentlich eine sehr gewöhnliche Flüssigkeit, denn sie machte den, der sich damit eingerieben hatte, zu etwas Gewohntem. Da Bäume normalerweise weder sehr gut sehen noch hören können, verließen sie sich auf den Geruch und die allgemeine Haltung und Ausstrahlung eines Wesens. Wenn sie beispielsweise kaltes Eisen im Besitz eines übelriechenden Mannes wahrnahmen, dann schlugen sie sofort los und bauten eine undurchdringliche Verteidigung auf. Sie haßten nichts so sehr wie Äxte.

Pfeifend ging ich wieder auf sie zu. Diesmal ließen die Äste mich vorbei. Ich handelte und roch schlichtweg gewöhnlich für sie.

Wenn es wirklich einmal darauf ankam, waren Bäume nicht die verläßlichsten Wesen. Aber als Vorposten leisteten sie ausgezeichnete Dienste.

Dann betrat ich den inneren Teil des Gartens, in dem alle möglichen Fruchtsorten wuchsen. Hier gab es Nuß-, Pasteten- und andere nützliche Bäume. Es war bestimmt die größte derartige Sammlung in ganz Xanth, denn sie war von König Roogna zusammengestellt worden. Hier sah es sehr schön aus. Und alles war überraschend gut erhalten, wenn man bedenkt, daß der Ort für beinahe dreihundert Jahre vernachlässigt worden war. Eigentlich hatte von 677 an – damals bestieg der Magier Yang den Thron und verließ danach das Schloß – bis heute, im Jahre 971, niemand mehr hier gelebt. Und doch sah es so aus, als hätte sich erst gestern jemand um den Obstgarten gekümmert. Roogna war schon ein sehr mächtiger Magier gewesen.

Nun erreichte ich das eigentliche große alte Schloß. Was

für ein Anblick! Es war fast quadratisch und trug an jeder Ecke einen mächtigen, kantigen Turm und jeweils ein rundes Türmchen in der Mitte der Mauern. Das alles wurde von einem beachtlichen Schloßgraben umgeben. Es wunderte mich, daß das Wasser im Graben so klar war und nicht trüb aufgrund mangelnder Pflege. Zumal ich sah, daß gerade ein Grabenmonster am Grund wühlte.

War Schloß Roogna vielleicht doch bewohnt? Das wäre erstaunlich. Wie konnte hier jemand leben, wo man es doch vergessen hatte?

Ich ging an den Rand des Schloßgrabens. Eine Riesenschlange hob den Kopf aus dem Wasser und zischte mich an. Mein Schlangenabwehrzauber war zu dieser Zeit schon fast gänzlich abgenutzt, aber ein bißchen was hatte ich noch davon, falls nötig.

Unvermittelt senkte sich die Zugbrücke und schlug krachend auf die Erde. Schwere Gegengewichte hoben sich, und das Tor schwang auf. Eine Frau erschien. Sie sah winzig aus inmitten dieser riesigen Verteidigungsanlage. Offensichtlich war sie eine Prinzessin, denn sie trug eine kleine goldene Krone, die mit winzigen rosa Perlen und Diamanten besetzt war. Auf der Brust schimmerte ein erlesener rosa Kristall. Ihr Haar sah aus wie von Tau benetzte Rosenblätter. Ihre Haut so milchig, daß es fast möglich schien, sie zu trinken, und ihre Augen hatten den Glanz frischen Blattgrüns. Bekleidet war sie mit einem tief ausgeschnittenen Gewand aus durchsichtiger Seide. Breite cremefarbene und rosa Streifen wechselten sich ab, durch goldene Borten unterbrochen. Die Untergewänder wie auch die zierlichen Schuhe schimmerten ebenfalls golden und schienen mit winzigen Dornen verschlossen zu sein. Ihr Überwurf besaß eine Kapuze und wirkte altertümlich, war aber aus schwerer Seide von außerordentlicher Qualität, die in satten Rosafarben gehalten war. Den Stoff säumte ein Muster sorgsam ziselierter Samenkapseln, mit Perlen und leuchtend rosa Kristallsplittern besetzt und durch kleine Stückchen rosafarbiger, geschnitzter Jade in der Form von Rosenblüten unterbrochen. Den Verschluß bildete eine Spange aus schimmerndem Gold in der Form eines Rosenschlosses. Alle wirklich bedeutsamen Zeichen königlicher Abstammung waren also vorhanden.

Sie war das Mädchen aus dem Spiegel, und jeder Zoll an ihr war so lieblich wie auf dem Bild. Ich hatte ja nur ihr Gesicht gesehen, aber auch alles andere an ihr war liebreizend. »Verletze ihn nicht, Souffl«, wies sie das Grabenungeheuer an. »Ich weiß, daß du ihn nicht hereinlassen darfst, also werde ich herauskommen, um ihn zu begrüßen.« Das Ungeheuer nickte mit dem Kopf und ließ sich langsam zurücksinken, bis es verschwand. Offensichtlich erkannte es sie als die Herrin des Schlosses an. Das war eine weitere, ausgezeichnete Empfehlung für ihre Echtheit, denn Grabenungeheuer sind sehr verläßliche Arbeitnehmer, die sich davor hüten, anstelle der Eindringlinge aus Versehen ihre Brötchengeber zu fressen. Das hätte schon ihrem Ehrenkodex als Wächter widersprochen.

Dann kam das Mädchen über die Brücke auf mich zu. Erst jetzt fiel mir wieder ein, daß ich immer noch schlammbedeckt war und einen Lendenschurz aus Seetang trug. Natürlich hatte ich keine Ahnung gehabt, daß ich so plötzlich der Frau meiner Träume gegenüberstehen würde. Ich wollte mich zurückziehen, da stieß ich gegen einen Gelanterinebaum, an dem ich festklebte und der verhinderte, daß ich mich der erlauchten Gegenwart der Prinzessin entzog.

»Äh … hallo«, stammelte ich und hatte keinen Zugriff mehr auf die Intelligenz, die man mir eigentlich nachsagte.

»Hallo, Humfrey«, begrüßte sie mich. »Ich bin die Prinzessin Rose.«

Irgendwie hatte ich schon geahnt, daß sie so heißen würde. Aber wie hatte sie meinen Namen wissen können? »Äh …«

»Ich weiß, daß ich dich liebe«, fuhr sie entzückt fort, »aber daraus ergibt sich ein Problem. Ich bin hier, um einen Magier zu heiraten, der dann König wird. Bei dir ist es genau anders herum: du bist ein früherer König, der ein Magier wird. Schloß Roogna ist darüber sehr aufgebracht. Doch ich glaube, mit deiner Unterstützung werden wir das schon hinkriegen.«

Wie konnte sie so viel über mich wissen? Sogar daß ich kein richtiger Magier war und vorher König? Und wie konnte sie von Liebe sprechen, wo wir uns doch gerade erst kennengelernt hatten? »Äh ...«

Dann lächelte sie mich an, und alle meine Zweifel lösten sich in Luft auf. Ich war verliebt.

8

ROSE

Es war eine dunkle Stunde in der Geschichte Xanths. Die Verschlechterung der Lage hatte während der Herrschaft König Gromdens begonnen, der von einer Dämonin verführt und Vater eines Halbblutmädchens namens Threnody geworden war. Damit der Friede auf Schloß Roogna bewahrt blieb, wurde Threnody auf Lebenszeit verbannt. Sie heiratete Gromdens Nachfolger König Yang. Dieser verlegte seine Residenz von Schloß Roogna fort – sehr zum Bedauern der Bewohner. Yang regierte Xanth vom Fort der Westpalisade aus. Vier Jahre später beging Threnody Selbstmord und wurde zum Geist Renee. Zwar lag zeit ihres Lebens ein Bann auf ihr, doch nach ihrem Tode konnte sie das Schloß wieder betreten. Hier verkehrte sie mit ihrer wahren Liebe – mit Jordan dem Gespenst.

König Yang, der über zerbrochene Scherben nicht lange Tränen vergoß, heiratete wieder. Zwei Jahre später wurde er mit einem Sohn gesegnet. Dem Sohn aber fehlte es an Magie der Magierklasse, deswegen blieb ihm die Königswürde verwehrt. Er bekam ein eigenes Landgut und den Titel des Grafen Bliss verliehen. Im Mannesalter ehelichte er die Gräfin Ashley Rose, deren gemeinsames Kind Prinzessin Rose Pax von Bliss hieß. Ihr Großvater war ein böser König, ihr Vater ein gleichgültiger Mensch, und Xanth versank in das Dunkle Zeitalter. Rose jedoch war ein liebreizendes Kind. Sie hatte das Talent, Rosen zu züchten – von denen sie immer umgeben war.

Die Rosen anderen Namens rochen nicht so süß wie die, die Rose züchtete.

Als Rose gerade vierzehn Jahre alt war, starb ihr Großvater Yang. Obgleich böse, hatte er vor Gesundheit nur so gestrotzt, so daß sein plötzliches Ableben alle überraschte. Der Magier Muerte A. Fid bestieg den Thron. Es kam der Verdacht auf, daß Fid Yang vergiftet hatte, denn Fid war in den Künsten der Alchemie gut bewandert. Er kannte sich darin aus, mit Tränken Unheilvolles anzurichten. In ganz Xanth gab es niemanden, der bösartiger war als er. Aber kein Beweis ließ sich finden – und wer wagte es schon, den König zu beschuldigen? Wem Bedenken kamen, der behielt sie zumeist für sich – und kümmerte sich um seine eigenen Angelegenheiten. Im Dunklen Zeitalter erwartete man gar nichts anderes. Die Herrschaft der guten Könige gedieh eben nur in hellen Zeitepochen. Graf Bliss, Sohn des ehemaligen Königs und ein halbwegs anständiger Mensch mit einer gänzlich anständigen Gemahlin, konnte sich ein gewisses Nörgeln nicht verkneifen. Vielleicht war das sein Fehler gewesen. Ein Nörgler oder auch zwei entwichen seinem Haus und gelangten an das Ohr des Königs. Es war ein durch und durch böses Ohr – das von einem Hautlappen straff überzogen war, so daß es fest am Kopf anlag –, und hauptsächlich bekam es Schlechtes zu hören. Der böse Geist des Königs mag irgendwann übergekocht sein, und die unvermeidlichen Folgen waren widerwärtig. Je länger dieses Gehirn böse Gedanken ausschwitzte, desto verdorbener wurden sie. Schließlich mußte der Schrecken seinen schändlichen Ausdruck finden.

Als Rose sechzehn Jahre alt war, erhielt ihr Vater einen präparierten Brief. Als er ihn öffnete, fiel ein vergifteter Dorn aus dem Umschlag und stach in seine Hand. *Ich hab' Dich erwischt!* stand auf dem Briefpapier geschrieben. Die Unterschrift fehlte, aber nur der König wußte, wie man ein solches Gift mischte. Rose hatte lediglich eine Vermutung, wer den Brief geschickt haben könnte – jedoch keinen Beweis. Für das, was jeder in Xanth untrüglich wußte, gab es ohnehin nie den geringsten Beweis.

Das Gift wirkte äußerst langsam, aber mit tödlicher Sicherheit. Zu Beginn verlangsamten sich Graf Bliss' Bewegungen fast unmerklich, während die Hand ganz allmählich eine tiefpurpurne Farbe annahm. Nach einer Weile konnte er sich allerdings nur noch mühsam dahinschleppen, und der Schmerz war trotz seiner Bemühung, denselben zu verbergen, deutlich von den Zügen seines Gesichts abzulesen. Rose kümmerte sich fürsorglich um ihn, denn ihre Mutter war mit der Hofhaltung beschäftigt.

Der Herbst verabschiedete sich mit dem betörenden Duft der Rosen und dem Anblick weißer, wachsiger Orangenblüten, und Rose wußte, daß ihrem Vater nicht mehr viel Zeit blieb. Mit jedem Tag rieselte der rubinrote Sand der großen Standuhr schneller herunter. Diese Uhr würde an seinem Sterbetag stehenbleiben und nie mehr weiterlaufen.

Graf Bliss hatte sich in sein Schicksal ergeben. Es machte ihn traurig, seine Tochter zu verlassen, die zwar eine Prinzessin von königlichem Geblüt war, aber nie Herrscherin werden könnte, denn sie war weiblich und besaß nicht die entsprechende Magie. Sie verdiente aber ein anderes Schicksal, als ihr bevorstand. Auch jetzt, da sie an seinem Totenbett wachte, war sie für ihn ein großer Trost – ebenso wie für das Ungeheuer unterm Bett. Das Ungeheuer war ein Freund aus den Kindertagen, das zurückgekehrt war, um Graf Bliss in seinen letzten Stunden beizustehen. Junge und alte Menschen sind dem Ende ihres Lebens gleichermaßen nahe, obwohl beide verschiedenen Perspektiven zustreben, und Ungeheuer waren bewährte Begleiter für diesen Schritt ins Ungewisse.

Seine teure und liebenswerte Tochter übte ihre flinken Finger im Umgang mit Nadeln, Garnen und Fäden. Er empfand ihre Zurückhaltung als eine stumme Anklage gegen die Selbstsüchtigkeit seiner tiefen und treuen Liebe zu ihr. Eine bezaubernde Prinzessin wie Rose hätte bis zu ihrem siebzehnten Lebensjahr leicht eine gute Partie finden können, aber sie blieb ledig, was vor allem seinem Wohlbefinden zugute kam. Sie war inzwischen zwanzig, und die Blüte ihrer Jugend war vergangen. Dennoch war er nicht willens gewesen, sie, die er mehr als alle anderen Menschen liebte, ziehen zu lassen, und es bestand kein Zweifel daran, daß sie seine Gefühle erwiderte.

Doch dem nahenden Tod konnte er nicht entfliehen. »Meine Tochter«, keuchte er mit sterbendem Atem. »Du wirst heiraten müssen. Doch ich fürchte mich vor dieser Hochzeit. Der König ...«

Rose erschrak. »Der König würde mich nie heiraten!« protestierte sie.

»Doch, er würde – um seine zweifelhafte Legitimität abzusichern. Du bist von königlichem Geblüt. Dein Großvater war zwar ein böser Mann, hatte jedoch auch eine gute Seite. König Fid hat keine. Er wird wahrscheinlich jeden Versuch, seine Schreckensherrschaft zu unterwandern, im Keim ersticken, indem er sich die Unterstützung der schönsten, süßesten und unschuldigsten Prinzessin verschafft.«

»Vater!« Sie errötete auf eine schöne, süße und unschuldige Art.

»Du mußt dich vor dem König verstecken«, fuhr er fort. »Nur mein Leben kann dich schützen, und das ist beinahe zu Ende. In dem Augenblick, da ich verscheide, mußt auch du fortgehen – dorthin, wo der König dich nicht finden kann.«

»Ja, gewiß, mein lieber Vater«, stimmte sie nüchtern zu.

Daraufhin atmete Graf Bliss sein Leben aus. Rose wußte sofort Bescheid, denn die große Uhr stand plötzlich still. Sie bedeckte sein Gesicht mit einem Laken. In dem Augenblick, da Rose zu ihrer Mutter eilte, um ihr die Todesnachricht zu überbringen und über ein gutes Versteck zu beratschlagen, pochten zwei königliche Soldaten an das Tor. Offenbar hatten sie nur auf das letzte Rieseln der Uhr gewartet. »Nein!« schrie Rose, aber die Gräfin öffnete bereits ahnungslos die Tür.

»Wir sind gekommen, die Prinzessin Rose Pax von Bliss abzuholen«, gaben die Männer bekannt.

»Sie hat noch nie in ihrem Leben Schlechtes getan!« herrschte Lady Rose die Soldaten an.

»Richtig, aber der König wünscht sie zu sehen.«

So kam es, daß die drei königlichen Reiter des Hasses eine völlig bestürzte Rose mitnahmen. Sie hatte nicht erwartet, daß der König so schnell handelte. Noch vor einer Stunde wäre es ihr nicht mal in den Sinn gekommen, daß er ihr überhaupt Beachtung schenkte.

In Windeseile wurde sie dem König Muerte A. Fid vorgeführt. Sein Auftreten war so abscheulich wie sein Ruf. Er galt als eine Kreatur mit einem schwarzen Herzen, der Freude daran fand, anderen Schmerzen zuzufügen. Das Böse wäre seinen Poren entströmt, hätte er welche besessen. Er bezog seine Kraft aus dem Chaos, das Krieg und artverwandtes Unheil mit sich brachte.

Seinen Mund verkniff er zu einem grausamen Strich. Er öffnete ihn für gewöhnlich nur, um Lügen, Erniedrigungen und beißenden Spott auszuteilen. Wehe, so munkelte man, wenn er die Beherrschung verlor; dann brüllte und fauchte er wie toll, und ein heftiger Wortschwall ergoß sich aus seinem Munde. Seine Augen leuchteten dann gelb, und knisternde Funken schossen aus ihnen hervor, während pestilenzialische Dämpfe aus seinen Nasenlöchern quollen. Nach übereinstimmender Meinung war er der widernatürliche Bastard einer Priesterin, die in einer unzüchtigen Bühnenschau mit gut dressierten Reptilien aufgetreten war. Unter vorgehaltener Hand flüsterte man, daß kein Storch ihn hatte bringen wollen, weil sein Anblick alle Störche angewidert hatte. Ein großer Basilisk, der eine Wäscheklammer auf der Schnauze trug, soll ihn abgeliefert haben. Rose hatte natürlich nichts davon glauben wollen, doch angesichts seiner kalten, schwarzen, doppellidrigen Augen war sie mehr als überzeugt davon. Sie fühlte, wie ihr unschuldiges, mädchenhaftes Herz bis zur Kehle schlug, und ihr schien, als würden ihre Herzschläge von den Wänden widerhallen.

Der König war bis zur Taille entblößt. Auf seinem fettigen, in schwarze Locken gewirbelten Kopfhaar trug er eine dünne, zackige Krone aus einem unnatürlichen Metall. Gewöhnliches Gold würde vermutlich beim Kontakt mit seinem Fleisch zerfressen werden. Seine Haut schimmerte in verschiedenen Purpurtönen, die mit den Farben der dornenverletzten Hand von Graf Bliss wetteiferten. Auf seinen Füßen, der Brust, dem Nacken, dem Gesicht und dem Schwanz klebten glänzende Kristalle. Auch die Locken waren mit Diamanten und purpurfarbenen Drachensamen übersät, die wie unheilbringende Augen böse glitzerten.

Sein Lächeln verschlimmerte alles noch. »Wir werden nächste Woche heiraten, sobald die nötigen Vorbereitungen getroffen sind«, bestimmte er. »Zu schade, daß dein Vater nicht dabei sein kann.«

Ihre schlimmste Befürchtung war eingetreten. Eine Heirat mit diesem Scheusal wäre schlimmer als der Tod.

Aus dieser Erkenntnis schöpfte sie einen sonderbar gelassenen Mut. »Für gewöhnlich hält man um die Hand der Frau an«, entgegnete sie unverfroren. Dabei klang ihre Stimme erstaunlich kalt und beherrscht.

Seine Augen verengten sich für einen kurzen Augenblick zu geschlängelten Schlitzen. »Oho, vergaß ich diese Formalität? Rose Pax von Bliss, willigt Ihr ein, Euren König zu heiraten?«

Sie erklomm den höchsten Gipfel ihres Aufbegehrens, öffnete den Mund und preßte furchterfüllt ihre Absage heraus: »Nein!«

Das vollkommene Ausbleiben einer überraschten Reaktion ließ ihr das Blut in den Adern gefrieren. »Du wirst nach Hause zurückkehren und dir deine Antwort über Nacht reiflich überlegen. Am Morgen soll deine persönliche Habe gepackt und für den Abtransport hierher bereitstehen.« Er wandte sich zum Gehen und fegte im wahrsten Sinne des Wortes davon, denn sein Schwanz wischte über den Boden und wirbelte eine übelriechende Wolke Staub auf.

»Oh, Mutter, was soll aus mir werden?« jammerte Rose, als sie schließlich mit ihrer Mutter allein zu Hause war. Die Rückreise hatte sie kaum mitbekommen. Ein Irrwisch aus Verzweiflung, Ungewißheit, Mißbehagen und Ohnmacht wirbelte durch ihre Gedanken und zog sie unerbittlich in Gefilde hinunter, wo brütende Ungeheuer der Aussichtslosigkeit im Dunkeln lauerten. Den König zu heiraten – der Tod wäre dagegen ein Freudentanz!

»Dein Vater und ich wollten dich wie eine Bauerstochter kleiden und in einem entlegenen Dorf unterbringen«, erklärte Gräfin Ashley Rose. »Leider ist das jetzt unmöglich geworden, da der König in seiner unbarmherzigen Gerissenheit sicherlich alle Wege überwachen läßt. Wir könnten ihn für eine Stunde, bestenfalls für einen Tag austricksen, aber kaum länger. Er wird wissen, wenn irgendein Bauer plötzlich eine ausgewachsene Tochter hat. Nein, wir können dich nicht im Volk verstecken. Ohnehin würde dir das Leben eines Landmädchens nicht gefallen. Die Bauernburschen und Dorftölpel würden dich nicht anders behandeln, als der König es vorhat. Ich werde dich an den einzigen Ort bringen, der dem König verwehrt ist.«

»Welchen Ort meinst du, Mutter?« Rose war es bis dahin gar nicht in den Sinn gekommen, daß es ein anderes Entrinnen gab als den Tod. Die unerwartete Aussicht machte sie überglücklich.

»Schloß Roogna!«

»Aber das ist doch seit dem Tag verschollen, an dem Großvater seine Residenz verlegt hat!«

»Nicht wirklich. Es ist nur im Wissen der Menschen verschollen. Dein Vater und ich haben die Erinnerung daran bewahrt. Wir wollten dich jedoch nicht dorthin schicken, denn es gibt da ein gewisses Problem.«

»Ein Problem, Mutter? Schlimmer als das, welches wir mit dem König haben?« So etwas konnte es kaum geben, aber Roses Vertrauen in das Gute war so schwer erschüttert worden, daß sie ein noch größeres Grauen fürchtete, dessen bloße Erwähnung ihre jungfräuliche Unschuld weiter beflecken könnte.

»Nein, bestimmt nicht schlimmer. Es ist nur so, daß ich dich nicht dorthin begleiten kann, und daß es dir nicht freisteht, das Schloß aus eigenem Entschluß zu verlassen.«

»Das hieße ja, in ein Gefängnis zu gehen!« Dennoch gab ihr diese Vorstellung Mut, denn allein eingesperrt zu sein, wäre immer noch besser, als dem König in die Hände zu fallen. Wenigstens wäre ihr zarter Körper nicht unausgesetzt seinen bösen Blicken preisgegeben.

»Nur zu einem gewissen Teil, meine Liebe. Bedenke, daß du aufs beste versorgt wärest. Denn im Gegensatz zu mir entspringst du dem Blut des letzten rechtmäßigen Königs. Aber du wirst solange allein sein, bis ein guter Magier kommt, dich als Gemahlin fordert und zu seiner Königin von Xanth macht. Leider wird das wohl einige Zeit auf sich warten lassen.«

»Wie lange?« Roses Gemütsverfassung hellte sich auf. *Gutes Essen? Eine Hochzeit mit einem guten Magier? Das sollte das Warten lohnen!*

Ihre Mutter zuckte die Schultern. »Vielleicht zehn Jahre. Vielleicht auch länger. Wer will das wissen. Es hängt ganz vom Magier ab.«

»Aber wenn ich alt werde, dann will er mich doch nicht mehr als seine Königin!« Vor ihrem geistigen Auge erhob sich das Bild eines großen, stattlichen, kräftigen und jungen Magiers, der zum Schloß hinaufreitet, nur um eine schrumpelige, uralte Jungfer vorzufinden. Dem Mann ihrer Träume könnte sie nicht einmal die von ihr befürchtete Reaktion verübeln. Es war durchaus bekannt, daß die Qualität einer Frau von ihrer Jugend abhing. In zehn Jahren hätte sie ihr dreißigstes Lebensjahr erreicht und damit ihren Aussichten Adieu sagen müssen. Keiner Frau stand es zu, älter als dreißig zu werden, ohne verheiratet zu sein. Und selbst dann war der Spießrutenlauf nicht ausgestanden. Manch eine überlebte mit einem gewissen Anstand, so wie ihre Mutter, doch sie redete nie darüber.

»Du wirst nicht altern, meine Kleine. Ziehe dich nun wie eine gemeine Bäuerin an, da wir dich schnellstens hier herausschleusen müssen.«

Rose konnte ihre Mutter nicht weiter befragen. Ihr war klar, daß sie sich beeilen mußte. Sie warf sich die schmutzigsten und abgerissensten Kleider über, die sie finden konnte, aber sie sah ungeachtet ihrer Verkleidung hübscher aus, als es ihr gutgetan hätte. Ihr Gesicht strahlte nur allzu deutlich eine versteckte Schönheit aus, ihre anziehenden weiblichen Formen zeichneten sich unübersehbar auf Hemd und Rock ab, und so mußten sie ihre schlanke Taille auspolstern, um einen einigermaßen normalen Anblick zu bieten. Schließlich griff ihre Mutter zur Schere und schickte sich an, ihr beeindruckendes, wallendes rosenblattfarbenes Haar abzuschneiden.

Rose schrie entsetzt auf. »Nein, Mutter! Alles, nur das nicht!« Das Haareschneiden bereitete ihr körperliche Schmerzen. Als Kind hatte sie sich einmal unbedarft eine Locke abgeschnitten, worauf Schmerzsaft aus den gestutzten Haarenden herausgesickert war und sich der Rest der Haare aus Verzweiflung einen Tag lang dunkelbraun gefärbt hatte.

Ihre Mutter seufzte. »Du hast ja recht, es wäre zweifellos eine Schande. Ich will sehen, was ich sonst machen kann.« Sie flocht die langen Locken ihrer Tochter zu Zöpfen, band sie zu einem Haarknoten zusammen und schüttete zu guter Letzt Asche darüber – mit dem Erfolg, daß die Asche an Liebreiz gewann. Verdrossen setzte sie der Tochter einen schäbigen Hut auf. Schließlich nahm sie eine Handvoll Erde und beschmierte Roses rosarote Wangen.

Rose schaute in den Spiegel. Mittlerweile sah sie fast schon gewöhnlich aus, solange man das Werk nicht aus allzu großer Nähe betrachtete. Mit ein wenig Glück müßte die Vermummung ausreichen. Wenn sie jetzt noch ihren Rücken krümmte, erhöhte sich gewiß der Nutzen der Verschleierung.

Sie blickten aus dem Fenster. Ein Soldat beobachtete das Haus. Offenbar war der König auf der Hut, weil er mit einem Fluchtversuch rechnete. Das sähe seinem heimtückischen Wesen ähnlich.

»Dein Vater, gesegnet seien seine Knochen, hat das vorausgesehen«, bemerkte Gräfin Ashley. »In einer Stunde werden einige Männer eintreffen, die den Sarg abholen wollen. Nimm all deinen Mut zusammen.«

»Wieso Mut?«

Ihre Mutter führte sie zur Kammer, in welcher der Sarg aufgebahrt stand. Graf Bliss lag in vollem Staat zum letzten Abschied im Sarg. Er sah beinahe so aus, als schliefe er. Dennoch zeichneten sich die Spuren des Gifts deutlich ab. Über allem schwebte der Hauch des Todes. Rose spürte, wie ihr die Tränen in die Augen stiegen. Während der Schrecknisse der vergangenen Stunden hatte sie ihren toten Vater völlig vergessen, jetzt aber stürzte die Gewißheit, daß der Mensch, der sie mehr als jeder andere geliebt hatte, nie mehr für sie da sein würde, mit unverminderter Wucht über sie herein. Das Unglück hatte seinen Lauf genommen, weil ihr gutherziger Vater berechtigterweise über den schrecklichen König genörgelt hatte, und weil dieses Nörgeln das widerwärtige königliche Ohr erreicht und in den bösen königlichen Geist eingedrungen war.

Rose blickte auf die Uhr, die selbstverständlich nicht mehr lief. Die Welt erschien ihr auf furchterregende Weise zeitlos.

Gräfin Ashley betastete das Unterteil des Sarges. Ein Fach glitt zur Seite. Neben dem eigentlichen Sarg befand sich eine schmale Kammer.

»Dort hinein?« fragte Rose entgeistert.

»Es ist der einzige Platz, den sie nicht durchsuchen werden«, beharrte ihre Mutter grimmig.

Rose mußte fraglos zustimmen. Sie riß sich zusammen und zwängte sich in die Kammer. Dann verschloß Gräfin

Ashley das Fach. Die einzige Annehmlichkeit war ein kleines Kissen für ihren Kopf und ein schwacher Lichtschein, der durch die Ritzen drang.

Verzweifle nicht, meine Tochter.

Rose wäre aufgesprungen, wenn sie Platz gehabt hätte. Es war keine Stimme, die gesprochen hatte, sondern eher ein Gedanke, der von der Leiche, die direkt über ihr lag, langsam zu ihr heruntersickerte.

Es war eine gräßliche Angelegenheit, und doch besaß der Gedanke eine beruhigende Wirkung. Sogar im Tode kümmerte sich ihr Vater um ihr Wohl. Er tat sein Möglichstes, damit sie dem König entwischen konnte. Diese Erkenntnis erfüllte Rose wieder mit Kraft und Zuversicht.

Sie mußte geschlafen haben, denn plötzlich weckte sie ein Schaukeln, als der Sarg hochgehoben und weggetragen wurde. Ihre Mutter hatte die Träger wohl dafür bestellt, für jede Ecke einen, und zwei zusätzlich für die Seiten. Die Männer waren stark genug, daß ihnen das zusätzliche Gewicht nicht weiter auffiel. Oder sie waren so loyal, daß sie auch dann schwiegen, wenn sie etwas bemerken sollten.

Rose hörte den schweren Atem der Männer, als sie die Bürde trugen, und die Stimme von Gräfin Ashley, die Anweisungen gab. Der Sarg schwankte aus dem Haus ins Dorf hinein. Sie kamen an einem Soldaten vorbei, der herzlos lachte.

»Was sehen meine Augen! Ihre schönreizende Tochter wird dem Totenbegräbnis nicht beiwohnen? Vielleicht sollte ich ins Haus gehen und der Einsamen Gesellschaft leisten? Ha, ha, ha!«

»Wie Sie möchten«, erwiderte Gräfin Ashley unbeeindruckt. »Und morgen früh, wenn der König davon erfährt ...«

Dem Soldaten blieb das Lachen so plötzlich im Halse stekken, als hätte ein Schwert seine Kehle durchtrennt. Das wäre immer noch ein weitaus gütigeres Schicksal, als die Bestrafung, die der König für einen Menschen ersann, der seine Vergnügungen durchkreuzte. Aus Angst, verdächtigt zu werden, hätte es schon niemand gewagt, in die Nähe des Hauses zu gehen, um sich von Roses Anwesenheit zu überzeugen. Selbst das Mißtrauen des Königs brachte den Tod.

Es gibt einen verzauberten Einwegpfad von hier nach Schloß Roogna, empfahlen ihr die Gedanken des Vaters. *Folge ihm ohne Furcht, auch wenn dir unterwegs Ungeheuer begegnen. Sie werden dir kein Leid zufügen. Wirst du aufgefordert, dich zu erklären, so gib bereitwillig deinen Namen und den Zweck deines Anliegens preis. Die Erlaubnis zu passieren wird dir dann augenblicklich erteilt. Kehre nicht um, denn in diesem Moment bräche der Schutzzauber zusammen, und du wärst im wahrsten Sinne des Wortes auf ewig verloren.*

»Ich danke dir, mein lieber Vater«, setzte Rose in Gedanken hinzu. Zuerst hatte sie angenommmen, ihr Vater würde ihr aus dem Totenreich heraushelfen, dann aber ging ihr auf, daß er schon zu Lebzeiten diese Arrangements getroffen hatte, um sie retten zu können. Die Liebe, die sie ihm gegeben hatte, wurde erwidert, und der Tod stellte sonderbarerweise das Rettungsgefährt bereit, anstatt wie gewöhnlich als grausame Trennwand zu wirken. Trotzdem wünschte sie sich, daß es eine andere Möglichkeit gegeben hätte. Warum hatte sie nur die Tücke des tödlichen Briefs nicht rechtzeitig erkannt? Sie hätte ihn an sich gebracht und ihn ungeöffnet vergraben.

Ich danke dir, geliebte Tochter.

Der Troß erreichte die Begräbnisstätte. »Die Spaten!« forderte Gräfin Ashley in verstimmtem Tonfall. »Hat etwa keiner an die Spaten gedacht?«

»Entschuldigung. Wir werden sie unverzüglich holen«, gab einer der Männer zur Antwort. Seiner Stimme war nicht die kleinste Überraschung anzumerken, daß derartig wichtige Utensilien vergessen worden waren, und es bedurfte auch nicht aller sechs Männer, um die Spaten zu holen.

Der Geheimverschlag öffnete sich. »Schnell, bevor die Sargträger zurückkommen«, drängte Gräfin Ashley.

Rose zwängte sich heraus. *Lebe wohl, mein Liebling. Auf diese Weise vergelte ich ein wenig deine Fürsorge, die du so groß-*

zügig an mich verschwendet hast. Ich weiß schon seit langem, daß dich eine große Liebe in die Arme nehmen wird.

»Geh in Frieden, geliebter Vater«, flüsterte Rose mit einer Träne im Auge.

Gräfin Ashley drückte sie herzlich an sich. »Ich muß bleiben und mich um die Begräbniszeremonie kümmern. Du aber …«

»Ich weiß, Mutter.«

Welches Schicksal harrte dieser wunderbaren Frau, die, von Gatte und Kind verlassen, ihr restliches Leben allein verbringen sollte? Aus Roses anderem Auge rollte eine weitere Träne die Wange hinunter.

»Nimm diesen Pfad, der um das Dorf herumführt. Solltest du auf einen unbekannten Weg treffen, der leicht schimmert, dann folge ihm ohne Zögern. Geh jetzt bitte, ehe die Männer zurückkehren.«

»Lebe wohl, geliebte Mutter.« Rose löste sich von Lady Ashley und betrat den Pfad, ohne auch nur einen Blick zurückzuwerfen.

Schon kam ein Sargträger mit einem Spaten auf der Schulter um die Ecke gebogen. Rose erkannte ihn und hoffte, ihrerseits in der Maske aus Schmutz und abgetragenen Kleidern unerkannt zu bleiben. Sie krümmte ihre Schultern und ahmte anstelle ihres natürlichen schwebenden Gangs das schwerfällige Stapfen eines Jungen nach. Es gelang offensichtlich, denn er würdigte sie keines weiteren Blickes.

Ein wenig später bemerkte sie ein Schimmern auf dem Boden. Fast wäre sie daran vorbeigegangen, so flüchtig war der Glanz. Sie trat unverzüglich auf den Zauberpfad, der rasch vom Dorf fortführte.

Die Baumkronen eines Waldes bildeten ein Dach über ihr, und von einem Augenblick zum anderen wechselte das Halbdunkel des Tages übergangslos in ein Zwielicht, das ihr irgendwie dicht und düster vorkam. Der vor ihr liegende Pfad schimmerte nur noch unmerklich und wand sich geheimnisvoll durch das Dickicht. Rose folgte ihm fliegenden Fußes, weil die Angst, verfolgt zu werden, ihren Schritt beflügelte. Hinter ihr erklangen jedoch keine Geräusche. Schließlich ging sie langsamer und blickte zurück. Sie sah weiter nichts als Bäume, Kletterpflanzen und Laub.

Beinahe wäre sie stehengeblieben, erinnerte sich aber rechtzeitig an die Warnung. Auf diesem Pfad gab es nur eine Richtung. Ging sie auch nur einen einzigen Schritt zurück, verschwände der Pfad unwiederbringlich, und sie wäre ohne Aussicht auf Rettung in der Wildnis verloren.

Sie begnügte sich mit einem flüchtigen Blick zurück, ohne beim Gehen anzuhalten. Merkwürdig, aber hinter ihr war kein Pfad mehr auszumachen. Sie schaute auf ihre Füße herunter und bemerkte, daß der Pfad verschwand, gleich nachdem ihr Fuß zum nächsten Schritt ansetzte.

Wie hatten ihre Eltern diesen Einwegpfad erwerben können? Es mußte sie ein Vermögen gekostet haben. Kein einziges Wort hatten sie ihr davon erzählt. Erst in dem Augenblick, da Gefahr im Verzuge war, hatte Rose von seiner Existenz erfahren. Ihre Eltern hatten die Bedrohung heraufkommen sehen und rechtzeitig die nötigen Vorsorgemaßnahmen ergriffen. Dankbarkeit erfüllte sie angesichts der liebevollen Voraussicht.

Sie wechselte in eine ruhigere Gangart, da sie ihre Kräfte schonen wollte. Die Westpalisade war vom uralten Schloß Roogna nicht allzu weit entfernt; andererseits jedoch würde sie die ganze Nacht über unterwegs sein, und für eine so kräftezehrende Strapaze fehlte es ihr an Ausdauer.

Sie erblickte eine groteske Gestalt in einiger Entfernung, die den Pfad versperrte. Sie war riesig, haarig und unerträglich häßlich. Ein Oger!

»Sieh an, eine Sie!« brummte der Menschenfresser mit einem dummen Reim, denn Häßlichkeit war seine erste Natur, Dummheit die zweite. Vor Überraschung riß er einen Arm hoch. Seine fleischige Hand streifte dabei unabsichtlich ein kleines Bäumchen, das sofort zerbrach und in Stükken zu Boden krachte. Stärke war die dritte Natur des Ogers, oder hatte sie die Reihenfolge durcheinander gebracht? Wie auch immer, jedenfalls waren die Oger maßlos stolz auf ihre Charaktereigenschaften.

Rose erinnerte sich an die Mahnungen ihres Vaters. Sie richtete sich auf und sprach das Ungetüm an. »Ich bin Rose, Enkelin von König Yang und unterwegs nach Schloß Roogna, wo ich auf die Ankunft eines Magiers warten möchte, der mich heiraten wird.« Sie befürchtete, einen Schritt rückwärts machen zu müssen, falls das Ungeheuer nach ihr greifen sollte. In diesem Fall wäre der Pfad verschwunden.

Der Oger grübelte angestrengt über ihre Worte nach. Am Dampf, der aus seinem Kopf stieg, konnte Rose erkennen, daß ein oder auch zwei Gedanken durch seine Gehirnwindungen krochen. Fliegen, die auf seinem Kopf saßen, bekamen heiße Füße und ergriffen die Flucht. Kurz bevor sein Haar Feuer fing, erreichte der Gedanke seinen Bestimmungsort, und der Unhold machte den Weg frei. »Versteh', also geh!« knurrte er enttäuscht. Ihm war anzusehen, daß er nur zu gern ihre weichen Knochen zermalmt hätte.

Mit Erleichterung nahm Rose ihren Weg wieder auf. Sie beeilte sich, an ihm vorbeizukommen. Dabei hielt sie den Atem an, denn die Luft war vom Geruch gekochter Fliegen, getoasteter Wanzen und den Überresten ausgebrannter Gedanken überladen. Zum Glück mußte sie den Gestank nur kurz ertragen. Sie blickte rasch zurück und sah den Unhold zwischen den Gewirrbäumen stehen. Sie fragte sich, ob er sich wohl durch das dichte Unterholz schlagen konnte?

Gleich darauf hörte sie wie zur Antwort ein fürchterliches Bersten und Brechen. Im nächsten Augenblick sah sie herumfliegende Holzsplitter. Offensichtlich machte es dem Oger kaum Mühe, den Wald abzuholzen. Sie bedauerte den nächsten Menschen, der auf den furchterregenden Wüterich stoßen sollte. Schade nur, daß es nicht der König wäre. Aber vermutlich mochte selbst ein Oger die ekelhaft morschen Knochen des Königs nicht zermalmen. Auch für Oger gab es Grenzen.

Sie setzte ihre Reise fort. Nach einer Weile ohne viel Eile stieg ihr Rauch in die Nase. Hoffentlich war es kein Waldbrand. Es kam aber viel schlimmer: ein Drache. Ein gewaltiger, grimmiger Schlot, der quer über dem Pfad lag. Das kleinste Anhauchen würde zweifelsohne einen lebensbedrohlichen Erstickungsanfall auslösen. Rose näherte sich dem Untier um zwei Schritte, die ihr Mut nicht verantworten wollte. »Ich bin Rose, unterwegs nach Schloß Roogna, und ...«

Der Drache wandte ihr seinen Rachen zu und begutachtete sie. Seinen Nasenlöchern entströmten dunkle Rauchfahnen, die die Blätter eines überhängenden Zweiges in Angst und Schrecken versetzten. Beinahe wäre Rose zurückgewichen, konnte sich aber gerade noch fangen. » ...und ich möchte dort auf einen Magier warten, der kommen und mich heiraten wird«, brachte sie mit zittriger Stimme hervor. Der Drache seufzte und entließ dabei eine kleine Rauchwolke. Dann quälte er sein Gewicht hoch und ging des Weges. Trauer war ihm anzumerken, denn heute konnte er keine geräucherte Jungfrau verschlingen. Vor Wut wandte er sein Maul einem nahen Gewirrbaum zu und stieß eine gewaltige Rauchfahne aus. Der Gewirrbaum bekam einen Hustenanfall, weil seine Tentakeln mit Ruß bedeckt wurden. Rose vermutete, daß dieser Greifer den nächsten Drachen nicht besonders freundlich behandelte. Vielleicht tat sie ihm aber auch Unrecht? Sie kannte ihn ja schließlich nicht. Sie machte sich Vorwürfe darüber, daß sie ohne triftigen Grund Böses über den Baum und den Drachen gedacht hatte.

Schnellen Schrittes verließ sie den Ort des Geschehens. Sie war froh, daß der Schutzzauber für den Pfad so gut funktionierte. Inzwischen war vollständige Dunkelheit in den Wald eingebrochen, aber das Schimmern auf dem Pfad hellte sich auf, so daß sie sehen konnte, wo sie den Fuß aufsetzen mußte.

Nach etwa anderthalb kleinen Ewigkeiten – ihre Beine fühlten sich mittlerweile schwer wie Blei an –, traf sie auf ein anderes Hindernis. Die Bäume wuchsen hier höher und dichter am Wegesrand, so daß die ausscherenden Zweige ihr Weiterkommen behinderten. Sie müßte sich um diese Äste herumschlängeln, drunter her und drüber weg. Das sähe zwar nicht damenhaft aus, aber vielleicht schaute gerade niemand zu.

Als sie an dem ersten Ast vorbei wollte, bewegte er sich. Überrascht blieb sie stehen, ohne zurückzuweichen. Wie konnte ein Baum seine Äste eigenständig bewegen?

Dann erinnerte sie sich. In der Nähe von Schloß Roogna befand sich ein Apfelgarten, dessen äußere Baumreihen Wache hielten. Sie mußte ihrem Ziel nahe sein!

Sie faßte sich und sprach: »Ich bin Rose, Enkelin von ...«

Die Äste gerieten in Bewegung, hoben sich und wirbelten wie das wirre Haar einer Gorgone. Schließlich bildete sich ein Durchlaß, indem die Äste nach rechts und links gescheitelt den Weg freigaben. Es schien ihr, als hätten die Bäume sie erwartet. Vielleicht wußten sie, daß nur Rose diesen Weg käme.

Sie war heilfroh, kurz vor ihrem Ziel zu sein, denn Rose war am Ende ihrer Kräfte. Sie hatte sich mit Erde beschmiert, um häßlich auszusehen. Nun fühlte sie sich wie ihr Äußeres. Schweren Trittes setzte sie ihren Weg fort. In besseren Zeiten wäre sie niemals gewandert, weil sich das für eine Jungfrau nicht schickte. Jetzt fühlte sie sich mehr wie ein Vagabund als wie ein Mädchen.

Der Pfad schlängelte sich durch die Obstwiese und die wuchtigen, verknorpelten Wächterbäume wurden von allerlei Arten Obstbäumen abgelöst. Die Dunkelheit war kaum noch zu durchdringen. Undeutlich erkannte sie einen Schuh, der fast über dem Pfad hing. Dort mußte ein Schuhbaum stehen. Dann erspähte sie einen ausgesprochen kunstvollen Ast, der sich über den Weg bog und der höchstwahrscheinlich zu einem Artistenbaum gehörte. Sie mußte kurz vor ihrer Zufluchtsstätte sein.

Endlich schob sich Schloß Roogna in ihr Gesichtsfeld. Das imposante Steingemäuer hob sich zauberhaft gegen den Sternenhimmel ab. Hoch ragte es auf, so daß sie sich fragte, ob nicht irgendwelche Sterne von den Turmspitzen gekitzelt wurden. Ein düsterer Wassergraben umgab das Schloß. Der Pfad aber führte über eine heruntergelassene Zugbrücke.

Sie befürchtete, vor Erschöpfung zusammenzubrechen und im Staub liegenzubleiben, wenn sie stehenblieb, und das schickte sich wahrhaftig nicht für eine jungfräuliche Prinzessin.

Die Holzplanken der Zugbrücke vibrierten leicht unter ihren festen Schritten. Als sie die Eingangspforte erreichte, fand sie diese geöffnet vor. Es erstaunte sie, daß der letzte Besuch das Schloßtor offengelassen hatte! Als sie eintrat, hörte sie hinter sich ein Quietschen und sah, daß die Zugbrücke sich von selbst hochzog. Daraufhin schloß sich die Pforte. Sie war gefangen. Die Festung öffnete und schloß sich nach eigenem Willen!

»Ich danke dir, Schloß Roogna.« Nachdem sie endlich in Sicherheit war, verlor sie die Besinnung. Daß diese Ohnmacht nicht den strengen Maßstäben jungfräulichen Benehmens entsprach, konnte glücklicherweise von niemandem beobachtet werden.

Ein Sonnenstrahl weckte sie. Sie lag in einem Bett! Es war mit wundervoll sauberen Laken bezogen und hatte angenehm weiche Kissen.

»Und ich bin ein Dreckspatz!« rief sie aus, weil sie glaubte, das Bettzeug beschmutzt zu haben.

Etwas flatterte in ihre Nähe. »Neiiin«, ertönte es klagend.

»Iiiih!« kreischte Rose in ausnehmend jungfräulicher Art. »Ein Gespenst!«

Das Gespenst, das sich bei ihrem Aufschrei erschrocken hatte, verschwand augenblicklich. Rose schämte sich, daß sie unhöflich gewesen war. »Gespenst, es tut mir leid. Ich wollte dich nicht anschreien«, versuchte Rose zu beschwichtigen. Es gehörte sich für eine Prinzessin nicht, jemanden grob zu behandeln, nicht einmal ein Gespenst.

Die Erscheinung tauchte wieder auf. Beinahe durchsichtig und von fließender Gestalt schwebte sie dicht über dem Boden. Dann verdichtete sie sich und nahm einigermaßen menschliche Züge an, genaugenommen weibliche. »Keiiin Dreeck«, hauchte sie.

Erst jetzt erkannte Rose den Sinn der Worte. »Aber ich bin über und über bedeckt … und die Laken …« Sie schaute an sich hinunter, und ihr Mund öffnete sich vor Verwunderung. Denn sowohl die Bettwäsche als auch sie selbst waren in einem einwandfreien Zustand. »Wie …?« fragte sie das schreckhafte Gespenst.

Der Geist nahm noch festere Konsistenz an und bildete charmante Proportionen, die dem Auge wohlgefällig waren. »Freeuuunde koommeen«, stöhnte er. »Duu aam Boodeen …«

Rose erinnerte sich. Sie war gleich hinter der Pforte auf dem Steinboden zusammengesunken. Ihre Beine fühlten sich immer noch schwer an. Jetzt lag sie nicht nur in einem Himmelbett, sondern war gewaschen und trug ein Nachthemd feinster Machart. Irgend jemand mußte … mußte …

»Was für Freunde?« fragte sie ein kleines bißchen schärfer, als der gute Ton es gebot.

»Diie Zzombiiiees«, gab der Geist Auskunft.

»Zombies!« brach es aus ihr hervor. Ein eiskalter Schauder lief ihr über den Rücken. Ihr fiel ein, daß Zombies, da sie nun mal tot sind, über nur geringe menschliche Gefühle verfügten und sich von daher wohl kaum für die Blößen ihres lebendigen Körpers interessiert haben dürften. Auch hatten sie ihr nichts angetan. Es war wohl das beste, diese Pikanterie einfach zu übergehen. Gezielte Vergeßlichkeit gehörte zu den Charaktertugenden der Jungfrauen, denn sie half, die Unschuld zu bewahren. Vorher war sie schmutzig, hinterher war sie gebadet. Die Art und Weise, wie es dazu kam, war einerlei.

»Vielleicht sollten wir uns jetzt einander vorstellen«, schlug sie in Erinnerung an ihre guten Manieren vor. »Ich bin Rose, Tochter des Grafen Bliss und der Gräfin Ashley Rose, Enkelin von König Yang und seiner zweiten Gemahlin, deren Name mir im Moment entfallen ist.«

Der Geist vollführte einen ausladenden Knicks. »Iiich biiin Miilliie, daas Gespeeenst. Früüüheer eiiin eiiinfaachees Määädcheen, verloobt miit dem Zzombiemeister.« Ihre

Sprache gewann zunehmend an Deutlichkeit. Auch ihre Gestalt festigte sich zusehends. Eine wohlgestalte Erscheinung erstrahlte voll Liebreiz vor Roses Augen, die gewohnt war, solche Schönheit nur in ihrem Spiegelbild zu erblicken.

Rose streckte die Hand aus. »Ich bin hocherfreut, deine Bekanntschaft zu machen.«

Der Geist schüttelte ihre Hand. Die Berührung war kaum spürbar, nur ein Gefühl von kaltem Dunst ergriff Rose. Doch war damit den höflichen Artigkeiten Genüge getan.

Rose stellte Millie weitere Fragen und erfuhr, daß sie zu Lebzeiten das Talent besessen hatte, mit Sexappeal zu bezaubern. Die böse Magie einer eifersüchtigen Rivalin um die Hand des Zombiemeisters hatte sie aus dem Leben gerissen. Nach Millies Tod verwandelte sich der Zombiemeister selbst in einen Zombie, um mit ihr zusammensein zu können. Die große Romanze geriet leider mehr oder weniger in den Abwind, gestand Millie ein wenig verschämt, denn der Zombiemeister war vermodert und sie gestaltlos. Nur noch die Hoffnung auf bessere Zeiten verband beide. In der Zwischenzeit, bat Millie, wolle sie Rose so dienen, wie sie ihren Mitmenschen gedient hatte, als sie noch eine lebendige Kammerzofe gewesen war. In den Belangen des höfischen Zeremoniells kannte sie sich aus.

Rose war hungrig. Millie machte den Vorschlag, ihren Freund, den Zombiemeister, als Küchenchef einzustellen. Rose lehnte jedoch ab, da die Zombies ihrer Meinung nach schon genug getan hatten. Sie sollten nicht extra aus den Gräbern kriechen, um Dinge zu erledigen, die Rose genausogut selbst tun konnte. Sie folgte Millie zur Küche, wo sie ein großes Angebot an Früchten und Keksen vorfanden, die nur ein wenig mit Zombiestaub bedeckt waren. Rose wusch die Früchte kommentarlos ab, denn es wäre unschicklich gewesen, wegen solcher Kleinigkeiten viel Federlesens zu machen. Sie ließ es sich schmecken.

So begann ihr Leben auf Schloß Roogna. Es stand ihr frei, im Schloß und dessen Gärten herumzustreifen und die Früchte und Nüsse zu pflücken, aber es war ihr nicht möglich, das Gebiet des Schlosses zu verlassen. Der äußere Ring der Wächterbäume strotzte vor hölzerner Unnachgiebigkeit. Solange sie im Schloß blieb, war sie absolut sicher, denn kein Feind konnte eindringen. Sie führte ein angenehmes Leben. Von allem stand ihr nur das Beste zur Verfügung, ausgenommen die Gesellschaft Lebender. Doch irgendwie lag auf dem Anliegen ein Schutzzauber, der sie vor seelischem Kummer bewahrte. Bedauerlich war nur, daß sie die meiste Zeit allein blieb. Sie tröstete sich allerdings über die einsamen Stunden hinweg, indem sie sich auf die Gesellschaft der Untoten freute. Denn Millie war eine ausgezeichnete Gesellschafterin. Auch die anderen Geister waren überaus charmant: die reizende Renee und ihr Freund, Jordan der Barbar, Doreen, das Kind Knopf und einer, dessen Namen sie nicht genau verstanden hatte. Sogar die Zombies waren ganz annehmbar, wenn man sie erst näher kennengelernt hatte. Rose spielte mit den Geisterdamen Karten. Sie teilte die Karten aus und mußte sie ihren Mitspielerinnen so hinhalten, daß sie selbst nicht in die Blätter kiebitzte. Aber meistens döste sie einfach vor sich hin und vertrieb sich so die Langeweile.

Doch nach einem Jahr wurde auch das Dösen ziemlich langweilig. »Ich brauche unbedingt mal Abwechslung«, maulte sie.

»Vielleicht hast du Lust aufs Kreuzsticken«, schlug Millie vor. »Auch uns Geister macht das Eintönige verdrießlich, und außerdem haben wir keine Körper mehr. Dir hingegen stehen ganz andere Möglichkeiten offen.«

Rose begann mit dem Kreuzsticken und verlor sich so sehr darin, daß ihre Finger bluteten und ihr das Kreuz weh tat. Doch das allein genügte ihr nicht, und so brütete sie eine Weile über einigen passenden Versen. Sie nahm sich vor, sie dem Magier zum Geschenk zu machen, der da kam, um sie zu heiraten.

Kleine Stiche von des Herzens Gaben,
schenkten Freude in so vielen Tagen,
wo Kreuz auf Kreuz sich legte,
mein Sinn nach dir sich regte,
soll das Geschenk dir gleich mein Ja-Wort sagen.

Durch Fleiß und Ausdauer steigerte sich ihre Fertigkeit des Stickens. Zwischendurch knüpfte sie sogar einen Teppich. Diese Beschäftigung half ihr für weitere zwei Jahre, die Zeit zu vergessen. Ohne Gesellschaft wurde ihr aber auch das langweilig. Früher hatte sie ihre Handarbeiten verschenkt. Doch hier gab es niemanden, dem sie damit eine Freude machen konnte. Sie hatte sich angeboten, Kleidungsstücke für die Geister zu nähen. Diese aber hatten mit Bedauern ablehnen müssen, weil sie ja nichts tragen konnten.

»Hast du nicht Lust, dir Jonathans Wandteppich anzusehen?« fragte Millie.

»Wer ist Jonathan?«

»Der Zombiemeister. Er ... äh, ich kann nicht darüber sprechen!« Millie zeigte ihr den Wandteppich, der sorgfältig zusammengerollt in einer Abstellkammer lag. Rose rollte ihn aus und hängte ihn an die Wand. Überrascht starrte sie ihn an. Die eingestickten Bilder begannen sich langsam zu bewegen.

Tatsächlich! Sie zeigten einen geschichtlichen Abriß. Dabei zeigte der Wandteppich ihr stets jene Begebenheiten, die sie zu sehen wünschte – und das alles, weil sie eine Prinzessin war. Die wundervolle Zauberin Tapis hatte seinerzeit diesen Teppich gewebt und ihn dem Zombiemeister in Form eines Puzzlesspiels überreicht. Nach dessen Tod schmückte der Teppich nun eine Wand in Schloß Roogna. Er zeigte die Geschichte von Xanth. Durch ihn erfuhr Rose das tragische Schicksal Millies, ja, sie konnte sogar verfolgen, was ihr selbst zugestoßen war, denn der Teppich zeigte jedes Ereignis der Vergangenheit bis zur Gegenwart.

Rose verlor jegliches Gefühl für die Zeit, die sie voller Entzückung mit dem Wandteppich verbrachte. Sie erfuhr alles über Xanth. Aber schließlich verlor auch das seinen Reiz. Außerdem wollte sie von einem überhaupt nichts erfahren – von ihrer Mutter, denn sie wollte deren Einsamkeit und Verfall nicht miterleben. Sie gelangte wieder einmal an eine ihrer Grenzen: Sie hatte niemanden, mit dem sie dieses Ereignis teilen konnte. Ganz egal, wie interessant die Dinge auch sein mochten – wenn man allein vor ihnen stand, konnten sie einen niemals ganz erfüllen.

Sie sprach mit den Geistern, doch diese befanden sich meistens in einem vollkommen aufgelösten Zustand. So sang sie für die Pflanzen in Schloß und Garten und las ihnen Gedichte vor. Sie bereitete sich und einem imaginären Begleiter phantasievolle Gerichte zu, und da sie für beide essen mußte, achtete sie darauf, daß es auch gut schmeckte. Weil es sich für eine Prinzessin nicht schickte, fett zu werden, waren die Portionen recht bescheiden. Außerdem zwang sie sich des öfteren zu einem Gericht, das sie am allerwenigsten mochte, nämlich Sauerkrautsuppe. Bei einer solchen Diät mußte sie am Ende dünn wie ein Geist werden!

Hauptsächlich aber verbrachte sie die Zeit damit, ihre geliebten Rosen im Hof des Schlosses zu hegen und zu pflegen. Das war ihr Talent, und so waren die Rosen von ganz besonderer Art. Sie lebten selbst dann noch weiter, wenn sie längst gestorben war. So stand ihre kostbare Magie jedem zur Verfügung, den es danach verlangte. Ein Gebot aber mußte unbedingt eingehalten werden: Niemals durfte eine Rose von ihrem lebenden Stiel abgeschnitten werden. Die Rosen konnten ihre Magie nämlich nur lebendig entfalten. Sie spendeten Rose so manchen Trost, doch menschliche Gesellschaft konnten sie ihr nicht ersetzen.

Eines Tages ließ Millie sich etwas Neues einfallen: »Die Bibliothek ...«

Rose durchforstete die verstaubte Schloßbibliothek, in der die Bände vor sich hinmoderten, die König Roogna und seine Nachfolger gesammelt hatten. Sie berichteten von allem, was es über Xanth zu wissen gab, von seiner

Geschichte, seiner Magie und seinen Menschen. Lesen war nie ihre starke Seite gewesen, doch nun fand sie einen Einstieg und verbrachte viel Zeit damit, sich mit jenen Dingen zu beschäftigen, über die im Wandteppich nichts verzeichnet war. Das Material überstieg zu einem guten Teil ihren Horizont, denn es war ja auch nicht für sie bestimmt, sondern der Erbauung von Magierkönigen vorbehalten. Aber immerhin war sie nun bereit, dem Magier, der sie heiratete, alles zu zeigen und ihm einen schnellen Zugriff auf alle gewünschten oder benötigten Informationen zu verschaffen. Kurz gesagt, sie wollte sich schon nützlich machen, bevor es soweit war.

Eines Tages, als Rose draußen frische Kopfkissen pflückte, was sie einmal im Monat tat, um ihrem Magier ein sauberes Lager zu bereiten – welch schreckliche Vorstellung, wenn der sehnlichst erwartete Magier wegen mangelhaften Schloßputzes gleich wieder kehrt machte –, erspähte sie eine monströse Schlange.

»Iiih!« schrie sie erschreckt.

Aber die Kreatur machte keine feindselige Bewegung. Statt dessen neigte sie den Kopf in vermeintlich bußfertiger Absicht. Rose fiel ein, daß es nur ganz bestimmten Wesen erlaubt war, die Wächterbäume zu passieren, und so hatte sie diese Schlange möglicherweise falsch eingeschätzt. Sie eilte nach drinnen und holte ein Wörterbuch, das sie in der Bibliothek gefunden hatte: *Mensch/Schlange*. Sie wußte nicht so recht, wie sie es benutzen sollte und hoffte, etwas damit anfangen zu können. Sie nahm es mit nach draußen und näherte sich zögernd der riesigen Schlange.

»Was willst du?« fragte sie auffordernd, bereit zu fliehen, wenn nur der kleinste Tropfen Gift an ihren Fangzähnen herunterlaufen sollte.

Die Kreatur zischte und zeigte nickend auf das Buch. Rose öffnete den Band auf und sah nach, was dort geschrieben stand.

›Fürchte dich nicht, süssses Mädchen‹, hieß es da. ›Ich weisss, daß diessess Schschlosss zzur Zzeit kein Grabenungeheuer hat, also bin ich gekommen, um mich um diesse Sstelle zzu bewerben.‹

Rose zeigte sich beeindruckt und erfreut. »Das ist wahr«, gab sie zurück. »Diese Stelle ist noch frei. Aber du mußt mir versprechen, weder mich noch den Magier, der mich heiraten wird, aufzufressen.«

Und wieder zischte die Schlange. »Sselbsstversständlich«, teilte das Buch mit, wobei es den alten Text überschrieb. ›Dass isst SSVR.‹

Rose schaute auf die Seite, wo nach den Sternchen folgende Erklärung stand.

SVR = Standardisierte Verfahrensroutine: Grabenungeheuern ist es nicht erlaubt, rechtmäßige Bewohner des Schlosses, die sie bewachen sollen, zu belästigen.

»Ja, so ist es richtig!« rief Rose erregt. Sie ging zurück zur Burg, während die Schlange hinter ihr herglitt.

»Ach ja, wie heißt du eigentlich?«

Die Schlange zischte, und das Buch schrieb: ›Schlange Ssouffl zu deinen Dienssten, Schwesster.‹

»Souffl? Oh, was für ein reizender Name!« rief Rose in mädchenhaftem Entzücken.

Die Schlange machte einen bestürzten Eindruck. Vielleicht hatte sie bisher keine guten Erfahrungen mit ihrem Namen gemacht. Aber Rose liebte Souffl, und wenn ihr danach war, über die Stränge zu schlagen, rief sie lauthals nach Souffl-Pastete, weil die so richtig schön fett machte.

Souffl bezog ihr Quartier im Schloßgraben, worauf sich Rose wesentlich sicherer fühlte. Wenn sie besonders einsam war, fand sie in der Schlange eine gute Unterhalterin, denn Souffl befand sich erst seit kurzem in der Abgeschiedenheit des Schlosses und wußte deswegen von mancher Neuigkeit zu berichten. Selbstverständlich hätte Rose die Nachrichten auch vom Wandteppich erhalten können, aber es bereitete ihr mehr Freude, wenn sie sie persönlich erzählt bekam.

Auf diese Weise verstrich das erste Jahrhundert.

Rose hörte auf, sich zu fragen, wann der Magier wohl endlich auftauchte. Sie wußte, was in Xanth vorging, weil der

Wandteppich und einige magische Spiegel sie auf dem Laufenden hielten, aber mittlerweile war Xanth für sie zu einer anderen Welt geworden. Sie lebte in den Tag hinein, wurde kein bißchen älter und behielt einen klaren Kopf. Sie sehnte sich nach dem Tag, an dem ihr unfreiwilliger Aufenthalt ein Ende hatte, und sie dem Magier ihre ganze Liebe schenken konnte. Eines Tages.

So verging auch das zweite Jahrhundert. Alle Leute, die Rose gekannt hatte, waren gestorben. Aber Schloß Roogna, von Xanth schon längst vergessen, überdauerte alle. Es hielt sich selber instand und wartete auf den Magier, der König werden und den alten Glanz von König Roognas prachtvollem Anwesen wieder zu neuem Leben erweckte.

Nach zweihundertsechsundvierzig Jahren gab es endlich jemand – aber Rose hatte ein Problem. Er war kein Magier. Der Wandteppich hatte ihr das offenbart. Es handelte sich um den ehemaligen König Humfrey, zweimal verheiratet und zweimal von seinen gefühllosen, selbstsüchtigen Frauen wieder verlassen. Nicht anders war es ihm bei seiner einzigen wahren Liebe ergangen, denn sie hatte ihn einfach nicht heiraten wollen. Dieser Mann war dreimal enttäuscht worden. Nicht gerade die besten Voraussetzungen. Aber Rose wünschte sich so verzweifelt Gesellschaft, daß sie voller Sehnsucht auf seinen Erfolg hoffte. Letztendlich hätte sie nicht einmal davor zurückgeschreckt, ein kleines bißchen zu schummeln und ein wenig dabei nachzuhelfen, ihm den Sieg zu ermöglichen. Schließlich war er ein guter Mann, und nachdem sie seine Lebensgeschichte gesehen hatte, entflammte ihre Liebe zu ihm. Nicht, daß es ihr Problem gewesen wäre, daß so ein Naseweis wie Humfrey aufkreuzte und sich durch die Wachbäume kämpfte, denn es war schließlich deren Aufgabe Naseweise zurechtzustutzen und Eindringlinge auszufragen. Um dem vorzubeugen, hatte Rose einen Zauberspruch ausprobiert, den sie in einem ihrer Bände gefunden hatte, und den magischen Spiegel benutzt. Damit wollte sie den für Humfrey günstigsten Ort bestimmen, an dem sie einen Brückenkopf bilden mußte. In ihrem unwiderstehlichen Verlangen, jeden Kopf zu bedecken, hätten die gorgonischen Äste an einer anderen Stelle einen Durchschlupf bilden müssen, wenn nur der Brückenkopf günstig läge. Das konnte man wohl kaum als hinterlistig bezeichen, oder?

Endlich war jemand erschienen, und Rose dachte nicht im mindesten daran, ihn wegzuschicken und womöglich weitere zweihundertsechsundvierzig Jahre auf ihren Magier zu warten.

Jetzt gab es nur eine einzige Sache zu tun: sie mußte dafür sorgen, daß Humfrey unbedingt zu einem Magier wurde. Ihr war eine Methode bekannt, die sie aus einem der Bände ihrer Bibliothek gelernt hatte. Dann würde alles gut werden.

Sie zog sich irgendwelche alten Sachen an und ging hinaus, um ihren Held zu treffen.

9
DER MAGIER

»Und aus diesem Grund«, schloß Rose ihre Geschichte, »kann ich nur einen echten Zauberer heiraten. Wenn du jedoch studierst, um den Magister in Magie zu erlangen, dann giltst du als echter Magier, und Schloß Roogna muß mich ziehen lassen.« Verschmitzt lächelte sie mich an. »Es sei denn, du erklärst dich bereit, wieder die Königswürde anzunehmen. Dann darfst du sogar hier leben.«

»Nie wieder will ich König sein!« entgegnete ich heftig. Natürlich hätte ich selbst das in Betracht gezogen, wenn der Lohn dafür die Hochzeit mit Rose gewesen wäre, denn sie war nun mal meine Traumfrau. Nachdem ich so lange Zeit – fast einen ganzen Tag – gebraucht hatte, um mich in Mähre-Anne zu verlieben, hatte meine erste große Liebe mit ihr nicht besonders lange gehalten. Rose wurde in einer vollen Minute meine zweite Liebe. Und wenn ich mich auf die entsprechenden Bedingungen einließ, würden wir mit Sicherheit sehr glücklich werden. »Sturmkönig ist noch recht jung«, neckte ich sie, »so wird in den nächsten vierzig Jahren wohl kaum eine Königsstelle in Xanth frei werden. Möchtest du denn so lange warten?«

»Nein«, rief sie entrüstet, während sich ihre zarten Brüste in heftiger mädchenhafter Erregung hoben. »Ich möchte dich am liebsten auf der Stelle heiraten.«

Das Besondere unserer noch jungen Beziehung war, daß ich ihr weder den Hof gemacht, noch die Ehe versprochen hatte. Wir waren uns begegnet, hatten uns noch im gleichen Augenblick ineinander verliebt und wußten sofort, daß wir heiraten und für alle Zeiten zusammenbleiben wollten. Das war für uns beide keine Frage. Sie erzählte mir ihre Lebensgeschichte, meine kannte sie schon. Aber unsere brennendste und einzige Sorge bestand eigentlich darin, unsere Verbindung zu legalisieren, da Schloß Roogna nur einen echten Zauberer als Ehekandidaten gutheißen würde. Andererseits durfte sie Schloß Roogna auch nicht verlassen, ehe sie verheiratet war. Das Schloß hatte nicht vorhergesehen, daß eines Tages ein magiekundiger Nichtmagier den Weg zu Rose fände. Natürlich hatte das alte Schloß ein ganzes Arsenal an Zaubertricks aufgefahren, um mich daran zu hindern. Sie waren allesamt fehlgeschlagen, was zum Teil vielleicht mit meiner königlichen Erfahrung zusammenhing. Deswegen war das Schloß sich nicht ganz sicher gewesen, ob ich nicht doch ein Magier war. Aber es wollte Rose nicht freigeben. Sie hieß jetzt Rose von Roogna, und das Schloß hatte bei ihr die Elternrolle angenommen. Daran gab es wirklich nichts zu rütteln. Immerhin hatte es (beinahe) zweieinhalb Jahrhunderte gut für sie gesorgt. Andernfalls – und das wäre nun gewiß ein Unglück – wären wir einander nie begegnet.

»Wo befindet sich denn die Magische Universität?« fragte ich sie. »Wenn ich auch schon von vielen magischen Dingen in Xanth gehört habe, so ist mir eine Universität der Magie doch noch nie untergekommen.«

»Das liegt daran, daß sie nicht zum Reich der Menschenwesen in Xanth gehört«, erklärte sie. »Ich habe im Buch der

Geheimnisse davon gelesen. Es ist eine Universität für Dämonen. Die meisten Dämonen leben irgendwo unter der Erde. Nur einige wenige lassen sich von Zeit zu Zeit recht halbherzig dazu herab, auf der Oberfläche Xanths zu erscheinen.«

»Ich weiß Bescheid«, stieß ich widerwillig hervor, denn ich mußte dabei sofort an Dana denken. Sie war über ihr menschliches Gewissen gefangen worden und mußte für lange Zeit die entwürdigenden menschlichen Unzulänglichkeiten und Schwächen wie Liebe und Moral ertragen. Mir war sie in jeder Hinsicht eine wundervolle Frau gewesen, bis sie es schließlich schaffte, sich ihrer Seele zu entledigen. Auch unser Sohn Dafrey war ein netter Kerl. Ich konnte nur hoffen, daß er, nachdem er geheiratet und Nachkommen gezeugt hatte, nicht ebenfalls sein Gewissen verloren hatte wie seine Mutter. Ein richtiger Dämon machte sich nämlich nicht besonders viel aus Menschen.

»Ja, dir ist das alles nicht neu«, sagte sie leise und berührte beschwichtigend meine Hand. Sie kannte die ganze Geschichte über mein Verhältnis mit Dana, hatte es mir aber nie zum Vorwurf gemacht. Rose, meine zweite ganz große Liebe, war meine erste große Liebe, die ich auch heiratete – das hatte ich ausgerechnet MähreAnnes vehement verteidigter Unschuld zu verdanken.

»Du mußt also zu den Dämonen gehen, dich an ihrer Universität einschreiben, die erforderlichen Kurse absolvieren, deinen Magister machen und dann ein anerkannter Zauberer werden, damit wir heiraten und bis in alle Ewigkeit glücklich und zufrieden miteinander leben können?«

»Aber ich weiß doch gar nicht, wie ich die Dämonen ansprechen soll«, wagte ich zu bemerken. »Und selbst wenn ich es wüßte, kann ich mir kaum vorstellen, warum sie ausgerechnet mich an ihrem Institut zulassen sollten.«

»In einem der Bände der Schloßbibliothek steht auch eine Abhandlung über das Beschwören von Dämonen«, überlegte sie laut.

Allmählich wurde ich richtig neugierig auf diese Bibliothek. Wahrscheinlich konnte ich Jahre darin verbringen, um all die Dinge zu lernen und zu studieren, die einem sonst nirgends beigebracht wurden. Wenn ich erst ein echter Zauberer und mit Rose verheiratet wäre, könnte das Schloß mir den Zugang nicht mehr verwehren. Selbst wenn es dann immer noch nicht erlaubte, daß ich dort übernachtete. »Vielleicht ließe sich ja eine Art Handel abschließen«, lenkte ich ein, obgleich ich vermutete, daß ein solcher Handel, was auch immer die Dämonen als Gegenleistung verlangten, kein Spaß für mich werden würde. Andererseits, und auch da war ich mir sicher, war ein Leben ohne Rose für mich unvorstellbar geworden. Der Besuch einer dämonischen Universität schien somit das geringere Übel zu sein.

»Ich gehe gleich mal hinunter, suche diesen Band heraus und lerne die Beschwörungsformel auswendig«, schlug Rose vor. »In der Zwischenzeit läßt Souffl dich vielleicht im Schloßgraben schwimmen.«

Die Riesenschlange zischte ärgerlich, als von ihr die Rede war, da sie ihren hübsch-sauberen Schloßgraben nicht durch meine Wenigkeit verschmutzt sehen wollte. Rose wandte daraufhin den Kopf und hob nur leicht die Augenbraue – schon kroch ihr das Ungeheuer zu Füßen. Das konnte ich aus eigener Erfahrung gut nachfühlen.

Rose schritt anmutig nach drinnen, während ich mein Kleiderbündel am Ufer ablegte und gemächlich in das erfrischende Wasser watete. Bald darauf strahlte ich wieder vor Sauberkeit und hinterließ im Graben eine schmutzige Brühe. Souffl hatte sich ganz auf die andere Seite des Schlosses zurückgezogen, doch ich hörte leise ihr Schniefen.

Nachdem ich wieder aufgetaucht war, ging ich zu einem Wäschebaum und pflückte mir ein Handtuch. Natürlich tauchte auch genau in diesem Augenblick Rose auf und überraschte mich im Adamskostüm. Huch!

Aber sie lächelte. »Ich habe deinen athletischen Körper schon in jeder Verkleidung gesehen«, murmelte sie. »Der Wandteppich verbirgt nichts.«

Das war nur zu wahr. Zwar kannte ich das Geheimnis des

Wandteppichs nur aus der Legende, aber ich hoffte, ihn eines Tages als Zauberer ausgiebig betrachten und auch nutzen zu dürfen. Natürlich hatte ich keine körperlichen Geheimnisse vor Rose!

Während ich mich vollständig abtrocknete und ankleidete, bereitete Rose auch schon alles für die Beschwörung vor. Es war ein recht seltsames Unterfangen, denn man benötigte dazu ein Pentagramm (einen fünfzackigen Stern), eine Kerze und eine Zauberformel. »Die Formel und die Flamme der Kerze dienen gemeinsam dazu, den Dämon erscheinen zu lassen«, erläuterte Rose. »Das Diagramm hindert den Dämon daran, herauszugreifen und dich auszuquetschen, weil er sauer ist, beschworen zu werden. Er kann das Pentagramm nicht verlassen. Es sei denn, du läßt ihn heraus, was du aber nicht tust, ehe er nicht durch einen Handel mit dir gebunden ist.«

»Das ist ein wirklich ausgebuffter Trick«, gab ich zu. Immerhin hielt ich mich für einen Spezialisten, was Dämonen betraf, hatte aber bisher nicht gewußt, daß man sie auf diese Art beschwören konnte. Dana hatte mir darüber nie etwas erzählt. Selbst in ihrem moralisch-beseelten Zustand hatte sie eine gewisse Vorsicht bewahrt. »Wie lautet die Zauberformel?«

»Es gibt eine ganze Reihe verschiedenster Variationen«, antwortete Rose. »In einigen kommen Begriffe vor, die ich als Mädchen natürlich überhaupt nicht verstehe. Vermutlich haben die Dämonen als Kreaturen der Unterwelt eine drastischere Ausdrucksweise. So weit ich es verstanden habe, kannst du eigentlich alles sagen, was du willst, solange es sich nur reimt. Der Wortsinn dient dann wiederum dazu, ganz spezielle Dämonen herbeizurufen.«

Das brachte mich auf eine Idee. »Vielleicht läßt sich ja, na, du weißt schon, die Dämonin beschwören, mit der ich mal verheiratet war. Sie könnte zumindest nicht so tun, als würde sie mich mißverstehen.«

»Ja, vielleicht«, sagte Rose wenig begeistert. Weshalb ich darüber nachzudenken begann, wie deutlich ihr wohl der

Wandteppich über Dinge, die eigentlich nur die Verschwörung der Erwachsenen etwas angingen, schon Auskunft erteilt hatte. Da er zumindest unterscheiden konnte, ob der Zuschauer von königlichem Geblüt war oder nicht, war anzunehmen, daß er auch beurteilen konnte, ob der Betrachter schon alt genug war. Aber würde er Rose für zwanzig oder für zweihundertsechsundsechzig Jahre halten? Ab wann war für ihn diese legendäre Mündigkeit erreicht? Ich durfte nicht davon ausgehen, daß Rose – trotz ihrer stets beteuerten mädchenhaften Unschuld – all die Jahre völlig unwissend geblieben war. Es gab genug gute Gründe für sie, auf Dana eifersüchtig zu sein. Doch war Dana der einzige Dämon, den ich mit Namen kannte.

Wir zündeten die Kerze an und stellten sie in die Mitte des Pentagramms. Dann trat ich aus dem Zeichen heraus und sprach gemessen die Worte: »Dana, Dämon, fliegst vorbei – komm zu mir, ganz ohne Scheu.« Im Grunde war ein scheuer Dämon eine lachhafte Vorstellung; in diesem Fall, ging es mir jedoch um den Reim.

Die Kerze flackerte. Rauch stieg von ihr empor und breitete sich mehr und mehr aus, bis beinahe das gesamte Pentagramm mit einer dichten Rauchwolke ausgefüllt war. Feurige Augen manifestierten sich aus den Schwaden, und zuckende Tentakel wurden sichtbar. Was hatten wir da nur für ein Ungeheuer erwischt?

»Ich hatte deine Exfrau immer für eine Schönheit gehalten«, wisperte Rose leise. Eine Bemerkung, die man bei einer etwas weniger sanften Person für blanke Ironie gehalten hätte.

Der Rauch zog sich zurück, und langsam zeichneten sich deutlichere Umrisse ab. Die Tentakel verfestigten sich zu Armen und Beinen. Ein durchaus weiblich zu nennender Körper nahm Gestalt an, dessen Kopf aus stürmisch wirbelndem Rauch bestand. »Welcher Idiot hat hier diese Feuerfalle aufgestellt?« fluchte eine Stimme, die dem Krächzen einer Harpyie glich.

»Bist du's, Dana?« fragte ich verschüchtert, stand aber

noch immer meinen Mann. »Ich bin's, Humfrey, dein alter Freund.« Ich fand meine Ausdrucksweise etwas unglücklich – sie konnte möglicherweise falsch ausgelegt werden. Dafür, daß ich mich das erste Mal auf dieses Terrain begeben hatte, klappte es jedoch ganz gut.

Die Form wurde deutlicher und attraktiv weiblicher. »Humfrey? Moment mal, diesen Namen habe ich doch schon irgendwo gehört. Ich bin allerdings nicht Dana – ich habe nur zufällig diesen Monat ihre Wache übernommen. Aber nun laß mich gehen. Gebär mich jetzt wieder, sonst puste ich dir dein Fell über die Ohren.«

»Gebären?« fragte ich verblüfft. »Ach so, du meinst wohl eher entbinden.«

»Egal.« Die Gestalt bekam nun recht anziehende, feminine Züge. »Ich glaube, ich kann mich jetzt an diese Stimme erinnern. Es liegt wohl schon ein viertel Jahrhundert zurück ...«

»Die Dämonin Metria!« platzte ich heraus und erinnerte mich nun wieder an Danas Freundin. Sie war jene, die das kleine Problem mit ihrer Wortwahl und das große Interesse an menschlichen Gebräuchen hatte.

Die Dämonin bekam jetzt recht üppige frauliche Konturen, und ein Gesicht zeichnete sich ab. »Nun, wenn ich mich recht erinnere, warst du immer für einen guten Spaß zu haben. Was ist es denn diesmal?«

»Ich möchte mich an der Universität für Magie einschreiben.« Metrias Kinn fiel herunter. Doch schon im nächsten Augenblick hatte sie sich wieder gefaßt und hockte sich nieder, um ihre heruntergefallene Kinnlade einzusammeln. Neu eingerenkt, funktionierte sie wieder wie geschmiert. »Bist du verrückt? Selbst für einen Mann, meine ich ...«

»Nein, nur verliebt.«

»Ach, das ist das gleiche. Wie kann jemand nur ernsthaft in Erwägung ziehen, einen dermaßen tödlich langweiligen Ort wie diese Universität freiwillig aufzusuchen?«

»Ich möchte ein anerkannter Zauberer werden und dafür meinen Magister machen.«

»Tja. Das kannst du nicht. Nur ein echter Dämon oder jemand, der von einem Dämon betreut wird, kann sich einschreiben.«

»Prima, du bist doch eine Dämonin«, hatte ich plötzlich einen wirklich intelligenten Einfall. »Werde du meine Betreuerin.«

Sie lachte, und ihr Busen wogte dabei auf äußerst ansprechende Weise, während Rose aus irgendeinem unerfindlichen Grund ihre hübsche Stirn krauste. »Warum sollte ich so etwas derart Grabverkranztes tun?«

»Wie bitte? Was?«

»Ghulverkrampftes, Gnomverkrüppeltes, Gespensterkrummes.«

»Geisteskrankes?«

»Egal. Beantworte gefälligst meine Frage.«

Ich überlegte fieberhaft. »Vielleicht wäre es für dich wahnsinnig unterhaltsam zu beobachten, wie ich mich dort mühsam durch die Kurse quäle.«

Das gab ihr zu denken. Ihre sinnenden Augen blickten mich beunruhigend an. Dann fiel ihr Blick auf Rose, die sich im Hintergrund hielt. »Ist sie das Geschöpf, in das du verliebt bist?«

»Laß Rose aus dem Spiel«, wehrte ich mich ärgerlich.

»Mach' ich ja. Aber ich schlage dir folgenden Handel vor: Ich werde mich auch einschreiben. Wir werden uns als Kommilitonen zusammen eine Bude teilen. Wenn es mir nicht gelingen sollte, dich von deinem Vorhaben abzubringen, bevor du deinen Magister in der Tasche hast, dann sollst du ihn auch bekommen.«

»Hör mir zu, Dämonin«, drohte ich zornig. »Falls du dir einbilden solltest, daß ich mich mit dir einlassen werde, so wie vor langer Zeit mit Dana, dann vergiß es lieber gleich! Alles, was ich brauche und suche, ist eine fundierte Ausbildung und sonst nichts.«

»Dann hast du ja nichts von mir zu befürchten«, erwiderte sie ungerührt. »Du kümmerst dich nur um dein Studium und deinen Magister, und deine liebste Dorne hier ...«

»Rose!« berichtigte Rose sie spitz. Das klang nicht mehr nach einer Prinzessin.

»Egal. Also, gilt der Handel?«

Mir war klar, daß ich kaum eine andere Wahl hatte, es sei denn, ich würde alles aufgeben. Ich sah Rose an. »In meiner Ehe mit der Dämonin Dana habe ich gelernt, daß Dämonen durchaus zuverlässig sind, wenn sie einen triftigen Grund dafür haben«, versicherte ich ihr.

»Ich weiß. Aber sie hatte eine Seele.«

»Von der sie sich, sobald sie es nur konnte, befreite, um auf Nimmerwiedersehen zu verschwinden. Über Metria jedoch hatte Dana schon immer gesagt, daß sie nur dann schwindelte, wenn man sie nach ihrem Alter fragte. Vielleicht ...«

»Na hör mal. Ich bin doch gerade erst eine Klitzekleinigkeit über siebzehn«, unterbrach Metria mich mit teenagerhaftem Gehabe. »Also, was ist denn nun?«

Es waren zwar zweiundzwanzig Jahre her, seit ich Metria das erste Mal im Schlüsselsteiner Wäldchen getroffen hatte, aber ich enthielt mich jedweder Bemerkung. Nicht so Rose.

»Zufälligerweise bin ich auch gerade nur ein klein wenig älter als siebzehn«, verkündete sie. »Zwar habe ich schon vor zweihundertsechsundsechzig Jahren das Licht der Welt erblickt, aber meine letzten zweihundertsechsundvierzig Jahre verbrachte ich auf Schloß Roogna, wo ich nicht einen einzigen Tag älter geworden bin.«

»He, die Frau gefällt mir!« krähte Metria. »Sie weiß, was es heißt, eine Frau ohne Alter zu sein.« Und mit einem Seitenblick auf mich setzte sie hinzu: »Na, Humfrey, wie siehst du jetzt die ganze Sau?«

»Die was?« fragte ich.

»Schwein, Ferkel, Eber, Bache ...«

»Die ganze Sache?«

»Egal. Machst du mit oder was?«

Verstohlen sah ich noch einmal zu Rose hinüber: »Ich glaube, das ist unsere einzige Chance, mein Schatz.«

»Das fürchte ich auch, mein Liebster«, stimmte sie mir

betrübt zu. »Nimm ihre Betreuung an, ich werde hier auf dich warten. Ich bin mir ganz sicher, daß in deinem zukünftigen Leben keine Dämonin eine Hauptrolle mehr spielen wird.«

»Aha. Aber was für eine Rolle haben sie in seiner Vergangenheit gespielt«, warf Metria ein. »Und welche Gegenwart steht ihm gerade ins Haus ...«

»Was?« fragte ich.

»Gegenwert, Tausch, Handel, Abmachung ...«

»Nein, du hattest schon das rechte Wort«, rief ich ungeduldig. »Was steht ins Haus. Was meinst du damit?«

»Zukunft und Vergangenheit stehen für dich fest, mein Lieber, aber ich werde dir eine Gegenwart bieten, die dich von deinem Studierhocker reißt. Schließlich wird man dich hochkantig aus der MU werfen. Dann gibt es allerdings keine Zukunft mit Rose von Roogna mehr für dich, und sie wird von dir gar fürchterlich enttäuscht sein. Ein Tragödie. Was werde ich mich köstlich amüsieren.«

»Ich glaube doch nicht, daß das eine so gute Idee von uns war«, sagte ich mit einem weiteren Seitenblick auf Rose.

»Es war sogar eine entschieden mittelprächtige Idee«, mußte Rose zugeben. »Aber auch die einzige Möglichkeit, die wir haben, mein Liebling. Beweise ihr einfach, daß sie keine Macht über dich hat, und kehre mit Brief und Siegel als Magier zu mir zurück.«

Mutig geworden durch das Vertrauen, das sie in mich setzte, besiegelte ich schließlich den Handel. »Gut, sei meine Betreuerin an der Magischen Universität«, forderte ich Metria auf. »Ich werde sie trotz all deiner Ablenkungsmanöver erfolgreich absolvieren.«

»Dann laß uns aufbrechen«, stimmte sie fröhlich zu. »Öffne das Pentagramm, und ich bringe dich hin.«

Ich rieb mit der Fußsohle an einer Stelle über die Linie des Bannkreises. Metria verwandelte sich in Rauch, kroch durch die so entstandene Öffnung hindurch und materialisierte nun in Form eines geflügelten Drachen. Die riesigen Kiefer des Drachen schnappten nach mir und packten mich. Glücklicherweise waren auch die Zähne mehr Schein als Sein. Sie konnten mir nicht den kleinsten Kratzer anhaben.

»Ich komme wieder!« war mein knapper Abschiedsgruß an Rose. Mehr war nicht drin, da sich der Drache schon in die Lüfte schwang und mich mit sich davontrug.

»Ich werde über dich wachen!« rief sie mir hinterher. Erst dachte ich, sie hätte eigentlich »auf dich warten« sagen wollen, dann aber fiel mir siedendheiß der Wandteppich ein und daß sie, wie schon so häufig, meine künftigen Taten darauf verfolgen konnte und würde. Allein das Wissen darum würde mich, sollte ich jemals in Versuchung geraten, bei der Stange halten.

Der Drache flog in Richtung Südost, bis sich unter uns eine große Wasserfläche erstreckte. Das war der Ogerlagersee, an dem in früheren Zeiten Oger lagerten, bevor sie sich zu ihrem Ogerfreßmoor-Marsch aufmachten. Hier nun tauchte der Drache ab. Die silberne Wasserfläche stürzte auf uns zu, und im nächsten Augenblick waren wir schon durch sie hindurch. Eine völlig andersartige, neue Welt eröffnete sich uns hier. Dies war das Reich der Dämonen. Das Eintauchen in den See hatte vermutlich reine Tarnfunktion. Denn alle Dämonen besaßen die Gabe, sich jederzeit zu dematerialisieren und im gleichen Augenblick an jeder anderen Stelle in beliebiger Entfernung wieder aufzutauchen. Ob das gerade auch mit mir passiert war? Welch aufregender Gedanke! Natürlich war es genauso gut möglich, daß sich unter der Wasseroberfläche tatsächlich ein Zugang ins Dämonenreich befand.

Metria hatte inzwischen wieder ihre natürliche Gestalt angenommen. Mir war schon klar, daß auch die menschliche Form für eine Dämonin wie Metria genauso natürlich oder unnatürlich war wie die Drachengestalt. Für Dämonen sind alle Gestaltformen vollkommen unnatürlich. Ich persönlich zog jedoch die menschliche vor.

Wir standen vor einem riesigen Schreibpult, auf dem sich Türme absolut bedeutungslosen Papiers stapelten. Ein Dämon mit beginnender Halbglatze und dicken Brillengläsern saß dahinter. Wie seltsam! Denn mit der Fähigkeit, jedwede Form anzunehmen, litten Dämonen normalerweise nicht unter den Gebrechen Normalsterblicher. Offenbar schien dieses Exemplar ein reizloses Äußeres zu bevorzugen. Neben ihm stand ein Namensschild und darauf der Name: *BÜROKRAT.* »Der nächste!« schnarrte er.

Metria gab mir einen leichten Rippenstoß: »Schreib dich ein, Martinsgans!«

»Was?«

»Christstollen, Johannisbeere, Franzbrötchen ...«

»Hanswurst?«

»Egal. Mach schon!«

Ich wandte mich an den Schreibtischdämon: »Mir geht es um die Wurst. Ich meine ... ich möchte mich bitte immatrikulieren.«

Lauthals gähnend öffnete der Dämon den Schlund, der sich buchstäblich bis zu seinen Füßen erstreckte. Er war vollkommen hohl. Ein Bleistift und ein kompliziert aussehendes Antragsformular materialisierten. »Name?« fragte er gelangweilt.

»Humfrey.«

Der Dämon machte eine kleine Notiz auf dem Formular. »Art?«

»Menschlich.«

Er fixierte mich mit einem müde blickenden Auge. Das andere blieb weiter auf das Formular gerichtet. »Betreuer?«

»Metria, die Dämonin.«

Jetzt bewegte sich auch das linke Auge, entfernte sich von dem Papier und richtete sich auf Metria. »Wieder mal zu Späßen aufgelegt, Weibchen?«

»Ja, ja, es wird manchmal recht langweilig da oben im Menschenland«, verteidigte sie sich.

»Da kannst du Gift drauf nehmen.« Beide Augen auf mich gerichtet, fügte er hinzu: »Du bist dir doch darüber im klaren, Humfrey, daß sie wohl kaum dein Wohlergehen im Auge hat? Deine Bewerbung ist einfach ein Witz für uns Dämonen. Weißt du, es gibt einfachere Möglichkeiten, sich erniedrigen zu lassen. Es läßt sich alles arrangieren.«

»Ja«, keuchte ich mit trockener Kehle.

Die Augen des Dämons wanderten wieder zum Papier. »Hauptfach?«

»Magie!«

»Bist du sicher?«

Ich fühlte mich plötzlich beklommen. »Ich möchte ein anerkannter Magier unter meinesgleichen werden. Man hat mir gesagt, daß ein magischer Magistergrad eurer Universität dafür ausreichend wäre.«

»Ganz recht. Nebenfach?«

»Informationswissenschaften.«

Wieder richtete sich eines der Dämonenaugen auf mich. »Es gibt einfachere und wesentlich spannendere Fachrichtungen.«

»Information ist Macht«, erwiderte ich gelassen.

»Beweggründe?«

»Ich möchte ein echter Zauberer werden, um die Frau zu heiraten, die ich liebe.«

Bürokrat, der bürokratische Dämon, hob nun die Faust, in der sich inzwischen ein großer Stempel befand, und stempelte das Antragsformular gewichtig ab. »Geh weiter in deine Schlafkammer – der nächste!«

»Aber ...«, wollte ich einwenden.

»Du möchtest also deine Bewerbung jetzt schon zurückziehen?« unterbrach er mich, während eines der Dämonenaugen zu mir herumfuhr.

»Nein. Muß ich denn überhaupt nichts bezahlen? Es ist doch unter Dämonen eigentlich nicht üblich, irgend etwas umsonst zu tun.«

»Du wirst schon noch bezahlen.« Das Auge wandte sich wieder ab.

»Aber wie? Ich möchte ...«

Für einen kurzen Augenblick blickten mich wieder beide Augen an. »Auf die übliche Weise. Du wirst den dummen August für uns spielen. Was hattest du dir denn gedacht?«

Er scherte sich einen Dreck um meine Gefühle, das erklärte auch seine so offene und direkte Art. Ich mußte hier in Zukunft, bei allem was ich erlebte, mit dämonischen Schaulustigen rechnen, die sich nichts entgehen lassen und an den Irrungen und Wirrungen eines armen Normalsterblichen ihre größte Freude haben würden. Vielleicht ginge es jedem so, der Tausende von Jahren mit der Macht lebte, alles tun zu können, und weder essen noch schlafen mußte. Nein, ich hatte von ihnen wirklich nichts anderes zu erwarten. »Ich danke dir«, brachte ich mit dem letzten Rest an Würde, den ich noch aufbringen konnte, rauh hervor.

»Hier entlang, Dummkopf«, raunte Metria mir zu und nahm mich bei der Hand.

»Mußt du dich jetzt nicht auch einschreiben?« fragte ich lahm. »Du wolltest dich doch mit mir zusammen bewerben.«

»Ich bin schon seit fünfhundert ...«, hielt sie inne, «Stunden eingeschrieben. Jetzt werde ich mal ein paar Kurse nehmen.« Sie schob mich vor sich her.

Schließlich gelangten wir zu einer kahlen, steinernen Zelle. Sie begeisterte mich nicht gerade. Die Vorstellung, auf kahlem Stein anstatt in einem weichen Bett zu ruhen, war wenig angenehm. Metria schnippte mit den Fingern, und im gleichen Augenblick war die kahle Kammer gemütlich eingerichtet. Bunte Vorhänge hingen an Fenstern, die es bis dahin noch nicht gegeben hatte. Wo vorher ein nackter Steinfußboden gewesen war, lag nun ein weicher Teppich auf warmen Holzdielen. Die Wände waren mit Stoffdraperien geschmückt, und helles Sonnenlicht drang durch die Glasscheibe, die sich nun an der Stelle der soeben noch finsteren Felsendecke befand. In der Mitte des wohnlichen Zimmers stand ein riesiges, einladendes rundes Bett.

»Okay, laß uns loslegen«, schlug die Dämonin vor und ließ sich mit einem Satz auf das Bett fallen, während sich ihre Kleider in Dunst auflösten. Sie wippte munter auf der Matratze, und ihr festes, unverhülltes Fleisch wippte im Takt mit.

»Womit wollen wir loslegen?« fragte ich mit größerer Unschuld, als ich wirklich empfand.

»Los, runter mit den Klamotten, und ich zeig's dir.«

Genau das hatte ich befürchtet. »Vergiß es, Dämonin! Ich schlafe heute auf dem Fußboden.«

»Nein, du wirst dich hüten. Sonst bekommst du noch wegen deines ungeschlachten Benehmens einen Minuspunkt.«

Das war mir neu, aber ich hatte keinen Grund, ihr Fachwissen in Frage zu stellen. »Ist ein Minuspunkt denn schlecht für mich?«

»Zuviel davon, und wir zählen dich aus.«

»Na gut, dann schlaf' ich auf dem Bett«, gab ich zurück, »aber dich werde ich überhaupt nicht beachten.«

»Ha!« meinte sie selbstgefällig. Aber eine Ahnung von Unsicherheit war nicht zu überhören. Ich wußte, aus welchem Stoff solche Ahnungen gewebt waren. Sie schwebten im Raum und gediehen prächtig, bis sie eines Tages zuschlugen. Wie schön, daß auch Dämonen davon betroffen sein konnten.

Ich verschlimmerte es noch, indem ich meine wenigen Habseligkeiten absichtlich im ganzen Zimmer verteilte und sie dabei demonstrativ ignorierte. Aus dem Augenwinkel heraus sah ich, wie sie gymnastische Beinscheren machte, aber ich schaute nie direkt hinüber. Beine, die bis zur Taille zu sehen waren, konnten einen kollossal ablenken. Ich wollte ihr aber beweisen, daß sie keinerlei Eindruck auf mich machten. »Wo kann ich essen?« fragte ich.

Dämonen müssen zwar nie Nahrung zu sich nehmen, ich aber verspürte Hunger. Metria brachte mich zu einer Art Mensa. Ich fragte mich, wieso es hier eine solche Einrichtung gab, bis ich dort die wohl größte Essensschlacht im zeitgenössischen Xanth antraf. Das also pflegten Dämonen mit Lebensmitteln zu tun: Die Wände klebten voll zermanschter Tomaten. Marmelade tropfte von der Decke. Haufen aus Schokoladenpudding lagen wie mundanische Kuhfladen zwischen Pfützen aus Milch und Bier.

»Bedien dich!« kicherte Metria und wies auf die Masse.

Ich zeigte wohl zu deutlich, wie mir dieser Anblick

zusetzte, denn sie lachte nun aus vollem Hals. Dabei schmolz sie in sich zusammen und verschwand in einem der größten und dunkelsten Kuhfladen, aus dem nur noch ihr gurgelndes Lachen drang. »Ha, ha, ha!« hallte es von den Wänden wider. Ich schien die nach Unterhaltung lechzenden Dämonen jedenfalls nicht zu enttäuschen.

Natürlich wußte ich auch, daß solche Dinge arrangiert werden konnten. Während meiner Ehe mit der Dämonin Dana war ihr nämlich das eine oder anderere entschlüpft, so daß ich im Bilde war. Sie war mir eine wirklich gute Frau gewesen, solange sie noch eine Seele hatte. Das eigentlich seltsame an dem Umstand, daß Dämonen keine Seelen besaßen, war die Tatsache, daß sie selbst aus Seelen bestanden. Anscheinend verloren die losgelösten Seelen, wenn sie sich zur Ausformung eines Körpers hergeben mußten, einige ihrer edleren Eigenschaften wie beispielsweise Liebe und Mitgefühl. Diese Dinge rechneten sie offenbar nicht zu einem vollständigen Körper, und der Umwandlungsprozeß von Seele zu Körper setzte ihnen hart zu. Wenn jedoch ein Körper von einer Seele übernommen wurde, so kehrten diese Eigenschaften zu ihm zurück, selbst, wenn es sich bei diesem Körper nur um eine entartete Seele handelte.

Ich ging quer durch den Saal an die Theke. Dort standen hohe Barhocker, von denen ich einen mühselig erklomm. Selbstverständlich erschien kurz darauf eine Kellnerin, natürlich ebenfalls eine Dämonin, die nur diese Rolle spielte. Dieses ständige Theaterspielen schien überhaupt eine der wenigen Freuden der Dämonenrasse zu sein, von der sie nie genug bekommen konnten. »Ein kleines Stück Apfelkuchen hätte ich gerne«, sagte ich. »Und einen Krug violette Sprudelbrause.« Ich hatte während meiner Rundreise den Sprudelbrausesee in der Nähe des Norddorfs entdeckt und mit der Zeit eine rechte Vorliebe für das spritzige Zeug entwickelt.

Sie zauberte das Gewünschte unter der Theke hervor. »Vielen Dank«, sagte ich freundlich. Sie lächelte ebenso freundlich zurück. Allerdings konnten Dämonen ihre

Gefühle nicht auf die gleiche Weise zum Ausdruck bringen, wie es Sterbliche tun, und so wirkte ihr Lächeln aufgesetzt.

Ich ließ mir den wirklich ausgezeichneten Apfelkuchen schmecken. Offenbar zeigten die Dämonen sich diesmal von ihrer fairen Seite. Vielleicht würden sie so bleiben, wenn auch ich mich weiterhin fair verhielt. Schließlich wollte ich hier meinen Magister machen und hatte deswegen ausschließlich Metria das Recht gegeben, alles zu versuchen, mich davon abzubringen. Die anderen Dämonen waren nur Randfiguren. Möglicherweise mußten auch sie mit Minuspunkten rechnen, wenn sie aus der Rolle fielen.

Nachdem ich erfolgreich meine Mahlzeit beendet hatte, erhob ich mich. »Läßt du mich leer ausgehen?« fragte die Kellnerin leicht pikiert.

Von solchen Nebensächlichkeiten hatte Dana nie gesprochen. Nun gut. »Wenn du das nächste Mal einen Kunden anlächelst«, gab ich ihr den guten Rat, »dann solltest du nicht nur den Mund verziehen, sondern auch mit den Augen lächeln. Das Ganze wirkt dann nicht mehr so leer.«

»Oh, vielen Dank!« sagte sie und lächelte diesmal wesentlich echter.

Ich kehrte in meine Studentenbude zurück. Metria wartete schon auf mich – in einer atemberaubend durchsichtigen Bluse und einem ebensolchen Rock. Sie beherrschte die Kunst der Nachahmung wahrhaft meisterlich. Ohne mein Wissen über diese Dinge hätte sie meine Standhaftigkeit wahrscheinlich auch ins Wanken gebracht. Ihre besondere Art, den Körper zu bedecken, ohne wirklich etwas zu verhüllen, war noch viel reizvoller und aufregender, als wenn sie vollkommen nackt gewesen wäre. Vielleicht deshalb, weil es einem das Gefühl vermittelte, einen Blick in verbotene Sphären zu tun. Ich durfte dabei jedoch dreierlei nicht vergessen: 1. Sie war in keiner Weise an meiner Person, sondern nur an meinem Versagen interessiert. 2. Wir wurden von einem Haufen Dämonen beobachtet, die nur darauf lauerten, daß ich mich vergaß und irgend etwas Anrüchiges tat – beispielsweise mit Metria zusammen den Storch beschwören. 3. Es gab noch einen weiteren Beobachter, nämlich Rose, die jeden meiner Schritte via Wandteppich verfolgen konnte. So hieß es für mich: Achtung, stillgestanden, Hand an der Hosennaht.

Nachdem ich nun gesättigt war, hatte ich andererseits noch einiges zu tun. Ich suchte nach einem Ort, um mich frisch zu machen, konnte aber nichts dergleichen entdekken. »Wo ist denn das ...«, erkundigte ich mich.

»Ach, das«, rief sie aus. »Entschuldige, ich hatte die natürlichen Bedürfnisse von euch Sterblichen völlig vergessen.« Sie wies auf die Wand, und im selben Augenblick erschien eine Tür.

Ich ging darauf zu, legte die Hand auf die Klinke, drückte sie nieder, und siehe da, die Tür öffnete sich. Dahinter befand sich ein kleinerer Raum mit den üblichen Einrichtungen für meine Bedürfnisse. Ich testete sie und fand sie zu meiner Zufriedenheit.

Unvermittelt erscholl aus den Wänden des Örtchens ein donnerndes, dämonisches »Ha, ha, ha«. Nun ja, irgendwann würde vielleicht auch diese Art der Unterhaltung langweilig für sie werden – ich jedenfalls würde meine natürlichen Funktionen nicht unterdrücken, um ihnen den Spaß zu verderben.

An einem Haken fand ich einen Schlafanzug, in den ich hineinschlüpfte. Er paßte wie angegossen. Wenn Dämonen etwas in die Hand nahmen, dann machten sie es gut.

So bekleidet, betrat ich wieder unser Schlafzimmer und näherte mich mutig dem Bett. Metria, in einem knappen Negligé, war kaum zu übersehen. Sie drehte sich lasziv zu mir herum, als ich mich neben sie legte, wobei sie mir einen tiefen Einblick in ihr Dekolleté gewährte. »Zeig mir, wie du es mit Dana gemacht hast«, schmachtete sie mich an.

Ich schloß die Augen und atmete tief durch. Es war nicht gerade leicht für mich, aber ich mußte durchhalten.

»So hast du's also gemacht?« fragte sie gedehnt, obwohl sie es besser wissen sollte.

»Vor unserer Ehe waren Dana und ich viele Jahre hindurch

die besten Freunde«, half ich ihrem Gedächtnis auf die Sprünge, »und in dieser Zeit haben wir auch gemeinsam in einem Bett geschlafen – nur geschlafen, wohlgemerkt. Mit MähreAnne habe ich es genauso gehalten, und da ich mit dir nicht verheiratet bin, werden wir uns dieses Bett ebenfalls nur freundschaftlich teilen, ohne den Storch in seiner wohlverdienten Ruhe zu stören.«

»Ach, papperlapapp!« fluchte sie. Eine kleine schmollende Rauchwolke entwich dabei ihrem hübschen Mund.

»Ha, ha, ha!« dröhnten die Wände, aber dieses Mal war nicht ich der Anlaß der unverhohlenen Freude.

Am nächsten Morgen besuchten wir den ersten Kursus. Eine Gruppe von Dämonen hatten sich dort schon versammelt, männliche wie auch weibliche Exemplare, die allesamt nicht weniger nervös zu sein schienen als ich. Endlich erlebte ich den echten Universitätsbetrieb. Der einzige, der nicht so ganz in das normale Bild passen wollte, war ich, der einzige sterbliche Student, der an diesem Kursus teilnahm. Ich setzte mich in die vorderste Reihe. Am Schreibpult zu meiner Linken räkelte sich Metria. Rechts von mir saß ein Dämon mit Brille. Offenbar gab es doch einige Dämonen, die ein solches Hilfsmittel zum Lesen benötigten. Dieser Dämon besaß nur noch rudimentäre Hörner und einen weichen, pinselartigen Stummelschwanz. Insgesamt betrachtet war er kein besonders beeindruckendes oder furchterregendes Exemplar seiner Spezies.

Ich beschloß, es auf die freundliche Art zu versuchen. »Hallo, du da«, sagte ich zu dem Dämon, »ich heiße Humfrey und möchte mich hier zum Zauberer ausbilden lassen.«

»Hallo«, erwiderte der Dämon, »ich bin Beauregard, und ich studiere das verläßliche und verantwortungsbewußte Handeln der lebenden Spezies.« Er kniff ungläubig die Augen hinter den dicken Brillengläsern zusammen und rief: »Das kann doch wohl nicht wahr sein! Bist du etwa ein Sterblicher?«

»Wirklich und wahrhaftig«, gab ich unumwunden zu.

»Nein, was für ein ausgezeichnetes Studienobjekt. Würdest du mir erlauben, dein Verhalten zu studieren?«

»Von mir aus«, sagte ich gönnerhaft. »Du wärst nicht der erste, und deine Kollegen finden mich ausgesprochen amüsant.«

»Wie unter euch Sterblichen gibt es leider auch unter uns einige äußerst unhöfliche Vertreter. Ich jedenfalls würde niemals …«

Der Dämon gefiel mir. Ich war allmählich froh darüber, daß kein Dämon dem anderen glich. Dieser hier schien ein halbwegs anständiger Kerl zu sein, vorausgesetzt, daß er mir das Ganze nicht einfach nur vorspielte. »Vielleicht solltest du mich auch ein klein wenig beleidigen«, schlug ich ihm vor, »nur, damit du mit den anderen Dämonen keinen Ärger bekommst.«

»Aber das wäre …«, er hielt einen Augenblick inne und überlegte angestrengt. »Heißt das, es würde dir nichts ausmachen?« fragte er zaghaft.

Ich lächelte freundlich. »Nicht im mindesten, solange du nicht meinst, was du sagst. Wir können uns ja gegenseitig einen Haufen freundlichster Beleidigungen an den Kopf werfen.«

»Köstlich, du alter Schmierschädel!« rief er vergnügt.

»Mach dir nichts draus, du armer Hohlkopf«, antwortete ich auf die gleiche Weise.

Das war es. Von nun an grüßten wir einander mit den unglaublichsten Beleidigungen, sobald wir uns nur trafen, und blieben dabei die besten Freunde. Eine lange, innige Freundschaft sollte noch vor uns liegen. Nach dieser kurzen Begegnung fühlte ich mich nicht mehr so allein.

Als der Professor in den Seminarraum rauschte, ging plötzlich ein Räuspern und Rascheln durch die Reihen. Er gab einen großartigen Dämon ab, mit seinen knorrigen Hörnern und dem langen peitschenden Schweif. Seine riesigen Fangzähne gaben seinem Gesicht einen immerwährend grimmigen Ausdruck.

»Ich bin Professor Zwölferschlag«, stellte er sich vor. »Wir werden jetzt mit der Erforschung der Grundlagen zur Metamagie fortfahren. Was ist die grundlegende Definition dieses Konzepts?« Er blickte von einem zum anderen. »Beauregard!«

Beauregard sprang auf und stotterte: »Ich, äh, nun ja, äh, ich bin mir über die Sache noch nicht ganz im klaren, Sir.« Er wirkte beschämt und verlegen.

»Metria!«

»Wen interessiert das schon?« fragte sie gelangweilt und zuckte mit den Schultern. »Ich jedenfalls bin hier nur Gasthörer.«

Die gnadenlosen Augen des Professors fixierten nun meine Wenigkeit. »Humfrey!«

»Ich, äh, bin davon überzeugt, daß es sich hierbei um etwas handelt, das praktisch Seite an Seite, also mit Magie einhergeht, beziehungsweise etwas, was dahinter steht, also sozusagen die Grundlage bildet«, brachte ich eifrig hervor, um ja nicht den Eindruck zu erwecken, ich hätte von der ganzen Sache nicht die leiseste Ahnung. »Vielleicht etwas in der Art …«

»Schwachsinn!« röhrte der Professor und schnitt mir damit das Wort ab. Wieder ließ er seinen unbestechlichen Blick durch den Seminarraum schweifen. »Ihr tauben Nüsse kommt mit nichts als dickflüssigem Brei im Kopf hierher« – an dieser Stelle bedachte er ausdrücklich Beauregard, der hinter seiner Bank Deckung suchte, mit einem niederschmetternden Blick.

» … oder mit schlechten Manieren.« Hierbei wandte er sich an Metria, die sich gerade ungerührt die Nägel manikürte. Und mit einem Seitenblick auf mich fügte er hinzu: »Na ja, wenn ihr es überlebt, lernt ihr vielleicht das eine oder andere über Magie.« Elektrisiert saß ich auf meinem Stuhl: ich hatte eine Ahnung eines Anflugs von Anerkennung gespürt!

Gleichermaßen fasziniert wie schockiert, lauschten wir seinen Worten. Was für eine Kreatur!

»Kurz gesagt, ist Metamagie die Zauberei, die wirkliche Macht besitzt oder, in ihren eigenen Worten definiert, die Magie an sich«, setzte der Professor seine Vorlesung fort und gab sich alle Mühe, unsere breiartigen Gehirne mit Wissen zu füllen. »Der einstige König des Menschenreiches in Xanth, König Roogna, benutzte lebendige Magie für seine Zwecke. Ein späterer Herrscher, König Ebnez, machte sich die Magie des Unbelebten für die gleichen Zwecke zunutze. Beides sind Beispiele für Metamagie. Eine Person, die die magischen Talente anderer nachahmen oder aber sie beeinflussen kann, frönt der Metamagie.« Der Professor fuhr in seinen Ausführungen fort. Am Ende fühlte ich mich wie gerädert. Er wußte mehr über Magie, als ich mir jemals hätte träumen lassen!

Viele Stunden später und erschöpft von den anstrengenden Kursen des Tages, fanden wir – Metria, Beauregard und ich –, uns wieder in meiner Bude ein.

»Welch ein Ungeheuer«, brach es ungehalten aus Beauregard hervor.

»Welch ein Langweiler«, fügte Metria hinzu.

»Welch ein Genie!« schloß ich.

Die beiden sahen mich erstaunt an. »Jetzt verstehe ich, warum Professor Zwölferschlag solch einen Narren an dir gefressen hat«, sagte Beauregard.

»Ich sehe nur, daß ich hier ständig von meiner Arbeit abgehalten werde«, seufzte Metria, während sie sich in einen Sessel fallen ließ.

»Was für eine Arbeit?« fragte Beauregard unschuldig.

Sie spreizte die Beine und gab ihm einen tiefen Einblick unter ihren Rock auf ihr Höschen. »Diese Hohlniete von ihrem Studium abzulenken.«

Woher auch immer die Information stammte, Dämonen wären mit allen Wassern gewaschen und somit auch vollständig aufgeklärt. Auf Beauregard traf das offenbar nicht zu. Seine Brille beschlug rosig und nahm genau die Farbe von Metrias Unterhöschen an. Es gab eben kleine Unterschiede zwischen Dämonen! »Was?« fragte er lahm.

»Holzkopf, Schlafmütze, Armleuchter, Weichei, Einfaltspinsel ...«

»Schlappschwanz?« hatte er schließlich begriffen.

»Egal. Jedenfalls habe ich gewonnen, wenn er seinen Magister nicht schafft.« Sie legte die Beine wieder anmutig übereinander.

Beauregards Brillengläser klärten sich. »Ich, äh, ich glaube, ich muß jetzt gehen«, murmelte er verlegen.

»Die Toilette ist nebenan«, gab sie Auskunft. Die Tür in der Wand wurde erneut sichtbar.

»Nein, äh, das will ich doch gar nicht«, stotterte er, nun vollkommen verwirrt. »Ich weiß überhaupt nicht mehr, was ich eigentlich wollte.« »Ha, ha, ha«, stöhnte die Wand vor Lachen. Wie sich herausstellte, war ich nicht der einzige hier in diesem Zimmer, über den man sich königlich amüsieren konnte.

»Das war aber gar nicht nett von dir, Metria«, tadelte ich ihr rüdes Verhalten.

»Oh, habe ich etwas falsch gemacht?« fragte sie mit kokettem Augenaufschlag. Sie öffnete unvermittelt wieder die Beine. Diesmal strahlten ihre Unterhöschen in reinstem Himmelblau.

»Was du falsch gemacht hast? Das fragst du noch? Mich sollst du quälen, nicht ihn – und ehrlich gesagt, erscheint mir die Frage der Metamagie weitaus spannender und aufregender als deine vermaledeite Unterwäsche.«

Eine ganze Weile verschlug es ihr die Sprache, obgleich sie mich anblickte, als würde sie jeden Augenblick explodieren.

»Ha, ha, ha!« prustete eine Wand.

Als ich schließlich erschöpft und doch von den Ereignissen des Tages freudig erregt ins Bett kroch, lag Rose von Roogna unter der Bettdecke. »W-w-wie ...?« fragte ich verblüfft.

»Oh, mein Liebster, ich konnte einfach nicht mehr auf dich warten«, sagte sie aufs tiefste erregt. »Ich mußte einfach zu dir kommen.«

Ich stieg zu ihr ins Bett und konnte mein Glück immer noch nicht fassen. »Wie hast du denn bloß hierher gefunden, Rose?« fragte ich.

Sie küßte mich leidenschaftlich mitten auf den Mund. »Ich habe in der Zaubereiche gequarzt.«

»In was?«

»In der Esche gequalmt, der Linde gepafft, der Kiefer geraucht, der Buche geschmaucht ...«

»In dem Zauberbuch geschmökert?«

»Egal. Halte mich, mein Liebling, halt mich ganz fest, bis daß der Storch Polka tanzt!«

»Tut mir leid, Metria. Ich habe morgen noch ein paar schwere Kurse belegt.«

Noch einmal küßte sie mich. »Oh, komm, der Storch kriegt sonst noch eine Gänsehaut! Ich habe dich so vermißt ...« Verblüfft stutzte sie und erkannte erst jetzt, daß ich ihre kleine Scharade schon längst durchschaut hatte. »Oh, Matsch am Paddel!« schimpfte sie enttäuscht und verwandelte sich auf der Stelle in eine recht gelungene Imitation des Meisters Adebar, von dem sie mir gerade so viel erzählt hatte.

»Ha, ha, und noch mal ha!« gurgelte eines der Kissen vor Lachen, bis es durch einen wütenden Flügelschlag zum Schweigen gebracht wurde.

Ich hatte wieder einmal gewonnen. Hoffentlich würde Metria niemals erfahren, wie nahe ich diesmal daran gewesen war, auf ihre Verkleidung hereinzufallen.

Das Jahr verging wie im Schlaf, besser gesagt, wie im Flug. Ich machte gute Fortschritte. Mir kam zugute, daß ich schon seit langem keine Gelegenheit versäumt hatte, etwas über Magie zu lesen und zu lernen. Der Stoff übte eine ungeheure Faszination auf mich aus. Metria wollte nicht zugeben, wie sehr sie mich unterschätzt hatte. Mit der Zeit entwickelte sie sich zu einem blaubestrumpften Hasenfuß und verdünnisierte sich schließlich, zu Tode gelangweilt. Beauregard und ich waren unzertrennlich. Wir machten sogar gemeinsam unsere Hausaufgaben. Er war für einen so jungen Dämonen außergewöhnlich intelligent und würde seinen Magister zur gegebenen Zeit machen.

Ehe ich mich versah, hing ich im Thema meiner Abschlußarbeit ›Verlorene Schlösser im Menschenreich unter magischen Aspekten‹ fest. Die Abhandlung begann recht vielversprechend, denn ich hatte ja bereits Schloß Roogna entdeckt. Nun ging es im weiteren Verlauf darum, das andere berühmte und verloren geglaubte Schloß abzuhandeln, nämlich das alte Schloß des Zombiemeisters. Es lag zwar nicht weit von Schloß Roogna entfernt – nicht viel weiter als ein Drachenflug –, aber für einen armen fußmüden Studenten der Magie führten nur Abwege und krumme Touren dorthin. Trotz aller Schwierigkeiten entdeckte ich eines Tages das Zombieschloß und auch, daß es einen recht netten Eindruck machte, nun da die Zombies daraus verschwunden waren. Im Grunde …

Plötzlich ging mir ein Licht auf. Eigentlich war dies der ideale Platz für mich und Rose, sobald wir miteinander verheiratet wären! Schloß Roogna kam dafür nicht in Frage, denn ich war weder ein König, noch ein Sproß aus königlichem Geblüt. In dieser Beziehung, nahm das Schloß es ganz besonders genau. Nach unserer Hochzeit durfte ich jedoch Rose mit mir nehmen, ohne daß das Schloß etwas dagegen tun konnte. Schloß Zombie würde uns einen gemütlichen und völlig abgelegenen Zufluchtsort bieten, ein ungestörtes Fleckchen unberührter Natur für Menschen ohne große Ansprüche.

Endlich hatte ich auch den letzten zermürbenden Kurs absolviert. Ich wußte inzwischen mehr über Magie, als je ein menschliches Wesen zuvor. Aber mein Wissensdurst war immer noch nicht gelöscht. Anscheinend hatte mich Professor Zwölferschlag direkt in sein Dämonenherz geschlossen: »Im nächsten Jahrhundert wird dein Name in die Geschichte eingegangen sein«, prophezeite er mir auf seine polternde Art.

Als es zur Diskussion meiner Abschlußarbeit kam, konnte ich meine Thesen erfolgreich vertreten, obgleich mich die dämonischen Prüfer ordentlich in die Mangel nahmen. »Was Sie hier dargelegt haben, ist ja recht ordentlich«, schnarrte einer der Prüfer scharf, »aber wie kommt es, daß Sie nicht alle verlorenen Schlösser des Menschenreichs unter magischen Aspekten behandelt haben?«

»Aber es gibt doch nur zwei«, wehrte ich mich aufgebracht, wurde aber dennoch ein wenig unsicher.

»Und was ist mit dem Elfenbeinturm?« forderte er mich auf. »Oder mit dem Schloß Neu-Zombie?«

Professor Zwölferschlag versetzte ihm einen leichten Stoß in die Rippen. »Die müssen doch erst noch gebaut werden«, murmelte er.

»Ach. Und was ist dann mit Schloß Namenlos?«

Zwölferschlag nickte gemessen. »Das hat er allerdings ausgelassen. Nun, ich halte zwei von dreien für gar kein so schlechtes Ergebnis.«

Schloß Namenlos? Nicht einmal im Traum hatte ich davon gehört. Wie sah es wohl aus, und wo mochte es zu finden sein?

Ich bekam für meine Leistung nur eine Fünf Minus, hatte dank Zwölferschlags freundlicher Fürsprache aber dennoch bestanden. Wahrscheinlich war er froh, endlich einmal einen Schüler unterrichtet zu haben, der mit ehrlicher, echter Begeisterung bei der Sache war, selbst wenn am Ende doch noch eine Menge ›Brei‹ in seinem Hirn verblieb.

Ich hatte meinen Abschluß gemacht und durfte mich mit gutem Recht Magier der Informationswissenschaften nennen. Endlich stand meiner Heirat mit Rose nichts mehr im Wege.

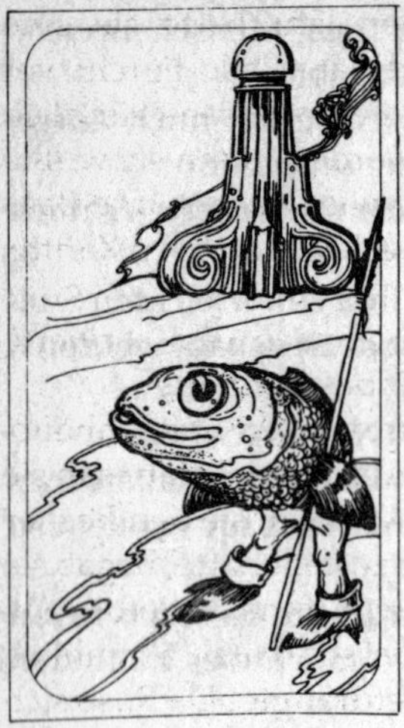

10

DIE HÖLLE

Der köstliche Duft heißen Kaffees lag in der Luft und weckte Rose auf. Sie war sehr überrascht, denn sie hatte schon seit langer Zeit keine Becher heißen Kaffees mehr geerntet. Was war geschehen?

Millie das Gespenst schwebte herein. »Guten Morgen, meine Liebe!« rief sie aufgeregt. »Du hast im Schlaf so friedlich ausgesehen, daß ich es nicht übers Herz brachte, dich aufzuwecken. Doch der Tag ist bereits angebrochen, und das Hochzeitsfest wird spätestens am Vormittag beginnen. Magpie bringt dir gleich etwas Aufmunterndes zu trinken.«

»Wer?« fragte Rose verschlafen.

»Magpie. Sie ist gekommen, um dir heute zur Seite zu stehen.«

»Aber in Schloß Roogna gibt es doch außer mir gar keine andere lebende Person!« wandte Rose ein.

»Stimmt, aber sie ist eine Studienkameradin von Humfrey.«

Allmählich begann Rose zu verstehen. Es handelte sich um eine Dämonin. Im vergangenen Jahr hatte sie eine Menge über Dämonen gelernt und dabei alle Furcht vor ihnen verloren. Sie hatte die Natur dieser Wesen gründlich durchschaut und war vorsichtig geworden, denn sie wußte ganz genau, daß Dämonen, genauso wie Drachen und Basilisken, lediglich eine andere Art schrecklicher Wesen Xanths waren.

Wenig später betrat Magpie das Gemach und servierte den Kaffee, den sie sich irgendwoher besorgt hatte.

Mit dem grauen Haar unter ihrem weißen Spitzenhäubchen und dem schwarzen Kleid aus Wolle und Federn sah sie wie eine geschäftige Matrone aus. Nachdem sie den Becher auf den Nachttisch neben Roses Bett gestellt hatte, begab sie sich zum Kamin und stieß ihren Finger hinein. Sofort entzündete sich ein loderndes Feuer, dessen Hitze allmählich die eisige Kälte der Schlafkammer verdrängte. Da Rose sich unbehaglich fühlte, die Nacht in einem der großen Gemächer des Schlosses zu verbringen, hatte sie es vorgezogen, eine der kleineren Dachkammern zu beziehen, in denen es allerdings während der Nacht lausig kalt wurde.

Rose trank den Kaffee, während Magpie eifrig ihre Kleider zusammensuchte. Doch es blieb nicht bei dem Becher Kaffee; voller Fürsorge hatte die Dämonin ein kleines Frühstück aus Orangensaft (oder vielleicht Dunkelgelb-Saft), frisch gerösteten Brotfruchtscheiben und eingemachten Hagebutten zubereitet. Dieses leckere Mahl reichte bestimmt bis zum Hochzeitsschmaus. »Danke, Magpie. Ich sterbe schon vor Hunger!«

»Nenn mich Mag«, antwortete die Frau, ohne dabei ihre Arbeit zu unterbrechen. Rose begriff, daß ihr Name ironisch zu verstehen war: ein Magpie war ein geschwätziger Vogel, doch diese Frau redete so gut wie gar nicht.

Als Rose aufstand und den kalten Steinfußboden mit ihren zarten, warmen Füßen berührte, zuckte sie vor Schreck zusammen. Sie zog ihr Nachtgewand eng um sich und setzte sich auf den Stuhl am Tisch. Wie jeden Tag brauchte es eine Weile, bis es hier erträglich warm wurde. Bis dahin verbreitete das lodernde Feuer seine wohltuende Wärme. Welch ungewohnter Luxus!

Während Rose ihr Frühstück zu sich nahm, schossen ihr alle möglichen Gedanken durch den Kopf. Heute sollte ihre Hochzeit sein! Sie konnte es immer noch nicht richtig fassen. Da Humfrey das Universitätsstudium erfolgreich absolviert hatte, stand er jetzt ganz offiziell im Rang eines Magiers, der ihn dazu berechtigte, sie zu heiraten. Das alles war ihr längst durch ihren Wandteppich bekannt, und auch ein magischer Spiegel hatte ihr dieselben Auskünfte gegeben. Schloß Roogna wußte ebenfalls Bescheid und würde keinen Versuch unternehmen, die Hochzeit zu verhindern. Das Schloß glaubte daran, daß Humfrey eines fernen Tages zurückkehren und König werden würde; eine neue Vorhersage war bereits im Buch der Prophezeiungen aufgetaucht und hatte dieses Ereignis angekündigt. Dadurch nahm das Schloß eine wesentlich geringere Bedeutung ein, denn selbst magische Schlösser konnten nicht immer alle Entscheidungen auf ihre eigene Art und Weise treffen. Sämtliche Vorbereitungen für die nächsten Schritte waren bereits getroffen worden.

Diese Hochzeit des Jahrhunderts hätte Rose am liebsten ausgiebig gefeiert. Das jedoch hätte die Aufmerksamkeit des Sturmkönigs auf sie lenken können, wovor eine weitere Prophezeiung warnte: »Sollte der Sturmkönig jemals Leben auf Schloß Roogna bemerken, würde er es in einem Feuersturm vernichten, da sich kein anderer außer seinem Nachfolger in dem Gebäude aufhalten durfte.« Der Sturmkönig war noch jung und ging in seiner herrschsüchtigen Art gegen alles vor, was auch nur im entferntesten sein Ansehen untergraben konnte. Eigentlich wäre es richtiger gewesen, mit seinem gesamten Gefolge in Schloß Roogna zu leben, doch war er ein heimatverbundener Mann, der es lieber vorzog, im Norddorf zu bleiben. Schon die bloße Existenz von Schloß Roogna bedeutete für ihn eine stillschweigende Bedrohung, und jegliche Aktivität dort wäre ein erstes

Anzeichen dafür, daß sich ein neuer König in der Ausbildung befände, der eines Tages seinen Platz einnehmen würde. Deshalb wurde die Hochzeit heimlich gefeiert, denn das Schloß mußte seine Unauffälligkeit wahren. Aber eines Tages würde ein neuer König auftauchen, und alles deutete auf Humfrey hin. Schließlich wäre er früher oder später sowieso König geworden, spätestens dann, wenn der Sturmkönig starb und es in ganz Xanth keinen anderen Magier mehr gab. Also stellte Rose sich auf eine ruhige Hochzeit ein und wartete den weiteren Verlauf der Entwicklung ab. Das Warten sollte ihr keinerlei Schwierigkeiten bereiten!

Nachdem sie das Essen beendet hatte, sah sie sich in ihren Gemächern um und entdeckte zu ihrer großen Freude, daß Mag – am allerwichtigsten Tag in ihrem Leben – ihren Wunsch nach einem Bad vorausgeahnt hatte. Auf der mit Steinen gefaßten Feuerstelle brannten mit aromatischem Duft Holzapfelschalen über klobigen Holzscheiten ab. Eine große hölzerne Badewanne wurde nah an ihre Seite gestellt und eingelassen. Der ganze Raum war bald von Dampf erfüllt, der angenehm nach Rosenblüten duftete.

Einen Augenblick später saß Rose in der Wanne und hatte sich ihre rosenfarbenen Locken hochgesteckt. Sie glitt immer tiefer in das heiße Wasser und konnte fühlen, wie die Rosenmilch langsam in ihre trockene Haut einzog und sie allmählich wieder taufrisch und geschmeidig machte. Das war erst der Anfang jener magischen Verwandlung, die auf keiner Hochzeit fehlte: aus einem unbefangenen, hübschen jungen Mädchen wurde eine schöne reife Frau. Sie hatte diese Verwandlung schon unzählige Male in den geschichtlichen Darstellungen des Wandteppichs mitverfolgen können, doch diesmal erfuhr sie es am eigenen Leibe.

»Wie schade«, sagte Rose und brach in schallendes Gelächter aus. Daraufhin begann Mag wie wild herumzuspringen. Kleiner Knopfgeist, der hereingeschwebt war, um die Verwandlung mitzuerleben, bekam plötzlich Angst und verschwand wie ein Spuk. Man hörte ein Poltern, als das

Ungeheuer sich unterm Bett in die äußerste Ecke verkroch, und ein Rasseln, als das Skelett im Klosett verschwand.

»Ich meinte doch nur, daß es schade ist, noch eine weitere Unschuldige zu verlieren«, bemerkte Rose zerknirscht. »Ihr müßt wissen, daß eine Heirat so etwas mit sich bringt; man opfert ihr seine Unschuld.« Bevor sie hierher kam, war sie keine zwanzig Jahre alt gewesen, und deswegen hatte sie sehr lange gebraucht, die ihr noch unbekannten Regeln der Verschwörung der Erwachsenen zu ergründen. Immerhin konnte der Wandteppich ihr einiges davon berichten – nun, das konnte man schon als Mittel aufklärender Erziehung bezeichnen. Auch waren ihr nicht die kleinen Tricks entgangen, die die Dämonin Metria bei Humfrey angewendet hatte. Zwar hatte sie damit keinen Erfolg erzielt, doch vermochte Rose die grundlegende Zielrichtung dieser Tricks zu durchschauen. Solche Tricks hatten für Rose nur symbolischen Wert und kamen für sie überhaupt nicht in Frage, denn schließlich hatte sie ja auch die damit verbundene Gefühllosigkeit und Tragik miterlebt.

Rose wusch sich ihr langes, seidenes Haar. Für das warme Wasser verwendete sie einen bauchigen Zinnkrug, von dem sie noch nicht einmal ahnen konnte, daß er eines Tages von einem Dämon aus dem Schloß gestohlen werden sollte, damit er als Grundlage für ein schrecklich bösartiges mechanisches Ding, Com-Puter genannt, diente. Com-Puter sollte zu einer ständigen Bedrohung für alle halbwegs anständigen Dinge in Xanth werden. Davon konnten unschuldige Mädchen jedoch nichts wissen. Mag reichte ihr ein Stück Seifenstein, der nach natürlichem Rosenöl duftete. Nachdem Rose ihr Bad beendet hatte, gab Mag ihr ein riesiges, frisches Baumwollhandtuch.

Sauber von Kopf bis Fuß war Rose jetzt bereit, eines jener prachtvollen Kleider anzulegen, die sie aus diesem Anlaß vom Kleiderbaum im Obstgarten gepflückt hatte. Nach und nach reichte Mag ihr einen Seidenschlüpfer aus feiner Gaze, ein rosencremefarbenes Hemd, weiche Strümpfe, durchwirkt mit goldenen Fäden, und einen langen, raschelnden Seidenunterrock. Danach folgten der Überrock und das Mieder des Gewandes. Die Einsatzstreifen in der Mitte des Kleides waren bestickt mit winzigen Saatperlen, Kristallen und Rauchtopasen auf einem Untergrund, den gelbe Rosen aus kostbarer, goldverzierter Seide bildeten. Wenn sie umherging, glänzte das Kleid in zart rosarot scheinendem Gold. Ihr lebender goldener Frosch saß in der Mitte der Rosette auf ihrem Ärmel. Das Gewand, das bis auf den Fußboden reichte, hatte einen so tiefen Ausschnitt, daß es Mag in matronenhafter Mißbilligung den Atem verschlug. Roses Augen weiteten sich, als sie entdeckte, daß ihre rosigen Brustwarzen fast völlig freigelegt waren. Sie hatte nämlich bisher nicht bemerkt, daß das Dekolleté *derart* gewagt war. Das Kleid war einfach wundervoll! Mit diesem herrlich tiefen Ausschnitt konnte Rose sogar mit jenen barbusigen Nixen und all den anderen reizvollen Mädchen wetteifern, die ihr der Wandteppich gezeigt hatte. Ganz zu schweigen von der schrecklichen Dämonin Metria!

Es wurde Zeit, mit der Hochzeitszeremonie zu beginnen, die im großen Ballsaal des Schlosses stattfand. Ihr wollte nicht in den Kopf, daß die Hochzeit nicht *das* Ereignis des Jahrhunderts sein würde. Die Dämonen kamen mit ihrer ganzen Sippe, denn sie wollten die seltene Einladung zum Feiern voll auskosten. Aus irgendeinem Grunde sah man sie in der Regel nur ungern auf einer Hochzeit. Doch sie machten einen soliden Eindruck: Alle Dämonenmänner trugen Frack und ihre Frauen wallende Gewänder. Außerdem benahmen sie sich tadellos. Beauregard machte den Trauzeugen, während Millie das Gespenst Brautjungfer war und kleiner Knopfgeist Geisterblumen trug. Die Autorität, mit der Professor Zwölferschlag die Zeremonie leitete, hätte weder Mann noch Dämon jemals in Frage gestellt. Natürlich war Metria anwesend, schließlich konnte man sie von dieser Feierlichkeit nicht wegdenken. Sie gefiel sich in der Rolle der Ex-Freundin. Recht eindrucksvoll trug sie ihren Ärger über das Geschehen zur Schau. Fast meinte man sogar ein wenig menschliches Gefühl unter all der dämonischen Dickfelligkeit zu erkennen.

Trotz aller Ausgelassenheit hatte Rose nur Augen für

Humfrey, der mit seinen fast vierzig Jahren im adretten Anzug stattlich wirkte. Mit Erleichterung registrierte sie, daß er sich aufrichtig freute, hier zu sein. Nicht jeder Bräutigam war am Hochzeitstag so ungetrübt froh wie Humfrey.

Erst als plötzlich ein erwartungsvolles Schweigen eintrat, bemerkte Rose, daß sie gerade ihr Gelübde getan hatten. Humfrey schaute sie an. »Nimm dein Häubchen und den Schleier ab, Rose«, bat er sie.

Ein Hauch von Rosenrot legte sich auf ihre Wangen, da sein Wunsch sie ganz verlegen machte. »Tu es selbst«, flüsterte sie ihm zu.

Er trat einen Schritt vor und nahm ihr in einer galanten Bewegung das herzförmige Spitzenhäubchen und den durchsichtigen Brautschleier vom Kopf. Mit geschickten Fingern öffnete er ihre Haarnadeln – Haarnadeln, an deren oberen Enden jeweils ein lebender Frosch saß, der mit Gold- und Diamantstaub bestreut war. Er war angenehm überrascht, als ihr Haar wie ein silberner Wasserfall bis unter ihre Hüften herabfiel.

»Du bist ein bezauberndes Mädchen«, raunte er ihr zärtlich ins Ohr. »Dein Haar gleicht ganz den Rosenblüten.« Seine Hände glitten durch ihre duftenden Haare. »Rose von Roogna, ich glaube, die Zeit ist gekommen, unsere Hochzeit mit einem Kuß zu besiegeln.«

Er grub seine Hände in ihr Haar und zog ihr Gesicht zu sich heran. In seinen Augen glänzten fliegende Störche, daß sie meinte, tief in seine Seele zu blicken. Dann schloß er die Augen und küßte sie.

Glühende Blutlava schoß aus einem Vulkan der Liebe durch ihre Adern. Sie erstarrte vor Glück, denn sie wollte, daß das Gefühl niemals aufhörte. Sie liebte Humfrey, ihren Mann, und würde es immer tun.

Wie von Ferne drang das Plätschern kleiner Wellen an ihr Ohr, das zu einem Klatschen der Brandung auf harten Felsen anschwoll und schließlich in das Brüllen einer sturmgepeitschten See überging. Nein, es war nicht ihr Herz, das sie hörte – es war der Applaus der Hochzeitsgäste. Damit war die Ehe besiegelt.

Bald war alles vorbei. Die Dämonen waren längst gegangen, als der Morgen graute. Rose stand auf dem Festungswall des Schlosses Roogna und sah auf die verwilderten Gärten hinab. Nicht eine Kleinigkeit des Vortages wollte sie missen: natürlich nicht die Hochzeit, nicht den Empfang und auch nicht das Bankett; nicht einmal den Tanz unter dem Mond des Kommenden Kindes und auch nicht die Liebesnacht, als sie beide nach vielen Störchen riefen. Ihre Bemühungen erfüllten sich nur zum Teil, wie sich herausstellte: nur ein Storch kehrte neun Monate später bei ihnen ein. Dieser brachte Rosetta Bliss Humfrey, mit Kosenamen Roy, deren Talent darin bestand, unbeseelten Dingen eine Zeitlang Leben zu schenken. Aber das war Zukunftsmusik – ein wunderschöner Tag brach gerade eben an. Der Himmel breitete sich in den Farben eines schillernden Pfauenschwanzes aus, türkisblau, golden und kupfern. Eine warme Brise strich vom Hohen C und von den Verlorenen Schlüsseln herab. Alles war vollkommen schön.

Sie betrachtete sich in ihrem kleinen Spiegel. Romantisch wie sie war, wurde ihr ganz weich ums Herz. Eine erfahrene Frau, die über die Bräuche der Erwachsenenverschwörung Bescheid wußte, erblickte sie nicht! Vielmehr schaute sie auf ein Mädchen, dessen jungfräuliche Unbedarftheit an der Nasenspitze abzulesen war. Vielleicht dauerte es noch, ehe sie einen wissenden Eindruck vermitteln konnte.

Sie ging in ihren Rosengarten, denn sie ungern verließ. Hier im Schloß verfiel er nicht, so wie auch sie während ihres Aufenthalts nicht gealtert war. Rose mußte natürlich fortziehen und ihrem Ehemann folgen; der Erhaltungszauber blieb aber zurück. Keine Reue war in ihr. Wie konnte sie denn richtig leben, wenn sie nicht älter wurde? Sie wollte mit Humfrey alt werden.

Im Rosengarten durchstreifte sie ihre Mädchenträume: die Blütenblätter auf den Wegen, die dornigen Rosenhecken und auch den verwehten Blütenstaub. Unter den Rosen lagen glitzernde Kiesel und winzige Edelsteine. Über allem lag das Spruchband, das ihre Eheschließung dokumentierte, und ... Ach! ... ein langer Pfennigfüßler mit vielen Beinen schlängelte sich zwischen den Sträuchern hindurch. Da er harmlos war, nicht schädlich wie die größeren Nickelfüßler, beließ sie ihn hier im Garten. Außerdem pflegte er Schädlinge zu jagen, die ihre Rosen befielen.

Ein Schatten legte sich auf sie. Humfrey kam. »Vor dem Schloß wartet ein magischer Teppich auf uns«, erklärte er. »Wir können jetzt gehen, meine geliebte Frau.«

Einen allerletzten Blick warf sie auf ihre Rosen, deren Pracht wahre Liebe prüfen konnte, eine Prüfung, die bei Humfrey nie erforderlich gewesen war. »Warte noch ... das Spruchband. Es liegt hier verborgen bei meinen Lieblingsrosen. Wenn mir nicht bestimmt ist, hier zu bleiben ...«

»Nimm es doch mit«, lächelte er. »Die Rosen brauchen das Dokument nicht.«

Sie steckte die Rolle in ihre Rocktasche und schritt neben ihrem Mann zum fliegenden Teppich hinüber.

Rose ließ sich vor Humfrey nieder. Das magische Gewebe des Teppichs verlieh ihnen Schutz. »Zum Schloß Zombie«, befahl Humfrey.

Der kleine Teppich hob sich sanft kreisend empor. Rose rannen Tränen über das Gesicht, als sie auf das Schloß hinabblickte. Fast zweieinhalb Jahrhunderte war es ihr Zuhause gewesen und hatte sie immer gut behütet! Doch jetzt lag das wirkliche Leben vor ihr. »Leb wohl, liebes Schloß«, rief sie und winkte ihm zu. »Hab Dank für alles!«

Ein Wimpel flatterte – merkwürdig, denn kein Lufthauch wehte. Der Teppich flog in Windeseile zum Schloß Zombie. Der Anblick des Gebäudes mit seinem schmutzigen Schloßgraben und dem verfallenden Pflanzenbewuchs erschreckte sie. Die Zombies waren entweder fort oder sicher begraben. Das Gut ließ sich mit einigen Mühen wieder in einen ansehnlichen Zustand bringen. Der Zombiemeister war vor über sieben Jahrhunderten gestorben; damit lag das Schloß sogar noch länger verlassen dar als Roogna. Sein heruntergekommenes Aussehen trügte, denn es war von solider Bauart und konnte leicht instand gesetzt werden.

Humfrey landete den Teppich im rückwärtigen Teil des Schlosses. Sie stiegen ab und näherten sich einem Zaun. Humfrey stieß die Gartenpforte aus Treibholz auf. Vor ihnen lag ein kleiner, versteckter Garten. Langsam folgte Rose Humfrey auf dem schmalen Steinweg. Jedes Kraut war mit winzigen Spinnenweben bedeckt, und Mäuse raschelten unter dem Laub. Ein modriger Geruch stieg ihr in die Nase. »Hier könntest du deinen Rosengarten anlegen«, schlug er ihr vor.

Rose war gerührt, daß er ihr diesen Teil des Grundstücks zuallererst gezeigt hatte. »Ja, das ist traumhaft!« rief sie begeistert. An dieser Stelle sollte ein neuer Rosengarten blühen! Rosen hellten diese traurige Gegend bestimmt auf.

Daraufhin führte Humfrey sie zum Vordereingang. Er nahm sie auf die Arme, trug sie galant über die Schwelle und setzte sie im Haus ab. Rose wurde beklommen zumute – nicht ein einziges Möbel gab es hier. Schließlich brachte Humfrey sie jedoch in ein großes, beinahe ovales Zimmer, das auf Rose den Eindruck einer Kapitänskabine machte. Die prächtige Einrichtung ließ darauf schließen, daß sie nicht von einem Menschen zusammengestellt worden war. Ein mit Malachit verkleideter Kamin prunkte im Raum. Den Stein zierte eine Schnitzerei, die grünes Efeu darstellte. Große, goldene, geflügelte Löwen trugen den Kaminsims auf ihren Köpfen. Darüber hing ein versilberter magischer Spiegel. Auf dem Sims stand ein Paar magischer Zinnkandelaber, die leuchteten, ohne daß die feinen Fremdwelt-Bienenwachskerzen herunterbrannten. Über dem Kopfende des Bettes durchbrach eine Fensterrosette die Wand nach Westen, wodurch der Raum mit Licht durchflutet wurde. An den Wänden hingen drei wertvolle Wandteppiche aus Wollstickerei, deren Motive sich ständig in Bewegung befanden. Die Dämonen mußten das Zimmer über Nacht hergerichtet haben. Die Überraschung war Humfrey gelungen. Was für eine Freude!

Humfrey stand in der Mitte des neuen Schlafzimmers. Auf dem weitläufigen Holzfußboden lag ein dicker, kostbarer, antiker Teppich. Im Kamin brannte das Feuerunkraut, und in der Luft hing der Duft von Weihrauch. »Wir werden hier sehr glücklich sein, meine geliebte Frau«, sprach Humfrey feierlich.

Für Rose gab es da keine Zweifel.

In den nächsten Tagen richteten sie sich in ihrem Eheleben ein. Humfrey sorgte sich um die Dinge, die er noch nicht gelernt hatte, und nahm sein ehrgeizigstes Projekt in Angriff: er stellte ein Buch der Antworten zusammen. Auf jede nur erdenkliche Frage sollte das Buch Antwort geben können. Zunächst legte er eine Übersicht der Erfahrungen und Einschätzungen an, die er in früheren Jahren bei der Begutachtung der magischen Talente gesammelt hatte. Dabei kam eine ganze Menge zusammen. Er vervollständigte die Zusammenstellung durch Texte der Bibliothek von Schloß Roogna, die das Gebäude ihm immer nur stückweise auslieh. Ergänzt wurde seine Aufstellung durch Feldstudien, bei denen er sich reichlich Notizen gemacht hatte. An manchen Tagen war Humfrey so beschäftigt, daß Rose ihn kaum zu Gesicht bekam. Da sie jedoch lange allein gelebt hatte, machte es ihr nicht viel aus. Außerdem konnte sie ihn zu jeder Zeit über den magischen Spiegel errreichen. Er kam sofort, wenn sie darum bat.

Die kurzen Zeiten der Trennung bereiteten ihr sogar ein gewisses Vergnügen, denn sie wurde jedesmal von Gefühlen der Liebe ergriffen, sobald sie ihn wiedersah. In ihrer Liebe betrachtete sie Humfrey als einen äußerst attraktiven Mann, obwohl sie wußte, daß das kein objektives Urteil war. Sie trug ihren Teil dazu bei, indem sie dafür sorgte, daß er immer gut gekleidet war. An einem Tag hatten sein Hemd, die Hose und der Mantel einen blauen Ton, dazu trug er wüstensand-braune Stiefel; an einem anderen Tag war er ganz in Braun oder Grau gekleidet. Sie konnte es ihm zwar nicht abgewöhnen, immer einen abgenutzten, ausgebeulten Sack voll Bücher, dicker Folianten und Zaubersprüche bei sich zu tragen, aber wenigstens band sie passende Schleifen dazu. Manchmal wurde er vom Regen überrascht, und silbrige Regentropfen funkelten wie Edelsteine in seinem Haar und auf seinem Spazierstock aus Treibholz. Dann öffnete sie ihm die Tür, trocknete ihn ab und überschüttete ihn mit Küssen. Auf diese Weise richtete sie seine Stimmung wieder auf.

Unterdessen brachte sie das Schloß in Ordnung. Vor allem bemühte sie sich um die Beseitigung der letzten Spuren, die an die Zombies erinnerten. Und sie begann, einen Rosengarten anzulegen. Undenkbar, ohne Rosen weiterzuleben! Sie sorgte dafür, daß in der Küche ständig hausgemachte Suppe und viel Liebe warm gehalten wurden. Manchmal begleitete sie Humfrey auf seinen Ausflügen und erfreute sich an den Teppichreisen und Stunden der Ruhe im Gras.

Bald aber mußte sie damit aufhören und zu Hause bleiben, denn sie erwartete den Storch. Es war nicht gut, nicht daheim zu sein, wenn er ankam. Ihr graute davor, eines Tages nach Hause kommen und entdecken zu müssen, daß das Baby schmutzbedeckt im Kamin oder sonstwo abgelegt worden war. Störche waren nämlich für ihre engen Zeitpläne berüchtigt. Wenn die Mutter nicht auf die Ankunft des Storches wartete, legten sie das Baby irgendwo im Haus ab.

Glücklicherweise war sie zu Hause, als ihre Tochter ankam. Jetzt blieb ihr nur noch wenig Zeit für andere Dinge. Roy tat ihr Bestes, ihrem männlichen Kosenamen von Beginn an gerecht zu werden. Zu manchen Zeiten fragte sich Rose, ob sie nicht besser einen anderen Namen gewählt hätte. Immer wieder erweckte Roy die Steine des Fußbodens und die Ziegel des Kamins zum Leben und spielte mit ihnen. Glücklicherweise blieben die Steine nur solange belebt, wie der Blick des Babys auf sie gerichtet war – und das war nie sehr lange der Fall, weil Roys Aufmerksamkeit nur kurz anhielt. Sie verbreitete viel Unruhe.

Roy wuchs rasch heran und mit ihr auch Humfreys Buch der Antworten. Irgendwie kam es Rose vor, als wenn Roy innerhalb weniger Tage zu einem hübschen Kind, dann zu einem Mädchen und schließlich zu einer jungen Frau herangereift war. Und auf einmal war sie mit Stone verheiratet, dem Sohn des Försters. Sie wurde Rosetta Stone und zog aus, um ihre eigene Familie zu gründen. »Aber sie ist doch noch ein Kind!« klagte Rose, während sie Tränen der Freude über das Glück ihrer Tochter vergoß. Stone verstand sich auf die Dinge des Lebens und konnte ihnen Sinn verleihen. Das würde ihrer Ehe zugute kommen.

»Sie ist einundzwanzig«, belehrte Humfrey Rose schroff, »älter als dein physisches Alter, als du mich geheiratet hast. Das ist alt genug.«

»Aber gestern war sie erst elf!« weinte Rose.

»Und vorgestern erst ein Jahr alt«, stimmte er zu. »Wo ist meine Suppe?«

Rose hätte am liebsten eine Bemerkung über sein mangelndes Einfühlungsvermögen gemacht, aber sie war zu rücksichtsvoll und gutmütig. Also holte sie ihm seine Suppe. Natürlich hätte sie es nie zugegeben, aber in den vergangenen zwei Jahrzehnten war er zwanzig Jahre älter und mürrischer geworden. Mehr denn je glich er einem Gnom. Nur gut, daß sie ihn liebte.

So war es eben mit der Liebe in Xanth: wenn sie echt war, währte sie ewig. Im trostlosen Mundania hingegen hielt die Liebe nur wenige Jahre, dann begannen die Ehen zu zerbrechen. Humfrey hatte sich in MähreAnne verliebt gehabt. Sein Gefühl hatte angedauert, bis er Rose lieben lernte. Die Dämonin Dana und Jungfer Taiwan hatte er nicht geliebt, obwohl er sie stets höflich behandelte. Sein Unglück war, daß er in seiner Jugend keine wahre Liebe gekannt hatte. Doch dann hatten sie beide zusammengefunden. Ihre Liebe hüteten sie, solange sie lebten.

Das war gut so, denn ohne Roy wurde das Leben um vieles ruhiger. Rosetta und Stone hatten entdeckt, daß sie Steine zum Leben erwecken und dazu bringen konnten, von dem zu erzählen, was sie wußten; und die verwirrenden Äußerungen der Steine wurden dann von ihnen gedeutet. Manchmal wußten die Steine tatsächlich Unterhaltsames oder Nützliches zu berichten. Bei Rose und Humfrey dagegen ging es weniger lebhaft zu. Rose entwickelte jetzt ein stärkeres Interesse an der Arbeit ihres Mannes, und in den folgenden sechs Jahren kam er mit seinem Buch der Antworten schnell voran. Er war geschickt darin, Dinge aufzufinden, nicht aber, sie zu klassifizieren oder in eine rechte Ordnung zu bringen. Er konnte nicht einmal seine Socken ohne Roses Hilfe finden! Also übernahm Rose das Sortieren der Fakten und kümmerte sich um das Anlegen von Verzeichnissen, so daß es möglich wurde, fast alles in der umfangreichen Sammlung aufzufinden.

Noch wußte sie nicht, daß ein großes Unglück ins Haus stand. Sie machte sich keine tiefergehenden Gedanken darüber, daß sie sich um diese Sachen kümmerte, ihrem Mann bei seiner Arbeit half und höflich anderen gegenüber war. Es war ihr nie in den Sinn gekommen, daß sie das Opfer von Betrug und Boshaftigkeit werden könnte. Diese Vertrauensseligkeit sollte ihr eines Tages teuer zu stehen kommen.

Es begann alles ganz harmlos. Humfrey katalogisierte Seemuscheln und erledigte den Papierkram, während Rose weitere Muscheln einsammelte. Später dann wollte sie dazustoßen und die Arbeit des Registrierens übernehmen, die darin bestand, die Querverweise in seinen Notizen aufzulisten. Daraufhin konnte er mit der Arbeit der eigentlichen Katalogisierung beginnen.

Peggy, das fliegende Pferd, war lange Zeit gekränkt, weil Humfrey nach der Hochzeit statt ihrer den magischen Teppich zur Heimreise benutzt hatte. Inzwischen war sie zum Schloß zurückgekehrt. Rose hatte sich um Erklärungen bemüht, und Peggy entschloß sich daraufhin, Humfrey dieses Vergehen zu verzeihen. Danach hatte Humfrey den magischen Teppich jedoch nochmals benutzt, und das Pferd geriet vor Wut darüber außer sich. Bis es Rose gelungen war, die Zorneswogen zu glätten, hatte Peggy sich entschlossen, in Zukunft Rose statt des launenhaften Magiers auf Flugreisen mitzunehmen. Seitdem waren Rose und Peggy enge Freundinnen. Humfrey, typisch Mann, hatte das nie bemerkt.

Heute trug Peggy Rose an die Goldene Küste im Südosten Xanths, wo der Sand und viele Pflanzen golden glänzten. Es war schon eine Weile her, seit Rose das letzte Mal in dieser Gegend gewesen war. Schon als Kind hatte sie dieses Gestade besucht, im Sand gespielt und schöne Erinnerungen im Herzen getragen. Nun war sie bestürzt über die Veränderungen, die hier eingetreten waren. Genau vor der Küste wurde ein Turm aus Elfenbein errichtet. Anscheinend sollte es ein Leuchtturm werden. Man hatte weißes Elfenbein verwendet, weil es noch heller strahlte als Gold. Rose hätte es lieber gesehen, wenn die Küste unverändert geblieben wäre, doch nicht einmal die Frau eines Magiers konnte diese Art Fortschritt aufhalten. Vielleicht verschwand der Turm, wenn sie ihn einfach übersah?

Rose machte Peggy den Vorschlag zu grasen, wo sie wollte. Das Pferd lief ins Dickicht und suchte dort nach schmackhaften Blättern und Gräsern. Rose ging die Küste entlang und sammelte neue Arten goldener Seemuscheln. Die Augen der Muscheln waren gelblich bis hellorange, und einige waren außerordentlich hübsch. Humfrey machte sich nicht viel daraus. Für ihn war eine häßliche Muschel ebensogut wie eine hübsche. Aber Rose zog die reine Schönheit vor. Das war anders gewesen, als sie selbst noch unvergänglich schön gewesen war. Seit der Zeit auf Schloß Roogna war sie bis auf achtundvierzig Jahre gealtert. Sie hatte sich immer darum gekümmert, ihren Körper ansprechend aussehen zu lassen, und sie bürstete jeden Tag ausgiebig ihr Haar, damit es füllig blieb. Gelegentlich war ein Spiegel so unfreundlich, ihr Falten zu zeigen. Dadurch hatte Rose ihr Interesse an Spiegeln verloren und trug nie mehr einen bei sich.

Sie kam in ein Dorf von Fischmännern und Fischfrauen, die den Kopf eines Fisches und menschliche Beine besaßen. Ihr Dorf lag im Wasser. Sie kamen jedoch ans Ufer, um nach Nahrung zu suchen. Rose sah, daß sie ihre Flossen wie Arme benutzten und Stangen damit festhielten, von denen lange Schnüre ausgingen. Am Ende der Schnüre waren Haken befestigt, die dazu dienten, Strandgut aufzulesen.

Manchmal verbissen sich kleine Tiere in den Karamelstückchen, die an den Haken befestigt waren. Diese verfingen sich dann in ihren Mäulern, und die Fischmenschen zogen sie zu sich herunter ins Wasser. Es mutete Rose grausam an, seinen Lebensunterhalt auf diese Weise zu bestreiten. Sie hielt sich jedoch zurück, die Lebensweise eines anderen Volkes zu kritisieren.

Dann entdeckte sie eine altersschwache Greisin, die vorbeihumpelte. Die Fischmenschen hatten sie ebenfalls bemerkt und zogen sich ins Wasser zurück. Offensichtlich verabscheuten sie ihre Gesellschaft. Rose ärgerte das, denn sie konnte es nicht ertragen, wenn irgend jemand ausgeschlossen wurde. Deswegen ging sie zu der buckligen Frau, die eine schwere Tasche trug. »Kann ich Euch helfen?« erkundigte sich Rose.

Die Frau blickte zu ihr auf. Ihr Anblick war aus der Nähe noch erschreckender, und sie roch nach allem anderen als nach Rosen. Ihre Kleidung war aus Lumpen und irgendwelchen Fetzen zusammengesetzt, die sie sich von Abfallhaufen geholt hatte. »Das könnt Ihr, meine Dame«, keuchte sie. »Ihr würdet mir sehr helfen, wenn Ihr mir mein schweres Gepäck nach Hause tragt.«

»Ja, natürlich! Das tue ich gern«, strahlte Rose und ergriff die Tasche. Sie staunte, denn die Tasche war voll von Elfenbeinhörnern und Zähnen. Die Frau sammelte Elfenbein! »Wie ist Euer Name, wenn ich fragen darf? Ich heiße Rose.«

Die perlgrauen Augen der Alten schielten zu Rose. »Mein Geburtsname ist Pericula, aber die Fischgesichter nennen mich Seevettel.«

Rose war regelrecht entsetzt. »Wie herzlos von ihnen! Ich werde Euch ganz bestimmt Perla nennen.«

»Mein Name ist Pericula, Rosen-Hagebutte!« verbesserte die Frau sie ungehalten. Rose hätte damit schon etwas über das Wesen der Frau erfahren können, wenn sie nicht so vertrauensselig gewesen wäre.

So entschuldigte sie sich jedoch nur für ihren Irrtum. Es war immer unangenehm, einen Namen falsch zu verstehen, denn Namen sagten etwas über den Charakter aus. Das wußte doch jeder.

Unerwartet schnell humpelte die alte Frau weiter. Rose war gezwungen, mit ihr Schritt zu halten, weil der Geruch hinter ihr kaum zu ertragen war. Sie gingen den Strand hinunter bis zu einem Platz unmittelbar vor dem halbfertigen Elfenbeinturm. »Oh, sie haben mein Haus wieder zerstört!« schrie sie empört. Ihre Stimme erinnerte an das Kreischen einer Harpyie.

Rose blickte auf einen Haufen aus Treibholz, angetriebenen Wrackteilen, Strandgut und Seegras. Es war kaum vorstellbar, daß das je ein Haus gewesen war. Aber es war natürlich unhöflich, das Wort der Alten in Zweifel zu ziehen. »Habt Ihr noch irgendeine andere Bleibe?«

»Doch, es gibt einen Ort, den die Fischgesichter nicht erreichen können«, antwortete Pericula. Sie humpelte bis an den Rand des Waldes. Dort stand ein riesiger, toter Baumstamm, der weit über Roses Kopf hinausragte. Pericula kletterte erstaunlich behende für ihr Alter hinauf. Sie quetschte sich durch ein Loch im Baumstamm und verschwand darin. Dann kam ihr Gesicht wieder zum Vorschein. »Komm schon rauf, Dummkopf!« herrschte sie Rose an.

Rose hatte schwer damit zu kämpfen, den Stamm mit der schweren Tasche voll Elfenbein empor zu klettern. Sie kannte solche Dinge nicht, denn Prinzessinnen kletterten eben nicht auf Bäume. So etwas schickte sich einfach nicht. Irgendwie brachte sie es schließlich doch zustande. Sie zwängte sich in das Loch hinein und zog den Sack hinter sich her.

Im Baum wurde sie nach unten gezogen, denn die Tasche lastete schwer auf ihrem Rücken. Dabei wurde ihr hübsches Kleid arg beschmutzt. Ihre Füße verloren schließlich den Halt, sie schrie zu ihrem Kummer auf äußerst undamenhafte Art und stürzte herunter.

Platschend fiel Rose ins Wasser. Die Tasche klatschte neben ihr auf. Erschreckt schlug sie mit den Armen um sich. Einen Augenblick später ertasteten ihre Füße einen schräg ansteigenden Felsen, an dem sie sich aus dem Wasser zog. Hier unten sah man seine Hand vor Augen nicht.

Ihr erster Gedanke galt der alten Frau. »Pericula!« schrie Rose. »Ist mit Euch alles in Ordnung?«

Die Antwort war ein widerhallendes Kichern. »Mir geht's schrecklich, doch bald wird es mir viel besser gehen«, kam die Stimme der Hexe von oben.

»Bald? Was heißt das?« fragte Rose verwirrt.

»Sobald ich mich umbringe.«

»Das verstehe ich nicht!«

Erneut war ein schreckliches Kichern zu vernehmen. »Wen kümmert es! Ruh dich aus, du Dummkopf, bis ich dich holen komme.« Dann schwieg die Stimme.

Rose wandte ihr Gesicht nach oben. Weit über sich machte sie einen Lichtkreis aus. Er verschwand für einen Augenblick und erschien dann wieder. Sie sah das Loch im Baumstamm und zog den richtigen Schluß. Pericula war wieder hinaufgeklettert und hatte sich aus dem Loch herausgezwängt. Nun war sie fort.

Da steckte sie ja tief in Schwierigkeiten! Es war zwar eine höchst unerfreuliche Vorstellung, und Rose wollte es zunächst auch gar nicht wahrhaben, doch allem Anschein nach hatte die alte Frau die Absicht gehabt, sie in die Falle zu locken. Es war aussichtslos, den Baumstamm von innen hochzuklettern. Nicht nur, daß es keinen Halt für ihre Hände gab, sondern sie war einer solchen Angstrengung auch nicht gewachsen. Also war sie hier in dieser schrecklich dunklen Grube gefangen.

Der Schimmer einer Hoffnung keimte plötzlich in ihr auf: Sie mußte Humfrey rufen! Dann käme er sofort auf dem Teppich herbei, um sie zu retten. Dummerweise trug sie ihren magischen Spiegel nicht mehr bei sich. Das hatte sie jetzt von ihrer närrischen Eitelkeit!

Da hörte sie ein Wiehern. Peggy! Das geflügelte Pferd hatte sie gefunden! »Peggy!« schrie sie. »Hol mich hier raus!« Aber augenblicklich wußte sie, daß das unmöglich war. Weder konnte das Pferd zu ihr herunterkommen, noch konnte es sie herausholen. Also tat sie das Nächstbeste. »Peggy, flieg los, hol Humfrey! Bring ihn hierher! Mach schnell!«

Das Pferd wieherte zustimmend. Rose hörte das Schlagen seiner großen Flügel. Wo immer Humfrey sich auch befand – Peggy würde dort hinfliegen und ihm von Roses mißlicher Lage berichten. Er konnte dann seinen Spiegel benutzen, um Nachforschungen anzustellen, und sofort zu Hilfe eilen.

Dann fiel ihr ein, daß sie Peggy gar nicht gesagt hatte, wo Humfrey anzutreffen war. Er hielt sich im Studierzimmer Schloß Roognas auf und folgte verschiedenen Quellenangaben. Mit seiner Heimkehr war kaum vor Abend zu rechnen. Peggy konnte ihn also gar nicht holen, weil ein Bannspruch sie nicht auf Schloß Roogna ließ. Damit steckte Rose für den ganzen Tag fest!

Entmutigt hockte sie sich hin und lehnte den Rücken an die Wand der Höhlung. Hier gab es anscheinend nur den Tümpel, den geneigten Fels und die Wand. Das Wasser war salzig, es mußte also eine Verbindung zum Meer besitzen. Auf diesem Weg konnte Rose jedoch nicht entkommen, weil sie schlecht schwimmen konnte. Außerdem war der Weg zum Meer viel zu weit, denn der Baum stand in einiger Entfernung von der Küste, und jeder Tunnel mußte unter der Oberfläche des Meeres enden. Solange hätte sie den Atem beileibe nicht anhalten können. Na, wenigstens war sie beim Sturz nicht verletzt worden. Bloß gut, daß sie hier unten ins Wasser gefallen war.

Sie dachte an Pericula. Nun wurde ihr die Bedeutung des Namens der Hexe klar. Die alte Vettel war eine Gefahr für jeden, der freundlich zu ihr sein wollte! Kein Wunder, daß die Fischmenschen sie ablehnten. Warum nur hatte die Alte sie in eine Falle gelockt? Was hatte sie davon, daß sie gütigen Menschen Schaden zufügte?

Seevettel – so nannte sie das Fischvolk, und inzwischen fand sie diese Namensgebung durchaus angemessen. Rose entsann sich ihrer Abschiedsworte: Es ginge ihr schrecklich, es werde ihr jedoch viel besser gehen, nachdem sie sich umgebracht hätte. Was bedeutete das bloß? War der Verstand der Frau verwirrt? Ihr war nicht nur unverständlich, warum sich ein Mensch eigenhändig das Leben nahm, sondern auch, warum eine Selbsttötung ihr Wohlsein verursachen könnte? Und aus welchem Grund hatte sie kurz zuvor eine andere Frau in die Falle gelockt?

Ein Schluchzen drang an ihr Ohr. Erst glaubte Rose, es wäre ihr eigenes gewesen, das war es jedoch nicht, denn es kam von der anderen Seite des Tümpels. Dort mußte ein weiterer Felsvorsprung sein.

»Ist da jemand?« rief sie.

»Ja, ich«, antwortete eine Stimme.

Das war nicht besonders hilfreich. Vielleicht war der andere zu jung und deshalb unbedarft? »Sag mir doch bitte deinen Namen.«

»Graut«, kam die Antwort.

»Graut? Bist du ein Junge?«

»Ja, Graut Rotschopf, weil ich rote Haare habe und mir in der Dunkelheit graut. Ich bin zehn Jahre alt.« Rose war froh, nicht mehr allein zu sein. Andererseits fuhr ihr der Schreck in den Glieder, weil hier noch jemand gefangen saß. »Hat Pericula dich auch hierher gelockt?« fragte sie.

»Ja, das hat sie«, seufzte der Junge. »Das war gestern. Doch jetzt, da du hier bist, wird sie mich einfach sterben lassen.«

»Was hat sie denn mit mir vor?« stammelte Rose.

»Weißt du das wirklich nicht?«

»Nein, ich habe keine Ahnung. Ich habe ihr nur geholfen, eine Tasche mit Elfenbein zu tragen, und sie hat mich hierher gelockt und mich dann verlassen. Als sie ging, hat sie nur noch etwas Merkwürdiges gesagt.«

»Du weißt es ja wirklich nicht!« Graut war erstaunt. «Ich werde es dir erzählen. Die Seevettel ist eine Zauberin, die deswegen ewig lebt, weil sie ihren alten Körper tötet und ihr Geist einen anderen Körper übernimmt. Gewöhnlich bevorzugt sie den Körper einer jungen Frau. Findet sie aber keine, nimmt sie auch einen Jungen. Deshalb hat sie mich hier eingesperrt. Eine Frau ist ihr auf jeden Fall lieber, auch wenn diese so alt ist wie du. So kann sie nämlich einige Jahre länger leben, um schließlich doch noch eine junge Frau zu finden. Aus diesem Grund sitzt du hier gefangen, und in ein oder zwei Stunden wird sie deinen Körper übernehmen.«

Rose war entsetzt. »Ich will aber nicht, daß mein Körper übernommen wird! Wie macht sie das überhaupt?«

»Sie lockt eine Frau in eine Falle. Dann dringt ihr Geist einfach in den Körper der Frau ein. Das ist ihre Zauberkunst. Du kannst sie nicht daran hindern. Nur wenn du weit genug fort bist, kann ihr Geist dich nicht erreichen.«

Rose erkannte ihre Ohnmacht. Aber sie klammerte sich an die Hoffnung, daß sie beide einen Ausweg finden könnten. «Was ist dein Talent?«

»Ich öffne Türen mit meiner Hornpfeife, auch da, wo's keine gibt.«

»Willst du damit sagen, daß du Türen an Orten entstehen lassen kannst, wo sonst keine sind?«

»Sicher, das kann ich, und zwar mit meiner Hornflöte. Meistens macht mir das Spaß, denn ich kann überall hinein und heraus.«

»Warum hast du denn nicht schon längst eine Tür geöffnet, die von hier hinausführt?«

»Weil ich Türen nur auf einer Ebene öffnen kann, jedoch nicht nach oben oder unten. Außerdem ist hier kein Licht.«

»Kein Licht? Warum sollte dich das hindern?«

»Ich fürchte mich vor der Dunkelheit!«

»Aber hier ist es doch dunkel.«

»Eben, und davor habe ich Angst. Der Lichtfleck da oben vom Loch im Baum beruhigt mich. Wenn ich eine Tür öffnete, führte sie auf jeden Fall in einen unterirdischen Tunnel, wo es dunkel wäre. Ich kann das Licht nicht verlassen!«

Rose ging ein Licht auf. »Viele Kinder haben Angst vor der Dunkelheit. Aber nur dann, wenn sie allein sind. Sie fürchten sich nie, wenn ihre Mutter da ist.«

»Meine Mutter ist nicht hier«, stellte er entschieden fest.

»Aber ich bin jetzt hier! Und ich bin alt genug, deine Mutter zu sein. Außerdem bin ich die Mutter eines anderen Kindes. Wenn ich mit dir gehe, wirst du keine Angst haben, ganz gleich, wie dunkel es ist.«

»Vielleicht hast du recht«, überlegte er.

Ihr Herz schlug schneller. Er ließ sich darauf ein! «Kannst du auf deiner Seite eine Tür öffnen?«

»Natürlich! Komm hier herüber, dann öffne ich eine.«

Rose verschwendete keine Sekunde. Sie glitt ins Wasser und schwamm hinüber. Am anderen Ufer traf sie auf einen ähnlichen Felsen und stieg hinauf. »Mach es«, ermunterte sie ihn.

Da erklang ein Lied. Ein Glück, daß Graut seine Hornpfeife dabei hatte! Sie hörte ein Knarren, als wenn sich eine Tür öffnete. In der Dunkelheit tastete Rose die Wand ab. Ja, sie war ganz sicher, da war eine Tür und dahinter ein dunkler Gang. »Komm, schnell weg!« forderte sie ihn auf. »Vielleicht führt dieser Durchgang in eine Höhle, und wir können ihr bis nach oben folgen, wo es Licht gibt.« Der Durchgang führte vom Meer weg, und das war gut so, weil sie sich dadurch von der Meerhexe entfernten.

»Geh du voran«, bat Graut.

Sie zögerte keinen Augenblick. Rose konnte sicher sein, daß er ihr auf dem Fuße folgte, weil er nicht alleingelassen werden wollte. Auf Händen und Knien ertastete sie sich den Weg in den Tunnel. Sie hörte das Schnaufen des rothaarigen Jungen hinter sich.

Der Tunnel verlief auf einer Ebene geradeaus. Sie hatte Angst, daß er nirgendwo hinführte. Doch dann trafen sie auf einen schwach leuchtenden unterirdischen Strom. Ihre Augen hatten sich mittlerweile an die Dunkelheit gewöhnt, und nun reichte das schwache Licht des Flusses aus, um seinen Verlauf erkennen zu können.

Der Fluß war atemberaubend schön. Die Felsen an seinen Ufern bestanden aus Kristallen, und jeder kleine Stein im Flußbett war ein Edelstein. Stalagtiten aus glänzendem Sardonyx hingen von oben herab. Eine Melodie lag in der Luft! Der Strom sang, als das Wasser an den Kristallen entlangfloß. Auf dem Grund des Flusses wuchsen kleine Pflanzen, die winzige Früchte trugen, von denen Fische fraßen. Aber hier durften sie nicht länger verweilen und die Schönheit genießen. »Wir müssen weiter«, drängte Rose. «Dieser Weg führt offenbar nicht hinaus. Öffne eine andere Tür.«

Graut setzte seine Pfeife an den Mund und spielte. In der Wand öffnete sich erneut eine Tür. Sie betraten wieder einen Tunnel und ließen den schönen Fluß hinter sich zurück. Der Tunnel war so hoch, daß sie aufrecht darin gehen konnten. Das war eine große Erleichterung! Leider verengte er sich bald, und sie waren genötigt, einzeln hintereinander zu gehen. Allmählich verdunkelte sich der Gang. Rose konnte in der Finsternis nichts mehr sehen. Aus Angst, mit dem Gesicht gegen ein scharfkantiges Hindernis zu stoßen, hielt sie inne.

Da drängte sich der Junge an ihr vorbei und begann zu fluchen. Seine Flüche erleuchteten die düsteren Nischen der Höhle. Rose fand es von Haus aus unschicklich zu fluchen; in diesem Fall hielt sie es jedoch für angebracht, ihre damenhafte Empfindlichkeit vorerst zurückzustellen, denn sie brauchten das wenige Licht. Licht? Ja, aber wieso hatte der Junge sein Talent nicht schon vorher genutzt und war verschwunden, bevor sie eingetroffen war?

»Wir sind fast da«, meinte Graut zuversichtlich.

»Wo sind wir fast?« fragte Rose. Aber bevor sie weitersprechen konnte, wurde sie von einem Kreischen, das im Tunnel hallte, unterbrochen. Die Seevettel!

Erschrocken eilten sie daraufhin den Tunnel hinunter. Auf einer Wand vor ihnen entstand eine Glut. Graut riß seine Hornpfeife heraus und spielte eine kurze Melodie. Da öffnete sich eine weitere Tür. Wie konnte man ein Kreischen hören, wenn die Seevettel sich angeblich das Leben genommen hatte und nur ihr Geist ihnen folgte? Das war die Stimme der lebenden Hexe!

»Beeil dich!« drängte der Junge und ergriff ihre Hand. Er sprang durch die Tür und zog Rose hinter sich her.

Dahinter befand sich eine Wasserrutsche, die sie in noch

tiefere Dunkelheit hinunterführte. Dann landeten sie in einer Art von ... also, es fühlte sich an wie ein Korb, wie ein riesiger Weidenkorb mit hohem Bogengriff. Er baumelte an einem Seil, das am Griff festgeknotet war. Als sie dort hineinrutschten, begann der ganze Korb zu schaukeln und schwang noch weiter in die Finsternis hinab.

»Wo sind wir hier?« schrie Rose entsetzt. »Und was geschieht mit uns?«

»Das ist ein Henkelkorb«, antwortete der Junge. »Und wir fahren zur Hölle!«

»Bitte, fluche nicht«, tadelte sie ihn. »Das beleidigt meine vornehme Erziehung. Wohin geht es denn nun wirklich?«

»Zur Hölle«, wiederholte er. »Ich bin ein Dämon aus der Hölle. Es ist so langweilig dort, daß wir uns entschlossen hatten, ein paar hübsche Blumen anzupflanzen. Aber sie wollten auf Teufel komm raus nicht wachsen. Dein Talent bringt Rosen zum Blühen, und es sind doch so hübsche Blumen. Deshalb habe ich dich geholt.«

Rose war fassungslos und verwirrt. »Aber die Seevettel! Was hatte sie vor?«

»Na ja, sie wollte deinen Körper übernehmen. Deshalb mußten wir auch schnell handeln. Einige Talente verschwinden mit der Seele und manche mit dem Körper. Dein Talent verschwindet mit dem Körper, deshalb konnte uns deine Seele nicht nutzen. Jedenfalls ist sie viel zu gut für uns. Deshalb mußten wir deinen Körper besitzen, bevor die Seevettel ihn holte. Uns blieben nur wenige Stunden, bevor die Hexe ihrem Leben ein Ende setzte, um dich zu übernehmen.«

»Aber wir haben doch nur wenige Minuten gebraucht, um aus ihrer Höhle zu fliehen!«

»Das stimmt zwar, aber wir konnten dich nicht so lange hindern nachzudenken. Womöglich hättest du einen Fluchtweg gefunden. Jetzt aber befinden wir uns im Fahrstuhl zur Hölle, und wir haben dich endlich geschnappt!«

Sie starrte ihn im Licht der ringsum auflodernden Flammen an. »Du bist nicht weniger unschuldig als die Hexe! Du warst genau wie sie darauf aus, mich in eine Falle zu locken!«

»Und das mit Erfolg«, stimmte er zu, sehr mit sich zufrieden.

Sie spähte über den Rand des großen Korbes hinunter und entdeckte nichts weiter als tosendes Feuer und beißenden Rauch. Es gab kein Entrinnen!

Rose seufzte. Es war einfach kein guter Tag heute!

11

DER TANK DES VERGESSENS

Es war schon spät, als ich von Schloß Roogna zurückkehrte. In unserem eigenen, neu instandgesetzten Schloß war es still. Rose war nicht da. Wo mochte sie nur stecken?

Da entdeckte ich ein Pergament auf dem Tisch, das die Handschrift meiner Frau trug. Es war ein Brief von Rose. Erstaunt begann ich zu lesen.

Geliebter Gatte Humfrey!
Wo bleibst Du nur, mein Herz? Du solltest mich bald aus dieser Hölle befreien, sonst sehe ich schwarz für die Zukunft. Jeden Tag wandere ich im einsamen Silberregen auf der Schloßpromenade zwischen dem Gasthaus Sandschlößchen und dem Himmelsschlößchen entlang. Dem Dämon, der die Aufsicht über diese Hölle hat, habe ich gesagt, daß ich nach langem Warten nun doch bereit bin, alles zu geben, um Dich noch einmal zu sehen und ein letztes Mal zu lieben. Ich habe die

Bäume befragt, und sie raunten mir zu, daß meine Verbannung aus Xanth, nicht nur einmal neun Jahre, auch nicht zweimal neun Jahre, sondern gar zehnmal neun Jahre dauern wird, falls Du mich nicht auf der Stelle befreist. Warum bist Du noch nicht gekommen? Meine Gnadenfrist währt nur noch einen Tag. Danach werde ich die ganze Zeit hier verbüßen müssen.

Oh, mein Geliebter, wo ich gehe und stehe, schießen Vergißmeinnicht wie Pilze aus dem Boden und bedekken meine blutigen Fußspuren im weißen Schneesand. Man wird mir meine Seele aus dem Leib reißen und im Rosengarten von Schloß Roogna in Rosenquarz einschließen, es sei denn, Du befreist mich noch heute. Ich schäme mich, es zuzugeben, aber ich habe einen Dämonen mit einem Kuß bestochen, damit er diesen Brief in unser Heim bringt. Ich bitte dich inständig – komm und bringe mich fort von hier, bevor es zu spät ist –, wenn Du mich liebst, wie ich Dich liebe.

Rose von Roogna

Kaum hatte ich den Brief zu Ende gelesen, da ging er auch schon in Flammen auf. Damit hätte ich eigentlich rechnen müssen, schließlich handelte es sich um eine Botschaft aus der Hölle. Der Brief war spurlos verschwunden.

Ich warf einen Blick auf den Kalender, den ein Oger hier zurückgelassen hatte. Zum Glück konnte ich mich noch an das Datum des Briefs erinnern. Wie sich herausstellte, hatte ich mich länger in meine Nachforschungen auf Schloß Roogna vertieft, als mir bewußt war. Vier Tage waren inzwischen verstrichen.

Roses Gnadenfrist war damit bereits seit einem Tag abgelaufen. Ich hatte die Chance verpaßt, sie zu befreien. Nun konnte ich sie nicht mehr vor der Hölle bewahren. Ich war Magier der Information, nicht der Macht, und mir war klar, daß meine Fähigkeiten auf diesem Gebiet nicht ausreichten, um Rose aus der Unterwelt zu befreien. Vielleicht, wenn ich Möglichkeit gehabt hätte, mehr darüber zu lernen … Doch ohne Rose, die mir bei meinen Forschungen bisher immer geholfen hatte, war ich nicht in der Lage herauszubekommen, auf welche Weise man sie befreien konnte – falls es überhaupt eine Chance gab. Sie war so gut wie verloren.

Doch damit mochte ich nicht weiterleben. Es gab allerdings eine Möglichkeit, das zu ändern: Ich konnte mich selbst töten, um zu ihr in die Hölle zu kommen. Ich wußte, daß mir in ihrer Gesellschaft selbst dieser Aufenthaltsort gefallen würde.

Ich begann, das Schloß für meine Abreise zu präparieren. Schließlich konnte ich meine Phiolen mit den magischen Elixieren, meine gesammelten Zaubersprüche und mein fast vollständiges Buch der Antworten nicht einfach so zurücklassen. Jeder Vorbeikommende hätte das alles an sich nehmen können! Nicht auszudenken, was geschehen würde, wenn diese Sachen in falsche Hände gerieten! Doch welcher Ort kam als Versteck in Frage?

Natürlich: Schloß Roogna. So trug ich den fliegenden Teppich hinaus auf den Landeplatz neben dem Schloßgraben und belud ihn.

Souffl streckte den Kopf aus dem Wasser. Die Schlange war am gleichen Tag wie wir von Schloß Roogna hergezogen. Sie behauptete damals, daß es sinnlos sei, ein leeres Schloß zu verteidigen, das zudem keinen zusätzlichen Schutz nötig hatte. Der eigentliche Grund für ihren Umzug war jedoch Rose, denn Souffl mochte Rose, weil sie ein so appetitliches Häppchen war.

Ich blickte dem Ungeheuer in die Augen. Wie konnte ich ihm schonend beibringen, daß Rose nicht mehr wiederkam und ich ebenfalls bald fort wäre? In diesem Moment wurde mir klar, daß ich Verpflichtungen hatte: Ich konnte mich nicht einfach aus dem Staub machen und von der Bildfläche verschwinden. Zum Beispiel mußte ich mich für den Fall bereithalten, daß ich noch einmal als König gebraucht wurde, so sehr mir dieser Gedanke auch verhaßt war. Der arrogante Sturmkönig hatte nämlich das Gesetz erlassen, nach dem jeder menschliche Bürger Xanths, der bis zum fünfundzwanzigsten Lebensjahr kein magisches Talent vorweisen konnte, ins Exil geschickt wurde. Das war nicht nur grausam, sondern auch unfair. Da ich selbst auf keinen Fall wieder König werden wollte, war ich zumindest dazu verpflichtet, nach einem anderen Magier Ausschau zu halten und ihn auszubilden. Wenn er dann eines Tages König wurde, sollte er dieses Gesetz außer Kraft setzen.

Nein, nicht einmal für Rose durfte ich meine Verpflichtungen vernachlässigen – aber andererseits konnte ich es ohne sie nicht aushalten. Nicht einmal meine Socken konnte ich allein finden! Für diese Dinge brauchte ich einfach eine Frau. Aber wie konnte ich je wieder heiraten, solange ich doch Rose so sehr liebte? Nein, das würde ich niemals tun. Nicht solange meine Liebe für sie in mir weiterlebte.

Es blieb mir nur ein Ausweg. Ich ging zum Regal und nahm die Phiole mit dem Trank des Vergessens heraus. Die noch vorhandene Menge reichte aus, um einen Mann für achtzig Jahre irgend etwas vergessen zu lassen. Bis dahin war ich sicherlich schon gestorben und bei Rose in der Hölle. Der Zaubertrank wirkte nur auf einen lebendigen Verstand, nicht aber auf einen toten. Das war ideal.

»Rose!« rief ich und benannte damit die Sache, die ich vergessen wollte. Dann setzte ich die Phiole an die Lippen und trank sie bis auf den letzten Tropfen aus.

Verwirrt schaute ich mich um. Was tat ich hier? Ich stand mitten in einem geheimnisvollen Arbeitszimmer und hielt eine Phiole in der Hand. Meiner Erinnerung nach hatte ich gerade Schloß Roogna entdeckt. Eben noch hatte ich mich dem Schutzwall genähert und das Ungeheuer im Schloßgraben erspäht. Danach? Nichts mehr ...

Sollte ich mich im Innern des Schlosses befinden und mir beim Eintreten den Kopf gestoßen haben? Nein, ich betastete meinen Kopf und konnte keine Beule finden. Außerdem war das gar nicht Schloß Roogna! Der Geruch war ungewohnt. Ich befand mich an einem anderen Ort. Es mußte noch mehr geschehen sein. Ich konnte mir nicht vorstellen, daß ich einfach nur das Schloß betreten hatte – irgendwie war ich an einen anderen Ort transportiert worden.

Vielleicht handelte es sich hierbei um eine letzte Verteidigungsmaßnahme des Schlosses: Es versetzte jeden, der es betreten wollte, in ein anderes Schloß. Vielleicht war dies – eine vage Erinnerung schimmerte durch den Nebel in meinem Kopf – das Schloß Namenlos. Das Schloß, von dem ich noch nichts gehört hatte. Und diese Unkenntnis hatte mich wahrscheinlich einiges gekostet. Irgendwo. Irgendwann. Es gelang mir nicht, mich genauer daran zu erinnern. Anscheinend hatte ich sehr viel vergessen.

Ich sah mir die Phiole eingehender an und entdeckte nun das Etikett: *Trank des Vergessens*.

Ich hatte vom Vergessenselixier getrunken! Was, in aller Welt, hatte mich dazu getrieben? Ich hatte es vergessen!

Allmählich begann ich zu begreifen, daß mir die Erinnerung an einen Teil meines Lebens fehlte. Ich mußte in Schloß Roogna eingedrungen sein, mich anschließend hierher begeben und alles so hergerichtet haben, daß es für mich wohnlich war. Und dann hatte ich den Trank zu mir genommen, um das alles zu vergessen. Warum nur?

Ich wußte es nicht. Aber ich war mir sicher, daß ich gute Gründe dafür gehabt haben mußte, falls ich es freiwillig getan hatte. Darum war es sicher besser, dem nicht weiter nachzugehen. Zu gegebener Zeit mußte das Elixier seine Wirkung verlieren, und dann konnte ich mich bestimmt wieder an alles erinnern. Allerdings gab es keinerlei Hinweis darauf, wie voll die Flasche gewesen war. Doch bis dahin war es sicherlich am besten, mit meinen Tätigkeiten fortzufahren und auf das Wiedereinsetzen der Erinnerung zu warten.

Wieviel Zeit hatte ich wohl mit dem Elixier aus meinem Gedächtnis gelöscht? Ich schaute noch einmal auf den Kalender, nun allerdings auf die Jahreszahl. Mir blieb der Mund offen stehen. Wir schrieben das Jahr 1000! Meiner Erinnerung nach müßten wir uns im Jahr 971 befinden. Mir fehlten also neunundzwanzig Jahre meines Lebens. Statt achtunddreißig und gerade frisch zum König von Xanth gekrönt, war ich nun siebenundsechzig und bei weitem nicht mehr so frisch. In der Tat spürte ich in diesem Moment, wie sich das Gewicht der zusätzlichen Jahrzehnte auf meine Schultern legte. Ich fühlte mich vom Alter gebeugt.

Aber es hatte keinen Sinn, einmal geschehene Dinge ungeschehen machen zu wollen. Mir blieb nichts anderes übrig, als einfach das Beste daraus zu machen, und zu hoffen, daß es nicht allzu unerträglich wurde. Immerhin mußte es vorher schon so schlimm gewesen sein, daß ich mich entschlossen hatte, den Trank des Vergessens zu mir zu nehmen.

Nun begann ich das Schloß zu erkunden und stellte fest, daß ich mich nicht auf Schloß Namenlos befand, sondern auf dem legendären Schloß Zombie. Ich mußte es auf meinen Reisen entdeckt haben, nachdem ich Schloß Roogna verlassen hatte. Dann hatte ich mich offensichtlich dazu entschlossen, das Bauwerk auszubessern, um darin leben zu können. Doch alles machte einen zu gepflegten Eindruck. Es war deutlich zu spüren, daß hier die Hand einer Frau gewirkt hatte. Ich mußte eine Haushälterin gehabt haben. Was mochte mit ihr geschehen sein? Ganz offensichtlich war sie nicht mehr hier. Wer auch immer sie war, sie mußte sehr geschickt gewesen sein, denn alles war viel besser hergerichtet, als ich es je hätte zustandebringen können.

Dann entdeckte ich das Schlafzimmer. Hier stand nur ein Bett, das allerdings genug Platz für zwei Menschen bot. Auf der einen Seite befanden sich meine Sachen, zum Beispiel eine liegengelassene Socke, auf der anderen Seite die persönlichen Dinge einer Frau, unter anderem ein Rosen-Parfüm. Ganz offensichtlich hatten wir uns sehr nahe gestanden.

Ich wandte mich an den magischen Spiegel an der Wand. »Was für eine Frau hat hier gewohnt?« wollte ich von ihm wissen.

»Bevor du den Trank des Vergessens nahmst, hast du mir

verboten, darauf zu antworten, Guter Magier«, erwiderte er.

»Jetzt befehle ich dir aber, zu antworten«, fuhr ich ihn schroff an. Ich war jetzt kürzer angebunden, als zu der Zeit, als ich noch ein Gedächtnis besaß, das nicht um neunundzwanzig Jahre gekürzt war.

»Damals warst du noch im Besitz all deiner Fähigkeiten«, entgegnete er spitz. »Doch jetzt wird dir keiner der magischen Gegenstände diese Frage beantworten.«

Ich mußte mir eingestehen, daß er recht hatte. Wenn ich mir nicht sicher gewesen wäre, irgend etwas wirklich zu vergessen, hätte ich das Vergessenselixier nicht genommen.

In einer geheimen Kammer entdeckte ich einen dicken Wälzer, der mit *Buch der Antworten* betitelt war. Das war ein interessanter Fund. Ich fragte mich, wie es in meinen Besitz gelangt war. Doch als ich in dem Buch blätterte, erkannte ich die Handschrift: Es war meine eigene – mit Querverweisen, die offensichtlich von einem Assistenten stammten.

Vielleicht konnte das Buch mir weiterhelfen. Ich brauchte eine Frau, die meine Socken wegräumte und auch wiederfand. Wo konnte ich so eine Frau finden? Ich versuchte mit Hilfe des Buchs herauszufinden, welche Frau hier gelebt hatte. Doch wie erwartet, weigerte es sich mir zu helfen. Ich war also gründlich vorgegangen, wie es sich für einen Magier geziemte. Dennoch sollte ich in der Lage sein, dieses Buch und auch die anderen magischen Gegenstände so zu nutzen, daß ich mit meinem Leben zurechtkam.

Ich blätterte schnell die Seiten durch und stieß bald auf den Begriff *Frau*. Hier waren seitenweise verschiedene Frauentypen aufgelistet, doch einen Untertitel *Socken* fand ich nicht. Das war schade. So suchte ich nach dem nächsten geeigneten Begriff. Da stand er auch schon: *Ehefrau*.

Ich entdeckte, daß es sich um ein Stichwort handelte, das mit einem Zauber versehen war: Während ich es betrachtete, veränderte sich die Seite. In ständig wechselnder Folge wurden Namen und Beschreibungen von Frauen im heiratsfähigen Alter aufgelistet. Bei jeder, die mich interessierte, konnte ich diesen Vorgang stoppen, indem ich die entsprechende Eintragung mit dem Finger berührte. Sobald ich den Finger fortnahm, ging die Auflistung weiter.

Doch ich wollte meine Wahl nicht dem Zufall überlassen. Deshalb versuchte ich das Wissen des Buchs zu nutzen. »Zeige mir die beste Sockenfinderin, die es gibt«, sagte ich und tippte ohne hinzusehen mit dem Finger auf die Seite. Wenn das Buch so funktionierte, wie es eigentlich sollte, dann mußte jetzt der gewünschte Name erscheinen.

Und da stand er: *Sofia Sockensammmler.* In der Beschreibung stand nichts Auffälliges, und sie lebte in …

Hoppla! Das war ein Problem: Sie lebte in Mundania!

Nun ja, schließlich hatte ich die Beste gewollt. Wo war mein Unternehmungsgeist geblieben? Also entschloß ich mich trotz allem, Sofia zu holen.

Ich rüstete mich mit den Zaubersprüchen aus, die ich aus den frühen Tagen meiner Sammlertätigkeit kannte. Dabei entdeckte ich auch einen fliegenden Teppich, den ich mir wahrscheinlich in den Jahren, die in meiner Erinnerung fehlten, zugelegt hatte. Ich brachte ihn nach draußen und hielt Ausschau nach einem passenden Startplatz.

Dabei stieß ich auf das Grabenungeheuer, die Schlange Souffl. Zweifellos bereitete Souffl genau das aus jedem Eindringling zu. »Ich gehe fort, um mir eine Frau zu suchen«, verkündete ich. »Doch ich werde bald zurückkehren. Gib gut auf das Schloß acht.«

Souffl nickte und verschwand wieder unter der Wasseroberfläche.

Ich rollte den Teppich aus, verstaute mein Gepäck, setzte mich selbst dazu und gab dem Teppich den Befehl zum Abheben. Behutsam schwebte er in die Lüfte. Er war hervorragend gearbeitet.

Ich flog in Richtung Nordnordwest. Schon bald entdeckte ich unter mir eine riesige Spalte. Wie war die wohl entstanden? Ich konnte mich nicht daran erinnern, je etwas derartiges in Xanth gesehen zu haben. So holte ich mein Notizbuch hervor und fand darin folgende Eintragung: *Spaltenschlucht:*

Ein Vergessenszauber liegt auf ihr. Natürlich, das war die Erklärung. Ich bewunderte die vielfältige Landschaft, während ich meinen Flug quer über die verschiedenen Gegenden hinweg fortsetzte. Schließlich erreichte ich den Isthmus und landete. Ich versteckte den Teppich in einem Baum, indem ich einen Unsichtbarkeitszauber aus meiner Sammlung über ihn legte. Anschließend wandte ich einen Zauberspruch an, der den Schutzschild um Xanth vorübergehend neutralisierte. Unbeschadet konnte ich passieren. Ganz offensichtlich hatte die Lücke, die durch meinen Gedächtnisverlust entstanden war, jene Fähigkeiten nicht beeinträchtigt, die mir in Fleisch und Blut übergegangen waren. Meinem Empfinden nach war ich so gut wie eh und je, mit dem einzigen Unterschied, daß ich älter geworden war.

Mir fiel ein, daß Mundania eine merkwürdige Eigenart besaß: Magie gab es – wenn überhaupt – nur in sehr begrenztem Umfang. Ich trug jedoch eine Phiole mit magischem Staub bei mir, die irgendwann einmal in meinen Besitz geraten war. Sofern ich sparsam damit umging, würde ich in der Lage sein, jeden erforderlichen Zauber auszuführen.

Von hier setzte ich meinen Weg durch das trübselige Mundania zu Fuß fort. Es wäre müßig, über meine dortigen Erlebnisse berichten zu wollen, denn niemand interessiert sich für dieses langweilige und rückständige Land, wenn es nicht unbedingt notwendig ist. Kurz und gut: Ich fand Sofia, die Sockensammlerin, in einer mundanischen Firma, für die sie arbeitete. Sie war ungefähr dreißig Jahre alt und im großen und ganzen recht unscheinbar, doch ihre Hände konnten Socken jeder Art mit einer phantastischen Geschicklichkeit einsammeln.

Ich versprühte etwas vom magischen Staub und benutzte einige weitere Zaubersprüche, um eine Unterhaltung zustande zu bringen. Der Zauber sorgte dafür, daß andere Mundanier mich nicht bemerkten und nur Sofia mich verstand. Dieser Aufwand ist notwendig, wenn man in solch einer Region zu tun hat, so unsinnig der Auftrag auch erscheinen mag.

»Ich bin gekommen, um dich von hier fortzubringen und in eine magische Welt zu entführen«, teilte ich Sofia mit.

Sie überlegte einen Augenblick. »Einverstanden«, erklärte sie in typisch mundanischer Art.

Alsdann kehrten wir nach Xanth zurück. Beim Wandern unterhielten wir uns, um uns so weit wie nötig kennenzulernen. Nachdem wir den Schutzschild passiert hatten, holte ich den Teppich aus seinem Versteck. Wir nahmen darauf Platz, und der Teppich erhob sich in die Lüfte.

Sofia schrie auf und wäre beinahe hinuntergesprungen.
»Was ist los, Frau?« fuhr ich sie rechtschaffen empört an.

»Das ist ja Zauberei!« kreischte sie.

»Selbstverständlich. Ich sagte dir doch, daß ich dich in ein magisches Land bringe.«

»Aber ich habe es nicht geglaubt.«

»Und warum bist dann mit mir gekommen?«

»Weil alles andere besser ist, als in Mundania als alte Jungfer zu versauern.«

Das war auch ein Standpunkt. »Da ich nun einmal ein Magier bin, wird dir nichts anderes übrig bleiben, als mit der Zauberei zurechtzukommen.« Ich hatte eine Schriftrolle gefunden, die meinen Magister an der dämonischen Universität für Magie bescheinigte. Daher wußte ich, daß ich in den Jahren, die in meiner Erinnerung fehlten, ein offiziell anerkannter Magier geworden war. In dem Augenblick, in dem ich sie betrachtete, kehrte die Erinnerung an einen mehrere Jahre umfassenden Abschnitt meines Lebens zurück. Ich hatte damals mit den Dämonen Beauregard, Metria und Professor Zwölferschlag zu tun gehabt. Aus mir unerfindlichen Gründen unternahm die Dämonin Metria bei dieser Gelegenheit den Versuch, mich zu verführen. Doch es gelang ihr nicht (was noch unerklärlicher war). So beendete ich mein Studium, und das war auch gut so.

Sofia hatte beschlossen, mit der Zauberei zu leben. Dennoch machten sie die Flughöhe und die Abhängigkeit vom Teppich nervös. Ich entkorkte einen Entspannungszauber, durch den sie zusehends ruhiger wurde.

Wir erreichten das Schloß. »Oh, es ist wunderschön«, rief sie begeistert aus. »Wie in unseren Märchen von den Elfen!«

»Hier gibt es keine Elfen«, berichtigte ich sie. »Sie leben etwas weiter entfernt – mitten im Wald.«

Sie warf mir einen Blick zu, dann lachte sie. Mir war nicht klar, was sie so komisch fand.

Sie schien ein wenig Scheu vor dem Schloß zu haben – besonders vor seinen Eigenheiten, wie zum Beispiel dem Grabenungeheuer. Doch dann entdeckte sie meinen riesigen Haufen unsortierter Socken. »Ah! Endlich etwas, von dem ich was verstehe!« rief sie begeistert. »Hier gibt es genug zu tun, um mich auf Jahre hinaus zu beschäftigen.«

In der Tat.

Wir einigten uns auf ein Zusammenleben, das Sofia als standesamtliche Ehe bezeichnete. Nachdem sie gelernt hatte, einfache Zaubersprüche anzuwenden und reife Erbsen aus dem Garten zu ernten, wurde sie eine gute Köchin. Und als ihr dann auch noch der Umgang mit Schuhbäumen und ähnlichen Dingen vertraut war, wurde sie außerdem eine gute Hausfrau. Sie entdeckte den Rosengarten hinter dem Schloß und pflegte ihn sorgfältig. Die Blumen waren jenen sehr ähnlich, die sie aus ihrer Heimat kannte. Eigentlich war der Rosengarten magischer Natur und gedieh ohne Pflege, doch die Rosen blühten noch viel schöner, wenn ihnen jemand seine Aufmerksamkeit schenkte.

Doch Sofia hatte ein Problem. Ich hatte den Eindruck, daß es ihr lieber gewesen wäre, wenn ich dann und wann meine faszinierenden Studien des Zauberbuches unterbrochen hätte, um etwas im Bett mit ihr zu machen. Das schien bei den Mundaniern so Sitte zu sein. Völlig verwirrt trat ich vor einen magischen Spiegel – einen, der direkt und unverhüllt antwortete. Der Spiegel zeigte einen fliegenden Storch.

»Ach so«, rief ich, »du willst den Storch rufen.«

Sie lachte und fand schon wieder irgendwas komisch, das ich nicht verstand.

So legte ich denn also ein Lesezeichen in das Buch und machte mich bereit, ihr dieses Opfer zu bringen. Sofia trug eine Art kurzes Nachthemd und sah darin direkt begehrenswert aus. Bisher hatte ich sie nie wirklich angesehen. Es mußte schon einige Zeit her sein, seit ich mich zum letzten Male dieser Tätigkeit gewidmet hatte, denn nachdem ich einmal auf den Geschmack gekommen war, entwickelte ich ein solches Interesse daran, daß ich den Rest der Nacht mit Sofia im Bett verbrachte. Ganz offensichtlich hatte sie während ihres früheren, langweiligen Lebens nicht nur im Umgang mit Socken eine große Geschicklichkeit entwickelt.

Als sie das nächste Mal Interesse an dieser Aktivität zeigte, war ich leichter zu überreden. Ich war nun schon weit in den Sechzigern, doch meine Bäder in der Heilquelle hielten mich fit, und ich fühlte mich eher wie neununddreißig. Das war das Alter, in dem ich meinen Abschluß erworben hatte – meine letzte Erinnerung vor dem Sprung in die Gegenwart. So war ich von meinen Erfahrungen her erst knappe vierzig Jahre alt, und vielleicht spielte das eine Rolle.

Im folgenden Jahr wurde uns ein Sohn gebracht. Sofia bekam einen Schock, als sie den Storch mit dem Bündel landen sah. Nachdem sie sich wieder davon erholt hatte, nannte sie ihn Crombie, nach einem ihrer unbedeutenden Verwandten, der Soldat gewesen war. Anscheinend hatte sie eine andere Art der Auslieferung erwartet. Doch leider gab es in dieser Hinsicht keine Überlieferung, was die Erwartungen der Mundanier betraf. Sie zuckte die Schultern. »Wenn du im Feenland bist, halt es wie die Feen«, sagte sie. Ich versuchte gar nicht erst zu verstehen, was sie damit sagen wollte. Wichtig für mich war nur, daß sie glücklich über das Baby war. Sein Aussehen war typisch mundanisch, doch damit mußte man halt rechnen, wenn man eine Mundanierin heiratete.

Unterdessen stürzte ich mich voller Eifer in neue Aufgaben. Damals war für mich nicht abzusehen, welche Folgen das haben sollte. Ein Bauer kam zu uns auf das Schloß. »Ich hab' gehört, daß Ihr ein Magier seid«, begann er.

»So?« fragte ich unverbindlich.

»Habt Ihr einen Zauber für mich, der das schönste Mädchen im Dorf vor Liebe nach mir verrückt werden läßt?«

Ich betrachtete ihn genauer. Er war ein Bauerntölpel und roch nach Mist. Nur ein Kuhfladen würde sich in ihn verlieben. Kurz zuvor hatte ich einige Flaschen Zaubertrank gefunden, von denen eine mit dem Schild *Liebe* versehen war. Daher nahm ich an, daß es sich um ein Elixier aus einer Liebesquelle handelte. Da ich nicht wußte, wie lange es schon gelagert war und ob seine Wirkung sich nicht mit der Zeit verflüchtigt hatte, kam es mir nicht ungelegen, den Trank bei dieser Gelegenheit einmal zu testen.

Ich füllte einige Tropfen in ein kleineres Gefäß. »Schütte es in ihr Getränk oder besprenkle sie damit«, wies ich den Bauern an. »Du mußt unbedingt darauf achten, daß du der erste bist, den sie erblickt.«

»Prima!« freute sich der Kerl. »Was bekommt Ihr dafür?«

Ich hatte eigentlich nicht vorgehabt, ein Geschäft daraus zu machen, doch schaden konnte es wiederum auch nicht. Schließlich mußte ich verhindern, daß alle Dorfbewohner zu mir kamen, um einen Gratis-Liebestrank zu verlangen. »Wir haben ein Stückchen Garten, das umgegraben werden muß«, sagte ich, weil ich mich daran erinnerte, daß Sofia den Wunsch geäußert hatte, Pflanzen aus Mundania anzubauen. Den Grund dafür verstand ich nicht. Es war wohl wieder eines jener Geheimnisse der Frauen, die zu ergründen mir nie gelänge. Aus meinen begrenzten Erfahrungen mit ihr wußte ich, daß es das Beste war, ihre merkwürdigen Einfälle zu tolerieren. Ansonsten konnte es geschehen, daß sie meine Socken durcheinanderbrachte.

So nahm der Bauer seinen Spaten und machte das, was er am besten konnte: Innerhalb eines Tages hatte er ein beachtliches Stück Garten umgegraben. Sofia war begeistert, und in der folgenden Woche waren nicht nur meine Socken weich und anschmiegsam – sie war es auch. Gute Taten werden eben belohnt. Der Bauer kehrte in sein Dorf zurück, und einige Zeit später hörten wir die Hochzeitsglocken läuten. Da wußte ich, daß der Trank gewirkt hatte.

Von nun an kamen mehr Dörfler zu mir. Einige baten um Heilung, die ich ihnen mit Hilfe meiner Elixiere verschaffte.

Andere wünschten sich einen magischen Schadenszauber für ihren Nachbarn oder stellten andere Gesuche. Obwohl ich durchaus in der Lage gewesen wäre, sie alle zufriedenzustellen – denn Bauern hatten ihrem Wesen nach nur sehr einfache Bedürfnisse –, erhöhte ich nach und nach meine Forderungen, um sie von ihren Bittgesuchen abzubringen. Diese Entwicklung setzte sich über viele Jahre fort, bis sie sich schließlich auf einem bestimmten Niveau einpendelte: Um überhaupt das Schloß betreten zu dürfen, wurde von jedem verlangt, drei schreckliche Prüfungen zu bestehen. Darüber hinaus mußte sich jeder verpflichten, mir ein Jahr lang zu dienen oder etwas Gleichwertiges zu leisten, bevor ich überhaupt bereit war, ihm Gehör zu schenken. Auf diese Weise wurde die Flut der Bittsteller eingedämmt, und die Anzahl der Anfragen bewegte sich in einer Größenordnung, die mir recht war – ungefähr eine Anfrage pro Monat. Sofia bestärkte mich in meinem Ansinnen, denn als Mundanierin fühlte sie sich in Xanth nie ganz zu Hause und zog deshalb die Abgeschiedenheit für die Erziehung ihres Sohnes vor.

Auf diesem Gebiet ergaben sich mehr Schwierigkeiten als erwartet. Immerhin war Sofia eine Mundanierin. Zwar bemühte sie sich, Xanths Magie zu studieren, doch es entsprach nicht ihrem Naturell. Weder besaß sie ein eigenes magisches Talent, noch war sie mit den Tücken der Zauberei vertraut. Ich war zu sehr mit meinen eigenen Vorhaben beschäftigt und kam daher noch nicht einmal auf den Gedanken, mich nach meinem Sohn zu erkundigen. Sofia wäre auch nicht in der Lage gewesen, mir zu erzählen, was vor sich ging, denn sie hatte keinerlei Grund, überhaupt Mißtrauen zu entwickeln. Die Folge davon war, daß eine ganze Menge schiefging. Besäße ich die Möglichkeit, diesen Teil meines Lebens noch einmal zu leben, würde ich besser darauf achten, meinem Sohn Kummer und Einsamkeit zu ersparen. Doch zu meinem Bedauern bleibt mir nichts weiter übrig, als zu berichten, was im folgenden geschah.

Als Crombie drei Jahre alt war, kam ein acht Jahre alter Junge mit einem Anliegen zu mir. Ich wußte sofort, daß er über das Talent eines Magiers verfügte. Unter dem Vorwand, ihn ein Jahr bei mir dienen zu lassen, verfeinerte ich seine Fähigkeiten und brachte ihm einige nützliche Dinge bei. Ich war hellauf begeistert von ihm, und mein Enthusiasmus färbte auch auf Sofia ab, die solche Magie nie zuvor gesehen hatte. Offen gesagt, fand sie sogar mehr als nur Gefallen daran. Wir waren beide so sehr davon eingenommen, daß wir nicht darauf achteten, welche Wirkung das auf unseren Sohn hatte. Das war ein großer Fehler – einer von denen, die bis in alle Ewigkeit mein Gewissen belasten werden. Manchmal war ich versucht, den Trank des Vergessens aufs neue zu verwenden, um mich dieser Verlegenheit zu entziehen. Doch die Geschichte des anderen Jungen werde ich im nächsten Kapitel erzählen; das folgende soll nur Crombie gewidmet sein.

Als er nämlich bemerkte, daß unsere ganze Aufmerksamkeit von dem anderen Jungen vereinnahmt wurde, reagierte er äußerst erbost und eifersüchtig. Crombie besaß selbst ein beachtliches magisches Talent, doch es reichte nicht an das magische Potential des anderen Jungen heran. Er war enttäuscht, daß ich ihn vernachlässigte, doch da er selbst in guten Zeiten wenig Kontakt zu mir gehabt hatte, machte ihm das nicht so viel aus. Erst als Sofia sich auch noch von ihm abwandte, kochte seine hilflose Wut endgültig über. Sie war doch *seine* Mutter! Wie konnte es bloß angehen, daß sie ihn wegen eines Fremden vernachlässigte? Ein paar klärende Worte hätten ausgereicht, seinen Zorn zu beschwichtigen, doch wir waren nicht umsichtig genug, und so blieben die Worte ungesagt.

Also tat Crombie das Naheliegendste: Er suchte sich eine neue Mutter, eine bessere. Eine, die ihm ihre volle Aufmerksamkeit widmete und alle anderen Kinder links liegen ließ. Oh, welch tragisches Unheil lag in diesem Entschluß!

Crombies Talent bestand darin, Dinge zu finden. Er brauchte nur fest daran zu denken, die Augen zu schließen, sich einmal um sich selbst zu drehen und den Finger auszustrecken – dann wies er direkt in die Richtung, in der das

Gewünschte lag. Die Entdeckung seiner Gabe war sehr aufregend gewesen. Zwar konnte er als Baby aus naheliegenden Gründen sein Talent noch nicht voll entfalten, aber sobald er anfing zu laufen, ertappte Sofia ihn immer wieder dabei, daß er sich aus der Keksdose bediente – egal, wo sie diese versteckte. Zu guter Letzt entdeckte sie, daß er die Gabe hatte, die Keksdose überall aufzuspüren. Er konnte einfach alles *finden*, sogar immaterielle Dinge. Aber er wußte nie genau, wie weit entfernt sie waren. Sicher bestimmen konnte er nur die Richtung. Da er das Schloß nicht allein verlassen durfte, hatte er kaum andere Gelegenheiten, sein Talent zu erproben, als eben diese Kekse aufzustöbern.

Doch in seiner Wut übertrat er dieses Verbot. Er drehte sich um sich selbst, streckte den Finger aus und öffnete die Augen. Dann lief er in die angezeigte Richtung.

Und prallte gegen eine Wand. Seine Gabe nahm nämlich keinerlei Rücksicht auf Hindernisse, die im Weg standen. Sie gab lediglich die Richtung an. So verließ er erst einmal das Schloß durch die Türen und versuchte es erneut. Diesmal zeigte er quer über den Schloßgraben.

Er wußte genau, daß er nicht auf die andere Seite durfte, aber seine Verbitterung trieb ihn weiter. Falls er sich nun im unbekannten Wald verirrte, geschah das seiner Mutter nur recht. Vielleicht kehrte er nie wieder nach Hause zurück; dann hatte sie selber schuld. Natürlich konnte er nach Hause zurückfinden, indem er sein Talent benutzte – falls er seine Meinung ändern sollte.

So überquerte er die Zugbrücke. Souffl reckte den Kopf aus dem Wasser und zischelte warnend; sie wußte genau, daß es dem Jungen nicht erlaubt war, das Gelände allein zu verlassen. Doch Crombie rannte einfach weiter, und das Ungeheuer konnte ihn nicht aufhalten, weil es sich niemals erlaubt hätte, meinen Sohn zu beißen.

Crombie verließ sich ganz auf seine Gabe und folgte der Richtung, die ihm sein Finger wies: hinein ins Dickicht. Alarmiert glitt Souffl aus dem Schloßgraben und kroch ins Schloß, um uns zu warnen. Doch Sofia mißverstand sie gründlich. »Du machst meinen Teppich ganz naß!«, kreischte sie. »Verschwinde! Auf der Stelle!« Völlig eingeschüchtert zog Souffl sich hastig zurück. Eigentlich war es nur äußerst selten von Nachteil, daß sie nicht sprechen konnte wie ein Mensch. Dies war einer der seltenen Augenblicke.

Nach diesem Mißerfolg eilte die Riesenschlange durch den Schloßgraben und kroch hinter Crombie her. Aber sie war zu langsam, weil sie die Fährte des Ausreißers erst einmal aufnehmen mußte. Schon bald verlor sich die Spur in der Vielzahl der Gerüche in der Umgebung des Schlosses. Niedergeschlagen kehrte Souffl zum Schloßgraben zurück und verschwand betrübt unter der Wasseroberfläche. Sie konnte nur hoffen, daß der Junge aus eigener Kraft sicher wieder nach Hause kam.

Crombie, der der großen Welt draußen furchtlos gegenübertrat, folgte vertrauensvoll seinem Finger. Dieser führte ihn durch Wiesen und Wälder, bis er schließlich auf einen riesigen Topf voll Weingummi stieß. Der obere Rand des Topfes war von den leckeren Gummis schon ganz klebrig. Also nichts wie ran! Er rannte auf den Topf zu und wollte sich einen Klumpen stibitzen.

Doch der klebte fest am Topf. Crombie zog stärker. Nun löste sich zwar das Weingummi, blieb aber durch einen dünnen Faden mit dem Topf verbunden. Crombie zog noch stärker, doch der Faden wurde nur dünner.

Nun steckte er den Klumpen einfach in den Mund und kaute auf ihm herum.

Der Gummitopf verpuffte und löste sich in Rauch auf. »Blub!« Auch der Gummiklumpen in seinem Mund wurde zu Rauch, der ihm durch Nase und Mund entwich, um sich wirbelnd mit der größeren Wolke zu vermischen.

Crombie war zwar etwas eingeschüchtert, wich aber dennoch keinen Zentimeter zurück. Trotz seines zarten Alters von drei Jahren war er schon ein Kämpfer und mit Magie wohlvertraut.

Der Rauch verdichtete sich zu der Gestalt einer Frau. »Wer, zur Hölle, bist du?« wollte sie wissen.

»Wer zur was?« fragte Crombie verwirrt.

»Sheol, Hades, Inferno, Fegefeuer, Unterwelt ...« Sie unterbrach sich und betrachtete ihn näher. »Moment mal! Du bist ja minderjährig! Ich darf das Wort in deiner Gegenwart gar nicht aussprechen.«

»Welches Wort?«

»Ich erinnere mich nicht mehr daran. Was macht ein kleiner Lümmel wie du hier so mutterseelenallein? Wo ist deine Mutter?«

»Sie hat keine Zeit für mich. Darum habe ich mir eine bessere Mutter gesucht – und das bist du.«

Die Dämonin überlegte. »Wer ist denn deine vielbeschäftigte Mutter?«

»Sofia, die Mundanierin.«

Die Dämonin überlegte noch einmal. Es kam selten vor, daß sie sich eine Sache zweimal überlegte. Um genau zu sein, war das nicht mehr vorgekommen, seit sie vor langer Zeit versucht hatte, mich zu verführen. Sie war genau die Dämonin, die immer in der Nähe war, wenn sich ein Unheil ankündigte. Das mochte ihr Talent sein – sofern Dämonen überhaupt ein Talent besaßen.

»Und wer ist dein Vater?«

»Humfrey, der Magier.«

»Jetzt wird es aber interessant! Du bist also Humfreys Sohn?« Sie wollte ganz sichergehen.

»Ja. Aber auch er ist sehr beschäftigt.«

»Das stimmt. Er war auch zu beschäftigt für mich. Wie heißt du?«

»Ich bin Crombie.«

»Und ich bin Metria. Warum glaubst du, daß ich eine bessere Mutter für dich sein könnte?«

»Ich habe dich *gefunden*.«

»Außerdem hast du mich gebissen. Geradewegs in die ... vergiß es.« Sie rieb sich die Stelle, die am weitesten von ihrer Brust hervorragte. »Das ist also dein Zauber?«

»Ja, ich *finde* Dinge. Und so *fand* ich auch eine bessere Mutter.«

Die Dämonin nickte. »Das ist aber eine interessante Art, an die Dinge heranzugehen, und sicher ein brauchbares Talent. Trotz meiner irreführenden Erscheinung hast du mich gefunden.«

»Deiner was?«

»Trotz meines anderen Aussehens. Du hast dich nicht täuschen lassen.«

»Nichts kann mein Talent täuschen«, versetzte er stolz.

»Und warum sind deine Eltern zu beschäftigt, sich um dich zu kümmern?«

»Da ist jetzt ein älterer Junge. Sie haben ihn lieber als mich.«

Metria überlegte. »Ich kenne deinen Vater, mußt du wissen. Mich hat er genauso schäbig behandelt wie dich. Ich hatte ihm sogar einen Blick auf mein Höschen gewährt.«

Crombie war jung und unschuldig, aber nicht so unschuldig wie er aussah. »Du warst seine Frau?«

»Nicht ganz. Das war die Dämonin Dana, die ihn schlauerweise verließ, nachdem sie ihren Spaß mit ihm gehabt hatte. Ich wollte zusammen mit deinem Vater den Storch rufen, aber er hat nicht mitgemacht. Er war einfach zu verd ..., äh, zu sehr beschäftigt, um Zeit für mich zu haben.« Sie runzelte verärgert die Stirn, als sie sich noch einmal daran erinnerte.

»Das kann ich mir denken«, erwiderte Crombie, der sich das gut vorstellen konnte.

»Na gut, dein Suchsinn kann sich also nicht irren. Erzähl mir doch mal, wie du dir eine perfekte Mutter vorstellst?«

»Sie soll nur mir und keinem anderen ihre ganze Aufmerksamkeit schenken«, antwortete Crombie ohne zu zögern, denn darüber hatte er genau nachgedacht. »Sie soll Süßigkeiten für mich haben und mich niemals in die Badewanne stecken, und außerdem darf sie mich nie dazu zwingen, allein zu schlafen. Und andere Kinder darf sie überhaupt nicht leiden können, nicht einmal ein ganz klein bißchen.«

Metria nickte. »Das kann ich dir bieten.«

»Natürlich, schließlich hat meine Gabe dich *gefunden*.«

»Das stimmt. Also, Crombie, ich glaube, das wird sehr amüsant.«

»Sehr was?«

»Laß uns auf die Suche nach Süßigkeiten gehen.«

Schon jetzt kamen sie sehr gut miteinander aus.

Metria nahm Crombie auf den Arm und trug ihn geschwind durch die Lüfte zum Ufer des An-den-Keks-Flusses, wo Kekse aller Art im Überfluß wuchsen. Crombie freute sich sehr. Er pflückte Kekse in rauhen Mengen und stopfte sie sich in den Mund. Dann brachte Matria ihn zum Sprudelbrausesee, wo Crombie das Sprudelwasser kostete. Der erste Schluck schmeckte ihm überhaupt nicht. Doch sie zeigte ihm, wie man mit Sprudel umgehen mußte: Erst füllte sie etwas von dem Wasser in eine Flasche, die am Ufer gelegen hatte. Dann schüttelte sie die Flasche solange, bis sie übersprudelte. Das machte die Sprudelbrause schließlich so mild, daß man sie gut trinken konnte.

Doch nach einer Weile wurde sie ernst. »Crombie, dieses Zeug ist wirklich gut, aber wenn du zuviel auf einmal davon in dich hineinstopfst, kannst du Bauchweh bekommen. Du mußt dich erst daran gewöhnen. Ich wäre keine gute Mutter, wenn ich dich nicht davor warnen würde. Deshalb bringe ich dich jetzt nach Hause. Aber morgen darfst du wiederkommen, und dann wirst du schon viel mehr davon essen können, ohne krank zu werden. Bald kannst du dich dann straflos vollstopfen.«

»Aber ich will nicht nach Hause!«

Sie runzelte die Stirn. »Ich kann dich ja gut verstehen. Aber wenn du nicht bald zurückkehrst, merken deine Eltern, daß du ausgebüchst bist. Dann werden sie dich ausfragen und dich bestrafen.«

»Wofür?«

»Für etwas Schlimmeres als Höschen ansehen.«

Das brachte ihn auf den Boden der Realität zurück. »Ich will nicht bestraft werden!«

»Was ist denn so schlimm daran, wenn du die Nacht zu Hause verbringst?«

»Ich werde ganz allein in dieses dunkle Zimmer gesteckt, während Papa und Mama irgendwo anders ihren Spaß haben. Da gibt es Gespenster, die nur darauf warten, mich zu packen, sobald ich auch nur die Nase unter der Decke hervorstrecke. Und ich muß Rizinusöl nehmen, weil es *gut für mich* ist.«

Metria schnitt eine Grimasse. »Da hast du recht. Das ist schlimmer als alles andere. Aber ich habe eine Idee. Ich kann nicht in das Schloß hinein, denn dein Vater hat Gespensterfallen ausgelegt, die jeden Geist fernhalten. Aber vielleicht kannst du mich reinschmuggeln, wenn ich mich ganz klein zaubere. Dann leiste ich dir Gesellschaft und helfe dir, all den schrecklichen Dingen aus dem Weg zu gehen.«

»Prima!«

Die Dämonin verwandelte sich in einen Bonbon, den Crombie in den Mund steckte. Ein kleiner Mund formte sich auf dem Bonbon: »Du darfst mich auf keinen Fall runterschlucken«, warnte sie. »Dann müßte ich mich nämlich in Rauch auflösen, um wieder rauszukommen, und es würde dir gewiß nicht gefallen, *wo* ich dann rauskomme.«

»Rauch?«

»Ja, dunstig, unklar, kaum merklich, unscharf, neblig, gasförmig ...«

»Ein Pups?«

»So ähnlich.«

Also achtete er sorgfältig darauf, daß er sie nicht verschluckte oder auf ihr herumkaute, obwohl sie sehr lecker schmeckte. Sein Bauch fühlte sich auch so schon von all den Keksen und der Sprudelbrause komisch genug an. Im Schloß wollte er auf keinen Fall Wind machen oder einen fahren lassen.

Die Schlange Souffl atmete erleichtert auf, als er heil zurückkehrte. Crombie wußte, daß der Wächter ihn jetzt nicht mehr verpetzen würde. Grabenungeheuer petzten niemals, sofern es sie selbst in Schwierigkeiten brachte.

Kein Alarm schlug an. Es sah ganz so aus, als könne der Schloßzauber einen bösen Geist nicht entdecken, wenn er in einer guten Person steckte.

Crombie war noch nicht einmal vermißt worden, was ihn in seiner negativen Meinung nur bestätigte.

Etwas später gab es Abendbrot. Er war nicht hungrig, doch Metria kräuselte sich als unsichtbarer Dampf aus seinem Mund und ließ das Essen verschwinden, genauso wie das Rizinusöl, was ihn noch mehr erleichterte.

Als er nach oben in seine einsame Kammer gehen mußte, leistete sie ihm Gesellschaft. Sie formte sich zu dem gemütlichsten Kissen, das er sich nur vorstellen konnte, mit zwei wunderbar weichen Hügeln und einer kuscheligen Mulde. Er legte den Kopf darauf – und fühlte sich rundum zufrieden.

Als es schließlich dunkel wurde, kam das erste Gespenst. Es beugte sich über das Bett. »Sieh an!« rief es. »Er hat vergessen, sich unter der Decke zu verstecken! Jetzt kriegen wir ihn!«

Plötzlich riß das Kissen ein riesiges Maul auf. Unzählige spitze, kleine Zähne starrten bösartig daraus hervor. »Bist du dir da sicher?« fauchte es angriffslustig und schnappte nach der Nase des Gespensts. Der Geist war so überrascht, daß er zu Boden fiel, wo Zehnagel, Crombies Ungeheuer unterm Bett, ihm einen Nagel in den Fuß feuerte. »Auaaah!« schrie das Gespenst und schoß so schnell aus dem Zimmer, daß ein Stück von ihm an einem Wandnagel hängenblieb. Danach ließen sich keine weiteren Gespenster mehr blicken. Crombie lachte, daß ihm die Tränen kamen, so glücklich fühlte er sich.

Das Kissen formte weiche Arme, die ihn wiegten und ihm übers Haar streichelten. Und er hörte ein sanftes, süßes Summen, bis er in den Schlaf sank. Metria war einfach die perfekte Mutter.

Ein Jahr später verließ der andere Junge das Schloß, doch Metria blieb. Für gewöhnlich verwandelte sie sich in Crombies Jacke, die er ständig trug, doch sie konnte jede Form annehmen, die er wollte. Im Prinzip umfaßte sie alles, was er sich wünschte, und er kümmerte sich kaum noch um irgend etwas anderes. Wenn Sofia ihn dazu zwang, Dinge zu lernen, die er *wissen mußte*, paßte er einfach nicht auf. Er konnte sich darauf verlassen, daß Metria im entscheidenden Augenblick die richtige Antwort gab. Häufig schlichen sie sich einfach davon, suchten den An-den-Keks- Fluß auf und schlugen sich den Bauch voll. Sein trauriges, einsames Leben hatte sich in ein glückliches gewandelt.

Keiner von uns ahnte damals, daß Metria als Feind in unserer Mitte lebte und all meine Geheimnisse ausspionierte. Eine ganze Reihe meiner Zaubersprüche ging daneben. Das verursachte großen Ärger und Unannehmlichkeiten, ohne daß wir wußten, woran es lag. Was für einen Spaß hatte die Dämonin sich da auf unsere Kosten gemacht!

Schließlich wurde Crombie dreizehn. Jetzt, da er das Teenager-Alter erreichte, interessierte er sich auch für das weibliche Geschlecht. Er war zwar noch viel zu jung, um der Verschwörung der Erwachsenen beizutreten, doch er hatte so seine Ahnungen und haßte es, im unklaren gelassen zu werden. Kurz gesagt, ein typischer Teenager.

Über diesen Punkt stritt er sich sogar mit Metria. Sie war zwar eigentlich ein böser Geist und stets zu Streichen aufgelegt, aber ihrer Meinung nach konnte sie mehr Unheil stiften, wenn sie die Dinge, die eigentlich nur die Erwachsenen etwas angingen, für sich behielt, statt sie zu verraten. Also hielt sie den Mund. Als Crombie sie dann eines Tages auf unmißverständliche Weise anfassen wollte, verbot sie es ihm strikt. Nie zuvor hatte sie ihn in seine Schranken verwiesen. Zuerst fühlte er sich nur vor den Kopf gestoßen, dann wurde er wütend. Er griff nach ihr, und sie löste sich in Rauch auf und entwich. Obwohl es mir widerstrebt, mit dieser verflixten Dämonin übereinzustimmen, muß ich zugeben, daß sie in diesem Fall recht anständig gehandelt hat. Eigentlich sollten alle Frauen sich mit ähnlicher Geschwindigkeit zurückziehen, wenn sie auf eine Weise angefaßt werden, die ihnen nicht behagt.

Mit diesem Zwischenfall verlor Crombie seine ständige Begleiterin. Er mußte allein schlafen. Jetzt war er zwar so groß, daß die Gespenster ihm nichts mehr anhaben konnten, doch er ärgerte sich darüber, daß er sein fraulich-weiches Kissen verloren hatte. Und nun zeigte sich deutlich das ganze Ausmaß seiner Wissenslücken. Er hatte keine Ahnung von dem, was Sofia ihm beizubringen versucht hatte. Er war ein verzogener, stinkfauler Teenager, und das erwies sich als ein Umstand, mit dem selbst er nicht leben konnte. Metria hatte ihm einen wirklich schlechten Dienst damit erwiesen, ihm zu ermöglichen, als Kind jeder Erziehung zu entkommen. Er war so ärgerlich, daß er ständig blinzeln mußte, um zu verhindern, daß die Zornesröte seine Augen verbrannte. Also verfluchte er alle älteren Frauen, denn er war natürlich nicht reif genug, um die Schuld bei sich zu suchen.

Kurz darauf nutzte er die größere Freiheit, die wir ihm in der irrigen Meinung eingeräumt hatten, er sei endlich vernünftig genug geworden. So stürmte er aus dem Schloß, wirbelte um seine eigene Achse, streckte den Finger aus und rief: »Mädchen!«

Er folgte dem Finger – und traf auf ein Mädchen in seinem Alter. Sie saß auf der gleichen Lichtung, auf der er vor Jahren den Weingummitopf gefunden hatte, und sie sah ausgesprochen hübsch aus. Er verliebte sich auf der Stelle in sie. Auch das ist typisch für einen Teenager. Weil er sie nicht gleich rücksichtslos angefaßt hatte, war sie auf ihn ansprechbar. Die beiden verbrachten eine wunderschöne Zeit zusammen. Sie tanzten, küßten sich und tauschten Geheimnisse aus. Doch dann wurde er zu fordernd: »Zeig mir dein Höschen!«

Sie lachte. Ärgerlich griff er nach ihr – und sie löste sich in Rauch auf, der davontrieb. Erst jetzt erkannte er, daß er nur auf eine andere Erscheinungsform der Dämonin Metria hereingefallen war, die sich einen Spaß aus seiner Unwissenheit gemacht hatte.

Da beschloß er, nie wieder einer Frau zu trauen, gleich welchen Alters und welchen Aussehens. Es wird behauptet, daß die Wut einer verschmähten Frau mit nichts anderem zu vergleichen ist, und Metria war das beste Beispiel dafür.

Doch die Wut eines zurückgewiesenen Teenagers kam dem sicherlich nahe. (Ich habe selbstverständlich schon vor langem vergessen, daß auch ich einmal ein Teenager gewesen bin. Nicht, daß das irgendeine Rolle spielen würde.)

Zu der Zeit, als ich schließlich alles herausfand, war es bereits viel zu spät. Mein Sohn blieb hoffnungslos verbittert. Ich hatte keine andere Wahl, als ihn in die Fremde zu schikken, um Soldat zu werden, denn Haß ist ein Aktivposten in diesem Beruf. Genaugenommen hatte ich meinen Sohn verloren, worüber auch Sofia nicht besonders glücklich war.

Ich überprüfte den Schloßschutz, um sicherzustellen, daß nie wieder ein Dämon unbemerkt eindringen konnte. Nicht daß ich Vorurteile gegenüber Dämonen hätte – einige meiner besten Freunde waren Dämonen. Doch Metria war die Bosheit in Person. Zwar handelte sie niemals direkt böse und manchmal schien sie sogar wirklich anständig zu sein, doch konnte man nie vorhersagen, was letztendlich der Preis für ihren Übermut war. Offensichtlich ärgerte sie sich noch immer darüber, daß es ihr nicht gelungen war, mich zu verführen. Statt dessen hatte sie meinen Sohn verdorben. Ironischerweise war es aus Freundlichkeit geschehen, denn sie hatte ihn vor der notwendigen Erziehung in seiner Kindheit bewahrt. Ein Mangel an Disziplin mochte zwar für Dämonen typisch sein, doch bei Menschen führte er zur Katastrophe.

Trotz allem war es auch mein Fehler. Ich hätte wachsamer sein sollen! Ich hätte in die Erziehung meines Sohnes eingreifen müssen! Aber auch ich bin nicht vorbereitet gewesen, denn das Mädchen Taiwan hatte meinen ersten Sohn aufgezogen. Ich beschloß für den Fall, daß ich je wieder einen Sohn haben sollte, ein wirklicher Vater zu werden und seine Erziehung nicht anderen zu überlassen. Diesem Entschluß bin ich bis heute treu geblieben.

Aber jetzt will ich zu den Ereignissen zurückkehren, die mich damals so beschäftigten, als mein Sohn vom rechten Weg abkam. Diese Ereignisse hatten, wie sich noch zeigen wird, eklatante Folgen. Deshalb habe ich dafür ein eigenes Kapitel vorgesehen.

12

TRENT

Eines Tages kam Sofia zu mir. Ihr stand die Überraschung im Gesicht geschrieben. »Ein achtjähriger Junge nähert sich fröhlich dem Schloß!« rief sie mir zu. Mit einem Blick konnte sie – und das hatte sie mit allen Müttern gemein – das Alter eines Kindes und sein Wohlbefinden erkennen.

Ich blickte vom Buch der Antworten auf. Seit fünf Jahren hatte ich es studiert und erkannte allmählich seinen Nutzen. Offensichtlich waren die ersten Eintragungen von mir, ein anderer mußte sie hinterher systematisiert und Querverweise erstellt haben. Das war auch nötig, denn es gab einfach viel zu viele Eintragungen, als daß sie ohne eine Systematik zu nutzen wären. Aber selbst mit dieser Ordnung blieb es für jemanden schwierig, Gesuchtes zu entdecken, der sich nicht genügend mit dem Buch auskannte. Heutzutage konnte ich beinahe jede gewünschte Antwort binnen weniger Minuten finden, und mit mehr Übung würde ich noch schneller werden.

Immerhin hatte ich sehr viel Zeit darauf verwandt, Eintragungen zu lesen – unabhängig davon, in welcher Reihenfolge sie auftauchten. Was für eine unglaubliche Informationsfülle hatte ich in jenen vergessenen achtundzwanzig Jahren angehäuft!

»Zweifellos hat er eine Frage«, bemerkte ich. »Wir haben keine Altersgrenze. Laß mich mal sehen, welche Aufgabe für ihn am geeignetsten ist.«

»Ein Kind willst du diesen Prüfungen aussetzen?« fragte sie entsetzt. In mancher Hinsicht war sie schrullig, doch das lag natürlich an ihrer mundanischen Herkunft.

»Ich möchte ebensowenig von Kindern wie von Tölpeln überrannt werden«, lenkte ich ein.

Ich schlug im Buch nach – und staunte. Dort stand geschrieben: *Keine Prüfungen.* Sofort fragte ich nach dem Grund und erhielt die Antwort: *Diplomatie.* Oftmals quälte mich die Ungeduld, wenn ich mit dem Buch arbeitete. Endlich gab das Buch weitere Auskunft: *Weil der Fragesteller ein Magier ist.*

Ich war verblüfft. Schließlich wandte ich mich Sofia zu. »Laß ihn eintreten«, forderte ich sie auf. »Er ist ein Magier.«

Erleichtert eilte sie davon. In der Zwischenzeit stellte ich weitere Nachforschungen an, doch das Buch wußte nichts vom Talent dieses Magiers. Das lag daran, daß all seine Antworten vor vielen Jahren niedergeschrieben worden waren – und leider konnte das Buch nicht in die Zukunft sehen. Denn ich hatte es auf die magischen Talente der Magierklasse ausgerichtet, weil mich das schon immer am meisten interessierte – nur lagen darin leider auch seine Grenzen.

Ich schlug das Buch zu. Ein Magier! In all den vergangenen Forschungsjahren bin ich nur einmal auf einen Magier gestoßen: den Sturmkönig. Je mehr ich von der Herrschaft des Sturmkönigs kennenlernte, desto weniger gefiel sie mir. Unbestritten, der Mann war ein Magier, aber nichtsdestoweniger ein unfähiger Regent. Xanth fiel immer mehr zurück in das Dunkle Zeitalter, anstatt sich daraus zu befreien. Ein besserer König mußte her: einer, der die Macht des Throns zurückerobert und den Ruhm Schloß Roognas wiederherstellt. Vielleicht war dieser Knabe der ersehnte König!

Kurz darauf wurde der Junge zu mir hereingeführt. »Guter Magier«, sprach Sofia förmlich, »das ist der Knabe Trent.«

Ich verbarg meine Erregung. Bevor ich diesen Jungen über seine Bedeutung aufklärte, mußtc ich mehr über ihn erfahren. »Sei gegrüßt, Trent. Was führt dich zu mir?«

»Ich bin ein Magier«, erwidertete er. »Ich bin zum König bestimmt. Aber Mami sagt, daß der Sturmkönig mich töten wird, sobald ich zu ihm gehe und ihn um den Thron bitte.«

»Da hat sie recht«, bestätigte ich.

Sofia hielt einen Schrei zurück. Schon die leiseste Andeutung, daß dem Kind ein Leid widerfahren könnte, brachte sie aus der Fassung. »Geh und hol Kekse für den jungen Mann«, befahl ich, um sie für eine Weile los zu sein. Sie entfernte sich.

»Ich will keine Süßigkeiten«, widersprach Trent. »Die kann ich mir selbst machen.«

»Mit deiner Magie?« setzte ich nach, um sein Talent zu ergründen.

»Na klar. Möchtest du es sehen?«

»Ja, sicher!«

Er blickte sich um. Auf dem Tisch lag eine Staubschicht, die es irgendwie geschafft hatte, Sofias vernichtender Aufmerksamkeit zu entgehen. Auf diesem Staub saß eine Fliege. Er deutete auf sie und sagte »Keks.«

Unmittelbar danach stand dort eine Pflanze: ein kleiner, lecker duftender Schokoladenkeksstrauch. Falls ich meinen Augen und meiner Nase trauen durfte. Trent hatte die Fliege in einen Keksstrauch verwandelt! Wenn er das so einfach aus dem Stegreif machen konnte, besaß er ganz bestimmt magisches Talent der Magierklasse.

Vielleicht war es aber nur eine Illusion? Ich wollte mich vergewissern. »Darf ich?« fragte ich und griff nach einer Keksfrucht.

»Bitte schön, es ist ja dein Staub.«

Ich nahm den Kuchen und biß hinein. Er schmeckte vorzüglich.

»Möchtest du eine andere Sorte probieren?« fragte Trent. »Ich kann jeden Keks herbeizaubern, den ich kenne.«

Ich hielt den angebissenen Keks in der Hand. »Wie wäre es mit einem Glas Milch?«

Er streckte einen Finger aus. Mit einem Mal verwandelte sich die Pflanze in ein Milchgewächs mit ausgereiften Schoten. »Gläser kann ich nicht herstellen«, bedauerte er, »nur lebendige Dinge.«

»Das reicht doch auch«, beschwichtigte ich ihn, denn ich war tief beeindruckt. Es gefiel mir, daß er ein Verwandlungsmagier für Lebendes war. »Du bist also zu mir gekommen, weil ich dir sagen soll, wie du König werden kannst, ohne dabei getötet zu werden?«

»Genau.«

Ich hörte, wie Sofia zurückkam. »Eine kleine Lektion in Diplomatie«, raunte ich ihm zu. »Erwähne nichts von den Keksen und nimm dir welche von ihren.«

»Ist gut.«

Sofia brachte einen großen Teller mit Keksen herein. Trent bedankte sich und nahm einen. Offensichtlich begriff er schnell. Das war gut so.

»Ich habe keine einfache Antwort für dich«, sagte ich. «Es gibt nur zwei Möglichkeiten, wie du ungefährdet König werden kannst. Die eine wäre zu warten, bis der Sturmkönig stirbt ...«

»Das kann ja bis in alle Ewigkeit dauern!« begehrte er auf.

»Die andere Möglichkeit besteht darin, daß du mächtig wirst, den Thron eroberst und den Sturmkönig vertreibst. Dazu mußt du allerdings erwachsen und gut ausgebildet sein, denn ein solcher Machtkampf ist kein Spaziergang.«

»Oh«, sagte er voller Enttäuschung. »Muß ich dir für diese Antwort ein Jahr lang dienen?«

»Ja, in dieser Zeit wirst du lernen, wie du dich vorbereiten kannst«, antwortete ich. »Natürlich unterweise ich dich nicht in der Fertigkeit, amtierende Könige zu stürzen, aber ich würde dir beibringen, wie du auf der Hut sein und dich verteidigen kannst.«

»Aha.« Seine Enttäuschung löste sich. Wie ich schon sagte, er war ein helles Köpfchen.

So kam es, daß Trent seine einjährige Dienstzeit bei mir antrat. Er bezog eine leerstehende Kammer des Schlosses. Nun konnte ich ihn lehren, wie er seine Macht am günstigsten einsetzte. Die Hauptrichtung war einfach: Verwandle jede gefährliche Kreatur in ein harmloses Wesen! Trent richtete sich danach: Wenn eine Stechfliege sein Blut saugen wollte, verwandelte er sie in eine einfache Stubenfliege, wenn ein Drache sich vor ihm aufbäumte, verwandelte er ihn in eine winzige Drachenfliege, und wenn ein Gewirrbaum nach ihm griff, verwandelte er ihn in einen Ahornbaum. Das Geheimnis lag darin, solange zu üben, bis er mit jedem lebenden Wesen zurechtkam und ihn nichts mehr überraschen konnte. Denn manche Kreaturen konnten ihm aus der Entfernung Schaden zufügen, da er nur die Wesen zu verwandeln vermochte, die sich in seiner unmittelbaren Reichweite befanden. Daher mußte er Mittel und Wege finden, diese Wesen auch aus der Distanz unschädlich zu machen. Am einfachsten war es, ein Lebewesen aus der unmittelbaren Umgebung in den natürlichen Feind des Angreifers zu verwandeln. Allerdings waren manche der natürlichen Feinde zugleich auch Feinde des Menschen. Wenn beispielsweise ein feuerspeiender Drache angriff, war es nicht sehr dienlich, ein Kleintier der näheren Umgebung in eine gigantische, gegen Feuer gefeite Schlange zu verwandeln. Denn diese würde in dem Menschen natürlich eine viel leichtere Beute sehen. Aber man könnte das Kleintier in eine riesige Sphinx umformen, denn eine Sphinx kümmerte sich überhaupt nicht um Menschen, sondern würde nur mit aller Kraft zu verhindern suchen, daß der Drache ihr das Fell versengt.

Ich zeigte Trent auch, wie man sich im Schlaf schützen konnte. Dazu verwandelte man irgendein Wesen zum Schein in einen Gewirrbaum. Da angriffslustige Geschöpfe nicht ahnen konnten, wie harmlos dieser vorgetäuschte Gewirrbaum war, konnte man in seinen Ästen ruhig schlafen. Sobald Trent den mächtigen König angriff, mußte er gewaltig auf der Hut sein. Zwar riet ich ihm dringend von der Konfrontation mit dem Sturmkönig ab, doch ich wußte ganz genau, daß er diesen Rat nicht befolgen würde. Das wußten wir beide, auch wenn wir nie darüber sprachen.

Zwischen den Lektionen redeten wir über alles mögliche. »Ist der Schild wirklich ein Segen für uns?« fragte ich.

»Wieso denn nicht? Hat er uns denn nicht vor der Invasion der Mundanier beschützt? Die Wellen wurden doch aufgehalten!«

»Ja, ja, er hat die Wellen aufgehalten«, stimmte ich zu. Die Angriffswellen der mundanischen Invasoren hatten anfänglich große Verwüstungen angerichtet. Erst der unüberwindliche Schild von König Ebnez brachte ihren Vormarsch endgültig zum Stehen. »Doch sein Schild verhinderte auch, daß aus Mundania neue Siedler zu uns kamen. Zur Zeit leben mehr Menschen in Mundania als in Xanth. Zwar hatten die Invasionswellen auch der menschlichen Bevölkerung Xanths Zuwachs beschert, doch ohne diese unregelmäßigen Aufstockungen waren die Menschen in Xanth vom Aussterben bedroht. Heutzutage sind die Dörfer kleiner und liegen weiter auseinander. Reisen sind gefährlicher geworden, seit es nur noch wenige magische Pfade zwischen den Dörfern gibt. Wir benötigen mehr Menschen – und dazu müßte der Schild entfernt werden.«

»Aber die Mundanier sind ein schreckliches Volk!« wandte er ein und gab damit die landläufige Meinung wieder. Kindern wurde damit gedroht, daß Mundanier sie holen würden, wenn sie nicht brav sind.

»Findest du Sofia denn so fürchterlich?« fragte ich.

Sofia war immer sehr freundlich zu ihm gewesen. Sie und ich hatten gleichermaßen verstanden, wie unentbehrlich Trent als künftiger König für Xanth werden könnte und ihn deshalb königlich behandelt. »Nein, aber ...«

»Sie stammt aus Mundania.«

Er starrte mich an. Dieses Thema hatten wir bisher noch nicht berührt. Daraufhin begann er, seine Meinung grundlegend zu ändern. Er sprach nie wieder schlecht über Mundanier. Offen gesagt, möglicherweise heiratete sogar er irgendwann einmal eine Mundanierin, so wie ich es getan hatte.

Leider machte ich in seiner Ausbildung einen Fehler. Ich versäumte, ihm ausreichend klarzumachen, wie wichtig Rechtschaffenheit für einen Magier war – vor allem, wenn er auch noch König werden wollte. Irrtümlich bin ich davon ausgegangen, daß er genügend Redlichkeit besaß und hatte mich deshalb in erster Linie auf die praktische Ausbildung konzentriert. Dieser Irrtum sollte uns allen noch teuer zu stehen kommen – genauso wie mein Versäumnis, mich nicht um meinen Sohn gekümmert zu haben. Daß man immer erst lernt, wenn es zu spät ist!

Der nächste Besucher war eine verzweifelte Frau. Das Buch der Antworten hatte auch ihr die Prüfungen erlassen, obwohl sie keine Magierin war. Warum? Ich befragte zunächst die Frau, um die Hintergründe herauszufinden.

»Es geht um meine Tochter«, erklärte sie. »Sie ist erst sechs Jahre alt, aber es ist unmöglich, ihr Manieren beizubringen oder irgend etwas Vernünftiges mit ihr anzufangen. Sie ist überhaupt nicht mehr zu bändigen! Ich bin mit meiner Weisheit am Ende!«

Das war offensichtlich. Die meisten Menschen hatten ihre fünf Sinne ganz gut beisammen, doch diese Frau war mit den Nerven fertig. »Widerspricht sie denn häufig?« erkundigte ich mich.

»Nein, das nicht. Aber sie bringt ständig ihre Illusionen ins Spiel.«

»Sie hat Illusionen? Die haben viele Mädchen!«

»Aber nicht solche wie Iris! Sie erzeugt Trugbilder, die – oh, wie kann ich sie nur beschreiben – so verteufelt wirklich sind!«

Mir schwante Böses. Das Buch der Antworten sollte darüber Aufschluß geben. Es warnte mich immer dann, wenn magische Talente der Magierklasse im Spiel waren. »Können die Trugbilder denn nicht durchdrungen werden?«

»Nein, nicht in diesem Sinne. Es ist schwierig zu erklären. Wir können einfach nicht ..., man wird so leicht zum Narren gehalten.«

Nach und nach bekam ich die ganze Geschichte zu hören und begriff die Zusammenhänge. Ihre Tochter war eine Zauberin der Illusionen. Eine Zauberin war im Grunde genommen nichts anderes als ein weiblicher Magier. Diese dämliche Unterscheidung hatte zur Folge, daß nur Magier – also Männer – König werden konnten. Mitgliedern der Zauberzunft war dies seit altersher per Gesetz verboten. Das war eine der Angelegenheiten in Xanth, die der Veränderung bedurften. Doch der herrschende König änderte *das* ganz bestimmt nicht!

Ich wußte genau, was zu tun war. »Bring deine Tochter hierher und laß sie für dich den Einjahresdienst ableisten. Ich werde ihr beibringen, wie sie ihre Kräfte sinnvoll einsetzen kann, und sie mit besseren Manieren zu dir zurückschicken.«

»Vielen, vielen Dank, Guter Magier!« Vor Glück liefen ihr Tränen übers Gesicht.

So kam es, daß die sechsjährige Iris ein Jahr bei uns verbrachte – ein Jahr, nachdem Trent uns verlassen hatte. Unser Sohn Crombie war ein Jahr jünger als Iris, doch im Gegensatz zu Iris war er eher in sich gekehrt. Damals erkannten wir noch nicht, daß er mit der Dämonin Metria einen Bund geschlossen hatte, denn die beiden waren bei ihrem Arrangement sehr vorsichtig vorgegangen.

Von Anfang an verstanden sich die beiden Kinder überhaupt nicht. Schon bald ging Iris Crombie aus dem Weg. Sie mußte früh die Erfahrung gemacht haben, daß Crombie durchaus imstande war, es ihr heimzuzahlen, wenn sie ihn mit ihren verblüffend echten Trugbildern ärgern sollte. Vermutlich hatte sie ihn einmal mit der Illusion eines Drachen geärgert, der ihn fressen wollte. Doch als sie in der besagten

Nacht in ihr Bett stieg, setzte sie sich in einen matschigen Pflaumenkuchen. Und der war alles andere als eine Illusion! Sie mußte sich das klebrige Zeug abwaschen und die Bettücher wechseln. Natürlich verlor sie den Erwachsenen gegenüber kein Wort darüber, denn sie gehörte zur Verschwörung der Jugendlichen. Erst Jahre später ging mir auf, daß es höchstwahrscheinlich Metria war, die den Pflaumenkuchen ins Bett gelegt hatte. Wer wollte da noch behaupten, daß Dämonen einem niemals einen nützlichen Dienst erwiesen hätten? Wie dem auch sei, von diesem Zeitpunkt an verwendete Iris ihr Talent mit weit größerer Vorsicht als zuvor und hatte innerhalb kürzester Zeit Manieren gelernt.

Iris hatte eine wundersame Fähigkeit. Sie konnte alles mögliche vollständig und lebensecht erscheinen lassen, sogar inklusive Geräuschen und Gerüchen. Nur berühren konnte man die Trugbilder nicht. Die Erscheinungen waren von feinstofflicher Transparenz und boten dem Körper keinen Widerstand. Doch wer würde es wagen, durch einen feuerspeienden Drachen hindurchzuwandern, allein im Vertrauen darauf, daß er eine Illusion sei? Wer riskierte das, wenn die Chancen zehn zu eins ständen, daß es ein echter Drachen sei? Doch für alle, die solche Risiken eingingen, hatte sie einen weiteren Trick auf Lager: Sie schuf einfach die Illusion eines Drachens über einer tiefen Fallgrube. Wenn nun jemand die Illusion durchdringen wollte, fiel er in die Fallgrube, wodurch er sich in größeren Schwierigkeiten befände als zuvor. Ebenso leicht konnte sie über einer Fallgrube das Trugbild eines harmlosen, ebenmäßigen Bodens erzeugen oder einen wirklichen Drachen mit dem Trugbild eines täuschend echten Bodens bedecken. Selbst ein Mensch, der um solche Trugbilder einen großen Bogen machte, war nicht wirklich in Sicherheit, denn buchstäblich alles hätte eine Illusion sein können. Alles und jedes konnte auf unerwartete Weise gefährlich werden.

Doch wir hatten mit Iris keine Probleme. Dafür gab es zwei ausschlaggebende Gründe. Erstens waren wir über ihre Begabung hocherfreut. Sie war das zweite Talent der

Magierklasse, dem ich innerhalb von zwei Jahren begegnete (sollte das einen Trend anzeigen?). Selbst wenn sie niemals Königin werden könnte, würde sie in Xanth einen Machtfaktor darstellen. Während ihre Familie durch die Macht ihrer Illusionen fast in den Wahnsinn getrieben wurde, waren wir glücklich darüber. Iris fühlte sich durch unsere Aufmerksamkeit geschmeichelt, und wenn Mädchen sich geschmeichelt fühlen, machen sie keine Schwierigkeiten. Zweitens verstand auch ich eine Menge von Magie, denn ich hatte an der Universität für Magie studiert und mein Leben lang Zaubersprüche gesammelt. Mich konnte man nicht so leicht hereinlegen. Ich vermochte auf Anhieb Schein von Wirklichkeit zu unterscheiden. Den Beweis dafür hatte ich bereits erbracht, als Iris lauter Doppelgängerinnen von sich geschaffen hatte. Im ganzen Schloß wimmelte es von kreischenden, kleinen Mädchen, doch ich sprach immer nur mit der echten Iris. Sie ahnte nichts davon, daß erst ein Zaubertrank mir das ermöglicht hatte, sondern war tief beeindruckt. Kinder respektieren Erwachsene, wenn sie ihnen keine Streiche spielen können.

Mit der Zeit zeigte ich ihr immer neue Wege, wie sie ihr Talent nutzen und noch mächtigere Illusionen schaffen konnte. Als sie zu uns kam, konnte sie ein komplettes Puppenhaus zaubern; als sie uns verließ, ein ganzes Schloß. Zu Anfang vermochte sie eine klitzekleine Sturmwolke zu schaffen, aus der es zu Sofias Verzweiflung auf den Teppich regnete; am Ende einen Orkan, der um das Schloß herum heulte. Doch das Wichtigste war vielleicht, daß sie gelernt hatte, echte Lebensmittel herzustellen, die zwar ganz gewöhnlich aussahen, aber wie erlesene Delikatessen schmeckten. Ob man nun ein Glas Wasser oder einen exotischen Wein vor sich hatte, beides konnte wie ein und dieselbe kühle Flüssigkeit wirken. Nach und nach vermochte sie ihre Fähigkeiten so zu steigern, daß sie sogar sich selbst damit täuschte. Sie trank ausschließlich grüne und gelbe Sprudelbrause, die sie genoß wie wir alle, obwohl das Zeug in Wirklichkeit nur Wasser war. Sie konnte die fade Frucht der Schalpappel als würziges Drachensteak ausgeben. Wenn sie vergaß, ihre Haare zu bürsten, sah sie dennoch auffallend gut frisiert aus – und das freute sie am meisten.

Ich erklärte ihr, welche Möglichkeiten sich ihr in dieser Hinsicht boten, wenn sie zu einer jungen Frau heranwuchs. Sie konnte noch so schlampig herumlaufen und wäre dennoch für alle anderen wunderschön und gutgekleidet. Häufig demonstrierte sie mir, welche Fortschritte sie machte. So verwandelte sie sich in eine bildschöne junge Frau in einem tiefausgeschnittenen Kleid. Danach ließ sie ihr Kleid verschwinden und zeigte ihre weiblichen Formen. »Bin ich nicht sexy, Guter Magier?« fragte sie schüchtern.

»Nein«, gab ich ihr zur Antwort.

Sie schmollte. »Wieso denn nicht? Sind meine Busen nicht groß genug?«

»Was du meinst, sind Brüste«, erklärte ich ihr. »Du hast zwei Brüste und nur einen Busen.« Diese Diskussion wäre für einen Jungen tabu gewesen, nicht jedoch für ein Mädchen. Denn es handelte sich um notwendige Informationen, die für Mädchen von der Erwachsenenverschwörung freigegeben worden waren. Selbstverständlich war für sie ein Teil der männlichen Anatomie tabu.

»Egal«, sagte sie nur. Das verschaffte mir eine Atempause, wie ich sie mit der durchtriebenen Metria bestimmt nicht gehabt hätte. Die Verwendung dieser leicht zu verwechselnden Begriffe war damit geklärt. »Wie groß müssen die Brüste denn sein?«

»Es gibt keine festgelegte Größe«, antwortete ich. »Das Problem ist, daß deine Brüste keine Brustwarzen haben.« In diesem Augenblick bewölkte sich der Himmel, und in der Ferne war ein Donnern zu hören, weil dieses Wort die Grenze dessen überschritt, was noch erlaubt war. Noch einmal gelang es mir, die Notwendigkeit dessen zu begründen. Manches, was sonst nicht einmal gedacht werden durfte, konnte zu Erziehungszwecken ausgesprochen werden.

Iris schaute an sich herunter. »Oh.« Plötzlich wuchsen ihr zwei Brustwarzen.

In der Halle waren Schritte zu hören. Das Trugbild der jungen Frau verschwand, und übrig blieb das kleine Mädchen in seinem schlichten Kinderkleid. »Erzähl mir mehr über die Illusion der Schönheit, Guter Magier«, bat Iris mit einem Lächeln, als Sofia mit belegten Brötchen eintrat. Iris machte mit dieser Bitte deutlich, daß sie die Grenzen dessen, worüber wir sprechen durften, sehr wohl verstanden hatte. Obwohl Sofia eine Mundanierin war, wäre uns ihr heftigster Protest sicher gewesen, wenn sie gesehen hätte, was sich vor kurzem noch vor meinen Augen abgespielt hatte. Die Erwachsenenverschwörung gab es überall. Nur wenige verstanden die Regeln bis in die kleinsten Einzelheiten. Wenn überhaupt jemand, dann am ehesten noch die Mütter.

Schon bald darauf schickten wir Iris nach Hause. Zu diesem Zeitpunkt war sie ein kleines, siebenjähriges Mädchen, das sich tadellos zu benehmen wußte. Ich hatte ihr eindringlich klar gemacht, daß sie mehr erreichte, wenn sie freundlich war und anderen keine Streiche spielte. Anstatt Mauern aus Trugbildern zu errichten, um dem täglichen Rizinusöl zu entkommen, sollte sie lieber ihrer Mutter dankbar sein und dafür sorgen, daß es nach Vanillesoße schmeckt. Ich war mir sicher, daß ihre Familie mit ihrem veränderten Benehmen sehr zufrieden sein würde.

Sofia beschloß, ihre Verwandten in Mundania zu besuchen. Ich gab ihr einen Zauberspruch, damit sie den Schild passieren konnte, und begleitete sie bis zur Grenze. Ich ging davon aus, daß sie Xanth nach ihrer Rückkehr noch mehr schätzen würde, weil sie erlebt hatte, wie armselig und trostlos Mundania war. Überraschenderweise kehrte sie sehr bald zurück und war sehr aufgeregt.

»Es ist verschwunden!« rief sie atemlos.

»Mundania? Das ist doch nicht möglich!«

»Aber ja! Da ist nur noch ein Nichts.«

Das mußte ich mir ansehen. Sie hatte recht; dort, wo auf der anderen Seite des Isthmus' einst Mundania gewesen war, befand sich jetzt nur noch eine gähnende Leere. Mundania war verschwunden.

Natürlich war das kein großer Verlust. Niemand hatte Mundania gemocht – vor allem nicht die Mundanier, die dort ihr Dasein fristen mußten. Kein Wunder, daß unter ihnen Depressionen weit verbreitet waren, die sie um jeden Preis mit bewußtseinstrübenden Drogen zu betäuben suchten. Aber Sofia blieb unerbittlich: ihre Heimat war verlorengegangen, und ich sollte sie wiederfinden. Seufzend machte ich mich an die Arbeit.

Es stellte sich heraus, daß die verschiedenen Orte und Regionen Mundanias mit eigentümlichen Nummern gekennzeichnet waren, die ›Zugangscodes‹ genannt wurden. Etwa einmal im Jahr kam eine neue Tabellensammlung mit den aktuellen Zugangscodes heraus. In diesem Jahr hatte der zuständige Ressortleiter im geheimnisvollen Auf- und Zustellamt vergessen, ein neues Nachschlagewerk herauszubringen. Das Auf- und Zustellamt war so mysteriös, daß man nur das hauseigene Emblem von ihm kannte: eine schwarze Schnecke auf gelbem Hintergrund. Diese Abbildung wurde von manchen mit einer furchterregend großen Schnecke in Verbindung gebracht, die des öfteren in unmittelbarer Umgebung des Hauptamtes gesehen wurde – doch das waren alles nur Gerüchte. Unabhängig davon, zu welcher Adresse man in Mundania wollte – ohne die Zugangscodes gab es keinen Zugang mehr. Mundania schien sich in Luft aufgelöst zu haben. Doch in Xanth hatte niemand etwas bemerkt. Das war auch kein Wunder, denn man ging ja davon aus, daß es Mundania noch gab.

Somit blieb mir nichts anderes übrig, als einen Brief zu schreiben und ihn mit magischem Staub zu pudern. Ich schickte ihn an das zentrale Auf- und Zustellamt, das er spätestens wie all die Irr- und Rückläufer erreichen würde, weil es keine Adressen mehr gab, denen er ansonsten hätte zugestellt werden können. In diesem Brief beschrieb ich das Problem und bat darum, mir die fehlende Tabellensammlung zuzusenden.

Die Schnecke bewegte sich – wohl eher als Rückkriecher denn als Rückläufer – so langsam, wie man es von ihr gewohnt war. Immerhin wurde nach einem Jahr meiner Bitte entsprochen, wodurch Mundania wieder zugänglich wurde. Nun endlich konnte Sofia ihrer Heimat den so lang geplanten Besuch abstatten. Merkwürdig war, daß niemand in Mundania etwas von diesen Umständen bemerkt hatte, wie Sofia mir bei ihrer Rückkehr erzählte. Offensichtlich wurde der Zugang zu dieser Welt allein durch das neue Nachschlagewerk versperrt oder eröffnet. Was für ein befremdlicher Zusammenhang!

Iris hatte uns im Jahre 1008 verlassen, als sie sieben Jahre alt war. Als junges Mädchen im Alter von siebzehn Jahren kehrte sie noch einmal zurück. Diesmal war sie bereit, für die Antwort auf ihre Frage, ein Jahr lang zu dienen. Sie wollte wissen, wohin sie gehen könne, um ihr eigenes Leben zu leben. Für einen Teenager war das ein ganz normaler Wunsch.

Ich sah im Buch der Antworten nach. Ein solcher Ort existierte. Es war die Insel jenseits der Ostküste Xanths, ungefähr auf halbem Weg vor dem Ort, der ... der ... tja, ich hab's vergessen, doch für die weitere Geschichte spielt das keine entscheidende Rolle ... der das Meer in zwei Hälften teilt. Nur wenige sind jemals dort gewesen, obwohl die Gegend eigentlich ganz schön war. Es mußte dort nur einiges wieder in Ordnung gebracht werden. Aber das konnte Iris mit Hilfe ihrer Illusionsmagie ohne weiteres bewerkstelligen.

Kurz entschlossen machte sie sich auf den Weg und gab der Insel den Namen ›Insel der Illusionen‹. Sie hüllte die gesamte Insel in eine einzige, große Illusion, die sie je nach Lust und Laune veränderte. Und tatsächlich entsprach dort nun alles ihren Wünschen. Sie blieb für eine gewisse Zeit. Allmählich entdeckte sie, daß das, was man sich am meisten wünscht, nicht unbedingt auch das ist, was man wirklich möchte.

Im Jahre 1021 hatte es der Magier Trent, der mittlerweile das Alter von vierundzwanzig Jahren erreicht hatte, endgültig satt, noch länger auf den letzten Atemzug des alternden Sturmkönigs zu warten. Er bereitete sich zielstrebig darauf vor, den Thron Xanths zu erobern. Ich unterstützte seine Bemühungen, konnte aber nicht offen dazu stehen, da ich offiziell dem herrschenden König die Treue halten mußte. Glücklicherweise fragte mich Trent nicht um Rat, was mir sehr gelegen kam. So konnte ich mich aus den politischen Wirren der damaligen Zeit heraushalten. Meine Zaubersprüche benutzte ich, um die Ereignisse aus nächster Nähe zu verfolgen.

Trent war der Meinung, daß er einer größeren Anhängerschaft bedurfte, um sich eine bessere Ausgangsbasis zu verschaffen, wenn er gegen den König vorgehen und dessen Abdankung erzwingen wollte. Seine Wahl fiel auf das Volk der Zentauren, das in Zentral-Xanth lebte. (Die Zentauren der Zentaureninsel kamen dafür natürlich nicht in Frage, weil sie es ablehnten, sich in die Politik der Menschen einzumischen, da sie diese als fast genauso dreckig wie deren Magie einschätzten. Das war ihr unerschütterlicher Standpunkt.) Doch auch die Zentauren aus Zentral-Xanth verweigerten Trent ihre Unterstützung.

Er bot am Fluß der Fische eine Demonstration seiner Macht, indem er alle Fische in Leuchtkäfer verwandelte. Das war ein erstaunliches Kunststück, weil dieser magische Fluß eigentlich dafür bekannt war, seine Wasser zu schützen und jegliche Bedrohung fernhalten zu können. Nur ein besonders mächtiger und versierter Magier vermochte diesen Fluß zu besiegen.

Doch die Zentauren waren nicht so leicht zu beeindrukken. Manche hielten diese Wesen auch einfach nur für verschroben oder für besonders starrköpfig. Jedenfalls hatte Trent mit seinem Kunststück keinen Erfolg. Daher ging er zum zweiten Teil seines Plans über, indem er die von ihm geschaffenen Leuchtkäfer ausschickte, um die Zentauren erneut zu beunruhigen. Dazu verwandelte er die umherschwirrenden Mücken in lauter Rokh-Vögel und befahl ihnen, sich auf dem Boden niederzulassen und kräftig mit den Flügeln zu schlagen. Dadurch erzeugten sie einen Wind, der die über dem Fluß schwebenden Leuchtkäfer bis in das Dorf der Zentauren blies. Die Vögel gehorchten Trent, weil sie darin ihre einzige Chance sahen, zurückverwandelt zu werden. Und so geschah es – nachdem die Leuchtkäfer das Dorf erreicht hatten, hob Trent den Vogelzauber wieder auf.

Völlig verwirrt ob der Tatsache, durch die Luft geblasen zu werden, ließen sich die aufgebrachten Leuchtkäfer in einem riesigen Schwarm auf den Zentauren nieder. Wo immer sie auf einen Zentauren trafen, feuerten sie ihre kleinen Leuchtblitze in dessen Körper. Sobald die Zentauren sie zu zermalmen suchten, flogen sie Ausweichmanöver und griffen erneut mit Erfolg die ungedeckten Flanken an. Wie wild schlugen die Zentauren mit den Schweifen um sich. Doch angesichts der erdrückenden Übermacht nützte ihnen das nichts. Trent hatte zweifellos darauf spekuliert, daß die Zentauren jetzt aufgäben. Doch er hatte sich verrechnet, denn die Zentauren suchten mich auf, um sich nach irgendeiner Möglichkeit zu erkundigen, diese Plage wieder loszuwerden. Da ihr Anführer Alpha-Zentaur alle Aufgaben auf dem Weg ins Schloß bewältigte, konnte er mich fragen.

Um nicht in die politischen Ränkespiele verwickelt zu werden, setzte ich einen so hohen Preis fest, daß die Zentauren ihn mit Sicherheit zurückwiesen. Als Gegenleistung für meinen Rat sollte jeder Zentaur ein Jahr in meine Dienste treten. Das wären dreihundert Dienstjahre – eine unvorstellbar lange Zeit! Ich staunte nicht schlecht, als Alpha-Zentaur diese Bedingung akzeptierte.

Also blieb mir nichts anderes übrig, als ihn zur Haßquelle in Nord-Xanth zu schicken. Aus dieser Quelle sollte er einen Tropfen schöpfen, ihn mit tausend Wassertropfen verdünnen und diese Mixtur dann auf die Zentauren versprühen. Haßelixier war für alle, die damit in Berührung kamen, gefährlich. Doch hochverdünnt machte es den Betreffenden nur vorübergehend für andere abstoßend. Für die Leuchtkäfer war das besprühte Fell unerträglich. Sie konnten das Elixier nicht abschütteln und sich nicht mehr ernähren, so daß sie nach kurzer Zeit eingingen.

Aus diesem Grunde waren die dreihundert Zentauren verpflichtet, mir ein Jahr lang zu dienen. Was sollte ich bloß mit ihnen anfangen?

Nun ja, da ließ sich schon was finden. Eine Gruppe Zentauren hatte Brücken zu bauen ... ich weiß zwar nicht mehr wo, aber es waren wirklich nützliche Brücken. Die Brücken waren nur in eine Richtung passierbar. Deswegen gab es neben ihnen stets eine weitere, die jedoch unsichtbar war, so daß nur Eingeweihte sie benutzen konnten. Der Brückenbau erforderte viel Sinn für gute Gestaltung, einiges an Kunstfertigkeit und handwerkliches Geschick – und genau das waren die besonderen Fähigkeiten der Zentauren. Diese Arbeit war ein echter Dienst an der Gemeinschaft, obwohl sich später niemand mehr daran erinnerte.

Der größte Teil der Zentauren renovierte das Schloß. Noch aus den alten Zombiezeiten hing ein gewisser Verwesungsgeruch in der Luft, der vor allem Sofia peinigte. Bei den Renovierungen konnte das größtenteils behoben werden. Inner- und außerhalb des Schlosses wurden spezielle magische Vorrichtungen angebracht, so daß man nun mit einem einfachen Befehl Räume und Wände bewegen, den Burggraben in Form und Tiefe verändern (als das zum ersten Mal geschah, wäre Souffl vor Schreck beinahe in die Luft gesprungen) und im Park Bäume versetzen konnte. Auch die Eingänge sowie die äußere Fassade des Schlosses konnten in vielfältiger Weise variiert werden. Kurz gesagt, im Handumdrehen hatte man ein ganz neues Schloß – und zwar innen wie außen. Für Sofia wurde dadurch der Frühjahrsputz zu einem Fest, denn sie konnte alles so verändern, daß das Schloß nicht mehr wiederzuerkennen war. Der Traum einer jeden Hausfrau.

Die Zentauren beendeten ihre Arbeiten planmäßig und reisten auf den Tag genau nach einem Jahr wieder ab. Ich hatte daraus eine Lehre gezogen: Versuche nie, einen Zentauren abzuschrecken!

Somit war Trents Plan, mit dem er die Unterstützung der Zentauren gewinnen wollte, wieder fehlgeschlagen. Aber Trent, der inzwischen Böser Magier genannt wurde, war ebenfalls dickköpfig und gab nicht auf. Er wanderte zum Norddorf und befolgte die einfachen Ratschläge, die ich ihm damals gegeben hatte. Jeden, der sich irgendwie einmischen wollte, verwandelte er in ein völlig harmloses und häufig hilfloses Wesen. Wollte ihn ein Mann umbringen, verzauberte er ihn in einen Fisch und überließ ihn seinem Schicksal. Fand der Fisch kein Wasser, mußte er eben sterben. Über wen Trent sich auch nur im mindesten ärgerte, den verwandelte er in ein harmloses Tier oder in eine Pflanze. Zum Beispiel lief ihm einmal ein Mann namens Justin vor die Füße – und wurde zu einem mitten im Dorf stehenden Baum. Manche Leute verzauberte er in ganz merkwürdige Gestalten: rosa Drachen, zweiköpfige Wölfe, an Land lebende Tintenfische oder Geldfüßler. Ein Mädchen, das ihm einmal eine falsche Auskunft gab, wurde zu einem geflügelten Zentaurenfohlen. In ihrer Art war sie eine attraktive Erscheinung – allerdings auch die einzige. Verzweifelt flüchtete sie zur Hirnkoralle und flehte um Asyl, was ihr natürlich gewährt wurde. Fortan lebte sie in deren Wasserbecken, von allen vergessen. Viele erfuhren, wie der Böse Magier mit seinen Widersachern umging und stellten sich deshalb lieber auf seine Seite. So entstand eine Umsturzbewegung, die immer mehr an Macht gewann.

Der Sturmkönig mußte sein ganzes Talent zu seiner Verteidigung einsetzen. Er beschwor einen gewaltigen Sturm. Doch im Alter von dreiundsiebzig Jahren begannen seine Kräfte zu schwinden. Statt des Sturms entfachte er bloß einen Wind mit Nieselregen und ein paar Hagelkörnern.

Anscheinend konnte nichts und niemand den Bösen Magier davon abhalten, den Sturmkönig in die Enge zu treiben und ihn in eine Küchenschabe zu verwandeln. Aber der alte König war schlau. Er bestach einen von Trents Vertrauten, damit dieser Trent mit einem Schlafzauber belegte. Mit vollem Erfolg – kurz vor der Vollendung seiner Pläne fiel Trent in einen Tiefschlaf.

Freunde bemühten sich, Trents schlafenden Körper noch rasch in Sicherheit zu bringen. Doch da sich nun niemand mehr vor Trent ängstigen mußte, wuchs der Mut der Gefolgsleute des Königs ins Unermeßliche, und sie nahmen die Verfolgung auf. Die einzige Möglichkeit, den schlafenden Magier zu retten, bestand darin, ihn aus Xanth herauszubringen. Der Grenzposten am Schild ließ sie passieren, weil er meinte, daß Trent auf diese Weise niemals wieder zurückkehren könnte.

Die Rechnung schien aufzugehen. In Mundania wußte aus dem einfachen Volk kaum jemand, was im Königreich geschah. Deshalb erfuhren wir erst nach zwanzig Jahren Trents weiteres Schicksal in Mundania. Er wurde dort heimisch, heiratete und hatte einen Sohn. Doch dann verlor er Frau und Kind durch die mundanische Pest. Das sollte noch entscheidende Auswirkungen für Xanth haben. Deshalb erwähne ich es überhaupt.

Damit war der Umsturz gescheitert – der Sturmkönig hatte gesiegt. Bestimmt war ich nicht der einzige, der das bedauerte. Es war nun mal Xanths Schicksal, in dieser Mittelmäßigkeit zu verharren.

In den folgenden zwölf Jahren blieb im Grunde genommen alles beim alten. Sofia war nun fünfundsechzig Jahre alt und wollte nach Mundania zurückkehren, um dort zu sterben. Ich versuchte alles mögliche, sie davon abzuhalten. Mit dem Argument, daß ich doch schon einhundertundzwei Jahre alt war, vermochte ich sie nicht umzustimmen. So mußte ich sie nach fünfunddreißig Ehejahren schweren Herzens ziehen lassen. Sie hatte mir immer sorgfältig die Socken gestopft, und es war wirklich nicht ihre Schuld, daß unser Sohn so mißraten war.

Danach kehrte im Schloß Ruhe ein. Schon lange war mein

Sohn aus dem Hause und nun sogar auch meine Frau. In dieser Einsamkeit wurde ich noch mürrischer, als ich es ohnehin schon gewesen war. Eigentlich hatte ich gedacht, daß ich es genießen würde, mich voll und ganz meinen magischen Studien widmen zu können, aber ich mußte feststellen, daß dies zuviel des Guten war. Außerdem türmten sich meine Socken zu gewaltigen Bergen.

Eines Tages kam eine junge Frau zu mir. Ihr Name war Sterrn, weil ihre Augen wie zwei Sterne funkelten; das schien ihre Magie zu sein. Mittlerweile war ich so einsam, daß ich mich schon freute, wenn ich überhaupt jemanden zu Gesicht bekam; sogar dann, wenn er nur eine Frage stellen wollte. Ich ließ die junge Frau nur der Form halber die Aufgaben lösen. Sie wollte wissen, was sie mit den drei Kolibris machen solle, derer sie sich angenommen hatte. Sterrn mußte sich von ihnen trennen, weil ihre Familie den ständigen Gesang der Vögel nicht länger ertragen wollte. Doch sie konnte die drei Tierchen nicht einfach im Dschungel aussetzen, zumal sie ihr immer wieder zuflogen. Wo konnte sie die Vögel zurücklassen, daß sie glücklich waren und ihr nicht mehr folgten?

War ihr die Antwort tatsächlich soviel wert, daß sie dafür eine einjährige Dienstzeit auf sich nahm? Ja, das war wohl so. Die Vögel waren ihr wirklich ans Herz gewachsen.

Ich ging mit Sterrn und den Kolibris in den abgelegenen, kleinen Rosengarten. Dort standen magische, rote Rosen, die aus einer vergessenen Zeit stammten. Sie blühten das ganze Jahr und dufteten süßlich. Im Wechsel der Jahreszeiten wuchsen außerdem noch andere, sehr hübsche Blumen im Rosengarten. Die Kolibris fühlten sich ausgesprochen wohl; sie schwebten über den Rosen und summten eine sehr hübsche Melodie. »Sie werden es hier gut haben«, sagte ich. »Hier gibt es genug, um sie zu ernähren und glücklich zu machen.«

»Oh, vielen Dank!« sagte die junge Frau. »Was muß ich dafür tun?«

»Wie gut kannst du Socken stopfen?«

Sterrn war nicht besonders geübt darin, aber sie lernte schnell. Der Sockenberg schrumpfte. Sie bereitete mir auch die Mahlzeiten, was mir recht war, zumal ich aus Vergeßlichkeit oft tagelang nichts aß und daran erinnert werden mußte. In meinem Alter mußte ich mehr auf die Gesundheit achten.

Die drei Kolibris leisteten einander Gesellschaft. Sie hießen Hermann, Helene und Hektor und liebten es – zum Entzücken aller Zuhörer –, dreistimmig zu singen. Die Blumen schienen das ebenfalls zu genießen. Fast hatte ich Schuldgefühle, daß ich Sterrn zu einem Jahresdienst verpflichtet hatte, obwohl sie mir mit diesen drei Vögeln eine echte Freude bereitet hatte. Doch ich unternahm nichts, denn wer hätte sonst meine Socken stopfen sollen?

Bislang hatte ich es als Bürde empfunden, Fragen zu beantworten, weil diese Aufgabe mich von meinen Studien abhielt. Heute aber freute ich mich auf diese Besuche, weil sie mich von meiner Einsamkeit ablenkten. Je schwieriger ein Problem war, um so mehr interessierte es mich.

Ein Fall verblüffte mich. Es handelte sich dabei um einen Zentauren, der zwiespältige Empfindungen hatte. Er hieß Zwie-Spalt. Er hatte das Gefühl, als ob er sich in zwei Persönlichkeiten spaltete. Ich untersuchte ihn gründlich. Er schien normal zu sein. Was nun? Es hätte einen schlechten Eindruck gemacht, wenn ich keine Antwort gewußt hätte; schließlich mußte ich meinen guten Ruf wahren, wie gering er auch sein mochte. Was stimmte mit diesem Wesen nicht? Bildete es sich alles nur ein, was zumindest bei Mundaniern häufiger vorkommen soll?

Apropos Mundanier. Ich versuchte noch etwas anderes. Ich nahm Zwie-Spalt mit zum Schild und lotste uns mit einem Zauberspruch hindurch. Es war kaum zu glauben – sofort, nachdem der Zentaur den Einflußbereich der Magie Xanths verlassen hatte, teilte er sich in seine beiden Bestandteile, nämlich in einen Menschen und ein Pferd. Das also war der Grund, warum er sich so zerrissen gefühlt hatte! Sein Talent bestand darin, jenseits magischer Zonen diese beiden verschiedenen Körper herauszubilden.

In Xanth konnte er das unglücklicherweise nicht. Er stand nun vor der Wahl, entweder als Doppelexistenz in Mundania oder in einem einzigen Zentaurenkörper in Xanth zu leben. Darüber dachte er nach, während er bei mir den Jahresdienst versah.

Ein weiterer Fall war interessant, weil es sich um eine bekannte Persönlichkeit handelte. Es war Trojan oder der Hengst der Finsternis, anderswo bekannt unter dem Namen Nachthengst. Er herrschte über das Reich der schlechten Träume, das man nur durch einen Hypnokürbis betreten konnte. Er besuchte mich in einem Traum, weil er sich außerhalb des Hynokürbisses nicht wohlfühlte. Er stellte eine berechtigte Frage: Was wäre ein angemessen schlechter Traum für Schriftsteller, die über das Reich der Träume schreiben? Schlechte Träume beeindruckten solche Leute überhaupt nicht, weil sie selbst ununterbrochen schlechte Geschichten erfanden. Sie waren beinahe schon immun. Man durfte ihnen einfach nicht erlauben, sich in das Reich der Träume einzumischen, weil das die Macht der Träume verwässerte.

Während ich über das Problem nachdachte, kam ich richtiggehend ins Schwitzen, zumal unser Gespräch in Form eines schlechten Traums stattfand. Schließlich aber hatte ich eine zufriedenstellende Idee: Der betreffende Autor sollte in einen so realistischen Traum versetzt werden, daß er ihn für wirklich hielt. In diesem Traum würde er in das Reich des Nachthengstes geleitet und mit einem Löwen konfrontiert werden. Es wäre kein grausamer Löwe, wie ihn diese Schriftsteller mit möglichst viel Blutvergießen und splitternden Knochen so gerne beschrieben. Nein, es würde ein alternder, kranker Löwe mit gebrochenem Stolz sein. Seine Zähne wären so abgenutzt und schwach, daß den Löwen nur noch zweideutige Wortspiele am Leben erhalten konnten. Somit hatte der Schriftsteller nun die Aufgabe, solche Wortspiele zu erfinden. Fielen diese nicht zur Zufriedenheit einer strengen Person namens Lek Tor aus, handelte sich der Autor einen Riesenärger ein und lief Gefahr, den Tod des

Löwen zu verschulden. Sollte er Lek Tors Ansprüchen nicht genügen können, würde dieser die Schreibkunst des Autors regelrecht in der Luft zerreißen und ihn in seiner Karriere weit zurückwerfen. Zusätzlich würde Lek Tor einen Schreibblock mit einem Fluch belegen, um mit dessen Hilfe die Visionen des Autors ständig zu blockieren, so daß er keinen klaren Gedanken mehr fassen konnte. Daher mußte er dringend einen Weg finden, sich dieses Blocks zu entledigen, bevor ihm der Löwe verhungerte.

Der Nachthengst war damit sehr zufrieden. Er war sicher, daß dies jeden Schriftsteller so sehr quälte, daß keiner mehr mit Traumgeschichten Schaden anrichtete. Manch einer gäbe auf Grund dessen seinen Beruf gänzlich auf. Dieser Traum war eine ideale Bestrafung. Mein Lohn bestand darin, daß der Hengst der Finsternis mir garantierte, mich in Zukunft nicht mit schlechten Träumen zu behelligen, unabhängig davon, wie sehr ich sie verdient hatte. Danach konnte ich viel besser schlafen.

In den nächsten sieben Jahren verlief mein Leben ohne nennenswerte Veränderungen. Doch dann begannen die Musen des Parnaß, Geschichtsbücher über Xanth zu schreiben. Offensichtlich wurde Xanth zum Gegenstand ihrer Berichterstattung – und dadurch kam ich in echte Schwierigkeiten.

13

BINK

Die Ankunft eines unscheinbaren jungen Manns im Alter von fünfundzwanzig Jahren brachte eine unangenehme Störung mit sich. Unaufhaltsam marschierte er auf das Schloß zu. Irgendwie war es ihm gelungen, die … die … einen schwierigen Bereich Xanths hinter sich zu bringen und dem der Landschaft eigenen Schrecken aus dem Weg zu gehen. Ganz offensichtlich hatte er eine Frage. Deshalb beauftragte ich Zwie-Spalt, die nötigen Maßnahmen zu treffen. Ich wollte heute nicht belästigt werden.

Aber der Bursche war zu allem entschlossen. Er schwang sich auf ein Hippocampus und ritt durch den Schloßgraben. Das Seepferd bäumte sich auf, aber er ließ sich weder abwerfen noch entmutigen. Natürlich kämpfte das Hippocampus nicht mit aller Entschiedenheit. Auch wenn es den Reiter abgeworfen hätte, wäre der junge Mann nicht ins Wasser gefallen, sondern im hohen Bogen auf der außen liegenden Böschung des Grabens gelandet und hätte unverletzt die

Flucht ergreifen können. Doch der Fremde setzte sich durch, was für seine Geschicklichkeit sprach.

Sorgfältig untersuchte er das riesige Hauptportal und entdeckte einen verborgenen kleinen Durchlaß, durch den er eindrang. Zwie-Spalt hatte diese Tür so raffiniert eingearbeitet, daß sie dem Auge keinen Anhaltspunkt bot. Allerdings gab sie einem gezielten Stoß bereitwillig nach. Der Eindringling entdeckte sie mühelos, was für seine Intelligenz sprach.

Schließlich traf er auf die Manticora, ein Geschöpf so groß wie ein Pferd, mit Menschenkopf und Löwenkörper, mit Drachenflügeln und dem riesigen Schwanz eines Skorpions. Das Ungeheuer hatte mich um Rat gebeten. Da es nur teilweise menschlich war (bei seiner Zeugung mußte es ein großes Gedränge an einer Liebesquelle gegeben haben!), wollte es wissen, ob es eine Seele habe. Ich konnte es beruhigen. Jeder, der sich um seine Seele sorgte, hatte eine. Glücklich mit dieser einfachen Antwort, versah das Wesen seinen Dienst bei mir. Seine Aufgabe bestand darin, Besucher möglichst abzuschrecken, ohne sie im geringsten zu verletzen. Gelang es ihm – schön. Gelang es ihm nicht – mußte er sie ungeschoren passieren lassen. Der unerschrockene Besucher kam an ihm vorbei, was für seinen Mut sprach.

Nun gut, ich mußte mir seine Frage anhören. In aller Regel wußte ich im voraus, was sie von mir wollten. Doch dieser Ankömmling war undurchschaubar, auch fand ich keinen Hinweis im Buch der Antworten. Also mußte ich ihn wohl oder übel fragen. Schon diese Mühe ärgerte mich. Ich hatte bereits eine Unzahl Liebestränke für Bauerntölpel und Schönheitswässerchen für Mädchen hergestellt, die sie gar nicht benötigten. Alles Nichtigkeiten. Vermutlich wollte der Neue auch nichts anderes. Wie sehr wünschte ich mir eine wirkliche Herausforderung!

Der Rüpel zerrte rücksichtslos am Klingelzug. DING-DONG, DING-DONG! Als ob ich nicht schon längst auf dem Weg war. Nicht mal seinen Namen hatte ich herausbekommen, dennoch wollte ich ihn auf keinen Fall danach fragen. Ich wollte mir nicht die Blöße geben, daß ich, der Informationsmagier, ihn nicht in meinen Büchern gefunden hatte. »Wen soll ich anmelden?« erkundigte ich mich.

»Bink aus dem Norddorf.«

Ha! Name und Herkunft auf einen Schlag, und beide vollkommen nichtssagend. Natürlich hieß so ein Bauer nicht Arthur, Roland oder Charlemagne! Da ich gereizt war, wollte ich ihm einen Streich spielen. »Was für ein Drink?«

»Bink!« versetzte er aufgebracht. »B-I-N-K, für die Schwerhörigen«.

Ich blickte zu ihm hoch. Dieses widerwärtig gesunde Kerlchen erreichte doch tatsächlich die doppelte Höhe meiner knorrigen Jahrhundertgröße. Natürlich war auch ich gesund, aber mit den Jahren nach und nach geschrumpft; außerdem war ich nie so groß oder hübsch gewesen wie er. Welches Problem mochte er schon haben, das die Eintönigkeit meiner Existenz eine Zeitlang aufhellen konnte?

»Trage mir das Ansinnen deines Meisters Bink unverzüglich vor!« stichelte ich weiter.

Erbost stellte er klar, daß er selbst dieser Bink sei. Er sei bereit, ein Jahr bei dem Magier zu dienen, damit er erfuhr, welches magische Talent er besaß.

»Es ist zwar Wucher, aber ich bin darauf angewiesen«, vertraute er mir an. Er hatte mich noch nicht durchschaut und nahm an, ich sei nur ein Diener. Das versprach langsam unterhaltsam zu werden! »Dein Meister schröpft die Leute ja ganz schön.«

Nun fing es an, mir richtig Spaß zu machen. Um mich ein wenig länger zu amüsieren, spannte ich den Bogen noch etwas weiter. »Der Magier ist im Augenblick beschäftigt. Kannst du nicht morgen wiederkommen?«

»Morgen!« explodierte er. Sein ungestümes Wesen nahm mein Herz für ihn ein. »Will der alte Halsabschneider nun ein Geschäft mit mir machen oder nicht?«

Er hatte sich jetzt tief genug hineingeritten. Es wurde Zeit, den Mummenschanz zu beenden. Ich führte ihn hinauf in mein hoffnungslos überfülltes Studierzimmer und nahm hinter dem Schreibtisch Platz. »Wie kommst du eigentlich darauf, daß dein Dienst die Zeit des alten Halsabschneiders wert ist?«

Mit tiefster Befriedigung verfolgte ich, wie die Erkenntnis langsam in seinen dicken Schädel sickerte. Endlich begriff er, mit wem er es zu tun hatte! Er machte ein zerknirschtes Gesicht. »Ich bin stark«, antwortete er schließlich. »Ich kann arbeiten.«

Ich konnte der Versuchung nicht widerstehen, die Daumenschrauben noch fester anzuziehen. »Du siehst aus wie ein Vielfraß und würdest mich mehr Futter kosten als ein Ackergaul.« Möglicherweise traf das sogar zu, dennoch würde es mir ein großes Vergnügen bereiten, so einen naiven Tropf um mich zu haben.

Er zuckte nur die Schultern. Wenigstens hatte er Grips genug zu verstehen, wie unwichtig er war.

»Kannst du lesen?«

»Ein bißchen«, sagte er zögernd.

Also gar nicht. Gut, dann konnte er wenigstens nicht in meinen wertvollen Büchern schnüffeln. »Du gehst mit Beleidigungen recht flott um. Vielleicht könntest du Eindringlinge abwimmeln, die mit ihren kleinlichen Problemen zu mir wollen.« Ob er die Anspielung verstand, daß sein eigenes Problem genauso nichtssagend war? Sein Talent hätte ich ohne weiteres ermitteln können. Wahrscheinlich bestand es darin, die Farbe eines Stohhalms zu verändern oder etwas ähnlich Überflüssiges. Der Sturmkönig verlangte, daß jeder ein magisches Talent vorwies. Die meisten waren jedoch kaum der Rede wert. Auch dieses Gesetz war lächerlich.

»Gut möglich«, pflichtete er mir bei. Anscheinend wollte er mich nicht weiter aufregen.

Ich hatte mittlerweile genug von allem. »Nun mach schon, wir haben nicht den ganzen Tag Zeit«, drängte ich und erhob mich. Im Bedarfsfall stand mir natürlich der ganze Tag zur Verfügung. Der Vorteil an der Langeweile war, daß Ablenkungen immer willkommen waren, besonders die amüsanten.

Ich setzte Beauregard auf ihn an. Der Dämon arbeitete immer noch an seiner Studie ›Fehlbarkeit von fremden Formen intelligenten Lebens‹. Nach Jahrzehnten frustierender Forschung war er schließlich zu mir gekommen und hatte um Hilfe gebeten. Ich hatte ihm den Vorschlag gemacht, ein oder zwei Jahrzehnte in der Flasche zu verbringen und mir dabei zu helfen, die Fragen verschiedenster Geschöpfe zu beantworten. Dadurch bekäme er einen ganzen Berg Fehlbarkeiten zum Analysieren. Er hatte sich einverstanden erklärt, Dienst und Forschung zu verbinden und sich zwischendurch höchstens ein Nickerchen zu gönnen. Er sollte zum Schein angeben, an Flasche und Pentagramm gefesselt zu sein, obwohl ihn laut Vertrag keines von beiden bannte. Diese List sollte verhindern, daß die Besucher durch die Manifestation eines echten Dämons zu Tode erschreckt wurden. Warum sollte man sie eines Besseren belehren? Dämonen waren nicht annähernd so fürchterlich, wie sie gemeinhin dargestellt wurden. Einige, wie zum Beispiel Metria oder meine Exfrau Dana, konnten von Zeit zu Zeit ausgesprochen liebreizend sein. Mitunter aber konnte der Umgang mit ihnen auch ziemlich knifflig werden. Mein Sohn Crombie hatte das am eigenen Leib erfahren müssen.

Ich hob die Flasche vom Regal und schüttelte sie, damit der Dämon aufwachte. Die Flasche nur zu entkorken, nützte nichts, wenn er einfach weiterschlief. Die Vorstellung konnte nun beginnen. Ich stellte die Flasche ins Zentrum des fünfzackigen Sterns, der auf den Boden aufgemalt war. Dann vollführte ich einige bedeutungsschwangere Gebärden und trat schließlich aus dem Zeichen heraus.

Der Dämon begann mit der Darbietung. Der Korken flog hoch, und eindrucksvoller Rauch breitete sich aus. Die aufwallende Wolke verdichtete sich allmählich zu einer Gestalt. Der ganze Effekt wurde ein wenig ins Komische gezogen, weil der Dämon eine Brille auf der Nase trug. Aber Dämonen waren ebenso wie Menschen verschieden im Temperament. Und dieser hier fühlte sich einfach wohler, wenn er eine Brille fürs Lesen benutzen konnte, genau wie ich.

»Oh, Beauregard!« intonierte ich dramatisch. »Ich beschwöre dich bei der Macht, die mir der Pakt verliehen hat.« Natürlich war das Unsinn, denn der einzige Pakt bestand in unserer Übereinkunft, daß er langweilige Besucher beobachten konnte, ohne sie jedoch übermäßig zu verschrecken. »Sage mir, welches magische Talent dieser Junge, Bink vom Norddorf, besitzt.« Der Kindskopf zeigte sich doch glatt beeindruckt von diesem Geschwätz.

Beauregard spielte mit wie ein Profi. Er richtete sich mit eindrucksvoller Pose vor dem Jungen auf. »Tritt in meine Domäne, Sterblicher, damit ich dich eingehend prüfen kann.«

»Neeein!« stieß Bink hervor und wich zurück. Er nahm alles für bare Münze.

Beauregard wiegte den Kopf, als bedauerte er den Verlust eines schmackhaften Leckerbissens. Natürlich fraßen Dämonen keine Menschen. Sie nahmen überhaupt nichts zu sich außer in den ganz seltenen Fällen, in denen sie die Nahrung weitergeben mußten. Beispielsweise in der Zeit, in der sie halbmenschliche Babies großzogen. Die Dämonin Dana hatte nicht einmal das getan. Sie hatte einfach ihre Seele verloren und schwupps! war sie fort gewesen. »Du bist aber eine ganz schön harte Nuß.«

Jetzt war ich dran. »Ich habe dich nicht um sein Persönlichkeitsprofil gebeten! Welches magische Talent hat er?« Solche Dinge ergründete Beauregard mit einem flüchtigen Blick.

Jetzt konzentrierte sich der Dämon – und zeigte Überraschung. »Er hat Zauberkräfte, starke Zauberkräfte, aber ich kann sie nicht ergründen.« Er warf mir einen finsteren Blick zu und schleuderte mir unsere übliche Beleidigung entgegen. »Entschuldige, Holzkopf.«

»Dann hebe dich hinweg, du Nichtsnutz!« knurrte ich wütend, als wäre es mein Ernst, und klatschte in die Hände. In Wirklichkeit wurde die ganze Angelegenheit zunehmend spannender. Wenn Beauregard das Talent nicht abschätzen konnte, mußte es weit über dem gewöhnlichen Maß liegen.

Der Dämon löste sich in Rauch auf und kehrte in seine

Flasche zurück, um sein Schläfchen wieder aufzunehmen. Aber nein, diesmal las er ein Buch. Ich konnte ihn in Miniaturausgabe dort sitzen und eine Seite umblättern sehen. Der mächtig beeindruckte Bink starrte die Flasche an.

Jetzt machte ich ernst. Ich befragte Bink nach seinem Talent, aber er hatte natürlich keine Ahnung. Also versuchte ich andere Mittel: den Zeiger und die Wandtafel. Ich stellte Fragen, und der Zeiger deutete entweder auf einen Engel – und das bedeutete ja – oder auf einen Teufel –, und das bedeutete nein. Damit wurde aber leider nur bestätigt, was Beauregard bereits festgestellt hatte: starke Magie, nicht näher zu bestimmen.

Da wurde ich hellhörig. Diese Angelegenheit weitete sich zu einer regelrechten Herausforderung aus, was nebenbei auch meinen trüben Tag aufheiterte.

Als nächstes versuchte ich einen Wahrheitsspruch. Nicht, daß ich etwa dachte, Bink sei nicht ehrlich – dafür war er nicht schlau genug –, sondern dieses Hilfsmittel wendete sich direkt an seine geheimnisvollen, magischen Kräfte und forderte sie auf, sich genauer zu erklären. Aber gerade, als ich ihn nach seinem Talent fragen wollte, brüllte die Manticora plötzlich auf: Fütterungszeit. Die Untersuchung hatte mich stärker in den Bann gezogen, als ich bemerkt hatte. Die Zeit war wie im Flug vergangen.

Also stieg ich hinunter, um die Manticora zu füttern, doch es stellte sich heraus, daß sie gar nicht so hungrig war. »Ich weiß nicht, was über mich gekommen ist«, erklärte sie. »Plötzlich mußte ich einfach so laut brüllen, wie ich konnte.«

Merkwürdig. Ich kehrte zu Bink zurück, der, tollpatschig wie er war, während meiner kurzen Abwesenheit einen magischen Spiegel zerbrochen hatte. Er hatte eine Frage gestellt, die über die Möglichkeiten des Spiegels hinausging. Ich war empört. »Du machst mir sehr viel mehr Schwierigkeiten, als du wert bist.«

Ich stellte den Wahrheitszauber wieder her und begann noch einmal, ihn nach seinen magischen Fähigkeiten zu fragen. In diesem Augenblick fiel hinter mir das zerbrochene

Glas aus dem Spiegel und unterbrach meine Konzentration. Verdammt noch mal!

Zum dritten Mal setzte ich den Zauber an, und diesmal bebte das ganze Schloß: Ein unsichtbarer Riese ging vorbei, und sein Schritt ließ die Erde erzittern.

Ich erkannte mit einem Mal, daß hier kein Zufall im Spiel war, sondern irgendein sehr, sehr mächtiger Zauber verhindern wollte, daß ich eine Antwort bekam. Das mußte ein Zauber vom Kaliber echter Magie sein. »Bis zum heutigen Tag war ich der Überzeugung, daß es nur noch drei lebende Personen dieses Rangs gibt, aber offensichtlich existiert noch ein vierter.« Jetzt stellte sich heraus, daß der Spott auf seiner Seite lag, denn ich hatte nur ein überflüssiges Talent bei ihm vermutet. Warum hatte mein Buch der Antworten mich nicht vor der Ankunft dieses seltsamen Magiers gewarnt?

»Drei?« fragte er dümmlich.

»Ich, Iris und Trent.« Den Sturmkönig zählte ich nicht mit. Er war zwar ein Magier gewesen, aber seine Kräfte hatten mit zunehmendem Alter abgenommen. Schon längst hätte er abgesetzt werden müssen. Aber Iris war nur eine Frau, und Trent befand sich seit zwanzig Jahren in der Verbannung. Und ich wollte mir ganz gewiß nicht wieder einen Haufen Arbeit aufhalsen. Hier aber stand ein echter, neuer Magier – das versprach in jeder Hinsicht aufregend zu werden.

»Trent!« stieß er hervor. »Der Böse Magier?«

Ich erklärte ihm, daß Trent nicht wirklich böse wäre, genausowenig wie ich gut. Es handelte sich nur um ein weitverbreitetes Mißverständnis. Aber ich bezweifelte, daß Bink es verstand. Er dachte immer noch in solchen Klischees.

Ich mußte Bink ohne Antwort fortschicken, weil es zu gefährlich wurde, in dieser Richtung weiterzuforschen. Einerseits fand ich es unbefriedigend, andererseits aber auch aufregend. Ein neuer Magier – mit ungeklärter Magie! Wer wollte die daraus entstehenden Verwicklungen überschauen?

Plötzlich überkam mich eine Erkenntnis: Ich konnte nachempfinden, warum einem Geschöpf wie der Dämonin Metria der Sinn nach immer neuen Streichen stand. Wenn ich als Mann von kaum mehr als hundert Jahren schon so scharf auf Abwechslung war, um mir die Langeweile zu vertreiben, wieviel schlimmer mußte es für einen Dämon sein, der über viele Jahrhunderte hinweg ohne Verantwortung und Schwächen existierte. Das hieß nicht etwa, daß ich Metria mochte, aber ich konnte sie für ihren gelegentlichen Unfug kaum ernsthaft tadeln. Ich hatte mich selbst ein bißchen wie ein Dämon aufgeführt, als ich den naiven, jungen Bink vom Norddorf zum Narren hielt.

Später beobachtete ich ihn durch den Spiegel. Zunächst enttäuschte er mich schwer. Er kehrte geradewegs zum Norddorf zurück. Dabei passierte er die unsichtbare Einbahnbrücke, von der ich ihm erzählt hatte. Der Sturmkönig verbannte Bink, da er das Schreiben nicht anerkannte, das ich dem Burschen mitgegeben hatte, um seine ungeklärte Magie bestätigen zu lassen. Der Sturmkönig konnte mich genausowenig ausstehen wie ich ihn, und deshalb schadete meine Bescheinigung wahrscheinlich mehr, als wenn Bink gar kein Talent gehabt hätte. Vielleicht machte dem König die Vorstellung angst, daß bedeutende Magie im Spiel wäre, denn er war nun, da seine magischen Kräfte schwanden, kaum mehr als ein Hochstapler. Er erklärte einfach, Bink sei ohne Magie, und verbannte ihn aus Xanth. Das ärgerte mich zwar fürchterlich, aber mir waren schließlich die Hände gebunden. Wäre mir von vornherein klar gewesen, daß der Sturmkönig so kleinlich reagieren würde, hätte ich nach einer anderen Möglichkeit für Bink gesucht. Da hatte dieser Idiot von König doch tatsächlich einen echten Magier in die Verbannung geschickt!

Hatte er vielleicht die Wahrheit geahnt und Bink aus einem feinen Gespür für den künftigen Rivalen in die Verbannung befohlen? Meine Gereiztheit wuchs sich zum waschechten Ärger aus. Was für ein Dummmkopf war ich bloß gewesen, den Thron an dieses Windei abzugeben.

Inzwischen hatte ich einen neuen Besuch. Es handelte sich um eine junge Frau, die sich Chamäleon nannte. Sie war unscheinbar, fast häßlich. Ihr Talent verblüffte mich: Im Laufe eines Monats verwandelte sie sich nach und nach von einer gewöhnlichen Erscheinung zu einer Schönheit und wieder zurück, bis sie vollkommen häßlich war. Der magische Spiegel zeigte mir die einzelnen Phasen: unbeschreiblich schön in der einen Richtung und erschreckend häßlich in der anderen. Verstand und Charakter hingegen veränderten sich im Gegensinn zu ihrer Erscheinung. So war sie am klügsten im häßlichen Stadium und am dümmsten, wenn sie wunderschön war. Meine Unterlagen bestätigten die Beobachtung. Daraufhin begutachtete ich noch einmal ihre Gegensätze im magischen Spiegel. Mit ihrer Schönheit konnte sie jeden Mann, sogar einen alten Griesgram wie mich, dazu bringen, sie mit unverhohlener Gier anzustarren, so wie jetzt. Ihre Häßlichkeit machte sie zu einer Vettel mit scharfer Zunge, die kein Mann ausstehen konnte.

Natürlich wollte sie ihr Talent loswerden, da es ihr nichts Gutes brachte. Sie lebte in ständiger Gefahr, im dumm-lieblichen Stadium verführt oder im schlau-häßlichen gesteinigt zu werden. Nur die unverfängliche Mittelphase war annehmbar. Außerdem wollte sie den Mann, den sie liebte, für sich gewinnen – ganz zufällig war das Bink. Sie war ihm vor kurzem zweimal begegnet, einmal in dem ... dem ... einem gefährlichen Ort, als sie sich gerade in ihrer lieblichen Phase befand. Sie hatten sich nur wegen seines Edelmuts gerade noch rechtzeitig getrennt. Das andere Mal machte sie ihr unverfängliches Stadium durch, als er von einem Frauenhasser namens Crombie begleitet wurde. Sie war Bink dann bis hierher gefolgt und flehte mich um einen Befreiungszauber an.

Ich verriet ihr nicht, in welchem Verhältnis ich zu Crombie stand, fühlte mich aber verantwortlich. Bink mochte sie nämlich auch in ihrer unverfänglichen Phase ganz gern, doch Crombies Feindseligkeit hatte sie schließlich vertrieben. Crombie hatte ihr irgendeine Geschichte über seine Mutter aufgetischt. Sie sollte in der Lage gewesen sein, Gedanken zu lesen, und hätte seinen Vater damit in den Wahnsinn getrieben. Inzwischen glaubte er wahrscheinlich selbst diesen Unsinn. Vielleicht war das seine Sicht unseres Familienlebens, um die Schande zu verbergen, daß seine Mutter aus Mundania stammte und sein Vater ein schrulliger Magier war.

Ich mußte Chamäleon leider enttäuschen. Ihr Talent war fest mit ihrer Persönlichkeit verbunden und konnte daher nicht entfernt werden, ohne sie damit selbst auszulöschen. Aber ich hatte eine Antwort, für die ich keine Gegenleistung verlangte, weil sie schlimmer als ihr Leiden war: Sie konnte nach Mundania gehen. Dort würde sie dann in ihr unverfängliches Stadium fallen und so bleiben, wie sie war, weder schön noch häßlich, weder schlau noch dumm.

»Wohin geht Bink?« fragte sie.

»Wahrscheinlich nach Mundania«, antwortete ich schwermütig.

»Dann will ich auch dorthin.«

Ich starrte sie an. Das machte tatsächlich einen Sinn. Durch diesen mutigen Schritt bekam sie beides, ihr unverfängliches Wesen und den Mann, den sie liebte. Ich beschrieb ihr den möglichen magischen Pfad und die magische Brücke und warnte sie eindringlich vor dem Versuch zurückzukehren. So schickte ich sie hinter Bink her. Vielleicht war es das beste für sie. Wenn sie sich beeilte, konnte sie ihn einholen, vielleicht sogar schon, bevor er Xanth verließ. Aber erst danach wäre besser, denn ansonsten befände sie sich in ihrer schlau-häßlichen Phase. Sie mußte erst ihr Talent loswerden, bevor sie sich ihm zeigte.

Ich wünschte ihnen, daß sie in Mundania glücklich wurden. Wie ich wußte, war es nicht nur ein schreckliches Land, wenn man seine Vorzüge zu nutzen verstand. Schließlich hatte ich fünfunddreißig Jahre lang zufrieden mit einer mundanischen Frau zusammengelebt. Aber ich haßte den

Gedanken, daß die großen Kräfte eines Mannes vom Rang eines echten Magiers verlorengehen sollten. Es war eine so ungeheure Verschwendung.

Bink zog verdrossen davon, und ich glaubte, ich war noch verdrossener als er.

Aber als er sich jenseits des Schilds befand, wurde es plötzlich aufregend. Denn dort stand eine mundanische Armee – und der Magier Trent führte sie an! Mein magischer Spiegel konnte mir auch Szenen zeigen, die sich noch ein wenig außerhalb des Schilds ereigneten. Xanth endete nicht mit dem Schild – dort war lediglich die offizielle Grenze. Trent war zurückgekehrt, und in dem begrenzten Abschnitt zwischen Mundania und dem Schild wirkte seine Magie wieder.

Dann überschlugen sich die Ereignisse. Trent nahm Bink und Chamäleon gefangen und wollte sie zwingen, seinen Einmarsch nach Xanth zu unterstützen. Aber sie weigerten sich und versuchten zu fliehen. Trent heftete sich sofort an ihre Fersen. Ein sonderbarer Zufall brachte sie an einen Teil des Schildes, der von einem Fluß unterspült wurde. Sie sprangen in den Strom und wurden zurück nach Xanth und verschiedenen gefährlichen Abenteuern in die Arme getrieben. Dann ...

Ich war überrascht. Alle drei – nunmehr durch die Widrigkeiten des xanthischen Urwalds notgedrungen Verbündete – schlugen sich bis nach Schloß Roogna durch! Und das Schloß ließ sie ein und unterstützte sogar ihre Annäherung, *weil zwei von ihnen Magier waren.* Die rechtliche Struktur Xanths war dem Schloß egal. Es wollte einfach, daß wieder ein echter Magier König wurde und Struktur und Machtstellung des Schlosses erneuerte, damit es wieder als Zentrum von Xanth auferstand. Und das war das Schlechteste nicht.

Dann zogen die drei von Schloß Roogna aus weiter und blieben in einer Art Waffenstillstand zusammen, obwohl Bink und Chamäleon sich immer noch gegen den Magier Trent stellten. Törichterweise blieben die beiden der herrschenden Ordnung gegenüber treu. Ich mußte den Kopf schütteln, als ich sie im Spiegel beobachtete.

Es wurde sogar noch schlimmer. Die beiden Männer kamen überein, ihre Streitigkeiten in einem Duell beizulegen. Somit stand Magier gegen Magier, und das war gefährlich. Aber im Verlauf der schier unglaublichen Zufälle, die Trent daran hinderten, Bink in etwas Harmloses zu verwandeln, wurde Binks Talent endlich offenkundig. *Magie konnte ihm keinen Schaden zufügen!* Nicht einmal Magie der Magierklasse. Das erklärte auch, warum magische Angriffe immer irgendwie an ihm vorbeigegangen waren. Er besaß allem Anschein nach das wundersamste Talent in ganz Xanth.

Aber Trent, der dies schnell erkannte, blieb unbeeindruckt. Er griff einfach zu seinem Schwert, denn Binks Talent schützte nicht gegen körperliche Angriffe. Chamäleons Einschreiten rettete ihn im letzten Augenblick. Todesverachtend fing sie aus Liebe zu Bink den Schlag ab, der ihm zugedacht war.

Trent senkte den Schwertarm. Den Thron wollte er nicht um den Preis zweier junger Leben erringen. Bink kam schließlich zu mir und erhielt ein Heilelixier für Chamäleon. Ich hatte diese Geschichte vereinfacht dargestellt, aber sie mußte an dieser Stelle ausreichen. Das vollständige Geschehen war von der Muse der Geschichte aufgezeichnet worden.

Schließlich starb der Sturmkönig, und alles wurde anders. Die Ältesten baten mich selbstverständlich, den Thron zu besteigen, aber ich wies sie auf eine andere Möglichkeit hin.

So kam es, daß der Magier Trent König wurde und den früheren Glanz von Schloß Roogna wiederherstellte. Er freite die Zauberin Iris und machte sie zur Königin, damit sie kein Unheil anrichten konnte. Crombie trat ins königliche Heer ein. Bink heiratete Chamäleon und war mit allen ihren Verwandlungen zufrieden. Er wurde zum Amtlichen Forscher von Xanth ernannt. Damit erhielt er die Berechtigung, speziell auf magischem Gebiet ohne Eischränkungen zu forschen. Es war in der Tat ein glücklicher Ausgang der Ereignisse.

Kaum hatten die Wogen sich geglättet, verstrickte sich Bink auch schon in neue Schwierigkeiten. Seine Frau Chamäleon erwartete den Storch. Der Wechsel von Schönheit und Häßlichkeit setzte sich unverändert fort. Sie war nicht glücklich darüber. Im nachhinein war ihr aufgegangen, daß sie eigentlich kein Baby wollte. Aus Sorge darum aß sie übermäßig viel und bekam einen außerordentlich fetten Bauch. Viele Frauen taten das. Normalerweise nahmen sie nach der Ankunft des Storchs recht schnell ab, weil die Pflege des Babys sie gewaltig auf Trab hielt. In ihrer schlau-häßlichen Phase war Chamäleon mit Sicherheit keine angenehme Gesellschaft.

Deshalb zog Bink es schließlich vor, die Quelle der Magie zu suchen. Bei seinem Abenteuer begleiteten ihn zwei weitere unzufriedene männliche Wesen: zum einen Chester Zentaur, dessen häßliche Nase noch geknickter aussah, denn seit der Ankunft seines Fohlens Chet war seine Stute Cherie unausstehlich geworden; zum anderen Crombie, mein Sohn, der Soldat, der seine Herkunft verleugnete und von den herrischen Allüren der Königin Iris die Nase voll hatte. Ich konnte ihm das wahrhaftig nicht verübeln. Selbst einem normalen Mann ginge sie bald auf die Nerven, wenn er sie ständig um sich hätte. Crombies magische Kraft, Dinge aufzuspüren, ließ sich bei der Suche vortrefflich verwenden. Denn sie wies ihnen die Richtung, in der die Quelle der Magie liegen mußte. Außerdem hatte König Trent Crombie in einen Greif verwandelt. So konnte er zugleich fliegen und kämpfen, um die Gruppe zu beschützen. Bink ritt auf dem Zentauren.

Zunächst kamen sie einem Drachen in die Quere. Dann stöberten sie ein Nest von Nickelfüßlern auf. Trotz dieser Schwierigkeiten behielten sie den eingeschlagenen Weg bei, so daß sie zu meinem größten Bedauern schließlich auf meinem Schloß eintrafen. Sie baten um Rat für ihre Suche, ich aber wußte, was sie im Schilde führten. Das war kein harmloser Spaziergang! Sie suchten die Quelle der Magie, und deshalb brauchten sie unterwegs einen vollwertigen Magier.

Ansonsten hatten sie nicht die geringsten Erfolgsaussichten und begaben sich in Lebensgefahr. Sogar Bink. Zwar konnte Magie ihm nichts anhaben, doch Xanth barg auch eine ganze Menge nichtmagischer Gefahren.

Betrüblicherweise überwand Bink aufs neue die abweisenden Fallen meines Schlosses, und ich mußte schließlich doch mit ihm sprechen.

Als ich ihnen erklärte, daß sie ohne Magier nicht auskommen konnten, legte Bink mich völlig falsch aus.

»Du alter Gauner!« rief er. »Du willst also selbst mitkommen!«

»Ich habe nicht darum gebeten«, erwiderte ich gereizt. »Diese Suche ist viel zu wichtig, um von einem Laien wie dir verpfuscht zu werden. Trent hat das gewußt, als er euch hierherschickte. Und da kein anderer mit dem notwendigen Fachwissen ausgestattet ist, bin ich geradezu gezwungen, dieses Opfer zu bringen. In einem Punkt täuschst du dich aber gehörig – ich bin gar nicht erfreut darüber.«

Ich verriegelte das Schloß sorgfältig und machte mich mit ihnen auf den Weg. In meinem Gepäck führte ich eine Anzahl magischer Zauberutensilien mit. Gerüchten zufolge sollten mir ungefähr hundert Sprüche zur Verfügung stehen, aber das war eine glatte Untertreibung. Ich hatte mich dafür entschieden, auch Grundy Golem mitzunehmen, der in meinen Diensten stand. Er besaß das Talent der Übersetzung, und dieser abscheuliche, kleine Marionettenmann war wirklich dazu fähig. Ich mußte es schließlich wissen, denn ich hatte ihn vor vier Jahren eigens zu diesem Zweck ins Leben gerufen, mußte dann aber erleben, daß dieser undankbare Wicht mich versetzte. Als er entdeckte, daß er nicht wirklich lebte, kehrte er zu mir zurück. Er bat mich in dieser Sache um Rat, aber wie so viele Unwissende würdigte er meine Antwort nicht angemessen. »Würdigen!« Natürlich mußte man sich ein wenig mit der Antwort auseinandersetzen, um sie in ihrer ganzen Tiefe ergründen zu können.

Dummerweise machte Grundy sich einen Spaß daraus, Greif Crombies Aussagen irreführend zu übersetzen. Damit entfachte er einen Streit zwischen Crombie und Chester, der – um es einmal in aller Deutlichkeit zu sagen – auch nicht gerade eine blumige Sprache besaß. Beispielsweise übersetzte er den Vogellaut für ›Zentaur‹ mit ›Pferdehintern‹ oder ›Arsch‹ und heuchelte Unkenntnis darüber, auf welches Ende des Zentauren das nun anspielte. Ich hielt mich da raus. Für mich blieb Crombie solange ein Fremder, wie er mich weiterhin verleugnete.

Die Nacht brach herein, ehe wir unser Ziel erreicht hatten, und wir strebten zu einem Unterschlupf. Crombies Talent fand für uns das Haus eines Ogers. Da ich dem Ganzen mißtrauisch gegenüberstand, rief ich zur Sicherheit Beauregard an. Die Gesichter der anderen verrieten Verblüffung, als der Dämon und ich die üblichen, freundlichen Beleidigungen austauschten. »Natürlich ist es sicher«, bestätigte er. »Euer Unternehmen ist das Unsichere an der Sache.« Er klärte uns ferner darüber auf, daß der Oger vegetarisch lebte und uns die Knochen daher nicht zermalmen würde. Diese merkwürdige Behauptung erwies sich als zutreffend, denn Knacks war ein wahrer Friedensengel unter den Ogern.

Also erfreuten wir uns nach einem kleinen Wortduell der Gastfreundschaft Knacks. Er setzte uns ein gutes Mahl vor: Morchelsuppe mit frischen Nüssen. Anschließend erzählte er uns seine Geschichte, die Grundy Golem in ungehobelten Reimen wiedergab. Eine Strudelungeheuer-Schauspielerin, die die Rolle einer ausgesprochen häßlichen Ogerfrau spielte, war ihm zum Schicksal geworden: Knacks hatte sich unsterblich in sie verliebt. Nachdem er sie entführt hatte, versteckte er sie vor den anderen Strudelungeheuern. Ihrem schrecklichen Fluch entkam er nur, indem er Vegetarier wurde, denn der Fluch richtete sich ausschließlich gegen einen Knochenknirscher. Für einen Oger war das eine überraschend raffinierte List. Wahrscheinlich aber war es die Schauspielerin gewesen, die ihn auf diesen Einfall brachte und damit geschickt verhinderte, daß er ihre Knochen zermalmte.

Die Schein-Ogerin lag zur Zeit betäubt im Toten Wald.

Knacks fragte uns, ob er sie hierherholen dürfte. Crombie, Chester und Bink begrüßten es (Crombie der Frauenhasser hatte angenommen, daß Knacks genau das Gegenteil täte. Er wußte nämlich nicht, daß Oger Gefallen daran finden, von ihren Frauen gequält zu werden). Beauregard, der ihre Unterhaltung gespannt verfolgt hatte, lernte auf diese Weise die Feinheiten intelligenten Lebens in Xanth kennen und kehrte anschließend in sein Reich zurück, um weiter an seiner Abhandlung zu arbeiten.

Am nächsten Tag zogen wir auf einem magischen Pfad weiter zum Dorf des Magischen Staubes, das ausnahmslos von verschiedenartigsten weiblichen Wesen bewohnt wurde. Ihre Männer waren von der zauberhaften Melodie der Sirene weggelockt worden. Wir trafen dort Trollfrauen, Harpyien, Waldnymphen, Schemen, Feen, Elfen, Zentaur-Mädchen, Greiffrauen und sogar eine Golemfrau, die Grundy Gesellschaft leistete. Ihre Existenz überraschte mich. Irgend jemand mußte sie vor nicht allzu langer Zeit geschaffen haben, denn es gab eigentlich keine weiblichen Wesen dieser Art. Die Frauen waren geradezu versessen auf männliche Gesellschaft und überschütteten uns mit Zärtlichkeiten. Wir nahmen das mit gemischten Gefühlen hin, denn zwei von uns waren ihren Ehefrauen treu verbunden, und Crombie haßte Frauen.

Dann begann die Sirene zu singen – und wir wurden unwiderstehlich von ihr angelockt. Die Frauen versuchten zwar, uns zurückzuhalten, aber es gelang ihnen nicht. Nur Crombie, der Frauenhasser und Greif, wehrte sich heftig. Er schlug seine Fänge in den nächstbesten Gewirrbaum, an dem wir vorbeikamen, woraufhin wir in einen Kampf mit dem Baum verwickelt wurden, der seine Fangarme fest um uns schlang. Crombie kämpfte sich frei und flog fort – kehrte dann aber mit den Frauen des Dorfes zurück, die dem Baum mit Fackelfeuer zusetzten. Unter der Leitung unseres Frauenhassers attackierte die stolze Zahl von fünfzig Frauen die Fangarme. Sie waren grimmig entschlossen und furchtlos. Vermutlich war das der Anfang vom Ende der Probleme Crombies mit Frauen, obwohl es noch eine ganze Weile dauern sollte, bis das Ende des Endes kam.

Doch bevor die Schlacht entschieden war, lockte wieder das Lied der Sirene. Es hypnotisierte uns. Wir Männer konnten uns seinem Zauber nicht widersetzen, doch auf die Frauen hatte es keinen Einfluß.

Glücklicherweise half uns ein Zwischenfall. Ein Rammbock schrammte einen Granatapfel, der in unmittelbarer Nähe von Chesters Kopf hing, und der Knall machte ihn vorübergehend taub. Jetzt konnte er die Sirene nicht mehr hören und war von ihrem Zauber befreit. Mit einem Pfeil durchbohrte er ihr Herz. Der Gesang verstummte abrupt.

Wir traten näher und entdeckten, daß sie noch lebte. Auf einer kleinen Insel mitten im See lag die lieblichste Meerjungfrau, die ich je gesehen hatte. Ihr Haar schimmerte wie der goldene Sonnenschein, ihr Fischschwanz glitzerte wie ein munterer Bergbach, und ihr bloßer Busen … Die Verschwörung der Erwachsenen hinderte mich daran, ihn zu beschreiben, weil eines Tages ein Jugendlicher zufällig diese Worte lesen könnte. Nun lag die Sirene blutüberströmt zu unseren Füßen, obwohl sie stets nur unschuldige Liebe im Sinn gehabt hatte.

Ich war verwirrt und fragte meinen magischen Spiegel. Er bestätigte mir, daß sie uns nichts Böses wollte. Schnell griff ich nach meiner Heilwasser-Phiole und heilte die Meerjungfrau. Es war eine helle Freude, die Wirkung der Magie zu beobachten.

Daraufhin erfuhren wir, daß die Sirene die Männer zwar anlockte, ihre Schwester aber, eine Gorgone, sie dann unwiderstehlich auf die nächste Insel zog. Ihr Blick verwandelte Männer zu Stein. Bei Frauen blieb die Wirkung zunächst aus. Doch später, als sie erwachsen wurde, versteinerte sie Männer, Frauen und sogar Tiere. Eigentlich hätte man sie aufgrund dieses erstaunlichen Talents als Zauberin anerkennen müssen. Das war zumindest meine persönliche Meinung, aber aus einem bestimmten Grund, auf den ich noch zu sprechen kommen werde, war ich in diesem Fall nicht objektiv.

Im Augenblick erfreute uns die Sirene als anmutige und liebevolle Gastgeberin. Obwohl sie eine Meerjungfrau war, konnte sie sich Beine wachsen lassen und an Land gehen. Eine ganze Reihe von Meerleuten sind dazu in der Lage, aber die meisten machen sich nicht diese Mühe. Sie bereitete uns zunächst ein Abendessen aus Fisch und Seegurke und dann ein Bett aus weichen, trockenen Schwämmen. Wir verbrachten eine angenehme Nacht.

Am nächsten Morgen zogen wir weiter, um der Gorgone entgegenzutreten. Meinen Gefährten mußte ich die Augen verbinden. Ich selbst benutzte den Spiegel, weil er zwar ihre Gestalt, nicht aber den Versteinerungszauber reflektierte. Diese besondere Magie nennt man Polarisation.

Die Gorgone stand ihrer Schwester an Lieblichkeit nicht nach. Sie hatte keinen Fischschwanz und sah, bis auf ihr Haar, das aus kleinen Schlangen bestand, völlig menschlich aus. Erstaunlich, wie hübsch sie ihr niedliches Gesicht umrahmten. Sie war genauso rührend unschuldig wie die Sirene und hatte keine Ahnung von dem Unheil, das ihre Magie anrichtete. Auf der ganzen Insel standen steinerne Statuen herum. Sie hielt sie für Geschenke und begriff nicht, daß sie das einzige waren, was von den Männern übrigblieb.

Ich versuchte, es ihr zu erklären, doch ihre hinreißende Schönheit im Spiegel betörte mich ganz und gar. Ich begehrte sehnlichst, mich umzudrehen und ihr direkt in die Augen zu blicken. Aber ich wagte es nicht. »Männer dürfen nicht mehr hierherkommen«, forderte ich. »Sie müssen zu Hause bei ihren Familien bleiben.«

»Könnte nicht wenigstens ein Mann kommen, der eine Weile bei mir bleibt?« flehte sie.

»Ich fürchte, nein! Männer sind einfach nicht ... äh, das Richtige für dich.« Was für eine Tragödie! Jeder Mann würde dieses schöne Geschöpf lieben, aber bevor er die Möglichkeit dazu hätte, würde er in Stein verwandelt.

»Aber ich habe doch so viel Liebe zu geben! Wenn nur ein einziger Mann käme! Auch ein kleiner. Ich würde ihn für immer umsorgen und ihn unbeschreiblich glücklich machen.« Je länger ich mit ihr sprach, desto elender wurde mir ums Herz.

»Du mußt in die Verbannung«, brachte ich mühsam hervor. »In Mundania wird sich dein unglückseliger Zauber auflösen.«

Aber davon wollte sie nichts hören. »Ich kann Xanth einfach nicht verlassen. Ich liebe zwar die Männer, aber meine Heimat liebe ich noch mehr. Wenn das die einzige Wahl für mich ist, dann flehe ich Euch an, mich zu erschlagen und meinem Jammer auf der Stelle ein Ende zu machen.«

Ich war entsetzt! »Dich erschlagen? Das könnte ich nicht! Du bist das allerlieblichste Geschöpf, das ich je gesehen habe! In meiner Jugend hätte ich ...«

»Wieso? Ihr seid doch nicht alt, mein Herr«, hielt sie mir entgegen, und ihr Lächeln sprach Bände. »Ihr seid doch ein begehrenswerter Mann.«

Meine drei Gefährten mit den verbundenen Augen wieherten, prusteten und erstickten fast vor Lachen. Das reizte mich irgendwie. »Du schmeichelst mir«, entgegnete ich gerührt. »Aber ich habe mich um gewisse Angelegenheiten zu kümmern.« Ich mußte mich beeilen, da ich Gefahr lief, von dieser verführerischen Frau in zweifacher Hinsicht getroffen zu werden: Mein Körper würde sich in Stein verwandeln und mein Herz zerfließen.

»Von allen Männern seid Ihr der einzige, der geblieben ist, mit mir zu sprechen«, fuhr die Gorgone leidenschaftlich fort. Selbst die kleinen Schlangenhaare blickten mich durch den Spiegel flehentlich an. »Ich bin so einsam! Ich beschwöre Euch, bleibt bei mir. Ich werde Euch ewiglich lieben.«

Verzaubert durch dieses jungfräuliche Flehen hätte ich ihr beinahe das Gesicht zugewandt, doch meine Gefährten warnten mich rechtzeitig. Ich zögerte, denn die Vorstellung reizte mich sehr, von einem solchen Geschöpf geliebt zu werden. Viel zu lange war ich schon allein gewesen. »Gorgone, wenn ich dich direkt ansehe ...«

»Kommt!« drängte sie, denn sie verstand immer noch

nicht, welche Gefahr sie für Männer darstellte. »Küßt mich. Ich möchte Euch zeigen, wieviel Liebe ich zu geben habe. Euer geringstes Wort ist mir Befehl – wenn Ihr nur bleiben wolltet!«

Oh, was für eine Versuchung! Plötzlich erkannte ich, wie einsam ich inzwischen geworden war. Acht lange Jahre waren vergangen, seit meine vierte Frau nach Mundania zurückgekehrt war! Vierte Frau? Warum konnte ich mich eigentlich nur an drei erinnern? In dieser Zeit hatten sich zwar einige junge Damen um mich bemüht, aber meine Macht als Magier und nicht mein verwachsener, gebeugter Körper oder mein griesgrämiger Charakter hatten sie angezogen. Und ganz gewiß kamen sie nicht wegen meines Haufens verschlissener Socken! Wie also hätte ich ihnen trauen sollen? Die Gorgone wußte nichts von mir und bat trotzdem um meine Gesellschaft.

»Meine Liebe, ich kann nicht«, bedauerte ich zutiefst. «Wenn ich leugnete, nicht gern bei dir bleiben zu wollen, müßte ich lügen! Normalerweise hätte ich mich gefreut, ein oder zwei Tage mit dir zu verbringen, obwohl meine Liebe blind wäre. Aber nur ein Magier könnte ungefährdet bei dir sein, und ...«

»Dann bleibt ein oder zwei Tage!« stieß sie hervor. Ihr Busen – ich war mir sicher, daß es zwei Brüste waren – hob und senkte sich erregt. Bei diesem Anblick fühlte ich mich vierzig Jahre jünger. »Dann seid meinetwegen mit Blindheit geschlagen! Denn kein Magier würde sich mir nähern. Aber auch ein Magier könnte nicht liebenswerter sein als Ihr, mein Herr!«

Sie wußte also wirklich nichts über mich! Sie schmeichelte mir mit schönen Worten und erreichte ahnungslos mein Herz. »Wie alt bist du, Gorgone?« fragte ich beziehungsvoll.

»Ich bin achtzehn! Ich bin alt genug!«

Und ich war hundertzehn. Was dachte ich mir eigentlich dabei? Das war das Spiel, das Metria allzugern mit Männern trieb. Das Heilwasser hatte mich zwar erstaunlich jung gehalten, aber wie konnte ich nur daran denken, eine Liebelei mit diesem Kind einzugehen? »Ich bin zu alt«, schloß ich mit tiefem Bedauern. »Selbst dein unwiderstehlicher Charme kann das nicht ändern.«

Ihr anmutiges Gesicht verdüsterte sich im Spiegel. Die Schlangen hingen traurig herunter, als wären sie völlig am Boden zerstört. Tränen quollen ihr aus den Augen und rannen die Wange hinunter. »Oh, mein Herr, ich flehe Euch an ...«

Ich seufzte und gab einer Regung nach, die ich später vielleicht bereuen würde. »Wenn meine Suche beendet ist und du deine Meinung in der Zwischenzeit nicht geändert hast, darfst du mich in meinem Schloß besuchen ...«

»Ja, ja!« rief sie eifrig. »Wo befindet sich Euer Schloß?«

»Frag einfach nach Humfrey. Man wird dir den Weg dorthin weisen. Aber du wirst einen Schleier tragen müssen ... nein, sogar das würde nicht ausreichen, denn deine Augen ...«

»Bedeckt nicht meine Augen!« begehrte sie auf. »Ich muß sehen können!«

»Moment mal.« Ich kramte in meinem Gepäck und stieß auf einen Zauber, der geeignet war: Unsichtbarkeits-Make-up. »Das ist zwar nicht die beste Lösung, aber sie muß genügen. Halt die Phiole vor dein Gesicht und öffne sie.« Ich reichte ihr das Fläschchen über die Schulter.

Sie befolgte, was ich ihr gesagt hatte. Der Korken sprang mit einem Plopp heraus, und ich hörte das Zischen des ausströmenden Dampfes. Kaum hatte er ihr Gesicht verschleiert, da verschwand er auch schon wieder, und mit ihm ihr Gesicht. Wo es sich einst befand, stieß der Blick nun ins Leere.

Ich senkte meinen Spiegel und wandte mich um. »Aber Ihr habt doch gesagt ...«, rief sie überrascht, denn sie ahnte nichts von der Veränderung.

Ich hielt ihr den Spiegel hin, den sie rasch ergriff und hochhob. Es folgte ein Aufschrei.

Dann gab sie den Spiegel zurück und kam mir ganz nahe. Sie küßte mich. Wie süß! Ich konnte ihr Gesicht berühren, aber nicht sehen.

»Wie lange habe ich mich danach gesehnt«, flüsterte sie. »Ich danke Euch. Ihr seid wunderbar!«

Sie trat zurück, und ich rang mühsam um Fassung. »Freunde, ihr könnt jetzt die Augenbinden abnehmen«, brachte ich schließlich hervor. »Die Gorgone ist ungefährlich.« Das war eine höchst irreführende Behauptung, denn jetzt hatte sie eine weitaus größere Wirkung auf mich als zuvor.

Die anderen nahmen die Binden ab und betrachteten die Gorgone. Sie waren sichtlich beeindruckt, und ich konnte mich eines gewissen Stolzes nicht erwehren.

Ich benutzte meinen magischen Spiegel, um mit Schloß Roogna in Verbindung zu treten, und berichtete von unseren Fortschritten. Königin Iris meldete sich, und mit Hilfe ihrer Illusionskraft klang die Stimme direkt aus dem Spiegel. Ihre Fähigkeiten waren inzwischen zwar gewachsen, aber eigentlich hatte sie den ausgiebigen Unterricht, den ich ihr in der Kindheit erteilt hatte, nur selten genutzt. Das war der Haken an der Macht: Sie machte faul und überheblich.

Als die Königin mich Guter Magier nannte, ging der Gorgone plötzlich auf, mit wem sie es zu tun hatte. Ihre Gefühle für mich litten dadurch nicht im geringsten. Sie umarmte mich und gab mir einen weiteren Kuß auf den Mund. Die Haarschlangen zischten und schnappten nach meinen Ohrläppchen. Glücklicherweise waren sie zu klein, um Schaden anzurichten, und auch nicht giftig.

Wir kehrten zum Dorf des Magischen Staubes zurück und versicherten den Frauen, daß künftig keine Männer mehr angelockt würden. Betrüblicherweise besaß ich nicht die Macht, die Steinmänner wieder ins Leben zurückzurufen. Die Gorgone mochte zwar keine vollständige Zauberin sein, aber ihre Macht war stark genug, jedem meiner Sprüche zu widerstehen. Das machte vielleicht auch einen Teil ihres Reizes aus. Natürlich blieb ich ein wenig befangen, nachdem ich unvermittelt diesem fesselnden Wesen begegnet war.

Die Frauen gaben uns eine Greiffrau als Führerin mit. Wir durchquerten das Gebiet des Wahnsinns, wo dicker, magischer Staub das Denken verwirrte. Aber Crombies Talent führte uns sicher hindurch. Unterwegs durchzogen wir einen fabelhaften Landstreifen mit Insekten, und ich entdeckte sogar eine neue Spezies: einen buntstiftgemäldebunten Käfer. Voller Begeisterung machte ich mir sorgfältige Notizen über meinen neuen Fund.

Leider trafen wir in dieser Region auf unheilvolle Magie. Ein Midasflügler umschwirrte uns und wollte sich auf mir niederlassen. Ich duckte mich schnell, denn ich war mir der Gefahr nur zu genau bewußt. Dabei fiel ich von Crombies Rücken. Nun schwirrte das Insekt auf Crombie zu, doch die Greiffrau stieß ihn beiseite und versperrte dem Flügler den Weg.

Beide berührten sich, und plötzlich verwandelte sich die Greiffrau in eine goldene Statue. Sie hatte sich für uns geopfert. Crombie war sichtlich erschüttert. Mit welchen Augen betrachtete ein Frauenhasser eine Frau, die ihr Leben für ihn hingegeben hatte? Diese Tat gab ihm bestimmt einige Rätsel auf. Vermutlich hätte sie es nicht getan, wenn sie durchschaut hätte, daß er gar kein Greif war. Ich hielt es jedoch nicht für angebracht, darauf hinzuweisen.

Jetzt standen wir ohne Führer da. Alle waren sich über die gefährliche Situation im klaren. Da sich der Tag dem Ende zuneigte, mußten wir ein Nachtlager suchen. Wir fanden die Knochen einer uralten Sphinx und schlugen dort unser Lager auf. Crombies Talent bestätigte, daß hier der sicherste Ort war.

Aber die Schwierigkeiten hatten gerade erst begonnen. Bink suchte nach Eßbarem und brachte es mir zur Prüfung. Mir standen die Haare zu Berge, und nur mein Alter bewahrte mich davor, ihn hysterisch anzuschreien. »Das ist ein Blauer Leidenspilz!« stieß ich hervor. »Schmeiß das Ding sofort weg!« Ein Bissen genügte nämlich, und der Körper wurde zunächst völlig blau und schmolz dann zusehends zu einer Pfütze zusammen, die das umgebende Pflanzenreich abtötete. Merkwürdigerweise hatte Crombies Magie den Pilz empfohlen, ihn gar als allerbestes Essen ausgewiesen.

Eine zweite Prüfung Crombies riet von seinem Genuß allerdings entschieden ab, denn es handelte sich dabei um den gefährlichsten Pilz überhaupt. Was ging hier vor?

Zunächst waren wir ratlos. Doch dann entdeckten wir, daß uns ein Holzscheit, das unter der Bezeichnung Umkehrholz bekannt war, getäuscht hatte. Bei Berührung kehrte es die Magie der betroffenen Person einfach um. Mir schauderte vor der tödlichen Gefahr! Augenblicklich notierte ich es mir. Diese Magievariante mußte sich entwickelt haben, nachdem ich mein Gutachten über magische Kräfte erstellt hatte. Schon früher hatte ich diese Gegend durchquert, ohne ihr zu begegnen.

Nachts spitzte sich die Lage weiter zu. Die Sternenbilder belebten sich. Chester ließ sich auf ein Duell mit einem Zentaursternbild ein, und wir kletterten in den Himmel. Glücklicherweise erkannte Grundy unser Dilemma und beendete einen Teil vom Täuschungsspuk, indem er das Umkehrholz in unsere Nähe brachte. In Wirklichkeit hingen wir in den Ästen eines Baumes! Wir waren in der Tat im Gebiet des Wahnsinns!

Wir stiegen vom Baum; aber die Sternenbilder wollten nicht von uns lassen. Sie kamen vom Himmel herab und griffen uns am Boden an. Nachdem wir sie zurückgeschlagen hatten, leiteten sie einen Himmelsstrom auf uns, der uns ertränken sollte. Vermutlich waren wir einem Gewittersturm ausgesetzt worden, aber die Wirkung blieb die gleiche: Wir waren völlig durchgeweicht und fühlten uns erbärmlich.

Die Rettung verdankten wir eigentlich dem Umkehrholz, denn es wandelte Grundy Golems selbstsüchtiges Wesen in das eines vor Sorgen zerfließenden Mütterchens. Darin lag eine gewisse Ironie, aber wir waren weit davon entfernt, uns Gedanken darüber zu machen.

Wir setzten unseren Weg in Richtung des Ogerlagersees fort, wo die Strudelungeheuer hausten. Ich wollte ein Stück von dem Umkehrholz in eine Flasche zaubern, doch das fragliche Holzscheit kehrte den Spruch einfach um und steckte mich in die Flasche. Die anderen fanden das natürlich sehr spaßig. Nach etlichen Ansätzen setzte ich mich schließlich durch. Daraufhin erforschte ich die Quelle der rätselhaften Erdhügel, die sich die ganze Zeit über in unserer Nähe aufwarfen. Zippzapper – eine Unterart der großen Familie der Wühlmäuse – waren dafür verantwortlich. Diese kleinen Kerle buddelten ihre Gänge nahe der Erdoberfläche und hinterließen dabei die besagten Hügel. Ob sie uns nachspionierten? Und wenn, warum? Mein magischer Spiegel gab keine eindeutige Antwort. Vielleicht verdunkelten die unterirdischen Gänge das Bild?

Auf unserem Weg zur Quelle der Magie mußten wir unweigerlich durch das Gebiet der Strudelungeheuer. Damit wir möglichst ungefährdet an ihnen vorbeikamen, zauberte ich Crombie, Grundy und mich in eine Flasche, die Bink und Chester tragen sollten. Die beiden mußten Unterwasserpillen schlucken, wodurch sie auf dem Grund des Sees atmen konnten. Diese Vorkehrungen machten mich nicht gerade zuversichtlich, aber wir mußten es wagen.

Die Flasche war mit einem weichen Teppichboden ausgelegt. Die äußere Welt lag weit entrückt. »Da sag' einer, daß wir nicht vornehm reisen!« bemerkte Grundy.

Der Greif quittierte diese Bemerkung mit einem schroffen Krächzen. »Wenn du Menschengestalt hättest, du Schnabelhirn, würdest du das gleiche denken!« gab der Golem scharf zurück, denn er verstand Crombie genau.

Ich war froh über den magischen Spiegel, den ich ebenfalls verkleinert hatte. Er zeigte mir deutlicher als die Glaswand, was draußen geschah, zumal er nichts verzerrte und die Sicht durch Binks Tasche ermöglichte.

Auf dem Grund des Sees liefen Bink und Chester den Strudelungeheuern über den Weg. Ich hätte es mir wirklich denken können: Es gelang ihnen doch tatsächlich, die Ungeheuer zu verärgern, und wir mußten uns in den zentralen Strudel retten, der durch die Unterwasserstadt strömte. Unsere Flasche wurde dabei aus der Tasche geschleudert und von der starken Strömung mit hinuntergerissen. Wir saßen in der Patsche!

Es war eine schreckliche Irrfahrt. Ich mühte mich, mit dem Spiegel unsere Umgebung im Auge zu behalten, um zu erfahren, wo wir landen würden – vorausgesetzt, wir überstanden das Ganze. Aber die gewaltige Strömung wirbelte unsere Behausung dutzende Male herum. Wir prallten gegen irgendein Hindernis, eine Wand oder Steine, und ich stürzte zu Boden. Der Spiegel flog mir aus der Hand und klirrte gegen die Flaschenwand.

Dann beruhigte sich alles wieder. Nach und nach rappelten wir uns auf. Wir waren zwar ordentlich durchgeschüttelt worden, aber nicht verletzt. Das hätte ganz anders ausgehen können! Mir brach der kalte Schweiß aus bei dem Gedanken, daß die Flasche zerschmettert worden wäre! Die Möbel lagen verstreut und umgekippt herum, und der Teppich war teilweise verrutscht.

»Nächstes Mal lassen wir uns nicht von solchen Hohlköpfen tragen«, schimpfte Grundy, und der Greif krächzte zustimmend. Das war auch ganz meine Meinung.

Ich hob die größte Scherbe auf. Zum Glück funktionierte der Spiegel noch, denn der Zauber haftete dem Glas und nicht der Form an. Ich hielt die Scherbe vorsichtig zwischen den Fingern und sah, daß sie weiterhin auf Bink ausgerichtet war.

Im Augenblick raffte er sich am Ufer des Sees auf. Mühsam schleppte er sich weiter und traf auf Chester Zentaur. In Gedanken versunken hob er eine Glasscherbe auf – und siehe da, sie stammte vom magischen Spiegel! Irgendwie war sie aus der versiegelten Flasche herausgeschleudert worden. Wie konnte das nur möglich gewesen sein? Das Phänomen mußte ich untersuchen, sobald ich ein wenig Zeit dazu hatte.

Bink entdeckte mich in der Scherbe. Er winkte. Ich winkte zurück. Wir hatten die Verbindung hergestellt.

Plötzlich wurde unsere Flasche fortgetragen, denn der See hatte sich in eine reißende Strömung verwandelt. Wir waren von Bink und Chester ohnehin recht weit entfernt, jetzt aber bewegten wir uns noch weiter fort.

»Nun brauchen wir uns nicht mehr versteckt zu halten«, bemerkte Grundy. »Laßt uns den Korken öffnen und in die wirkliche Welt hinausklettern, ehe wir uns gänzlich verirren.«

»Das geht nicht«, erwiderte ich und richtete die Scherbe auf das umgebende Wasser.

»Warum nicht?« quengelte er.

»Aus verschiedenen Gründen. Einerseits kann ich den Korken nicht einfach von innen entfernen, wie du Witzbold es dir leichterdings vorstellst. Diese Flasche ist extra so konstruiert, daß sie ihren Inhalt unter allen Umständen festhält, sei es nun ein Haßtrank oder ein Dämon. Der Zauber, der auf dem Korken liegt, macht ihn unempfindlich gegen Druck von innen. Andererseits erlangen wir dann sofort unsere volle Größe wieder und bleiben ganz sicher in dem Hals stecken, der viel kleiner ist als wir.« Ich ließ ihn einen Blick nach draußen werfen, wo die Flußufer beträchtlich zusammengerückt waren. »Vielleicht ist das Wasser auch giftig. Und der vierte Grund ...«

Der Greif krächzte. »Laß gut sein!«, murrte Grundy. »Drei Gründe reichen mir schon.«

Es blieb uns nichts anderes übrig, als weiterzutreiben und darauf zu hoffen, daß Bink uns bald aufspürte. Da er eine Scherbe des magischen Spiegels besaß, bestand eine kleine Chance. Dann brauchte er nur noch die magische Flasche zu öffnen, und wir wären wieder vereint.

»Was macht der Dussel im Augenblick?« erkundigte sich Grundy, der ähnlichen Gedanken nachhing.

Ich richtete die Scherbe wieder neu aus. Bink kletterte durch ein Loch in der Höhlenwand, gelangte zu einem kleinen Bächlein und genehmigte sich daraus einen kräftigen Schluck.

»Dieser Trottel!« rief ich aus.

»Oha, muß der aber durstig sein«, bemerkte Grundy.

»Es ist das Wasser einer Liebesquelle«, erklärte ich. Dieses Glitzern kannte ich aus langer Erfahrung.

Hilflos sahen wir Bink beim Trinken zu. Prompt begegnete ihm eine Nymphe, eine typische Vertreterin ihres Volkes: lange Beine, runder Hintern, schlanke Taille, voller Busen und große Augen. Sie stöberte gerade in einem Faß mit Juwelen herum, die einen ungeheuren Wert für Leute darstellten, die sich etwas aus solchen Dingen machten. Diamanten, Perlen, Smaragde, Rubine, Opale und andere wertvolle Steine in vielen Farben und Größen.

»Uiii!« stieß Grundy hervor. »Was würde ich nicht alles für diese Nymphe und dieses Faß mit Edelsteinen geben!«

Genau! Und Bink war dazu noch bis obenhin voll Liebestrank. Sein Talent beschützte ihn zwar vor magischem Unheil, erkannte Liebe aber nicht als Gefahr an, auch wenn er verheiratet war. Das magische Talent hinderte ihn nicht daran, einen kleinen, nicht ganz unschuldigen Spaß mit einer unschuldigen Nymphe zu haben. Ich befragte meine Nachschlagewerke, denn ich hatte die ganze Sammlung dikker Wälzer verkleinert und trug sie in Miniaturfläschchen bei mir. Es handelte sich hier um die Nymphe Juwel, die vielleicht wichtigste Felsnymphe Xanths, denn sie verstreute die wertvollen Steine so, daß andere sie finden konnten. Gleich, wie viele sie entnahm, das Faß blieb stets gefüllt. Wahrscheinlich hatte sie sogar eine Seele, im Gegensatz zu den vielen, nutzlosen Nymphen, deren einziger Zweck darin bestand, mit bloßen Beinen herumzulaufen und Männer zu necken. Juwel besaß ein magisches Talent: Sie roch immer genauso, wie sie sich fühlte, war es nun der Geruch frischer Kiefernadeln oder schwelenden Abfalls. Viele Frauen dufteten, aber sie mußten Parfüm verwenden. Juwel duftete von Natur aus. Von allen Wesen, die Bink ausgerechnet jetzt treffen konnte, war sie vielleicht das ungeeignetste: Ein netter Kerl mit einer unerläßlichen Aufgabe, den man weder verletzen noch ablenken durfte. Und beides geschah dort.

Juwel half Bink und Chester bei der weiteren Suche. Dazu

rief sie einen Riesen aus der Familie der Wühlmausgeschöpfe herbei, einen Schaufler, der für das Entgelt eines Liedes arbeitete. Chesters magisches Talent hatte sich mittlerweile offenbart: Er konnte eine silberne Flöte beschwören, die selbständig wunderbare Musik spielte. Diese Flöte verzauberte den Schaufler so, daß er sich mit Freuden durch den festen Fels grub.

Dann begegneten sie den Dämonen. Beauregard war auch dabei! Plötzlich wußte ich, was mir blühte: Er konnte einfach nicht widerstehen, mich aus der Flasche zu beschwören. Erfreulicherweise zwang er mich nicht dazu, irgend etwas Böses zu tun. Crombie zeigte ihm durch den Spiegel die Richtung, wo sich unsere Flasche befand. Auf diese Weise konnte Beauregard uns aufspüren.

In der Zwischenzeit trieb die Flasche weiter hinunter zum tiefsten unterirdischen See. Meine Unterlagen gaben mir keine eindeutige Auskunft darüber, wohin wir trieben. Hier waren bösartige, magische Kräfte am Werk. Das Ganze gefiel mir überhaupt nicht.

»Verdammt, mir war schon die ganze Zeit so, als beobachte uns jemand«, erklärte Grundy. »Und langsam habe ich das Gefühl, daß wir direkt in seine Klauen schwimmen.«

Den Eindruck hatte ich auch! Allerdings wollte ich die anderen nicht unnötig beunruhigen und hatte es deshalb bis jetzt noch nicht erwähnt.

»Vielleicht kann ich aus der Flasche herauskommen? Dann könnte ich sie in Sicherheit bringen und den Korken gefahrlos aufbrechen«, fuhr Grundy fort.

»Kein lebendes oder totes Ding kann den Korken von innen öffnen«, erinnerte ich grimmig.

»Ja, aber diese Glasscherbe muß doch irgendwie herausgekommen sein. Vielleicht deshalb, weil sie kein Lebewesen ist, aber doch auf gewisse Weise lebendig. Denn sie füllt jedes gewünschte Bild mit Leben. Auch ich bin weder tot noch lebendig, möglicherweise gelingt es mir deshalb durchzuschlüpfen.«

Das verblüffte mich. Vielleicht hatte Grundy recht! »Versuch es«, ermutigte ich ihn.

Er krabbelte in den Flaschenhals und stemmte sich gegen den Korken, der sich jedoch kein Stück rührte – und trotzdem fand er sich im nächsten Augenblick auf der anderen Seite wieder. Dabei nahm er seine normale Größe an, die die in der Flasche nicht wesentlich übertraf.

Da sie in einer dunklen Lagune trieb, konnte der Golem das feste Land nicht erreichen. Sein kleiner Körper bestand nur aus Holzstückchen, Stoff und Schnüren, und schwamm deshalb nicht gut. Wir mußten also wohl oder übel warten, bis die Flasche näher ans Ufer trieb. Dann konnte Grundy auch etwas unternehmen.

Jetzt kamen auch endlich Bink, Chester und die Nymphe Juwel auf ihrem Schaufler an. Sie entdeckten uns und ritten auf die Flasche zu. Die Rettung nahte!

Doch dann schnappte die Falle zu. Grundys kleiner Geist wurde von einer feindlichen Macht überwältigt. Er schlang seine Fadenarme um den Korken, stemmte die Füße gegen den Flaschenhals und zerrte den Stopfen heraus. »Im Namen der mächtigen Hirnkoralle, kommt heraus!« keuchte er.

O nein! Er beschwor Crombie und mich – im Namen des Feindes! Blitzartig überrumpelte diese feindliche Macht auch meinen Geist. Auf einen Schlag wurde mir klar, wer uns schon die ganze Zeit verfolgt und angegriffen hatte: die Hirnkoralle! Eine Kreatur, die unbeweglich in ihrer unterirdischen Lagune eingeschlossen war. Aber sie verfügte über gewaltige magische Kräfte und einen ausgezeichneten Verstand. Mit feinem Gespür hatte dieses Wesen in Binks Magie eine Bedrohung der eigenen Interessen erkannt und alles in seiner Macht Stehende unternommen, Bink unschädlich zu machen. Die Hirnkoralle konnte zwar nur durch andere handeln, aber diese Fähigkeit beherrschte sie meisterhaft: Ihre ersten Todesboten für Bink waren das magische Schwert und der Drache gewesen. Danach hatte sie es mit der Sirene versucht, die Bink zur Gorgone locken sollte. Doch alle

Angriffe waren an Binks magischem Talent gescheitert. Sie hatte nicht aufgegeben: Der Midasflügler war ebenfalls für ihn bestimmt gewesen, genauso wie der große Fluch der Strudelungeheuer. Dann hatte sie geglaubt, ihn mit dem Zauber des Liebestranks endlich bezwungen zu haben. Aber wieder hatte sie Pech gehabt, denn Bink nutzte den Trank zu seinem eigenen Vorteil. Statt seine Energie damit zu vergeuden, die Nymphe zu jagen, hatte er sie zu seiner Verbündeten gemacht.

Aber jetzt hatte die Hirnkoralle doch noch einen Weg gefunden, ihr Vorhaben in die Tat umzusetzen. Sie übernahm den Golem und zwang ihn, den Korken zu ziehen und Crombie und mich unter ihre Macht zu bringen. So richtete sich von nun an meine gesamte Magie und mein Wissen gegen Bink. Das bedeutete eine ungeheure Herausforderung für ihn, die größte, der er sich seit seinem Duell mit dem Magier Trent stellen mußte.

Mir stand nun die gewaltige Wissensfülle der Hirnkoralle zur Verfügung, und viele Zusammenhänge wurden plötzlich klar. Der Korken hatte sich schon einmal von der Flasche gelöst, und ich hätte mit Bink wieder zusammentreffen können. Aber die Koralle hatte sofort dafür gesorgt, daß die Flasche wieder verschlossen wurde. Grundy war zu diesem Zeitpunkt schon entkommen und klammerte sich an den Flaschenhals. Die Hirnkoralle schuf jedoch die Illusion, er stecke noch in der Flasche. Eigentlich hätte ich die richtige Schlußfolgerung ziehen müssen: Da, wo eine Glasscherbe herausgelangen konnte, war es auch anderen Dingen möglich. Der wirkliche Kampf ging die ganze Zeit um die Kontrolle über unsere Flasche. Bink wäre es beinahe gelungen, sie zu bergen, aber die Koralle riß sie an sich, als sie in ihren Einflußbereich trieb.

Nun standen der Hirnkoralle meine sämtlichen Kräfte zur Verfügung. Sie zwang mich, Bink dazu zu bringen, seine Suche nach der Quelle der Magie aufzugeben und den Ort zu verlassen. Die Koralle wollte unbedingt verhindern, daß

Bink seine Mission erfüllte. Der fremde Wille nötigte mich, Bink zur unverzüglichen Abreise zu überreden.

Seine Starrköpfigkeit mußte ich allerdings bewundern. Er weigerte sich zu gehen, obwohl es einen offenen Kampf zwischen uns bedeutete. Ich war sein nächster Gegner. Greif Crombie sollte den Zentauren Chester neutralisieren.

Unglücklicherweise kam es tatsächlich zum Kampf. Nach einem schrecklichen Duell gelang es Crombie, Chester in die Lagune der Koralle zu stoßen. Sie zog ihn sofort nach unten und nahm ihn in sich auf. Währenddessen machte Bink meine unzähligen Zaubersprüche zunichte. Sein Talent war wirklich erstaunlich! Vielleicht sogar wegen seiner magischen Unangreifbarkeit das stärkste, das Xanth besaß.

Jetzt standen zwei gegen einen, und zum großen Nachteil Binks konnte der Greif ihn physisch attackieren. Doch Bink gab sich nicht geschlagen. Crombie selbst – in menschlicher Form – hatte ihn im Schwertkampf unterrichtet. Vorher war Bink unbeholfen mit dem Schwert umgegangen, nun führte er eine tödliche Klinge. Er verletzte den Greif und schleuderte ihn in eine Felsspalte, was den Greifen vom weiteren Kampfgeschehen ausschloß. Und das trotz meiner Ablenkung durch unzählige Zaubersprüche. Bink beeindruckte mich gleichermaßen, wie er mich einschüchterte!

Schließlich mußte ich mich Binks Überlegenheit beugen. Er hatte mich tatsächlich geschlagen. Die Hirnkoralle war nicht weniger überrascht als ich. Bink sorgte dafür, daß die Nymphe den schwerverwundeten Greifen mit ihrem Heilwasser benetzte. Kaum daß er sich wieder regen konnte, wollte er sich auf Bink stürzen. Die Nymphe warf sich zwischen die beiden. »Untersteht euch!« rief sie und verbreitete dabei den scharfen Geruch von brennendem Papier. Für eine Nymphe war das eine ausgesprochen kluge Tat, denn dieses Volk galt gemeinhin als geistlos. Im Rückblick war das ein bedeutendes Ereignis gewesen, das eine weitere, besonders feinsinnige Seite von Binks mächtigem Talent offenbarte.

Die Hirnkoralle dachte lange nach. Schließlich willigte sie

ein, ihm die Quelle der Magie zu zeigen, in der Überzeugung, daß Bink ihre Meinung teilte, wenn er erst die Wahrheit kannte.

Die Quelle der Magie war nichts anderes als der Dämon $X(A/N)^{th}$, der in der alleruntersten Höhle residierte, durch die seine Gedanken wie Ströme flossen. $X(A/N)^{th}$ gehörte zu den wenigen großmächtigen Wesenheiten. Das ganze Felsgestein, das ihn umgab, war mit seiner Magie geladen, die als feine Spur ständig aus seinem Körper leckte. Die Verschiebung der Erdplatten brachte das Gestein an die Oberfläche, wo es zu magischem Staub zerfiel, der sich über ganz Xanth zerstreute.

Der Dämon pflegte mit seinen Artgenossen ein besonderes Spiel. Es war die einzige Möglichkeit für diese Wesen, die Langeweile ein wenig zu lindern, die solche allmächtigen Kreaturen ansonsten im unerträglichen Würgegriff hielt. Für das geistige Fassungsvermögen von uns Sterblichen blieben die Regeln des Spiels im dunkeln. Und dennoch konnte ein Sterblicher wie Bink einen bestimmten Aspekt des Spiels begreifen, um den Dämon durch ein einfaches Wort aus seiner selbstauferlegten Gefangenschaft zu befreien.

Jetzt wurde mir auch klar, warum die Hirnkoralle, die der Quelle der Magie am nächsten wohnte, Bink unbedingt davon fernhalten wollte. Sie befürchtete, Bink würde etwas unaussprechlich Dummes tun, nämlich den Dämon $X(A/N)^{th}$ freisetzen. Einmal freigelassen, würde er verschwinden und Xanth ohne Magie zurücklassen. Das käme einer Katastrophe gleich.

Für Bink war es jedoch eine Frage der Ehre, und er unternahm einen Schritt, wie man ihn sich dümmer überhaupt nicht vorstellen konnte: er befreite den Dämon.

Augenblicklich verschwand $X(A/N)^{th}$ und mit ihm alle Magie. Die unerfreulichsten Stunden in der Geschichte des Landes zogen auf, denn ohne Magie war Xanth ein trauriger Ort.

Auf wundersame Weise geriet dann alles wieder ins Lot, denn der Dämon kehrte zurück. Nach einiger Zeit und einigen Komplikationen machte er Grundy Golem zum vollwertigen Menschen. Bink hingegen erhielt ein besonderes Geschenk. Alle seine Nachkommen sollten Magie vom Magier-Kaliber besitzen. Als Gegenleistung kamen sie überein, daß den gewöhnlichen Kreaturen von Xanth – auch den Menschen – der Zugang zum Dämon von nun an versperrt blieb. So konnte er in Zukunft nicht mehr belästigt werden.

Bink war nach allen Schwierigkeiten bestens davongekommen, als hätte sein magisches Talent das Ganze von vornherein geplant gehabt. Was eigentlich unmöglich war – oder vielleicht auch nicht.

Und mein Sohn Crombie zog nun endlich die wichtigste Erkenntnis aus seinem Erlebnis mit der Nymphe Juwel, die ihn mit dem Heilwasser benetzt und sich aus Liebe zu Bink zwischen die beiden geworfen hatte. Sollte sie ihn einmal so lieben, würde er sie sofort heiraten. Also legte er seinen Haß auf die Frauen ab und nahm einen Liebestrank zu sich, um die Nymphe zu gewinnen. Sie heirateten unweigerlich. Mein schlimmster Fehler war endlich ausgebügelt: mein Sohn war Ehemann geworden. Und das alles verdankte ich Bink.

Ich schüttelte den Kopf, als ich darüber nachdachte. Wie falsch hatte ich diesen jungen Mann bei unserer ersten Begegnung beurteilt! Er hatte es dem Magier Trent ermöglicht, zurückzukehren und König zu werden; er hatte die wahre Quelle der Magie von Xanth entdeckt und meinem Sohn zu einem geordneten Leben verholfen. Wie sich am Ende herausstellte, beseitigte er auf eigene Faust den Mangel an Magiern und Zauberern in Xanth. Auf diese Weise trug er dazu bei, das Zeitalter einzuleiten, das im Anschluß an das Dunkle das Leuchtende Zeitalter genannt werden sollte.

Aber sogar jetzt unterschätzte ich Binks Einfluß noch, denn er veränderte auch mein eigenes Leben weitreichend. Es sollten allerdings noch weitere sechzehn Jahre vergehen, bis die ganze Tragweite seines Wirkens deutlich wurde.

14
DIE GORGONE

Ich hatte mein reichlich eintöniges Schloßleben wieder aufgenommen. Irgendwie stellte es mich nicht mehr so zufrieden wie früher. Etwas fehlte, aber ich konnte nicht sagen, was.

Unterdessen riß die Kette der Bittsteller nicht ab. Beinahe jeden Monat tauchte einer von ihnen vor dem Schloß auf. Doch meist handelte es sich nur um Routinefälle. So löste ich ihre Probleme, ließ sie dafür ein Jahr abdienen und schickte sie dann wieder fort. Einmal jedoch versetzte mich eine Nymphe in Erstaunen. Sie hatte mich um einen Fluch gebeten, um einen allzu aufdringlichen Faun abzuwehren. Da sie nicht wie die meisten Nymphen jeden Tag aufs neue vergaß, was zuvor geschehen war, lebte sie außerhalb der Ansiedlung ihrer Sippe und war sehr bald den unaufhörlichen Nachstellungen des Fauns mehr als nur überdrüssig. Er verfolgte sie Tag für Tag, konnte sich jedoch wie die anderen magischen Geschöpfe am nächsten Tag an nichts mehr erinnern. Also wühlte ich in meiner Fluchsammlung und fand einen Faun-Abwehrzauber. Allmorgendlich angewendet, hätte sie den ganzen Tag vor ihrem Quälgeist Ruhe. Das sei genau das Richtige, frohlockte sie, und war offensichtlich sehr zufrieden damit.

Dann aber stellte sich heraus, daß es keinen nützlichen Dienst gab, den sie mir auch nur einen Tag lang hätte erweisen können, geschweige denn ein ganzes Jahr. Es gab schon jemanden, der mir die Mahlzeiten zubereitete, und jemand anderen, der meine Strümpfe stopfte. Wieder ein anderer kümmerte sich um eine angemessene Sammlung von Prüfungsaufgaben für Personen, die mit einer Frage zum Schloß kommen würden. Dennoch wollte ich die Nymphe nicht ohne Gegenleistung entlassen – das hätte nur Unfrieden gestiftet. Doch genausowenig behagte es mir, wenn sie sich im Schloß herumtrieb und gar nichts tat. Was sollte ich also unternehmen?

Ich befragte den magischen Spiegel. Mittlerweile hatte ich mir schon mehrmals einen neuen besorgt, denn alte Spiegel neigten dazu, mit der Zeit unzuverlässig zu werden, so daß man sie aussondern mußte. Mein Spiegel zeigte mir lediglich einen Cherub, der sich vor Lachen den Bauch hielt. Was sollte ich denn davon halten? Das Problem mit neuen Spiegeln lag darin, daß sie die Angewohnheit hatten, allzu helle zu sein und ihr Wissen auf eine Art zum Ausdruck zu bringen, die ich nicht in allen Fällen befürworten mochte. Dennoch war ein zu heller Spiegel immer noch besser als ein zu stumpfer.

Daher mußte ich etwas mir persönlich sehr Unangenehmes tun: Ich erklärte der Nymphe, daß ich keine Verwendung für sie hätte und daß es ihr freistände, fortzugehen. Allerdings gab ich ihr die Bitte mit auf den Weg, diese Vergünstigung nicht im ganzen Land herumzuerzählen, denn andere könnten sich über die ungleiche Behandlung beschweren. Überraschenderweise lehnte sie ab. Sie hatte ihre Antwort erhalten und bestand darauf, den üblichen

Preis dafür zu entrichten. Bevor nicht ein Jahr vorüber war, sah ich keine Möglichkeit, sie zum Aufbruch zu bewegen.

Gerade das hatte ich nicht beabsichtigt, aber ich konnte kaum etwas dagegen unternehmen. Also wies ich ihr eine Kammer zu und hoffte, daß sich noch eine Gelegenheit ergab.

Als ich mich noch in derselben Nacht, nachdem ich meine tagtäglichen Forschungsarbeiten abgeschlossen hatte, auf mein hartes, kaltes und einsames Strohlager zum Schlafen zurückziehen wollte, fand ich es belegt. Es war die Nymphe. »Ich glaube, nun habe ich doch etwas gefunden, das ich für dich tun könnte, Guter Magier«, lächelte sie, umarmte mich, küßte mich und legte sich mit mir nieder. Irgendwie war mein Strohlager plötzlich nicht mehr hart, kalt und einsam.

Ich hatte ganz vergessen, wozu es Nymphen überhaupt gab. Aber im Laufe des Jahres erinnerte ich mich wieder daran. Ein Mann konnte den Storch nicht mit einer gewöhnlichen Nymphe herbeirufen, weil Nymphen diesen Ruf nicht aussandten – er konnte sich nur um die heldenhafte Aufgabe der Nachahmung bemühen. Doch die Nymphe Juwel war keine gewöhnliche Nymphe. Sie hatte eine Seele und vermochte all das zu tun, wozu eine normale Frau in der Lage war. Die gewöhnlichen Nymphen hingegen waren für die folgenlosen Freuden geschaffen und wurden daher von den Störchen nicht beachtet. Wie konnte eine solche Nymphe zuverlässig ein Baby betreuen, wenn sie sich von einem Tag zum anderen an nichts mehr erinnerte? Die Nymphe Juwel war jedenfalls auch nicht an einer Heirat interessiert, sondern sie wollte lediglich ihren Dienst ableisten. Ich muß zugeben, daß ich damit sehr zufrieden war. Ehrlich, als ihr Dienstjahr eines Morgens vorüber war, bedauerte ich zutiefst, daß sie fortging.

Seitdem hatte ich keinen Einwand, wenn ein ähnliches Geschöpf diesen Weg des Dienens wählte. Ich wußte jetzt, was meinem Leben gefehlt hatte – eine Frau. Doch wer wollte schon einen über hundert Jahre alten Gnom von einem Mann heiraten?

Im Jahre 1054, elf Jahre nach der ersten Begegnung mit der Nymphe, tauchte wieder eine Gorgone mit einer Frage auf. Sie war eine üppig gebaute Frau von 29 Jahren und in meinen Augen das aufregendste Geschöpf, das man sich vorstellen konnte. Aber selbstverständlich hatte ich nicht die Absicht, ihr das zu sagen. Hier ging es ums Geschäft.

Natürlich hatten wir einige Prüfungsaufgaben in der Schublade, aber wenn es mir möglich war, schnitt ich sie individuell auf die jeweilige Person zu. Manchmal waren es auch Aufgaben, die für jeden galten, der in das Schloß gelangen wollte. So besaßen wir ein Nebelhorn, das den Schloßgraben bewachte – es war immer erheiternd, ihm bei der Arbeit zuzusehen. Als nun die Gorgone versuchte, den Graben in dem dafür vorgesehenen Boot zu überqueren, stieß das Horn solche Nebelwolken aus, daß der Gorgone Hören und Sehen verging. Sofort nutzte das Boot ihre Verwirrung, wendete und kehrte ans Ufer zurück. Das war der Zauber des Bootes, das augenblicklich zu seinem Anleger zurückkehrte, sobald es nicht gesteuert wurde. Ein ehemaliger Bittsteller hatte es während seiner Dienstzeit für mich gebaut.

Als der Nebel sich lichtete, bot die Gorgone ein bemerkenswertes Bild: Ihr Schlangenhaar zischte vor Ärger, und das Kleid klebte eng an ihrem Körper. Ich hatte sie mir zwar üppig vorgestellt, aber jetzt wußte ich, daß ich sie bei weitem unterschätzt hatte. Ich erinnerte mich an unser erstes Gespräch und auch daran, daß sie in der allzu kurzen Zeit unseres Zusammenseins offenbar in mich vernarrt gewesen war. Eine äußerst angenehme Erinnerung für mich, doch sie würde das inzwischen natürlich vergessen haben. Oder doch nicht? Aber warum sollte ich mich zum Narren machen?

Dumm war die Gorgone nicht. Sie dachte einen Augenblick nach und versuchte es noch einmal. Diesmal steuerte sie das Boot direkt auf das Nebelhorn zu, denn nur daran konnte sie sich orientieren. Da es sich auf der Innenseite des

Grabens befand, hatte sie bald übergesetzt. Ich wäre auch enttäuscht gewesen, wenn sie das nicht herausgefunden hätte.

Auch die beiden anderen Prüfungshindernisse umschiffte sie mit Bravour und betrat das Schloß. Ich brasste die Segel und drehte vor ihr bei. Von nahem war sie noch beeindruckender als aus der Ferne. Ihr Gesicht war dicht verschleiert – einschließlich ihrer tödlichen Augen –, aber alles übrige war unglaublich aufregend. Ich war jetzt einhunderteinundzwanzig Jahre alt, doch in ihrer Gegenwart fühlte ich mich eher wie einundachtzig. Unsere erste Begegnung, an die ich mich gern erinnerte, war ein unerwarteter Genuß gewesen. Damals hatte ich ihr Gesicht unsichtbar gemacht, damit sie nicht länger die Männer, die ihrem Blick begegneten, in Stein verwandelte.

Selbstverständlich war die Wirkung ihres Blicks während der Zeit der fehlenden Magie aufgehoben worden. Alle Männer, die sie bis dahin in Stein verwandelt hatte, waren auf einmal ins Leben zurückgekehrt, und ich versichere, sie hatte sie nicht aufgehalten.

Klar, ich hätte ihre Frage gleich in Angriff nehmen und die Antwort rasch geben sollen, aber ich ließ mir Zeit, um unsere zweite Begegnung voll auszukosten. Daher trödelte ich etwas herum. »Was hast du in der Zwischenzeit so getrieben, Gorgone?« Ich bemühte mich um eine freundliche Annäherung, so weit es mir überhaupt nur möglich war. Das war sehr anstrengend – aber weniger für sie als für andere, denn mir war es im Grunde egal, was die anderen dachten.

»Im Anschluß an die Zeit der fehlenden Magie kehrte mein Gesicht wieder in seinen ursprünglichen Zustand zurück, und da ich in Xanth nicht noch mehr Schaden anrichten wollte, folgte ich deinem Rat und ging nach Mundania, wo es bekanntlich keine Magie gibt. Es schmerzte mich, denn ich liebte Xanth, aber weil ich Xanth liebte, wollte ich mein Leid erdulden.« Hinter dem Schleier verzerrte sich ihr Gesicht. Ich konnte es an dem veränderten

Umriß erkennen. »Mundania war furchtbar langweilig, doch was du mir gesagt hattest, entsprach der Wahrheit: Ich war dort vollkommen normal, und durch meinen Anblick versteinerte niemand. Schließlich fand ich mich damit ab und nahm eine Stellung als exotische Tänzerin an, denn ich hatte den Eindruck, daß die mundanischen Männer den Anblick meines Körpers liebten.«

Ich versuchte, meine Augen von eben diesem Körper loszureißen, und tat entrüstet. »Die Mundanier sind wirklich merkwürdig«, murmelte ich und war mir bewußt, was für ein Heuchler ich war.

»Aber nach einiger Zeit vermißte ich Xanth mehr, als ich ertragen konnte«, fuhr sie nachdenklich fort und atmete dabei so tief ein, daß ein Knopf an ihrem Ausschnitt abzuspringen drohte oder mir beinahe ein Glas aus der Brille sprang. »Die Magie, die magischen Wesen, sogar Oger und Gewirrbäume waren zu angenehmen Erinnerungen verblaßt. Ich spürte, daß ich für die Magie geboren war. Sie war ein Teil meines Wesens, und ich konnte ohne sie nicht leben. Dennoch wollte ich niemandem Schaden zufügen. Also bin ich zurückgekehrt, um den Mann aufzusuchen, den ich am meisten respektiere ... und das bist du.«

»Aha«, murmelte ich dümmlich und mit Schmetterlingen im Bauch.

»Denn nun, da ich nach einigen Jahren wieder nach Xanth zurückgekehrt bin, muß ich feststellen, daß mein Talent zusammen mit meinem Körper herangereift ist«, fuhr sie schaudernd fort. Irgendwie war es schon zum Schaudern – ich starrte mir die Augen aus dem Kopf. »Ursprünglich hatte ich nur Männer versteinert, doch jetzt versteinere ich Männer und auch Frauen, sogar Tiere und Insekten. Es ist viel schlimmer als je zuvor!«

Offenbar wünschte sie sich einen neuen Unsichtbarkeitszauber für ihr Gesicht. Natürlich hätte ich ihr sofort dazu verhelfen können, doch dann wäre sie nach ihrer Dienstzeit einfach wieder fortgegangen. Und ich wäre noch um vieles einsamer als zuvor. Trotzdem mußte ich ihr helfen.

»Anscheinend erreicht dein Talent inzwischen beinahe das Format einer Zauberin«, erklärte ich ihr. «Normalerweise ist das ein Vorteil.«

»Vielleicht werde ich es ja genießen, Leute zu versteinern, wenn ich dereinst eine heimtückische alte Vettel bin«, versetzte sie ironisch. »Aber jetzt, in der Blütezeit meiner Jahre, behagt es mir ganz und gar nicht.«

Daß sie sich in ihrer Blütezeit befand, war nun wirklich nicht zu übersehen! »Wie lautet deine Frage?« wollte ich wissen, obwohl mir völlig klar war, was nun kam.

»Würdest du mich heiraten?«

»Ich habe noch eine Phiole mit dem Unsichtbarkeits-Make-up«, sagte ich verträumt. Plötzlich fiel der Groschen. »Wie bitte?«

»Würdest du mich heiraten?«

»Ist das deine Frage?« entgegnete ich verblüfft.

»Allerdings.«

»Soll das ein Scherz sein?«

»Nein, kein Scherz«, versicherte sie mir. »Verstehst du, ich bitte dich ja nicht, mich *tatsächlich* zu heiraten. Ich möchte bloß wissen, ob du es tun *würdest*. Dadurch bleibt uns beiden die Peinlichkeit einer Abfuhr erspart.«

Oh, Mann. Ich mußte mich zusammenreißen, denn plötzlich fing mein Herz so zu rasen an, wie es in meinem Alter nun wirklich nicht mehr zuträglich war. »Wenn du meine Antwort hören willst, mußt du mir ein Jahr lang dienen.«

»Das weiß ich.«

»Im voraus.«

»Klar doch.«

Ich war erstaunt, wie bereitwillig sie zustimmte. Doch sie hatte es sich anscheinend schon vorher überlegt und zog eine wohlerwogene Erwiderung einer Antwort aus dem Stegreif vor. Vielleicht glaubte sie auch, daß sie mir mehr gefiel, wenn sie mir für eine Weile Gesellschaft leistete. Doch in diesem Punkt irrte sie sich gewaltig, denn ich war ihr bereits von dem Augenblick an verfallen, als sie sich dem Schloß näherte. Der Grund für meine verzögerte Antwort entsprang also keineswegs einer persönlichen Abneigung – meine Gründe waren ganz anderer Natur.

Ein Jahr lang stand die Gorgone in meinen Diensten. Selbstverständlich hatte ich den Unsichtbarkeitszauber für ihr Gesicht erneuert, andernfalls hätte ihr Schleier verrutschen und manch häßliches Mißgeschick verursachen können. Nun konnte sie sich unverschleiert bewegen, wodurch alles viel einfacher war.

Als erstes eroberte sie meinen Strumpfberg. Dabei stellte sie sich sehr geschickt an, ein vortreffliches Zeichen. Als nächstes nahm sie das Schloß in Angriff, indem sie alles aufräumte und putzte. Sie wühlte sich durch mein Studierzimmer und ordnete all meine Papiere und Zauberphiolen. Als das Küchenmädchen mich nach ihrem Dienstjahr verließ, übernahm die Gorgone auch diese Aufgabe. Sogar um die Rosen im Schloßgarten kümmerte sie sich liebevoll. Ihr gelang alles, was sie in die Hand nahm, und durch ihre Fürsorge ging es mir so gut wie seit Jahrzehnten nicht mehr. Ich benötigte keine andere Hilfe, die Gorgone sorgte einfach für alles.

Ich dagegen behandelte sie aufs nachlässigste. Meistens war ich richtig nörgelig. Ich nannte sie ›Mädchen‹ und war niemals wirklich zufrieden mit dem, was sie tat.

Man könnte sich darüber wundern, doch der Grund lag auf der Hand: Ich war bereits von ihr fasziniert gewesen, als sie ein junges Ding von achtzehn Lenzen war. Nun, als reife Frau von neunundzwanzig Jahren, war ich von ihr überwältigt. In ihrer bloßen Nähe hüpfte mein Herz in der Brust. Es gibt – das muß einmal gesagt werden – keinen größeren Narren als einen alten Narren. Und das Talent der Gorgone, ihre Ausstrahlung sowie ihre magische Kraft hatten mich binnen weniger Augenblicke erobert. Zwar hatte ich auch MähreAnne geliebt und ebenso Rose von Roogna, doch jetzt liebte ich die Gorgone.

Erwog sie tatsächlich, mich zu heiraten? Dann mußte sie die Erfahrung machen, was es hieß, mit einem Gnom von einem Mann verheiratet zu sein. Ich zeigte mich absichtlich von meiner schlechtesten Seite. Wenn das sie nicht davon abhielt, mich zu heiraten, dann konnte nichts sie davon abhalten.

Keine Frage, natürlich würde es sie abhalten! Aber fairerweise mußte ich sie so behandeln, denn die Gorgone war trotz ihres unsichtbaren Gesichts mehr Frau, als ich es verdient hatte.

Dennoch überstand sie sogar diese Prüfung. Als ihr Dienstjahr zu Ende ging, gab ich ihr meine Antwort: »Ja, ich würde dich heiraten, wenn du mich darum bätest.« Für sie ging ich auch durch die Hölle.

Sie sann eine Weile über meine Antwort nach. »Da wäre noch eine andere Angelegenheit. Ich wünsche mir eine Familie. Ich habe zuviel Liebe nur für einen Mann. Sie sollte auch auf ein Kind überfließen können.«

»Leider bin ich zu alt, um noch den Storch zu rufen«, gab ich zu bedenken.

»Nun, es gibt eine Phiole mit Elixier vom Jungborn in einem Regal«, wandte sie ein. »Du könntest etwas davon trinken und wärst wieder jung genug.«

»Gibt es das tatsächlich? Elixier vom Jungborn? Das habe ich nicht gewußt!«

»Ich habe ja immer gesagt, daß du in deinem Schloß eine Frau brauchst. Du kannst noch nicht mal deine Socken zusammenhalten.«

Damit hatte sie mich festgenagelt. Zaghaft wandte ich ein: »Dennoch, ich müßte eine ganze Ecke jünger werden, um ...« So erfreulich die Gesellschaft gewisser Nymphen einst gewesen sein mochte, war ich ehrlich gesagt doch selten so weit mit ihnen gegangen, denn es war ohne Bedeutung für sie. Ob ich überhaupt dazu in der Lage war, falls ich mich wirklich dazu entscheiden sollte? Ich hatte ernsthafte Zweifel.

»Warum versuchen wir nicht, es herauszufinden? Ich werde die Nacht mir dir verbringen, und du kannst einige Tropfen Elixier einnehmen, bis du jung genug bist.« Sie war sehr praktisch veranlagt, und auch dieser Zug an ihr gefiel mir gut.

Ihr Vorschlag machte mich neugierig. Ich benötigte wahrscheinlich mehr Elixier, als ich vorrätig hatte, aber einen Versuch war es wert. Ich konnte mir ja schon morgen neues Elixier besorgen, da ich natürlich wußte, wo sich der Jungborn befand. Also kam die Gorgone noch in derselben Nacht in einem durchsichtigen Nachthemd und mit dem besagten Fläschchen zu mir. Augenblicklich fühlte ich mich vierzig Jahre jünger und wünschte, es wären achtzig.

Sie küßte mich. Ihr Gesicht war zwar unsichtbar, aber ich konnte sie spüren. Ihre Lippen lagen auf meinen. Das Gefühl, alt zu sein, verminderte sich schlagartig um weitere zwanzig Jahre. Dabei hatte ich noch keinen einzigen Tropfen des Elixiers eingenommen!

Doch ich mußte erkennen, daß Gefühle nicht dasselbe bedeuteten wie Realität, denn mein Körper hinkte ziemlich hinterher. Ich mochte zwar das Verlangen eines jungen Mannes haben, aber meine Standfestigkeit reichte einfach nicht aus.

Um mich nicht in Einzelheiten zu verlieren, will ich nur sagen, daß jeder Tropfen Jugendelixier mein Alter um zehn Jahre verringerte, so daß sich zwei Tropfen als ausreichend erwiesen. Im körperlichen Alter von einhundertundzwei und in der aufregenden Nähe dieses prachtvollen Geschöpfes stellte ich fest, daß ich jung genug war. Gesundheit, Jugend und Liebe erfüllten die Nacht. Gewiß hätte ich bei jeder anderen Frau ein paar Tropfen mehr benötigt.

Und so verlobten wir uns erst einmal, denn wir hatten es mit der Hochzeit nicht so eilig. Ungefähr alle zehn Jahre nahm ich einen weiteren Tropfen des Jugendelixiers, um mein körperliches Alter konstant bei etwa hundert Jahren zu halten. Es war die glücklichste Zeit meines Lebens. Hoffentlich galt das auch für die Gorgone.

Währenddessen hatten sich auch die weniger interessanten Dinge weiterentwickelt. So war Dor, der Sohn von Bink, inzwischen dank der Großzügigkeit des Dämons zum Magier herangereift. Er konnte zu unbelebten Dingen sprechen und sie dazu bringen, ihm Antworten zu geben. Dennoch war er unzufrieden, denn ihm fehlte die körperliche Statur seines Vaters, weshalb er von anderen Jungen oft gehänselt wurde. So versetzte er sich ungefähr achthundert Jahre in die Vergangenheit zurück und begab sich auf die Suche nach dem Wiederherstellungselixier, das es Millie der Magd (früher einmal ein Gespenst) ermöglicht hatte, ihren Zombie-Freund Jonathan ins Leben zurückzurufen. Obgleich Dor erst zwölf Jahre jung gewesen war, hatte er als sehr klug gegolten, und außerdem erweiterte der Status als Magier seine Möglichkeiten gewaltig.

Verständlicherweise mußte ihm noch vieles erklärt werden, und so war er bei mir in die Lehre gegangen. Da er sowohl Magier als auch künftiger König von Xanth war, hatte ich nicht das übliche Dienstjahr von ihm verlangt. Statt dessen schloß ich mit ihm einen Handel ab: Ich half ihm bei seiner Suche, während er mir als Gegenleistung über eine Periode der Geschichte Xanths berichten sollte, die bisher im Dunkeln geblieben war.

Dennoch bereitete ich einige Prüfungsaufgaben vor – allerdings nur, um die Form zu wahren. Dor traf gemeinsam mit Grundy Golem ein, der nun voll zu den lebendigen Wesen zu zählen war: immer noch klein, aber mit einem größeren Mund als der Rest seines Körpers. Sie erreichten den Schloßgraben und fanden ihn von einem Triton bewacht: einem Meermann mit einem dreizackigen Speer.

Dor benutzte sein Talent, um das Wasser des Grabens zum Sprechen zu bringen, wodurch der Triton abgelenkt wurde. Währenddessen tauchte Dor durch den Schloßgraben. Als der Triton endlich begriff, hatte Dor bereits sicher das innere Ufer erreicht: Es war eine Grundschulprüfung gewesen, die Dor gründlich und zufriedenstellend gelöst hatte.

Die nächste Herausforderung bestand in einem Nadelkaktus, der nur darauf lauerte, seine Nadeln auf jeden zu feuern, der vorüberging. Doch Dor gab vor, ein Feuerwehrmann zu sein, der alles abwehrte, was auf ihn abgefeuert wurde. Auf diese Weise brachte er den Kaktus dazu, ihn ungeschoren ziehen zu lassen. Das sprach für die Klugheit des Jungen.

Die dritte Aufgabe erforderte mehr Mut, denn die Gorgone verstellte ihm den Weg. Dor hatte Angst, aber er tastete sich blind vor Angst voran, im wahrsten Sinne des Wortes: er hielt die Augen fest geschlossen, um nicht ihrem Blick zu begegnen und zu versteinern. Sein Sieg bestand darin, daß er vorwärtsgegangen war, anstatt zurück. Mut, so wie ich ihn verstand, hatte nichts mit Furcht zu tun, sondern damit, wie eine Person mit ihrer Furcht umging; und Dor ging damit so geschickt um, wie man es von einem Jungen seines Alters erwarten konnte.

Also half ich Dor, eine Vereinbarung mit der Hirnkoralle zu treffen, die nicht länger unser Feind war. Die Koralle benutzte Dors Körper während seiner Abwesenheit, und Dor ging zurück, um den Körper eines ausgewachsenen Barbaren in Besitz zu nehmen – so schien es jedenfalls. Das ist ein Aspekt, den nur wenige verstehen: Dor hatte sich in das Bild auf dem Wandteppich hineinversetzt, wodurch die Landschaft viel größer wurde, als es zunächst von außen den Anschein hatte. Weder er noch die anderen Leute erreichten die Größe von Menschen. Er war geradezu winzig. Aber das hatte keinen Einfluß auf seine Taten, die unabhängig von der Größe waren.

Dor erlebte ein faszinierendes Abenteuer. Die Gorgone und ich verfolgten es die ganze Zeit von außen. Er begegnete einem Wesen, das ihm wie eine riesige Spinne vorkam. Dabei handelte sich nur um Hüpfer, der in unserer Welt bloß ein winziger Krabbler war. Sie wurden großartige Kameraden. Dor und die Spinne arbeiteten auf gleicher Stufe zusammen. Hüpfer war in den Anpassungszauber hineingezogen worden, doch hatte es ihn in Lebensgröße in das Abenteuer verschlagen. Aus Hüpfers Sicht hatte er ein Reich betreten, in dem die Menschen auf seine Größe zusammengeschrumpft waren.

Dor begegnete der siebzehnjährigen Millie der Magd und fühlte sich augenblicklich zu ihr hingezogen. Ihr Talent, man erinnere sich, bestand im Sex-Appeal. Selbst im zarten Alter von zwölf Jahren spürte Dor dessen Anziehungskraft. Er half König Roogna, sein Schloß vor den Übergriffen durch die Kobolde und Harpyien zu schützen, die im Krieg miteinander lagen. Dort traf er den Bösen Magier Murphy und die Neozauberin Vadne, die Millie in einem Anfall von Eifersucht in ein Buch verbannt hatte. Dadurch war Millie zu einem Gespenst geworden. Als das Buch später gefunden und restauriert wurde, verwandelte sich auch Millie aufs neue in eine Magd. Schließlich lernte Dor noch etwas über Mannhaftigkeit und brachte das Erneuerungselixier mit, wodurch Jonathan, der Zombie, wieder lebendig werden konnte. Es stellte sich heraus, daß er der legendäre Zombiemeister war, der als erster eben dieses Schloß bewohnt hatte.

So beeinflußte Dor auch mein Leben, da Jonathan und Millie heirateten und gemeinsam mit uns hier einzogen. Wir teilten uns das Schloß, obwohl der Zombiemeister einen älteren Anspruch darauf hatte. Später baute er ein neues Schloß Zombie, in das er mit seiner Familie einzog. Endlich war es bei uns nicht mehr so überfüllt.

Man mag sich wundern, wie all das geschehen konnte, da Dor bloß den Magischen Wandteppich der Geschichten betreten hatte und nicht einen wirklichen Abschnitt der Geschichte Xanths. Die Antwort lautete, daß es verzwickte Verbindungen zwischen beiden gab, wobei die Magie bewirkte, daß alles, was Dor dort tat, tatsächliche Auswirkungen hatte. Er brauchte gar nicht körperlich dort gewesen zu sein, obwohl er es so empfand, doch alles, was er dort tat, spielte sich in der Wirklichkeit ab. Ein tieferes Verständnis ist für niemanden möglich, der nicht in esoterischer Magie bewandert ist.

Millies Stärke war also der Sex-Appeal, und sie war mit Sicherheit das erotischste Wesen, das mir je begegnet war.

Wie man sich denken kann, benötigte sie gemeinsam mit Jonathan nur wenige Augenblicke, um den Storch herbeizurufen, und ihre Bemühungen waren so wirkungsvoll, daß der Storch gleich zwei Babies auf einmal brachte. Es waren Hiatus und Lacuna, die das Talent besaßen, allen Dingen Augen, Ohren und Nasen wachsen zu lassen sowie Buchstaben zu verändern. Sie waren zwei niedliche Pummelchen, deren Talent allerdings großes Unheil anrichten konnte. Aber so richtig hatten sie ihre bemerkenswerten Fähigkeiten erst unter Beweis gestellt, als die Gorgone und ich vier Jahre später, anno 1059, heirateten. Prinz Dor war zu jener Zeit sechzehn Jahre alt und regierte vorübergehend das Land, während König Trent Mundania aufsuchte. Daher oblag es ihm, unsere Hochzeitszeremonie durchzuführen. Der Zombiemeister und Millie hatten sich um die Ausstattung gekümmert. Als schließlich alles vorüber war, stellten die Gorgone und ich uns auf das Eheleben ein. Sie war meine fünfte Ehefrau, obwohl ich zu diesem Zeitpunkt noch glaubte, sie wäre die vierte, denn der Trank des Vergessens hatte einen ganzen Zeitabschnitt aus meinem Gedächtnis gelöscht.

Im Jahre 1064 brachte der Storch unseren Sohn Hugo, benannt nach der Kombination der jeweils ersten Silbe unserer Vornamen. Wir warteten, bis wir Hugos Talent entdeckt hatten, und mußten eine herbe Enttäuschung erleben, denn es war ein unvollendetes Talent. Hugo konnte Früchte herbeizaubern – aber weil seine Magie sehr schnell an Wirkung verlor, war auch der Ertrag schnell vergänglich oder sogar unerträglich verfault. Das war tragisch. Dessen ungeachtet überschüttete die Gorgone ihn mit all ihrer Liebe – kein Wunder, daß Hugo ein freundliches Wesen hatte. Auch mir war es sehr wichtig, ihm viel Aufmerksamkeit zu schenken. Eingedenk dessen, was meinem Sohn Crombie zugestoßen war, bemühte ich mich, Hugo möglichst oft an meinem Leben teilhaben zu lassen. Später war die zaubernde Prinzessin Ivy häufig mit ihm zusammen, und in ihrer Gegenwart entwickelte er sich genau so, wie Eltern es sich nur wünschen konnten. Unglücklicherweise fiel er aber – außer in ihrer Gegenwart – in sein unvollendetes Talent der Vergangenheit zurück.

Andernorts hatten die Dinge sich indessen auch weiterentwickelt. Tandy, die Tochter von Crombie und der Nymphe Juwel, war inzwischen neunzehn Jahre alt. Sie war den ständigen Annäherungsversuchen des Dämons Fiant ausgesetzt, aber schließlich gelang ihr die Flucht auf einer Nachtmähre. Im Jahre 1062 erreichte sie endlich unser Schloß, um ihre Frage vorzutragen, wie sie sich von dem Dämon befreien konnte. Ein Jahr diente sie als Hausmagd, während sie meine Antwort abwartete. Ich erwähnte ihr gegenüber nicht, daß sie eigentlich meine Enkelin wäre, denn das hatte in diesem Fall keine Bedeutung. Sollte doch Crombie sie davon in Kenntnis setzen, wenn er es für richtig hielt. Offengestanden, ihr Temperament gefiel mir ausnehmend gut; zudem war sie hübsch, hatte braunes Haar und blaugrüne Augen, und ihr Wesen war angenehm. Ich wollte ihr alles recht machen, denn sie sollte einen guten Eindruck von mir haben, wenn sie von unserer Verwandschaft erfuhr. Zugegeben – ich war stolz auf sie.

Nun, einige Antworten waren komplizierter als andere. Gerade jene, die Verwicklungen mit Dämonen betrafen, konnten problematisch sein, da Dämonen mehr oder weniger unsterblich waren und es außerdem schwer war, sie von irgendeinem Ort fernzuhalten. Mein Schloß hatte einen besonderen Schutzzauber, um sie fernzuhalten, aber sollte Tandy fortgehen, wäre sie wieder den Nachstellungen ihres dämonischen Verehrers ausgeliefert gewesen. Leider verfügte ich über keinen Zauberspruch, der eine einzelne Person befähigte, einen verliebten Dämon zu entmutigen. Was konnte ich ihr also sagen?

Im folgenden Jahr, gerade als Tandys Dienstzeit beendet war, traf Krach, der Sohn von Oger Knacks, mit einer Frage ein, die er vergessen hatte. Oger waren nicht gerade die hellsten Kreaturen. Glücklicherweise wußte ich, was ihn bedrückte: Er war mit seinem Leben unzufrieden.

Krach war kein gewöhnlicher Oger. Seine Mutter war fluchbesessen, womit ihre menschliche Abstammung umschrieben wurde. Genaugenommen war sie halb menschlich. Gewöhnliche Oger, man wird sich erinnern, waren nur stolz auf drei Dinge: ihre herausragende Stärke, ihre abgrundtiefe Häßlichkeit und ihre unbeschreibliche Dummheit. Tief im Innern, so gut verborgen, daß selbst Krach sich dessen nicht bewußt war, hatte er eine kleine menschliche Schwäche, eine menschliche Wohlgestalt und menschliche Klugheit. Wenn er von diesen Qualitäten erfahren hätte, wäre er so entrüstet gewesen, daß sein Erröten alle Fliegen auf seinem haarigen Körper geröstet hätte. Doch diese tiefverschütteten Wesenszüge hatten dennoch ihre verborgenen Auswirkungen: Sie verschmutzten seine reine Ogernatur und machten ihn irgendwie unzufrieden. Er wollte wissen, wie er seine Zufriedenheit als Oger wiedererlangen konnte, doch ich hatte keine passende Antwort. Denn mir war klar, daß dieser Halboger niemals zufrieden sein würde, solange er nicht sein wahres Vermächtnis erkannte und seinen Frieden damit schloß.

Krach war in der Nähe von Schloß Roogna aufgewachsen und daher ein enger Freund von Prinz Dor und Prinzessin Irene. (Dor wurde als Prinz betrachtet, weil seine Zauberkräfte Magierformat hatten, was ihn als zukünftigen König qualifizierte. Irene hingegen – als Tochter des Königs und der Königin, war eine Prinzessin. Die Titel wurden in Xanth eben etwas locker gehandhabt.) Aus diesem Grunde hatte Krach auch einige menschliche Empfindungen übernommen, die seine Ogernatur weiter abschwächten. Kein gewöhnlicher Oger hätte im Traum daran gedacht, mich wegen einer Antwort aufzusuchen.

Da stand ich nun und sollte gleichzeitig zwei Antworten geben. Wie konnte ich Tandy von den Nachstellungen des Dämons befreien, und wie konnte ich Krach mit dem aussöhnen, was er nun einmal war?

Die Lösung kam mir so blitzartig, daß sich die Rücken meiner gesammelten Bände braun färbten und der magische

Spiegel zusammenzuckte. Ich mußte einige Male blinzeln, bis ich wieder richtig sehen konnte. Diese beiden Probleme lösten sich gegenseitig auf! Wenn Tandy in Gesellschaft eines Ogers war, würde es sich selbst ein Dämon zweimal überlegen, bevor er sie belästigte. Und wenn Krach ein Menschen-Nymphenmädchen näher kennenlernte, konnte er die Vorteile menschlicher Charakterzüge entdecken. Die Nymphe wäre geschützt, und Krach wäre zufrieden.

So gab ich beiden meine Antwort, die natürlich keiner von ihnen begriff: Sie sollten gemeinsam reisen. In Krachs Fall bedeutete das Antwort und Gegenleistung in einem, denn er sollte Tandy beschützen.

Krach war zu dumm, um seinem Protest angemessen Ausdruck zu verleihen. Jeder wußte, daß es für ihn beinahe das Allerschlimmste war, ein menschliches Mädchen zu begleiten. Tandy hingegen konnte deutlicher werden: »Wenn er mich verschlingt, rede ich nie wieder ein Wort mit dir!« sagte sie zu der Gorgone.

So ergab es sich, daß sie ein lehrreiches Abenteuer erlebten, denn Krach tat etwas so Dummes, wie nur ein Oger es fertigbrachte: Er blickte in das Guckloch eines Hypnokürbis. Augenblicklich wurde er ins Reich der bösen Träume eingeschlossen, war aber zu dumm, um Angst zu bekommen, und richtete ernsthaften Schaden in der Traumlandschaft an. Er terrorisierte die wandelnden Skelette, die nicht daran gewöhnt waren, daß auf diese Weise der Spieß umgedreht wurde. Eines von ihnen namens Mark Knochen ging während dieser Zeit sogar verloren. Schließlich mußte der Hengst der Finsternis selbst einschreiten, wobei Krach die Hälfte seiner Seele einbüßte. Er begegnete auch mehreren Frauen aus verschiedenen Völkern, und in seiner unbeholfenen Art gelang es ihm, ihnen zu Ehemännern zu verhelfen. Besonders bemerkenswert waren Blythe Messing aus dem Reich des Kürbis sowie Chem Zentaur, Chesters und Cheries Fohlen. Aber vielleicht war das auch später. Na, egal.

Doch am Ende beschützte Krach Tandy, und sie beeindruckte ihn mit einigen Vorzügen der Menschlichkeit: Sie heirateten, und als Tandy einundzwanzig Jahre alt war, brachte der Storch ihren Sohn Esk, meinen Urenkel. Sie nannten ihn einen Oger, aber genaugenommen war er nur ein Viertel-Oger und sah menschlich aus, bis auf jene Augenblicke, in denen er richtig wütend wurde. Er sollte heranwachsen und Blythe Messings Tochter Bria heiraten, die, wie die meisten ihrer Rasse, hart und schroff war, aber überraschend sanft sein konnte, wenn sie nur wollte. Ich bedauerte, Esk niemals persönlich kennengelernt zu haben, denn er hatte einige Charakterzüge, die ich durchaus ansprechend fand. Aber zu der Zeit, in der eine Begegnung möglich gewesen wäre, hatte ich einfach zuviel zu tun.

Wie auch immer, ein weibliches Wesen, das viel entscheidenderen Einfluß auf mein Leben genommen hatte, war die Nachtmähre Imbrium. Sie war eine urzeitliche Kreatur, und sogar ein See auf dem Mond war nach ihr benannt. Trotzdem sah sie nur wie ein kleines schwarzes Pferd aus. Während der Verwirrungen, die das Eindringen des Ogers Krach in das Kürbisreich in der gesamten Umgebung verursacht hatte, brachte sie sich in den Besitz der halben Seele von Chem Zentaur, ohne sie jedoch abzuliefern. Als Folge davon erlag sie dem Einfluß der Seele und wurde zu weichherzig, um wirkungsvoll böse Träume auszuliefern. Schließlich wurde ihr gestattet, hinaus in die wirkliche Welt Xanths zu gehen, um dort zwei Dinge zu tun: König Trent die Nachricht ›Vorsicht vor dem Reitersmann‹ zu überbringen und dem Regenbogen zu begegnen.

Aber die Dinge entwickeln sich meist nicht gut, wenn die Statisten eines Dramas zu Hauptdarstellern werden. Der Reitersmann war ein Wesen, das sowohl die Eigenschaften eines Pferdes als auch die eines Menschen annehmen konnte – nicht so wie ein Zentaur, sondern entweder nur die eine oder die andere. Sein Talent bestand in der Herstellung einer Sichtverbindung zwischen zwei Punkten, der das Auge der betroffenen Person folgen mußte und die sie schnurstracks in das Guckloch eines Hypnokürbis' führte. Der Reitersmann benutzte sie, um König Trent in einen Kürbis zu verbannen und ihn dadurch außer Gefecht zu setzen. Das ereignete sich zu der Zeit, als die Nächstwelle eintraf, da der Schild Xanth nicht länger schützte. Der Reitersmann arbeitete mit den Leuten der Nächstwelle zusammen. Es war eine schlimme Zeit für Xanth.

Als Dor die Krone von Xanth erhielt, machte der Reitersmann mit ihm das gleiche. Danach bekam der Zombiemeister die Rolle des Opfers und wurde ebenfalls eingefangen. Gleich darauf war die Reihe an mir. Ich mußte tun, was mir am meisten zuwider war, nämlich wieder König werden. Und alles nur, weil die Nachtmähre Imbri es nicht fertiggebracht hatte, ihre Warnung so rechtzeitig abzuliefern, daß die Katastrophe verhindert werden konnte. Das hatte mir reichlich zugesetzt.

Grundy Golem ritt die Nachtmähre, die mir meinen bösen Traum brachte. Meine Schloßverteidigung war natürlich nutzlos gegen die Mähre Imbri. Sie galoppierte direkt durch die Wände hindurch und trabte aus meinem Bücherregal heraus.

Ich blickte von meinem Buch auf. »Nun ist es also soweit gekommen«, knurrte ich. »Ein Jahrhundert lang habe ich mich aus der Politik herausgehalten, und jetzt habt ihr mich in die Ecke gedrängt.« Formal gesehen waren es nur sechsundneunzig Jahre, die ich dem Thron von Xanth ferngeblieben war, aber ich hatte mich während des letzten Jahrzehnts meiner Regentschaft nicht mehr in die Politik eingemischt, sondern diese Dinge der Jungfer Taiwan überlassen.

»Ja, Sir«, brachte Grundy mit unterwürfiger Stimme hervor. »Ihr müßt in den sauren Apfel beißen und König werden.«

»In Xanth gibt es keine unreifen Äpfel. Das ist ein mundanischer Anachronismus.« Aber das war nicht ganz zutreffend, weil vor mir auf dem Magieregal eine Reihe saurer Äpfel lagen.

»Ich bin nicht der letzte Magier von Xanth, mußt du wissen.« Sie wußten nichts von Binks Magierformat, und da Arnolde Zentaur nicht menschlich und Iris und Irene

Frauen waren, blieb es an mir hängen. Noch schlimmer fand ich, daß ich mir meines Scheiterns absolut sicher sein konnte, weil mir vorherbestimmt war, etwas ausgesprochen Dummes zu tun. Es machte mir wirklich zu schaffen, diesen Fehler begehen zu müssen.

Denn es stand geschrieben im Buch der Antworten: *Es obliegt nicht dem Guten Magier, die Kette zu sprengen.* Offensichtlich war die Kette der verschwundenen Könige gemeint. Ich bereitete mich vor, indem ich den Zauber vom Gesicht der Gorgone zurücknahm. Sie war jetzt so dicht verschleiert, daß ihr Anblick nicht ungewollt irgendeine arme Kreatur versteinern konnte, die zufällig des Weges kam. Aber wenn sie dem Feind begegnete, würde sie den Schleier lüften.

Die Gefahr war ihr wohl bekannt. »Oh, mein Gebieter«, sagte sie mit ungewöhnlicher Sanftmut. »Mußt du dich auf diese Sache einlassen? Kannst du nicht von hier aus regieren?« Sie hatte mir Essen eingepackt und auch ein paar Socken zum Wechseln, da sie meine Antwort bereits kannte. Zuvor hatte ich ihr mitgeteilt, daß ich ihre Schwester, die Sirene, zur Unterstützung in die Auseinandersetzung miteinbeziehen wollte. Ich hatte die Harfe der Sirene repariert, damit sie Mundanier herbeilocken konnte. Aber ich wußte, daß sie nicht dem jetzigen König dienen sollten. Es würde einer meiner Nachfolger sein.

Ich trug Grundy auf, während meiner Abwesenheit das Schloß zu hüten. Die Gorgone benutzte meinen magischen Teppich, um ihre Schwester herbeizuholen und ihr die Harfe wiederzugeben. Unterdessen bestieg ich die Mähre Imbri, die bei Tag einen festen Körper besaß, und wir galoppierten nach Schloß Roogna. Wie ich das alles haßte! Ich war viel zu alt für ein solches Abenteuer, aber nun wurde es mir aufgedrängt.

Die Mähre Imbri war – wie alle weiblichen Wesen – selbstverständlich neugierig auf all die Dinge, die sie im Grunde nichts angingen. Sie erschuf ein Traumbild, in dem sie als schwarzgekleidete und überaus attraktive Menschenfrau erschien, die ihr Haar zu einem langen Pferdeschwanz zusammengebunden hatte. »Warum hast du der Gorgone nicht erlaubt, dich zu begleiten?« fragte mich die Traumfrau. »Sie schien sich wirklich um dich zu sorgen.«

»Natürlich sorgt sie sich um mich, zum Teufel!« knurrte ich. »Sie ist eine bessere Frau, als ich verdient habe. Sie war es schon immer und wird es immer sein.«

»Aber dann ...«

»Weil ich nicht möchte, daß sie Zeugin meines schändlichen Scheiterns wird. Meine Frau wird mehr ausrichten können, wenn sie nicht durch Hoffnungen behindert wird.«

»Das ist eine ziemlich grausame Einstellung«, stellte die Traumfrau fest, während die Mähre mich in das Auge eines Kürbisses für Schnelltransporte trug.

»Nicht grausamer als die Träume von Nachtmähren«, erwiderte ich. Natürlich hatte Imbri diese schändliche Fähigkeit verloren, daher war sie auch nicht mehr hauptberufliche Nachtmähre.

So erreichten wir Schloß Roogna. Ich machte Königin Iris klar, daß Bink mein Nachfolger als König werden würde. Sein Talent, nicht durch Magie angreifbar zu sein, mochte sich gegen Mundanier als nutzlos erweisen, doch er war ein richtiger Magier, und nur das zählte. Danach, so erklärte ich ihr, würde Arnolde Zentaur an die Reihe kommen.

»Und nach ihm?« wollte Iris begierig wissen.

»Wenn die vollständige Kette der zukünftigen Könige bekannt wäre«, hob ich hervor, »könnte unser Feind sie bereits im voraus vernichten.«

»Was kann ich tun, um Xanth zu retten?« fragte sie weiter. Offenbar war sie der Ansicht, daß ich senil wurde.

»Alles zu seiner Zeit, Frau. Wenn es soweit ist, wirst du deinen Lohn schon bekommen – und zwar das, was du am meisten begehrst.« Allerdings hatte ich vergessen, was sie am meisten begehrte, obwohl es in meinem Buch geschrieben stand.

Kurz darauf nahm ich eine Mütze voll Schlaf, und die

Mähre Imbri trabte hinüber zum Zombiefriedhof, um dort zu grasen.

Später gingen wir dann zum Ort meiner Schmach: dem Baobabbaum. Dort traf ich Imbris Freund, das Tagpferd, einen gutaussehenden weißen Hengst. Dort beging ich dann meine allergrößte Dummheit: Ich erkannte meinen Feind nicht, als er mir gegenüberstand. Denn das Tagpferd war nichts anderes als die Pferdegestalt des Reitermannes. Er zwang meinen Blick in das Gucklock des Kürbisses, und schon war ich verschwunden.

Das Reich der bösen Träume hielt mich gefangen. Leider konnte ich es nicht durchqueren, wie es mir auf dem Rücken der Mähre Imbri leicht gelungen wäre. Ich befand mich in einem Schloßzimmer, das man mit Tischen, Stühlen und Betten wohnlich ausgestattet hatte. Dort traf ich auch die Könige Trent, Dor und Jonathan, den Zombiemeister.

»Schön, dich wiederzusehen, Humfrey«, meinte Trent. »Was gibt's Neues?«

Ich war geschockt. Wie konnte er so gelassen bleiben? Dann lachte er, und mir wurde klar, daß er mich auf seine Art auf den Arm nahm. Ich schüttelte ihm und Jonathan die Hand, dann auch Dor, der mit seinen vierundzwanzig Jahren schließlich kein Kind mehr war und sogar schon als König gedient hatte. Er schien ein wenig erstaunt zu sein, was mich zufriedenstellte. Wir alle hier waren jetzt ehemalige Könige, die eine gewisse morbide Kameradschaft verband.

»Die Frauen trauern«, berichtete ich. Dor hatte Irene erst kürzlich – nach einer Verlobungszeit von acht Jahren – geheiratet. Sie hatten nichts überstürzen wollen. Schließlich hatte Irene die Geduld verloren und ihn mit einer List vor den Traualtar gelockt. Aber sie hatte zu hoch gepokert. Die unvorhersehbaren Pflichten eines Königs während der Krise hatten ihn vollständig vereinnahmt, so daß sie nicht einmal zu ihrer Hochzeitsnacht kamen. »Ich sagte Iris, daß

Bink und Arnolde Zentaur meine Thronfolger wären. Dann habe ich versäumt, den Reitersmann zu entlarven, als ich ihm gegenüberstand.« Im Augenblick war ich mir nicht mehr ganz sicher, wann genau ich die wahre Natur des Reitermannes herausgefunden hatte, denn das war schon einige Zeit her. Aber irgendwie mußte es sich so zugetragen haben, da bin ich sicher.

»Das ging uns allen so!« stimmte Jonathan zu.

Ich sprach sie auf die letzten Ereignisse bei der Schlacht gegen die Letztwelle an, und sie nickten. Wir alle waren zu spät klug geworden.

Anschließend setzten wir uns zu einer Runde Poker zusammen, einem Spiel, das Trent aus Mundania mitgebracht hatte. Es bestand darin, Karten auszutauschen und die anderen über den Wert des eigenen Blattes zu täuschen. Eine passende Beschäftigung für Könige! Dor, der jüngeren Generation zugehörig, beteiligte sich kaum an unserem Spiel. Wir versuchten, uns möglichst den Wertmaßstäben von Mundania anzupassen, denn dies war ein mundanisches Spiel: Muscheln, Artischocken, Hirschkäfer, alles konnte man im Traumreich einsetzen. Natürlich befanden wir uns alle im selben Traumreich. Aber unsere Körper lagen bewußtlos an verschiedenen Orten und wurden von unseren besorgten Frauen bewacht. Uns war klar, wenn man uns nicht innerhalb weniger Tage rettete, würden unsere Körper sterben, und dann gäbe es kein Entkommen mehr aus diesem Reich, außer vielleicht in das Nachbarreich der Hölle. Wir dachten lieber nicht darüber nach. Die Entscheidung lag nicht in unseren Händen.

Ansonsten ging es uns bis auf die Langeweile ganz gut. Wir spürten nicht die Beschwernisse unserer Körper. Sie schienen hier von fester Substanz zu sein, weil wir alle Geister waren. Unsere Konsistenz unterschied sich nicht voneinander. Der Hengst der Finsternis kontrollierte jeden von uns ständig und versorgte uns mit allem, was wir uns wünschten, soweit es in seiner Macht stand. Nur die Freiheit konnte er uns nicht wiedergeben.

Bald darauf tauchte Bink auf. Wir hießen ihn willkommen, besonders sein Sohn Dor, machten ihn mit unserer Lage vertraut und erfuhren die neuesten Nachrichten von der Schlacht in Xanth. Bink war dem feindlichen Anführer Warsobös im Zweikampf entgegengetreten und hatte nicht schlecht dabei abgeschnitten. Aber sie mußten den Kampf wegen Dunkelheit abbrechen. Daher hatten sie für die Nacht einen Waffenstillstand vereinbart und sich schlafen gelegt. Doch der hinterhältige Warsobös hatte im Schutze der Dunkelheit angegriffen. Bink allerdings war darauf gefaßt gewesen und nicht in die Falle getappt, sondern hatte ihn bis an den Rand der Spaltenschlucht getrieben. Wir konnten uns jetzt alle an die Spalte erinnern, denn der Vergessenszauber wirkte nur auf unsere physischen Körper und nicht auf unsere Seelen. Bink war verwundet worden, hatte aber Warsobös in die Spalte gestoßen, daß er zu Tode stürzte. Dann war ein weißes Pferd aufgetaucht, und Bink wurde vom Reitersmann in den Kürbis verbannt.

»Aber man kann dir doch durch Magie keinen Schaden zufügen!« protestierte Trent.

»Man hat mir mit Magie auch keinen Schaden zugefügt«, hob Bink hervor.

»Aber wenn wir hier alle sterben ...«, wandte Dor ängstlich ein.

»Das ist sehr unwahrscheinlich«, meinte ich. »Wenn Bink trotz seines Talents zu uns gekommen ist, müssen wir hier sicher sein.«

Die anderen nickten zustimmend. Nun waren wir alle beruhigt.

Auf einmal erschien die Mähre Imbri. Der Hengst der Finsternis schlug sie für ihre Verspätung mit dem Schweif und brachte sie zu uns herein. Sie erzeugte ihr Gesprächstraumbild, und als hübsche junge Frau in Schwarz berichtete sie uns, daß König Arnolde eine typisch zentaurische Auslegung der menschlichen Gesetze Xanths geäußert hätte, die beinhaltete, daß die Unterscheidung zwischen Magiern und Zauberinnen reine Kosmetik sei und daß sich die Bezeichnung König nicht unbedingt auf einen Mann beziehen müsse. Dadurch war es ihm erlaubt, Königin Iris und ihre Tochter, Prinzessin Irene, als Thronfolger ernennen zu können. Königin Iris war anfangs gegenüber dem Zentaur ein wenig zwiegespalten, aber aus irgendeinem Grund hatte ihre Einstellung sich geändert. Nun erinnerte ich mich. In meinem Buch stand: was Iris am meisten begehrte, war die Herrschaft über Xanth. Und jetzt sah es ganz so aus, als ob sie ihre Chance bekäme.

Die Mähre Imbri verschwand, kehrte aber bald darauf mit einem Besucher zurück. Es handelte sich um Irene. »Du kannst mir diesmal nicht entkommen!« sagte sie zu Dor. »Wir haben unsere Ehe auf einem Friedhof begonnen, und wir werden sie auf einem Friedhof vollziehen.«

»Das würde den Skeletten aber nicht gefallen«, murrte er. Vielleicht war er von dieser Vorstellung ein wenig eingeschüchtert – Männer sind manchmal so.

»Die Skelette sollen ja nicht mitmachen«, versicherte sie ihm.

Aber der Hengst der Finsternis hatte für sie ein Einzelzimmer vorbereitet, das mit Kissen gefüllt war. Als ich die beiden zuletzt sah, kurz bevor die Tür sich schloß, waren sie mitten in einer wüsten Kissenschlacht. Ich hatte den vagen Verdacht, daß sie bestimmt nicht die ganze Nacht dauern würde. Tatsächlich wurde es nach einiger Zeit still, und ich vermutete, daß der Storch darauf aufmerksam wurde, sofern es dem Signal gelang, aus dem Reich des Kürbis' nach außen zu dringen. Kurze Zeit später tauchten sie wieder auf, sahen zufrieden aus und begannen, uns mit Kissen zu bewerfen. Bald waren wir alle damit beschäftigt: die Kissenschlacht der Könige war in vollem Gange! Ich hatte im Verlauf der letzten hundertzwanzig Jahre vergessen, wieviel Spaß eine Kissenschlacht machen konnte. Zu schade, daß die Gorgone nicht hier war. Ich war sicher, sie konnte gut mit einem Kissen umgehen.

Dann schloß sich uns Arnolde an. Er hatte eine Armee von fünfzig Zentauren von der Zentaureninsel ausgesandt, um die Mundanier zu bekämpfen. Sie hatten eine großartige Schlacht geliefert und die Kampfkraft der Welle empfindlich geschwächt. Doch dann hatte der Reitersmann auch ihn verschleppt gehabt. Jetzt war Iris König von Xanth.

Doch allzubald tauchte selbst sie bei uns auf. Sie hatte eine fürchterliche Armee aus Ungeheuern aufgestellt und die Mundanier mit einer List dazu gebracht, in den Abgrund der Spaltenschlucht zu stürzen, wodurch sich ihre Zahl erneut verringerte. Anschließend hatte sie den Reitersmann mit einem ihrer Illusionsbilder verhöhnt, welches er jedoch mit einer überheblichen Geste zunichte machte. Anschließend hatte er Iris in den Kürbis verbannt. »Wie dumm ich doch war!« schimpfte sie.

»Schließ dich unserem Kreis an«, schlug ihr Ehemann Trent vor.

Jetzt war Irene König.

»Wie lange soll das noch so weitergehen?« fragte Iris.

»Zehn Könige lang«, entgegnete ich, denn mir fiel wieder ein, was ich gelesen hatte. »Die Kette soll zehn Könige lang sein.«

»Und ich war Nummer sieben«, meinte Iris bedauernd. «Irene ist Nummer acht. Aber wer ist der nächste? Es gibt keine Magier oder Zauberinnen mehr.«

Nun tauchte König Irene in unserer Runde auf. Sie hatte versucht, den Reitersmann einzuschläfern, während ihre Pflanzen Schloß Roogna einkreisten, um ihn dort festzuhalten. Aber der Reitersmann hatte ihren Plan viel zu schnell durchschaut und sie in den Kürbis verbannt. Chamäleon war zu ihrer Nachfolgerin ernannt worden, aber nur zwei Minuten später erschien auch sie in unserem Kreis. Sie war in ihrer listig-häßlichen Phase gewesen und hatte einen Plan ausgeheckt, um den Reitersmann zu vernichten: Die Mähre Imbri sollte der letzte König sein.

Und Mähre Imbri tötete den Reitersmann und zerstörte seinen Ring der Macht, indem sie ihn in die Leere stieß. Dadurch wurden wir alle befreit. Aber während dieses Vorgangs verlor Imbri ihren Körper, denn auch sie wurde von der Leere erfaßt. Glücklicherweise konnte sie ihre halbe Seele bewahren, die sie von Chem Zentaur erhalten hatte. So war ihre Existenz wieder gesichert. Sie wurde eine Tagstute, die den Leuten angenehme Tagträume brachte.

Nachdem König Trent abgedankt hatte, ernannte er König Dor zu seinem Nachfolger. Der Rest unserer Gruppe nahm sein unscheinbares Leben wieder auf. Ich kehrte zu meinem Schloß und zur Gorgone zurück, die sich in der Schlacht tapfer geschlagen und eine Menge Mundanier versteinert hatte. Es war schön, wieder ein normales Leben aufzunehmen.

15

IVY

Zwei Jahre nach ihrer Hochzeit und Thronbesteigung brachte im Jahre 1069 der Storch König Dor und Königin Irene Ivy. Sie war eine Zauberin, dank des großzügigen Geschenks des Dämons $X(A/N)^{th}$ an Bink, und damit stand sie in der Thronfolge der Könige von Xanth. Ich machte mir eine Eintragung in meinen Zauberer-Almanach, der es mir erleichterte, über die Zauberkunst der verschiedenen Magierklassen auf dem laufenden zu bleiben. Doch gleich zu Beginn ihrer Karriere versetzte Ivy meinem ruhigen Leben einen Schlag.

Sie besaß die Gabe der Verstärkung, die es ihr erlaubte, die magischen Fähigkeiten eines jeden Wesens zu verstärken. Aber das war noch nicht alles. Das Wesen wurde zu dem, wofür Ivy es zu halten beliebte. Hielt sie einen Oger für freundlich, dann war er freundlich, hielt sie aber eine Maus für bösartig, mußte man sich vor dieser hüten, und dadurch war Ivys Wirkung auf ihre Umgebung recht beängstigend.

Eigentlich war ihre Mutter Irene als Neo- Zauberin eingestuft worden, da ihre Gabe – das Wachsenlassen von Pflanzen –, das Format eines wirklichen Magiers nicht erreichte. Aber nach Ivys Geburt (vielleicht auch davor, so genau läßt sich das nicht sagen), wurde Irene als vollwertige Zauberin anerkannt, und das war kein Zufall; sie wurde zu dem, was ihre Tochter in ihr sah.

Es traf sich, daß Ivys Magie sich für mich als nützlich erweisen konnte. Mal angenommen, sie würde die Wirkung all meiner Zaubersprüche verstärken? Oder sie würde meinem Sohn Hugo begegnen und ein großes Talent in ihm sehen – statt seines schwachen? Vielleicht könnte er dann frische Früchte statt fauler herbeizaubern; das würde schon dem Geruch in unserem Schloß sehr zugute kommen. Auch war Hugo ein bißchen langsam – manche hielten ihn sogar für zurückgeblieben. Wenn also Klein-Ivy ihn für klug hielt, konnte das nichts schaden. Also suchte ich einen Vorwand, Ivy zu begegnen, ohne dabei Verdacht zu erregen. Ivy war in ihrer Vorstellung – und entsprechend auch in Wirklichkeit –, ein niedliches, aufgewecktes Kind und machte schon als Dreijährige beachtlichen Eindruck.

Daher beschloß ich, persönlich bei einer Feier zu erscheinen, zu der auch Ivy eingeladen war, nämlich dem Debut der Zwillinge des Zombiemeisters, Hiatus und Lacuna, die gerade sechzehn geworden waren. Und in der Tat hatte ich auch berufliche Gründe. Dem grauenvollen Spaltendrachen, dem Schrecken der Schlucht, war es irgendwie gelungen, einen Weg aus dem Abgrund hinaus zu finden, und nun machte er den Süden von Xanth unsicher. Vielleicht rührte das daher, daß der Vergessenszauber seine Wirkung auf die Schlucht verloren hatte. Dor hatte diesen Zauber in seiner Jugend ausgesprochen, als er König Roogna besuchte, denn so wollte er die Kobolde und Harpyien dazu bringen, ihren Krieg zu vergessen und Schloß Roogna nicht zu stürmen. Die Beschwörung war von Dauer – bis die Zeit der fehlenden Magie anbrach, die der Zauberformel einen Knacks versetzte und sie größtenteils vernichtete. Doch achthundert Jahre lang war der Zauber in die Schlucht eingesickert, und nun quollen die Reste des Vergessens heraus, trieben in Wirbeln und Strudeln davon und raubten jedem Wesen, dessen Weg sie kreuzten, das Gedächtnis. Das bedeutete noch mehr Unheil. In meinen Wälzern stand, daß mindestens ein Schwarm Zappler von Nöten war, dieses Unheil zu beheben. Zappler bedeuteten immer Ärger, weil sie sich durch alles, was ihnen in die Quere kam, hindurchfraßen und dabei zapplergroße Löcher hinterließen. Es war ganz offensichtlich, daß wir die Natur der Zappler verkannten, aber ich war noch nicht dazu gekommen, sie zu erforschen. Überdies war mir mein Jugendelixier ausgegangen, und die Gorgone hatte mir einen leisen Wink gegeben, daß es an der Zeit wäre, neues zu besorgen. Um meine Vorräte aufzustocken, plante ich einen Abstecher zum Jungborn, der sich vom Schloß Neu-Zombie aus mit meinem Teppich noch leicht erreichen ließ. Alles in allem war dies Grund genug, meine Wälzer für ein paar Stunden zu vernachlässigen – obwohl ich im Nachhinein meine Zweifel hatte.

So kam es, daß meine Frau zu Hause blieb und das Schloß hütete, während ich mich mit dem achtjährigen Hugo auf dem Teppich zum Schloß Neu-Zombie aufmachte. Ich konnte nicht ahnen, welches Unglück aus diesem Ausflug erwachsen würde!

Irgendwie klappte es nie, daß man bei einem Ausflug rechtzeitig loskam. Es mußte einen feindlichen Zauber gegeben haben, der das verhinderte. So brachen wir eine Stunde zu spät auf. Wir flogen ziemlich langsam und unsicher, weil ich versuchte, Hugo beizubringen, wie er mit dem Teppich umgehen mußte. Dann stießen wir auf einige ungastliche Wolken und einen ungünstigen Wind und wurden dadurch unterwegs auch noch aufgehalten. Ich peilte einen geeigneten Windstrom nahe der Erde an und schoß auf diesem in die Höhe. Prompt verstellte ein Drache uns den Weg, und ich mußte den Flug drosseln, bis er sich davonmachte. Immer muß irgendein Idiot einem in die Quere kommen, wenn man es eilig hat! Natürlich kamen wir reichlich verspätet in Schloß Neu-Zombie an.

Nun, dann würde ich mich eben etwas kürzer fassen müssen. Wir flogen einfach direkt durch das Fenster in den Raum hinein, wo Dor, Irene, der Zombiemeister und Arnolde Zentaur versammelt waren. »Wir haben eine neue Aufgabe«, sagte ich unvermittelt und zählte die Probleme auf. Man mußte den Spaltendrachen fassen, jedoch ohne ihn zu verletzen, denn er sollte ja die Schlucht bewachen. Zudem mußten die Vergessenswirbel mit Fixativ besprüht und nach Mundania hinüberbefördert werden, wo sie weniger Schaden anrichteten. »Zieh ihn hoch, Hugo«, rief ich dann, und schon schossen wir, mit knapper Not die Wand verfehlend, in die Höhe und segelten wieder zum Fenster hinaus.

Im Nachhinein fürchtete ich, daß ich zu kurz angebunden gewesen war. Der Spaltendrache näherte sich nämlich dem Schloß, und in der Verwirrung, die daraus entstand, ging Klein Ivy im Urwald hinter dem Schloß verloren. Ich hätte die anderen vor der drohenden Nähe des Drachen warnen müssen, aber das hatte ich schlichtweg vergessen. Es ist schwierig, jede Kleinigkeit im Kopf zu behalten, wenn man's eilig hat.

Wir flogen zum Jungborn weiter und landeten ganz in seiner Nähe. Einst ein voller Brunnen, war er im Laufe der Jahrhunderte zu einem ganz normalen Quell geworden. Mag sein, daß sich auch nur die Felsen um ihn herum zu Sand verjüngt hatten. Der Zombiemeister hatte mir von ihm erzählt, und das war für mich von großem Nutzen. Selbstverständlich hatte ich es für mich behalten. Wo käme Xanth denn hin, wenn jeder einfach ein Elixier gegen das Altern benutzte und am Ende keiner mehr starb? Ich selbst hatte es nie verwendet, bis eines Tages die Gorgone darauf drang und mir gleichzeitig einen triftigen Grund gab, jünger sein zu wollen.

Ich ließ Hugo und den Teppich in sicherem Abstand von der Quelle zurück – dem einen wäre eine Verjüngung mit

Sicherheit nicht gut bekommen, und den anderen hätte sie womöglich versehentlich in ein Deckchen verwandelt. Ich holte eine Scheibe hervor, löste ihren Riegel, und sie schnellte zu einer ungefähr drei Meter langen Stange auseinander, die dafür gedacht war, unangenehme Dinge zu handhaben. Warum jemand das Bedürfnis haben sollte, irgend etwas aus drei Meter Entfernung zu berühren, war mir nicht klar, aber jedenfalls brauchte ich jetzt einen so langen Stab.

Ich wagte mich auf den Brunnenrand, denn das Wasser der Quelle schoß nicht in die Höhe, sondern sprudelte stetig hervor – immer jung und frisch. Um die Quelle herum war der Pflanzenwuchs natürlich überaus dürftig, lauter Sämlinge, die erst in einer gewissen Entfernung älter werden konnten. Die Tiere, die zur Quelle kamen, um zu trinken, gingen um einiges jünger von dannen, als sie hergekommen waren. Die meisten waren klug genug, nur aus der Quelle zu nippen; diejenigen aber, die mit vollen Zügen tranken, mußten ihr Leben von vorn beginnen.

Ich befestigte eine Flasche am Ende des Stabs, streckte diesen aus und tauchte ihn vorsichtig in den Quell. Als die Flasche voll war, ruckelte ich so lange, bis ihr Schnappverschluß an seinen Platz zurückfiel, schüttelte sie trocken, zog sie zu mir heran und wickelte sie anschließend in ein Tuch. Dann trat ich von der Quelle zurück. Hätte mich jemand beobachtet, er hätte mich angesichts dieser Vorsicht für verrückt erklärt. Aber Jugendelixier war nun mal gefährlich. Ich kehrte zum Teppich zurück und reichte Hugo mit einer entsprechenden Warnung die eingwickelte Flasche, so daß ich den Stab zu einer handlichen Länge zusammenschieben konnte. Nach der Art lebloser Dinge sperrte sich dieser erst ein wenig, aber schließlich schaffte ich es, ihn in seine zylindrische Form zurückzubringen und anschließend als Scheibe in meiner Tasche zu verstauen.

Ein plötzliches Gebrüll ließ den Boden erbeben. Als ich aufschaute, fiel mein Blick auf den Spaltendrachen, der auf uns zugestampft kam. Offenbar war er nach seinem Besuch auf Schloß Neu-Zombie weitergerast. Und ausgerechnet jetzt mußten meine Zauberutensilien bei Hugo auf dem Teppich liegen. Dabei brauchte ich dringend mein tragbares Drachennetz, damit ich es über das Monster werfen und es überwältigen konnte. »Hugo!« schrie ich. »Wirf mir meine Tasche mit den Zauberutensilien rüber!«

Natürlich vermasselte Hugo die ganze Sache. Er packte nämlich statt dessen den Teppich bei den Fransen, was dieser als Befehl mißdeutete und abhob. Hugo, der sich nicht festgehalten hatte, purzelte herunter, der Teppich hingegen segelte in die Lüfte und mit ihm die Tasche mit den Zaubersachen. Da stand ich nun, meiner Magie bis auf den eingeklappten, ungefähr drei Meter langen Stab plötzlich beraubt, und noch immer stürzte der Drache auf uns zu. Der Stock konnte mir nicht als Waffe dienen. Er war zu unhandlich, und außerdem hätte seine Länge den Drachen sicher nicht abgehalten, uns mit seinem Feueratem zu rösten.

Plötzlich fiel mein Blick auf die eingewickelte Flasche mit dem Elixier. Sie war neben Hugo heruntergefallen. »Hugo!« rief ich. »Ich werde jetzt den Drachen ablenken! Du wickelst die Flasche aus, öffnest den Deckel und tröpfelst etwas von dem Elixier auf seinen Schwanz.« Das Verjüngungselixier mußte nicht einmal getrunken werden und wirkte deshalb wie ein Heilelixier auf jeden Körper, mit dem es in Berührung kam. Wir konnten den Drachen damit wieder so jung machen, daß er harmlos wurde – aber er durfte natürlich nicht jünger als nötig werden; schließlich wurde er in der Spaltenschlucht noch gebraucht. Vielleicht genügte ja schon ein kleines bißchen, um ihn so zu verwirren, daß er uns in Ruhe ließ.

Hugo mit seinen zwei linken Händen mühte sich ab, die Flasche auszuwickeln und zu öffnen, während ich zur Seite schoß, um dem feurigen Atem des Drachen zu entgehen. Es gab Drachen, die viel größer waren als dieser; dann gab es Exemplare, die fliegen konnten (der hier hatte nur Stummelflügel). Außerdem gab es Feuerspeier und Dampfdrachen, deren bloßer Anblick einen schon in Schrecken versetzen konnte. Nichtsdestotrotz war unser Drache eine der bösartigsten und fürchterlichsten Kreaturen von ganz Xanth, dem seine Beute, auf die er normalerweise in der Spaltenschlucht Jagd machte, nicht entkommen konnte. Sein Atem versengte seine Opfer, wo immer sie sich befanden. Und was noch schlimmer war, diesen Drachen konnte man nicht in Angst und Schrecken versetzen. Gnadenlos verfolgte er seine Beute, bis er sie in den Klauen hatte. Es mußte mir einfach irgendwie gelingen, ihn zu bändigen, bevor seine Dämpfe uns ersticken und er uns beide auffressen würde.

Ich sah mich nach der Quelle um und fragte mich, ob ich den Drachen wohl dorthin locken könnte. Aber er stand genau zwischen mir und dem Brunnen. Es mußte schon das Elixier aus der Flasche sein. »Beeil dich, Hugo!« brüllte ich. So alt ich auch war – gemessen an der Anzahl meiner Jahre befand ich mich in ausgezeichneter Verfassung.

Endlich hatte der Junge die Flasche herausgefummelt und den Verschluß geöffnet. Aber in seiner Hast schüttete er nicht nur ein paar Tropfen auf den Drachenschwanz. Nein, in weitem Bogen schwenkte er die Flasche und bespritzte den Drachen und mich reichlich mit dem Elixier.

»Nein!« schrie ich – aber leider zu spät. Nur allzu gut traf das Elixier den Drachen und spritzte auch auf meine Haut.

Welch eine Katastrophe! Der Drache verjüngte sich zusehends, schrumpfte und bekam wieder leuchtend grüne Schuppen. Leider erging es mir nicht viel anders. Wir hatten beide eine Überdosis abbekommen und verjüngten uns um ein Jahrhundert oder gar mehr. Zum Glück waren wir beide schon etwas über hundert Jahre alt, sonst wären wir wohl ganz und gar dahingeschwunden bis in vorgeburtliche Zeiten. Aber auch so war es schlimm genug: der Drache wurde zum Drachenbaby, und ich zum Säugling.

Ich sah, wie wir uns beide in Windeseile verwandelten, und wie Hugo bei diesem Anblick vor Schreck erstarrte. Ich wollte ihm etwas zurufen, doch meine Verjüngung hinderte mich daran, etwas Sinnvolles zu äußern. Möglicherweise redete ich sogar rückwärts.

Hugo, verschreckt und verwirrt wie er war, fing an zu weinen. Das Drachenbaby schüttelte sich und trollte sich davon, offenbar genauso beunruhigt wie ich. Ich konnte rein gar nichts unternehmen, denn selbst zum Sprechen war ich jetzt zu jung.

Plötzlich befand ich mich wieder im Schloß. Offensichtlich hatte uns die Gorgone im Zauberspiegel erblickt, unser Unglück erkannt und uns mit der Zauberformel für Notfälle nach Hause geholt. Unglücklicherweise war sie, genau wie der Spiegel, nur auf mich eingestellt, und da die Gorgone nicht wußte, wie sie das ändern konnte, mußte Hugo allein in der Wildnis zurückbleiben.

An die darauffolgenden Jahre kann ich mich nicht deutlich erinnern. Ich wurde ganz normal älter, außer wenn Zora Zombie, die mit ihrer Gabe das Altern zu beschleunigen vermochte, zum Babysitten kam. Irgendwie schaffte es meine Frau, zusammen mit Königin Irene, unsere Angelegenheiten zu regeln. Aber das meiste unternahm die dreijährige Ivy. Nachdem sie nämlich im Urwald verloren gegangen war, begegnete sie dort dem Spaltendrachen. Mit ihrem Talent zähmte sie ihn, und als sie danach auf Hugo traf, verwandelte sie ihn in einen edlen Ritter mit glänzender Rüstung. Gemeinsam erlebten die drei ein tolles Abenteuer. Am Ende gelang es ihnen sogar, die Koboldin Glory, die jüngste, hübscheste und süßeste von Kotbold Kobolds Töchtern, mit ihrem Liebsten, Hardy Harpyie, zu vereinen und zudem einen Zapplerschwarm zu verscheuchen.

Als Ivy fünf Jahre alt war, kam sie zu mir, um mir ihre Frage zu stellen. Ihrer Meinung nach war sie ohne jeden ersichtlichen Grund aus dem Verkehr gezogen worden. Tatsächlich hatte sie einen solchen Unfug angestellt, daß das ganze Kapitel darüber aus dem Buch der Muse der Geschichtsschreibung ausgesondert wurde. Das fehlende Kapitel erschien Jahre später im *Visuellen Führer durch Xanth*, wo niemand darüber stolpern würde. Solcherlei geschah in Xanth. Alle Kinder machten Unfug, doch Ivy eröffnete in dieser Hinsicht völlig neue Dimensionen. Indem sie sich zu einem Besuch bei mir aufraffte, wollte sie ihre Taten wiedergutmachen.

Mir war es gelungen, schnell älter zu werden. Mit meinen jetzt etwa sieben Jahren war ich genauso groß wie sie. Ivy übte eine ganz besondere Wirkung auf mich aus. Sie hatte nämlich Zoras Talent verstärkt, so daß ich schneller als üblich älter wurde. Jedenfalls war ich jetzt alt genug, um mich an meine Prinzipien zu erinnern, und so ließ ich sie ihre Prüfung antreten.

Ivy überquerte mit Hilfe von Schrittsteinen den Schloßgraben, gelangte mit einer Dunkellaterne durch eine Gegend, die unerträglich hell war und vernichtete einen fliegenden Mäusebussard, indem sie die Mäuse- und Bussardaspekte solange verstärkte, bis die beiden sich in einen Kampf miteinander verstrickten und Fell und Federn durch die Gegend flogen. Dann stieß sie gegen einen Grabstein, der einen so ohrenbetäubenden Lärm von sich gab, daß sie sich davon beinahe ins Bockshorn hätte jagen lassen – und der Bock setzte ihr auch ganz schön zu –, aber sie begrub beim Grabstein ein totes Mäuschen, warauf der Stein mäuschenstill wurde. So ging sie aus allem als Siegerin hervor, woran ich eigentlich auch nicht gezweifelt hatte. Natürlich konnte ich sie nicht bei mir aufnehmen. Das hätte gegen die Regeln der Jugendverschwörung verstoßen, der ich ja nun angehörte, bis ich für die Erwachsenenverschwörung wieder alt genug war.

»Also gut, was ist denn deine Frage?« erkundigte ich mich freundlich.

»Ich brauche etwas, um den Magischen Wandteppich zu reinigen, damit das Gespenst Jordan sich wieder besser erinnern kann.«

Jeder andere hätte jetzt sicherlich Schwierigkeiten bekommen, aber ich war ja schließlich Informationsmagier. Ich wußte also, daß Ivy von einem Geist sprach, der im Jahre 677 auf Schloß Roogna gestorben war. 397 Jahre nach seinem Tod wollte er ihr nun seine Lebensgeschichte erzählen, um ihr die Langeweile zu vertreiben, während sie zur Untätigkeit verdammt war. Sie benutzten den Wandteppich, um anhand der Bilder seinem Gedächtnis auf die Sprünge zu helfen. Doch nach ungefähr 838 Jahren war der Teppich so schmuddelig, daß die feine Wollstickerei dringend einer Reinigung mit einer scharfer Lauge bedurfte. Ich gab Ivy also das Rezept für Wollauge, und sie verschwand damit, um das Garn unverzüglich zu behandeln. Sofort wurde der Teppich wieder hell und sauber, und nun konnte das Gespenst Jordan Ivy endlich seine traurige Geschichte einer häßlichen Lüge erzählen. Eine Geschichte von Schwertern und Zauberei, von Gut und Böse, Intrigen, Verrat und Seitensprüngen. Ivy war natürlich begeistert, obwohl einige besonders heikle Stellen gestrichen worden waren. Als die Geschichte zu Ende war, gelang es Ivy, Jordan und dessen Geliebte Threnody, eine Halbdämonin, wieder zum Leben zu erwecken. Alle waren glücklich, nur Stanley Dampfer nicht, Ivys kleiner Hausdrache, der durch einen schlecht angewandten Zauber versehentlich verbannt worden war.

Das führte natürlich zu neuem Unheil. Ivy wollte nämlich ihren kleinen Bruder Dolph, den Gestaltwandler, losschikken, den Drachen zu suchen. Dolph war damals erst drei Jahre alt. Grundy Golem, der das um jeden Preis verhindern wollte, bot sich ungewöhnlicherweise selbst an, auf die Suche zu gehen. Natürlich kam er als erstes zu mir, um eine Antwort zu erbitten.

Ich trug ihm auf, das Ungeheuer unter dem Bett zum Elfenbeinturm zu reiten, denn natürlich wußte ich längst Bescheid. Grundy Golem hingegen hatte keine Ahnung, daß sich im Elfenbeinturm das Mädchen Rapunzel befand, die Brieffreundin von Ivy. Sie war ein Kind der Elfe Glockenblume und Jordan dem Gespenst aus der Zeit seines Barbarenabenteuers. Glockenblume hatte für ihr außergewöhnliches Stelldichein einen Angleichungszauber benutzt. Die Folge war, daß Rapunzel ihre Größe beliebig ändern und ganz nach Wunsch die Statur einer Elfe oder eines Menschen sowie aller Größen dazwischen annehmen konnte.

Ihre eigentliche Magie lag jedoch in der märchenhaften Länge ihres Haares. Da es nicht mehr genügend weibliche Golems gab, war es Rapunzel bestimmt, Grundys ganz große Liebe zu werden. Grundy war ohnehin kein echter Golem mehr, seit er wirklich geworden war. Natürlich machte ich mir nicht die Mühe, ihm das alles zu erzählen. Er hatte schließlich nicht danach gefragt. Jedenfalls schaffte er es, Stanley Dampfer vor einem Schicksal zu bewahren, das nicht viel besser gewesen wäre als der Tod. Er brachte ihn zu Ivy zurück.

Darüberhinaus gab Grundy mir einen Rat, der mein Leben noch einmal veränderte. Er brachte mich auf die Idee, Umkehrholz und Jugendelixier zusammen zu gebrauchen, so daß ich augenblicklich jedes gewünschte Alter erreichen konnte. Warum war ich nicht selbst darauf gekommen? So war es für mich kein Problem mehr, wieder einhundert Jahre alt zu werden – oder vielleicht auch ein paar Jährchen jünger –, sehr zur Freude der Gorgone. Danach lebten wir drei Jahre lang glücklich und zufrieden.

Inzwischen schrieben wir das Jahr 1080. Das Vergessenselixier, das ich im Jahre 1000 zu mir genommen hatte, verlor seine Wirkung, und ich erinnerte mich plötzlich an Rose von Roogna. Natürlich brach ich unverzüglich auf, und da meine Frau und mein Sohn darauf bestanden, mich zu begleiten, lag unser Schloß bald einsam und verlassen da.

Dieses Kapitel aber handelt von Ivy und davon, wie unsere Wege sich kreuzten. So will ich diesen Teil der Erzählung beenden, ehe ich mit meinen persönlicheren Angelegenheiten fortfahre.

Mein Urenkel, Eskil Oger, traf auf die Unheilbringendste aller Dämonen, die Dämonin Metria. Scheinbar suchte sie einen passenden und bequemen Platz, um sich auszuruhen. Weit entfernt von den Summern, die ihre heimatlichen Gefilde überschwemmt hatten, wollte sie Esks persönlichen Zufluchtsort übernehmen. Vielleicht fühlte sie sich zu seiner Familie hingezogen, da sie vor zwei Generationen die Ersatzmutter seines Großvaters gewesen war. Esk wiederum beschloß, mich aufzusuchen und in dieser Angelegenheit meinen Rat einzuholen.

Da Chex Zentaur, der geflügelte Nachwuchs von Chem und dem Hippogryph Xap, nicht flugfähig war, kam sie zu mir, um mich zu fragen, wie man es machte. Sie war damals erst sieben Jahre alt, aber dank ihres hippogryphen Elternteils war sie schnell gereift und nun eine junge Erwachsene. Selbst die Jüngste der Zentauren war ungewöhnlich intelligent, gebildet und ausgeglichen. Das sollte sich später für Chex noch als hilfreich erweisen. Auf dem Weg zu meinem Schloß traf sie Esk.

Schließlich gesellte sich auch noch Volney Wühlmaus aus der Gegend des Küßmichflusses ihnen zu. Sie wollte wissen, wie der früher kurvenreiche und freundliche Fluß wieder in seinen ursprünglichen Zustand zurückversetzt werden konnte. Einst hatte das Zornkorps der Dämonen den Fluß nämlich begradigt. Nun kannte man ihn nur noch als Tötemichfluß, der alles Leben gefährdete.

So kam es, daß die drei zusammen reisten, einander kennenlernten und die Gefahren des Wegs gemeinsam meisterten. Natürlich hatte ich sie in meinem Spiegel kommen sehen und bereitete eine Reihe von Prüfungen vor, um ihren Eintritt in das Schloß zu verhindern. Tatsache war nämlich, daß jede ihrer Fragen ein Problem für mich darstellte.

Ich wollte mich nicht erneut mit der Dämonin Metria anlegen, denn ich wußte, ich würde es hinterher bedauern, sollte sie der Gorgone zuviel über meine erste Frau erzählen, und daß Esk mein Urenkel war. Bei der Suche nach der Antwort auf Volneys Frage, war es Esk bestimmt, Bria Messing zu begegnen, der Liebe seines Lebens. Das wollte ich ihm nicht verweigern. Außerdem wollte ich Chex nicht verraten, wie sie fliegen konnte. Sie mußte sich nämlich einfach nur mit ihrem magischen Schweif peitschen. Der Schweif nahm allem, was er berührte, das Gewicht. Stolz wie Zentauren nun einmal waren, hätte Chex es sich nie verziehen, das nicht selbst herausgefunden zu haben. Sie war dazu bestimmt, in einer für Xanth wahrhaft wichtigen Angelegenheit eine Rolle zu spielen und den geflügelten Zentauren Cheiron zu treffen, der die Liebe *ihres* Lebens werden sollte. Es war also am besten, wenn ich mich nicht einmischte. Die Lösung für Volneys Problem war grundsätzlicher Natur. Wenn die Dämonen die Kurven des Küßmichflusses wiederherstellten, würden die Summer verschwinden und die Dämonen nicht weiter plagen. Volney brauchte es den Dämonen nur mitzuteilen, mehr nicht. Aber mein dicker Wälzer sagte vorher, daß Volney nur dann dauerhaftes Glück fände, wenn er seine Frage durch eigene Erfahrung löste. Würde ich es ihm leichtmachen, bliebe ihm das versagt. Und zwar deshalb, weil er dann auf der Suche nach seiner Antwort die Zapplerin Wilda nicht treffen würde. Sie sollte sowohl Xanth über die wahre Natur der Zappler belehren, als auch seine große Liebe werden (in Xanth stellten die Zappler nämlich einen Zweig der großen Familie der Wühlmäuse dar). Ich hatte also Grund genug, die Antworten zu verweigern. Aber wie hätte ich das bewerkstelligen können, wenn es ihnen gelang, in das Schloß einzudringen? Es wäre zu ihrem eigenen Nachteil gewesen, hätten sie darauf bestanden, ihre Fragen zu stellen und sich bereit erklärt, ihr Dienstjahr abzuleisten. Obwohl die haarige Angelegenheit noch nicht einmal begonnen hatte, lief ich schon haareraufend durch mein Schloß.

Aber etwas, das verdächtig nach Schicksal roch, löste mein Problem, bevor das Trio ankam. Der Vergessenstrank verlor seine Wirkung, und ich erinnerte mich an Rose. Also brachen wir stehenden Fußes auf, und das Schloß lag verlassen da. In der Eile vergaßen wir allerlei zu regeln. Das war sehr ärgerlich, denn eines der Dinge, die wir vergaßen, war ausgerechnet ein Amnesia Ambrosia, das ich gerade im Keller braute. Das Zeug konnte ausgesprochen unangenehme Folgen haben.

Das Trio traf bei seiner Ankunft auf alle zurückgebliebenen Gefahren des verlassenen Schlosses. Sie waren überrascht, aber natürlich weder in der Lage, ihre Fragen zu stellen, noch Antworten zu erhalten. So zogen sie weiter nach Schloß Roogna, um den König vom Geheimnis meines Verschwindens zu unterrichten. Auf Schloß Roogna dann begegneten sie Prinzessin Ivy, die inzwischen elf Jahre alt geworden war, und ihrem Liebling Stanley Dampfer, dem wiederum heranwachsenden Spaltendrachen. Ivy bestand darauf, sich an der gemeinsamen Suche zu beteiligen, denn alle hatten sich entschlossen, Volney bei der Rettung des Küßmichflusses zu helfen. So wurde Ivy in dieses Abenteuer mit hineingezogen. Da man nie wissen konnte, wie ihr Talent der Verstärkung wirkte, war es nicht möglich, vorauszusagen, wie sie die Dinge veränderte. Eine Folge ihres Abenteuers war, daß sie neue Seiten des Kürbisses erforschten und Mark Knochen mitbrachten, eines der wandernden Skelette, das nun in fester Gestalt (oder wenigstens in knochiger) ein Bewohner Xanths geworden war. Wie man sich vielleicht erinnerte, war er verloren gegangen, als Krach Oger das Traumreich in Unordnung brachte.

Aber sie fanden nie heraus, was mit mir geschehen war. So entschloß sich drei Jahre später der damals neunjährige Prinz Dolph, aufzubrechen und den Guten Magier zu suchen. Es war eigentlich Ivy zuzuschreiben, daß Dolph das Gefühl hatte, sich bewähren zu müssen. Ivy war mit ihren vierzehn Jahren ein unerträgliches Ärgernis für ihren kleinen Bruder. Dolphs Mutter Irene bestand darauf, daß ein Erwachsener den Jungen begleitete – Mütter waren in solchen Dingen eben etwas komisch –, und darum nahm er Mark Knochen mit. Als erstes durchsuchten sie mein verlassenes Schloß. Dort fanden sie eine Nachricht, die ich eigentlich nicht für sie hinterlegt hatte. Sie lautete: SKELETTSCHLÜSSEL ZUM HIMMELSTALER. Die Nachricht war in Wirklichkeit für Dolph bestimmt gewesen. Er sollte sie aber erst erhalten, wenn er alt genug war, auszuziehen, um eine schlafende Prinzessin zu retten. Unglücklicherweise fand er den Hinweis zu früh, was zahllose Verwicklungen nach sich zog.

Im Ergebnis hatte Prinz Dolph nach seinem Abenteuer nicht nur mich nicht gefunden, sondern sich obendrein noch mit zwei hübschen Mädchen verlobt, einer richtigen und einer falschen. Sie zogen für einige Jahre auf Schloß Roogna ein. In dieser Zeit versuchte er, sich darüber klarzuwerden, welche von beiden er nun eigentlich heiraten wollte. Seine Mutter machte mal wieder Schwierigkeiten und fand, daß er unmöglich beide heiraten könnte. Die beiden Mädchen wurden Ivys feste Freundinnen. So wurden ihr gerade durch die Abneigung dem kleinen Bruder gegenüber zwei liebenswerte Freundinnen beschert, was man als einen Mißgriff der Gerechtigkeit deuten konnte. Dolphs Mißgeschick hatte zu Königin Irenes Erlaß geführt: Eine Ehefrau zur Zeit. Für mich machte das die Dinge noch in anderer Hinsicht unübersichtlicher. Es bedeutete, daß ich Rose von Roogna nicht wieder zum Leben erwecken durfte, solange ich mit der Gorgone verheiratet war. Aber das Problem muß bis zum Schluß meiner Erzählung warten.

Drei Jahre später trat die nun siebzehnjährige Ivy mit beiden Füßen in die Geschichte ein und beschloß, mich zu suchen. Sie rief den Himmelstaler. Diese magische Erfindung versetzte ihren Benutzer dorthin, wo er am meisten gebraucht wurde. Ivy ging davon aus, daß sie mir so auf die Spur kam. Das war von einer bestechenden Logik, die man bei einer Prinzessin gar nicht vermutete.

Der Taler brachte sie nach Mundania, wo derjenige lebte, der sie wirklich am dringensten brauchte: Grey Murphy. Er war der Sohn des Bösen Magiers Murphy und der Neo-Zauberin Vadne, die in der Zeit der fehlenden Magie aus dem Hirnkorallensee nach Mundania geflohen waren. Nach diesem Aufruhr brauchte die Hirnkoralle zu ihrer Bestandsaufnahme so lange, daß sie deren Verschwinden nie bemerkt hatte, und noch Jahrzehnte später darauf bestand, daß sie die beiden beherberge. Grey und Ivy kehrten nach Xanth zurück und suchten meinen derzeitigen Aufenthaltsort im Kürbis. Das war für mich sehr ärgerlich, denn ich befand mich im Vorhof der Hölle und wartete darauf, den Dämon

$X(A/N)^{th}$ zu sprechen, und dabei wollte ich nicht gestört werden. Mein Körper ruhte friedlich in einem Sarg in der Dumme-Gans-Gasse, wo kein vernünftiger Mensch je suchen würde. Er wurde von einem Illusionszauber geschützt. Aber Grey Murphys Gabe bestand darin, Magie zu neutralisieren. Da seine Eltern den Storch gerufen hatten, bevor sie Xanth verließen, besaß er magische Kräfte, obwohl er in Mundania zur Welt gekommen war. Als Zauberer vermochte er die Illusion zu durchschauen, die meinen Sarg verbarg. Indem Ivy ihren Bruder dazu brachte, den Himmelstaler zu finden und ihn dazu zu benutzen, Grey Murphy nach Xanth zu bringen, war es ihr endgültig gelungen, meinen Frieden zu stören.

Ich war gezwungen, in meinen Körper zurückzukehren und das Risiko auf mich zu nehmen, den Vorhof der Hölle für kurze Zeit zu verlassen, um mit ihnen zu sprechen. Grey hob den Sargdeckel an. »Hallo, Magier Humfrey!« rief er dreist. Was für ein unverschämter junger Mann!

Ich öffnete ein Auge. »Verschwindet«, sagte ich barsch.

»Aber ich brauche doch eine Antwort«, erwiderte er.

»Ich gebe keine Antworten mehr.« Ich mußte ihn so schnell wie möglich loswerden.

Aber er blieb hartnäckig. »Wie kann ich meiner Verpflichtung gegenüber dem Com-Puter entkommen?«

Nur nicht daran denken, was geschähe, wenn der Dämon ausgerechnet in dem Augenblick die Vorhölle kontrollierte – ich mußte unbedingt zurück! »Ich werde dir die Antwort geben, wenn ich wieder einmal Zeit habe.«

»Wie lange dauert das?«

»Wenn du eine Antwort willst, dann diene mir, bis ich zurück bin«, schlug ich ihm mit wahrer Engelsgeduld vor.

»Aber ich muß doch Com-Puter dienen«, widersprach er.

»Das kannst du auch danach noch.«

»Aber wie kann ich dir dienen, wenn du doch schläfst?«

Wollte er denn niemals aufgeben? »Geh auf mein Schloß. Dort wirst du einen Weg finden.«

Endlich ließ er den Deckel sinken, und ich zischte zurück

zur Vorhölle. Welch Erleichterung! Nichts wies darauf hin, daß der Dämon inzwischen dagewesen war. Ich hatte ihn nicht verpaßt.

Natürlich erhielt Grey Murphy seine Antwort. Schließlich war es ihm ja bestimmt, mein Lehrling zu werden. Seine Magie bestand im Aufheben von Magie, was keineswegs dasselbe war wie Informationsmagie, aber mein eigener Magierstatus beruhte ebenfalls auf etwas anderem, als nur dem angeborenen Talent. Er konnte seiner Aufgabe entsprechen, wenn er sich nur zusammenriß und durchhielt. Außerdem war Ivy bei ihm, die ihn verstärken konnte, und das war nicht zu verachten. So würde er der stellvertretende Gute Magier sein, bis ich meine Angelegenheiten hier geregelt hatte. Über den Dienst bei Com-Puter brauchte er sich keine Sorgen zu machen, denn sein Dienst bei mir ging vor. Er durfte in Xanth bleiben, bis ich zurückkehrte, und würde dann von mir erfahren, wie er sich seiner Verpflichtungen gegenüber Com-Puter entledigen konnte. So einfach war das.

Er kehrte aufs Schloß zurück und ergriff die Gelegenheit beim Schopf, mit Hilfe seines Vaters, sein Vorhaben durchzuführen. Nach seinem Verzicht auf den Thron war Greys Vater nämlich nach Xanth zurückgekehrt. Seine Gabe hatte bekanntlich darin bestanden, alles schiefgehen zu lassen, was nur schiefgehen konnte. Er verwünschte Com-Puters Bemühungen, mit dem Ergebnis, daß ihm alles auf die verrückteste Art und Weise schiefging. So entkam Grey Murphy der Verpflichtung, einer feindlichen Wesenheit zu dienen, zum Wohle von Xanth. Das machte nebenbei auch Ivy glücklich, die die feste Absicht hegte, Grey zu heiraten.

So kam es, daß Ivy sich um meinen Stellvertreter kümmerte und wieder Leben in mein Schloß brachte. Das war ihr größter Einfluß auf mein Leben, und letztendlich nicht einmal der schlechteste.

Die Geschichte Xanths zog eilig an mir vorüber. Drei Jahre später hatte Prinz Dolph Electra geheiratet und Prinzessin Nada Naga ihre Unabhängigkeit zurückgegeben. Das war das Anständigste, was er tun konnte. Zur gleichen Zeit tauchte in Xanth ein neues Wesen auf, die zwölfjährige Elfe Jenny aus der Welt der zwei Monde. Sie half Che Zentaur zu retten, das geflügelte Füllen von Cheiron und Chex. Zusammen mit Gwendolyn Kobold war sie Pflegekind in der Zentaurenfamilie. Große Dinge bahnten sich im Koboldreich an, und ich war mir klar darüber, daß es Zeit für mich wurde, zurückzukehren und die Dinge in die Hand zu nehmen. Grey Murphy war zwar guten Willens, aber noch relativ unerfahren und konnte möglicherweise alles verpfuschen. Inständig hoffte ich auf die Ankunft des Dämons $X(A/N)^{th}$, da ich noch ein Hühnchen mit ihm zu rupfen hatte. Aber das gehört ins nächste Kapitel.

16

DIE ERINNERUNG

So komme ich nun zu der Schilderung, wie ich Xanth im Jahre 1080 verließ. Ich muß zugeben, es war eine Überraschung, da ich einen Abschnitt meines Lebens vollständig vergessen hatte, und das war nicht von ungefähr geschehen.

Der Tag begann ganz gewöhnlich, das hieß, so ziemlich alles ging daneben. Ein regionaler Fluch, Snafu genannt, lastete auf allen Haushalten. Ihm waren die alltäglichen Beschwernisse zuzuschreiben. Doch mit der Zeit lernte man, damit zu leben.

Ich saß wie immer an meinen Studien und brütete inmitten meines angesammelten Bücherschatzes. Die Gorgone war in der Küche und bereitete Gorgonzola-Käse zu, indem sie die Milch durch ihren Schleier anstarrte. Ich hatte ihr Gesicht nach der Nächstwelle Invasion nicht wieder unsichtbar gemacht. Wir hatten beschlossen, ihren Kopf in einen dichten Schleier zu hüllen, der mit einem Zauber an sie gebunden war. Hugo, inzwischen sechzehn Jahre alt, leitete das Aufstellen eines Käfigs voller kleiner Drachen auf der Zugbrücke über dem Stadtgraben. Er hatte einen Elf dabei, der ihm zu Diensten war. An diesem Tag baute der Elf den heiligen Rauch-Generator auf. Ich benötigte diesen Rauch für eine nette neue Prüfung. Der Fragesteller würde dabei herausbekommen müssen, daß er den Rauch nur durchschreiten konnte, wenn er eines der Löcher im Rauch fände. Für gewöhnlich führten sie irgendwohin, doch Hugo wollte es so einrichten, daß alle Löcher im Innern des Schloßes mündeten. Wem im Rauch unheimlich zumute wurde, der ergriff ohnehin die Flucht, und das ersparte mir dann die Mühe einer Antwort.

Ich hatte den magischen Spiegel auf Hugo ausgerichtet, weil ich ahnte, daß er die Sache an irgendeinem Punkt verpatzen würde. Nur wenn er mit Ivy zusammen war, erwies er sich als einigermaßen tauglich. Das lag daran, daß Ivy in ihm einen Ritter in glänzender Rüstung sah. Wie sehr wünschte ich, wir könnten uns eine Scheibe von ihrem Talent abschneiden und unseren Sohn dauernd in seinen guten Eigenschaften verstärken. Könnte er doch immer so sein, wie er sich unter Ivys Einfluß gab! Meine Bücher sagten Hugo ein gutes Schicksal voraus. Es stand geschrieben, daß er sein Glück finden und etwas wirklich Gutes für einen anderen Menschen tun würde; wir bräuchten uns lediglich zu gedulden. Ich wußte aus Erfahrung, daß die vielversprechenden Kinder gelegentlich in die Irre gingen, während die weniger begabten Kinder durchaus ihren Weg machten. Die Zeit würde es zeigen.

Aber es war nicht Hugo, der diesmal alles verdarb. Es war der Elf. Die Sache ging schief, weil ich ihn sträflicherweise nicht beaufsichtigte. Hugo war mit den Drachen fertig, zog sich in sein Zimmer zurück und studierte weiter daran, Früchte zu zaubern. Der Spiegel blieb auf ihn gerichtet. Die Gorgone hatte den Käse mittlerweile fertiggestellt und richtete einen versteinerten Käsesalat an, zu dem sie ein paar von Hugos Früchten verwendete. Da die verschiedenen Früchte aber überreif waren, konnte ihnen ein bißchen Versteinerung nicht schaden. Die Arbeit lief leidlich gut, denn man kann nicht mehr erwarten, wenn mehrere so unterschiedliche Wesen zusammenarbeiten. Nur der Elf tanzte aus der Reihe.

Heiliger Rauch war schwierig zu handhaben. Am besten erzeugte man ihn in kleinen Mengen, die dann sofort in Flaschen abgefüllt wurden. Später wurde jede Flasche einzeln geöffnet, was eine genaue Dosierung ermöglichte. Bei der Herstellung des Rauchs mußte zuvor ein mächtiger Bannzauber gesprochen werden, ähnlich dem, der einen herbeigerufenen Dämon an einen Platz band. Gerade das hatte der Elf vergessen. Er legte einfach ein Astlochholz in die Kohlepfanne und entzündete es mit einem Blitzkäfer. Der Elf hatte wohl vorgehabt, das Holz langsam abbrennen zu lassen und dabei den aufsteigenden Rauch in Flaschen zu füllen.

Statt dessen ging der gesamte Holzstoß in Flammen auf, und blitzartig breitete sich eine aufwogende Rauchwolke aus. Der Elf hätte den Brand sofort mit einem Kübel Wasser aus einem versiegenden Wasserloch löschen müssen, aber er geriet in Panik und zog sich hustend zurück. Ihn überfiel die Angst, vom Rauch eingeschlossen zu werden und in einem der Löcher zu verschwinden. Schließlich war ja noch nicht festgelegt worden, wohin die Löcher führen sollten. Es hätte ihn also irgendwohin in Xanth verschlagen können.

Der Rauch füllte das ganze Zimmer aus, was er sichtlich genoß. Dem Unbeseelten haftete bekanntlich immer ein eigenwilliger Zug an, doch Astlochholzrauch war noch um vieles eigenwilliger. Außerdem verfügte er auch über eine größere Macht, Schaden anzurichten. Er hatte es darauf abgesehen, den Elf zu fangen und ihn unbarmherzig in einem Loch verschwinden zu lassen.

Der Rauch erreichte die empfindliche Nase der Gorgone. Sie unterbrach ihre Arbeit, schnüffelte im Wind, erkannte den Geruch und warnte mich mit lauten Rufen.

Augenblicklich veränderte ich die Einstellung des Spiegels und sah das Unglück. Eiligst stürmte ich hinunter.

Unten traf ich auf Hugo, der ein Bündel blaugesprenkelter Bananen trug, die er gerade gezaubert hatte.

Der Rauch dachte gar nicht daran, uns Zeit zu lassen, sondern verdoppelte seine Anstrengungen und stob entfesselt von Zimmer zu Zimmer, füllte alle Räume und blieb dem flüchtenden Elf dicht auf den Fersen. Beide rannten wir auf den Elf zu, der wild gestikulierte und dabei Satzfetzen hervorstieß: »Das Holz ... es hat auf einmal ganz und gar Feuer gefangen ... und der Rauch ist hinter mir her ...«

»Hör auf zu stottern, verdammt noch mal!« herrschte ich den Elf verärgert an. Verzweifelt kramte ich in meinem Gedächtnis nach einem Bannspruch für den Rauch, aber natürlich fiel mir in diesem Moment der Spruch nicht ein.

In Windeseile wirbelte der Rauch mit der ihm eigenen Listigkeit herum und füllte auch das Zimmer hinter uns. Mir wollte auch mein Freiatmer-Tunnelzauberspruch nicht in den Sinn kommen. Dreimal verflucht sei mein verkalktes Gehirn! Es blieb uns nichts anderes übrig, als zunächst in eines der noch verschonten Zimmer zu flüchten, um Atem zu schöpfen. Ich zerbrach mir die ganze Zeit den Kopf und versuchte wie verrückt, den Zauberspruch aus dem hintersten Winkel meines Gehirns herauszuwringen.

Wir drängten uns in der Mitte des Zimmers zusammen. Der Rauch wußte, daß wir in der Falle saßen. Lächelnd umschloß er uns mit einem Rauchkringel, den er zusehends enger zog. Ich versuchte, mir den verflixten Zauberspruch ins Gedächtnis zu rufen. Ein kleiner Kunstgriff sollte mir auf die Sprünge helfen. In kürzester Zeit würde ich uns dann befreien können und den Rauch unter Kontrolle bringen.

In selben Augenblick verließ mich das Vergessen, das ohnehin kaum noch Gewalt über mich hatte. Mit einer letzten Anstrengung holte ich die Erinnerung hervor. »Rose!« rief ich erleichtert.

»Ich habe eine Banane und keine Rose«, antwortete Hugo.

»Die Liebe meines Lebens!«

Die Gorgone sah mich an. »Wie bitte?« hakte sie mit ungewöhnlicher Anteilnahme nach, gerade als der Rauch uns in einer engeren Luftblase einkreisen wollte.

»Meine dritte Frau. Sie ist in der Hölle!«

»Meinst du deine erste Frau, die Dämonin?«

»Nein. Rose war ein Mensch. Eine Prinzessin. Ich muß zu ihr!«

»Wenn du gehst, dann gehe ich auch«, begehrte die Gorgone auf. Ich konnte mir überhaupt nicht vorstellen, warum sie so ein Interesse zeigte.

»He, laßt mich nicht zurück!« protestierte Hugo.

Der Rauch schickte sich an, uns die letzte Luft zu rauben. Aber das war jetzt kein Problem mehr. Ich sprach einen Zauber, um das nächstbeste Loch ausfindig zu machen. Rasch ergriff ich die Hand meiner Frau und meines Sohnes, und gemeinsam schritten wir durch das Loch. Eines der größten Zeitgeheimnisse Xanths sollte hier durch unser plötzliches Verschwinden seinen Anfang nehmen.

Wir fanden uns auf einem nahezu ausgetrockneten Stück Land wieder. In der Nähe hörten wir die tosende Brandung mächtiger Ozeanwellen. Um uns herum standen nur wenige Bäume, dafür aber jede Menge Unkraut. Vor uns entdeckten wir eine baufällige Hütte.

Die Gorgone spähte umher. Sie war jedoch in ihrer Sicht behindert, weil sie ja durch den dichten Schleier blicken mußte. »Wo sind wir hier?«

»Das ist die Insel der Illusion«, klärte ich sie auf. »Sie ist unbewohnt, seit die Zauberin Iris sie verließ, um König zu werden.«

»Und ihre sagenhafte Residenz? Soll das alles sein?«

»Ja, mehr bleibt nicht übrig, wenn der Zauber der Illusion genommen wird. Vor langer Zeit schickte ich sie hierher, und sie nutzte ihre Fähigkeit, um ein Idyll voller Wunder hervorzubringen.«

»Aber du wolltest doch deine dritte Frau treffen! Ist sie hier?«

»Ich bin hierher gekommen, um einen geschützten Ort für meinen Körper zu finden«, erklärte ich. »Er muß gut versteckt sein, damit ich nicht gestört werde, während ich in der Hölle bin.«

»Ich will nicht in die Hölle gehen«, begehrte Hugo auf.

»Niemand hat dich darum gebeten, mein Sohn«, betonte ich. »Es steht dir frei, zum Schloß zurückzukehren oder zu gehen, wohin du möchtest.«

Er schaute mißmutig drein.

»Habe ich dich recht verstanden?« fragte die Gorgone. »Du willst deinen Körper hier zurücklassen und deine Seele in die Hölle schicken?«

»So ist es.«

»Etwa, um wieder mit deiner dritten Frau zusammenzusein, die vor einiger Zeit gestorben ist?«

»Rose ist nicht gestorben. Sie wurde im Jahre 1000 in einem Korb in die Hölle geholt. Mir fehlten damals die Mittel, sie vor diesem Schicksal zu bewahren. Aus Kummer trank ich meinen ganzen Vorrat an Vergessenstrank, der eigentlich für achtzig Jahren reichen sollte. Ich habe damit gerechnet, lange vor Ablauf der Wirkung zu sterben.«

»Da hast du dich wohl verrechnet«, bemerkte sie spitz. »Verfügst du denn jetzt über die Mittel, um Rose zu retten?«

Das versetzte mir einen Tiefschlag. »Also, äh, keine bestimmten, aber ich habe jetzt immerhin mehr Erfahrung und müßte in der Lage sein, einen Ausweg zu finden.«

»Wenn du sie ins Reich der Lebenden zurückbringst und sie wieder die deine ist, was geschieht dann mit mir?«

Langsam dämmerte mir, was sie befürchtete. »Warum? Du bist doch auch meine Frau. Ich würde dich nie aufgeben.«

»Na, das ist ja nett zu erfahren«, versetzte sie, ohne jemanden direkt anzuschauen.

»Ihr beide könnt euch doch die Aufgaben teilen. Die eine kocht, während die andere die Socken stopft.«

»Eine faire Einteilung«, erwiderte sie mit verstecktem Spott.

»Wir werden schon zu einer Regelung kommen«, beschwichtigte ich sie. »Zunächst einmal muß ich Rose überhaupt finden.«

»Vielleicht ist es am besten, wenn Hugo und ich irgendwo auf dich warten«, wandte sie ein. »Wir sind nicht besonders wild auf die Hölle.«

»Dort ist es auch viel zu heiß«, stimmte Hugo zu, »und die Früchte verderben zu schnell.«

Das war ein Argument. »So, so. Sollen wir vielleicht einen Handel mit dem Hengst der Finsternis abschließen, daß er dir bis zu meiner Rückkehr einen schönen Traum bereitet?«

»Vielleicht«, entgegnete die Gorgone unsicher. Ich begriff, daß ihr die Träume des Kürbis' nicht gerade angenehm waren. »Wie lange wirst du voraussichtlich fortbleiben?«

Darüber hatte ich mir bisher keine Gedanken gemacht. »Vielleicht einen Tag.«

»Einen Tag werde ich einen schlechten Traum schon aushalten können«, stimmte sie zu. Sie sah sich um. »Wir müssen uns einen geschützten Platz suchen, und dann sollten wir uns eine Strategie überlegen.«

»Eine Strategie?«

»Mein geliebter Mann, mit dem Hengst der Finsternis zu verhandeln ist eine Sache, denn er ist dir noch einiges schuldig. Aber die Hölle gehört nicht zum Traumreich. Sie untersteht, soweit ich das verstanden habe, direkt der Herrschaft des Dämons $X(A/N)^{th}$. Und der schuldet dir keinen Gefallen.«

Das war ein Punkt für sie. »Ich muß nur vernünftig mit ihm reden. Sicherlich werden wir einen Handel machen können.«

»Was denn für einen Handel? Du weißt doch genau, daß ihm die Belange so niederer Wesen wie wir schnurzegal sind.«

»Belästige mich jetzt nicht weiter!« stieß ich mit berechtigtem Zorn hervor. »Mir wird auf dem Weg nach unten schon was einfallen.«

Es hatte keinen Sinn, mit mir darüber zu streiten. »Na gut. Laßt uns einen Schlafplatz suchen, und dann werden wir uns mit dem Hengst der Finsternis treffen. Sind Hugo und ich erst einmal gut untergebracht, kannst du dich frei bewegen, ohne dich um uns zu sorgen.«

»Genau.« Sie war schon immer schneller, meine Gedanken zu formulieren, als ich selbst.

Wir sahen uns auf der Insel um. Zu unserer Überraschung fanden wir einen geschützten Ort, an dem mehrere Särge lagen. Als die Zauberin Iris hier noch lebte, hatte sie diese wahrscheinlich als Baustoff für die Wände ihres Schlosses benutzt. Ihre Illusionskraft hatte bewirkt, daß ein Palast oder irgend etwas anderes, das sie sich wünschte, in Erscheinung trat. Es spielte keine Rolle, was sie dafür in der wirklichen Welt verwendete, solange es nur fest genug war.

»Wozu sind all diese Kisten da?« fragte Hugo.

Es war mir früher nie in den Sinn gekommen, diese oder irgendeine andere Insel zu besichtigen, deshalb konnte ich nichts darüber sagen. Aber immerhin konnte ich Mutmaßungen anstellen: »Offensichtlich bin ich nicht der einzige, dem dieser Ort eine Zuflucht bot. Irgend jemand wird die Särge hier abgestellt haben.« Sie waren gut erhalten und wirkten solide und wetterfest.

Hugo versuchte vergeblich, den Deckel von einem der Särge zu heben, denn der war zugenagelt.

»Vielleicht ist da jemand drin«, witzelte die Gorgone, wobei hinter ihrem Schleier ein Lächeln zu vermuten war. Sie hatte durchaus ein ausgeprägtes Mienenspiel, wenn man die Falten des Schleiers entsprechend deutete. Sie konnte sogar blinzeln. Das mußte sie auch damals getan haben, als ihr Gesicht noch unsichtbar gewesen war, obwohl ich mich nicht mehr genau daran erinnerte, wie das ausgesehen hatte.

Hugo ließ schnell von dem Sarg ab. Er war nicht begierig darauf, in das Gesicht eines Toten zu blicken.

»Einige sind sicherlich auch leer«, bemerkte ich.

Schließlich fanden wir mehrere unverschlossene Särge

und auch die dazugehörigen Deckel. Wir schleppten sie zu einer abgelegenen Stelle, legten sie mit Kissen von einem Kissenbusch aus und prüften, ob sie die richtige Größe hatten. Sie paßten. »Ihr braucht das alles nicht mitzumachen«, erinnerte ich die beiden. »Ich gehe davon aus, daß ich höchstens ein oder zwei Tage unterwegs sein werde. Ihr könnt hier warten oder aber zum Schloß zurückkehren ...«

» ...während du in die Hölle marschierst, um deine frühere Frau zu holen«, ergänzte die Gorgone mißlaunig. Irgendwie verhielt sie sich in diesem Punkt unvernünftig. «Ich werde dich soweit begleiten, wie das im Traumreich möglich ist.«

»Ich auch«, setzte Hugo hinzu.

»Gut. Dann werde ich euch beide mit einem Zauberspruch in den Schlaf versetzen und mich auf den Weg machen«, entschied ich. »Ihr werdet solange schlafen, bis ich den Gegenzauber ausspreche. Aber ich weiß nicht, ob sich der ganze Aufwand für so eine kurze Zeitspanne lohnt. Es ist ein sehr mächtiger Zauber, und es behagt mir nicht, solche Macht zu verschwenden, wenn ...«

Die Gorgone starrte mich durch ihren Schleier unverwandt an, und mich überkam ein Frösteln angesichts ihrer Macht. Es war ganz offensichtlich, daß sie uneinsichtig blieb. So hörte ich auf zu drängen. Das war besser, als langsam versteinert zu werden.

Die beiden stiegen in ihre Särge und machten es sich bequem. Ich sprach den Zauber aus, und sie fielen in tiefen Schlaf. Der Zauber bewirkte nicht nur, daß sie schliefen, sondern verhinderte auch das Altern. So benötigten sie während dieser Zeit weder Nahrung noch Wasser. Sie verharrten in einer Art Scheintod, und lediglich ihr Geist blieb frei zum Träumen. Ich wählte diesen Zauberspruch, weil er mir ermöglichte, weit in das Traumreich vorzudringen. Es gab keinen Grund, ihn nicht auch auf die beiden anzuwenden.

Ich legte die Deckel auf ihre Särge, damit sie vor Wind und Wetter geschützt waren. Sie brauchten ohnehin nicht zu atmen.

Dann bestieg ich meinen eigenen Sarg. Aber kurz bevor ich den Zauber für mich selbst aussprach, kam mir eine Idee. Ich stieg hinaus und hinterließ eine Botschaft im Staub auf meinem Sargdeckel: BITTE NICHT STÖREN. Abschließend murmelte ich eine Beschwörungsformel, damit sich die Worte in das Holz eingruben und dort für immer blieben. Ich legte mich wieder in meinen Sarg, schloß den Deckel und sprach den Schlafzauber.

Umgehend fand ich mich in einem Pavillon wieder. Meine Frau und mein Sohn warteten bereits auf mich. »Wenn das hier das Traumreich sein soll, dann ist ja fast alles wie im Wachzustand«, stellte die Gorgone fest.

»Nur bei oberflächlicher Betrachtung«, entgegnete ich. «Es muß hier eine Straße geben, die zu den Traumgefilden führt.«

Kaum hatte ich meinen Satz ausgesprochen, da erschien sie: eine Straße aus goldenen Pflastersteinen. Ich wünschte, dem Traumreich wäre etwas Neues eingefallen. Aber ich war hier nicht der Gestalter. Außerdem konnte ich mir nicht vorstellen, daß die Leute, die hier ihre Zeit verbrachten, Lust hatten, eine mühsame Veränderung vorzunehmen.

Wir folgten dem Lauf der Straße, die sich in der Unendlichkeit verlor. Sie führte weit über die Grenzen der Insel hinaus. »Hätte ich doch bloß meinen magischen Teppich dabei«, jammerte ich.

Urplötzlich erschien der Teppich vor uns. Wir erschraken alle. Hugo faßte sich als erster. »In einem Traum kannst du alles machen, was du willst«, erinnerte er sich. »Ich wünsche mir eine vollendete Frucht.«

... und schon erschien ein vollendeter Apfel in seiner Hand. Hugo biß sofort hinein. Er schmeckte ihm erstaunlich gut. Doch als seine Aufmerksamkeit nachließ, verschwand der Apfel. Träume hatten eben ein Scheinleben. Es konnte gefährlich werden, weiterhin auf diesem Teppich zu fliegen.

»Ich wünsche, wir wären schon am Ziel«, sagte die Gorgone. Und so geschah es. Ihr Sinn fürs Praktische hatte die Sache wieder einmal vereinfacht.

Wir befanden uns jetzt am Rande eines reizenden Dorfes, durch das die Straße hindurchführte. Die schönen bunten Häuser wurden von niedlichen kleinen Gärten umgeben, in denen bunte Blumen, Obstbäume und üppige Sträucher standen. Die Bewohner des Dorfs bemerkten uns sofort.

»Oh, Neuankömmlinge«, rief ein Mädchen begeistert und stürmte auf uns zu. Sie war ungefähr zehn Jahre alt, trug Zöpfe und hatte unzählige Sommersprossen. »Hallo, ich bin Electra. Wer seid ihr?«

»Ich bin der Gute Magier Humfrey«, stellte ich mich vor und war ein wenig überrascht, daß sie mich nicht erkannte. Gewiß, ich führte das Leben eines Einsiedlers; dennoch hatte ich angenommen, daß jeder in Xanth den verhunzelten, alten Gnom kannte, der die Leute so dreist an der Nase herumführte. »Und das ist meine Frau, die Gorgone, und der da ist mein Sohn Hugo.«

»Ist er ein Prinz?« fragte Electra.

»Nein, nur ein einfacher Junge«, antwortete ich.

Sie musterte Hugo. »Du müßtest ungefähr in meinem Alter sein.«

Hugo war empört. »Ich bin älter, als ich aussehe«, entgegnete er ihr schroff. »Ich bin sechzehn.«

»Oh, ich dachte, du wärst dreizehn. Ich bin auch älter, als ich aussehe. In Wirklichkeit bin ich schon zwölf. Wira ist sechzehn. Möchtest du sie gerne kennenlernen?«

»Ich bin auf der Suche nach der Hölle«, unterbrach ich die beiden. »Sag mir nur, wo sie liegt, dann kannst du ihm Wira vorstellen.«

»Okay«, strahlte sie. »Du mußt den großen Korb da nehmen.« Sie wies auf einen riesigen Korb, der an einem Seil hin und her pendelte. Das Seilende verschwand im Nirgendwo. »Gewöhnlich gehen nur Tote dorthin. Die Hölle gehört nämlich nicht mehr zum Traumreich.«

Ich ging hinüber, hielt den Korb fest und kletterte hinein. »Ich komme zurück«, verabschiedete ich mich, als der Korb in Bewegung geriet und mich davontrug. Hugo, Electra und die Gorgone winkten mir nach.

Der Korb schwebte mit mir durch die verschiedenen Traumebenen hinab zu den untersten Regionen. Schließlich landete ich im Vorhof der Hölle. Ich stieg aus, ging auf die Pforte zu und klopfte. Die Pforte öffnete sich nicht. Statt dessen erschien eine leuchtende Inschrift: ZUTRITT VERBOTEN.

»Ich bin geschäftlich hier«, beschwerte ich mich.

DANN TRIFF DICH MIT DEM DÄMON X(A/N)th gab das Schild Antwort.

»Wo kann ich ihn finden?«

ER KOMMT HIER MANCHMAL VORBEI.

Nach einigen weiteren Fragen und erhellenden Antworten verstand ich meine Lage: man mußte im Vorhof der Hölle so lange auf den Dämon warten, bis er gerade einmal vorbeikam. Das gehörte zu seinen Spielregeln. Verpaßte man aber aus irgendwelchen Gründen seine Ankunft, so gab es keine weitere Chance. Also war es am besten, hier auszuharren. Da ich mich in einem Traum befand, war das leicht möglich. Ich mußte nirgendwo hingehen und brauchte auch nichts zu essen.

So machte ich es mir bequem und wartete. Der Vorhof war klein, kahl und völlig langweilig. Er schien eigens dafür hergerichtet, jemandem das Warten besonders schwer zu machen. Aber ich war nicht irgend jemand. Ich war der Gute Magier, und ich hatte eine Frau aus der Hölle zu befreien. So konzentrierte ich mich auf das Problem und erwog die Möglichkeiten, Rose aus dieser unschönen Gefangenschaft zu befreien.

Die Zeit verstrich. Nach einer Weile wünschte ich mir meinen magischen Spiegel herbei, und sofort erschien er in meiner Hand. Dann richtete ich ihn auf das unschuldsvolle Traumreich über mir aus. Ich konnte sehen, daß Hugo und die Gorgone mit etwas recht Unterhaltsamem beschäftigt waren.

Die Gorgone hatte schon immer die Meinung vertreten, daß Hugo weibliche Gesellschaft bräuchte. Sie hatte Klein-Ivy ermutigt, uns zu besuchen, aber Ivy war überall in Xanth zu Hause und verstärkte alles nach Herzenslust. Im gleichen Augenblick – mein Spiegel zeigte ein Nebenbild – traf Ivy mit Chex Zentaur, Esk Oger und Volney Wühlmaus zusammen, und sie bemühte sich, ihnen zu helfen. In ihrem mädchenhaften Wesen ähnelte sie Electra, die Hugo gerade zu Wira führte. Und die Gorgone – ich wußte genau, was sie dachte – hoffte, daß Wira ein nettes Mädchen war und sich für Hugo interessieren würde, auch wenn das nur in einem gemeinsamen Traum spielte.

Wira hielt sich in einem Rotwildgehege auf und streichelte die Hirsche. Es waren niedliche, kleine Tiere – freundlich, aber sehr scheu.

»Hallo, Wira, hier sind neue Träumer!« rief Electra ihr zu. Wira war eine schöne, junge Frau in einem hübschen, rosafarbenen Kleid und braunen Sandalen. Sie hob den Kopf. Ihre Augen hatten die gleiche Farbe wie ihr Kleid, was etwas ungewöhnlich war.

»Hallo«, grüßte sie und schien so freundlich und scheu zu sein wie das Rotwild. Die Hirsche aber liefen davon. Sie hatten zwar Zutrauen zu Wira, nicht aber zu Fremden.

»Das ist Hugo«, stellte Electra ihn freudig vor. »Er ist auch sechzehn.«

»Sehr erfreut.« Wira streckte ihre Hand aus und lächelte traurig. »Bist du für längere Zeit hier, Hugo?«

»Nein, nicht für lange.« Hugo nahm ihre Hand. Es war unübersehbar, daß er Gefallen an ihr fand. Leider wurde er von keinem Mädchen ernstgenommen, wenn sie erst einmal seinen zwergenhaften Wuchs und sein mangelhaftes magisches Talent bemerkten. Das war sein tragisches Schicksal. Und wie nicht anders zu erwarten, sagte er auch schon etwas äußerst Dummes: »Ich würde gerne mit dir eine Liebesquelle besuchen.«

Ich zuckte zusammen, doch Wira ließ sich dadurch nicht verwirren. »Ach, es würde keinerlei Wirkung auf mich haben«, seufzte sie. Das war eine befremdliche Antwort. »Ich bin dagegen gefeit.«

»Oh, ist das dein Talent?«

»Nein, meine Gabe ist eine besondere Empfindsamkeit. Ich kann gewissermaßen fühlen, wie die Dinge wirklich sind. Darum kann ich das Rotwild auch streicheln. Die Tiere sind nämlich einsam, weil es hier nichts für sie zu tun gibt. In schlechten Träumen kommen eben keine niedlichen Hirsche vor.«

Hugo nickte. »Ich hatte vergessen, daß wir hier im Traumreich sind. Aber die Träume sind doch nicht alle schlecht, oder? Wir sind doch hier nicht im Kürbis.«

»Aber die aufregendsten Dinge ereignen sich meistens in schlechten Träumen«, fuhr sie fort, »und sie werden sehr sorgfältig zusammengestellt, um den Leuten schlechte Gefühle zu bereiten. Wenn der Hengst der Finsternis kommt und die Besetzung zusammenstellt, melden sich hier viele freiwillig für eine kleine Rolle. Es vertreibt die Langeweile. Die kleinen Hirsche aber haben nie eine Chance bekommen. Nicht einmal im Schlaf sind sie wirklich glücklich. Da ich selbst nicht besonders unterhaltsam bin, kann ich nicht viel für sie tun.«

»Ich finde dich mehr als unterhaltsam«, tröstete Hugo sie.

»Findest du!« Wira errötete, und ihr Gesicht nahm fast die Farbe ihrer Augen an. Beide schwiegen verschämt. Mir kam dabei in den Sinn, wie der Dämon Beauregard vor langer Zeit einmal die rosa Schlüpfer von Metria rot färbte. Das hatte einen gefälligen Eindruck hinterlassen.

»Und das ist seine Mutter, die Gorgone«, machte Electra sie bekannt.

Die Gorgone trat vor, als Wira sich ihr zuwandte. Zur gleichen Zeit tat Hugo einen Schritt zurück und stieß in seiner unbeholfenen Art mit der Gorgone zusammen. Dabei verhakte sich seine Jacke in ihrem Schleier. Da der Schleier im Traum aber kaum gesichert war, fiel er herunter und entblößte ihre Augen gerade in dem Moment, als Wira sie anblickte. Die Gorgone überkam eisiger Schreck, denn ihr

Gesicht war nicht mehr unsichtbar. Jede Person und jede Kreatur, die ihrem Blick begegnete, wurde auf der Stelle versteinert.

»Ich bin erfreut, dich kennenzulernen, Mutter Gorgone.« Wira streckte ihre Hand aus.

Hastig zog die Gorgone ihren Schleier zurecht, bevor irgendein anderer ihr Gesicht sehen konnte. Für die beiden Schmetterlinge hinter Wira allerdings kam es zu spät. Wie zwei kleine Steinchen plumpsten sie hinunter und trafen mit einem ›Pling-Plong‹ auf den Boden.

»Oh, du ... du bist am Leben!« rief die Gorgone.

»Ich schlafe, aber ich lebe«, stimmte Wira ihr zu. »Ist irgendwas nicht in Ordnung?«

»Du hast mir ins Gesicht geblickt und bist nicht zu Stein erstarrt!«

Wira blinzelte. »Entschuldige bitte, ich möchte dich nicht verletzen, aber ich habe dich gar nicht angesehen.«

»Wie bitte?« fragte die Gorgone verwirrt.

»Ich habe wohl vergessen, es zu erwähnen«, erklärte Electra. »Sie ist blind und kann dich überhaupt nicht sehen. Sie richtet sich nach deiner Stimme.«

»Blind!« stieß die Gorgone hervor. Nun wurde auch verständlich, warum die Augen des Mädchens rosa waren: Sie war ein Albino. Das Blut schimmerte durch die farblosen Linsen. Das konnte ein Grund für ihre Blindheit sein. Und das erklärte auch, warum eine Liebesquelle keinerlei Wirkung auf sie hätte. Ein Mädchen verliebte sich in den ersten Mann, den es erblickte, nachdem es das Wasser berührt hatte. Doch Wira würde nie einen Mann sehen können. Aus dem selben Grund war sie auch gegen eine Haßquelle gefeit.

»Es tut mir leid«, entschuldigte sich Wira. »Es lag nicht in meiner Absicht, euch zu täuschen. Ich kann verstehen, daß du aufgebracht bist.«

Die Gorgone hatte sich wieder gefaßt. »Mein Liebes, ich bin dir nicht böse! Vielmehr erstaunt! Deine Blindheit hat dir das Leben gerettet!«

Wira zuckte gleichgültig die Schultern. »Was hätte das

schon ausgemacht? Ich bin für niemanden nützlich. Deshalb haben meine Angehörigen mich auch in den Schlaf geschickt.«

Die Gorgone war von neuem bestürzt. Obgleich sie die fürchterlichste Macht in Xanth besaß, hatte sie zugleich das gütigste Herz. Ich mußte das schließlich am besten wissen. Sie war zunehmend von der jungen Frau eingenommen. »Willst du damit sagen, daß es kein Unfall oder Unglück war, was dich hierher verschlagen hat, sondern daß deine Familie dich loswerden wollte, weil du blind bist?«

»Das haben sie natürlich nicht so gesagt, aber ich weiß es. Sie waren es leid, immer auf mich aufzupassen, und wußten, daß ich mich niemals um sie kümmern könnte. Die Jungs gingen mir aus dem Weg, und es war sehr unwahrscheinlich, daß ich jemals heiraten würde. So entschieden sie, mich solange in den Schlaf zu versetzen, bis sie etwas Besseres für mich gefunden hatten. Ich bin sicher, daß sie sich noch darum kümmern.«

»Natürlich tun sie das«, pflichtete die Gorgone ihr aufrichtig bei. »Irgendwann werden sie auch für dich etwas finden und dich dann aufwecken. Gehörst du zu denen, die in den Särgen auf der Insel der Illusion liegen?«

»Ja. Wir alle sind hier, weil wir auf der wirklichen Welt von Xanth ein Problem haben. Electra ist schon länger hier als jede andere.«

Die Gorgone sprach Electra an: »Stimmt das? Wie lange schläfst du schon?«

»So ungefähr achthundertundfünzig Jahre. Ich bin müde geworden, die ach so vielen Jahre zu zählen, und warte nur noch darauf, daß ein Prinz kommt und mich wachküßt.«

»Ein Prinz!« Die Gorgone führte dieses Thema lieber nicht weiter aus. Sie erinnerte sich, daß es in Xanth zur Zeit nur einen einzigen Prinzen gab. Doch der war gerade erst sechs Jahre alt. Sie wandte sich Wira zu. »Und wie lange schläfst du schon, meine Liebe?«

»Zwölf Jahre.«

Hugo starrte sie enttäuscht an. Er hatte geglaubt, sie wäre

in seinem Alter. Nun stellte sich heraus, daß sie zwölf Jahre älter war.

Die Gorgone verstand die Gefühle ihres Sohnes. »Aber du alterst nicht, während du schläfst«, fuhr sie schnell fort.

»Doch, ich werde älter«, entgegnete Wira. »Meine Angehörigen konnten sich nur einen billigen Schlaftrunk leisten. Er versetzte mich in Schlaf und bewahrt meinen Körper vor der Verwesung, aber er hält den Alterungsprozeß nicht auf. Wenn ich jetzt aufwache, bin ich achtundzwanzig Jahre alt. Ich fürchte, daß meine Verwandten nichts für mich finden werden ...«

»Das ist nicht so schlimm«, tröstete die Gorgone sie.

»Aber Mutter ...«, begann Hugo aufgebracht. Ganz offensichtlich gefiel ihm dieses Mädchen. Aber eine achtundzwanzigjährige Frau, das war schon etwas anderes.

»Erinnerst du dich an das seltsame Mittel, das dein Vater hergestellt hat?« fragte die Gorgone. Sein Gesicht hellte sich auf. Sie spielte auf das Elixier aus dem Jungborn an. Es konnte jemanden innerhalb kürzester Zeit um Jahre verjüngen. Wenn Wira erwachte, könnte sie also wieder sechzehn Jahre alt werden, falls Hugo das wollte. »Warum gehst du nicht mit der jungen Frau im Garten spazieren? Vielleicht entdeckt ihr Gemeinsamkeiten?«

Hugo war nicht der hellste Kopf in Xanth, es sei denn, Prinzessin Ivy verhalf ihm dazu. Jetzt aber malte er sich bereits in Gedanken die Anwesenheit der schönen jungen Frau in unserem Schloß aus. Ihr machte es nichts aus, von der Gorgone zufällig angeblickt zu werden, und vielleicht würde sie ihn sogar ansprechend finden. »Ja, laß uns den Garten ansehen«, stimmte er zu. Er bemerkte, daß er sich schon wieder etwas ungeschickt ausgedrückt hatte. »Äh, nicht sehen, ich meine ...«

»Das ist schon in Ordnung, Hugo«, beruhigte Wira. »Ja, laß ihn uns anschauen, ich werde ihn auf meine Weise sehen.«

»Du kannst sehen? Aber ...«

»Durch die Berührung«, erklärte sie. »Gib mir deinen Arm.«

Unbeholfen hielt er ihr seinen Arm hin. Sie hörte auf das Rascheln der Kleidung und hakte sich unter. So führte sie ihn den Weg hinunter. Sie gingen durch das Gehege und mitten durch Farne und Blumen.

»Glaubst du, daß ich vielleicht einen Hirsch streicheln könnte?« fragte er.

»Sicher, Hugo, wenn du möchtest. Ich werde es dir zeigen. Aber du mußt geduldig sein, weil sie sehr zurückhaltend und scheu sind.«

Die Gorgone sah ihnen nach. »Ach, was sind sie doch für ein schönes Paar«, seufzte sie.

»Ja, sie ist ein sehr schönes Mädchen«, stimmte Electra zu, die neben ihr stand. Die Gorgone schreckte auf, denn sie hatte Electras Anwesenheit völlig vergessen.

Jetzt wandte die Gorgone sich wieder Electra zu. »Du hast gesagt, du müßtest schlafen, bis ein Prinz kommt. Bist du denn eine Prinzessin?«

»Nein! Ich bin mehr so etwas wie ein Zufall.«

»Oh! Erzähle mir davon.«

Und so berichtete Electra über ihr verwickeltes Schicksal. Der Fluch des Magiers Murphy hatte bewirkt, daß sie in einen langen Schlaf verfallen war, der eigentlich einer Prinzessin zugedacht war. Electras Sarg befand sich auf der anderen Seite Xanths auf der Insel der Liebe. Sie war hierher gekommen, um sich den anderen im Traum anzuschließen, denn es war ganz schön langweilig, alleine zu sein. Sie mußte auf einen Prinzen warten, der kommen, sie wachküssen und heiraten würde, oder sie mußte sterben. Das aber war aussichtslos, weil sie ja erst zwölf Jahre alt war, aussah wie zehn und zudem noch nicht einmal eine Prinzessin war. Aber sie wollte die Hoffnung nicht aufgeben.

Inzwischen lernte Hugo Wira näher kennen. Sie zeigte ihm, wie sie ihn mit ihren Händen sehen konnte, indem sie sein Gesicht und seinen Körper behutsam berührte. Zu allem Unglück brachte er es wieder fertig, etwas Dummes zu tun. Als sie ganz dicht neben ihm stand, küßte er sie. Doch es war gar nicht so dumm, wie man hätte vermuten können, denn sie genoß es, daß er sie mochte.

Die Zeit verstrich, während ich auf das Erscheinen des Dämon $X(A/N)^{th}$ wartete. Ich durfte nicht damit rechnen, mein Anliegen gleich am ersten Tag vorbringen zu dürfen, aber ich traute mich nicht, auch nur für einen Augenblick wegzugehen, denn ich wollte ihn nicht verpassen. Eigentlich ging ich sogar davon aus, daß er von meiner Anwesenheit wußte und nur darauf wartete, daß ich das Zimmer verließ. Der Dämon haßte es noch mehr als ich, belästigt zu werden. Es war ein Nervenkrieg, und ich beschloß auszuharren.

Drei Jahre später wurde Electra plötzlich gerufen: Ihr Prinz war gekommen. Früher als die Gorgone erwartet hatte, denn der Prinz war gerade erst neun Jahre alt geworden und nun schon verlobt. Aber das würde sich auf seine eigene Art regeln.

Die Gorgone nahm ein Angebot des Hengstes der Finsternis an und spielte eine kleine Rolle in einem bösen Traum. Er war für jemanden bestimmt, der gemein zu Schlangen gewesen war. »Zzsch«, zischelte sie unheilvoll. Dabei kräuselte und wand sich ihr Haar aufs leidenschaftlichste. »Du hasssst es so gewollt.« Dann lüftete sie allmählich ihren Schleier. An dieser Stelle wurde der Traum unterbrochen. Denn der Träumer sollte lediglich erschreckt und nicht zu Stein werden.

Sie erhielt noch mehrere Rollen und machte Karriere als Schauspielerin im Traumreich. Es machte ihr wirklich Spaß, und das war ganz gut so, denn der Aufenthalt zog sich über viele Jahre hin. Ich hatte angenommen, wir würden höchstens einen Tag hier sein, aber diese ganze Angelegenheit hatte sich nun um ein Weniges verzögert.

Hugo und Wira wurden dicke Freunde. Es zeigte sich, daß sie im voraus wußte, wann er einen Fehler begehen würde, und sie korrigierte ihn mit einem Wort oder einem kleinen Stoß in die Rippen. So konnte er noch rechtzeitig das Richtige tun. Wenn er Früchte zauberte, achtete sie darauf, daß es gute Früchte wurden. Natürlich waren es Traumfrüchte ohne beständige Substanz, aber wahrscheinlich würde das Verfahren auch im Wachleben funktionieren. Er erzählte ihr von dem Verjüngungselixier, mit dem sie nach dem Aufwachen das zarte Alter von sechzehn Jahren erlangen konnte, wenn sie nur wollte. Sie gab ihm zu verstehen, daß sie jedes gewünschte Alter annehmen würde, wenn er sie weckte. Inzwischen spielte es keine Rolle mehr, ob sie wach, schlafend oder aber im Traumreich waren – sie hatten ihre große Liebe gefunden.

Ivy und Grey Murphy beanspruchten zwar meine Aufmerksamkeit, aber es gelang mir trotzdem, meine Verabredung einzuhalten. Die Jahre zogen ins Land, während ich weiterhin beobachtete, was innerhalb und außerhalb des Traumreichs geschah. Rose gehörte einfach nicht in die Hölle. Einmal würde die Zeit kommen, da der Dämon sich zeigte, und dann mußte er Rose freigeben. Dazu wäre es allerdings erforderlich, daß er einen Fehler eingestand. Das aber würde er nicht so einfach tun. Jedenfalls hatte ich die lange Wartezeit genutzt, einen Plan zu entwerfen.

Zehn Jahre nach Beginn meiner Nachtwache kamst du, Lacuna. Du brachtest mir Neuigkeiten, mit denen ich einfach nicht gerechnet hatte und die meine Situation erschwerten: Das Ehegesetz von Xanth war geändert worden. Nun durfte ein Mann nicht mehr als eine Frau heiraten. Ich erwähnte diese Schwierigkeit, weil du mir die Nachricht überbracht hattest. Aber vielleicht kam mir das Gesetz doch zugute.

Nun, ich will fortfahren, meine künftige Geschichte zu erzählen, falls der Dämon nicht ausgerechnet jetzt kommt. Mach einen Strich am Ende dieses Satzes, Lacuna, und wir beginnen mit dem nächsten Kapitel, dem wir den Titel geben –

17

DER HÖLLEN-HANDEL

Lacuna hatte den Blick auf die Wand gerichtet, wo immer noch die letzten Worte sichtbar waren: ›Und wir beginnen mit dem nächsten Kapitel, dem wir den Titel geben ...‹ gefolgt von ›*Kapitel 17: Der Höllen-Handel*‹. Dann blickte sie den Guten Magier fragend an.

»Schreib weiter«, forderte Humfrey sie auf. »Aber bitte von dir, in der dritten Person. Du kommst jetzt auch darin vor, denn es ist zu verwirrend, wenn der Ich-Erzähler zwischendurch wechselt.«

»Aber deine Geschichte ist zu Ende«, entgegnete Lacuna. »Du hast doch dein Leben bis in die Gegenwart beschrieben.«

»Aber die Geschichte wird in der Zukunft weitergehen, genauso wie ich es vorhergesagt habe. Daher wird der Dämon hier erscheinen müssen, oder er verliert von vornherein.«

»Na gut«, meinte sie. Es lag jedoch soviel Zweifel in ihrer

Stimme, daß es wie eine Ablehnung klang. Trotzdem ließ sie die Schrift weiter über die Wand laufen. Die letzten Worte des vorherigen Kapitels waren bereits an der Decke verschwunden, doch sie konnten jederzeit zurückgeholt werden. Sie mußte dazu nur den mentalen Rücklauf betätigen.

Huch! In ihrer Verwirrung hatte sie tatsächlich den Rücklauf betätigt, und die untere Zeile war auf den Fußboden gestoßen, wo sie ein wenig auf und nieder hüpfte und sich schließlich verdoppelte. Schnell ließ sie die Schrift wieder in die entgegengesetzte Richtung laufen, aber es war zu spät, um die doppelte Zeile auszulöschen. Wie ein Balken lief sie mitten durch den Text.

Im selben Augenblick schwang sich der Henkelkorb in den Vorhof, und zwei Kinder krabbelten heraus. Sie waren Zwillinge, ein Junge und ein Mädchen von ungefähr sechs Jahren.

»Haltet den Korb hier fest!« rief Lacuna. Aber wieder kam sie zu spät. Die Kinder purzelten über den Boden, und der Korb flog davon. Jetzt waren auch noch Kinder im Vorhof der Hölle gestrandet!

Anfangs blickten die beiden die Erwachsenen verschüchtert an. Doch dann grüßte der kleine Junge: «Hallo, Leute.« Er trug blaue Shorts, eine schmuddelige weiße Jacke und graue Socken.

»Wer seid ihr?« wollte das kleine Mädchen wissen. Sie trug ein verwaschenes rosa Kleid, ein Haarband sowie staubige weiße Söckchen.

Humfrey zuckte nur die Achseln, und Lacuna mußte sie einführen. »Das ist der Gute Magier Humfrey, und ich bin Lacuna. Wer seid ihr?«

»Ich bin Pünktchen«, entgegnete der Junge.

»Und ich bin Tüpfelchen«, stellte das Mädchen sich vor.

»Wir sind Zwillinge«, fügte Pünktchen hinzu.

»Und wir fahren zur Hölle«, ergänzte Tüpfelchen.

Dann rannten beide im Gleichschritt auf die Höllentür zu. Seite an Seite blieben sie davor stehen und hämmerten gegen die Tür. »Laßt mich rein«, riefen sie im Chor.

An der Tür wurde eine Schrift sichtbar: WARTET AUF DEN DÄMON X(A/N)th. Sie sah aus wie die Gedankenschrift von Lacuna, nur irgendwie amtlicher.

»Puuuh!« rief Pünktchen verärgert.

»Ooooh, wie sprichst du!« wies Tüpfelchen ihn zurecht.

»Ich habe nicht Puuup gesagt, sondern Puuuh, Dummkopf!« fuhr er sie an.

»Das wäre auch nicht sehr fein gewesen!«

Pünktchen versuchte, den Türknauf herumzudrehen, doch obwohl er ihn drehen konnte, bewegte die Tür sich nicht. Tüpfelchen versuchte es als nächstes – mit keinem anderen Ergebnis.

Enttäuscht wandten sie sich wieder den Erwachsenen zu. »He, wann kommt der Dämon?« fragte Pünktchen.

»Ja, wann?« echote Tüpfelchen.

»Ich weiß es nicht«, entgegnete Lacuna. »Der Gute Magier wartet seit zehn Jahren auf ihn. Aber wir sind überzeugt, daß er bald kommen wird.«

»Jja, so lange können wir nicht warten«, wandte Pünktchen ein.

»Wir sind zu klein, um zu warten«, bekräftigte Tüpfelchen.

Sie entfernten sich im Gleichschritt von der Tür.

»Hiergeblieben!« forderte Humfrey unvermittelt.

Lacuna und die Kinder machten verdutzte Gesichter. »Du möchtest sie doch nicht allen Ernstes hierbehalten?« meinte Lacuna. »Sie sollten lieber zu ihrer Mutter nach Hause gehen.«

»Ich bin hier, um mit euch zu sprechen«, versicherte Humfrey den Kindern. »Und genau das werde ich jetzt tun, Dämon X(A/N)th. Du kannst nicht von hier fort, solange du dich nicht mit mir geeinigt hast.«

Die beiden Kinder blickten enttäuscht drein. »Du hast mich beim Namen genannt«, klagte Pünktchen.

»Was hat mich bloß verraten?« fragte Tüpfelchen.

»Zwei Dinge. Zunächst einmal wußte ich, daß du hier bald erscheinen mußtest, und daher war jeder verdächtig, der hier auftauchte. Zweitens hast du Worte verwendet, die nur ein Mitglied der Erwachsenenverschwörung benutzen kann. Du hast die Worte ›zur Hölle‹ ausgesprochen.«

»Aber hier ist doch die Hölle«, protestierte Pünktchen.

»Auf jeden Fall ist es das Vorzimmer«, fügte Tüpfelchen hinzu.

»Darauf kommt es nicht an. Nur ein Erwachsener kann den Ausdruck gebrauchen. Daher war mir klar, daß du kein Kind bist, beziehungsweise *ihr* keine Kinder seid. Jedenfalls nicht aus unserer Kultur. Auch nicht, wenn ihr die menschliche Sprache sprecht und vorgebt, Menschen zu sein.«

»Da muß ich nächstes Mal wohl besser aufpassen«, überlegte Pünktchen.

»Gut, also Schluß mit dem Theater«, wurde Tüpfelchen energisch. »Was willst du?«

»Ich möchte meine Frau aus der Hölle befreien«, entgegnete Humfrey. »Die Frau, die ich liebe. Sie gehört nicht dorthin und muß endlich erlöst werden.«

»Du hast doch bereits eine Frau, die nicht in der Hölle ist«, stichelte Pünktchen.

»Und du kannst nur eine Frau haben«, erinnerte ihn Tüpfelchen.

»Ja, ich werde mich zwischen ihnen entscheiden müssen«, gab Humfrey zu. »Wenn Prinz Dolph zwischen seinen beiden Geliebten wählen konnte, dann kann ich es auch. Aber zunächst einmal mußt du meine Frau freigeben.«

»Ich muß mir deinen Wunsch anhören«, gestand Pünktchen ihm zu.

»Aber ich muß deine Bitte nicht erfüllen«, führte Tüpfelchen aus.

»Auf jeden Fall mußt du dich mit mir auf einen Handel einlassen«, beharrte Humfrey. »Du mußt wenigstens so redlich sein und meinen Wunsch einmal in Erwägung ziehen.«

»Warum sollte ich das müssen?« fragte Pünktchen.

»Ja, wer sagt, daß ich das muß?« bestärkte ihn Tüpfelchen.

»Das hast du selbst gesagt«, klärte Humfrey ihn auf. »Du selbst hast die Regeln des Spiels festgelegt.«

Pünktchen seufzte. »Was soll ich dazu noch sagen?«

»Du hast deine Hausaufgaben gemacht, Humfrey«, meinte Tüpfelchen.

»Na, ja, immerhin bin ich der Informationsmagier und hatte schon häufiger mit Dämonen zu tun. Ich kenne ihre Hinterhältigkeit zur Genüge.«

»So darfst du mit Kindern nicht sprechen!« rief Pünktchen empört.

»Du hast die Regeln der Erwachsenenverschwörung verletzt!« fügte Tüpfelchen hinzu.

Lacuna schwieg, konnte aber nicht verleugnen, daß sie das Gespräch genoß. Sie wußte, es ging im Augenblick um todernste Angelegenheiten, doch die Kinder sahen wirklich zu niedlich aus, auch wenn sie etwas anderes waren, als es den Anschein hatte.

»Es gibt hier überhaupt keine Kinder«, rief Humfrey ihnen ins Gedächtnis. »Nur Nachbildungen. Mir kannst du nichts vormachen, schließlich bin ich mit einer Dämonin verheiratet gewesen.«

Daraufhin sannen die Zwillinge eine Weile nach. »Ich mache dir ein Angebot«, sagte Pünktchen endlich.

»Ja, einen redlichen Handel«, ergänzte Tüpfelchen.

»Aber wenn er sich als unredlich erweist, brauche ich ihn nicht einzuhalten«, wandte Humfrey unnachgiebig ein.

»Ich werde dir helfen, dein ›Höllen-Mädchen‹ abzuschließen«, bot Pünktchen ihm an.

»Ich werde dir die eine Frage stellen, die du nicht beantworten kannst«, erläuterte Tüpfelchen.

»Es gibt keine ehrliche Frage, die ich nicht beantworten kann.«

»Gut, wenn du sie richtig beanwortest, wirst du unser Spiel gewinnen«, versicherte Pünktchen.

»Und wenn nicht, wirst du verlieren«, fügte Tüpfelchen überflüssigerweise hinzu.

»Aber es muß eine redliche Frage sein«, forderte Humfrey.

»Es ist sogar eine einfache Frage«, meinte Pünktchen.

»Jeder könnte sie beantworten«, stimmte Tüpfelchen zu.

Lacuna wußte, daß das nicht stimmen konnte. Humfrey hatte es ihr zu Anfang erklärt. Was führte er jetzt bloß im Schilde?

»Überlaßt getrost mir die Entscheidung«, schlug Humfrey vor. »Sagt mir, welche Frage es ist, und ich werde sagen, ob ich sie beantworten will.«

Lacuna wußte, daß dieser Trick nicht gelingen konnte. Der Dämon würde von ihm verlangen, daß er sich entschied, bevor er die Frage kannte. Aber Lacuna wurde überrascht.

Pünktchen sagte: »Es handelt sich um folgendes ...«

»Welche Farbe hat der Schlüpfer von Mela Meerfrau?« fragte Tüpfelchen.

»Einspruch«, unterbrach Humfrey sie. »Eine solche Frage kann ich überhaupt nicht beantworten, weil sie gar keinen Schlüpfer trägt. Es ist also eine Frage ohne Antwort und deshalb unredlich.«

»Aber sie wird mal einen Schlüpfer tragen«, argumentierte Pünktchen.

»Wenn sie sich Beine erschafft, um in Xanth umherzuwandern«, setzte Tüpfelchen fort.

»Warum sollte sie jemals an Land gehen?« verlangte Humfrey zu wissen. »Sie zieht es doch vor zu schwimmen.«

»Um einen Ehemann zu finden«, klärte Pünktchen ihn auf.

»Im nächsten Band der Geschichte von Xanth«, ergänzte Tüpfelchen.

Humfrey nickte, als wäre er überzeugt. »Ich soll also die Farbe bestimmen, die sie einmal tragen wird.«

»Ja«, bestätigte Pünktchen.

»Tragen *wird*«, stimmte Tüpfelchen zu.

»Und die Richtigkeit meiner Antwort wird entscheiden, ob meine Frau aus der Hölle freikommt.«

»So ist es.«

»Genau.«

Lacuna wußte, daß Humfrey wußte, der Dämon würde dafür sorgen, daß Mela einen andersfarbigen Schlüpfer wählte, als Humfrey voraussagen würde. Wie sollte er also gewinnen können?

»Das erscheint mir recht und billig«, sagte Humfrey nach einer Weile. »Aber es wäre langweilig, bis dahin zu warten, ohne meine Frau in Sicherheit zu bringen. Immerhin wird es noch ein Jahr dauern, bis Mela an Land geht.«

Warum tat er das? Wie konnte er eine offenkundig unredliche Frage als redlich deklarieren?

»Du mußt eben einfach abwarten«, sagte Pünktchen.

»Das macht doch keinen großen Unterschied«, fügte Tüpfelchen hinzu.

Humfrey zog eine Augenbraue in die Höhe. »Ich habe nicht nur von mir gesprochen. Ich sprach auch von euch. Es wird auch für euch ermüdend sein, diesen Fall das ganze Jahr lang im Gedächtnis zu behalten, zumal es doch viel naheliegender wäre, die Sache sofort zu erledigen.«

»Ich habe eine dämonische Geduld«, erklärte Pünktchen.

»Und ich kann ewig warten«, stimmte Tüpfelchen zu.

»Aber nicht, wenn dein Spielerglück sich in der Zwischenzeit wandelt und du aus Xanth abberufen wirst«, gab Humfrey zu bedenken. »Dann kannst du dich nicht mehr um den Schlüpfer kümmern.«

Lacuna war zunächst verdutzt, dann aber wurde ihr klar, daß Humfrey nicht den Schlüpfer selbst meinte. Er sprach von der Wahl, die die Meerfrau treffen sollte. Es bedeutete, daß der Dämon die Farbe nicht mehr beeinflussen konnte — und folglich gewann dann Humfrey. Natürlich würde in diesem Fall die Magie aus Xanth verschwinden, denn die Abwesenheit des Dämons änderte sämtliche Verhältnisse. Jedenfalls hätte der Dämon verloren, was ihm bestimmt schwer zu schaffen machen würde.

»Ein Punkt für dich«, stellte Pünktchen fest.

»Aber nur *ein* Punkt«, schwächte Tüpfelchen ab.

»Ich glaube, es wäre dir lieber, wenn du die Sache nicht die ganze Zeit im Gedächtnis behalten mußt. Natürlich darf dir das Ereignis trotzdem nicht entgehen«, sagte Humfrey.

»Nehmen wir einmal an, es gäbe einen einfachen Weg, beides zu ermöglichen.«

»Welchen denn?« fragte Pünktchen überrascht.

»Wie denn?« wollte Tüpfelchen wissen.

»Durch einen Handelsvertrag«, erklärte Humfrey ihm. «Fest steht, wenn ich die Frage beantworte, müssen wir beide ein ganzes Jahr warten, um die Richtigkeit meiner Antwort überprüfen zu können. Wir müssen Ärger und Unannehmlichkeiten auf uns nehmen, obwohl wir den Ausgang der Ereignisse bereits kennen. Aber wenn wir jetzt eine Absprache treffen, kann jeder wenigstens einen Teil seiner Wünsche erfüllen, ohne sich vorher lange Zeit herumzuärgern. Wir könnten Frage und Antwort einfach überspringen.«

»Langsam fängst du an, vernünftig zu reden«, sagte Pünktchen.

»Jedenfalls für einen Menschen«, fügte Tüpfelchen hinzu.

Ein Mensch? War er das? Lacuna konnte nicht begreifen, was die beiden meinten. Sie war eben weder ein Magier noch ein Dämon.

»Ich werde einen Monat in der Hölle verbringen«, schlug Humfrey vor. »Und ihr laßt Rose dafür einen Monat lang heraus. Die durchschnittliche Anwesenheit bleibt die gleiche. Natürlich hätte ich Rose lieber für immer zurück, und du würdest sie lieber für immer dort behalten, aber mein Vorschlag ist doch für beide Seiten annehmbar.«

»Nein, du bist zu schlau, um in der Hölle zu leben«, wandte Pünktchen ein.

»Du würdest sämtliche Bewohner aufwiegeln«, fügte Tüpfelchen hinzu.

»Aber wer wäre sonst bereit, die Lücke in der Hölle auszufüllen?« fragte Humfrey. »Ich muß es tun, es gibt keinen anderen.«

»Doch, es gibt jemand anderen.«

»Ja, jemand anderen.«

»Wen?«

»Die Gorgone«, sagte Pünktchen.

»Deine andere Frau«, erläuterte Tüpfelchen.

»Aber ich würde sie niemals darum bitten, so etwas zu tun!« protestierte Humfrey.

»Aber ich«, meinte Pünktchen.

»Ich auch«, stimmte Tüpfelchen zu.

Beide gestikulierten geheimnisvoll mit ihren vier kleinen Händen. Plötzlich stand die Gorgone im Zimmer. In ihrem schwarzen Kleid und mit dem Schleier wirkte sie direkt königlich. »Humfrey!« rief sie aus. »Bist du inzwischen hier fertig?«

»Ich schließe gerade einen Handelsvertrag mit dem Dämon $X(A/N)^{th}$ ab«, erklärte er, »um Roses Strafe abzumildern. Ich habe ihm vorgeschlagen, daß man sie eine Zeitlang herausläßt, wenn ich dafür dieselbe Zeit in der Hölle verbringe, aber ...«

Die verschleierten Augen der Gorgone verengten sich. »Du meinst also, du verbringst mit ihr einen Monat in der Hölle, und dann kommt ihr beide für einen Monat zusammen heraus?« forschte sie nach. »Es macht für euch wohl keinen großen Unterschied, an welchem Ort ihr euch gerade aufhaltet?«

»Ja, so ist es«, meinte Pünktchen.

»Er ist ein ganz Schlauer«, bemerkte Tüpfelchen.

Der verschleierte Blick der Gorgone richtete sich auf die beiden Kleinen. »Kinder?«

»Das ist nur die gegenwärtige Gestalt des Dämons«, machte Lacuna ihr klar.

Der Blick der Gorgone heftete sich wieder auf Humfrey. »Nun ja, nichts dergleichen wird geschehen. *Ich* werde stattdessen der Hölle einen Besuch abstatten.«

Humfrey sah überrascht aus, doch Lacuna war ihm auf die Schliche gekommen. Auch das gehörte zu seinem Plan. Es war ihm gelungen, sowohl die Gorgone als auch den Dämon dazu zu bringen, sein Vorhaben zu unterstützen. »Ich würde dich nie bitten, so etwas ...«

Die Gorgone blickte die Kinder an. »Wirst du mir ermöglichen, meine Traumbildkarriere weiterzuverfolgen, solange ich mich in der Hölle aufhalte?«

»Wenn der Nachthengst daran interessiert ist«, sagte Pünktchen.

»Die Hölle ist auf jeden Fall ein böser Traum«, warf Tüpfelchen ein.

»Aber …«, hob Humfrey an.

»Dann werde ich es tun«, bestimmte die Gorgone.

»Einverstanden«, ließ Pünktchen sich vernehmen.

»Sie kann als Ersatz für dich gehen«, bestätigte Tüpfelchen.

Humfrey tat verblüfft. »Wenn du das wirklich tun würdest …«

»Ich werde auf den Handel eingehen«, entschloß sich Pünktchen.

»Die Gorgone kann als Ersatz für deine Frau in die Hölle gehen«, fügte Tüpfelchen abschließend hinzu.

»Dann bin auch ich gezwungen zuzustimmen.« Humfrey hob scheinbar hilflos die Hände.

Lacuna begriff, daß Humfreys Rechnung aufgegangen war. Er hatte einen direkten Wettkampf vermieden und trotzdem die zeitweilige Freilassung von Rose erreicht, ohne dabei das Problem zu berühren, daß er zwei lebende Ehefrauen zur gleichen Zeit in Xanth hatte. Der allmächtige Dämon war überlistet.

Pünktchen wandte sich Lacuna zu. »Das würde ich nicht sagen«, meinte er.

Auch Tüpfelchen drehte sich um. »Ich würde sagen, er ist einfach vernünftig«, gab sie ihr zu verstehen.

Lacuna war entgeistert. Der Dämon wußte, was in ihrem Kopf vor sich ging! Demnach hatte Humfrey sich nicht durch List einen Vorteil verschafft, sondern dadurch, daß er dem Dämon wirklich einen guten Kompromiß vorgeschlagen hatte. Pünktchen streckte die Hand aus, und eine Papierrolle entstand vor ihren Augen. »Hier ist der Vertrag«, sagte er.

Tüpfelchen streckte ebenfalls die Hand aus, und ein langer Federkiel erschien. »Unterschreibe«, forderte sie ihn auf.

Pünktchen entrollte das Dokument und strich es an der Wand glatt, wobei er einen Teil von Lacunas ständig weiterlaufender Geschichte verdeckte. Tüpfelchen reichte Humfrey die Feder.

Lacuna schielte über Humfreys Schulter, um das Dokument zu lesen. Dort stand in sorgfältig gesetzten Buchstaben:

Hiermit erkläre ich mich einverstanden,
daß der Gute Magier Humfrey die Erlaubnis erhält,
in der Hölle eine Ehefrau gegen die andere
auszutauschen, et cetera, usw.

Unter diesem Text verzierte eine breite Schmuckzeile das Dokument, die den Vertrag vom Platz für die Unterschrift abteilte. Humfrey studierte das Geschriebene sorgfältig durch seine Brille, zuckte die Schultern und unterschrieb.

Dann nahm Pünktchen den Federhalter und unterzeichnete: *Dämon*.

Tüpfelchen setzte *Xan*th hinzu. Dann überreichte sie Lacuna die Schreibfeder.

»Aber ich habe damit doch gar nichts zu tun!« lehnte sie ab.

»Du mußt es bezeugen«, erklärte ihr die Gorgone. »Ich kann es nicht, weil ich eine Verwandte bin.«

Lacuna senkte die Feder auf das Papier. Doch aus irgendeinem Grund zögerte sie. »Ich bin nicht sicher, daß ...«

»Unterschreibe«, wies Humfrey sie schroff an.

Voller Zweifel unterschrieb auch Lacuna.

»Gut, das war's«, sagte Pünktchen.

»Ja, das war's«, bestätigte Tüpfelchen.

»Also laßt uns mit dem Austausch beginnen«, schlug Humfrey vor.

»Was für ein Austausch?« fragte Pünktchen.

»Ja, was für ein Austausch?« fügte Tüpfelchen hinzu.

»Der Austausch der Frauen«, meinte Humfrey entrüstet. «Wie vereinbart.«

Pünktchen und Tüpfelchen warfen sich einen flüchtigen Blick zu. »Ich glaube, er hat das Kleingedruckte nicht gelesen«, flüsterte Pünktchen.

»Ja, ich glaube, das hat er nicht«, gab Tüpfelchen zurück.

»Das Kleingedruckte?« fragte die Gorgone, wobei ihr Schleier vor Erstaunen wogte.

Pünktchen streckte die Hand aus, und auf einmal wuchs eine große Lupe daraus hervor. »Nimm doch diese hier«, bot er an.

»Ja, und lies das Kleingedruckte«, sagte Tüpfelchen.

Humfrey nahm die Lupe und hielt sie über die Schmuckzeile. Dadurch wurde sie auseinandergezogen und erwies sich als eine Fußnote aus zwei sehr kleingedruckten Zeilen, die nun lesbar waren:

> Aber nur, wenn der Mond sich erneuert, und
> an Tagen, die mit dem Buchstaben *N* anfangen.

»Aber nur, wenn der Mond sich erneuert, und an Tagen, die mit dem Buchstaben *N* anfangen«, las Lacuna laut vor. »Aber wann erneuert sich der Mond?«

»Und welcher Wochentag fängt mit dem Buchstaben *N* an?« fragte die Gorgone. Sie schaute hinüber zu Humfrey. »Liebling, das ist Unsinn.«

»Sehr scharfsinnig«, meinte Pünktchen ironisch.

»Du hast es unterschrieben«, grinste Tüpfelchen hämisch.

Humfrey zuckte die Achseln. »Glaubt ihr vielleicht, ich wäre Informationsmagier geworden, ohne das Prinzip des Kleingedruckten zu kennen?« fragte er. »Ich kann höchstens den Vertrag modifizieren, aber nicht rückgängig machen. So läuft es nun einmal nach den Gesetzen der Dämonen. Wir müssen den Text eben möglichst schnell deuten.«

»Gut, geht nach Hause und deutet ihn«, forderte Pünktchen sie auf.

»Ja, und hört auf, mich zu belästigen«, ergänzte Tüpfelchen.

Humfrey hob drohend den Finger. »Ich werde bleiben, bis ich mein Vorhaben ausgeführt habe. Wenn ich vorher gehe, kann ich meine Aufgabe nicht erfüllen.« Er wandte sich an die Gorgone. »Du enträtselst die Erneuerung des Mondes.« Dann richtete er das Wort an Lacuna. »Und du suchst die Tage, die mit *N* anfangen.«

Lacuna und die Gorgone tauschten einen Blick aus. Dann versenkten sich beide in tiefe Nachdenklichkeit. Lacuna dachte über die Wochentage nach, fand jedoch keinen, der mit *N* anfing. Zwei begannen mit *S*, zwei mit *M*, zwei mit *D* und einer mit *F*. Es gab einen Monat, der mit *N* anfing, Nordwänder, aber keinen Tag. Trotzdem mußte es einen solchen Tag geben. Welcher könnte es sein?

Plötzlich kam ihr ein Gedanke. Es gab *N*-Tage, wenn man die Tage des Monats vom Anfangsbuchstaben des Datums her betrachtete! Der Neunte und der Neunzehnte.

»Lacuna hatte einen Geistesblitz«, bemerkte Humfrey und blinzelte, als der Blitz verblaßte.

Dann zuckte ein weiterer Blitz direkt über dem Kopf der Gorgone auf, so daß Lacuna die Augen schließen mußte. Demnach war auch der zweite Teil gelöst.

»Der Mond erneuert sich jeden Monat – genau wie eine Frau«, sagte die Gorgone. »Also einmal im Monat.«

»Am Neunten oder am Neunzehnten«, fügte Lacuna hinzu.

»Und welcher Tag ist heute?« fragte Humfrey scheinbar gelangweilt.

»Der neunte Hocktober«, sagte Lacuna.

»Und worauf, zur Hölle, warten wir noch?« fragte Humfrey verärgert.

Pünktchen und Tüpfelchen wechselten einen Blick und zuckten gleichzeitig mit den Schultern. Ganz offensichtlich war auch dieser Trick des Dämons entlarvt worden. Erst hatte er versucht, Humfrey zu übervorteilen, doch es war ihm mißlungen. Dann wollte er ihn durch das Erscheinen der kleinen Zwillinge an der Nase herumführen und war abermals auf die Nase gefallen. Der nächste Trick hatte darin bestanden, eine unlösbare Frage zu stellen – wieder ohne Erfolg. Dieser Vertrag war die vierte List, die dank Humfreys Weitblick und Entschlossenheit fehlgeschlagen war. Hatte er noch einen weiteren Trick auf Lager? Und wenn ja, welchen?

Lacuna sah auf. Die anderen schauten sie an. O nein! – Sie hatte selbstvergessen ihre Gedanken laufen lassen, und sie wurden jetzt an der Wand abgebildet. Es gab hier eben keine Geheimnisse!

»Wir müssen mit einer weiteren List rechnen«, prophezeite Humfrey. »Aber es wird möglich sein, sie zu durchschauen, wenn wir aufmerksam genug sind. Dämonen können nicht wirklich betrügen. Wie teuflisch ihre Tricks auch sein mögen, sie lassen immer einen Ausweg offen.«

Nur noch eine einzige List. Was für eine Erleichterung! Lacuna drehte sich um, da sie es vorzog, nicht ständig ihre eigenen Gedanken an der Wand abgebildet zu sehen. Glücklicherweise war sie eine ziemlich einfältige Person, so daß niemand wirklich daran interessiert war, ihre Gedanken zu lesen.

»Ziemlich einfältig«, stimmte Humfrey nachdenklich zu.

»Mach dir nichts draus, Kleines«, begütigte die Gorgone, »er ist in Gedanken und weiß gar nicht, was er redet.«

Lacuna fühlte sich dadurch etwas besser, aber sie versuchte fortan, ihre Gedanken abzustellen, allerdings mit nur geringem Erfolg.

»Also los«, drängte Pünktchen und ging auf die Höllentür zu.

»Ja, laßt uns den Austausch endlich vornehmen«, rief Tüpfelchen und ging hinterdrein.

Lacuna wurde klar, daß der Dämon mit dem Verlauf der Ereignisse bisher durchaus einverstanden gewesen war. Vielleicht, weil die Gorgone auf gewisse Weise eine genauso begehrenswerte Beute darstellte wie Rose. Rose konnte in der Hölle Blumen blühen lassen, während die Gorgone eine erfolgreiche Schauspielerin war. Der Dämon wollte auch sie sicherlich gern behalten. Das aber war nur möglich, wenn er sich auf den Vertrag einließ. Was für ein Handel!

Die beiden Kinder verharrten vor der Tür. Sie warfen Lacuna einen belustigten Blick zu, denn sie kannten ja ihre Gedanken. Auch Humfrey sah zu ihr hinüber. Sie fröstelte. Mehr noch als die Gefahr bedrückte sie, daß sie nichts mehr verstand. Diese Leute waren beängstigend schlau und zudem noch verschlagen. Wie konnte es ein gewöhnliches Wesen mit ihnen aufnehmen?

»Wir versuchen es erst gar nicht, Kleines«, murmelte die Gorgone und stellte sich neben sie. Da erst begriff Lacuna, daß auch die Gorgone von dem Handel profitierte. Anstatt zu ihrem Hausfrauenalltag zurückzukehren, konnte sie wenigstens zeitweilig ihre Traumkarriere weiterverfolgen. Die Hölle, so schien es, war kein Hindernis, wenn jemand Karriere in bösen Träumen machen wollte.

Die Zwillinge stießen die Tür auf. »Kommt schon«, drängte Pünktchen.

»Ihr alle«, ergänzte Tüpfelchen.

Sie gingen durch die Tür: die Zwillinge, Humfrey, die Gorgone und Lacuna. Das Schriftbild folgte ihnen entlang der Wände, wenn nötig sogar auf dem Fußboden, und beschrieb die laufenden Ereignisse.

Die Hölle empfing sie als öder, rauchiger, stürmischer Ort. Alles hier war grau: der Boden, die Wände, selbst der Himmel. Lacuna mußte husten, als sie die schlechte Luft einatmete. Die Gorgone hingegen wurde anscheinend durch ihren dichten Schleier geschützt.

Der Pfad führte bergan. Bald wurde es unerträglich heiß und trocken. Die gleißende Sonne hatte alle Bäume verdorrt. Sie folgten den Windungen des Pfades wieder hinunter. Er führte in eine Schlucht mit einem brackigen See. Hier war es feucht und klamm; auf dem schmutzigen Wasser hatte sich eine ölige Haut gebildet.

Als sie weitergingen, wurde es immer kälter, bis sogar schmuddeliger Schnee den Boden bedeckte, den der eisige Wind vor sich hertrieb. Der Sturm nahm ständig zu, so daß sie schließlich fürchten mußten, vom Pfad hinuntergeweht zu werden.

Allmählich verstand Lacuna die Natur der Hölle: das Wetter war durchweg unerträglich.

Doch nach einiger Zeit gelangten sie in einen Garten, wo überraschenderweise Rosen blühten. Die Luft war von ihrem süßen Duft erfüllt und das Klima fast angenehm. Rote, gelbe und blaue Rosen leuchteten in seltener Pracht. Das hatte die Magie von Prinzessin Rose bewirkt, die selbst ein Fleckchen Hölle in einen Rosengarten zu verwandeln wußte.

Und dort stand sie nun, eine Frau in den mittleren Jahren, die nicht mehr gealtert war, seit der Korb sie hergebracht hatte: Rose. Allerdings wirkte sie etwas behäbig, und ihr Haar war aschgrau. Dennoch war sie selbst so noch anziehender als die einfältige Lacuna. Sie trug zwar einen grauen Arbeitskittel, doch er war sorgfältig genäht und gut erhalten. Rose bemerkte die Ankömmlinge nicht, weil sie in ihre Arbeit vertieft war.

»Hallo, Rosen-Hüfte!« rief Pünktchen.

»Hier ist jemand, der dich sehen will, Blütenblatt-Öhrchen«, ergänzte Tüpfelchen.

Rose blickte von dem orange-gestreiften Rosenbusch auf, über den sie sich gebeugt hatte. Ihr Mund verzog sich überrascht zu einem rosigen Lächeln, als sie hinter den Zwillingen Humfrey erblickte. »Mein Gemahl! Endlich bist du doch gekommen!« Dann wurde ihr Blick plötzlich traurig. »Oder bist du etwa gestorben?«

»Ich bin nicht gestorben«, versicherte er ihr und ging auf sie zu. »Aber ich mußte einen Handel abschließen und kann dich nur für begrenzte Zeit befreien.«

Sie strich sich das Haar aus der Stirn und fiel ihm dann in die Arme. »Begrenzte Zeit ist besser als gar keine Zeit. Aber wieso kommst du erst jetzt, nach neunzig Jahren? Dabei siehst du gar nicht neunzig Jahre älter aus!«

»Ich habe das Jugendelixier benutzt. Und ich konnte dich vorher nicht befreien, weil ich vom Vergessenselixier trinken mußte. Als die Wirkung nachließ, kam ich gleich hierher. Und dann gibt es da noch eine Schwierigkeit.«

»Die gibt es immer«, bemerkte Rose.

»Ich habe wieder geheiratet.«

»Ich weiß. Sophia ist auch hier.«

»Aber sie war Mundanierin!«

»Ja, sie war selbst überrascht, sich hier wiederzufinden, nachdem sie gestorben war, aber es störte sie nicht besonders. Sie sagte, es wäre hier nicht viel schlimmer als in Mundania bei schlechtem Wetter. Taiwan ist ebenfalls hier und sogar MähreAnne.«

»MähreAnne!« wiederholte Humfrey erstaunt.

»Sophia ist ebenfalls deine Frau«, bemerkte Pünktchen.

»Und die Jungfer Taiwan auch«, ergänzte Tüpfelchen.

Jetzt erkannte Lacuna die Falle, die Humfrey gestellt worden war. Er hatte einen Handel abgeschlossen, um seine Frau wenigstens für einige Zeit zu befreien – doch nun waren drei seiner Frauen hier. Wollte er eine retten, mußte er die anderen im Stich lassen.

»Und wer sind deine Freunde?« forschte Rose, die die anderen beiden Frauen bemerkt hatte.«

»Das ist Lacuna, die meine Lebensgeschichte aufschreibt«, erklärte ihr Humfrey. »Und das ist die Gorgone, meine fünfte Ehefrau.«

Rose runzelte die Stirn, als käme ihr etwas Unangenehmes in den Sinn. Aber sie behielt es für sich. »Schön, dich kennenzulernen, Gorgone. Bist du lebendig oder tot?«

»Ich bin lebendig«, erwiderte die Gorgone. »Ich habe mich einverstanden erklärt, den Platz der Ehefrau einzunehmen, die hier festgehalten wird, so daß die Frau eine Zeitlang ins Leben zurückkehren kann.«

Rose lächelte, und es war wie das Knospen einer neuen Rose. »Dann bist du sehr großmütig! Ich weiß, daß mein Gemahl nur eine gute Frau heiraten würde.«

Die Gorgone lächelte überrascht unter ihrem Schleier. »Das ist wahr.« Lacuna wußte, daß beide sich selbst ein Kompliment machten, und nicht der Rivalin.

Im selben Augenblick tauchte eine weitere Frau im Garten auf. Sie war viel jünger als die anderen und trug ein knappes Kleid, das die Konturen ihrer Figur überdeutlich nachzeichnete. »Sammelst du Ehefrauen, Humfrey?« wollte sie wissen.

Humfrey sah sie verärgert an. »Ach was!« verteidigte er sich.

»Und wer ist das?« fragte die Gorgone.

»Die Dämonin Dana – meine erste Frau«, bekannte Humfrey.

»Wenn du deine Frauen durchnumerierst, habe ich den ersten Rang«, meinte Dana.

»Nachdem du deine Seele verloren hast, bist doch du von mir fortgegangen!«

»Stimmt. Aber wenn ich es mir jetzt recht überlege, war ich am glücklichsten, als ich mit dir zusammen war. Du mußt zugeben, wir hatten in unserer Ehe viel Spaß miteinander. Und es könnte wieder so sein.«

Inzwischen hatten sich drei weitere Frauen zu ihnen gesellt. »Ah, hier sind MähreAnne, die Jungfer Taiwan und Sophia«, stellte Rose vor. »Wir sind alle gute Freundinnen geworden, weil wir ein gemeinsames Hobby haben.«

Humfrey machte einen konfusen Eindruck. Vielleicht hatte er seine Gründe dafür.

Alle Frauen hatten ihre Jugend bereits hinter sich gelassen, aber keine von ihnen war unattraktiv. Es gab eine allgemeine Begrüßung. Dann stellte die Gorgone die Frage, die auch alle anderen beschäftigt hatte: »Wie kommt es, daß du mit den Ehefrauen hier bist, MähreAnne?«

»Weil ich Humfrey immer geliebt habe«, sagte MähreAnne schlicht. »Ich hätte ihn geheiratet, aber die Furcht, meine Unschuld zu verlieren, hielt mich davon ab. Hier in der Hölle habe ich jedoch so viel von meiner Unschuld eingebüßt, daß es jetzt zwischen uns kein Hindernis mehr gibt. Außer den Tod. Ich wäre glücklich, Humfreys Frau zu werden.«

»Also, welche wirst du nehmen?« Pünktchen grinste schmutzig.

»Oder willst du vielleicht MähreAnne heiraten und sie mitnehmen?« fragte Tüpfelchen.

Er mußte wohl oder übel unter den sechs Frauen wählen. Kein Wunder, daß der Dämon diesem Handel so leicht zugestimmt hatte. Ihm war natürlich von vornherein klar gewesen, was auf Humfrey zukam. Dämonen kümmerten sich für gewöhnlich kaum um menschliche Angelegenheiten, doch an Schwierigkeiten jeder Art hatten sie ihre helle Freude. Und hier handelte es sich um eine besonders delikate Schwierigkeit! Lacuna konnte sich nicht vorstellen, wie Humfrey aus einer so verzwickten Lage einen Ausweg zu finden vermochte.

»Laßt uns beratschlagen«, schlug die Gorgone in geschäftsmäßigem Ton vor. »Da ich jene bin, die unser Zusammentreffen ermöglicht hat, habe ich hier wohl ein Wörtchen mitzureden.«

»Ja, vielleicht wirst du deinen Wunsch noch ändern«, meinte Pünktchen.

»Vielleicht wirst du keine von ihnen auslösen«, merkte Tüpfelchen an. Humfrey, der den Handel vorgeschlagen hatte, sollte nun also um seinen Vorteil betrogen werden, dachte Lacuna. Der Dämon $X(A/N)^{th}$ hatte offenbar dafür gesorgt, daß alle Ehefrauen dort zusammengetroffen waren, einschließlich Dana, der Dämonin. Ein gelungener Scherz – für die Dämonen!

Pünktchen machte eine geheimnisvolle Handbewegung, woraufhin ein runder Tisch mit zehn Stühlen materialisierte. Tüpfelchen tat es ihm nach, und gleich darauf lagen zehn Gedecke auf dem Tisch. Dann brachte Rose eine Karaffe Rosenwein und eine Zitronentorte, von der jedes Stück mit Rosenblättern dekoriert war. Anscheinend sorgten die Rosenblätter dafür, daß man die Torte genießen konnte, obwohl sie aus der Hölle kam. Selbst in dem Wein schwammen Rosenblätter.

Pünktchen und Tüpfelchen schlangen wie kleine Kinder

ihre Kuchenstücke hinunter und tranken den Wein so hastig, als wäre es Milch. Die anderen aßen und tranken etwas achtsamer. Lacuna genoß das blumige Aroma des Weins, und auch die Torte schmeckte ihr vorzüglich. Rose hatte großes Talent, solche Dinge zuzubereiten. Bestimmt war das eine Eigenschaft, die sie mit Humfreys anderen Ehefrauen und Freundinnen teilte. Nachdem alle sich bedient hatten, konnte die Diskussion beginnen.

»Ich nehme an, jede von euch möchte eine Zeitlang mit Humfrey zusammenleben«, stellte die Gorgone fest. Sie aß scheinbar geziert, indem sie den Schleier leicht anhob, ohne daß ihre Augen sichtbar wurden.

Die anderen nickten zustimmend. »Vielleicht möchten wir einfach nur etwas vom Leben haben«, meinte Rose. Sie warf der Dämonin Dana einen Blick zu. »Oder wenigstens so tun.« Sie blickte zu MährеAnne hinüber. »Oder auf eine Weise daran teilhaben, die vorher nicht möglich war.«

»Aber ich kann nur eine von euch mitnehmen«, gab Humfrey zu bedenken. »Und die einzige, die ich will, ist ...«

»Ist?« forschte MähreAnne nach.

Er zögerte. Lacuna kannte seine Lebensgeschichte und wußte daher, daß er nur dreimal geliebt hatte: MähreAnne, Rose und die Gorgone. Seine anderen drei Ehen waren hauptsächlich aus geschäftlichen Gründen zustandegekommen, auch wenn die Frauen ihre Rolle als Gattin gut gespielt hatten.

»Ich habe im Traumreich einige bemerkenswerte Dinge herausgefunden«, eröffnete die Gorgone ihnen. »Ich hätte also nichts dagegen, dort noch einige Zeit zu verbringen. Gehen wir einmal davon aus, wir geben jeder Ehefrau oder Geliebten einen Monat Zeit mit Humfrey, immer abwechselnd. Danach komme ich an die Reihe. Nach sechs Monaten wäre der Kreis geschlossen, und wir könnten wieder von vorn anfangen.«

Die Frauen wechselten untereinander fünfzehn Blicke. Lacuna dachte, es hätten fünfundzwanzig Blicke sein müssen, wenn jede Frau den Blicken der fünf anderen begegnet wäre. Aber durch einen unbekannten magischen Einfluß waren fünfzehn schon genug.

»He, habe ich in dieser Angelegenheit überhaupt nicht mehr mitzureden?« beschwerte sich Humfrey.

»Natürlich nicht«, entgegnete die Gorgone, und die anderen nickten zustimmend. »Du hast zehn Jahre gebraucht, um hierherzukommen. Glaubst du vielleicht, wir wollen weitere zehn Jahre warten, bis dir endlich etwas eingefallen ist?«

»Was? Gibt es etwa keinen großen Zank?« mischte Pünktchen sich enttäuscht ein.

»Kein Kreischen und Haarereißen?« fügte Tüpfelchen hinzu.

»Hier ist zwar die Hölle«, erklärte die Gorgone, »aber deshalb haben wir noch lange keine höllischen Manieren. Offenbar ist es uns gelungen, uns zu einigen. Wie soll also die Besuchsreihenfolge für Xanth aussehen?«

»Alphabetisch«, schlug Dana vor. Dann wäre sie die erste.

»Gemessen an der Zeit, die man schon tot ist«, war Sophias Ansicht. In dem Fall wäre sie auf Platz eins, denn drei waren noch nicht tot und konnten nicht mitgezählt werden, und die anderen beiden waren wesentlich später gestorben.

»Chronologisch«, meinte MähreAnne, was sie an die erste Stelle setzen würde. Die anderen darüber dachten nach und nickten bestätigend. Chronologisch schien es ihnen am sinnvollsten zu sein.

»Also haben wir uns geeinigt«, stellte die Gorgone fest. »MähreAnne geht als erste. Und jetzt wollt ihr mich bitte entschuldigen, ich habe ein wichtiges Gespräch wegen eines Auftritts.« Sie warf den Zwillingen einen Blick zu. »Ich gehe davon aus, daß ihr mit dem Handel einverstanden seid.«

Pünktchen verzog das Gesicht. »Muß ich ja wohl.«

Tüpfelchen maulte: »Leider.«

»Dann laßt es uns so machen«, schloß die Gorgone, während sie sich langsam auflöste. Für sie war dies alles nur ein Traum, folglich hatte sie Traumkräfte, die sie auskostete.

»Aber ich denke, daß wir Rose eine Menge Dank schulden, da sie das alles ermöglicht hat, denn ihretwegen war Humfrey hergekommen«, sagte MähreAnne.

Die anderen applaudierten. Rose errötete rosenrot. »Möchtet ihr vielleicht ein paar kandierte Rosenblätter?« murmelte sie verlegen.

Humfrey blickte MähreAnne an. »Ich kann mir vorstellen, daß du dir eine richtige Zeremonie wünschst«, brummte er.

»Eine kleine würde schon genügen«, erwiderte MähreAnne schüchtern.

Gutmütig wie er nun einmal war, gelang es Humfrey nicht, richtig mißmutig dreinzublicken. Sie war trotz allem seine erste große Liebe gewesen.

»Und jetzt Schluß mit dem Spaß«, fuhr Pünktchen dazwischen.

»Bis es ans Höschen geht«, ergänzte Tüpfelchen.

Lacuna warf den Zwillingen einen Blick zu. Sie folgte Humfrey und MähreAnne den Pfad entlang in Richtung Ausgang. »Obwohl ihr nur Ausgeburten der dämonischen Vorstellungskraft seid, seid ihr trotzdem niedlich, und es tut mir beinahe leid, daß ich euch nicht wiedersehen werde.«

Die beiden brachen daraufhin in brüllendes Gelächter aus, wobei sie sich in Rauch auflösten. Lacuna war besorgt. Was hatte sie denn so Komisches gesagt?

Der Henkelkorb wartete im Vorhof. Alle drei kletterten hinein. »Wird es dir nicht leid tun, deine Einhörner zu verlieren?« forschte Humfrey nach.

»In der Hölle gibt es keine Einhörner«, erwiderte MähreAnne. »Ich habe sie sowieso seit Jahren nicht mehr gesehen. Außerdem wird es mir schon gelingen, einen Ersatz zu finden.«

Humfrey und MähreAnne setzten ihr Gespräch fort, während der Korb sich in die Höhe schwang. Lacuna geriet dabei ganz in Vergessenheit. Sie freute sich zwar für die beiden, aber was wurde aus ihrem eigenen Leben? Konnte sie es wirklich verändern?

Da bremste der Korb ab. Lacuna sah, daß er nicht denselben Weg nahm, auf dem sie hergekommen war. Ein anderes Traumreich öffnete sich vor ihr, in das ein gelber Steinpfad hineinführte. Humfrey hatte es ihr schon einmal beschrieben.

Sie erreichten ein hübsches kleines Dorf. Auf dem Pfad stand ein gutaussehendes junges Paar, das offensichtlich auf sie gewartet hatte. Es waren Hugo und Wira, seine blinde Geliebte.

»Hier müssen wir aussteigen«, sagte Humfrey. »Lacuna, du begibst dich wieder zum Schloß. Sag allen, daß wir kommen.«

»Ja, natürlich«, entgegnete Lacuna überrascht. Doch dann fiel ihr ein, daß ihr Körper sich bereits im Schloß befand, während die anderen Körper auf der Insel der Illusion geblieben waren. Auf dem Heimritt mit dem magischen Teppich würden sie sich also abwechseln müssen, nachdem sie aufgewacht wären.

Humfrey und MähreAnne stiegen aus. Er machte MähreAnne mit dem jungen Paar bekannt, während der Korb mit Lacuna verschwand. MähreAnne war Hugo und Wira noch niemals begegnet. Jetzt würde sie für Hugo vorübergehend Stiefmutter sein. Das ging aber schon in Ordnung.

Das Schloß kam in Sicht. Lacuna hatte Grey und Ivy eine Menge zu erzählen!

18

WECHSEL UND WANDEL

Lacuna betrachtete ihren leblosen Körper, der vorübergehend in einem Sarg ruhte. Sie stieg aus dem Henkelkorb und ließ sich auf den Sargdeckel fallen, durch den sie hindurchglitt, um schließlich in ihren Körper zurückzuschlüpfen. Endlich war sie heimgekehrt.

Augenblicklich spürte sie ihre steifen Glieder. Gerade als sie mit der Hand an den geschlossenen Sargdeckel klopfen wollte, hob dieser sich an. Der Magier Grey Murphy schaute auf sie herab. »Ah, du bist also zurück!« stellte er verblüfft fest. »Wir haben dich gar nicht kommen sehen.«

Noch ein wenig benommen von der Reise erhob sich Lacuna. »Ich bin im Henkelkorb zur Hölle gefahren und gerade zurückgekehrt«, erklärte sie ihm. »Ich habe dir viel zu erzählen. Aber erst einmal muß ich dich warnen, denn der Gute Magier Humfrey muß jeden Augenblick hier eintreffen. Er ist bereits auf dem Rückweg und bringt seine Freundin MähreAnne mit.«

»Wie bitte? Was?« fragte Ivy.

Lacuna sah ein, daß sie um einige Erklärungen nicht herumkam. Also begann sie über ihr jüngstes Abenteuer zu berichten. Sie hatte kaum Zeit, den Kern des Wesentlichen und das Wesentliche des Nebensächlichen zu berichten (das Wesentliche war nämlich das, was man immer als erstes erzählen mußte), als auch schon Humfrey mit dem magischen Teppich landete. Offensichtlich hatte er einen zusätzlichen Erleichterungszauber ausgesprochen, denn sie saßen tatsächlich zu viert auf dem Teppich.

Lacuna stellte sie einander vor, denn sie war die einzige, die alle kannte, wenn auch einige nur durch Humfreys Erzählung. Inzwischen war Wira zu einer jungen Frau herangereift, kaum jünger als Lacuna selbst. Kurz nach ihrer Ankunft verabreichte Humfrey ihr eine Dosis seines Verjüngungselixiers, das er gerade zwischen den anderen Phiolen ausfindig gemacht hatte. Kurz darauf sahen sie, wie Wira sich wieder in das blühende, sechzehnjährige Mädchen verwandelte, das sie alle kannten. Lacuna betrachtete diesen Vorgang voller Neid. Leider konnte ihr auf diese Weise nicht geholfen werden, denn sie litt unter ihrem sinnentleerten, langweiligen Leben, und dagegen war kein Kraut gewachsen.

Im Kreis dieser fröhlichen Heimkehrer fühlte sie sich unbehaglich, denn sie gehörte nicht so recht dazu. »Ich muß mich jetzt auf den Weg machen, um meinen Dienst für den Magier Grey anzutreten«, murmelte sie halblaut. »Und außerdem …«

»Aber es kann noch eine Weile dauern, bis ich eine Antwort für dich gefunden habe«, unterbrach Grey sie, als er ihre Verlegenheit bemerkte.

»Ach, laß mich das erledigen«, schnaufte Humfrey mürrisch, »ich kann diese ganze Wiedersehensfeierei sowieso nicht ausstehen.« Gemessenen Schrittes machte er sich auf den Weg in sein Arbeitszimmer. Lacuna folgte ihm.

Mit einem argwöhnischen Seitenblick auf die alten Wälzer und Schriften in seiner Bibliothek sagte er ungewöhnlich aufgeräumt: »Ah, hier ist es ja schon! Du mußt den ›Schlüssel zum Erfolg‹ benutzen und den ›Wechselberg‹ erreichen, ehe das ›Ultimatumsdenkmal‹ ausläuft.« Er ging zu einem Bücherschrank und nahm einen riesigen hölzernen Schlüssel heraus, den er Lacuna mit den Worten überreichte: »Bring ihn mir zurück, wenn du ihn nicht mehr benötigst.«

»Aber ...«, sagte Lacuna leicht verdutzt.

»Papperlapapp. Der Zauberteppich wird dich zu deinem Ziel tragen, sobald du die Angelegenheit mit Com-Puter bereinigt hast. Aber bring mir den Schlüssel auch ganz bestimmt wieder zurück.« Dann verließ er den Raum.

»Aber ...«, widersprach Lacuna lahm, die einfach nicht verstand, was er meinte. Sie folgte ihm zögernd.

»Ach, übrigens, was ich noch sagen wollte«, murmelte er geistesabwesend und fügte nach kurzer Pause hinzu: »Danke.«

»Oh, nicht dafür. Aber ...«

»Dann also rauf mit dir, hier hast du den Teppich.«

Immer noch ein wenig verwirrt, folgte sie seiner Aufforderung, und kurz darauf hob der Teppich ab. Noch einmal versuchte sie zu protestieren, doch mit dem gleichen Erfolg wie zuvor. Und ehe sie sich versah, war sie schon auf dem Weg.

Der Teppich schien die Strecke genau zu kennen. Er flog durch das Fenster und zog einen weiten Kreis um das Schloß herum, um schließlich in Richtung Norden davonzuschießen. Schon kurz darauf sah sie die furchterregende Spaltenschlucht unter sich, doch der Teppich änderte hier seinen Kurs nach Westen. Anstatt sie zu überqueren, flogen sie nun an ihr entlang. Dann wiederum drehte der Teppich vom Kurs in Richtung Süden ab und flog direkt auf einen Hügel zu. Nach einer kurzer Strecke setzte er zum Sturzflug an und näherte sich dem Fuß dieses Hügels. Dort befand sich ein Höhleneingang, in den der Teppich hineinschwebte, ohne vorher abzusetzen. Trotz der plötzlich hereinbrechenden Finsternis, flog er unbeirrt weiter, fand sicher seinen Weg und landete endlich in einer riesigen hellen Grotte.

Direkt vor Lacuna stand ein großer rostiger Blechhaufen

auf dem Höhlenboden, an dessen Vorderseite Knöpfe und Drähte wirr herausragten. In der Mitte trohnte eine trübe Glasscheibe. Ein Teil des Aufbaus bestand aus einem alten Zinnkrug, den Lacuna als jenen wiedererkannte, den die Dämonin Metria einst aus Humfreys Schloß entwendet hatte. Es war doch erstaunlich, wie sich nun, nachdem sie Humfreys Lebensgeschichte kannte, eins zum anderen fügte. Dieses Ding hier war Com-Puter, die gefürchtete Nemesis Xanths.

Sei gegrüßt, erschien eine leuchtende Schriftzeile auf dem Schirm.

»Ich kann mir nicht vorstellen, daß du weißt, wer ich bin«, gab Lacuna sich schließlich einen Ruck. Sie versuchte, ihrer Stimme einen zuversichtlichen Klang zu verleihen, während sie sich darauf konzentrierte, die Schriftzeile zu ändern. Sie wußte, daß diese boshafte Maschine sehr viel Macht besaß, und ein leiser Zweifel begann an ihr zu nagen, ein leichtes Stechen, das ihr Übelkeit verursachte. Sie bereute allmählich, daß sie sich auf dieses Wagnis eingelassen hatte. Die Macht von Com-Puter bestand darin, die Realität seiner unmittelbaren Umgebung zu verändern, indem er sie einfach seinen Wünschen entsprechend auf dem Bildschirm zum Ausdruck brachte. Lacuna hatte zwar die Fähigkeit, Buchstaben und Zeilen auf dem Schirm zu verändern – aber würde diese Korrektur von Dauer sein? Warum hatte sie vorher nie darüber nachgedacht?

Mir ist es vollkommen egal, wer du bist. Für mich bist du eine uninteressante, langweilige Tranfunzel. Ich werde dich zu meiner Sklavin machen.

»Das wirst du nicht!« widersprach Lacuna und konzentrierte sich auf die Zauberformel, die sie auswendig gelernt hatte, um den Plan in die Tat umzusetzen.

Sie korrigierte den Text auf dem Com-Puter Schirm, so daß man nun folgendes lesen konnte: *Com-Puter wurde neu programmiert und ist jetzt eine ausgesprochen freundliche Maschine. Sie verzichtet freiwillig auf die Dienste von Grey Murphy, für die sie überhaupt keine Verwendung hat. Sichern und installieren.* Das war das eigentliche Schlüsselwort. Damit wurde ein besonders ausgebuffter Zauberspruch in Gang gesetzt, der den Charakter von Com- Puter vollständig verwandeln sollte.

Com-Puters Bildschirm blinkte. *Wi?* erschien in neuen Leuchtbuchstaben, mit einer leichten Störung in der sonst so präzisen Maschinenorthografie.

Vorsichtshalber hatte Lacuna den Teppich erst gar nicht verlassen. »Also, ich mach' mich dann wieder auf den Weg«, sagte sie jetzt aufgeräumt und wollte sich schnell aus dem Staub machen.

Doch in diesem Augenblick erschien eine neue Schriftzeile auf dem Bildschirm: *Die Frau beschließt länger zu bleiben.* Und Lacuna mußte feststellen, daß sie auf einmal jede Lust verloren hatte, dem Teppich den Startbefehl zu geben. Sie hatte sich plötzlich andersherum entschieden. Die bösartige Maschine hatte zurückgeschlagen. Es konnte nicht mehr lange dauern, bis Lacuna gezwungen war, auf dem Schirm den Befehl erscheinen zu lassen, mit dem sie die gerade vorgenommene Reprogrammierung zurücknahm. Sie gestand sich ein, daß sie in diesem Fall unfähig wäre, irgend etwas dagegen zu tun.

Doch so leicht wollte sie sich nicht einschüchtern lassen, und so parierte sie, indem sie den gerade erschienenen Text verwandelte in: *Die Frau wird freundlich von Com-Puter entlassen, der es vorzieht, in aller Stille und Abgeschiedenheit allein über seine neugewonnene Güte zu meditieren.*

Es funktionierte! Der fliegende Teppich erhob sich und schwebte sicher durch das Labyrinth der Höhlengänge hinaus ins Freie. Offenbar hatte der Text auf dem Bildschirm nicht nur die unmittelbare Realität Com-Puters verändert, sondern auch den Charakter der bösartigen Maschine völlig umgekrempelt. In dem Augenblick, als die helle Schrift auf dem Bildschirm erschien, wurde sie Realität, selbst wenn der Inhalt den Wünschen der Maschine zuwider lief. Com-Puter konnte nichts dagegen tun, nicht einmal selbständig eine Neuprogrammierung vornehmen. Ihm blieb nichts anderes übrig, als den neuen Befehlen zu gehorchen, stets freundlich zu sein und auf die Dienste Grey Murphys zu verzichten.

Lacunas Mission war erfüllt. Jetzt konnte sie sich um ihre eigenen Angelegenheiten kümmern. Ihr Blick fiel auf den hölzernen Schlüssel, den sie immer noch umklammert hielt. Was hatte der Magier Humfrey noch zu ihr gesagt? Sie müsse den ›Schlüssel zum Erfolg‹ zum ›Wechselberg‹ bringen, ehe ... ehe was? Irgend etwas war da noch gewesen, doch sie konnte sich nicht mehr daran erinnern.

Sie sah sich um. Eine vollkommen fremde Landschaft breitete sich unter ihr aus. Lacuna hatte einen Moment nicht aufgepaßt und schon die Orientierung verloren. Im Grunde war das nicht weiter schlimm, denn der Teppich kannte seinen Weg. Dennoch haßte sie es, wenn sie nicht genau wußte, wo sie sich befand. Flogen sie nun in nördlicher oder südlicher Richtung von der Spaltenschlucht fort?

Der Teppich kreiste über einem Park, der von einer seltsamen Mauer umgeben war. Lacuna konnte aber nicht erkennen, was im Park vor sich ging. Große Bäume und dichte Nebelschwaden verdeckten ihr die Sicht. Vermutlich verbarg sich darunter der Wechselberg. Was aber sollte sie hier? Es war alles so verwirrend. Hätte doch nur Grey Murphy ihre Antwort gesucht. Er war selbst noch jung und unerfahren, weswegen er sich bei seinen Erklärungen oft viel Zeit nahm. Humfrey dagegen erwartete meist ungeduldig, daß man bereits alles wußte. Doch bekanntlich war er schon sehr alt und entsprechend erfahren, was Lacuna schließlich am besten wissen mußte – immerhin hatte sie seine Biographie niedergeschrieben. Nach einem so langen Leben war es nicht verwunderlich, daß er Ratsuchenden gegenüber schnell ungeduldig wurde.

Nach der Landung stieg sie vom Teppich, der sich sogleich zusammenrollte, dann aber liegenblieb. Sie war ziemlich erleichtert, denn es schien ihr die Gewähr dafür zu sein, daß sie an diesem fremden Ort nicht strandete. Zwar würde Xanth den Verlust einer solch unbedeutenden langweiligen

Trantüte, wie sie es war, leicht verschmerzen. Doch zog sie es vor, sich in ihren eigenen vier Wänden zu langweilen und nicht auch noch andere mit ihrer Anwesenheit zu belästigen.

Vorsichtig näherte sie sich dem großen Holztor, das in den Park führte, und steckte den hölzernen Schlüssel ins Schloß. Er paßte, ließ sich aber nicht herumdrehen. Sie rüttelte daran und versuchte es noch einmal, diesmal ein wenig heftiger. Ohne Erfolg. Der Schlüssel ließ sich einfach nicht drehen.

Lacuna trat ein paar Schritte zurück und versuchte, über die hohe Einfriedung zu blicken. Was sie sehen konnte, gefiel ihr nicht. Die verwitterte alte Mauer, die den Park umgab, war schon recht heruntergekommen, und die Bäume, deren Äste darüber hinaus ragten, rotteten vor sich hin. Ein Wort erschien auf der Mauer: *Versagt!* O nein! Dies war der falsche Ort!

Aber wie konnte sich der Zauberteppich nur so irren? Das mußte ihr Ziel sein – oder vielleicht erst werden?

Sie konzentrierte sich auf das Wort an der Wand und änderte es in: *Erfolg!*

Sofort glättete sich die brüchige Mauer und erstrahlte in neuem Glanz. Die Bäume trugen unvermittelt ein frisches grünes Kleid.

Mutig geworden, ging sie entschlossen auf das Tor zu, und diesmal ließ der Schlüssel sich im Schloß herumdrehen. Also hatte sich, dank ihres Talents, doch noch alles zum Guten gewandelt. Als sie das Tor hinter sich ins Schloß ziehen wollte, klemmte es und ließ sich nicht von der Stelle bewegen. Es blieb einfach sperrangelweit offen. Verwundert trat sie noch einmal vor die Mauer. Vielleicht hatte ja jemand die günstige Gelegenheit nutzen wollen, hinter ihr in den Park zu schleichen. Sie konnte jedoch niemanden entdekken.

Im gleichen Augenblick fiel das Tor krachend ins Schloß. Sie fuhr zusammen. War sie nun etwa wieder ausgeschlossen?

Nein, das Tor ließ sich ohne Umstände aufschließen. Auch dieses Mal ließ es sich anschließend nicht mehr bewegen, bis sie durch das Tor hinaustrat. Jetzt war ihr klar, daß es einfach so lange offen blieb, wie sich jener, der es mit dem Schlüssel geöffnet hatte, im Park befand. Eigentlich war es nur ein kleiner magischer Trick – doch zu welchem Zweck? Warum sollte es dem Tor etwas ausmachen, ob sie sich innerhalb oder außerhalb des Parks aufhielt? In Gedanken zuckte sie die Achseln. Ein unbedeutendes, harmloses kleines Geheimnis. Nun, falls das Tor sich dennoch eines anderen besinnen und sich unvorhergesehen schließen sollte, würde sie es halt wieder öffnen.

Sie sah sich im Park um. Nicht weit vom Eingang fand sie ein Standbild, das einen nackten Läufer darstellte. Er war in jeder Hinsicht ein prächtiges Mannsbild – muskulös, kräftig, gutaussehend und auch an der Stelle, die ein anständiges Mädchen eigentlich nicht betrachten durfte, gut ausgestattet. Natürlich war er nur das Machwerk eines Bildhauers, der ihn nach seinen Vorstellungen ein wenig idealisiert hatte. Sie selbst war an besagter Stelle keinesfalls besonders interessiert; sie sehnte sich eher nach einem Mann mit Herz und Verstand, der auch ein guter Familienvater wäre. Der größte Fehler der Männer bestand darin, daß sie sich gewöhnlich weit mehr um die Anatomie der Frauen kümmerten als um *ihr* Herz und *ihren* Verstand. Glücklicherweise bewiesen Frauen in dieser Hinsicht mehr Köpfchen und wählten eher einen der verständnisvollen Männer zum Partner. Aber ein gutaussehender Mann war eigentlich auch nicht zu verachten.

Doch plötzlich fiel ihr etwas auf. Hatte sich die Statue nicht bewegt? Tatsächlich, unendlich langsam senkte sich der vordere Fuß, und die ganze Figur verlagerte sich um Millimeter nach vorn. Sogar das Haar flatterte in einem imaginären starken Fahrtwind. Aus ihrer Sicht schien der Läufer beinahe bewegungslos, aber in seiner Zeitebene sprintete er vermutlich so schnell er konnte.

Wo wollte er bloß hin? Sie folgte mit den Augen seiner

Laufrichtung und sah dabei direkt durch die geöffneten Torflügel. Oh. Offensichtlich wollte er hinaus, ehe das Tor sich wieder schloß. Er konnte froh sein, daß sie gerade zufällig vorbeigekommen war und ihm den Ausgang geöffnet hatte.

Zufälligerweise? Lacuna hatte genug Erfahrung, solchen Zufällen zu mißtrauen. In Mundania mochte ja das Schicksal das Leben der Menschen bestimmen, hier aber waren sie in Xanth. Wahrscheinlich steckte mehr dahinter, als man im ersten Augenblick erkennen konnte.

Sie überlegte angestrengt und entschloß sich zu einem Experiment. Neben den Standfuß des Läufers kratzte sie eine kleine Markierung, so daß sie seine gegenwärtige Position genau festgelegt hatte. Dann rannte sie selbst aus dem Park, und das Tor fiel donnernd hinter ihr zu.

Mit einem kleinen Spaziergang erkundete sie die Umgebung, kehrte jedoch schon nach wenigen Minuten zurück und öffnete mit Hilfe des Schlüssels erneut das Tor. Es blieb wie gewöhnlich offen, während sie selbst zur Statue eilte.

Da, ganz eindeutig. Er hatte sich nicht von ihrer Markierung entfernt. Genau besehen, war er sogar ein kleines Stück zurückgefallen. Offenbar mußte er auf die ursprüngliche Position zurückgekehrt oder vielleicht sogar zurückgesetzt worden sein. Anscheinend rannte er nur auf das Tor zu, wenn es offenstand. Um es zu erreichen, mußte er von einer bestimmten Position aus starten.

Es machte irgendwie keinen Sinn! Nicht nur Zufälle waren Lacuna verdächtig, sondern auch scheinbare Sinnlosigkeiten wie diese, und ganz besonders an einem solch magischen Ort.

Sie untersuchte die Statue genauer. Etwas hatte sie bisher übersehen, nämlich den niedrigen Sockel, auf dem der Läufer stand. Bestimmt mußte er von hier starten, wenn er den Eingang erreichen wollte. Auf dem Sockel stand in großen Lettern: *Ultimatumsdenkmal.*

Das war doch das dritte gewesen, das Humfrey in seiner Antwort erwähnt hatte! Jetzt erinnerte sie sich wieder. Sie mußte den Wechselberg erreichen, und zwar vor dem

Auslaufen des Ultimatumsdenkmals. Damit konnte Humfrey nur das Her-auslaufen aus der Eingangspforte gemeint haben! Höchstwahrscheinlich schloß das Parktor sich hinter dem Läufer, wenn er dort ankam, bevor sie vom Wechselberg zurück war. Es konnte sein, daß ihr der Schlüssel dann nicht mehr gehorchte und sie im Park gefangen blieb. Ihr schauderte bei der Vorstellung, sich unbekleidet auf den Sockel zu stellen und auf den nächsten Besucher warten zu müssen, der irgendwann einmal vorbeikommen mochte. Und vermutlich konnten diese Läufer sich nur äußerst langsam bewegen.

Was für ein entsetzliches Schicksal! Nun, da sie wußte, was ihr bevorstand, hatte sie es sehr eilig, ihre Aufgabe auf dem ›Wechselberg‹ zu erledigen. Denn so weit war der Läufer nicht mehr vom Parktor entfernt. Wenn sie sich zuviel Zeit nahm, war sie mit Sicherheit verloren.

Wo sollte sie den Wechselberg suchen? Er mußte ganz in der Nähe sein.

Hinter der Statue schlängelte sich ein kleiner Pfad ins Innere des Parks. Lacuna machte sich hurtig auf den Weg. Da das Gelände nicht sehr groß war, bestand eine gute Chance, daß sie ihr Ziel schnell fand.

Sie hatte recht mit ihrer Vermutung. Schon bald kam der Berg in Sicht. Er war nicht besonders hoch, eigentlich eher ein kleiner Hügel, der seltsam in der Sonne blinkte. Beim Näherkommen erkannte sie, daß seine Hänge mit kleinen glitzernden Steinen bedeckt waren. Doch wenn man direkt davor stand, stellte sich heraus, daß es sich nicht um Steine, sondern um kleine Münzen handelte. Genau besehen waren es echte mundanische Kupfer-, Messing-, Silber- und Goldmünzen.

Der Wechselberg war eigentlich ein Berg Wechselgeld. Lacuna war entäuscht. Sie hatte fest damit gerechnet, der Wechselberg könne Dinge verändern, also möglicherweise auch ihr eigenes stumpfsinniges Dasein. Oh, wie hatte sie sich gewünscht, ihren langweiligen Trantüten-Charakter wie ein Kleid ablegen und gegen ein erfülltes Leben eintauschen zu können. Aber so war das, wenn man sich zu früh freute.

Doch sie durfte die Hoffnung nicht aufgeben, denn an diesem Ort sollte sie schließlich die Lösung ihres Problems finden. Vielleicht konnte der Berg ja doch mehr, als nur Geld wechseln? Nur, was hatte sie dafür zu tun?

Was tat man gewöhnlich an einem Berg? Man stieg hinauf. Das wußte doch jeder. Also nichts wie hoch!

Sobald Lacuna jedoch einen Fuß auf den münzenbedeckten Abhang setzte, rutschte dieser unter ihrem Tritt weg, und sie verlor den Halt. Es war wie verhext. Nicht, daß sie eingesunken wäre, sie kam einfach keinen Schritt voran.

Es *mußte* ihr aber gelingen, den Gipfel zu erreichen, und zwar schnell, sonst würde das Ultimatumsdenkmal doch noch vor ihr den Park verlassen. Und das durfte auf keinen Fall geschehen.

Sie trat ein paar Schritte zurück und dachte über diese vertrackte Situation nach. Gab es irgend etwas, das den Geldberg so erstarren ließ, daß sie ihn ohne Mühe besteigen konnte?

Sie erinnerte sich an eine Bemerkung Sofias, Humfreys mundanischer Frau. Sie hatte einmal irgendwas von ›eingefrorenem Vermögen‹ erwähnt. Es schien bedeutungslos, weckte in Lacuna jedoch den Anflug einer Idee.

Die Idee nahm Gestalt an, war aber eigentlich nicht mit ihrer Jungfernseele zu vereinbaren. Im Hinblick auf ihr auslaufendes Ultimatum hatte sie keine andere Wahl, als alles zu versuchen, was in ihrer Macht stand, und das schnell.

Bekanntlich heiligte der Zweck die Mittel: So stieg sie wieder auf das Wechselgeld, straffte den Rock, so daß er eng anlag, und setzte sich auf ihn. Die Oberfläche des Berges war überraschend kalt und ließ sie bis auf die Knochen frieren. Dann berührte sie einige Münzen in ihrer Umgebung. Vor Scham erstarrt rührten sie sich nicht. Sie waren vollständig eingefroren, weil sie mit dieser speziellen Art der Kontaktaufnahme nicht anders umgehen konnten.

Lacuna war klar, daß sie jetzt nicht einfach wieder aufstehen konnte. Denn nicht ihre Füße ließen den Geldberg derartig erschauern, daß er zu Eis erstarrte. Sie schob sich also in dieser Position mit Händen und Füßen rückwärts den Abhang hoch. Das war zwar äußerst unbequem und mühsam, aber sie machte recht anständige (oder vielleicht besser gesagt, unanständige) Fortschritte. Immerhin war der Berg nicht besonders hoch. Sie konnte froh sein, daß er nicht aus großen Wechseln bestand!

Schließlich erreichte sie mit leicht ramponiertem Rock – sie hatte gar nicht geahnt, wie furchtbar dreckig mundanisches Geld war – und einem schon leicht tauben Hinterteil den Gipfel des Wechselbergs. Oben angekommen, stand sie auf unsicheren Beinen, denn die Erstarrung der Münzen hatte sich sofort wieder gelöst. Aber was mußte sie jetzt tun? Humfrey hatte ihr nicht gesagt, was sie hier oben eigentlich sollte.

Vielleicht mußte sie ja einfach nur ihren Wunsch aussprechen. Für Humfrey mochte das so selbstverständlich sein, daß er es gar nicht erwähnt hatte. Ein Versuch konnte jedenfalls nicht schaden.

»Ich wünsche mir, daß ich Vernon vor zwölf Jahren geheiratet habe«, rief sie erregt.

Dann wartete sie. Nichts geschah. Offenbar war alles umsonst. Möglicherweise war das Ultimatum schon längst abgelaufen, und sie hatte den Gipfel zu spät erreicht. Ihre Bemühungen waren nicht von Erfolg gekrönt. Das war auch kein Wunder; schließlich war sie keine Heldin, sondern nur ein farbloser Niemand.

Lacuna seufzte tief. Jedenfalls hatte sie alles versucht und für einen Augenblick einen kleinen Hoffnungsschimmer gesehen.

Schliddernd rutschte sie den Abhang des Geldbergs hinunter und lief einsam und enttäuscht den Weg zurück, den sie gekommen war. Nun blieb ihr nur noch, zum Schloß des Guten Magiers zu fliegen und ihm sein Eigentum zurückzugeben: den Schlüssel zum Erfolg und den Zauberteppich.

Als sie zum Parktor gelangte, fand sie es verschlossen. Die

Statue aber war noch da. Was war geschehen? Vorher hatte die Tür doch weit offen gestanden. War es jemand anders gelungen, sie zu schließen?

Der Läufer hatte den Ausgang fast erreicht, doch irgend jemand mußte ihm die Tür sprichwörtlich vor der Nase zugeschlagen haben. Aus eigener Erfahrung wußte sie, wie schmerzhaft das war. Sie konnte jedoch niemanden sehen.

Lacuna zuckte die Achseln und steckte den hölzernen Schlüssel in das Schloß. Das Tor ließ sich ganz leicht öffnen. Dann verließ sie den Park. Und schon fiel das Tor hinter ihr zu.

»Hallo, Mami!«

Sie fuhr herum. Vor ihr stand ein kleiner blauhaariger Junge, der einen großen Wasserball in den Händen hielt. Es war der kleine Ryver, der Hüter des Schloßgrabens. Am Anfang der Geschichte hatte er ihr beinahe den Zutritt zu Humfreys Schloß verweigert. Was er wohl hier wollte?

»Hat man dir deinen Wunsch erfüllt, Mami?« erkundigte er sich artig.

»Ich fürchte, es war ...« Verdutzt hielt sie inne. »Wie hast du mich gerade genannt?«

»Was ist eigentlich los mit dir, Mami? Du siehst ja aus, als wäre dir ein Geist erschienen. Was ist dort drinnen passiert?«

Betroffen blickte sie das Kind an. Sie wußte ja, daß Ryvers größter Wunsch darin bestand, von richtigen Eltern adoptiert zu werden. Aber sie war doch nur eine ledige alte Jungfer, die ihre besten Jahre schon hinter sich hatte. »Ja, das mag schon sein.« Verunsichert gab sie ihm recht. »Ich habe etwas ganz Seltsames erlebt.« Mehr wollte sie ihm nicht erzählen, ehe sie nicht genau wußte, was eigentlich außerhalb des Parks geschehen war.

»Komm, laß uns nach Hause fliegen, sonst macht sich Papi noch Sorgen«, drängte Ryver. »Ich habe den Teppich schon ausgerollt. Nun komm schon!« Mit einer einladenden Geste wies er auf den ausgebreiteten Teppich.

Sie nahmen Platz. Ryver saß vorn und tat so, als ob er steuerte. Er hatte Lacuna den großen Wasserball übergeben, den sie mit einer Selbstverständlichkeit übernommen hatte, als hätte sie dies schon tausendmal gemacht. Zu ihrer Verwunderung blieb er heil und zerplatzte nicht in ihren Händen.

Sie saß gleich hinter dem Jungen. Im Nu waren sie in der Luft und segelten über eine berauschend schöne Landschaft.

»Ähm, dein Vater macht sich also Sorgen um dich«, forschte sie in der Hoffnung, ihm nähere Einzelheiten zu entlocken.

»Ach nein, um mich doch nicht«, widersprach er entschieden. »Es ist nur so, daß die Kinder ihm auf der Nase herumtanzen. Außerdem möchte er wissen, warum du eigentlich losgezogen bist, dir einen Wunsch zu erfüllen. Er meint, es hätte dir in deinem Leben doch an nichts gefehlt.«

Lacuna blickte in den Wasserball, als sei er eine magische Kristallkugel, und fragte sich, was ihr wohl die Zukunft brachte.

Sie hatten ihr Ziel fast erreicht. Der Teppich senkte sich direkt vor dem Schloßgraben des Guten Magiers herab. Zwei kleine Gestalten liefen über die Zugbrücke auf sie zu. Im nächsten Augenblick hingen beide in stürmischer Umarmung an ihrem Hals. Lacuna mußte den Wasserball loslassen, um nicht das Gleichgewicht zu verlieren. Der Ball zerplatzte auf dem Boden. Die beiden zärtlichen Wilden waren Jot und Tittel, die sie in der Vorhölle schon einmal getroffen hatte.

»Ich bin ja so froh, daß du wieder da bist, Mami«, rief Jot atemlos. Er gab ihr einen dicken feuchten Kuß auf die Wange.

»Endlich, Mami«, freute sich Tittel und hauchte ihr einen eher zarten Kuß auf die andere Wange.

Waren das etwa ihre Kinder?

Inzwischen war ein Mann gemessenen Schrittes über die Brücke gekommen. Irgendwie kam er ihr bekannt vor. Er besaß eine verblüffende Ähnlichkeit mit der Statue im Park, die einen in jeder Hinsicht vollkommenen Mann dargestellt hatte. Nein – als er näher kam, zeigte sich, daß er älter war. Sein Gang war allerdings immer noch jung und elastisch. Es war tatsächlich Vernon, der auf sie zutrat. Nach all den Jahren sah er sogar noch stattlicher aus, als sie ihn in Erinnerung hatte. Es schien ganz so, als wäre er all die Jahre von einer liebevollen Gattin umsorgt worden, die sich um seine Gesundheit und sein Glück gekümmert hatte. »Nun, meine Liebe, hattest du eine angenehme Reise?« erkundigte er sich.

Lacuna bemühte sich, ihn nicht anzustarren. Sollte das jetzt wirklich und wahrhaftig ihr Ehemann sein? »Ja, hatte ich«, gab sie schüchtern zur Antwort.

Er beugte sich hinab, um ihr vom Teppich zu helfen und sie aus der Umklammerung der Kinder zu befreien. Mit einem kräftigen Schwung zog er sie hoch und in seine Arme, um ihr einen langen, innigen Kuß zu geben. Allmählich begann sie es wirklich zu glauben. Sie fühlte sich nicht nur wie ausgewechselt, es hatte tatsächlich ein Wechsel stattgefunden. Der Wechselberg *hatte* ihr Leben verändert. Aber warum war sie die einzige, die davon wußte?

Vernon rollte den Zauberteppich zusammen und trug ihn auf der Schulter über die Brücke. Lacuna und die Kinder folgten ihm. Im Vorübergehen sah sie, daß wieder ein richtiges Grabenungeheuer im Wasser lebte, und sie – Gott sei Dank – ohne weiteres passieren ließ.

Lacuna blieb für einen Moment stehen, um sich die Schlange aus der Nähe anzuschauen. Irgend etwas an dem Tier war ihr überaus vertraut, obwohl sie es sicher noch nie zuvor gesehen hatte. Plötzlich fiel es ihr ein: Man *hatte* ihr davon erzählt! »Bist du nicht die Schlange Souffl?« erkundigte sie sich freundlich. »Hast du früher nicht den Graben der Prinzessin Rose von Roogna bewacht?«

Das Ungeheuer nickte stumm. Offenbar war hier einiges anders geworden, nicht nur ihr eigenes Leben. Souffl hatte die freigewordene Stelle eingenommen, als Ryver nicht länger Grabenwächter sein konnte. Dieser Wechsel war deshalb notwendig geworden, weil die Veränderung ihres eigenen

Lebens auch Auswirkungen auf das von Ryver haben mußte. Welche Wellen mochte dieser Eingriff noch in den Ablauf der Geschichte geschlagen haben?

MähreAnne kam ihnen am Schloßtor entgegen. Sie umarmte Lacuna. »Ich weiß, dein Wunsch ist in Erfüllung gegangen«, flüsterte sie ihr zu. Wenigstens einer außer ihr, der wußte, was geschehen war, und der ihre wahre Vergangenheit kannte. Möglicherweise lag das daran, daß sie zusammen eine Zeit in der Hölle verbracht hatten, fernab vom normalen Leben in Xanth.

»Welchen Wunsch meinst du?« wollte Vernon wissen.

»Den gleichen Wunsch, den auch ich hatte«, antwortete MähreAnne an ihrer Stelle, »ganz einfach, zu ihrer geliebten Familie zurückzukehren.«

»Sie hätte ihre Familie doch gar nicht erst verlassen müssen.«

»Ach, weißt du«, sagte MähreAnne und lächelte bedeutungsvoll, »wir Frauen haben auch unsere kleinen Geheimnisse. Das ergibt sich von ganz allein, wenn wir unsere Unschuld verlieren.«

Vernon schüttelte verständnislos den Kopf. Lacuna beschloß, es besser darauf beruhen zu lassen.

Sie brachten den Teppich und den Schlüssel ihrem rechtmäßigen Besitzer zurück. Der Gute Magier Humfrey war so vertieft in sein geliebtes Buch der Antworten, daß er kaum Notiz von ihnen nahm. »Dieses verflixte Elfenkind«, polterte er gedankenverloren vor sich hin. »Jetzt will sie doch tatsächlich in die Welt der zwei Monde zurückkehren. Das ist der denkbar ungünstigste Zeitpunkt!«

»Was heißt, zum ungünstigsten Zeitpunkt?« Lacuna war neugierig, obwohl sie das Ganze sicherlich überhaupt nichts anging.

»Der Tag der Portraits«, brummte er weiter in sich hinein. »Alle meine Frauen nehmen daran teil. Zu diesem Ereignis bekommen sie eine Sondergenehmigung, die Hölle zu verlassen, denn der alte Dämon $X(A/N)^{th}$ fühlt sich erst richtig wohl, wenn es drunter und drüber geht. Von mir werde ich wohl auch ein Portrait machen lassen müssen ... obwohl es nur noch eines gibt, was ich mehr hasse als das Geschnatter von Frauen, nämlich stundenlang reglos für ein Gemälde zu posieren.«

»Wenn Jenny eintrifft, hast du ja vielleicht einen Grund, dich dem ganzen Trubel zu entziehen«, versuchte Lacuna ihn zu besänftigen. »Dann wirst du mit ihrer Frage vollauf beschäftigt sein.«

Humfreys Gesicht hellte sich bei dieser Aussicht merklich auf. »Ja, vielleicht. Das wäre immerhin eine Möglichkeit.« Jetzt erst merkte er, daß sich außer ihm noch jemand im Zimmer befand. Neben seinem dicken Wälzer lag der Schlüssel. »Oh, du bist schon zurück?«

»Ja, ich bin wieder da. Vielen Dank auch für alles. Deine Antwort hat funktioniert. Aber ...«

»Natürlich hat sie funktioniert«, gab er leicht mürrisch zurück. »Was denn sonst?«

Lacuna versuchte noch einen zweiten Anlauf: »Aber was ich noch gern wissen möchte ...«

»Du hast also noch eine *zweite Frage*?« erkundigte sich Humfrey.

Noch ein weiteres Dienstjahr bei Humfrey? Nein, das wollte sie auf keinen Fall, und deshalb sagte sie lieber schnell: »Nein, das hat sich erledigt. Vielen Dank jedenfalls für den Schlüssel und den fliegenden Teppich.«

Er warf ihr einen finsteren Blick zu. »Ich kann es nicht ausstehen, wenn langweilige Trantüten plötzlich so nett werden«, polterte er gutmütig. »Also gut, ich mache mal eine Ausnahme: Es kommt vor, daß Leute von bestimmten Ereignissen nicht direkt betroffen sind, vor allem dann, wenn sie selbst im Mittelpunkt des Geschehens stehen. Es sind gewissermaßen jene, die den Stein ins Rollen gebracht haben. Mit der Zeit wirst du schon die Lücken deiner bisherigen Lebensgeschichte füllen. Andere werden dir davon berichten, und ganz allmählich wirst du ihre Erfahrungen als deine eigenen Erinnerungen akzeptieren. Dein Leben ist jetzt genauso, wie du es dir gewünscht und gerade kennengelernt hast.«

»Ich danke dir, Magier«, entgegnete sie glücklich. Jetzt wußte sie, warum sich ansonsten kaum jemand an ihr früheres Leben erinnerte. Sie war jene, die den Stein ins Rollen gebracht hatte. Nur einige wenige Leute, die vor diesem Wechsel an ihrem Schicksal Anteil genommen hatten oder deren eigene Geschichte durch ihr Eingreifen verändert worden war, wußten noch über ihr früheres Leben Bescheid. Alle anderen Bewohner Xanths spürten nichts von dem, was geschehen war; für sie schien sich nichts verändert zu haben.

Humfrey nickte zustimmend. Dann tat er etwas, was sie noch nie bei ihm gesehen hatte: er lächelte. Lacuna erwiderte sein Lächeln. Nur Vernon verstand jetzt gar nichts mehr.

»Mache dir keine Sorgen, mein Schatz«, erklärte Lacuna ihm und ergriff beschwichtigend seinen Arm. »Gehen wir nach Hause und schauen wir nach, ob es nicht etwas Aufregendes für uns zu tun gibt.« Dabei versetzte sie ihm einen einladenden Rippenstoß. Diese Geste sollte all die abenteuerlichen Wesen wie Störche und andere Liebesvögel herbeilocken. All die Jahre hatte sie sich vorgestellt, genau das einmal zu tun, ohne je eine Möglichkeit oder auch nur den Mut dazu zu finden. Welch ein Heidenspaß!

»Du warst schon immer die aufregendste Frau in meinem Leben«, sagte er mit einem verwegenen Glitzern in den Augen.

Und das, nahm Lacuna sich vor, sollte auch in Zukunft so bleiben.

ENDE

GESCHICHTE XANTHS

(Vereinfachte) Darstellung von *E. Timber Bram*

–4000 Wahrscheinliche Ankunft des Dämons $X(A/N)^{th}$, vielleicht auch einige zehntausend Jahre früher oder später. Urheber der Magie in Xanth, indem er die Region mit seinem magischen Einfluß durchtränkt.

–2200 Ungefähr zu dieser Zeit kommt eine Gruppe menschlicher Siedler aus Mundania an. Ihre Kolonie vergrößert sich, und schließlich tauchen Magier und Zauberer unter ihnen auf. Eine der ersten Zauberer ist die Seevettel. Sie ist den meisten unbekannt, da sie ihre Gestalt ständig verändert. Sie überlebt bis zum Jahre 1077, dem Jahr ihrer Verbannung in den Speicher der Hirnkoralle. Dort vergißt die Hexe anscheinend ihre Vergangenheit und kann sich nur noch daran erinnern, daß sie Tausende von Jahren alt ist.

–2100 Etwa in diesem Zeitraum wird Xanth von Mundania getrennt und eine gesonderte Insel.

−1900 Die Kolonie der Menschen bricht zusammen, denn durch Kreuzung oder magischen Einfluß verwandeln sich die Menschen in verschiedene magische Wesen. Harpyien, Meerwesen, Nagas, Sphinxen, Oger, Kobolde, Elfen, Faune, Nymphen, Feen sowie andere Kreuzungen und Varianten dürften sich hieraus entwickelt haben. Aber darüber wird Stillschweigen bewahrt. Offensichtlich zieht man es vor, die zum Teil menschliche Abstammung zu verbergen. Deshalb ist – abgesehen von den stummen Beweisen durch die überlebenden Spezien – der Geschichte nichts über die Kolonie bekannt.

−1000 Der Isthmus wird wieder hergestellt, und ein beschränkter Kontakt zu Mundania wird wieder aufgenommen.

−800 In dieser Zeit verbreiten sich die Zentauren.

−85 Prinz Harold Harpyie wird überbracht.

−73 Prinz Harold Harpyie wird in die Hirnkoralle verbannt.

O Die Erstwelle menschlicher Siedler erreicht Xanth. Erste feste Ansiedlungen werden errichtet.

1 Zivilisierte Wühlmäuse verlassen ihre Hauptlager in der Nähe der Spaltenschlucht.

35 Die Zweitwelle trifft ein. Männer und Kinder der Erstwelle werden getötet.

200 Eintreffen der Drittwelle einige Generationen später.

202 Der Magier Roogna ergibt sich der Drittwelle.

204 Die Viertwelle trifft ein. Frauen, die das Massaker der Drittwelle überlebt haben, töten ihre Ehemänner, von

denen sie vergewaltigt wurden, und holen bessere Männer ins Land.

216 Die Prinzessin wird bei dem König abgeliefert, der vor Roogna regiert hat.

219 Millie die Magd wird in der Westpalisade abgeliefert.

224/225 Electra in Westpalisade gebracht.

228 Roogna krönt sich selbst zum König.

233 Electra begibt sich auf die Insel der Liebe, um der Zauberin Tapis zu helfen, indem sie den Himmelstaler erschafft.

236 Die Prinzessin sucht Tapis auf, um sich eine Bettdecke zum Schlafen anfertigen zu lassen.

* Auseinandersetzung zwischen dem Magier Murphy und der Zauberin Tapis auf der Insel der Liebe. Murphys Fluch bewirkt, daß Electra in den Apfel beißen muß und in einen tausend Jahre währenden Schlaf fällt, der eigentlich für die Prinzessin vorgesehen war.

* Die Fünftwelle-Kundschafter fallen in Xanth ein.

* Dors Abenteuer im Xanth der Viertwelle, worin er den Vergessenszauber in der Spaltenschlucht zur Explosion bringt.

* Der große Krieg zwischen Kobolden und Harpyien findet statt.

* Prinz Harold Harpyie wird aus der Hirnkoralle befreit, und der über die Koboldfrauen verhängte Fluch wird aufgehoben.

* Topologische Transformation von Millie der Magd in ein Buch mit dem Titel *Das Skelett im Wandschrank*. Die Neo-Zauberin Vadne wird in die Hirnkoralle verbannt. Der Zombiemeister zombifiziert sich selbst.

* Tapis und die Prinzessin begeben sich auf Schloß Roogna, wo die Prinzessin König Roogna heiratet.

237 Der Magier Murphy zieht sich in die Hirnkoralle zurück.

* Die Fünftwelle beginnt planmäßig.

286 König Roogna stirbt im Kampf gegen die Sechstwelle.

367 Der Zombie Jonathan begegnet am Gespenstersee einem Phantom.

378 Siebtwelle.

591 Der Storch bringt den Magier Gromden.

623 Der Magier Gromden besteigt den Thron.

657 Der Storch bringt den Magier Yin-Yang.

658 Der Storch bringt Threnodia, das Ergebnis eines Fehltritts von König Gromden und einer Dämonin.

659 Der Storch bringt Jordan den Barbaren nach Fen.

677 Beginn der Abenteuer Jordans im mittelalterlichen Xanth.

* Jordan hat eine Verabredung mit der Glockenblumen Elfe.

* König Gromden stirbt. Schloß Roogna wird aufgegeben.

* Der Magier Yang besteigt den Thron.

* Jordan wird zu einem Geist.

* Threnodia heiratet König Yang.

681 Threnodia wird ein Geist.

682 König Yang heiratet erneut.

684 Der Storch bringt Graf Bliss, Yangs Sohn.

689 Der Storch hält sich die Nase zu und bringt den Bösen Magier Muerte A. Fid.

698 Achtwelle.

704 Graf Bliss heiratet die Gräfin Ashley Rose.

705 Der Storch bringt Rose von Roogna zu Graf Bliss und Gräfin Rose.

719 König Yang fällt einem Giftmord zum Opfer.

* Muerte A. Fid, Magier der Alchemie, besteigt den Thron.

721 Graf Bliss erhält einen verleumderischen Brief.

725 Graf Bliss stirbt. Zur Sicherheit wird Rose nach Schloß Roogna geschickt.

753 Neuntwelle.

797 Zehntwelle.

866 Elftwelle.

883 Der Storch bringt den Magier Ebnez.

897 Die Mähre Imbrium wird als Nachtmähre geboren

909 Der Magier Ebnez besteigt den Thron.

917 Letztwelle (die zwölfte).

932 König Ebnez verwandelt den Stein des Todes in den Schildstein, um Xanth vor weiteren Wellen aus Mundania zu schützen.

933 Der Storch bringt Humfrey.

* Der Storch bringt MähreAnne.

949 Der Storch bringt den Sturmmagier.

* Humfrey tritt in die Dienste von König Ebnez und nimmt als Königlicher Verwalter eine Zählung der Talente in Xanth vor.

952 König Ebnez stirbt.

* Humfrey wird zum Magier erklärt und besteigt den Thron.

* König Humfrey heiratet die Dämonin Dana, seine erste Ehefrau.

953 E. Timber Bram wird zum Geschichtsschreiber Xanths ernannt.

954 Dafrey wird bei König Humfrey und Dana, der Dämonin, abgegeben. Dana verschwindet.

* Humfrey heiratet die Jungfer Taiwan. Sie wird seine zweite Ehefrau.

955 Ticks mutieren.

971 Humfrey dankt als König ab. Die Matrone Taiwan erklärt die Ehe mit Humfrey für ungültig.

* Der Sturmmagier wird König.

* Humfrey findet Schloß Roogna wieder.

972 Humfrey erwirbt den Magistergrad an der Universität der Magier und wird ein wahrer Informationsmagier.

972 Der Magier Humfrey heiratet Rose von Roogna, seine dritte Ehefrau.

973 Rosetta Bliss Humfrey, genannt ›Roy‹, wird Magier Humfrey und Prinzessin Rose überbracht.

975 Der Sturmkönig erklärt, daß jeder Einwohner ohne magisches Talent aus Xanth verbannt wird.

994 Rosetta heiratet Stone.

* Cherie Zentaur bekommt südlich des Norddorfs ein Fohlen.

997 Der Storch bringt den Magier Trent zum Norddorf.

1000 Rose wird von einem Henkelkorb in die Hölle befördert.

* Der Magier Humfrey nimmt den Trank des Vergessens ein, dessen Wirkung achtzig Jahre lang anhält.

* Der Magier Humfrey heiratet Sofia Mundane, seine vierte Frau.

1001 Der Storch bringt die Zauberin Iris zu einer unvorsichtigen Familie.

1002 Crombie der Soldat wird dem Magier Humfrey und Sofia gebracht.

1005 Der Magier Humfrey unterrichtet den Magier Trent.

1007 Der Magier Humfrey unterrichtet die Zauberin Iris.

1017 (Magier) Bink wird in das Norddorf zu Roland und Bianca gebracht.

1021 Der Magier Trent verwandelt die Fische im Fischfluß in Blitzkäfer. Dasselbe tut er mit anderen Lebewesen, sogar mit einem geflügelten Zentaur-Stutenfohlen, das zum Teich der Hirnkoralle flieht.

1022 Der Böse Magier Trent verübt einen Staatsstreich. Er verwandelt Justin in einen Baum, wird verraten und nach Mundania verbannt.

1025 Der Storch bringt die Zwillingsschwestern Gorgone und Sirene.

1027 Bink verliert den Mittelfinger seiner linken Hand bei einem nichtmagischen Unfall.

1033 Hermann Zentaur wird aus der Herde verbannt, weil er über Magie verfügt.

1035 Sofia (Ehefrau Nr. Vier) kehrt nach Mundania zurück.

1036 Die Seevettel nimmt ihre letzte Gestalt an.

1039 Grundy Golem wird vom Guten Magier Humfrey beseelt.

1040 Donald wird ein Schatten.

1042 Bink reist zum Guten Magier, um herauszufinden, ob er ein magisches Talent hat. Er begegnet einer der Gestalten von Chamäleon, außerdem Donald dem Schatten, der Zauberin Iris und dem Magier Humfrey. Er läßt seinen fehlenden Finger in einer Heilquelle wiederherstellen und wird in das öde Mundania verbannt.

* Bink, Chamäleon und der Magier Trent kehren nach Xanth zurück und finden Schloß Roogna.

* Die Zappler schwärmen aus. Hermann Zentaur der Einsiedler stirbt.

* Der Sturmkönig stirbt.

* Der Magier Trent wird König und desaktiviert den Schildstein.

* Der Magier Trent heiratet Zauberin Iris.

* Bink heiratet Chamäleon.

* Chester Zentaur heiratet Cherie Zentaur.

* Dreizehntwelle: Trents frühere Armee läßt sich friedlich nieder.

* Der Zentaur Chet wird nahe dem Norddorf seinen Eltern, den Zentauren Chester und Cherie, geboren.

* Grundy Golem geht zum Magier Humfrey und lernt, lebendig zu werden.

1043 Millie das Gespenst kehrt ins Leben zurück.

* Magielose Zeit.

* Der Magier Murphy und Neo-Zauberin Vadne flüchten aus der Hirnkoralle und schließen einen Handel mit Com-Puter ab: Wenn Com-Puter sie sicher nach Mundania bringt, dann soll ihr Kind, falls es je nach Xanth kommt, der bösen Maschine dienen.

* Die Hirnkoralle beginnt, den Inhalt ihres Teichs zu inspizieren. Das dauert zwei oder drei Jahrzehnte, deswegen werden Vadne und Murphy noch nicht vermißt.

* Oger Knacks heiratet eine mit einem Fluch belegte Ogerfrau.

* Der Dämon $X(A/N)^{th}$ macht Grundy Golem lebendig.

* Der Magier Dor wird bei Bink und Chamäleon abgeliefert.

* Crombie heiratet die Felsnymphe Juwel.

1044 Prinzessin Irene wird bei König Trent und Königin Iris abgeliefert.

* Oger Krach wird nördlich des Magischen Staubdorfs als Welpe von Oger Knacks und der Schein-Ogerfrau geboren.

* Tandy wird bei Crombie und Juwel abgeliefert.

1046 Goldie Kobold wird bei Kotbold Kobold abgeliefert.

1047 Chem Zentaur wird von Chester und Cherie Zentaur geboren.

1051 Der Storch bringt Xavier zur Hexe Xanthippe ins südliche Xanth.

1052 Der Storch übergibt Wira an eine durchschnittliche Familie, die sie vielleicht gar nicht verdient.

1054 Die Gorgone kehrt nach Xanth zurück und stellt dem Guten Magier Humfrey eine Frage: »Würdest du mich heiraten?«

1055 Dor begibt sich ins Xanth der Viertwelle, um die Zombie-Wiederherstellungsformel vom Zombiemeister zu erhalten. Er verwendet sie, um Zombie Jonathan als Zombiemeister ins Leben zurückzurufen.

* Der Zombiemeister heiratet Millie die Magd.

* Hardy Harpyie im südlichen Xanth ausgeschlüpft.

* Nachdem die Gorgone ein Jahr lang gedient hat, erhält sie ihre Antwort: Der Magier Humfrey würde sie heiraten. Sie ist nicht sonderlich überrascht.

1056 Dem Zombiemeister und seiner Frau Millie werden die Zwillinge Hiatus und Lacuna gebracht.

* Der Storch bringt Gloria Kobold zu Kotbold Kobold.

1057 Zora stirbt vor Kummer über ihre unglückliche Liebe und wird zum Zombie.

* Der Storch bringt Rapunzel. Sie wird von der Meerhexe im Elfenbeinturm aufgezogen.

1057 Ein Zentaur und ein geflügeltes Pferd trinken zufällig aus einem Liebesborn.

1058 Ein geflügelter Zentaur wird von der Zentaurin Cheiron geboren.

1059 Dor wird König, während König Trent sich in Mundania aufhält.

* Die Gorgone und der Gute Magier Humfrey heiraten. Sie ist seine fünfte Frau.

* Der Zombiemeister erhebt Anspruch auf den Thron ...

* ... währenddessen begeben sich Dor, Irene, Chris Zentaur, Krach Oger und Grundy nach Mundania, um König Trent und Königin Iris zu retten.

* Der Mundanier Ichabod hört von Xanth.

1062 Tandy reitet auf einer Nachtmähre zu Humfreys Schloß.

1063 Chem Zentaur erstellt eine Landkarte von Zentral-Xanth.

* Die Feen John und Joan heiraten.

* Die Sirene heiratet den Meermann Morris.

* Oger Krach heiratet Tandy.

* Goldi Kobold heiratet einen imaginären Koboldhäuptling.

1064 Der Storch bringt das Meerkind Cyrus in die Wassermühle vom Meermann Morris und Sirene.

* Oger Eskil (Esk) wird Oger Krach und Tandy überbracht.

* Dem Magier Humfrey und der Gorgone wird Hugo geliefert.

* Der Zombiemeister und Millie das Gespenst ziehen nach Süden und bauen Schloß Neu-Zombie.

* Prinz Naldo Naga wird König Nabob im Berg Etamin überbracht.

* Nächstwelle (die Vierzehnte).

1067 Prinzessin Irene heiratet den Magier Dor.

* Die Thronfolge der Könige während der Nächstwelle:
  Trent
  Dor
  Zombiemeister
  Humfrey
  Bink
  Chris Zentaur
  Iris
  Irene
  Chamäleon
  Mähre Imbrium.

* Mähre Imbrium wird zu einer Tagmähre.

* König Trent dankt ab und zieht sich mit Iris in das Norddorf zurück.

* Dor besteigt den Thron.

1068 Wira fällt im Alter von sechzehn Jahren in einen tiefen Schlaf.

* Dem Storch gelingt es, den Magier Grey zum Magier Murphy und der Zauberin Vadne nach Mundania zu bringen.

1069 Die Zauberprinzessin Ivy wird von König Dor und Königin Irene unter einem Kohlblatt gefunden. (Manchmal gelangt der Storch nicht ins Schloß und hat keine Zeit zu warten.)

* Prinzessin Nada Naga wird König Nabob im Berg Etamin überbracht.

1072 Die magielose Zeit erschüttert den Vergessenszauber der Spaltenschlucht. Splitter wirbeln als Strudel des Vergessens durchs Land.

* Bei einem kleinen Unfall werden der Magier Humfrey und der Spaltendrache (Stanley Dampfer) bis ins Kindesalter verjüngt.

* Chem Zentaur hat ein skandalöses Verhältnis mit Xap Hippogryph.

* Spaltendrachenfrau Stacey Dampfer tritt ihr Amt an.

* Die Zappler schwärmen aus.

* Hardy Harpyie heiratet Glory Kobold.

* Xavier heiratet Zora Zombie.

1073 Chex, ein geflügeltes Zentaurfohlen, wird als Tochter von Chem Zentaur geboren. Weil ihre Ahnen aus dem Königreich der Tiere stammten, wächst und gedeiht sie schneller als die meisten Zentauren.

1074 Der Magierprinz Dolph wird von König Dor und Königin Irene unter einem Kohlblatt gefunden.

* Der Geist Jordan und Threnodia (Renee) werden zum Leben erweckt und heiraten.

* Stanley Dampfer wird aus Versehen von einem übriggebliebenen Zauberspruch verbannt.

1077 Zusammen mit Snorty, dem Ungeheuer unterm Bett Ivys, macht Grundy sich auf die Suche nach Stanley Dampfer.

* Stacey Dampfer ändert ihren Namen in Stella.

* Grundy rettet Rapunzel mit Hilfe des Seeungeheuers aus den Fängen der Seevettel.

* Snorty nimmt den Platz von Stanley Dampfer ein, um die Faune und Nymphen zu beschützen. Stanley Dampfer kehrt zu Ivy zurück.

* Grundy Golem besiegt die Seevettel, die in die Konservierungsflüssigkeit der Hirnkoralle verbannt wird. Grundy zeigt dem Dämon X(A/N)th, wie man spielt und gewinnt.

* Die Koboldfrau Godiva heiratet den Anführer Gouty Kobold.

* Grundy und Rapunzel heiraten.

* Gwendolyn Kobold wird Gouty und Godiva Kobold überbracht.

* Elfe Jenny wird in der Welt der zwei Monde geboren.

1078 Lacuna und Vernon heiraten nachträglich.

1079 Gobbel Kobold schleicht sich zu Gouty Kobold und einer Dirne.

1080 Beim Guten Magier Humfrey läßt die Wirkung des Vergessenstranks nach, und er erinnert sich an Rose von Roogna. Er bricht auf, um sie aus der Hölle zu retten. Gorgone und Hugo begleiten ihn ins Reich der Träume.

* Latia Fluchungeheuer verläßt das Torschloß am Ogerlagersee, um Esk Oger und den Wühlmäusen zu helfen.

* Esk trifft Mark Knochen und Bria Messing auf dem Vergessenen Pfad im Kürbis.

* Wühlmaus Vale und der Küß-Mich-Fluß sind wieder hergestellt. (Unglücklicherweise bleibt der Küßinmich-Fluß in Florida, Mundania, eine Geisel des Armeekorps der Maschinen und ist deshalb immer noch unfreundlich.)

* Esk Oger heiratet Bria Messing.

* Ryver wird Lacuna und Vernon nachträglich überbracht.

1083 Prinz Dolph beginnt seine Suche nach dem Guten Magier Humfrey und wird von Mark Knochen begleitet.

* Vida Vila möchte Prinz Dolph heiraten, doch er ist noch zu jung.

* Mark und Dolph finden Grazi Knochenleim auf der Insel der Illusion.

* Meerfrau Melantha (Mela) nimmt Dolph gefangen. Um sich zu befreien, versucht Dolph, den Feuerwasser-Opal des Drachen Drago wiederzuerlangen.

* Cheiron Zentaur heiratet Chex Zentaur in einer Zeremonie, die von der Simurgh vor den Flügelungeheuern abgehalten wird. Alle Anwesenden schwören, daß sie das Kind aus dieser Ehe schützen werden, weil dieses Fohlen den Lauf der Geschichte Xanths verändern wird.

* Die Kobolde vom Berg Etamin überfallen Dragos Nest und entführen Mark Knochen.

* König Nabob Naga verlobt seine Tochter, Prinzessin Nada, mit Prinz Dolph und schafft damit eine Verbindung zwischen Naga und Mensch. Die Naga retten Mark und den Schatz des Drachens.

* Mark und Dolph geben Mela zwei Feuerwasser-Opale zurück.

* Dolph und Nada erreichen Mundania durch den Kürbis und treffen den Drehschlüssel, der einen Weg eröffnet, den Himmelstaler zu finden.

* Mark, Grazi und Dolph benutzen einen Hypnokürbis, um das Land der Träume zu betreten, und finden die schlafende Prinzessin. Allerdings stellt sich heraus, daß es Electra ist. Nach 847 Jahren ist sie erweckt worden; für gutes Betragen wurde ihr einige Zeit erlassen.

* Der Hengst der Finsternis bringt Grazi Knochenleim vor Gericht. Dolph ist ihr Verteidiger. Mit großer Mühe gelingt es ihm, ihr Verhalten zu rechtfertigen. Das verschafft ihm Respekt beim Nachthengst.

* Die Zwillinge Pünktchen und Tüpfelchen werden Lacuna und Vernon nachträglich überbracht.

1085 Die Zentauren Cheiron und Chex bekommen das Zentaurenfohlen Che.

* Com-Puter erwirbt von einem Reisenden einen magischen Spiegel aus Schloß Roogna.

1086 Prinzessin Ivy, Prinzessin Nada und Electra holen den magischen Spiegel von der Teufelsmaschine zurück.

* Ivy beschwört den Himmelstaler und wird nach Mundania gebracht, wo sie Grey Murphy begegnet und ihn nach Xanth bringt.

* Grey und Ivy stoßen im Koboldgebiet auf Schwierigkeiten. Sie begegnen der Goldenen Horde, die von Grotesk Kobold angeführt wird, und retten den Zentaur Donkey. Ivy verlobt sich mit Grey.

* Grey entdeckt sein Talent am Berg Parnaß. Er ist ein Magier der Neutralisierung.

* Com-Puters Plan, mit Grey Murphys Hilfe Xanth einzunehmen, wird aufgedeckt.

* Der Magier Murphy und die Zauberin Vadne kehren nach Xanth zurück. Murphy verflucht den Bann, der Grey verpflichtet, dem Com-Puter zu dienen. Der Bann wird gebrochen. Grey ist befreit und kann fortan für den Magier Humfrey arbeiten.

1089 Che Zentaur von den Kobolden des Koboldbergs entführt.

* Elfe Jenny und Sammy Kater kommen aus der Welt der zwei Monde nach Xanth zwecks Beistands für Che.

* Belagerung des Koboldbergs – wird erst aufgehoben, als Che darin einwilligt, Gwenny Kobolds Partner zu werden. Gwenny und Jenny leben fortan bei Ches Familie.

* Prinz Dolph heiratet Electra, als diese nach normaler Zeitrechnung achtzehn Jahre alt wird.

1090 Humfrey rettet fünfeinhalb Ehefrauen gewissermaßen aus der Hölle.

* Lacuna ändert ihr Leben.